David Falk
Der letzte Krieger

PIPER

Zu diesem Buch

Einst war das Reich der Menschen in Theroia mächtig. Doch ihre Gier ließ sie ein Bündnis eingehen, das ihren Untergang besiegelte. Der zynische Krieger Athanor ist nun der letzte seiner Art. Als Händler zwischen den verfeindeten Völkern der Zwerge und Elfen verdient er sich seinen Lebensunterhalt und wird mehr und mehr in deren Kämpfe hineingezogen. Doch als sich Dunkelheit über das Land senkt und sich die Toten aus ihren Gräbern erheben, wird ihm der Sinn seines Schicksals offenbar.

*David Falk,* geboren 1972, ist Historiker, Bassist und paranoider Facebook-Verweigerer. Wenn er nicht gerade phantastische Welten baut oder seiner Computerspielsucht frönt, reist er am liebsten auf den Spuren seiner Vorfahren durch Europa – was ihn wieder zu neuen Romanwelten inspiriert …

David Falk

# DER LETZTE KRIEGER

Roman

Piper München Zürich

Entdecke die Welt der Piper Fantasy:

 Piper-Fantasy.de

 MIX
Papier aus verantwor-
tungsvollen Quellen
FSC® C083411

Originalausgabe
1. Auflage August 2013
2. Auflage September 2013
© 2013 Piper Verlag GmbH, München
Umschlaggestaltung: Guter Punkt, München/www.guter-punkt.de
Umschlagabbildung: Hrvoje Beslic
Satz: psb, Berlin
Papier: Munken Print von Arctic Paper Munkedals AB, Schweden
Druck und Bindung: CPI – Clausen & Bosse, Leck
Printed in Germany   ISBN 978-3-492-26925-4

# 1

Der Schrei des Gefangenen hallte durch die Nacht. Das zornige Aufbrüllen bei Sonnenuntergang war längst qualvollen Lauten gewichen.

*Wann ist der Kerl endlich tot?* Athanor zog die Kapuze über und bettete den Kopf wieder auf das Kleiderbündel. Es half nichts. Von der Kuppe des benachbarten Hügels drangen noch immer raues Lachen und Johlen herüber. Den kehligen Stimmen nach zu urteilen, waren es Orks, die sich so köstlich über die Qualen ihres Opfers amüsierten. Angewidert verzog Athanor das Gesicht. Das feige Pack trumpfte immer dann auf, wenn es nichts zu befürchten hatte.

Knurrend warf er sich auf den Rücken und blickte zu den Sternen auf. Er musste den Tatsachen ins Auge sehen. Die Orks wollten nicht, dass der Gefangene starb. Eine Hinrichtung – und sei sie noch so ausgedehnt – wäre längst vorbei gewesen. Stattdessen bellte immer wieder jemand Fragen, auf die er offenbar nicht die gewünschten Antworten bekam, denn kurz darauf gingen die Schreie weiter. So auch dieses Mal. Wenn der Gefangene nicht einknickte, konnte das Spiel noch die ganze Nacht dauern. In der Nähe einer Bande Orks Schlaf zu finden, war schon ohne Lärm schwierig genug, aber so ...

*Ihr habt es nicht anders gewollt.* Athanor stand auf und spähte zum Gipfel des Nachbarhügels. Wie eine schwarze Krone hoben sich die Ruinen einer Festung vor rötlichem Feuerschein ab. Sie waren so nah, dass er glaubte, den Rauch riechen zu können. Entschlossen hängte er sich seinen Köcher mit Pfeilen über die Schulter und legte den Schwertgurt um. In seinem Kettenhemd hingen Reste des alten Laubs, auf dem er gelegen hatte, doch mit jeder Bewegung rieselte etwas davon zu Boden. Er machte sich schon lange nicht mehr die Mühe, auf sein Äußeres zu achten. Das meiste regelte sich von selbst. Nur den Bart rasierte er alle paar Tage ab, sonst juckte er in der Hitze zu sehr.

Mit geübten Griffen spannte er die Sehne seines Bogens. Seit er selbst tun musste, was ihm früher Knechte abgenommen hatten, ging er sorgfältiger mit seinen Waffen um. Ein schlichtes Messer, das ihm zerbrochen und in der Wildnis nicht zu ersetzen gewesen war, hatte ihn den Wert einer Klinge gelehrt.

Erneut grölten die Orks, sodass ihre hämischen Stimmen im ganzen Tal widerhallten. Allmählich freute sich Athanor darauf, ihnen die Kehlen aufzuschlitzen.

Er schob sich die Kapuze wieder vom Kopf und erstarrte. Hinter ihm raschelte es im Unterholz. Alarmiert fuhr er herum, griff nach einem Pfeil aus dem Köcher. Doch außer seinem Muli war unter den Bäumen nichts zu sehen. Mit aufgerichteten Ohren lauschte das Tier auf den Lärm aus der Ruine.

»Kannst wohl auch nicht schlafen«, murmelte er. »Ich kümmere mich darum.«

Er wandte sich wieder der verfallenen Festung zu, die einst wohl erbaut worden war, um über das Tal zu seinen Füßen zu wachen – und über den Pass zur Rechten. Wenn er diesen Sattel querte, sparte er sich den Abstieg ins Tal. Obwohl die Orks gerade dort die meisten Wachen aufgestellt haben würden, entschied er sich für den kürzesten Weg. Sollte er dabei sterben, hatte er den Rest der Nacht wenigstens seine Ruhe.

Wie zur Antwort schob sich in diesem Augenblick das fahle Antlitz Hadons, des Totengottes, hinter ihm über den Hügel. Athanor merkte es an dem Schatten, den er plötzlich warf. Spöttisch hob er einen Mundwinkel und sah sich nach der knochenbleichen Scheibe um. Grünliche Adern deuteten ein Gesicht darauf an, aber nach allem, was Athanor in den Jahren des Krieges gesehen hatte, glaubte er nicht mehr an Götter. Und wenn es sie doch geben sollte, waren sie ihm so gleichgültig wie er ihnen.

Er legte den Pfeil auf die Sehne und tauchte in die Schatten der Bäume ein. Loses Gestein und abgebrochene Äste machten den Hang schon bei Tag tückisch, aber im Zwielicht der Nacht musste er noch aufmerksamer sein. Wenn er wie ein zorniger Keiler durch die Büsche brach, wären die Orks gewarnt, denn von ihren Stimmen abgesehen herrschte tiefe Stille im Wald. Kein Windhauch strich durch die Zweige, kein Marder schrie. Geräuschlos glitt über ihm eine Eule zur Jagd.

Umso lauter kamen ihm seine Schritte vor. Modriges Holz

brach unter seinem Gewicht, Laub raschelte, Knochen knackten ... *Knochen!* Athanor hielt inne. Er hatte den Pass erreicht. Vor ihm breitete sich eine Lichtung aus. Angespannt lauschte er. Da war es – das Knirschen von Knochen, die zwischen kräftigen Kiefern zersplitterten.

So leise es in schweren Stiefeln ging, pirschte er sich an den Rand der Lichtung. Große dunkle Klumpen lagen im Gras, deren Form vage den Umrissen niedergestreckter Menschen glich. Athanor hatte genug Schlachtfelder gesehen. Er kannte die beunruhigenden Laute, die aus dem Inneren verwesender Leichen drangen. Doch dieses Knacken und Schmatzen hier klang anders.

Aus der Deckung eines Baumstamms ließ er den Blick über die Lichtung schweifen. *Dort!* Neben einer der Leichen bewegte sich etwas, zerrte an ihr. *Ein Berglöwe.* Das sandfarbene Fell hob sich im Mondlicht kaum von der Wiese ab.

Gelassen trat Athanor unter den Bäumen hervor. Aus dem Augenwinkel behielt er die Raubkatze im Blick, gab vor, ihr keine Beachtung zu schenken. *Du machst dein Ding. Ich mache meins. Kein Grund, sich zu streiten.*

Der Löwe fauchte wütend. Fingerlange Zähne blitzten auf. Athanor tat, als hätte er nichts bemerkt, ging weiter, auf eine möglichst weit von dem Raubtier entfernte Leiche zu. Schütteres dunkles Fell bedeckte die muskulösen Gliedmaßen des Toten, während sein kräftiger Rumpf in einer Lederrüstung steckte. Im Todeskampf hatte der Ork die Zähne gebleckt. Spitze Hauer ragten aus seinem Unterkiefer.

Seine Ohren hatten Athanor also nicht getäuscht. Es hatte tatsächlich einen Kampf auf dem Pass gegeben, als er sich noch einen Weg um den sumpfigen Talgrund gebahnt hatte. Neugierig sah er sich um und zählte sechs, nein, sieben tote Orks. Den letzten hätte er beinahe übersehen, weil sein Blick an einem Koloss hängen geblieben war, den er aus der Entfernung für einen Felsblock gehalten hatte. Erst jetzt erkannte er die Umrisse eines weiteren, umso größeren Körpers.

Der Berglöwe grollte noch immer. Rasch sah Athanor wieder zu ihm. Ungehalten peitschte die Raubkatze mit dem Schwanz das Gras, grub die Zähne jedoch erneut in den aufgerissenen Leib zwischen ihren Pranken.

*Genau. Friss schön weiter.* War es Gleichgültigkeit oder der Ritus eines fremden Gottes, der die Orks dazu bewegte, ihre Toten für die Aasfresser liegen zu lassen? Er wusste nicht einmal, ob sie Götter hatten. Für ihn waren sie stets nur wilde Bestien gewesen, die an den Grenzen des Reichs lauerten und einsame Dörfer überfielen, wenn die Krieger Theroias an anderer Stelle kämpften. Nun gab es weder das Reich noch die Dörfer Theroias mehr, nur noch ihn, Athanor – und die hämisch lachenden Orks.

Über wen hatten sie hier triumphiert? Er näherte sich dem wuchtigen, mehr als drei Schritte langen Leichnam, bis er ihm ins Gesicht sehen konnte. Helle kleine Augen starrten blind in den Nachthimmel auf. Die Züge des Wesens waren so grob, als hätte ein Steinmetz nur die Rohform eines Gesichts aus einem Fels gehauen. Nase, Wangen, Lippen – alles war zu fleischig geraten.

Beeindruckt musterte Athanor das tote Ungeheuer. Die Keule, die ganz in der Nähe im Gras lag, war so dick wie sein Oberschenkel. Blutflecken zeugten von den Orkschädeln, die der Hüne damit eingeschlagen hatte. Athanors Blick wanderte über den langen struppigen Bart zum Gesicht des Toten zurück. Er hatte noch nie einen Troll gesehen, aber genügend Beschreibungen gehört, um zu erkennen, was da vor ihm lag.

Demnach hatten die Orks gegen zwei Trolle gekämpft. Das erklärte auch die tiefe, dröhnende Stimme ihres Gefangenen, die ihm Rätsel aufgegeben hatte. Nun würde er auch noch einem sterbenden Troll den Gnadenstoß geben müssen. Er sah zu dem Lichtschein über der alten Festung empor. *Eins nach dem anderen.*

Es war nicht mehr weit, nur noch ein kurzes Stück den bewaldeten Hang hinauf, aber von hier an musste er mit Wachposten der Orks rechnen. Am besten nahm er nicht den direkten Weg.

Er warf einen letzten Blick auf den Löwen, der sofort wieder die Zähne fletschte, dann tauchte Athanor jenseits der Lichtung in die Schatten des Waldes ein. Er war der Ruine schon so nahe, dass er einige Orks an den Stimmen unterscheiden konnte. In weitem Bogen schlich er auf das alte Gemäuer zu, spähte nach dem dunklen Umriss eines Orks, dem Aufblitzen einer Klinge. *Kommt schon! So dumm seid ihr nicht. Es könnte noch mehr Trolle in der Gegend geben.* Hatte er den Wachposten wirklich umgangen? Gab es etwa nur einen? Vor ihm schälte sich ein steiniger Wall aus dem Dämmerlicht. Die Reste eines ersten Verteidigungsrings. Vielleicht hatte hier einst eine mächtige Mauer gestanden, doch nun war es nur noch ein Haufen loser Steine, zwischen denen Gräser und Gestrüpp wucherten. Vereinzelt wuchsen sogar Bäume darauf. Athanor fasste eine knorrige alte Kiefer genauer ins Auge. Ihr Stamm war als einziger dick genug, um... *Da steht der Wächter!* Seine Axt ragte hinter dem Baum hervor. Von dort konnte der Ork den Weg vom Pass herauf beobachten, ohne selbst gesehen zu werden. Doch in Athanors Richtung versperrte ihm die Kiefer den Blick.

Athanor spähte zur anderen Seite den Wall entlang, bis sich das Bauwerk in der Dunkelheit verlor. Kein Anzeichen für einen weiteren Wachposten. Und der Wald reichte bis an die ersten Steine heran. *Also los!* Im Schutz der Bäume eilte er bis auf den Wall, duckte sich. Schon knirschte es leise unter seinen Sohlen. Langsamer kletterte er weiter. Ein Stolpern, das Poltern eines losgetretenen Steins, und der Ork würde Alarm schlagen.

Jenseits des Walls trennte ihn nur noch ein schmaler Streifen Bäume von der inneren Festung. Verlockend nah, doch er musste sich zuerst um den Wachposten kümmern. *Lass den Feind niemals in deinen Rücken kommen*, warnte er im Stillen den Ork, während er sich von hinten an ihn heranpirschte. Er spürte seinen Herzschlag bis in den Hals. Es tat gut, wieder einen Feind zu haben. Wann hatte er sich zuletzt so lebendig gefühlt?

In guter Schussweite hielt er inne, hob den Bogen, spannte ihn. Plötzlich bewegte sich der Ork. Athanors Atem stockte. Der Wächter hob seine Axt. Mit dem stumpfen Ende der Waffe kratzte er sich im Nacken und lehnte sich grunzend wieder an den Baum. Leise stieß Athanor die angehaltene Luft aus. *Wahrschein-*

*lich Flöhe.* Spöttisch verzog er den Mund. Sollte er einst einen letzten Wunsch haben, würde er vielleicht darum bitten, sich noch einmal kratzen zu dürfen.

Er konzentrierte sich, ließ Ruhe in seine Gedanken einkehren. *Spannen, zielen, den Dingen ihren Lauf lassen.* Fast war es, als gleite der Pfeil von selbst durch seine Finger. Ende der Ruhe. Schneller als Athanor blinzeln konnte, steckte das Geschoss zwischen den Rippen des Orks. Der Getroffene streckte sich, stöhnte, doch der Laut ging im Gelächter seiner Kameraden unter. Seine Hand griff nach der Kiefer, während er bereits kippte. Der Länge nach landete er auf dem Rücken und stieß sich dabei den Pfeil noch tiefer in den Leib.

Zufrieden legte Athanor einen neuen Pfeil auf die Sehne. Neben dem reglosen Ork deutete eine Bresche im Wall an, wo einst der Weg zum Tor der inneren Festung geführt hatte. Statt diesem Pfad zu folgen, zog sich Athanor ein wenig zurück und durchquerte das letzte Stück Wald in einigem Abstand. Er wollte nicht direkt vor dem Eingang auftauchen, wo wahrscheinlich ein weiterer Wächter stand.

Aus der Ruine drangen anfeuernde Rufe und gequältes Ächzen. Athanor sah die feige Bande fast schon vor sich, wie sie sich gegenseitig zu immer größerer Grausamkeit anstachelte. *Verlaustes Pack!* Aber bei dem Lärm konnte er sich wenigstens unbemerkt anschleichen.

Unter einem alten Baum kauerte er sich ins Gesträuch. Von den einstigen Türmen waren nur eingestürzte hohle Stümpfe geblieben, als hätte ein Riese mit einem gewaltigen Hammer ihre Spitzen zur Seite gefegt. Überall lagen Trümmer verstreut, doch die frühere Wehrmauer überragte den Schutt noch immer zwei Mann hoch. Athanor sah an ihr entlang. In ihrem zerfallenen Zustand war es ein Leichtes, sie zu übersteigen. Aber er bemerkte auch das Flackern des Feuers, das über die Innenseiten des Gemäuers tanzte. Dort oben wäre er eine gut beleuchtete Zielscheibe. Vielleicht gab es einen besseren Weg.

Nicht weit von ihm entfernt klaffte das offene Tor in der Mauer. Sicher hatte es einst hölzerne Torflügel gegeben, doch sie waren im Lauf der Jahrhunderte zu Staub zerfallen. Nur der Rundbogen trotzte noch immer der Schwerkraft, obwohl die Mauern darüber eingestürzt waren. Athanor zögerte. Sollte er doch dreist durch das Tor marschieren? Wenn es ihm gelang, unbemerkt die Wache zu beseitigen, bot ihm der Eingang sogar Deckung, um weitere Gegner zu erledigen, bevor sie ihm gefährlich werden konnten.

Im Schatten der Bäume näherte er sich dem Tor. Hallte da etwas im Gang? Er riss den Bogen hoch. Keine zwanzig Schritte von ihm entfernt kam ein Ork in Sicht und stapfte mit düsterem Blick ins Freie. *Die Wachablösung.* Athanor zielte, zischte. »Pst!« Der Ork wirbelte herum. Noch während er die Augen aufriss, ragte der Pfeil bereits aus seiner Brust. Athanor stürmte auf ihn zu, sah, wie sich der Mund zum Schrei öffnete. Krächzen und Blutspritzer drangen hervor. Noch im Laufen zog Athanor das Schwert. Sein Gegner taumelte, holte matt mit einem klobigen Haumesser aus. Athanors Hieb trennte ihm fast den Arm ab. Blut strömte aus dem tiefen Spalt, die Waffe entglitt der behaarten Faust. Der Ork brach zusammen.

Hastig sah sich Athanor um. Die fröhliche Folterrunde in der Festung schien nichts bemerkt zu haben. Er schob seine Klinge in die Scheide zurück und legte einen neuen Pfeil auf die Sehne. Den Bogen schussbereit hielt er auf das Tor zu. Warum war es dahinter stockfinster? Wenn es keine Torflügel mehr gab, musste er doch bis in den Hof sehen können.

Wachsam betrat er den dunklen Gang, ließ seinen Augen Zeit, sich an die Finsternis zu gewöhnen. Der äußere Torbogen mochte noch stehen, doch dahinter war der Gang eingebrochen. Die Trümmer des darüberliegenden Turms waren nachgestürzt, sodass es kein Durchkommen mehr gab. *Aber woher zum Henker kam dann der Ork? Der Mistkerl ist doch nicht zum Pinkeln hier reingegangen.*

Athanor lauschte. Täuschte er sich, oder hallten die Stimmen der Orks nicht nur von draußen über die Mauer, sondern kamen auch vor ihm durch den eingestürzten Gang? Das konnte nicht stimmen, es sei denn ... Sein Blick blieb an einer besonders dunklen Ecke hängen. Je näher er der Stelle kam, desto deutlicher zeichnete sich ein mannshoher Durchlass in der Wand ab. Von dort drangen die Stimmen an sein Ohr. Athanor trat durch die dunkle Pforte. Dahinter war es so eng, dass zwei Krieger gerade noch aneinander vorbeikamen. Es roch nach Erde und feuchtem Mauerwerk – und einer Spur Rauch. Herabgebröckelter Mörtel knirschte unter seinen Sohlen. Vor ihm war eine Abzweigung zu erahnen, und um die Ecke schien es heller zu werden. Dort musste der Ausgang sein.

Athanor sprang vor und zielte in den abzweigenden Gang. Niemand zu sehen. Nur etwa zehn Schritte trennten ihn vom anderen Ende. Noch immer entzog sich das Feuer seinem Blick, doch der Lichtschein verriet ihm, dass es sich rechts des Ausgangs befand. Und wo das Feuer war, fand er vermutlich auch die Orks.

Angespannt rückte er vor. Der Ausgang war eingebrochen und mündete in ein Trümmerfeld. *Umso besser.* Der Schutt bot mehr Deckung als eine intakte Tür – solange der Gang stabil war. Mit einem unguten Gefühl schielte Athanor zu einem Riss in der Decke empor, der sich vor ihm zu einem Spalt verbreiterte. Eine Handvoll Sterne war darüber zu sehen. *Das hat Jahrhunderte gehalten. Hab dich nicht so!* Er zwang sich, den Blick wieder nach vorn zu richten. Nur noch fünf Schritte, vier ... Er spannte den Bogen.

Über ihm kullerte ein Stein. Athanors Blick zuckte nach oben. Durch den Spalt starrte ein Ork – und stieß einen Speer auf ihn hinab. Athanor zuckte zurück. Einen Lidschlag lang fixierten seine Augen den Schaft des Speers, der vor seinem Gesicht aufragte, dann riss er den Bogen empor und schoss. Die Wucht des Aufpralls warf den Kerl fast von den Füßen. Zähnefletschend wankte er, während Athanor einen neuen Pfeil auflegte. Die Finger des Orks krampften sich um das Blatt seiner Axt, Blut rann unter der Rüstung hervor. Er sank auf die Knie, kippte vornüber, verschloss mit seinem sterbenden Körper den Spalt.

Athanor spürte warme Tropfen auf sein Haar fallen. Draußen brüllten die Orks durcheinander, doch ein seltsam dumpfer Schmerz lenkte seinen Blick nach unten. *Scheiße!* Die Spitze des

Speers hatte sich durch seinen Fuß in den festgestampften Boden gebohrt.

Vor dem Ausgang näherten sich schnelle Schritte. Athanor behielt Pfeil und Bogen in der Linken und packte mit der Rechten den Speer. *Keine Zeit zum Jammern.* Mit einem Schrei riss er die Waffe heraus. Das messerscharfe Blatt hinterließ einen Schlitz in seinem Stiefel, mehr konnte er im schwachen Licht nicht erkennen. Schon stürmten mehrere Orks mit wütendem Gebrüll in den Gang. Athanor schleuderte ihnen den Speer entgegen. Der vorderste Gegner warf sich gerade noch zur Seite. Die tödliche Spitze verfehlte ihn und fuhr in die Kehle seines Hintermanns. Rasch zog sich Athanor tiefer in die Dunkelheit zurück, ignorierte den Schmerz, der beim ersten Schritt durch Fuß und Bein jagte. Das Geschrei der Orks hallte laut von den Wänden wider und verdrängte jeden Gedanken. Hinter der Abzweigung ging er in Deckung. Gegen das flackernde Licht sah er, dass ihm nur noch eine schwarze Gestalt folgte. Die anderen hatten sich wohl schlauerweise zurückgezogen.

Im Zwielicht verschwamm der Umriss seines Verfolgers. Athanor schoss, ließ den Bogen fallen und zog stattdessen sein Schwert. Doch der Ork ging mit einem Aufschrei zu Boden, noch während Athanor hinter der Ecke hervorsprang. Wie viel Zeit blieb ihm, bis jemand über die Mauer kletterte und ihm in den Rücken fiel? Vom Hämmern in seiner Brust abgesehen herrschte noch Stille im Gang, aber wenn er blieb, würden sie ihn bald in die Zange nehmen. Die Spuren, auf die er im Tal gestoßen war, hatten auf höchstens zwanzig Orks schließen lassen. Mehr als sechs oder sieben konnten es nun also nicht mehr sein. Athanor lächelte. *Klingt fair.*

Schnell hob er seinen Bogen auf, hängte ihn sich um und rückte vor. Irgendwo zwischen den Trümmern vor dem Ausgang warteten sie auf ihn. Ihr heiseres Flüstern verriet sie. Die Dunkelheit im Gang bot Athanor Deckung, doch mit jedem Schritt wurde es ein wenig heller. Wieder kam der Spalt in der Decke in Sicht. Von dem sterbenden Speerwerfer tropfte Blut herab, bildete eine Lache am Boden.

Athanor hielt sich nah an der rechten Wand, wo die Schatten

tiefer waren und fast bis zum Ausgang reichten. Vor ihm lag sein Verfolger – halb am Boden, halb an die Mauer gelehnt. Aus dem Bauch ragte Athanors Pfeil. Wie im Schlaf war dem Ork das Kinn auf die Brust gesunken, und seine erschlafften Finger hatten sich vom Griff seines Messers gelöst.

*Mit dem Kerl stimmt was nicht.* Athanor kniff die Augen zusammen und versuchte vergebens, im Zwielicht zu erkennen, ob sein Gegner noch atmete. *Drauf geschissen.* Er holte zu einem Stich aus und stieß die Schwertspitze auf die Brust des Orks hinab. Schneller als Athanors Augen folgen konnten, schlug der vermeintlich Tote die Klinge zur Seite, riss das Messer empor und stach nach Athanors Bein. Vom eigenen Schwung getragen fiel Athanor nach vorn. Tief stieß die Spitze seines Schwerts in die Schulter des Orks. Zugleich spürte er einen scharfen Stich, dann ein Brennen an seinem Schenkel. Hastig wich er zurück. Der Ork fiel mit einem Grunzen wieder gegen die Wand. Blut lief warm an Athanors Bein hinab.

Draußen ertönten aufgebrachte Rufe und Fragen. Wenn niemand antwortete, würden die Orks vielleicht auf gut Glück in den Gang schießen. Er brauchte einen Schild – und zwar schnell. »Weg mit dem Messer!«, blaffte er und stach in die Hand des Verwundeten, der schwer atmend dalag. Der Ork zischte irgendetwas, ließ die Waffe fahren, obwohl er sicher kein Wort verstand. Athanor griff ihm ins Haar und zerrte daran. »Los, hoch mit dir!«

Knurrend bäumte sich der Ork auf, stürzte sich erneut auf ihn, doch seinem Angriff fehlte die Kraft. Athanor drehte ihm einen Arm auf den Rücken und stieß ihn vorwärts. »Geh oder ich zerleg dich, bevor du sterben kannst!«

Mit Athanors Schwertspitze im Rücken stolperte der Ork auf den Ausgang zu, einen Schritt, zwei. Athanors Blick huschte zum Spalt in der Decke empor. Nichts. Rasch sah er wieder nach vorn. Sein noch lebender Schutzschild wankte aus den Schatten. Hinter einem Mauerrest sprang ein Ork auf, schleuderte noch im Sprung seinen Speer. Athanor stieß seinen Gefangenen dem Geschoss entgegen und stürmte an ihm vorbei. Er sah nicht mehr, ob der Speer traf, hörte nur die Wutschreie der Orks vor ihm.

Schon hatte er den Speerwerfer erreicht, der im Schutz der Trümmer eine kurze breite Klinge zog. Athanor flankte über den Mauerrest, das Schwert voran. Die Waffe des Gegners glitt an seiner Klinge ab. Mit voller Wucht prallte er gegen den Ork und warf ihn um. Er landete auf allen vieren, die Knie irgendwo auf dem Gegner, doch sein Schwung trug ihn weiter. Über Steine, die sich schmerzhaft in seine Rippen bohrten, rollte er sich ab, stieß mit der Schulter gegen weitere Trümmer. Mühsam versuchte der Ork, wieder auf die Füße zu kommen, doch eins seiner Beine war geschient und knickte unter ihm ein.

*Ein Andenken an die Trolle.* Athanor sprang auf. Hinter seinem Gegner kam ein zweiter Verwundeter in Sicht, dessen Kopf mit groben Stoffstreifen umwickelt war. Dennoch stürmte er heran und schwang brüllend eine Axt.

Athanor fegte den humpelnden Ork mit einem Tritt wieder von den Beinen und stach ihm das Schwert in den Rücken. Noch bevor der Sterbende still lag, riss Athanor die Klinge heraus und wandte sich dem neuen Gegner zu. Sein Blick streifte den Mauerrest, an dem der Ork entlanglief. Als Athanor plötzlich auf ihn zurannte, stemmte der Ork die Füße in den Boden und holte zu einem Hieb aus, doch es war zu spät. Athanor sprang zur Seite, stieß sich mit einem Fuß von der Mauer ab und flog förmlich an seinem Gegner vorbei. Wie den Stachel einer Wespe ließ er das Schwert in den Hals des Orks zucken.

Die Landung war hart. Jäher Schmerz jagte durch seinen verwundeten Fuß, als drehe jemand ein glühendes Eisen darin um. Er geriet aus dem Gleichgewicht und fiel. Im gleichen Augenblick fuhr neben ihm die Spitze eines Speers in den Boden. Athanor rollte sich auf den Rücken. Schon stürzte sich ein Ork mit einer Axt auf ihn. Athanor warf sich zur Seite. Wo er gerade noch gelegen hatte, schlug das Beil mit einem Knall auf Gestein. Der Ork wurde vom eigenen Schwung auf die Knie gerissen. Hastig rappelte sich Athanor auf, während der Ork wieder auf die Beine kam. Klirrend traf Klinge auf Axtblatt. Der wilde Hieb prellte Athanor fast das Schwert aus der Hand. Wie aus dem Nichts landete eine Faust des Orks in seinem Magen. Das Kettenhemd knirschte, Athanor krümmte sich, doch zugleich packte ihn heißer Zorn. Mit einem Wutschrei warf er sich vor, rammte mit dem Schädel das Kinn des Gegners. Der Ork taumelte rückwärts und holte benommen aus. Hastig stach Athanor zu. Mühelos glitt die Schwertspitze in die Kehle des Orks. Anstelle eines Schreis quoll Blut über die dunklen Lippen und spritzte Athanor ins Gesicht. Angewidert stieß er den Ork von sich. Noch umklammerte sein Gegner die Axt, gurgelte Blut, doch die Beine gaben bereits nach.

Während sein Gegner vornüberkippte, wirbelte Athanor herum und spähte nach neuen Angreifern. Nur der Ork mit dem Kopfverband kniete wenige Schritte entfernt und presste eine Hand auf seinen Hals. Im Schein des Feuers sah Athanor den Blutstrom, der zwischen den Fingern hervorquoll. *Keine Gefahr mehr.*

Keuchend ließ er das Schwert sinken und nahm den Hof der einstigen Festung zum ersten Mal bewusst wahr. Die verfallenen Türme und Wehrmauern umgaben ihn wie die Ränge eines Theaters. Für einen Moment kam er sich vor wie ein Gladiator in der Arena Theroias. Fehlte nur noch, dass ihm ein einsamer Zuschauer Beifall klatschte. Doch im Spiel der Schatten, die die Flammen des Lagerfeuers auf die Ruinen warfen, war niemand zu sehen.

Von den übrigen Gebäuden auf dem Hof waren kaum mehr als Steinhaufen geblieben. Gräser, Sträucher und vereinzelt sogar Bäume wuchsen zwischen den Trümmern. Das Feuer der Orks brannte auf dem einzigen größeren freien Platz, und nah bei den Flammen lag eine riesige gefesselte Gestalt, die nur der gefolterte Troll sein konnte.

Langsam ging Athanor auf das Feuer zu. Erst jetzt merkte er, dass die blutgetränkte Hose an seinem Schenkel klebte, und bei jedem Schritt schmatzte Blut in seinem Stiefel. Allmählich kehrte auch der Schmerz in den verwundeten Fuß zurück. Humpelnd näherte er sich dem Troll. Mit lodernd gelben Augen sah ihm das Ungetüm entgegen, doch offenbar fehlte ihm die Kraft, auch nur den Kopf zu heben.

»Siehst wirklich übel aus«, murmelte Athanor und blieb außer Reichweite der mit Stricken gefesselten Hände stehen. Das Gesicht des Trolls war blutunterlaufen und verquollen. Aus seinem schwarzen Bartgestrüpp ragte eine breit geschlagene Nase, darunter waren aufgeplatzte Lippen zu erahnen. Der Gestank verbrannter Haare hing noch in der Luft. Athanor konnte sehen, wo die Orks Fackeln über die ansonsten dunkel behaarten Unterarme des Trolls gezogen hatten. *Abgesengt wie ein geschlachtetes Schwein.* Nur dass der Hüne noch nicht tot war – obwohl sich jemand viel Mühe gegeben hatte, ihn möglichst nah an die Schwelle zu bringen. Der ganze Körper war mit Schnitten und Blutergüssen bedeckt. Sie mussten mit seiner eigenen Keule auf ihn eingeschlagen haben. An den blutigen Händen fehlten zwei Finger und mehrere Nägel.

Athanor richtete den Blick wieder auf das entstellte Gesicht. Der Troll hatte die Augen geschlossen, als ginge ihn das Leben schon nichts mehr an. Er lag so still, dass Athanor Zweifel kamen, ob er noch atmete. Doch damit hatte ihn auch einer der verfluchten Orks beinahe getäuscht. Wenn er nicht aufpasste, verspeiste ihn der Menschenfresser zum späten Abendessen. Er hob das Schwert und spannte die ausgelaugten Muskeln. Außer dem Knistern und Prasseln des Feuers war nichts zu hören.

Wie aus dem Nichts schlug ein Pfeil in den Boden vor Athanors Füßen.

»Keinen Schritt weiter!«, drohte eine Stimme auf Elfisch.

# 2

Athanor fuhr herum und hielt das Schwert kampfbereit erhoben. Sein Blick suchte den Ursprung der Stimme, doch das Feuer befand sich zwischen ihm und dem Schützen und blendete ihn. »Weg mit der Waffe!«, forderte der Unsichtbare. Oder war es eine Frau? Noch nie hatte Athanor eine so melodische Stimme gehört. Fast hätte er das Elfische deshalb nicht wiedererkannt.

»Solange ich bedroht werde, behalte ich mein Schwert lieber.« Wenn der Fremde ihn hätte töten wollen, würde er jetzt schon neben dem Troll liegen, also gab es Verhandlungsspielraum. Dennoch machte er sich darauf gefasst, jeden Augenblick den tödlichen Pfeil zu spüren. Stattdessen hörte er leise Stimmen. Auf der verfallenen Wehrmauer schimmerte Metall im flackernden Licht. *Also doch Zuschauer.* Drei schlanke Gestalten stiegen von dem Gemäuer herab und kamen langsam auf ihn zu. Trotz des schwierigen Untergrunds konnte eine von ihnen dabei auf Athanor zielen. Die beiden anderen hatten Schwerter mit leicht gekrümmten Klingen gezogen. Athanor schnaubte. Wie sollte ein Krieger mit einer solchen Klinge anständig zustechen?

Dennoch waren diese drei gefährliche Gegner. Die Art, wie sie ihre Waffen hielten und sich trotz ihrer Rüstungen mühelos bewegten, verriet geübte Kämpfer. Unwillkürlich musterte Athanor die fremdartigen Harnische, suchte nach Schwachstellen, die er ausnutzen konnte. Alle drei trugen außerdem schmale Helme, deren Enden in elegantem Schwung bis zum Kinn reichten. Der tief herabgezogene Nasenschutz verlieh ihren Gesichtern einen harten Zug.

»Was hast du hier zu suchen?«, fuhr ihn die Schützin an. Sie war so grazil, dass Athanor sicher war, eine Frau vor sich zu haben. *Aber* ...

»Los, antworte, Mensch!«, blaffte der Krieger neben ihr und hob seine Klinge drohend höher.

*Mensch?* Athanor versuchte vergeblich, in den Schatten der Helme mehr von ihren Gesichtern zu erkennen. Hatte er wirklich Elfen vor sich?« Ich sorge dafür, dass mein Muli und ich endlich schlafen können.«

Für einen Augenblick herrschte Schweigen. Die beiden Schwertkämpfer wechselten einen undeutbaren Blick, nur die Schützin starrte ihn unverwandt an. »Du befindest dich auf der Schwelle unserer Heimat. Für Menschen ist dieses Land verboten.«

»Ist das so.« Es war eher eine Feststellung als eine Frage, aber er brauchte Zeit zum Nachdenken. *Die Elfenlande* ... Er hatte sich schon so lange nicht mehr gefragt, wo er sich befand, dass er jedes Gefühl für Distanzen verloren hatte. Wenn er müde war, schlug er sein Lager auf, und wenn er aufwachte, wanderte er weiter. Wenn man von niemandem erwartet wurde, spielte es keine Rolle, in welche Richtung man ging oder wann man wo ankam. Er war einfach immer weitergezogen. »Das wusste ich nicht.«

Die Blicke der drei sagten deutlich, dass sie seine Antwort ebenso lahm fanden, wie sie in seinen Ohren geklungen hatte.

»Der Bann ist seit Jahrhunderten in Kraft«, schnappte die Bogenschützin, die seltsamerweise die Anführerin zu sein schien. »Ich warne dich, Mensch! Warum bist du hier?«

Allmählich verlor Athanor die Geduld. Seine geprellte Schulter schmerzte, seine Arme wurden schwer, und es zerrte an seinen Nerven, dass begriffsstutzige Fremde mit Waffen vor seiner Nase herumfuchtelten. »Ich hatte keine Ahnung, dass ich schon so weit südlich bin!«, blaffte er zurück und ließ die Klinge sinken. »Ich bin ... eine Art Händler.«

»Ein Händler.« Der Blick der Elfe glitt vielsagend über die toten Orks.

»Ja«, erwiderte Athanor unbeirrt. »Wenn die Leute etwas von mir haben wollen, tausche ich es gegen Dinge, die *ich* haben will.«

»Er wird ein Kriegsflüchtling sein«, ließ sich die dritte Gestalt vernehmen, die bislang geschwiegen hatte.

*Noch eine Frau?* Verblüfft sah Athanor sie an. Hatten die Elfen nicht genug Männer, um ihre Grenzen zu verteidigen?

»Die Orks bereiten mir mehr Sorgen«, fügte sie hinzu. »Das

war seit Langem der größte Trupp, der es gewagt hat, unsere Wälder zu betreten.«

»Du hast recht, Elanya. Ich verschwende hier meine Zeit.« Die Schützin schob den Pfeil zurück in den Köcher auf ihrem Rücken und klopfte mit der flachen Hand zweimal auf die Lederschiene, die ihren Unterarm schützte. »Retheon muss erfahren, was hier vorgefallen ist. Wir brauchen mehr – und größere – Patrouillen.«

Da alle drei Elfen den Blick gen Himmel richteten, sah Athanor ebenfalls hinauf. Dieses Klopfen aufs Handgelenk ... So hatte er stets seine Jagdfalken zurück auf den Handschuh gerufen. Doch die Elfe hielt ihren Arm nicht einladend erhoben, und bei Nacht flogen Falken ohnehin nicht. Dennoch entdeckte er plötzlich einen dunklen Punkt im Mondlicht, der rasend schnell auf sie herabstieß und dabei ebenso rasch größer wurde – viel größer. Der Schrei eines Raubvogels gellte durch die Nacht. Angelegte Flügel breiteten sich aus, um die Landung abzufangen. Athanor war, als ob die riesigen Schwingen die Sterne auslöschten. Wie von selbst riss sein Schwertarm die Waffe empor. Flattern und Rauschen erfüllte die Luft, das Feuer flackerte. Staub und Sand wirbelten auf, stachen ihn in die Augen. Schützend hob er die freie Hand vors Gesicht und starrte auf das majestätische Tier, das sich auf breiten Löwenpranken neben dem Troll niederließ.

*Ein Greif!* Athanor kannte diese Wesen nur von Mosaiken an den Tempeln und Palästen Theroias. Der Körper der Chimäre war mit rotgoldenem Fell bedeckt, das um die Flügel und den Hals in Gefieder überging. Die Raubvogelaugen blickten so streng, als wachten sie unerbittlich über das Schicksal der Welt. Gereizt peitschte der Greif mit seinem Löwenschwanz den Boden und öffnete den Respekt einflößenden Schnabel zu einem weiteren Schrei.

»Du kannst die Orks später fressen«, beschied ihm die Elfe, die ihn gerufen hatte, und sprang leichtfüßig auf seinen muskulösen Rücken. »Den Menschen überlasse ich eurer Verantwortung«, eröffnete sie ihren Gefährten. »Verfahrt mit ihm, wie ihr es für richtig haltet.«

Athanor sah nicht, ob sie dem Greif irgendein Zeichen gab, doch das Tier stieß sich bei ihren letzten Worten vom Boden ab und hob sich mit kräftigen Flügelschlägen in die Luft. Der Wind zerrte an Athanors Haar und wehte ihm neuen Staub ins Gesicht. Noch einmal glänzten Gefieder und Fell im Feuerschein auf, dann stieg der Greif so hoch, dass er nur noch ein Schatten im Mondlicht war.

Erst als er sich von dem erhabenen Anblick löste, merkte Athanor, dass er das Schwert noch immer abwehrend erhoben hielt. Er senkte es und wandte sich dabei den verbliebenen Elfen zu. Die Augen des Kriegers funkelten feindselig im Schatten des Helms.

»Wir sollten ihn mitnehmen, damit die Ältesten ihn befragen können«, befand die Elfe, die Elanya genannt worden war. »Er kann uns sicher mehr über den Krieg erzählen als alle unsere Kundschafter zusammen.«

»Mitnehmen?« Der Elf spuckte das Wort förmlich aus. »Er könnte ein Spion sein. Weshalb spricht er sonst unsere Sprache? Und das auch noch schlecht.«

*Schlecht? Das ist ja der Gipfel. Wer redet denn hier unverständlich?* »Ich kenne eure Sprache nur, weil man mich als Kind gezwungen hat, sie zu lernen. Und ich habe es jeden einzelnen Tag gehasst!« Ob er dem Graubart mit der Weidenrute nun doch dafür dankbar sein musste, würde er erst *nach* dieser Begegnung entscheiden.

»Das ergibt überhaupt keinen Sinn!«, ereiferte sich der Elf. »Wir sprechen nicht mit ihnen. Warum also sollten Menschen so etwas tun?«

Eine Frage, die sich Athanor damals Tag für Tag gestellt hatte.

»Vielleicht, um kleine Kinder zu quälen, die dann später alle stolz darauf sind, dass sie sich in einer Sprache unterhalten können, die außer ihnen niemand versteht.«

Der Elf trat mit zornigem Blick näher und hob drohend sein gekrümmtes Schwert. »Wenn du nicht endlich aufhörst, uns zum Narren zu halten ...«

»Ich halte niemanden zum Narren!«, fuhr Athanor auf. »Ich sage die Wahrheit. *Ihr* mögt die Menschen vergessen haben, aber sie euch nicht. Wer Wissen in Worte fassen will, benutzt *eure* Sprache, weil alle Schriften in Elfisch verfasst sind.«

»Lass uns endlich vernünftig mit ihm sprechen, Davaron. Dieser Streit führt nirgendwohin.«

»Man kann mit Menschen nicht vernünftig sprechen. Gewalt ist die einzige Sprache, die sie verstehen.«

Athanor hatte genug davon, sich beschimpfen zu lassen. In seinen Wunden pochte und brannte es. Er fühlte sich müde und etwas schwindlig. »Falls du mich unbedingt töten willst, könnten wir dann jetzt damit anfangen? Ansonsten würde ich mich nämlich setzen.« Vage deutete er auf seinen verletzten Fuß, ohne sein Gegenüber aus den Augen zu lassen.

Davaron erwiderte ungerührt seinen Blick. »Glaub mir, wenn wir nicht tatsächlich mehr über die Geschehnisse in den Menschenlanden in Erfahrung bringen müssten, würde ich dich auf der Stelle zu den Schatten schicken.«

Athanor blieb die Erwiderung im Hals stecken – jäh begann der Griff seines Schwerts förmlich zu glühen und wurde mit jedem Augenblick heißer. Sein verwundertes »Was ...« ging in ein gequältes Zischen über, als sich der Schmerz in seine Hand fraß. Hastig ließ er das Schwert fallen.

»Es wäre sinnvoller, du würdest deine Kräfte für die Orks aufheben«, riet Elanya ihrem Begleiter kühl. »Was, wenn dies hier nur eine Vorhut war?«

*Er hat gezaubert?* Athanor sah auf seine gerötete Handfläche hinab. *Der verfluchte Elf hat meine Waffe verzaubert, und ich habe es nicht einmal bemerkt?*

»Die Lektion war nötig«, stellte Davaron frostig fest.

Elanya ignorierte ihn. »Bist du schwer verletzt?«, wandte sie sich an Athanor. Ihr Blick machte deutlich, dass sie seinen Fuß meinte, nicht die Brandblasen auf seiner Hand.

»Das wirst du bereuen, Elf!«, schwor er, bevor er Elanya ansah. »Ich weiß nicht, wie schwer ich verwundet bin, aber ich würde gern endlich nachsehen.«

»Davaron wird dich nicht mehr davon abhalten«, behauptete sie.

»Weiß *er* das auch?«, murmelte Athanor, doch der Elf beobachtete ihn nur missmutig dabei, wie er sich auf einem Mauerrest niederließ und die Wunde an seinem Oberschenkel untersuchte, so gut es durch den blutverkrusteten Schnitt in der Hose möglich war. Das Messer des Orks hatte wohl nur die Haut durchtrennt. Er verstand nicht viel von Wundversorgung, aber manches, was die Feldscher im Krieg gesagt und getan hatten, war ihm nur zu gut in Erinnerung geblieben. Sobald es ging, würde er die Wunde nähen müssen, sonst riss sie ständig wieder auf.

Schon jetzt schmerzte sie, und als Athanor das Bein anwinkelte, um den aufgeschlitzten Stiefel abzustreifen, quoll frisches Blut hervor. Darunter kam ein mit Blut getränkter Strumpf zum Vorschein. An dessen Unterseite klebte Schmutz, der durch einen weiteren Schlitz in der Stiefelsohle eingedrungen war. Athanor wackelte mit den Zehen. *Glück gehabt.* Das Speerblatt musste genau zwischen zwei Knochen gefahren sein. Gebrochen war offenbar nichts.

Ein leises Schaben ließ ihn aufblicken. Elanya schob ihr Schwert in die Scheide am Gürtel zurück und zog den Helm vom Kopf. Aus dem langen, rötlich braunen Haar, das sie zu einem Zopf gebunden hatte, lugten die Spitzen ihrer Ohren hervor – ganz so, wie Athanor es von den Statuen in den Hallen der Gelehrten kannte. Ihr Gesicht war makellos schön. Zu makellos für seinen Geschmack, doch da er so lange keine Frau mehr gesehen hatte, wollte er sich nicht über Kleinigkeiten beschweren. Das Licht der Flammen verlieh ihrer Haut einen goldenen Schimmer. Zu gern hätte er mehr davon gesehen, aber nachdem sie den Helm am Boden abgelegt hatte, öffnete sie nicht etwa die Schnallen ihres Harnischs, sondern nur einen Beutel, der an ihrem Gürtel hing.

»Was hast du vor?«, fragte ihr Begleiter.

»Ich reinige mich, sonst kann ich ihn nicht heilen.« Sie ließ ein weißes Pulver aus dem Beutel auf ihre Handfläche rinnen.

»Du willst ihn anfassen? Er ist so unrein, dass es zum Himmel stinkt!«

Athanor warf dem Elf einen bösen Blick zu. *Mein letztes Bad mag ja eine Weile her sein, aber ...*

»Warum sollte er sich reinigen?«, gab Elanya zurück. »Seine Seele gehört ohnehin dem Herrn des Nichts.«

*Was zum ...*

»Genau deshalb solltest du ihn nicht berühren«, beharrte Davaron.

Elanya schloss die Faust um das Pulver und fischte mit spitzen Fingern einen Wasserschlauch aus den Habseligkeiten der Orks. »Siehst du seinen Fuß?« Sie spritzte ein wenig Wasser auf das Pulver. »Wenn ich ihn davor bewahre, an Wundfäule zu sterben, kann ich einen Teil meiner Schuld abtragen.«

»Dafür gibt es einfachere Wege«, murrte der Elf, doch Elanya rieb sich unbeeindruckt das Gemisch aus ihrer Hand ins Gesicht. Seltsamerweise war es durchsichtig geworden und hinterließ keine weißen Spuren. Dennoch nahm sie sogleich den Wasserschlauch zu Hilfe, um die geheimnisvolle Substanz wieder abzuwaschen. Fasziniert sah Athanor zu, wie sie sich näher zum Feuer beugte und mit anmutigen Gesten Rauch in ihre Richtung lenkte, als wollte sie sich damit übergießen.

Als sie sich ihm zuwandte, gab er rasch vor, ganz darauf konzentriert zu sein, sich den Strumpf vom Fuß zu ziehen. Die Haut darunter war mit frischem und getrocknetem Blut verschmiert. Wenn er die Zehen bewegte, quollen noch immer zähe Tropfen aus dem Spalt, den der Speer hinterlassen hatte.

Elanya kniete sich vor ihm auf den steinigen Boden und streckte halb einladend, halb fordernd die Hand nach seinem Fuß aus. »Ich bin Heilerin. Ich kann dir helfen, wenn du mich lässt.«

*Wusste ich doch gleich, dass eine Frau kein Krieger sein kann.* Aber sie hatte die Klinge sehr geübt gehandhabt. Falls er um seine Freiheit kämpfen musste, durfte er sie nicht unterschätzen. »Das ist sehr freundlich von dir, aber ich kann mich selbst versorgen. Ich habe alles, was ich brauche, in meinen Packtaschen.« Insgeheim hoffte er, dass ihr Stolz ihr verbot, das Angebot zurückzuziehen. *Sein* Stolz gebot ihm jedenfalls, es erst einmal abzulehnen.

Über ihr Gesicht huschte ein Lächeln, das er nicht deuten konnte, doch angesichts ihrer großen grünen Augen war es ihm gleich. »Mit solchen Wunden ist es ein weiter Weg zu deinem Muli.«

»Wenn er nicht will, kümmere dich lieber um den Troll«, riet Davaron verärgert.

»Nein, nein, du hast recht«, versicherte Athanor. »Es wäre dumm von mir, ohne Verband durch den Wald zu laufen.« Er hatte schon bessere Wege beschritten, um mit einer Frau anzubändeln, als ihr einen blutigen Fuß vor die Nase zu halten, aber manchmal musste man eben nehmen, was die Lage hergab.

»Der Troll wird mich noch die halbe Nacht beschäftigen«, schätzte Elanya an Davaron gewandt. »Wer weiß, ob meine Kräfte danach noch für den Menschen reichen würden.«

*Dann gehört das Ungeheuer zu ihnen.* Das erklärte, warum sie ihn davon abgehalten hatten, es zu töten. *Aber...* »Ihr seid mit den Trollen verbündet? Ich dachte...«

»Wir sind *nicht* mit ihnen verbündet«, schnappte der Elfenkrieger. »Es sind dumme, blutrünstige Tiere! Entweder sie gehorchen uns, oder wir töten sie.«

»Dem Sein sei Dank sind sie klug genug, den Gehorsam zu wählen«, fügte Elanya hinzu.

Athanors Respekt vor dem riesigen Kerl, der reglos jenseits des Feuers lag, sank. *Trolle sind also feige.* Dann waren sie nicht besser als er. Mit Feigheit kannte er sich bestens aus.

Die Elfe ergriff seinen Fuß und strich mit beiden Daumen über die Haut um die Wunde. Es überraschte ihn, dass er keine Spur von Widerwillen oder Ekel in ihren Zügen entdeckte. Obwohl sie so jung aussah, musste sie eine erfahrene Heilerin sein.

Im ersten Moment fühlten sich ihre Finger kühl und fremd an, doch der Eindruck verging und wich angenehmer Wärme. Dass sie die Verletzung zuerst untersuchte, verstand sich von selbst, aber hätte sie dazu nicht erst einmal das Blut abwaschen müssen? Nun schloss sie auch noch die Augen. *Nun ja.* Seinetwegen durfte sie seinen Fuß gern die ganze Nacht streicheln – und noch einige Stellen mehr...

»Warum hast du wirklich die Orks angegriffen?«, fragte sie.

»Das sagte ich doch schon. Ich konnte bei dem Geschrei nicht schlafen.« In der Wunde begann es, fast unmerklich zu stechen. Die Wärme aus Elanyas Händen erfasste seinen ganzen Fuß. Benutzte sie denn keine Salben oder Tinkturen?

Die Elfe schüttelte den Kopf. »Es wäre einfacher gewesen, sich davonzuschleichen. Und sehr viel ungefährlicher.«

»Ansichtssache.« Vor einigen Jahren hätte er wohl dasselbe gesagt, doch damals hatte er noch nicht geahnt, wie es war, gejagt zu werden. »Wenn ich weitergezogen wäre, hätten sie morgen meine Spuren gefunden und mich verfolgt. Es ist besser, mich dem Feind zu stellen, solange er nichts von mir ahnt, als ihn im Nacken zu haben.«

»Auch wenn er so deutlich in der Überzahl ist?«

»Gerade dann.«

»Das ist der Weg, der in den Tod führt«, tadelte sie. »*Ich* hätte versucht, meine Spuren zu verwischen. So hätten sie nie erfahren, dass ich in ihrer Nähe war.«

Er sparte sich den Hinweis, dass sie auch nur eine Heilerin und er ein Krieger war. Ihren Mut anzuzweifeln, würde nicht dazu beitragen, sie auf sein Lager zu bekommen.

»Wir hätten die Orks am Leben lassen sollen, die über die Mauer kamen, um ihm in den Rücken zu fallen«, brachte sich Davaron in Erinnerung. Er stand noch immer mit gezückter Waffe in der Nähe und behielt Athanor argwöhnisch im Auge.

*Da waren noch mehr?* Also hatte er sich doch nicht verschätzt. »Ich hatte mich schon gewundert, wo sie bleiben.«

»Du glaubst also, du wärst auch mit ihnen noch fertig geworden.« Davaron winkte ab.

»So, das dürfte reichen«, verkündete Elanya, bevor Athanor antworten konnte.

»Was?« Verblüfft sah er auf seinen Fuß, der noch immer blutverschmiert und ohne Verband war. Das Stechen war fort. Die Wärme verflog, sobald die Elfe ihn losließ. Doch wo der Speer den Spalt hinterlassen hatte … Athanor beugte sich vor und rieb ungläubig über das getrocknete Blut. Elanya ließ etwas Wasser aus dem Trinkschlauch über die Stelle rinnen, damit er die Krusten wegwischen konnte. Darunter war nur noch rötliches Narbengewebe zu sehen. *Als seien Tage oder Wochen vergangen!* Obwohl er sich dumm dabei vorkam und es an seiner Messerwunde riss, warf er auch einen Blick auf die Fußsohle. Nur noch eine Narbe, mehr nicht. »Das ist Magie!«, entfuhr es ihm, und schon kam er sich noch dämlicher vor.

»Natürlich ist es das«, sagte Davaron. »Was sonst?« »Gibt es denn unter den Menschen keine Magier, die heilen können?«, erkundigte sich Elanya sichtlich amüsiert.

Athanor richtete sich auf, um seine Würde zurückzuerlangen. »Es gab ein paar Zauberer, aber sie hatten angeblich Wichtigeres zu tun, als sich um das Wohl anderer zu kümmern.«

»Was kann es denn Wichtigeres geben?«, wunderte sich Elanya.

»Wen interessiert das jetzt noch?«, fragte Davaron. »Sie sind wahrscheinlich ebenso tot wie die meisten anderen Menschen. Bis auf ihn hier. Sieh lieber zu, dass du fertig wirst! Ich will aufbrechen, sobald Mahalea zurückkommt.«

»Wenn er uns begleiten soll, muss er schnell genug laufen können.« Elanya rückte ein wenig zur Seite, um einen besseren Blick auf den Schnitt in Athanors Oberschenkel zu bekommen.

»Es ist nicht tief«, wiegelte Athanor ab, drehte sich jedoch, damit mehr Licht auf die Wunde fiel. Wenn die Elfe ihn heilen wollte, verzichtete er gern darauf, sich mit der dicken Knochennadel zu malträtieren.

»Trotzdem wird es dich aufhalten – und damit uns«, stellte Elanya fest und schob ihre Hand durch den Schnitt in der Hose, um sie auf die Wunde zu legen. Wieder schloss sie die Augen.

*Das letzte Mal, dass die Finger einer Frau in meiner Hose steckten, muss bei der Siegesfeier in Letho gewesen sein.* Sie hatten mit reichlich Wein auf die Einnahme der Stadt angestoßen, weshalb seine Erinnerung nur verschwommen war, aber auch ohne den Nebel der Trunkenheit kam es ihm vor, als läge diese Zeit ein ganzes Leben zurück.

Während es unter Elanyas Hand wärmer wurde, setzte ein Pochen in der Wunde ein. In der Stille, die sich zwischen ihnen ausbreitete, blieb Athanors Blick erneut an ihrem Harnisch hängen. Aus der Ferne hatte er das Material für Leder gehalten, das mit verschlungenen Bronzebeschlägen verstärkt worden war. Doch aus der Nähe betrachtet glaubte er, gewebten Stoff unter den Bronzeranken zu erkennen. *Stoff, der so steif ist wie gekochtes Leder. Hält er wirklich eine Klinge ab?*

»Starr sie nicht so an!« Davaron trat näher. Die Spitze seines Schwerts zielte auf Athanors Hals.

»Mit ehrlicher Klinge drohen, aber mit Zauberei zuschlagen.« Athanor bedachte den Elf mit einem verächtlichen Blick. »Ich bin nicht dein Gefangener, dem du irgendetwas vorschreiben könntest. Ich sitze aus freien Stücken hier.«

»Und ich wäre froh, wenn wir es dabei belassen könnten«, sagte Elanya nachdrücklich. »Es sind genug Menschen gestorben, Davaron. Lass uns diesen hier als Gast betrachten. Er hat Orks getötet, keine Elfen.«

»Dann würde er auch nicht mehr hier sitzen, sondern längst in seinem Blut liegen!« Trotzdem wich Davaron zurück.

Elanya nahm ihre Hand von der Wunde und schenkte Athanor ein spöttisches Lächeln. »Du machst ihn gesprächig. Ich glaube, er hat seit Jahren nicht mehr so viel geredet.«

»Na, wunderbar.« Auf diese Ehre konnte er nun wirklich verzichten.

Davaron warf ihnen nur einen weiteren finsteren Blick zu. Elanya erhob sich und ging zu dem Troll hinüber. Ohne das geringste Anzeichen von Furcht beugte sie sich über seine riesigen, von den Orks verstümmelten Hände. Konnte sie mit ihrer Magie auch die abgetrennten Finger nachwachsen lassen? Athanor bezweifelte es. Elanya zog einen Dolch aus ihrem Gürtel und durchtrennte die Fesseln des Ungetüms.

Obwohl Athanor im Grunde bereits wusste, dass auch von seinem Messerschnitt nur eine Narbe zurückgeblieben war, sah er nach. Unter dem Blut kam eine dünne rötliche Narbe zum Vorschein, wie an seinem Fuß. *Unglaublich.* Kopfschüttelnd stand er auf. Manchmal hatte er einfach unverschämtes Glück. Manchmal aber auch nicht. Als er sein Schwert aufhob, drückte der Griff schmerzhaft auf die Brandblasen.

»Elanya mag dich als Gast betrachten«, zischte Davaron, »aber wenn du *eine* falsche Bewegung machst, sorge ich dafür, dass dein ganzer Körper aussieht wie diese Hand.«

# 3

*Brauchen Elfen überhaupt keinen Schlaf?* Allmählich beneidete Athanor den Troll, der wohl immer noch schnarchend neben dem Feuer lag. Seit Mahalea auf ihrem Greif zurückgekehrt war, um über den Verwundeten zu wachen, bis Verstärkung eintraf, eilte er mit den Elfen durch den lichten, weglosen Wald, der die Hügel ihrer Heimat bedeckte. *Jetzt weiß ich auch, warum sie mich geheilt hat.* Schon ohne ernsthafte Verletzungen hatte er Mühe genug, mit ihren flinken Pferden Schritt zu halten. Während er das mit Vorräten und Tauschwaren beladene Muli hinter sich herzerrte, lenkten sie ihre Tiere sogar ohne Sattel und Zaumzeug. Bestimmt war wieder Magie im Spiel. Aber lieber hätte er sich auf die Zunge gebissen, als sich über die Hast zu beschweren. Auf der Flucht vor den Drachen und ihren verfluchten Dienern hatte er schließlich ganz andere Strapazen überlebt. Stattdessen setzte er ein grimmiges Lächeln auf, wann immer sich Davaron zu ihm umdrehte. Was der Elf zweifellos nur tat, um sich zu vergewissern, dass ihr »Gast« ihnen noch folgte. Elanya hingegen sah kein einziges Mal über die Schulter.

Athanor lief weiter. Immer höher stieg die Sonne und löste den Morgennebel auf. Selbst unter den Bäumen wurde es bald so warm, dass Athanor Schweiß von der Stirn rann. Anhöhe für Anhöhe eilte er hinauf und hinunter. In jede Richtung erstreckten sich die Hügel bis zum Horizont. Den kurzen Schatten nach zu urteilen, musste es längst Mittag sein, doch die Elfen zeigten keine Anzeichen von Ermüdung. Unbeirrt folgten sie ihrem unsichtbaren Pfad.

*Soll das den ganzen Tag so weitergehen?* Athanors Magen ballte sich zusammen wie eine Faust, und seine Kehle war staubtrocken. Seit der kurzen Rast bei Sonnenaufgang hatte er nichts mehr getrunken. Zum Essen war gar nicht erst Zeit geblieben, denn die Elfen waren weitergeritten, sobald sie die Pferde getränkt und selbst ein paar Schlucke aus dem klaren Bach genommen hatten. Wozu die Schinderei, wenn ihnen kein Feind auf den Fersen war? *Macht, was ihr wollt. Ich werde jetzt essen.*

Er blieb stehen, und sofort stürzte sich das Muli so ausgehungert auf die nächsten Grashalme, dass es ihm fast den Strick aus der Hand riss. Knurrend warf er den Rest des Seils nach dem Tier, doch es zuckte nicht einmal mit den langen Ohren. Kopfschüttelnd öffnete er eine der Taschen am Packsattel und zog zwei Lederbänder und ein Stück Dachsfell daraus hervor. *Stur wie ein Maulesel.* Dasselbe dachte der Elf vermutlich von ihm. Doch der Kerl würde sich nicht damit begnügen, etwas Harmloses nach ihm zu werfen. Sorgfältig wickelte Athanor das Fell um seinen Schwertgriff und band es mit den Riemen fest. Brachte der Mistkerl die Waffe erneut zum Glühen, würde ihm das Polster ein paar Hiebe erkaufen, bevor die Hitze hindurchdrang.

Er prüfte, ob die Klinge locker genug in der Scheide saß, und setzte sich zufrieden auf den mit Moos und altem Laub bedeckten Boden. *Das Land der Elfen.* Zahllose Legenden rankten sich darum, Geschichten von Zauberei und Gefahr. Nun würde er erfahren, wie viel Wahrheit in ihnen steckte. *Na und?* Es gab niemanden mehr, dem er davon erzählen konnte. Er nahm einen tiefen Schluck aus dem Wasserschlauch und wünschte, es wäre Wein.

Im Wald war es so still, dass Athanor das Trommeln der Pferdehufe schon von Weitem hörte. Das Trockenfleisch würde also noch einen Moment in seinem Beutel warten müssen. Er hatte nicht vor, es in den Dreck fallen zu lassen, nur weil ihn ein übellauniger Elf angriff. Doch es war Elanya, die auf ihrer eigenen Spur zurückgaloppierte. Das fuchsrote Pferd verriet sie, lange bevor er ihr Gesicht erkennen konnte.

Wo steckte Davaron? Athanor lauschte, ohne den Blick von der Elfe zu lösen, deren Pferd zwei Speerlängen vor ihm anhielt. Ihre glatten Züge verrieten kein Gefühl, aber in ihren Augen glaubte er Ärger und Unverständnis zu sehen.

»Warum sitzt du hier? Bist du zusammengebrochen?«

Gerade als er den Mund zu einer Antwort öffnen wollte, drang von hinten Hufschlag an sein Ohr. Das Pferd preschte so schnell heran, dass er bereits das Zittern des Bodens spürte. Athanor sprang auf, wirbelte herum und riss in der Drehung das Schwert heraus. In einer Woge raschelnden Laubs kam Davarons

Hengst zum Stehen, die Nüstern nur eine Handbreit von Athanors Schwertspitze entfernt. Mit blanker Klinge in der Hand starrte Davaron finster von seinem Ross herab.

»Damit wir uns nicht missverstehen«, sagte Athanor. »Ich verschwende meine Zeit nicht damit, gegen Reiter zu kämpfen. Ich töte das Pferd. Und dann töte ich den Mann, der darunter eingeklemmt liegt.«

»Von einem Menschen habe ich nichts anderes erwartet«, gab der Elf kalt zurück. »Töten ist alles, was ihr könnt.«

Es lag so viel Wahrheit in diesem Satz, dass Athanor getroffen mit den Zähnen knirschte. *Und ich bin der Meister von allen. Ich schaffe es sogar ganz ohne Waffen. Ich muss nicht einmal einen Finger dafür rühren.*

»Niemand muss sterben, wenn ihr endlich aufhört, euch aufzuführen wie zankende Harpyien über der Beute.«

Davarons Blick schoss zu Elanya, als hätte er Athanors Anwesenheit vergessen. Er sah sie so eisig an, dass es selbst Athanor kalt wurde.

Elanyas Augen waren vor Schreck geweitet. Sie hielt eine Hand vor den Mund, als könnten ihr ungewollt weitere Worte entschlüpfen. »Es tut mir leid«, wisperte sie, bis ihre Stimme mehr Kraft fand. »Verzeih mir. Ich weiß nicht, wie ich ausgerechnet auf Harpyien kam. Ich ...« Sie brach ab, doch der Elf erwiderte nichts. Noch immer starrte er sie an. Trotz des Helms konnte Athanor den kalten Zorn in der versteinerten Miene erkennen. Wortlos schob Davaron seine gekrümmte Klinge in die Scheide zurück, ohne den Blick von Elanya zu nehmen. *Das Schweigen wog schwerer als jeder Vorwurf. Was zum Dunklen läuft hier?*

»Es tut mir wirklich leid«, beteuerte Elanya, die langsam ihre Fassung zurückgewann. Davaron schwieg immer noch. Elanya seufzte und warf ihm einen letzten Blick zu, bevor sie sich Athanor zuwandte. Offenbar würde Davaron sie doch nicht umbringen. Vorerst beruhigt steckte Athanor das Schwert wieder ein.

»Was bei allen Alfara machst du hier?«, wollte sie endlich wissen.

Er hob den ledernen Beutel mit dem Trockenfleisch auf und zuckte mit den Schultern. »Ich esse.«
»Aber es wird doch heute Abend in Ardarea etwas geben.«
»Ihr könnt so viele Mahlzeiten auslassen, wie ihr wollt. Das ist eure Sache. Ich sehe dafür keinen Grund.« Er fischte einen Streifen aus dem Beutel und biss von den zähen Fasern ab. Von einem leichten Rauchgeschmack abgesehen waren sie fad und muffig, aber daran hatte er sich längst gewöhnt.
»Auslassen?« Elanya sah verwirrt zu Davaron, der geringschätzig das Gesicht verzog. »Menschen essen ständig. Mindestens drei Mal am Tag.«
»Tut ihr das nicht?«, wunderte sich Athanor. *Kein Wunder, dass sie so schmächtig sind.*
»Natürlich nicht«, erwiderte Elanya. »Warum sollten wir? Es genügt doch zu essen, wenn man Hunger hat.«
»Äh, ja. Sicher. Ich habe eben etwas öfter Hunger als ihr.«
Dagegen konnte Elanya offenbar nichts einwenden. Schweigend sah sie zu, wie er das Trockenfleisch Bissen für Bissen mit Wasser hinunterspülte, und ritt mit einem knappen Nicken weiter.

Dass sich Davaron nun hinter ihm hielt, störte Athanor nicht, solange der Elf nicht versuchte, ihn anzutreiben wie ein Stück Vieh. Doch nach einer Weile ritt Elanya voraus, um ihre Ankunft anzukündigen, und sogleich hatte Athanor den Eindruck, Davarons Atem im Nacken zu spüren. Vielleicht lag es nur daran, dass er nun langsamer lief. Schließlich kannte er die Richtung nicht und musste deshalb auf Elanyas Spuren achten. Trotzdem ärgerte es ihn. Ständig dieser feindselige Blick im Rücken, den er sich lebhaft vorstellen konnte, war schlimm genug. Abrupt blieb er stehen und fasste den Strick fester. Das Muli ruckte vergeblich daran.

»Entweder reitest du langsamer oder voraus«, stellte er Davaron vor die Wahl und ignorierte den Schubs, den ihm der Maulesel mit der Nase gab. »Und keine Sorge«, fügte er hinzu. »Ich habe nicht vor, wegzulaufen.«

Finster sah der Elf ihn an. Vermutlich kannte er keinen anderen Gesichtsausdruck.« »Glaubst du, ich verlasse mich auf *dein* Wort, Mensch?« Aus seinem Mund klang es stets wie eine Beleidigung. »Ich werde nicht riskieren, dass es heißt, ein Sohn Piriths sei schuld daran, dass Söhne und Töchter Ardas starben.« Athanor beschloss, die Unterstellung zu übergehen. Mit diesem Kerl zu streiten, war so sinnlos, wie einem Muli das Lesen beibringen zu wollen. Er stapfte weiter und zerrte das Packtier hinter sich her. Eine Weile dachte er über Davarons Worte nach. Sie konnten bedeuten, dass der Elf nicht aus der Gegend stammte, sonst hätte er auch seine eigene Familie in Gefahr glauben müssen. Oder er gehörte einem kriegerischen Haus an, das verpflichtet war, die anderen zu beschützen. »Ist Elanya eine Tochter Ardas?«

»Was geht es dich an, Mensch?«

»Ich versuche nur herauszufinden, von welcher Familie ich einen Funken Gastfreundschaft erwarten kann.«

»Die Söhne und Töchter Ardas sind keine Familie, sondern ein Volk! Hast du nicht behauptet, dass die Menschen die Elfen nicht vergessen hätten? Wenn sie nicht einmal mehr von den vier Völkern der Elfen wissen, kann es damit nicht weit her sein.«

»Ich bin Krieger, kein Gelehrter. Mag sein, dass es Schriften darüber gab.« *Pergamente, die mit den Bibliotheken Theroias in Flammen aufgegangen sind.* Für einen Augenblick spürte er erneut die Hitze der brennenden Stadt auf der Haut. Rauch kratzte in seinem Hals, biss in seine Augen. In seinen Ohren fauchte und brüllte das Feuer, und die Menschen schrien. Wie ein nasser Hund schüttelte er den Kopf, doch es war der Hufschlag eines galoppierenden Pferds, der die Erinnerungen endlich vertrieb.

Athanor blickte auf und entdeckte zwischen den Bäumen Elanya, die zurückkam. Da sie so wenig Zeit gebraucht hatte, konnte es bis zur Stadt der Elfen nicht mehr weit sein. Ein Lächeln huschte über ihr Gesicht. »Ich bin erfreut zu sehen, dass ihr beide noch lebt.«

»Warum sollten wir nicht?«, fragte Athanor schmunzelnd. »Wir haben nur ein wenig geplaudert.«

Davaron zog es offenbar vor, nichts dazu zu sagen, aber Athanor konnte sich seinen Blick in den düstersten Farben ausmalen.

»Gut, dann kommt!« Elanya wendete ihr Pferd, um wieder voranzureiten. »Peredin, der Älteste der Söhne und Töchter Ardas, erwartet uns.«

»Ist es eine besondere Ehre, diesem Greis vorgestellt zu werden?«, erkundigte sich Athanor und folgte ihr.

Prustend unterdrückte sie ein Lachen. »Peredin ist kein Greis. Ältester ist nur ein Ehrentitel für denjenigen, der sich am meisten um die Geschicke des Volkes verdient gemacht hat. Wir erweisen ihm dafür Respekt und achten seinen Rat, wenn es um die Belange aller geht.«

»Er ist also eine Art Anführer?«

»Peredin ist das Oberhaupt der Töchter und Söhne Ardas. Er entscheidet über alle wichtigen Fragen, wenn im Kreis der Älteren keine Einigkeit herrscht. Aber er befiehlt uns nicht, wie wir den Trollen befehlen. Wir folgen seinem Rat um seiner Weisheit willen und nicht, weil er uns dazu zwingt.«

Athanor stellte sich die adligen Familien Theroias vor und das Dickicht ihrer Interessen und Intrigen. Ohne die strenge lenkende Hand des Königs hätten sie sich gegenseitig zerfleischt. So wenig zu essen, musste die Elfen wirklich schwächen, wenn sie sich von einem alten Mann mit freundlichen Ratschlägen regieren ließen. *Aber die Elfen gibt es noch. Theroias vornehme Häuser nicht.*

Der Wald veränderte sich. Kleine Lichtungen taten sich auf. Blumen und blühende Sträucher lugten zwischen den Bäumen hervor, und moosgesprenkelte Felsen spiegelten sich in klaren Teichen. Auf den ersten Blick sah die Landschaft so unberührt aus, dass Athanor sie nicht als Garten erkannte. Doch hier und dort leuchteten gelbe und rote Früchte im Geäst, von denen er einige nie zuvor gesehen hatte. Je genauer er hinsah, desto mehr Kräuter und Gemüse entdeckte er zwischen den unbekannten Gewächsen. Kürbisse und Melonen, Hirse und Schwarzwurzel wuchsen nicht in abgeteilten, sauber geharkten Beeten, sondern wild durcheinander. Kein geflochtener Zaun schützte die Ernte vor den Tieren des Waldes. Nicht einmal eine Vogelscheuche wachte über sie. Vielleicht hatten die Elfen deshalb so wenig zu essen. Kein Edelmann Theroias hätte solche Nachlässigkeit bei seinen Bauern geduldet.

Endlich erreichten sie einen ausgetretenen Pfad. Zu beiden Seiten tauchten vereinzelte Gestalten zwischen den Pflanzen auf. Einige trugen Körbe mit Blumen und Früchten, andere arbeiteten zur Erde gebeugt, aber alle sahen neugierig auf, wenn sie die Reiter bemerkten. Es war kaum möglich, sie mit Menschen zu verwechseln. Da sie im Gegensatz zu Elanya und Davaron keine Rüstungen trugen, fiel erst recht auf, wie schlank und hochgewachsen sie waren. Zugleich bewegten sie sich mit der Anmut itharischer Tempeltänzerinnen, obwohl es doch nur Gärtner sein konnten, Bauern mit rauen Händen und Schmutz unter den Nägeln. Wie von selbst hob sich Athanors freie Hand, sodass er einen Blick auf seine Finger werfen konnte. *Na gut. Ist schon eine Weile her.*

Die Elfen kamen näher. Viele schlossen sich dem kleinen Zug an. Athanor spürte ihre Blicke, hörte sie miteinander flüstern. Manche riefen Elanya zu, ob dieser Fremde ein Mensch sei. Die Nachricht verbreitete sich in Windeseile. Immer mehr Neugierige strömten herbei. Als sie die ersten Gebäude erreichten, säumten Elfen bereits den Weg. Athanor kam kaum dazu, die wundersamen Häuser zu betrachten, deren Säulen und Bögen mit den Bäumen verwoben schienen. Ständig zog ein neues elfisches Antlitz seinen Blick auf sich. Männer wie Frauen trugen das Haar lang. Manchen reichte es bis auf die Hüften hinab, andere hatten es aufgesteckt oder geflochten. Nicht alle Frauen besaßen die außergewöhnliche Schönheit, von der die Legenden sprachen, und nicht alle Männer glichen den edlen Sängern, die alten Schriften zufolge einst im Palast der Hochkönige ihre Dichtkunst dargeboten hatten. Aber allen war eine Würde zu eigen, die Athanor verwirrte. Gab es hier kein einfaches Volk? Keine Krüppel und Bettler? Seine aufgeschlitzte, von getrocknetem Blut steife Hose war mit Abstand das schäbigste Kleidungsstück weit und breit. Die Elfen dagegen trugen feine Stoffe oder weiches Leder, selbst wenn Flecken darauf hindeuteten, dass sie gerade noch Beeren gepflückt oder in der Erde gegraben hatten.

Als immer mehr von ihnen zusammenkamen, kippte die

Stimmung. Die erste Neugier wich misstrauischen und feindseligen Mienen. Barfüßige Kinder sahen ängstlich zu Athanor auf. Andere zeigten mit dem Finger auf ihn und raunten sich Worte zu, die ihre Augen groß und rund werden ließen.

»Warum bringen sie einen Menschen hierher?«, fragte jemand im zunehmenden Stimmengewirr.

»Man sollte ihm wenigstens die Waffen abnehmen!«, forderte ein anderer.

»Menschen kann man nicht trauen.«

»Was kann er hier wollen?«

»Seht nur die vielen Haare in seinem Gesicht! Er hat einen Pelz wie ein Tier.«

*Nur weil ich mich ein paar Tage nicht rasiert habe?* Athanor schüttelte den Kopf. Sollten sie schimpfen und gaffen, so viel sie wollten. Solange niemand ernst zu nehmende Waffen zückte, war es ihm gleich. Vielleicht sollte er ein paar Grimassen schneiden, damit das Spektakel perfekt wurde.

In diesem Augenblick sprang Elanya vom Pferd und entließ den Fuchs mit einem kleinen Wink. Auch Davaron glitt von seinem grauen Hengst, und gemeinsam trabten die Pferde auf dem Weg zurück, den sie gekommen waren. Mit ihren langen Mähnen und fließenden Bewegungen strahlten sie eine Schwerelosigkeit aus, die selbst die Elfen für einen Moment von ihrem Unmut ablenkte. Aber kaum waren die Tiere außer Sicht, richteten sich alle Blicke wieder auf Athanor. »Tja, dagegen kannst du nicht anstinken«, murmelte er seinem Muli zu. »Obwohl man dich deutlich früher riecht als sie.«

Schon wurden in der Menge wieder Stimmen laut, die forderten, den Menschen dorthin zurückzuschicken, wo er hingehörte. *Aus ihrer Sicht vermutlich in einen Käfig mit sehr vielen Schlössern.* Was hatten irgendwelche Altvorderen getan, um die Elfen dermaßen gegen die Menschen aufzubringen?

Elanya wich einen Schritt zur Seite und gab Athanor den Blick auf einige Elfen frei, die den Weg versperrten. Zuvorderst stand ein älterer Mann mit ergrauendem Haar, der eine Robe aus dunkelgrüner Seide trug. Verschlungene Ranken waren in einem helleren Ton in den Stoff gewoben, der ein Vermögen kosten musste.

Als der Mann gebieterisch die Hand hob, verstummte die Menge und wandte sich ihm zu. Vielleicht war Peredin einem König doch ähnlicher, als Elanya ihn beschrieben hatte.

»Söhne und Töchter Ardas«, sprach er mit klarer, kräftiger Stimme, »Söhne und Töchter Piriths, die ihr bei uns zu Gast seid, hört mich an! Dies ist ein ungewöhnlicher Tag. Ein Tag, an den wir uns noch lange erinnern werden. Lasst ihn nicht zu einem Ereignis verkommen, dessen wir in Scham und Schande gedenken müssen. Dieser Fremde ist einer Einladung gefolgt. Ist es gerecht, ihn nun mit Verachtung und Argwohn zu empfangen? Ich sage: Nein. Lasst die Vergangenheit heute ruhen.«

*Genau. Hassen könnt ihr mich morgen wieder. Vielleicht erzählt mir bis dahin auch jemand, warum.*

»Fremder«, richtete sich der Älteste nun an Athanor. »Seit fast tausend Jahren sind die Kinder Kaysas in unserem Land nicht mehr willkommen. Aber die Welt verändert sich. Das Zeitalter der Menschen endet, und ein neues Zeitalter bricht an. Wir wollen die Stimme der Menschen noch ein letztes Mal hören, bevor sie für immer verstummt.«

Athanor fasste Peredin schärfer ins Auge. *Soll das heißen, ihr tötet mich, wenn ihr genug von mir habt?* Doch er konnte keine Feindseligkeit im Blick des Ältesten entdecken.

»Seid willkommen in Ardarea, Fremder«, fuhr Peredin fort. »In diesem Haus werdet Ihr alles finden, um Euch von Eurer Reise zu erholen.« Er deutete auf eines der merkwürdigen Gebäude, dessen Dach von den Kronen dreier Bäume gebildet wurde. »Wenn Ihr Euch gestärkt habt, werden wir darüber sprechen, wer Ihr seid und was Ihr durchlitten habt.«

*Endlich jemand, der das Gastrecht kennt und ehrt.* Athanor neigte das Haupt vor dem Ältesten. »Ich danke Euch, Herr. Mögen Eure Götter Euch die Güte vergelten, die Ihr einem Fremden erweist.«

Mit einem zufriedenen Brummen streckte sich Athanor im warmen Wasser aus und nahm einen weiteren Schluck Met. Das süße Gesöff machte seine Gedanken so träge wie seine Glieder. Er stellte den Kelch neben der Wanne ab, die so seltsam war wie das ganze Elfenhaus. Sie bestand aus einem ausgehöhlten Baumstamm, den man in den Boden eingelassen hatte. Dickes Wurzelgeflecht umgab ihn und bildete kleine Terrassen, die teils glatt und teils mit Moos gepolstert waren. Obwohl feste Wände aus Holz und Stein das Bad umgaben, lag Athanor zu Füßen eines uralten Baums. Er hatte diese Art noch nie gesehen, aber es war zweifellos ein lebendiges Gewächs. Die Krone war so dicht, dass kein Stück Himmel zwischen den Blättern zu entdecken war, und doch lenkte ihr silbriges Grün genug Licht zum Boden hinab. Auch die Borke war silbrig, jedoch grau wie das Gestein, aus dem die Wände gemauert ... Nein, einzelne Steine konnte Athanor nicht erkennen. Eher schien es, als sei der Fels in schlanken Säulen aus der Erde gewachsen, um sich mit jungen Baumstämmen zu verschlungenen Ornamenten zu verbinden. Gemeinsam bildeten sie die Wände und verloren sich hoch oben in den Ästen des Laubdachs.

*Wer hätte gedacht, dass es sich hier so gut Gast sein lässt.* Athanor griff in die Schale mit pikant eingelegten Pflaumen, die ungewohnt, aber nicht übel schmeckten. Es fehlte nur noch ein wenig weibliche Gesellschaft. Genüsslich stellte er sich vor, wie Elanya nackt zu ihm in die Wanne glitt.

»Fremder?«, rief eine zaghafte, aber leider männliche Stimme aus dem Nebenzimmer. Bestimmt war es der sehr jung wirkende Elf, der ihm bereits das Haus gezeigt und eine Mahlzeit aufgetragen hatte.

»Ja? Was gibt es denn?«

Der Elf öffnete die Tür, blieb aber mit großen Augen stehen, als sein Blick auf Athanor fiel.

»Was ist? Hast du noch nie jemanden baden sehen?«

»Ihr ... Ihr habt Haare ... auf der Brust ...«

»Natürlich habe ich Haare auf der Brust. Ich bin ein Mann! In ein paar Jahren wirst du sicher auch welche haben.«

»Äh ...« Der Jüngling schien etwas sagen zu wollen, entschied sich dann aber dagegen und hob das Bündel an, das er auf den Armen trug. »Ich habe hier saubere Kleidung für Euch. Wenn Ihr gestattet, werde ich Eure Sachen waschen.«

»Ja, sicher. Die haben es nötig. Danke, Junge.«

»Und ähm ...«
»Was noch?«
»Elanya ist gekommen, um Euch zur Versammlung der Älteren zu geleiten. Ihr werdet dort erwartet.« *Bleibt wohl keine Zeit, sie in die Wanne einzuladen.* »Gut. Sag ihr, dass ich gleich fertig bin.«
»Ja.« Der Elf legte die Kleider ab und verließ den Raum.

Widerstrebend stieg Athanor aus dem warmen Wasser. Er war müde, sein Körper zerschlagen, und sein letztes heißes Bad lag zwei Jahre zurück. Wer konnte wissen, wann sich wieder eine solche Gelegenheit bot. Aber den ehrwürdigen Peredin durfte er nicht warten lassen.

Rasch rieb er sich mit einem Leinentuch ab und staunte noch einmal über die neuen Narben, die Elanyas Heilzauber bewirkt hatte. Es war, als stammten die Blutergüsse und kleineren Schnitte aus einem anderen Kampf. *Was soll's?* Die Erinnerung würde bald verblassen, und dann würden es nur zwei weitere Narben unter vielen sein. So war es immer.

Hastig fuhr er mit dem Kamm durch das nasse Haar und legte das Lendentuch an, das offenbar auch die Elfen unter ihrer Kleidung trugen. Dazu hatte der Junge ihm eine schmal geschnittene Robe aus weichem, fein gewobenem Stoff gebracht, die eines Königshofs würdig war. Schwungvoll fuhr Athanors Hand in den Ärmel, als die Nähte auch schon knirschten. Er schaffte es gerade so, die Robe bis über die Schulter zu ziehen, doch es war absehbar, dass sie reißen würde, sobald er den anderen Ärmel anzog. *Verfluchte Hänflinge!* Wie sollte er nun vor die Älteren treten?

Ihm fiel das Hemd ein, das er auf einem verlassenen Hof gefunden hatte. Es war eher der Kittel eines Bauern, aber sauber und lang genug, um es mit einem Gürtel als Tunika zu tragen. Er hatte es mitgenommen, ebenso wie ein paar andere Kleinigkeiten. In der Stube nisteten jetzt Vögel, und von der Decke hingen Fledermäuse. Die einstigen Bewohner würden nicht zurückkehren. Er hatte zu viele leere Häuser gesehen, um noch daran zu glauben.

*Peredin wartet.* Für trübe Gedanken war keine Zeit. Er warf die Robe von sich und stürmte nach nebenan. Elanya saß auf der steinernen Bank, die in einem Halbkreis den niedrigen Tisch umgab. Der Steinmetz hatte die Lehne so kunstvoll durchbrochen und behauen, dass sie aussah, als wäre sie aus Ästen geflochten. Beim ersten Hinsetzen hatte Athanor nicht gewagt, sich anzulehnen. Zu zerbrechlich wirkte das Gebilde. Zart wie die Elfe, die keine solchen Bedenken zu haben schien.

»Oh«, entfuhr es ihr bei seinem Anblick. Ihr überraschtes Lächeln ließ Athanor innehalten. »Die Haare ...«, begann sie und malte mit dem Finger einen Kreis vor ihrem Mund. »Sie sind weg.«

»Ja. Ich habe mir den Bart geschoren. Vielleicht trägt es dazu bei, dass mein Haarwuchs nicht das Gespräch des Abends wird.«

Elanya lächelte noch breiter. »Ich fürchte, dafür ist es zu spät. Aber wenn du in diesem Tuch vor die Versammlung treten willst, musst du dir darüber keine Sorgen mehr machen.«

»Vermutlich.« Er merkte, dass er auf ihre Brüste starrte, die sich unter ihrem Kleid abzeichneten, und eilte zu seinem Gepäck. Sie war nicht zu seinem Vergnügen hier, sondern um ihn zu Peredin zu bringen.

»Du hast schon einige Narben davongetragen«, stellte sie fest, während er das Hemd suchte und aus der Packtasche zerrte. Verschämt war sie also nicht, wenn sie ihn so neugierig musterte. Oder lag es daran, dass auch sie ihn für ein Tier hielt?

»In den Ländern der Menschen herrschte Krieg«, erwiderte er nur und zog das Hemd über.

»Keine Waffen«, sagte sie, als er den Gürtel umlegte.

»Nicht einmal das Messer?«

Sie schüttelte den Kopf. »Niemand trägt Waffen in der Versammlung. Sie sind das Werkzeug des Nichts.«

»Des Nichts?«

»Sie meint den Herrn der Schatten«, erklang Davarons Stimme von der Tür her.

Athanor fuhr herum. Der Elf steckte noch immer in seiner Rüstung, auch wenn er keinen Helm mehr trug. Das dunkelblonde Haar hatte er sich streng aus dem Gesicht gekämmt, doch sein Blick war unvermindert düster.

»Und was ist mit ihm?«, wollte Athanor wissen und nickte in Richtung des Schwerts, das an der Seite des Elfs hing.
»Eine gute Frage. Was hat das zu bedeuten, Davaron?«
»Eine Vorsichtsmaßnahme. Peredin hat zugestimmt.«
»Aber das ist ...«
Der Elf schnitt ihr das Wort ab. »Du kennst die Menschen nicht, Elanya. Du weißt nicht, wie niederträchtig sie sind.«
Athanor ballte die Fäuste. »Ach ja? Und woher willst *du* das wissen?«
Kühl erwiderte Davaron seinen Blick. »Ich habe eure Länder lange genug bereist, Mensch. Mir sind dort mehr Schandtaten begegnet, als ich mir je hätte ausmalen können.«
*Sieh an. Wir dürfen euer Land also nicht einmal betreten, aber ihr treibt euch unerkannt bei uns herum.*

# 4

Die Halle, in der Peredin Athanor erwartete, sah dem Gästehaus sehr ähnlich, obwohl sie ungleich größer war. Schon aus der Ferne fiel die enorme Höhe der Bäume auf, die die acht Ecken der Halle bildeten. Ihre Kronen verbanden sich zu einem riesigen, silbrig schimmernden Dach. Auch die Wände ähnelten jenen des kleineren Hauses, doch es gab viel größere und zahlreichere Fenster, die durch kunstvoll gearbeitete Gitter aus Holz verschlossen waren. Die Gitter erinnerten Athanor an itharische Spitze, aus der sich die reichsten Frauen Theroias kostbare Schleier anfertigen ließen.

*An ihren Grenzen stehen Ruinen, und ihre Städte sind nichts als Wälder.* Er hatte keine Andeutung eines Walls um die Gärten gesehen, nichts, das auch nur annähernd als Bollwerk gegen feindliche Heere durchging. Wie konnte es diesen Ort immer noch geben, während all die Mauern und Türme der Menschen in Schutt und Asche lagen?

Elanya trat vor ihm über die Schwelle des schmalen hohen Tors und wartete dort auf ihn. Er bemühte sich, Davaron in seinem Rücken und die Blicke der gaffenden Elfen zu vergessen, doch es gelang ihm nicht ganz. Auch das Innere der Halle erinnerte entfernt an das Gästehaus, denn drei Reihen Steinbänke umgaben halbkreisförmig das Zentrum des Saals. Ihnen fehlte jedoch die filigrane Rückenlehne, weshalb sie robuster und schlichter wirkten. Unter den vielen Elfen war ohnehin kaum noch etwas von ihnen zu sehen. Sämtliche Plätze schienen besetzt. Wo noch Elfen in die Halle passten, drängten sie sich im Stehen, und alle Versammelten redeten durcheinander. Nach so vielen Monden in der Stille der Wildnis kam es Athanor vor, als summe ein Bienenschwarm direkt in seinem Kopf.

Vom Tor führte ein Gang durch die Sitzreihen nach vorn, zum anderen Ende der Halle, von wo ihm Peredin entgegenblickte. Athanor war nicht sicher, ob er den Platz des Ältesten für einen Thron halten sollte, doch es war ein breiter, mit einer niedrigen Lehne versehener Sitz, der zu beiden Seiten von einigen kleineren Ausgaben seiner selbst flankiert wurde. An der Wand dahinter stand eine weitere lange Steinbank, die wohl den Vertrauten der Älteren vorbehalten war.

»Siehst du den weißhaarigen Mann auf dem Sitz neben Peredin?«, raunte Elanya ihm zu.

Athanor nickte. Der Elf hatte ein scharf geschnittenes Gesicht, was seine Falten noch unterstrichen. Trotz seines hohen Alters hielt er sich aufrecht und musterte Athanor mit stechendem Blick.

»Das ist Kavarath. Jahrhunderte lang war er der Älteste der Töchter und Söhne Piriths, aber nun hat er die Bürde an seinen Sohn übergeben und widmet sich weniger anstrengenden Aufgaben. Er und seine Tochter weilen zurzeit als Gesandte bei uns.«

*Jahrhunderte?* Athanor wollte nachfragen, doch Elanya ging weiter, und ihm blieb nichts anderes übrig, als ihr nach vorn zu folgen. Kavaraths Tochter erkannte er auf den ersten Blick, denn sie saß neben ihrem Vater und hatte dieselben strengen Züge. Selbst die schimmernde Mähne rotblonden Haars vermochte den Ausdruck ihres Gesichts nicht zu mildern. Ihm fiel auf, dass die beiden in graue und rötliche Töne gekleidet waren, während die meisten Anwesenden grüne und braune Stoffe trugen. Ein rascher Blick in die Runde bestätigte ihm, dass er auf diese Art sofort erkennen konnte, wer zur Gesandtschaft der Söhne und Töchter Piriths gehörte. Selbst Davarons Rüstung wies die Farben seines Volkes auf, denn die zahllosen schwarzen Plättchen, aus denen sie gefügt war, wurden von dunkelroten Seidenschnüren zusammengehalten.

Obwohl es von hinten nicht danach ausgesehen hatte, fand sich in der vordersten Reihe noch Platz für Athanor. Elanya und Davaron, der tatsächlich als Einziger Waffen und eine Rüstung trug, schirmten ihn gleichsam von den anderen ab – oder die Elfen von ihm. Athanor nickte den Älteren grüßend zu, bevor er sich setzte.

Peredin wartete noch einen Moment, dann hob er wie zuvor die Hand, um Ruhe einzufordern. »Niemand von uns kann sich daran erinnern«, begann er, »dass je ein Mensch in diese Halle geladen wurde. Und doch gab es Zeiten, in denen es geschah.

Alte Aufzeichnungen künden von jenen Tagen, da Elfen und Menschen noch in Freundschaft miteinander lebten. Im Gedenken an diese Zeit wollen wir heute den Fremden willkommen heißen, der vielleicht der letzte der Menschen ist.«

*Demnach hat es niemand außer mir geschafft, die Grenze der Elfenlande lebend zu erreichen.* Was hatte er auch erwartet? Wenn das Grauen schneller war als warnende Gerüchte, gab es kein Entkommen. Wenn sich die Verfolger von den Verfolgten ernährten, während jene jagen oder Vorräte schleppen mussten, dann schmolz jeder Vorsprung wie Schnee in der Frühlingssonne.

»Fremder, wir haben Euch unsere Gastfreundschaft gewährt, wie es Brauch ist. Nun erweist uns die Ehre, uns Euren Namen zu nennen.«

»Eure Gastfreundschaft ist wahrlich großzügig, edler Peredin. Ich danke Euch und will Euch gern antworten. Mein Name ist Athanor.«

»Athanor«, wiederholte der Älteste, als prüfe er den Klang. »Ein guter Name aus alten Tagen. Ein starker Name. Und unter Menschen sicher nicht der eines einfachen Mannes.«

»Nein«, gab Athanor zu. »Meine Familie verfügte über einigen Wohlstand.« Aus dem Augenwinkel warf er einen Blick auf Davaron. Welche Gegenden hatte der Elf bereist? Kannte er die vornehmen Häuser Theroias?

»Woher stammt Ihr, Athanor? Die Königreiche der Menschen sind zahlreich.«

»Ich komme aus Letho.« *Wie leicht es mir über die Lippen geht.* Noch vor wenigen Jahren wäre er zu stolz gewesen, um seine Herkunft zu verleugnen. Er hatte gedacht, Theroia und er seien eins. *Ich war ein verblendeter Narr.* Er hatte das Unheil nicht kommen sehen, hatte die Warnungen seiner Schwester für dummes Geschwätz gehalten. *Anandra.* Mit dem Untergang Theroias war ihr Licht erloschen. Starb es sich leichter, wenn der Tod bewies, dass man recht hatte? Ihre verbrannten Knochen würden es ihm nicht mehr verraten.

»Uns ist nicht entgangen, dass in den Ländern der Menschen Krieg herrsche, Athanor aus Letho. Unsere Späher haben berichtet, dass Drachen den Himmel verdunkelten und Eure Welt in Flammen aufging. Doch sie konnten sich nicht zu weit von unseren Grenzen entfernen, daher wissen wir nur wenig darüber, was wirklich vor sich ging. Es muss schmerzhaft für Euch sein, darüber zu sprechen, aber wir bitten Euch dennoch, uns zu berichten, was geschehen ist.«

Athanor wich dem Blick des Ältesten aus und betrachtete die verzierten Steinfliesen zu seinen Füßen. Nach außen sah es hoffentlich so aus, als koste es ihn nur Überwindung, über die Schrecken des Krieges zu sprechen. Was stimmte. Er war alles andere als erpicht darauf. Aber vor allem fragte er sich, wie ein Adliger aus Letho die Ereignisse wahrgenommen hatte. »Es... gab Vorzeichen«, begann er schließlich und sah wieder auf. »Schon lange lag Krieg in der Luft. Es hieß, dass Nikene die Westmark Theroias überfallen wolle und dass Theroia ein Auge auf die fruchtbaren Auen Nikenes geworfen habe. Andere sagten, Nikene bedrohe gar nicht Theroia, sondern uns. Immer mehr und wildere Gerüchte gingen um. Händler wollten im Osten Drachen gesehen haben. Sie sagten, Theroia verbünde sich mit den Ungeheuern, um seine Nachbarn zu unterwerfen.«

Athanor zögerte. Etliche Elfen flüsterten miteinander, es klang fragend und ungläubig. Hatten sie noch nichts von dem Bündnis gewusst? Ihre Grenze stieß an Theroias Süden. Er konnte sich nicht vorstellen, dass ihren Spähern entgangen war, von wo die Angriffe ausgegangen waren.

»Ruhe bitte!«, mahnte Peredin. »Es gibt keinen Grund, sich vor Bedrohungen zu fürchten, die vergangen sind. Der Hohe Rat in Anvalon wusste von diesen Vorgängen, und wir waren für den Fall gewappnet, dass diese Scharade der Drachen uns gegolten hätte. Bitte, Athanor, fahrt mit Eurem Bericht fort.«

*Ich denke gar nicht daran!* »Ihr wusstet davon?«, empörte er sich. »Seit wann?«

»Das geht Euch nichts an«, beschied ihm Kavarath scharf. Der frühere Älteste der Abkömmlinge Piriths beugte sich auf seinem Sitz vor und richtete drohend den Zeigefinger auf ihn.

»Mäßigt Euch, Kavarath«, forderte Peredin. »Es ist verständlich, dass dieser Mann aufgebracht ist. Er glaubt, eine Warnung unsererseits hätte sein Volk vielleicht retten können.«

*Ein so guter Schauspieler bin ich dann auch wieder nicht.* Aber wie hatten die Elfen von den geheimen Verhandlungen zwischen den Drachen und Theroia erfahren können? Ein Verräter am Hof? Oder hatten sie einen der ihren dort eingeschleust? Wenn dieser Spion noch lebte, konnte der Kerl ihn jederzeit auffliegen lassen.

»Weshalb sollte ein Elf einen Finger rühren, um Menschen zu retten?«, wehrte Kavarath ab.

»Vielleicht, weil es ehrenwert wäre?«, fuhr Athanor auf.

Der alte Elf lachte höhnisch. »Was versteht ein Mensch schon von Ehre? Wir haben euch einst die Magie gelehrt, und ihr wandtet sie gegen uns. Wir schlossen mit euch Freundschaft, und stets erhielten wir ein Messer in den Rücken – ein ums andere Mal! Nenne mir einen Grund, Mensch, nur einen einzigen, warum wir euch nicht hassen sollten.«

*Warum weiß ich von all dem nichts?* Wie sollte er etwas erwidern, wenn er nicht einmal wusste, worum es ging? Diese Geschehnisse mussten sich vor unvorstellbar langer Zeit zugetragen haben, als die Länder der Menschen unter dem Hochkönig in Ithara geeint waren, oder sogar noch vor jenem Alten Reich.

»Dieser Streit wird nirgendwo hinführen«, warf Peredin ein. »Selbst wenn Kavarath nicht die Meinung der Mehrheit im Hohen Rat vertreten würde, was hätte Euch eine Warnung genützt? Als wir über dieses Bündnis Gewissheit hatten, stand der erste Angriff unmittelbar bevor. Um den Drachen standhalten zu können, hättet Ihr Jahre der Vorbereitung gebraucht. Und selbst dann ...«

*Ja. Selbst dann wäre es hart geworden.* Nächtelang hatte Athanor gegrübelt, ob es Rettung für Theroia gegeben hätte. Was wäre möglich gewesen, wenn ... Es war seine ganz eigene Methode, sich zu foltern. Doch irgendwann hatte er aufgegeben.

»Der Älteste spricht mit dir, Mensch!« Davaron stieß ihn wütend mit dem Ellbogen an.

»Wozu befragt Ihr mich eigentlich, wenn Ihr schon alles wisst?«, hielt Athanor dagegen.

»Ihr glaubt, dass wir Euch unnötig quälen, aber das liegt uns fern«, behauptete Peredin. »Ja, wir wussten von dem Bündnis und sahen aus der Ferne Rauch aufsteigen. Aber wir verstehen nicht, was dann geschah. Warum am Ende auch Theroia brannte. Warum unsere Späher keine Menschen mehr finden, selbst wenn sie weit über unsere Grenzen vordringen. Warum sogar jene Höfe verlassen sind, die nicht Opfer der Flammen wurden.«

»Weshalb am Ende auch Theroia brannte?« Athanor setzte ein grimmiges Lächeln auf. Den wahren Grund konnte ein Mann aus Letho nicht wissen, doch er würde eine Meinung dazu haben: »Die Götter haben es für seine Taten gerichtet.«

Der Älteste nickte nachdenklich. »Der Wille der Götter hat schon so manchen Plan vereitelt. Uns interessiert jedoch viel mehr, *wie* sie es tun. Was mag die Drachen bewogen haben, sich plötzlich gegen ihre Verbündeten zu wenden?«

»Brauchen grausame Ungeheuer dafür einen Grund?« *Jedenfalls haben sie sich nicht die Zeit genommen, ihn zu erläutern, bevor sie die Stadt in Brand setzten.*

»Ganz offensichtlich ist dieser Mann als Zeuge wenig hilfreich«, murrte Kavarath. »Wenn wir etwas über Theroia erfahren wollen, werden wir einen Theroier fragen müssen.«

Athanor lächelte ihm säuerlich zu. *Viel Erfolg bei der Suche.*

»Es gibt genug andere Rätsel, die es zu lösen gilt«, befand Peredin und wandte sich wieder an Athanor. »Erzählt uns einfach, was geschah und wie Ihr entkommen seid.«

*Wie war es in Letho gewesen?* In seiner Erinnerung verschwammen die Märsche und Schlachten, die brennenden Städte und Dörfer wie in einem zu langen Traum. »Wir marschierten dem theroischen Heer entgegen. In den alten Tagen war es klüger, den Feind bereits an der Grenze aufzuhalten. Dafür hatten wir Wälle und Gräben und verschanzten uns dort. Gegen die Krieger hätten wir vielleicht bestehen können, doch es kam anders, als wir erwartet hatten. Drachen flogen herbei. Sie hüllten uns in ihr Feuer, und die theroischen Krieger stürmten durch die Lücken, die ihre Bestien ihnen brannten. Ich kämpfte in der Schlacht und überlebte, aber die Theroier glaubten, ich sei tot und ließen mich in einem Graben liegen. Um mich herum hielten die Todesfeen ihr grausiges Mahl.« Ihre zänkischen Schreie gellten wieder in seinem Ohr, mischten sich mit dem Stöhnen der Sterbenden. Schattenhafte Gestalten beugten sich gierig über reglose Körper. Er konnte es riechen, das Blut, den Gestank aufgeschlitzter Gedärme.

»Athanor?« Elanyas Stimme durchbrach den Bann.

Er hatte nie in einem Graben gelegen, aber er war über Schlachtfelder gewankt, um nach verwundeten Freunden Ausschau zu halten. Rasch versuchte er, sich auf die erfundene Geschichte des Mannes aus Letho zu besinnen. »Entschuldigt. Ich ...«

»Ihr wurdet von der Erinnerung überwältigt«, stellte Peredin mit verständnisvoller Miene fest. »Ihr sagt, dass die Theroier Euch übersahen, weil sie Euch für tot hielten. Habt Ihr Kunde, was mit den anderen Verwundeten geschah? Wohin die Gefangenen gebracht wurden?«

»Es gab keine Gefangenen. Die Theroier haben alle getötet.«

Entsetztes Raunen ging durch die Versammlung der Elfen. Elanya biss sich auf die Unterlippe. Athanor folgte ihrem Blick zu einer anderen Elfe auf der Bank hinter den Ehrenplätzen der hohen Würdenträger, doch die Unbekannte schien Elanyas Blick nicht zu erwidern. Irgendetwas stimmte nicht mit ihrem Gesicht. Es war zu starr, zu ... *Es ist eine Maske.*

»Die Menschen sind wahrlich schlimmer als jedes wilde Tier«, entrüstete sich die alte Elfe auf dem Sitz rechts neben Peredin.

»Wir sollten froh sein, dass sie vernichtet wurden!«, rief jemand aus der Menge. Weitere Stimmen wurden laut, weshalb der Älteste erneut Ruhe einfordern musste.

*Worüber regen sie sich so auf?* Ob man auf dem Schlachtfeld Gefangene machte, um sie später gegen Lösegeld oder eigene Leute auszutauschen, oder nicht, hing von der Art des Feldzugs ab. Wenn es nur darum ging, Ruhm und Reichtum zu erwerben, konnte man die Besiegten getrost am Leben lassen. Aber um ein Volk zu unterwerfen, war es klüger, die Krieger zu töten. Sonst riskierte man nur neue Kämpfe und Widerstand.

»Fahrt bitte fort«, forderte Peredin, als wieder brüchige Ruhe eingekehrt war. »Was geschah dann?«

»Die Theroier marschierten weiter, doch einige Drachen zogen noch tagelang ihre Kreise am Himmel. Wo sie ein Dorf oder einen Bauernhof sahen, stießen sie nieder und verbrannten die Häuser samt ihrer Bewohner. Wer floh, wurde von ihnen verfolgt. Wer es bis in die Wälder schaffte, irrte umher und suchte Unterschlupf. Es gab keinen sicheren Ort, zu dem sich die Flüchtlinge hätten durchschlagen können. Kamen zu viele von ihnen zusammen, wurde ihr Lager von den Drachen entdeckt. Blieb man allein in der Wildnis, kamen die Rokkur – und die Orross.« Wieder saß er in der Höhle, hungrig, ausgelaugt, abgehetzt, dem Tod näher als dem Leben. Und in der Stille der Nacht hörte er das Schnüffeln, die Bestie, die seine Witterung aufnahm. Er merkte, dass seine Hand zitterte, und holte tief Luft. *Ich bin hier. Ich lebe. Und die verfluchte Chimäre ist tot.* »Ich weiß nicht, wer sie gerufen hat. Aber nie zuvor wurden diese Ungeheuer in Letho gesichtet. Sie waren Geschichten aus den Bergen des Nordens gewesen. Doch nun streiften die Orross durch unsere Wälder und jagten uns, fraßen die Kinder vor den Augen ihrer Mütter. Sie haben die Kraft eines Bären und die Hauer eines Keilers. Und wer ihren Spürnasen entging, den fanden die Rokkur auf ihren breiten Schwingen. Keine Keule, die ein Mensch zu schwingen vermag, zertrümmert den Schädel eines Rokkur. Ihre Kiefer zermalmen Knochen wie Gras. Ihr wollt wissen, warum Ihr keine Menschen mehr findet. Diese Bestien haben jeden einzelnen gejagt, bis niemand mehr übrig war. Ich bin ihnen entkommen. Ich weiß nicht mehr, wie lange ich geflohen bin oder in welche Richtung. Sie lauerten mir auf. Ich tötete sie. Irgendwann war es vorbei. Das Land war leer.«

Als er verstummte, herrschte Totenstille. Erst jetzt bemerkte er, dass die Dämmerung angebrochen war. Schatten hatten sich über die Versammlung gelegt. *Jagdzeit für Orross.*

Peredin räusperte sich. »Eure Geschichte betrübt mich, Athanor aus Letho. Und doch danke ich Euch dafür. Das Ende des Krieges ist fast zwei Jahre her. Nun wissen wir endlich, was danach geschah.«

*Und Eure Leute sehen aus, als hätten sie lieber nichts davon erfahren.*

»Bringt Licht!«, befahl der Älteste. »Die Dunkelheit jener Tage soll sich nicht in unseren Herzen einnisten!«

Einige Elfen eilten hinaus und kehrten mit großen Laternen zurück.

»Wie ist es Euch nach Eurer Flucht ergangen?«, erkundigte sich Peredin im warmen goldenen Licht, das sie verbreiteten.

»Elanya berichtete mir, dass Ihr Euch als Händler bezeichnet habt.«

»Ach das, ja.« Er merkte, dass sich ein Lächeln in seine Züge stahl. »Es begann mit einem Messer, das ich gegen eine unverschämte Menge Pelze von einem sturen Zwerg erstand. Erst wenn man sich allein in der Wildnis wiederfindet, merkt man, was man alles *nicht* kann. Ich hatte mein Messer zerbrochen und brauchte dringend Ersatz. Aber ich bin kein Schmied. So fing ich an, mit jedem zu handeln, den ich traf. Im Norden waren es Zwerge. In den zerstörten Reichen der Menschen stieß ich auf Faune und weit im Westen auf Zentauren. Nur mit den Orks hatte es keinen Zweck. Sie hören einfach nicht zu, bevor sie die Waffen ziehen. Jetzt töte ich sie und nehme mir dann, was ich von ihnen brauche.«

»Ihr habt also Handel mit Zwergen getrieben?«, hakte Peredin nach.

»Ja.« War das etwa auch wieder ein Verbrechen?

Der Älteste wechselte einen Blick mit Elanya, während Kavarath gereizt mit den Fingern auf seine Lehne trommelte.

»Habt Ihr auf Eurer Wanderung je wieder einen Menschen gesehen?«, fragte Peredin.

»Nein.« Er war durch Theroia und Letho, Nikene, die Nordmarken und das Herz des Alten Reichs gezogen, hatte die Ruinen der Städte am Stürzenden Fluss und die verbrannten Wehrdörfer der Kyperer gesehen, aber nirgends, an keinem noch so versteckten Ort, war ihm ein Mensch begegnet. Wo sie einst lebten, hausten nur noch Geister – und Orks.

Athanor glaubte, den Blick der maskierten Elfe auf sich zu spüren. Doch als er zu ihr hinübersah, starrten die aufgemalten Augen ins Nichts.

Mahalea schob die Hände ins Gefieder des Greifs, um sie vor der kalten Luft zu schützen. Mit klammen, steifen Fingern war noch niemandem ein guter Schuss geglückt. Noch fehlte es der Sonne an Kraft. Sie ging gerade erst über den alten Hügeln der Trolle im Osten auf. Mahalea lag auf dem Rücken der Chimäre, der kaum breiter war als sie selbst, und spürte das Spiel der kräftigen Muskeln unter sich. In den langen Jahren, die sie nun schon bei der Grenzwache diente, hatte sie gelernt, die Greife so wenig wie möglich zu behindern. Sie dankten es nicht nur mit mehr Ausdauer, sondern auch mit größerer Treue. Behandelte ein Elf sie ungerecht, wurden sie tückisch und verschwanden oft für immer in der Wildnis. Mahaleas Schulter zierte noch die Narbe eines Schnabelhiebs, den ihr ein zorniger Greif verpasst hatte, als sie jung und arrogant gewesen war. *Man bekommt, was man verdient. Aber manche begreifen das einfach nicht.*

Sie schob den Gedanken an ihre Familie beiseite und stützte sich höher auf, um am kräftigen Nacken des Greifs vorbei nach unten zu spähen. So früh am Tag fehlten die warmen Aufwinde, weshalb er immer wieder mit den Flügeln schlug, um seine Höhe zu halten. So manche Chimäre hätte den anstrengenden Flug verweigert. Das Löwenerbe machte sie nicht nur stark, sondern auch faul. Doch Sturmfeder gehörte zu den verlässlichen Greifen. Er war klüger als die anderen und verstand wohl, dass das Auftauchen der zwanzig Orks am Pass von Gordom ein Grund zur Beunruhigung war.

*Und was hatte der Mensch damit zu tun?* Diese Frage ging Mahalea immer wieder durch den Kopf. Wenn es um Gefahren ging, glaubte sie nicht an Zufälle. Aber wie sie es auch drehte und wendete, sein Auftauchen ergab keinen Sinn. Er hatte ihnen lediglich eine Menge schmutziger Arbeit abgenommen, für die sie dem Sein etliche neue Leben geschuldet hätten.

Der Greif stieß einen lang gezogenen Schrei aus, der Mahaleas Aufmerksamkeit von den bewaldeten Hügeln an den Himmel lenkte. Sie kannte die Laute, mit denen die Chimären ihresgleichen begrüßten, und machte sich auf den kleinen Tanz gefasst, der zu jeder Begegnung gehörte. Kaum hatte sie den anderen Greif entdeckt, legte sich Sturmfeder auch schon in die Kurve. Kalter Wind pfiff an ihren Ohren, als die beiden Tiere haarscharf aneinander vorbeisausten. Sie glaubte einen Aufschrei zu hören. Oder war es ein Jauchzen? *Da ist wohl ein Frischling unterwegs.*

Sturmfeder jagte in einer Kehre nach unten, die der andere Greif prompt spiegelverkehrt imitierte. Erneut schossen sie aneinander vorbei, der Fremde knapp über ihren Kopf hinweg. Der Sog zerrte an Mahaleas Fellkappe. Ihr Körper passte sich von selbst dem Spiel an. Eine Tochter Heras fürchtete sich nicht vor luftigen Höhen. Noch nie hatte sie das Gleichgewicht verloren, und sollte es je passieren, blieb ihr immer noch die Magie.

In gebührendem Abstand schraubten sich die beiden Chimären wieder empor. Der andere Reiter hob grüßend die Hand, doch die Art, wie er schnell wieder ins Gefieder des Greifs fasste, verriet, dass er kein Sohn Heras war. Als ob sein leuchtend rotes Haar nicht genügt hätte. *Du hast Mut,* stellte Mahalea dennoch fest und nickte ihm zu. Da ihnen das Talent zum Meistern des Luftelements fehlte, wagten nur wenige Söhne und Töchter Piriths, einen Greif zu reiten.

Sturmfeder wendete, um den letzten Teil des Tanzes einzuleiten. Die beiden Greife schwenkten auf dieselbe Richtung ein und flogen nun dicht nebeneinander her. Mal ließen sie sich zur einen, dann zur anderen Seite kippen. Es war, als würden sie sich zurufen: »Mach's nach!« Doch verglichen mit ihren Möglichkeiten blieben die Manöver harmlos. Vielleicht nahmen sie mehr Rücksicht auf ihre Reiter, als Mahalea früher geglaubt hatte.

»Ich grüße Euch, Mahalea!«, rief der junge Grenzwächter. Seine Augen waren fast so gelb wie die eines Trolls, was ihm unter den Kameraden sicher einigen Spott einbrachte. »Mein Name ist Elidian.«

Sie folgte seinem Beispiel und setzte sich auf. Im Liegen ließ es sich schlecht sprechen. »Kommst du aus Beleam?«

»Ja. Wir haben die Nachricht des Kommandanten erhalten und fliegen seitdem ununterbrochen. Ich selbst bin gestern bis zu den Trollhügeln vorgedrungen, bevor ich umkehren musste.«

»Hast du Orks gesehen?«

»Einen ganzen Trupp. Mindestens dreißig. Aber sie marschierten nach Osten und hatten schwere Lasten bei sich. Ich glaube nicht, dass sie …« Er warf ihr einen unsicheren Blick zu, als sei ihm gerade eingefallen, mit wem er sprach. »Hätte ich sie länger beobachten sollen? Könnte es eine Finte gewesen sein?«

»Hast du in Beleam davon berichtet?«, erkundigte sich Mahalea.

»Natürlich.«

»Dann werden die Späher den Trupp im Auge behalten. Haben die Trolle dort von irgendwelchen Vorkommnissen berichtet?«

»Nein, bei uns war alles ruhig. Wir wissen auch jetzt nicht viel. Uns wurde nur gesagt, dass es einen Angriff durch Orks gab, aber nicht einmal, wo.«

»Am Pass von Gordom. Ich war dort.«

»Wirklich?« In seinen Augen leuchtete so viel Neugier auf, dass Mahalea es aus zwei Greifenschwingen Entfernung erkennen konnte. Er musste in der Tat sehr jung sein. »Würdet Ihr mir davon erzählen? Natürlich nur, wenn Ihr Zeit habt. Ihr habt sicher Besseres zu tun, als ...«

»Hör auf, dich vor mir in den Staub zu werfen! Das ist widerlich!«

»Aber Ihr seid die Nichte der Ratsvorsitzenden *und* die Tochter ...«

»Denethars, des großen Helden der Trollkriege, ja, ja. Verschon mich! Wenn du wissen willst, was passiert ist, schließ dich mir an. Ich will tiefer ins einstige Grenzland Theroias vordringen, damit uns dort nichts entgeht.« Sie kannte seine Antwort – noch bevor *er* sie kannte. Dafür schätzte sie die Abkömmlinge Piriths. Was ihrem eigenen Volk an Tatendrang fehlte, brachten einige von ihnen im Übermaß mit. Doch was nützte es, solange jene mit den größten Begabungen ihre Zeit mit Liedern und bunten Papierdrachen verschwendeten?

*Zum Herumsitzen bin ich einfach nicht geboren.* Seit dem fürstlichen Frühstück aus Beeren in Honigrahm und warmem Hirsegebäck versuchte Athanor, sich mit sinnvollen Kleinigkeiten die Zeit zu vertreiben, doch allmählich gingen sie ihm aus. Was vor allem daran lag, dass der junge Elf, der ihn bediente, stets schon an alles gedacht hatte. Seine alten Stiefel standen gesäubert, poliert und neu besohlt auf der Schwelle. Die zerschnittene Hose lag auf der steinernen Bank, gewaschen und so kunstfertig geflickt, dass die Nähte kaum zu sehen waren. Sogar der abgewetzte Waffenrock hatte keine Flecken mehr, und das Kettenhemd roch nach einem fremdländischen Öl, das es vor Rost schützen sollte. Als Athanor einen brüchigen Riemen seines Gepäcks inspizierte, lief der Junge gleich mit der ganzen Tasche davon. So blieb ihm nur, seine Klingen zu schärfen, denn die Waffen rührte der Elf nicht an. Es war, als nehme er sie nicht einmal wahr. Außer um ihnen auszuweichen, wenn sie im Weg lagen.

»Nicht, dass ich Wert darauf legen würde, dich mit meinem Schwert herumspielen zu sehen, aber ... Ist es dir verboten, es anzufassen?«

Der Junge sah ihn an, als hätte er gefragt, ob sich die Wurzeln eines Baums am Boden befanden. »Ich, ähm, würde nicht sagen, dass es verboten ist. Aber warum sollte ich es berühren wollen?«

»Hm, weil alle Jungen, die ich kannte, ganz versessen auf Schwerter waren. Mich selbst eingeschlossen.«

»Ihr habt damit getötet, oder nicht?«

»Natürlich. Dazu ist es da.«

»Dann ist es unrein. Der Hauch des Todes haftet ihm an. Wenn man unreine Dinge berührt, macht man das Nichts auf sich aufmerksam.«

Athanor verstand. »Ach so. Den Herrn der Schatten.«

»Wen?«

»Den ... Nein, vergiss es. Nur etwas, das dieser übellaunige Davaron sagte. Aber der gibt sich ja auch mit unreinen Dingen ab.«

»Damit nimmt er ein großes Opfer auf sich«, erklärte der Junge, als müsste er den Älteren verteidigen.

»Ja, ja, schon gut.« Lobreden auf diesen Mistkerl waren das Letzte, was Athanor hören wollte. Trotz der Fenster war die Luft im Gästehaus davon stickig geworden. »Ich muss einen Spaziergang machen, sonst komme ich noch um vor Langeweile.«

Bevor der Junge etwas erwidern konnte, war Athanor schon hinausgestürmt. Kaum war er über die Schwelle getreten, hielt er jedoch abrupt wieder an. Ganz in der Nähe saß ein Elf in einer ähnlichen Rüstung, wie Elanya sie getragen hatte, unter einem Baum und sah zu ihm hinüber. *Ein Wachhund.* Athanor machte einen weiteren Schritt und wartete. Der bewaffnete Elf stand auf, wirkte aber nicht, als wollte er ihn um jeden Preis aufhalten. *Nein, ich werde dich nicht fragen, ob ich dieses Haus verlassen darf.* Wenn er ein Gefangener war, sollten die Elfen es ihm gefälligst sagen. Aber der Wächter schwieg auch, als Athanor an ihm vorbeischlenderte und ihm knapp zunickte. Anstatt den Gruß zu erwidern, folgte ihm der Elf in einigen Schritten Abstand. Glaubten diese Leute wirklich, er würde mit bloßen Händen über sie herfallen? Dass er sich aus heiterem Himmel auf sie stürzte wie ein Löwe, der aus seinem Käfig entkommen war?

Obwohl er die Blessuren des Kampfs noch spürte, fühlte er sich im Freien sofort besser. Wenn es nach den Blicken gegangen wäre, mit denen die Elfen ihn bedachten, hätte er sich allerdings vor Schmerz am Boden gewunden. Mütter riefen mit ängstlicher Miene ihre Kinder ins Haus. Verwünschungen wurden gemurmelt. Ein alter Mann hob drohend einen Stab, als könnte Athanor auf die Idee kommen, seinen Garten zu plündern. Und selbst jene, die ihn nicht argwöhnisch anblickten, sahen hochmütig und abweisend aus. Vielleicht sollte er einfach wieder gehen. Die Elfen Elfen sein lassen und seiner Wege ziehen. Wenn er nur gewusst hätte, welche seine Wege waren ...

»Athanor!«

Er sah sich um und entdeckte den Jungen, der herbeieilte und ihm bedeutete, auf ihn zu warten.

»Ihr sollt zu Peredin kommen!«, rief der junge Elf, noch bevor er ihn eingeholt hatte. »Er erwartet Euch in der Halle der Wächter Ardas.«

»Wer sind die Wächter Ardas?« Gab es etwa eine Gemeinschaft von Kriegern, der Davaron und dieser schweigsame Kerl hier angehörten?

»Die Wächter Ardas sind die acht Bäume, die ihr Grab behüten. Wer sonst?«

»Die Bäume, aha.« *Nein, mit Kriegern habt ihr es wirklich nicht so.* »Heißt das, die Halle, in der sich die Älteren versammeln, ist zugleich das Grab eurer Ahnin?«

Der Junge nickte. »Sie war so mächtig, dass die Seelenfänger ihr nichts anhaben konnten. Ihre Seele ging ins Ewige Licht, obwohl sie hier in Ardarea starb.« Er klang, als sei er dabei gewesen und noch immer stolz darauf. »Kommt jetzt!«

Athanor folgte ihm und fragte sich, was zum Dunklen das Ewige Licht sein mochte. Wenn es einem Toten gelang, den Seelenfängern zu entkommen, suchte er seine Familie als Geist heim oder kehrte gar als Wiedergänger zurück. Ein Schicksal, das Athanor niemandem wünschte – außer Davaron. Dem arroganten Bastard gönnte er eine ganze Horde Geister erschlagener Gegner, die ihm die Nächte zur Qual machten.

*Und da sitzt er auch schon wieder.* Athanor entdeckte ihn sofort, als sie die Halle betraten. Auf den nahezu leeren Bänken war es nicht schwierig. Nach der großen Versammlung am Vorabend schien es sich dieses Mal nur um eine kleine Zusammenkunft der Würdenträger zu handeln. Kavarath saß erneut neben Peredin und sah Athanor mit undeutbarem Blick entgegen. In den herben Zügen seiner Tochter stand dagegen unverkennbares Misstrauen. Auch auf der Bank hinter dem Ältesten und seinen wichtigsten Beratern hatten sich wieder einige vornehm gekleidete Elfen eingefunden. Athanor entdeckte die Frau mit der Maske, aber Elanya war nirgends zu sehen.

»Nehmt Platz, Athanor aus Letho«, bat Peredin. »Wir haben lange über Euch beraten und sind zu dem Schluss gelangt, dass Ihr in einer bestimmten Angelegenheit unser Vertrauen verdient.«

Überrascht setzte sich Athanor auf. *Vertrauen?* Er musste sich verhört haben. *Abwarten. Wahrscheinlich wollen sie, dass ich jemanden für sie umbringe.* »Ich fühle mich geehrt, Ältester. Worum geht es?«

»Es geht um einen Dienst, den uns die Menschen lange Zeit erwiesen haben. Seine Geschichte reicht weit zurück bis in die Tage des Alten Reichs, als unsere Völker Freunde zu sein pflegten, und sogar darüber hinaus. Denn einst lebten Elfen bis zu den Bergen des Nordens, wo die Königreiche der Zwerge beginnen.«

Elfen hatten in Theroia gelebt? Das musste in der Tat noch

vor dem Alten Reich gewesen sein, denn nicht einmal die Gelehrten wussten noch davon. Aber vielleicht war es auch nur eine Legende der Elfen. So wie die Nikener glaubten, dass die Westmark Theroias rechtmäßig ihnen gehörte, weil sie einst zuerst dort gesiedelt hätten.

»Damals kam es zu einem Streit zwischen den Zwergen und uns. Es ging um eine Quelle an einem heiligen Berg, und die Sturheit der Zwerge brachte Leid über uns alle. Seit jener Zeit herrscht Schweigen zwischen uns und den Völkern unter den Bergen. Wir schickten Unterhändler, um die Hand zur Versöhnung zu reichen, doch die Tore der Zwerge blieben ihnen verschlossen. Kein Wesen, das der Zauberei mächtig ist, sollte je wieder ihre Hallen betreten dürfen.«

Athanor sah auf seine Brandblasen hinab. *Das kann man ihnen nicht verdenken.*

»Solange es die Menschen gab, schmerzte uns der Trotz der Zwerge nicht allzu sehr«, behauptete Peredin. »Alle Güter, die wir einst mit ihnen gehandelt hatten, fanden durch die Hände der Menschen noch immer ihren Weg zu uns.«

»Sagtet Ihr nicht, dass Menschen hier seit dem Untergang des Alten Reichs nicht mehr willkommen sind?«, wunderte sich Athanor.

»Das ist wahr«, bestätigte der Älteste. »Sie mussten unsere Länder nicht betreten, um mit uns zu handeln. Eure Kaufleute kamen in die Dörfer der Faune, um unsere Händler zu treffen. Nur an wenigen Tagen hatten sie Gelegenheit, ihre Geschäfte zu machen, und viele schwiegen über dieses Geheimnis, denn es bescherte ihnen wohl einigen Reichtum.«

*Dann war die Elfenseide, die sie uns zu Wucherpreisen verkauft haben, also doch echt.* Seit ihm die Elfen so feindselig begegnet waren, hatte Athanor stark an der Redlichkeit jener Händler gezweifelt.

»Nun ahnt Ihr sicher, welches Angebot wir Euch unterbreiten möchten. Der Handel ist zum Erliegen gekommen. Es gibt nicht viel, das wir von den Zwergen benötigen, aber unsere Vorräte an Edelsteinsalz gehen zur Neige. Viele unserer Magier und Handwerker brauchen diese Zutat, und wir können es nicht selbst herstellen. Ihr habt Euch als Händler bezeichnet. Wir bieten Euch einige Ballen Brokat aus den Webstuben der Söhne und Töchter Ameas. Seit jeher schätzen die Zwerge diesen Stoff, weil das Silber in ihm glitzert wie Sonnenlicht auf dem Wasser. Tauscht ihn gegen so viel Edelsteinsalz, wie Ihr aushandeln könnt, und wir werden Euch reich dafür entlohnen.« Der Älteste lehnte sich mit erwartungsvoller Miene auf seinem Sitz zurück. Alle Blicke richteten sich auf Athanor.

*Sie bitten mich um einen Gefallen?* Fast hätte er laut aufgelacht. Als er in die Halle gekommen war, hatte er damit gerechnet, dass Peredin ihn unter wortreichen Entschuldigungen verabschieden würde. Die Elfen bedachten ihn mit Flüchen und bösen Blicken. Sie fürchteten und hassten ihn. *Und jetzt das.* Warum sollte er ausgerechnet ihnen helfen? Glaubten sie, ihn mit Reichtümern ködern zu können? Dann irrten sie sich gründlich. In der Wildnis hatte er keine Verwendung für prunkvolle Roben und Geschmeide, und einen anderen Ort, an den er gehen konnte, gab es nicht.

»Nun? Was sagt Ihr?«, drängte Kavaraths Tochter. Ihr Vater trommelte erneut mit den Fingern auf der Lehne. In ihren Gesichtern fand Athanor nichts als Ungeduld und den Widerwillen, auf ein verachtenswertes Wesen angewiesen zu sein.

*Nein danke. Seht zu, wie ihr zurechtkommt.* Die Worte lagen ihm auf der Zunge. Wenn er jetzt aufstand und ging, wäre alles wieder wie zuvor. Er würde weiterziehen, die Länder der Elfen verlassen und niemals zurückkehren. Sie wollten ihn ohnehin nicht hier haben. *Aber ...* Er sah Elanya in dem grünen Kleid vor sich. Ihre Kurven, die sich beim Gehen darunter abgezeichnet hatten. Ihre großen, abgrundtiefen Augen. Die beinahe weiße Haut in ihrem Ausschnitt. Vielleicht sollte er die Möglichkeit, hierher zurückzukehren, doch nicht so leichtfertig ablehnen. *Ist ja nicht so, dass ich etwas Besseres vorhätte. Oder überhaupt irgendetwas.* »Danke, ehrwürdiger Peredin. Ich nehme Euer Angebot an.«

Mehrere Ältere atmeten erleichtert auf. Selbst Kavarath sah einen Augenblick weniger streng aus, bevor er wieder die Stirn runzelte und sich mit erhobenem Zeigefinger vorbeugte. »Glaubt nicht, dass Ihr uns hintergehen könnt! Davaron wird Euch begleiten.«

»Was?« Athanor sprang auf und sah Peredin an. »Das ist nicht Euer Ernst. Erst sprecht Ihr von Vertrauen, und dann ...«
Der Älteste schoss Kavarath einen missbilligenden Blick zu, bevor er sich wieder Athanor zuwandte und begütigend die Hand hob. »Davaron wird nicht mit Euch gesandt, um Euch zu kontrollieren. Was solltet Ihr mit dem Brokat auch Schändliches anfangen? Ihn den Orks verkaufen?« Wieder flog ein vielsagender Blick zu Kavarath. »Nein, er wird Euch begleiten, weil wir sichergehen müssen, dass Ihr die Zwerge lebend erreicht. Ihr wisst um die Gefahren, die am Weg auf Euch lauern. Zu zweit werdet Ihr sicherer sein.«

»Ich bin bislang sehr gut allein zurechtgekommen.«

»Das bezweifle ich nicht, Athanor aus Letho. Wenn es anders wäre, würdet Ihr heute nicht vor uns stehen. Aber Ihr tragt nun nicht mehr nur die Verantwortung für Euch, sondern auch für das Wohl meines Volkes. Die Waren *müssen* uns erreichen, bevor der Winter kommt.«

»Dann wählt einen anderen! Sein Hass auf mich wird die ganze Unternehmung gefährden.«

»Unsinn!«, mischte sich Kavarath wieder ein. »Davaron ist der Richtige, denn er hat Eure Länder bereist und kennt sie wie kein Zweiter. Er kann sich leicht als Mensch ausgeben, solange das Augenmerk der Zwerge auf Euch liegt.«

»So ist es«, stimmte Peredin seinem Gast zu. »Er wird sich im Hintergrund halten, während Ihr die Verhandlungen führt.«

»Und wenn wir auffliegen?«

»Das werden wir nicht«, sagte Davaron in nahezu akzentfreiem Nikenisch. Die Sprachen auf dem Gebiet des Alten Reichs ähnelten einander so sehr, dass Athanor ihn mühelos verstand.

»Wenn du uns nicht verrätst.«

Wütend drehte sich Athanor zu ihm um. »Vielleicht sollte ich das tun. Die Zwerge springen bestimmt nicht zimperlich mit Elfenspitzeln um.«

Davaron lächelte kalt. »Und mit jenen, die sie einschmuggeln.«

# 5

Elanya schlug den Pfad zum Teich der Mondsteine ein. Der Weiher trug diesen Namen, weil die schimmernden Steine an seinem Grund selbst bei Mondlicht noch zu erkennen waren – als würden sich Sternbilder dort unten spiegeln. Schon lange konnte ihre Schwester die geheimnisvollen Muster nicht mehr sehen, doch Elanya wusste, dass sie noch immer herkam, um am Ufer zu sitzen.

Die Sonne stand bereits tief. Nach der Begegnung mit den Orks und den endlosen Beratungen am Abend zuvor hatte Elanya den Besuch bei ihren Eltern genutzt, um lange zu schlafen. Ein eigenes Haus besaß sie nicht. Es hätte doch die meiste Zeit leer gestanden, wenn sie ihren Dienst bei der Grenzwache tat.

»Bist du das, Elanya?« Aphaiya saß an den Stamm einer Weide gelehnt und ließ eine Hand ins klare Wasser baumeln. Winzige Fische stießen neugierig ihre Finger an.

»Wie kannst du mich an meinen Schritten erkennen? Trampele ich so herum?«

Die Maske lächelte ihr ewig gleiches, feines Lächeln. Es versetzte Elanya noch immer einen Stich, wenn sie es nach einigen Tagen der Abwesenheit zum ersten Mal wieder sah. *Wir haben versagt. Niemand sollte sein ganzes Leben lang eine Maske tragen müssen.* Und doch besaß Aphaiya nur noch zwei Gesichter: ein strenges für die Versammlung und ein freundliches für die Gärten. Nicht einmal Elanya durfte in ihrer Nähe sein, wenn sie die Masken wechselte.

»Bist du gekommen, um mir von dem Kampf gegen die Orks zu erzählen?«

Elanya setzte sich zu ihrer Schwester ins Gras und bemühte sich um einen scherzhaften Ton. »Wem soll ich sonst davon erzählen? Vater ist viel zu beschäftigt damit, Streit zwischen Blumen und Beeren zu schlichten, und Mutter will von Kämpfen nichts hören.«

»Mutter fürchtet sich davor, dass sie eines Tages zwei verkrüppelte Töchter haben könnte«, erklärte Aphaiya sanft. »Sie versteht deine Entscheidung nicht.«

Wie konnte ihre Schwester so über sich sprechen? Es schmerzte Elanya mehr als die stummen Vorwürfe ihrer Mutter. »Ich wünschte, du würdest dich nicht als verkrüppelt bezeichnen. Du siehst mehr als wir alle zusammen.«

»Mehr, als ich zu sehen wünsche.« Aphaiya zog die Hand aus dem Wasser und richtete sich auf. »Die Vision kehrt jede Nacht zurück. Sie ist wie ein Albtraum. Der Mond jagt die Sonne vom Himmel. Sein bleiches Auge sucht nach mir. Die Flüsse fließen in ihre Quellen zurück und versiegen. Alles Leben verdorrt. Schatten erheben sich aus den welken Wiesen. Sie greifen nach uns, nach dem Ewigen Licht. Es droht zu erlöschen. Ich kann es an den Gesichtern der Neugeborenen sehen. Sie haben Falten und schütteres Haar. Sie sterben, noch vor ihrem ersten Atemzug.«

Elanya ergriff die Hand ihrer Schwester. »Noch sind es nur Bilder, die wir abwenden können. Es gibt jetzt Hoffnung. Davarons Seele mag verdüstert sein, aber Kavarath hat mich überzeugt. Wir könnten keinen Besseren aussenden. Er hat auf seinen Reisen vielen Gefahren getrotzt. Er wird auch diese Aufgabe meistern.«

Aphaiyas Finger erwiderten Elanyas Händedruck. »Möge es der Wille der Götter sein.«

»Warst du dabei, als sie Athanor das Angebot machten?«

Ihre Schwester nickte. »Ich wollte hören, was sie ihm sagen. *Wie viel* sie ihm sagen. Sie haben geschickt gesprochen. Er glaubt, dass Davaron ihn begleiten soll, damit er uns nicht hintergeht.«

*Ist es gerecht, was wir tun?* Elanya barg für einen Moment das Gesicht in den Händen. Für Kavarath und seinesgleichen war der Mensch kaum mehr als ein Troll, doch es hatte sie erschreckt, wie ähnlich er in Wahrheit einem Elf war. Wie konnten sie ihm zuhören und ihn noch immer für eine tumbe Bestie halten? »Er glaubt, dass wir seine Ehre anzweifeln, und in Wahrheit ist es viel schlimmer. Wir benutzen ihn. Bist du sicher, dass er nichts ahnt?«

»Das ist schwer zu sagen.« Ein Lächeln schlich sich in Aphaiyas Stimme. »Er vermag sich gewählt auszudrücken, aber es klingt, als müsse er jedes Wort erschlagen, bevor er es über die Lippen bringt. So kann ich seine Gefühle nur hören, wenn sie sehr stark sind.«
Elanya lachte. »Ja, seine Aussprache ist schrecklich. Ich bin nicht einmal sicher, ob er es merkt.«
»So viel hängt von seiner Hilfe ab.« Einen Augenblick schwieg Aphaiya nachdenklich. »Ich hätte ihn gern gesehen, um mir selbst ein Bild von ihm zu machen. Alle sagen, er sei schwerfällig und hat Fell im Gesicht – wie ein Bär. Aber er klang nicht danach.«
»Ein Bär?«, wiederholte Elanya amüsiert. »Das stimmt doch gar nicht! Ja, gut, er hat wirklich überall Haare. Aber im Gesicht schert er sie. Dann sieht er aus wie einer von uns. Nur seine Schultern sind breiter. Wie bei ...« Sie suchte nach einem Vergleich und entdeckte einen Raubvogel, der über der Lichtung kreiste. »Würdest du einen Habicht dick und plump nennen, nur weil ein Falke schlanker und wendiger ist?«
»Er ist also ein Habicht. Seltsam, dass du das sagst.«
»Warum? Hast du etwas gesehen? Über ihn?«
Aphaiya machte eine vage Geste. »Ich war nicht sicher. Aber je mehr du über ihn erzählst, desto eher glaube ich, dass er es war, den ich gesehen habe. Der Mann in meinem Traum sah nicht aus wie ein Bär. Aber es kamen Flügel vor. Flügel, die ... Glaubst du, dass er uns die Wahrheit gesagt hat? Über sich?«
Die seltsamen Antworten, die er ihnen nach dem Kampf gegen die Orks gegeben hatte, fielen Elanya wieder ein. Sie hatten ganz anders geklungen als seine Worte vor der Versammlung. »Ich weiß nicht. Es kommt mir vor, als zeige er uns nur Bruchstücke von sich. Hier eines und dort, und vielleicht sind nicht alle wahr. Aber wir dürfen nicht vergessen, was ihm widerfahren ist. Vielleicht kennt er sich selbst nicht mehr. Die Begegnung mit dem Ewigen Tod verändert uns. Sieh dir nur an, was aus Davaron geworden ist.«
Aphaiya schüttelte den Kopf. »Über Davaron lag schon immer ein Schatten, weil er nirgends erwünscht war. Er ist kein

Maßstab. Es mag sein, dass der Mensch auch sich selbst verloren hat, als ihm sein Volk genommen wurde. Es könnte aber auch sein, dass er etwas vor uns verbergen will. Du darfst ihm nicht trauen.«

Elanya winkte ab. »Ich werde ihn doch gar nicht wiedersehen. Er ist fort, und wenn er irgendwann mit Davaron zurückkehren sollte, bin ich wahrscheinlich unterwegs.«

Wieder schwieg Aphaiya, und der Blick der Maske wirkte in sich gekehrt, obwohl sie unverändert war. Unausgesprochene Worte hingen so greifbar in der Luft, dass Elanya sie fast hören konnte.

»Was hast du gesehen? Warum willst du, dass ich vor ihm auf der Hut bin?«

»Weil du ihm folgen musst.«

»Ich? Nein.« *Sie muss sich irren.* »Es ist Davarons Aufgabe. *Er* wurde dafür ausgewählt.«

»Darum geht es nicht«, behauptete Aphaiya.

»Worum dann? Er wird wütend sein, wenn ich seine Mission gefährde.«

»Dann folge ihnen heimlich.«

»Aber das ist doch ...«

»Es ist notwendig.«

*Sie meint es ernst.* »Aber warum ich?«

»Weil du kämpfen kannst. Du kannst dort draußen überleben. Und weil ich deinem Urteil vertraue. Es muss jemand sein, der sorgfältig abwägt, statt den Menschen einfach zu erschlagen.«

Elanya fröstelte. Die Sonne mochte hinter den Bäumen verschwunden sein, aber es war längst nicht kalt. »Es könnte also sein, dass ich ihn töten muss?«

»Ich habe gesehen, dass er großes Glück über uns bringen wird.«

*Davarons Mission!*

»Aber auch großes Unheil. Elfen starben auf einem Schlachtfeld, und über allem lagen die Schatten meines anderen Traums. Etwas zerbrach, das nicht hätte zerbrechen dürfen.«

*Die Kristalle?*

»Du musst ihnen folgen und dieses Unheil abwenden! Aber darüber dürfen wir das Glück nicht gefährden, das er bewirken wird, verstehst du? Nur du wirst weise darüber entscheiden, wie es geschehen kann. Die anderen blendet ihr Hass auf die Menschen.«

»Ja, ich verstehe.« Unter den Grenzwächtern gab es keinen, der die Menschen nicht verachtete, und ihr fiel niemand ein, dem sie die Aufgabe hätte übertragen können. Schon gar nicht Davaron. Er hätte Athanor getötet und allein versucht, bei den Zwergen Einlass zu erlangen. Diesen Plan hatten Kavarath und er bereits gehegt, bevor der Mensch aufgetaucht war. Vor zwei Tagen schien es noch die einzige Wahl zu sein, die wir hatten. Doch nun gab es Athanor, und sie durfte nicht zulassen, dass diese glückliche Fügung der alten Feindschaft zum Opfer fiel.

»Wirst du gehen?«

»Ja.« Elanya sprang auf. Es gab einiges vorzubereiten, und die beiden hatten einen halben Tag Vorsprung. Von Aphaiya konnte sie sich verabschieden, wenn sie aufbrach. Ihr Weg führte ohnehin in der Nähe vorüber.

»Schwester?«

Elanya drehte sich noch einmal um. »Ja?«

Durch das Lächeln der Maske wirkte es, als triumphiere Aphaiya, doch in ihrer Stimme lag keine Spur davon. Sie klang eindringlich. »Sprich nicht mit ihm über sein Schicksal. Wenn er davon wüsste, würde sich alles verändern. Er muss aus freien Stücken wählen. Allein. Und wenn er die falsche Wahl trifft, darfst du keine Gnade kennen.«

Der Stand der Sonne und das Moos an den Bäumen verrieten Athanor, dass Davaron nicht den Weg einschlug, auf dem sie gekommen waren. Am Vortag hatten sie sich Ardarea von Westen genähert, und nun verließen sie die seltsame Waldstadt nach Norden. Wieder gab es kaum mehr als die Spur eines Pfads. Wahrscheinlich hielt sich der Elf einfach so direkt nördlich, wie es das Gelände erlaubte.

Seit dem Feldzug gegen jeden, der sich Theroias Macht nicht freiwillig unterwarf, hatte Athanor die Karten aller Gebiete des

Alten Reichs im Kopf. Sie waren selten genau, eher grobe Schätzungen, und manches Detail entsprang der Fantasie des Kartografen. Aber sie genügten ihm, um zu wissen, dass ihn Davaron nicht in die Irre führte. Nach Westen mochte die einstige Grenze Theroias näher sein, doch der schnellste Weg zu den Zwergen führte nach Norden, quer durch das verlassene Land, nahe der Trollmarken. Athanor wusste, was sie dort erwartete. Sie würden auf etliche niedergebrannte Dörfer stoßen. Ihm war es recht. Manchmal fand er noch nützliche Dinge in den Ruinen.

Ob sein Muli noch mehr tragen konnte, stand auf einem anderen Blatt. Er hatte es – zusätzlich zu seinen Taschen – so schwer mit Stoffballen beladen, wie ihm vertretbar schien, und doch war es nur die Hälfte der in gewachste Tücher eingeschlagenen Ware. Für den Rest hatte der Elf seinem Grauschimmel einen Packsattel aufgelegt, der ebenfalls kaum noch Platz bot. Das unförmige Gepäck sah an dem Hengst so unpassend aus wie Lumpen an einem König, aber vor allem befürchtete Athanor, dass die Zwerge das prächtige Tier auf den ersten Blick als Elfenross erkennen würden.

»Und du bist sicher, dass du unterwegs ein unauffälligeres Packtier finden wirst?«, hakte er nach, obwohl Davaron seine Einwände schon einmal weggewischt hatte.

»Ja!«, schnappte der Elf. »Wir haben nun einmal keine so hässlichen Tiere wie dein Muli. Aber die verwaisten Felder Theroias sind sicher voll davon.«

»Sicher«, brummte Athanor. Er hatte wenig Lust, Davaron zu erzählen, wie lange er gebraucht hatte, um das gerissene Biest zu fangen. Gewiss würde der Elf wieder mit Magie nachhelfen. *Soll er mit Magie doch auch den Brokat zu den Zwergen fliegen. Dann muss ich seinen verfluchten Hochmut nicht so lange ertragen.* Ob Elanya die Sache wirklich wert war? Sie hatte sich bei ihrem Aufbruch nicht blicken lassen. Sah sie trotz ihres freundlichen Benehmens genauso auf ihn herab wie Davaron? *Ach was. Von ihm hat sie sich ja auch nicht verabschiedet.*

Von Zeit zu Zeit glaubte Athanor, im lichten Wald wieder Anzeichen für elfische Gärten zu erkennen. Einen von verwitterten Säulen umstandenen Teich und Rosen, die um eine abgestorbene Eiche rankten. Leuchtend rote Kirschen und weiße Blüten am selben Baum. Doch der Abend nahte, ohne dass er eines ihrer Häuser zu Gesicht bekam. Hatte er sich getäuscht? Oder waren die Gärten nur verlassene Überbleibsel früherer Dörfer? Sein Blick fiel auf Davaron, der schweigend voranstapfte.

»Kann es sein, dass du Ansiedlungen umgehst?«

Der Elf drehte sich nicht um, doch Athanor konnte die spöttische Miene an Davarons Stimme hören. »Ich hätte nicht geglaubt, dass dir das auffällt.«

»Was soll das? Hast du Angst, ich könnte Kinder erschrecken?«

»Nein. Obwohl es sicher zutrifft.« Davaron warf einen abschätzigen Blick über die Schulter. »Ich traue dir nicht, Mensch. Du hast uns eine rührselige Geschichte erzählt, aber vielleicht bist du doch nur ein Spion, der unser Land ausspähen soll. Je weniger du siehst, desto besser.«

*Rührselig?* Athanor knirschte mit den Zähnen. Sein erfundener Krieger aus Letho mochte einen Kampf, die Heimat und die Familie verloren haben, aber machte ihn das zu einem Schwächling, auf den man herabsehen durfte? Zu einem Bittsteller, der auf Mitleid angewiesen war? Immerhin war er den Drachen und ihren dreimal verfluchten Chimären entkommen. Hatte Leben ausgelöscht, anstatt getötet zu werden. Doch in einem musste er Davaron recht geben. Er *hatte* alles andere verloren – alles, was für einen Mann von Bedeutung war. Bis auf seinen Stolz. Es fachte seine Wut nur noch stärker an. »Wenn du mein Schicksal noch einmal rührselig nennst, sorge ich dafür, dass die Rokkur deine Knochen zu Brei zermahlen!«

»Nichts anderes erwarte ich von dir«, erwiderte der Elf kühl.

»Arroganter Bastard«, knurrte Athanor.

Falls Davaron ihn verstanden hatte, ließ er sich nichts anmerken. Der Elf marschierte den nächsten Hang hinauf, der bereits im Schatten lag. Die untergehende Sonne sandte ein paar letzte Strahlen durch die Zweige, und der leichte Wind, der den ganzen Tag in den Bäumen gerauscht hatte, legte sich. Athanor mochte die Dämmerung. Wenn die Sonne versank, wurde es für eine Weile still und friedlich, bevor der Wind zurückkehrte und die nächtlichen Jäger durchs Unterholz streiften. Selbst auf den Schlachtfeldern und in verbrannten Städten, aus denen noch Rauch aufstieg, hatte er diesen Moment gespürt. Als ob die Welt innehielte, um dem scheidenden Licht ihre Referenz zu erweisen. Die Priester Aurades' hätten darauf bestanden, dass die Welt dem göttlichen Herrscher huldigte, der sich für die Nacht zur Ruhe begab. Doch Aurades hatte seine Priester nicht beschützt. Sie waren mitsamt ihrem Tempel in Flammen aufgegangen – wie alle anderen auch. *Besser, man verschwendet nicht zu viele Gedanken an Götter.* Obwohl manches dafür sprach, dass der Dunkle, Hadon, der Herrscher des Totenreichs, ihn ganz besonders liebte. *Wie ein Jäger seinen besten Hund.*

»Hier bleiben wir über Nacht«, verkündete Davaron, als sich die ersten Sterne zeigten. »Die Tiere brauchen Ruhe und Futter.«

Athanor fragte sich, ob er auch unter »Tiere« fiel, denn der Elf beteiligte sich nicht am Abendessen. *Soll er nur fasten.* So blieb mehr von den mit Senfkörnern gewürzten Bratenscheiben, die ihnen der Junge eingepackt hatte. Und wenn ihn Davaron schon für einen Barbaren hielt, konnte er die Kerne der fast schwarzen Kirschen auch ins Gestrüpp spucken.

Der Lagerplatz war gut gewählt. Für die Tiere bot der Hang eine Lichtung mit ausreichend Gras, und an seinem Fuß murmelte ein schmales Rinnsal am Waldrand. Athanor und der Elf saßen oberhalb der Wiese unter den ersten Bäumen der bewaldeten Kuppe. Hier war der Boden trockener, und zumindest der Hang ließ sich selbst im Mondlicht gut überblicken.

»Wer übernimmt die erste Wache?«, fragte Athanor.

»Ich habe letzte Nacht geruht. Ich brauche keinen Schlaf.« Davaron stand auf. »Solange du in unseren Wäldern bist, könnte ich ohnehin kein Auge zutun.«

»Aber *ich* soll dir vertrauen!«

»Dir wird nichts anderes übrig bleiben, denn *du* musst ja schlafen, wenn es morgen zügig weitergehen soll.« Mit einem falschen Lächeln drehte sich der Elf um und ging in den Wald.

*Hoffentlich fällt ihn beim Pissen ein Berglöwe an!* Was wusste der dämliche Elf schon von ihm? Auf seiner Flucht hatte er gelernt, Tag und Nacht zu laufen und selbst im Schlaf auf der Hut zu sein. Aber er würde sich nicht so weit erniedrigen, Davaron davon zu erzählen, als müsse er ihm irgendetwas beweisen. Wer allein durch die Wildnis zog, benötigte vor allem Glück und einen Riecher dafür, wann ein Platz sicher war – und wann nicht. Die einzige Gefahr, die er hier spürte, war der Elf. Doch der brauchte ihn. Fragte sich nur, wie sehr. Es würde eine unruhige Nacht werden, aber Athanor wickelte sich in seinen Umhang und schlief mit der Hand am Schwertgriff.

Mahalea beugte sich vor und fasste den dunklen Fleck am Waldrand genauer ins Auge. Auf den scharfen Blick des Greifs und sein warnendes Grollen war meistens Verlass, aber sie musste sichergehen.

»Ist da unten etwas?«, rief Elidian, der neben ihr flog.

Was auch immer dort stand, riss den Kopf hoch, starrte kurz zu ihnen empor und sprang in den Wald zurück. Mahalea glaubte, trotz der Schatten helles Gehörn und zotteliges Fell zu erkennen, doch Glaube genügte ihr für gewöhnlich nicht. »Was fällt dir ein, so herumzuschreien?«, fuhr sie ihren jungen Begleiter an. »Verstehst du das unter einem Späher?«

Elidians Wangen färbten sich fast so rot wie sein Haar. »Es tut mir leid! Wir sind so hoch, da dachte ich ...«

»Die Höhe täuscht. Wenn du etwas siehst, überhol mich und deute darauf«, wies sie ihn an. »Ich halte es genauso. Plaudern können wir, wenn wir wieder am Boden sind.«

Er nickte mit betretener Miene und schaffte es tatsächlich, nicht zu antworten. Mahalea wandte sich mit einem grimmigen Lächeln ab. Mit der Zeit würde ein guter Kundschafter aus ihm werden.

Erneut richtete sie ihre Aufmerksamkeit nach unten. Die Hügel waren hier steiler, der Wald dichter. In diesem Gelände Feinde zu entdecken, erforderte gute Augen und vor allem Erfahrung. Es galt, Zeichen zu deuten, die ein Anfänger übersah. Seit die Menschen fort waren, stand eine Rauchsäule nicht mehr für einen Hof oder eine Köhlerhütte, sondern für lagernde Orks. Früher hatte es sie in dieser Gegend nicht gegeben. Die Reiche der Menschen hatten, ohne es zu ahnen, einen Schutzwall für die nördliche Grenze der Elfen gebildet. Nun drangen die Eberfratzen immer zahlreicher in das verlassene Land vor. Mahalea schauderte vor Ekel.

Das Grenzland zwischen Theroia und ihrer Heimat war schon immer dünn besiedelt gewesen. Unter dem Wald verbarg sich ein zu karger Boden. Wo die Menschen ihn gerodet hatten, waren die Felder bald so steinig geworden, als hätten die Bauern Kiesel gesät. Doch von Steinen ließ sich nicht leben. So hatten die wenigen Siedler auf spärlichen Weiden Vieh gehalten und es zur Mast in den Wald geschickt, wenn Eicheln und Kastanien reiften. Ein paar Rinder und Ziegen entdeckte Mahalea gelegentlich noch auf ihren Spähflügen. Die Schafe waren dagegen verschwunden. Ohne Hirten und Hunde hatten die Wölfe reiche Ernte unter ihnen gehalten.

Das heisere Kreischen eines Hähers ließ Mahalea aufmerken. Der Vogel blieb unter den Bäumen verborgen, doch sein Gezeter setzte nach einem kurzen Moment wieder ein. Mahalea lehnte sich zur anderen Seite und lenkte Sturmfeder damit auf einen Bogen. Erneut kreischte der Häher irgendwo im Laub. Entweder störte er sich an den Greifen, oder irgendetwas trieb ihn vor sich her. Schon ahnte Mahalea, wo sich befand, was den Vogel beunruhigte. Eine schmale, kaum wahrnehmbare Schneise zwischen den Bäumen zeigte den Verlauf des alten Karrenwegs, der zum verlassenen Handelsposten führte. Da die Kaufleute ausblieben, nutzte ihn nur noch das Wild. Doch von ein paar Hirschen würde sich der Häher nicht aufscheuchen lassen.

Sie lehnte sich nach hinten – für den Greif das Zeichen, höher aufzusteigen. Rasch schraubte sich Sturmfeder in den Himmel hinauf. Erst als sie hoch genug waren, um am Boden nicht mehr gehört zu werden, wartete Mahalea auf Elidian. Bevor er wieder einen Fehler machte, gab sie ihm lieber genaue Anweisungen.

»Dort unten auf dem Weg ist etwas«, rief sie und deutete hinab. »Wir müssen wissen, was es ist, aber ich will nicht sofort gesehen werden.«

Elidian nickte stumm und sah sie erwartungsvoll an.

*Ausgezeichnet.* »Wir kreuzen die Schneise in großer Höhe. Wenn wir Glück haben, sieht niemand nach oben. Sobald uns die Bäume wieder verbergen, besprechen wir das weitere Vorgehen.«

Das erneute Nicken des jungen Manns sah sie nur noch aus dem Augenwinkel. Mit leichten Gewichtsverlagerungen lenkte sie Sturmfeder auf die Schneise zu und legte sich flach auf seinen Rücken. Selbst wenn nun jemand den Greif entdeckte, hielt er ihn hoffentlich nur für eine seltene Chimäre auf der Jagd. Mahalea spähte nah an seinem Gefieder vorbei nach unten. Die Sonne stand so hoch, dass die Bäume kaum Schatten auf den Weg warfen. Doch die Schneise war eng und der Wald bereits dabei, sie zurückzuerobern. Ausladende Baumkronen verdeckten große Teile des Wegs. Dort, wo er in der Sonne lag, entdeckte Mahalea dunkle Gestalten. Sie waren zu klein, um Details zu erkennen, aber bei ihren Bewegungen blitzte Metall auf.

*Orks!* Mit einem Grollen, das bis in Mahaleas Bauch drang, glitt der Greif über sie hinweg. *Der dritte Trupp in drei Tagen.* Elidians Sichtung mochte harmlos sein, doch dieser hier hielt direkt auf die Elfenlande zu. Ob er es wusste oder nicht, spielte nicht einmal eine Rolle. Schon morgen würde er die Grenze erreichen.

Mahalea richtete sich wieder auf und flog einen weiten Bogen, um Elidian Zeit zu geben, sie einzuholen. »Wir müssen sie zählen und Retheon warnen«, rief sie ihm entgegen.

Der junge Grenzwächter blickte nachdenklich nach unten. »Wenn wir lange genug über ihnen kreisen, bekommen wir sie alle zu sehen.«

Mahalea schüttelte den Kopf. »Dann könnten sie uns entdecken und sich in den Wald zurückziehen. Wir müssen sie überraschen.«

Elidians Grinsen verriet, dass er sofort Feuer und Flamme war.

»Wir gehen schnell runter«, befahl Mahalea. »Anflug von hinten. So niedrig es geht, sonst entgehen uns die unter den Bäumen. Vorwärts!« Sie lehnte sich vor und lenkte Sturmfeder in einer engen, steilen Kurve nach unten. Die Luft rauschte in ihren Ohren und sirrte um die Schwingen des Greifs. Ihre Augen tränten vom Wind, doch sie kniff die Lider zusammen und sah die

Baumwipfel rasch näher kommen. Mit geübtem Griff zog sie den Bogen vom Rücken und legte einen Pfeil auf.
*Jetzt!* Jäh richtete sie sich auf. Sturmfeder fing seinen Fall ab und jagte knapp über den Baumkronen die Schneise entlang. Der erste Ork kam in Sicht, ein großer Kerl, der eine Axt und ausgebeulte Taschen über den Schultern trug. Mahalea begann zu zählen. Unter ihr brüllte der Ork eine Warnung. Der Greif legte sich schräg, sauste die Windungen des Wegs entlang. Weitere Orks nahmen das warnende Geschrei auf. Hektisch blickten sie sich nach dem Feind um, griffen zu den Waffen. Sturmfeder schoss an ihnen vorüber. Er verlor Schwung und musste mit den Flügeln schlagen. Der Kopf der Kolonne kam in Sicht. Jemand schleuderte einen Speer, der einen Flügel knapp verfehlte. Mahalea war fast vorbei, doch ihr Blick fiel auf einen Ork, der seinen Bogen hochriss und auf Elidian zielte. Sie musste sich drehen, um im Vorüberfliegen auf ihn zu schießen. Der Pfeil traf, bohrte sich in die Seite des Orks. Mehr sah sie nicht. Sie war vorbei und lehnte sich nach hinten. »Hoch! Hoch!«, feuerte sie Sturmfeder an. Gleichzeitig lenkte sie ihn seitwärts, von der Schneise fort. Hinter ihr stieg Elidians Chimäre auf. Jetzt mussten sie nur noch Retheon erreichen. Dann würde er genügend Trolle aussenden, um diese Bande gebührend zu empfangen.

»Wir haben die Grenze überschritten«, verkündete Davaron, als sich die Sonne bereits wieder dem Horizont zuneigte.

Athanor sah sich um. Sie standen auf der einzigen kahlen Hügelkuppe weit und breit. Die Bäume hier oben waren nur noch verkohlte Gerippe. Auch der felsige Untergrund wies noch Rußflecken auf, obwohl bereits Gras und Gestrüch über die Zerstörung wucherten. »Ein Blitzschlag oder ein Drache?«

»Ein Drache, der wohl Flüchtlinge verfolgt hat«, antwortete Davaron beiläufig. Sein Blick suchte den Horizont ab. »Bis wir das Feuer bemerkt haben, war er schon wieder verschwunden.«

»Wie überaus freundlich von ihm.« Diese Ungerechtigkeit trieb Athanor den Stachel des elfischen Hochmuts noch tiefer unter die Haut. So lange war ihm das Sterben in diesem Krieg gleichgültig gewesen. Bis zum Ende hatte er nur an sich gedacht. Aber nun kränkte ihn das Glück der Elfen. »Warum haben sie euch in Ruhe gelassen?«

»Vielleicht weil wir nicht so leicht durch ihre Ränke zu entzweien sind wie ihr.«

*Warum habe ich ihn überhaupt gefragt?* Mürrisch ließ er den Blick über die steileren, dicht bewaldeten Hügel schweifen. Nirgends war die Spur eines Bauwerks zu sehen. »Das kann nicht der Grund sein. Wenn Ruinen alles sind, was ihr an Grenzbefestigungen vorzuweisen habt, ladet ihr ...«

»Gordom hat den Stürmen zweier Zeitalter getrotzt«, fiel Davaron ihm ins Wort. »Glaubst du, es wäre noch etwas von diesen Mauern übrig, wenn sie ein Werk der Menschen wären? Noch immer wirken die Zauber elfischer Baumeister darin.«

»Trotzdem ist es nur noch eine Ruine.«

»Sie wurde nicht für uns gebaut. Wir brauchen keine Mauern, um uns darin zu verstecken. Einst lebten Menschen dort – Seite an Seite mit Elfen, die so dumm waren, ihnen zu vertrauen. Erinnere mich besser nicht mehr daran, bis wir wieder getrennte Wege gehen.«

*Von mir aus können wir das sofort*, grollte Athanor und machte sich an den Abstieg. Um durch sein eigenes Land zu den Zwergen zu finden, brauchte er Davaron nicht. In diesem Teil Theroias war er zwar nie zuvor gewesen, aber zu seinem eigenen Erstaunen fühlte er sich wie auf vertrautem Terrain. Zu wissen, dass es theroischer Boden war, auf dem er sich befand, genügte offenbar, um ihm eine Illusion von Heimat zu geben.

Das Gelände wurde schwieriger, legte ihnen mehr Hindernisse in Form von Steilhängen und undurchdringlichem Gesträuch in den Weg. Wo die Bäume am engsten standen, kamen sie am besten voran, denn dort fehlte dem Unterholz das Licht, um zu wuchern. Als die Sonne unterging, wählte Athanor einen schwer zugänglichen Felsblock für das Nachtlager, obwohl Davaron drängte, noch bis zur Dunkelheit weiterzuziehen. Unbeirrt schleppte Athanor die Lasten ihrer Packtiere auf den riesigen Gesteinsbrocken, auf dem sogar mehrere Bäume wuchsen. *Glaub ja nicht, du wärst der Einzige, der hier stur sein kann.* »Einen besseren Platz finden wir nicht«, beschied er Davaron und band sein Muli am Fuß des Felsens zwischen Sträuchern an.

Davaron bedachte ihn mit einem finsteren Blick, was Athanor herzlich egal war. Wenn der Elf noch eine Weile allein weiterwandern wollte, sollte er eben verschwinden. Doch er hätte jede Wette angenommen, dass ihn Davaron niemals unbeaufsichtigt mit der Hälfte des Brokats zurücklassen würde. Jedenfalls nicht über Nacht, wenn ein Dieb einen ansehnlichen Vorsprung herausholen konnte. Selbstzufrieden setzte er sich auf den Felsen und kramte das knusprige Elfenbrot aus den Vorräten. Leider hatte es in der Mittagshitze geschwitzt, sodass die Kruste nun eher an Leder erinnerte, aber daran störte er sich nach so vielen Monden ohne Brot nicht lange. Nachdem sich der Elf wider Erwarten am Mittagessen beteiligt hatte, rechnete er damit, auch jetzt teilen zu müssen.

Davaron setzte sich jedoch einige Schritte weit weg und sah die Vorräte nicht einmal an. »Es muss eine Genugtuung für dich sein, dass das Land deiner Feinde nun öd und leer ist«, sagte er nach einer Weile.

Athanor runzelte die Stirn. War das eine Fangfrage? Schöpfte der Elf Verdacht, dass er nicht aus Letho stammte? »Theroia hat bekommen, was es verdiente«, antwortete er zögernd. »Aber es fällt mir schwer, Freude darüber zu empfinden, dass nun alle Menschen tot sein sollen.«

»Du trauerst um deine Feinde?«, zweifelte Davaron.

»Ich trauere nicht.« Er würde ihm nicht auf die Nase binden, dass er sich öd und leer wie das Land vorkam. »Aber es gibt Menschen, die ich vermisse.« *Anandra, meine kluge Schwester. Vater, auch wenn er ein sturer alter Bock sein konnte. Theleus, der den Mut hatte, mir zu sagen, dass ich ein egoistischer Dreckskerl war. Und dann haben wir darüber gelacht.*

»Was würdest du dafür geben, wenn du sie zurückholen könntest?«

Athanor wollte nicht länger daran erinnert werden, was er verloren hatte. »Solche Gedanken sind müßig. Die Toten sind tot, ihre Körper verbrannt und verwest. Es gibt keinen Weg, sie zurückzuholen.«

Davaron zuckte mit den Schultern. »Wenn du das sagst.«

Tief in Athanor keimte eine winzige Hoffnung auf, doch der Rest war Wut über die Unabänderlichkeit des Schicksals. »Willst du mir weismachen, dass die Elfen einen Weg kennen?«

»Nein, das tun sie nicht«, sagte Davaron beinahe sanft. Abwesend blickte er in die zunehmende Dunkelheit.

Athanor war, als müsse Davaron weitersprechen, doch der schwieg. Von unten drang das Rupfen und Rascheln der fressenden Tiere im Gebüsch herauf. Es rief Athanor das Brot in seiner Hand ins Gedächtnis, also aß er weiter, aber der Appetit war ihm vergangen.

»Du kannst die erste Wache haben«, verkündete Davaron, als die Dämmerung der Nacht gewichen war. »Weck mich, wenn der Mond untergeht.«

*Ich werde dich wecken, wenn ich den Zeitpunkt für gekommen halte,* dachte Athanor und brummte nur. Ob es unbequem war, in dieser elfischen Rüstung zu schlafen? Davaron schob sich einen Stoffballen als Kopfkissen zurecht und ließ sich nichts anmerken. Immerhin hatte er für die Reise eine dezentere Variante gewählt, deren schwarz lackierte Plättchen nicht von roten, sondern dunkelgrauen Seidenbändern zusammengehalten wurden. Sie wirkte immer noch edel und gewiss nicht, als halte sie Drachenzähne aus. Das konnte sein schlichtes Kettenhemd zwar auch nicht, aber Athanor hätte dennoch nicht tauschen wollen. Brauchbares Kriegsgerät sah nun einmal nicht schmuck aus.

Während der Mond über den Himmel zog und Fledermäuse den Felsen umflatterten, dachte Athanor an die sinnlosen Prunkwaffen zurück, mit denen er den einfachen Männern imponiert hatte. Die bunten Fahnen, das Streitross, der mit goldenen Flammen beschlagene Schild, all die Symbole der Macht hatten ihn nicht davor bewahrt, in diesen Abgrund aus Leere zu stürzen. Was war es wert, Tag für Tag zu überleben, wenn sich niemand dafür interessierte? Je länger er allein durch die Lande zog, desto weniger kümmerte es ihn selbst, ob er lebte oder starb. Manchmal fragte er sich, warum er morgens noch aufstand. Warum er jagte, wanderte, Orks und Rokkur tötete, nur um nirgendwohin weiterzuziehen. Er hatte keine Antwort darauf. Der Tod war so

sinnlos wie das Leben, das er führte, also konnte er ebenso gut weitermachen. Den Tod suchen, um ihm doch wieder zu entgehen. Vielleicht war es ein Spiel, das der Dunkle mit ihm spielte. Um zu sehen, wie lange sein bester Hund durchhielt. *Der Hund, der nicht recht glaubt, dass es einen Herrn gibt.*
Auf dem felsigen Untergrund war es kühl geworden. Athanor merkte, wie sich Schläfrigkeit in seine Gedanken stahl, und stand auf. Der Mond leuchtete so hell, dass er durch die Lücken im Laub keine Sterne entdecken konnte. Als er an den Rand des Felsens trat, sah er das Pferd und das Muli einträchtig nebeneinander dösen. Kopf an Kruppe standen sie dort und sicherten so einer den Rücken des anderen. Offenbar sah das Elfenross leichter über Äußerlichkeiten hinweg als sein Herr.
Athanor setzte seine Runde fort und hielt neben dem reglosen Elf inne. Wie leicht wäre es jetzt, dessen spitze Zunge für immer zum Schweigen zu bringen. Er konnte allein mit dem Edelsteinsalz zurückkommen und den Elfen erzählen, dass Davaron leider von einem Orross zerfleischt worden war. Doch er wollte nicht weniger großmütig sein als ein dahergelaufenes Pferd. Er würde Davaron noch eine Chance geben, sich als erträglicher Kamerad zu erweisen. *Aber ich warne dich, Elf. Sie ist klein.*
Eine winzige Bewegung lenkte seine Aufmerksamkeit auf Davarons Hand. Die Finger hatten sich fester um den Griff des Dolchs geschlossen. Athanors Blick schoss zu Davarons Gesicht. Glitzerten da etwa Augäpfel durch einen schmalen Lidspalt? Abfällig schnaubend trat er einen Schritt zurück. *Die Warnung ist angekommen, denke ich.*

# 6

*Oder auch nicht.* Zwei Tage später stapfte Athanor auf Davarons Spuren einen alten Karrenweg entlang. Jedes Mal, wenn der Elf keinen Hunger hatte, marschierte er einfach voraus, während Athanor aß. Diese Eile, für die es aus seiner Sicht keinen Grund gab, reizte Athanor dazu, sich besonders viel Zeit zu lassen. Wenn er Davaron dann folgte, kam er sich trotzdem wie ein lahmer Schwächling vor, der den Elf nur aufhielt. Ohne es zu wollen, ging er schneller als sonst, bis er Davaron wieder eingeholt hatte. Besonders ärgerte es ihn, wenn er darüber seine übliche Vorsicht vergaß. Er hatte nicht so lange überlebt, weil er durch die Gegend gehetzt, sondern weil er ein Teil der Wildnis geworden war. Er hatte die Gefahr gespürt. So wie er nun schon eine Weile das Gefühl hatte, verfolgt zu werden.

*Verdammter Elf.* Wenn man ihn vielleicht einmal brauchte, war er weit weg. Athanor ging langsamer, um besser auf die Geräusche des Waldes achten zu können. Nur ein ferner Vogel piepte zaghaft gegen die Stille an. Es war so heiß, dass sich nicht einmal Wind regte. Athanor wischte sich den Schweiß aus der Stirn. Der Regen hatte begonnen, die alten ausgefahrenen Wagenspuren zu verwischen, doch nun war der Boden so ausgetrocknet, dass Risse darin klafften. Bei solchem Wetter lagen große Raubtiere müde herum und ließen sich die Sonne auf den Wanst brennen.

Unauffällig schielte Athanor auf sein Muli. In sein Schicksal ergeben, an allen Kräutern und Gräsern vorbeiziehen zu müssen, trottete es hinter ihm her. Keine geblähten Nüstern, keine aufgestellten Ohren, nichts deutete darauf hin, dass es Gefahr witterte.

Wer oder was folgte ihm dann? Er blieb stehen und suchte den Himmel nach einem Rokkur ab, einer der Chimären, die halb Adler, halb Hyäne, aber groß wie Bären waren. Doch außer ein paar versprengten Wolken fand sich dort oben nichts. Sein Gespür flüsterte ihm ein, dass er aus dem Wald beobachtet wurde, nicht von oben. Das Muli sah ihn kurz an und ruckte versuchsweise am Strick.

»Nicht jetzt«, knurrte er. Dieses Vieh dachte immer nur ans Fressen. Merkte es denn überhaupt nichts? Er zog es weiter und ging seine Möglichkeiten durch. Kein Verfolger ließ sich überrumpeln, indem man einfach umdrehte. Wenn der Unbekannte auf einen Angriff aus war, wartete er wohl noch auf eine günstige Gelegenheit. *Die kannst du haben.*

Athanor wandte sich um, bückte sich und hob mit der Linken einen Huf des Mulis an, als wollte er einen Stein daraus entfernen. In Wahrheit packte er mit der Rechten den Schwertgriff. Eine Weile verharrte er so und lauschte, doch die angemessene Zeitspanne für einen eingeklemmten Stein verging, und nichts geschah. Zögernd richtete sich Athanor wieder auf. Hatte er sich getäuscht?

Angespannt ging er weiter. Jetzt blieb ihm nur noch eins, um den Unbekannten aus der Reserve zu locken. Er packte den Strick des Mulis kürzer und fester, woraufhin es ihn bereits alarmiert ansah. »Komm!«, herrschte er es an und riss es herum, geradewegs in den Wald hinein. Er brach durchs Unterholz, ohne sich um den Lärm zu scheren. Je mehr Zweige er knickte und Pflanzen zertrampelte, desto leichter fand sein Verfolger die Fährte.

Tiefer im Wald war der Boden weniger ausgetrocknet. Das dichte Laubdach bewahrte ihn vor der Hitze, und Athanor stellte zufrieden fest, dass er deutliche Fußabdrücke hinterließ. Er baute darauf, dass der Unbekannte ihn zwischen den Bäumen aus den Augen verloren hatte und nun seinen Spuren folgen musste. Da er nicht wusste, wie groß sein Vorsprung war, marschierte er noch eine Weile in die falsche Richtung, bevor er in einem weiten Bogen zum Weg zurückkehrte. Einen Blick im Rücken nahm er nun nicht mehr wahr.

Als er wieder auf die Karrenspuren stieß, war er keine zwanzig Schritte von der Stelle entfernt, an der er sie verlassen hatte. Er zog das Schwert und näherte sich der Abzweigung. Alles blieb still. Wo er mit dem Muli durchs Gesträuch getrampelt war, konnte kein aufmerksamer Verfolger übersehen. Wachsam tauchte Athanor noch einmal in die Schatten der Bäume ein. Falls ihm jemand auflauerte, wollte er gewappnet sein. Als die Attacke ausblieb, suchte er den Boden nach Spuren ab. Vergeblich schob er Laub zur Seite und bückte sich, um jede Kleinigkeit zu prüfen. Doch abgesehen von den Hufabdrücken des Mulis und seinen eigenen Spuren war die Erde unberührt.

*Das gibt's doch nicht!* Er stieß ein Knurren aus und kehrte auf den Weg zurück. Noch nie hatten ihn seine Ahnungen so gefoppt. War ihm der Verfolger nicht auf den Leim gegangen und saß noch irgendwo hier im Dickicht? Athanor ließ den Blick abermals über die Waldränder schweifen, doch ihm war bereits bewusst, wie sinnlos es war, also steckte er das Schwert wieder ein und ging weiter. Er hatte genug Zeit vertrödelt.

Als Athanor den Elf einholte, kam Davaron gerade durch die Tür einer ausgebrannten Ruine. Vom Dach und dem oberen Stockwerk waren nur ein paar verkohlte Balken übrig. Darunter hatten die Mauern dem Feuer standgehalten, doch Ruß und Sprünge in den Steinen zeugten von der großen Hitze. Durch die leeren Fensteröffnungen konnte Athanor sehen, dass es keine Decke mehr gab. Über der Tür ragte noch eine verbogene Eisenstange aus dem Gemäuer, und zu ihren Füßen lag ein verbeultes geschwärztes Schild, das einst dort oben gehangen haben musste.

*Ein Gasthaus*, erkannte Athanor. Einst hatten Reisende hier gerastet, nachdem sie mit ihren Karren über die nahe Brücke gerumpelt waren. Zumindest nahm er an, dass die verkohlten Pfosten, die aus dem Fluss ragten, zu einer Brücke gehört hatten.

»Du hast dir Zeit gelassen«, stellte Davaron fest.

»Ja und? Ich hatte das Gefühl, verfolgt zu werden, und musste der Sache auf den Grund gehen.«

Auf der Stirn des Elfs bildete sich eine senkrechte Falte, als er die dünnen Brauen zusammenzog. »Wir werden verfolgt?«

»Dachte ich«, gab Athanor widerwillig zu. »Falls da tatsächlich jemand war, hat er die Lust verloren oder ist verdammt schlau.«

Davarons Züge glätteten sich. »Vielleicht ein Faun. Ich habe heute Morgen ihr meckerndes Lachen gehört.«

»Du hast gehört, dass Faune in der Nähe sind, und nichts gesagt?«

»Es war nur ein Faun«, erwiderte der Elf gleichmütig. Ohne eine Antwort abzuwarten, schlenderte er zu seinem Pferd, das am Ufer graste.

»Ich hoffe, dass mir nicht entgeht, wenn sich der neunmalkluge Elf einmal irrt«, rief Athanor ihm nach. »Faune!«, brummte er. Sie mochten harmlos sein, doch sie liebten Schabernack und hatten sehr eigenwillige Ansichten über Mein und Dein. Wenn er mit ihnen handelte, musste er stets aufpassen, dass ihm am Ende nicht mehr fehlte, als er eingetauscht hatte.

Er folgte Davaron zum Ufer und versuchte, die Wassertiefe zu schätzen. Sicher hatte der Gastwirt nicht zum Vergnügen eine teure Brücke unterhalten, wenn es hier eine Furt gab. Der Fluss war nicht breit, kaum mehr als dreißig Schritt, aber das Wasser war trüb und die Strömung stark. Vielleicht hatte es flussaufwärts geregnet. Auch hier zogen am Horizont erste Wolken auf, die ein Gewitter verhießen. Athanor musterte die Wirbel im Wasser. Es gab nur wenige, die sich vor allem am Ufer und um die Brückenpfeiler fanden. »Das reicht mir mindestens bis zur Hüfte.«

»Es ist tiefer«, erwiderte Davaron. »Man sinkt im Schlamm noch ein.« Er war damit beschäftigt, die Last seines Pferds vor und hinter den Sattel umzuverteilen, wo sie für aufgescheuerte Stellen sorgte, wenn man sie länger dort beließ. Sorgfältig prüfte er, ob die Packen sicher befestigt waren, dann gab er dem Grauen einen leisen Befehl. Als die Vorderbeine des Tiers einknickten, glaubte Athanor im ersten Moment, das Pferd breche zusammen. Doch es legte sich lediglich ins Gras wie eine Kuh, die sich zum Wiederkäuen niederließ. Davaron hockte sich zwischen dem Gepäck auf das Gestänge des Packsattels und wurde erst nach hinten, dann nach vorn geworfen, als sich das Tier wieder in die Höhe stemmte. Geschickt wie ein Gaukler hielt er die Balance. »Gib mir die Stoffballen!«, rief er mit einer auffordernden Geste. »Ich bringe sie trocken hinüber.«

Athanor brummte nur. Der Elf sollte nicht glauben, dass er ihn mit solchen Kunststückchen beeindrucken konnte. Für ähnliche Darbietungen brauchte das fahrende Volk nicht einmal Magie. Schweigend reichte er Davaron die schweren Packen hinauf, die der Elf vor sich stapelte und festhielt. Das Gewicht musste beachtlich sein, doch das Pferd schritt gehorsam das abschüssige Ufer hinab und marschierte ins Wasser.

Von einem Moment auf den anderen versank es bis zum Bauch in den Fluten. Athanor entfuhr ein Fluch. Hoffentlich wusste Davaron wirklich, was er tat. Wenn dreckiges Flusswasser den Brokat verdarb, konnten sie ebenso gut wieder umkehren. Langsam schob sich der Graue durch den Fluss. Bei jedem Schritt kostete es ihn sichtlich Kraft, die Hufe wieder aus dem weichen Boden zu ziehen. Wie sehr die Strömung an ihm zerrte, verriet der Schweif, der wie eine Fahne darin trieb. Handbreit um Handbreit kletterte das Wasser höher, und der Bauch des Pferds verschwand darin. Nur noch eine halbe Elle, dann würde es bis zu den Ballen emporschwappen.

Doch der Elf hatte das andere Ufer fast erreicht. Noch zwei Schritte, dann gab das Wasser den Rumpf des Pferds wieder frei. Mit drei kraftvollen Sprüngen katapultierte es sich aus dem Fluss und brachte Davaron bedrohlich ins Schwanken. »Ho!«, rief er und kämpfte mit seinem Gleichgewicht und dem Gepäck zugleich. Athanor schwankte zwischen Erleichterung, dass der teuren Ware nichts geschehen war, und Enttäuschung, weil sich der Elf nicht das Genick brach.

Spöttisch lächelnd drehte sich Davaron zu ihm um. »Worauf wartest du?«

*Auf einen Reisegefährten, der diesen Namen auch verdient.* Das Muli würde seine Taschen niemals trocken auf die andere Seite tragen, und das wusste der Bastard nur zu gut. »Gibt es an diesem Fluss keine verfluchte Furt?«

»Das wäre ein voller Tagesmarsch Umweg.«

Grollend wie ein übellauniger Löwe legte Athanor seinen Schwertgurt ab. Er hatte nichts gegen eine Abkühlung, aber weder den Vorräten noch seiner Ausrüstung würde ein Bad gut tun. Die Waffen und den Proviant wickelte er mit ein paar Kleinigkeiten in seinen Umhang. Kleidung und Kettenhemd behielt er an. Er konnte nicht alles auf dem Kopf balancieren, und die Taschen, die er sich über die Schultern warf, waren bereits voll. Ihm blieb nichts anderes übrig, als den Strick des Mulis zwischen die Zähne zu klemmen, denn das Biest würde freiwillig keinen Huf in den Fluss setzen.

»'omm!«, knurrte er und stieg ins Wasser. Direkt am Ufer war der Untergrund noch fest, doch schon zwei Schritte weiter gab er unter ihm nach. Seine Stiefel liefen voll wie Eimer. Er hätte sie ausziehen können, doch er wusste nicht, welche Brückentrümmer oder spitzen Äste am Grund lauerten. Blitzschnell saugte sich die Hose voll und klebte schwer an den Beinen, bis er tieferes Wasser erreichte. Nach der brütenden Hitze kam es ihm kalt vor, doch der Eindruck legte sich. Ohne Taschen und Muli hätte es ein erfrischendes Bad sein können. Schon reichte ihm das Wasser bis zur Taille. Mit aufgerissenen Augen reckte der Maulesel den Kopf, als ginge es ans Ertrinken, und zerrte am Strick. Die Strömung drohte Athanor umzureißen. Er stemmte sich dagegen, zog vorsichtig Fuß für Fuß aus dem Schlick, der an seinen Stiefeln saugte. Wieder kletterte die Flut ein Stück an ihm empor. Rasch hob er die Schultern, um die Taschen über dem Wasser zu halten, doch er konnte nicht sehen, ob es gelang.

Ein neuer Ruck des panischen Mulis ließ ihn schwanken. Fluchend spuckte er den Strick aus und kämpfte gegen den Sog. Sie waren so weit gekommen, dass das Tier wohl kaum umdrehen würde. Das andere Ufer war verlockend nah. Athanor spürte, wie seine Zehen an etwas Hartem hängen blieben, und schon wankte er erneut. Wieder blieb er stehen, suchte auf dem tückischen Grund nach Halt, während der Fluss mit Macht an ihm zerrte. Umgeben von hoch aufspritzendem Wasser preschte das Muli vor ihm aufs Trockene zu. Athanor stapfte langsam hinterher. Die nassen Kleider hingen so schwer an ihm, als wollten sie ihn ins Wasser zurückziehen, und auf der Unterseite einer Tasche breitete sich ein dunkler Fleck aus, während Davaron gemütlich im Gras saß und ihm zusah.

»Hoffentlich rostet das Kettenhemd nicht«, meinte der Elf mit spöttischem Lächeln.

*Jetzt reicht's!* Athanor ließ seine Sachen fallen und riss das Schwert aus dem Bündel. *Ich bring ihn um!*

Der Greif stieß seinen Schnabel in den Bauch des Orks und zerrte blutiges Gedärm heraus. Eine Pranke hielt die Leiche am Boden, während Sturmfeders grimmiger Blick Elidians Greif galt, der ihm die Beute womöglich streitig machen wollte. Mahalea schüttelte den Kopf. Egal, wie gerecht sie das Futter verteilte, stets beäugten sich die Bestien mit Gier und Misstrauen.

Nur widerwillig hatten ihr die Trolle gleich zwei tote Orks überlassen, aber so stur und zornig sie sich auch aufführten, am Ende setzte sich Mahalea immer durch. Zu mächtig war der Bann, der die ungeschlachten Kerle davon abhielt, die beiden Elfen zum Bestandteil ihres Abendessens zu machen. Nun saßen sie an ihren Feuern, brieten Orks am Spieß und warfen ihr ebenso finstere Blicke zu wie Sturmfeder seinem Artgenossen.

»Sie hassen Euch«, stellte Elidian fest.

»Sie hassen alle Elfen«, wehrte Mahalea ab, obwohl sie wusste, dass er die Wahrheit sprach. Ihr Vater hatte den Krieg entschieden, und das vergaßen sie nicht. Es war ihnen gleich, dass Mahalea damals noch ein Kind gewesen war. Sie brauchten jemanden, dem sie die Schuld geben konnten, und da der große Denethar ins Ewige Licht gegangen war, kam ihnen seine Tochter gerade recht.

»Hast du noch nie einen Greif fressen sehen?«, fragte sie tadelnd. Elidian war grünlich um die Nase, aber er übergab sich nicht, was immerhin mehr war, als Mahalea den meisten Söhnen und Töchtern Heras zutraute. Wer den Geruch von Blut und Innereien nicht vertrug, hatte bei der Grenzwache nichts verloren.

»Doch«, beteuerte er, und die Scham gab seinem Gesicht eine angenehmere Farbe. »Aber ... Orks sind keine Hirsche. Und die Trolle schlachten sie, als wäre es Vieh.«

»Für die Trolle *sind* sie nur Vieh. Hast du vergessen, dass sie auch uns fressen würden, wenn sie nicht den Bann fürchten müssten?« Sie sah, wie er gegen den Würgreiz kämpfte und dabei versuchte, Haltung zu bewahren. »Glaub nicht, dass ich ihr Treiben schätze. Sie sind schlimmer als Tiere und reinigen sich nicht. Aber sie tun die Drecksarbeit für uns. Ohne sie hätten die Orks uns längst überrannt.«

Vor Empörung schien Elidian seine Übelkeit zu vergessen.
»Wie könnt Ihr so etwas sagen? Wir haben die Trolle besiegt! Unsere Ahnen haben die Drachen so vernichtend geschlagen, dass sie uns immer noch fürchten.«
»Du hast zu viele Heldenlieder gehört. Vielleicht war es früher wirklich einmal anders, aber heute ist unser Volk schwach. Dass sich die Trolle unterworfen haben, verdanken wir nicht unserer Stärke, sondern dem glücklichen Zufall, dass mein Vater die verwundbare Stelle ihrer Seelen fand.«
Elidian starrte sie sprachlos an.
»Denk darüber nach«, riet sie und schlenderte zu den Habseligkeiten der Orks hinüber, die die Trolle auf einen Haufen geworfen hatten. »Lieder und magische Spielereien besiegen keinen Feind.«
»Aber wir haben mächtige Zauberer unter uns«, wagte Elidian einzuwenden, während er ihr folgte. »Und die Schmiede meines Volkes fertigen die besten Waffen Ardaias!«
»Man braucht Krieger, um einen Krieg zu gewinnen. Schwerter kämpfen nicht von selbst.«
»Aber ...«
»Und die großen Magier?«, fiel Mahalea ihm ins Wort. »Womit beschäftigen sie sich? Sie züchten zauberhafte Rosen und legen hübsche Springbrunnen an. Manche mögen unzerbrechliche Klingen erschaffen, andere bringen alles Mögliche zum Fliegen. Aber wer von ihnen kann in einem Kampf von Nutzen sein?«
»Wer ein Haus aus dem Fels wachsen lassen kann, muss doch auch einen Feind aufhalten können.«
»Weißt du, wie langsam diese steinernen Säulen wachsen? Wie viel Zauberkraft eine solche Mauer kostet?«
»Ja, sicher, es dauert viele Monde, ein solches Haus ...«
»Du denkst nicht nach«, beharrte Mahalea. »Sieh dir die Trolle an. Wenn sie auf dich zustürmen würden, hättest du Zeit, auch nur einen hilfreichen Zauber zu wirken?«
»Hm. Ich bin sicher, ich könnte zumindest einen von ihnen aufhalten.«
»Und dann? Dann wirst du dich verteidigen müssen, und an

Zauberei ist nicht mehr zu denken. Ein Magier braucht Krieger, die ihn beschützen, wenn er überhaupt etwas bewirken soll. Er muss Zauber beherrschen, die schnell und tödlich sind. Wir haben von allem viel zu wenig, aber alle glauben, dass wir unverwundbar sind. Genau wie du.«

Elidian öffnete den Mund zu einer Antwort, doch Mahalea würgte ihn mit einer herrischen Geste ab. »Genug davon. Retheon wird wissen wollen, was es mit diesen Orks auf sich hat. Sehen wir nach, was sie bei sich hatten.«

Schon als sie auf dem Handelsweg über diesen Trupp geflogen war, hatte Mahalea die vielen schweren Beutel bemerkt. Sie öffnete eines der Bündel und breitete den Inhalt mit der Stiefelspitze vor sich aus. *Plündergut.* Die gewebte Wolldecke, der verzierte Zinnbecher und der silberne Löffel waren eindeutig Menschenwerk. Daneben hatte der Ork Vorräte, einen Fellumhang, eine Pelzkappe und Fäustlinge mit sich herumgetragen.

»Warum schleppt sich jemand mitten im Sommer mit Winterkleidung ab?«

»Dieser hier hatte Werkzeug bei sich und ein paar Klumpen Erz.« Elidian deutete auf den Inhalt einer Tasche, den er vor sich ausgeschüttet hatte. »Er könnte ein Schmied gewesen sein.«

Mahalea schnürte einen weiteren Beutel auf und fand neben Proviant verschiedene Angelhaken, Schnüre, Harpunenspitzen und die Stößel, Messer und anderen Gerätschaften, die man brauchte, um sie herzustellen. »Diese Orks waren jedenfalls nicht auf einem Kriegszug«, befand sie.

»Und was ist mit den vielen Waffen?«, hielt Elidian dagegen.

Die Äxte, Speere und Bögen auf dem Haufen waren nicht zu übersehen. Einige Schwerter und Haumesser stammten sicher ebenfalls aus Menschenbesitz, aber Mahalea glaubte nicht, dass die Orks sie im Kampf erbeutet hatten. »Orks sind immer gut bewaffnet unterwegs, aber wenn man auf Raubüberfälle aus ist, trägt man nicht so viel überflüssigen Plunder herum. Dann kommt es darauf an, schnell zuzuschlagen und rasch wieder fort zu sein, bevor sich Widerstand formiert.«

Elidian nickte. »Bei den Orks, die nach Osten zogen, hatte ich

auch den Eindruck, dass sie für einen Jagd- oder Kriegszug zu schwer beladen sind. Sie hatten sogar Packtiere dabei. Aber andererseits müssen sich auch Krieger versorgen, wenn sie auf einem längeren Marsch sind.«
»Das stimmt«, gab Mahalea zu. »Aber Orks sind keine Menschen, die Zelte aufbauen, Feldküchen betreiben und Lazarette errichten. Sie kommen mit dem Nötigsten aus. Nein, wenn ein Ork seine Winterausrüstung einpackt, kann es nur bedeuten, dass er nicht vorhat, zurückzukehren.«
»Ihr meint, es sind Siedler?«
»Oder Ausgestoßene. Unzufriedene, die in der Fremde ihr Glück suchen. Schließlich haben sie sich in Theroia ausgebreitet, seit die Menschen verschwunden sind. Erst als sie merkten, dass sie hier auf Trolle stießen, mieden sie unsere Grenze. Die eigentliche Frage ist, warum sie nun trotzdem wiederkommen. Und auch noch mehrere Trupps innerhalb weniger Tage.«
»Vielleicht kehren die Menschen zurück und vertreiben sie.«
Mahalea rieb sich nachdenklich die Wange. »Könnte sein. Irgendetwas ist in Theroia im Gange. Wir müssen weiter ausfliegen und die Augen offen halten.«

*Der verfluchte Elf hat sich lange genug auf meine Kosten lustig gemacht*, grollte Athanor. Davaron saß nur etwa zehn Schritte von ihm entfernt. Wenn er schnell genug lief, war er über dem arroganten Mistkerl, bevor der seine Waffe ziehen konnte – oder gar zaubern. Athanor stürmte los, doch eine Bewegung seitlich von ihm lenkte ihn ab. Ein Schatten auf dem Gras glitt blitzschnell auf ihn zu. Die Luft schien zu wispern. *Rokkur!*

Athanor warf sich zu Boden. Schon brauste das Rauschen großer Schwingen über ihn hinweg. Etwas streifte ihn, noch während er sich abrollte. Mit rasendem Herz kam er wieder auf die Füße, hieb mit dem Schwert nach der Bestie, doch sie war bereits vorbei und stieß sich mit klauenbewehrten, krummen Beinen wieder vom Boden ab. Das Flattern ihrer Flügel peitschte Athanor Dreck in die Augen. Rasch wandte er sich ab und bemerkte nur deshalb den zweiten Schatten, der direkt auf ihn zuhielt. Athanor hob den Kopf.

Zähne, die Knochen zermahlen konnten, blitzten in der Sonne. Mit offenem Maul stürzte die Chimäre aus dem Himmel auf ihn nieder. Hastig schwang Athanor die Klinge. Der Stahl traf auf den hässlichen klobigen Schädel und stieß ihn zur Seite. Blut spritzte, dann prallte das Untier wie ein Rammbock mit der Schulter gegen Athanors Arm. Er fiel hintenüber und schlug so hart mit dem Rücken auf, dass ihm die Luft wegblieb. Die Bestie stand über ihm, hielt ihn mit ihrem Gewicht am Boden, während er nach Atem rang. Blut rann aus einem klaffenden Spalt an ihrer Schläfe. Vermischt mit Geifer aus dem aufgerissenen Maul tropfte es herab und drohte, ihm in die Augen zu fallen. Er spürte die Klauen auf einer Schulter und auf seinem Fuß. Blindlings trat er mit dem freien Bein nach Bauch und Flanke, Hauptsache, er traf schmerzhaft. Fingerlange Krallen stachen durch das Kettenhemd in seine Schulter. Sein Schwertarm fühlte sich taub an und rührte sich nicht. Mit der Linken suchte er nach dem Messer an seinem Gürtel, bis ihm einfiel, dass es in dem Bündel am Ufer lag. *Scheiße.*

Die Bestie knurrte, nur um im nächsten Augenblick nach seinem Kopf zu schnappen. Es gelang Athanor gerade noch, die Kehle des Untiers zu packen und den Schädel nach oben zu stemmen. Fauliger Atem hinterließ Feuchtigkeit auf seinem Gesicht, während sich die Bestie in seinem Griff wand und mit wildem Rucken versuchte, sich zu befreien. Klauen schabten über Kettengeflecht, blieben hängen und zerrten mit einer Kraft daran, die Athanor durchrüttelte. Der Rokkur schlug mit den Flügeln, hob ihn an, wo Krallen im Kettenhemd hingen. Athanor grub die Finger ins Halsfell der Bestie, doch er merkte, wie seine Kraft nachließ. Um der Chimäre die Luft abzudrücken, war ihre Kehle zu breit, Fell und Muskeln waren zu dick.

Allmählich kam Leben in Athanors Schwertarm zurück. Wo war die verdammte Waffe? Hektisch tastete er danach. Knurrend versuchte der Rokkur, ihn mit den Klauen zu zerfetzen. Plötzlich gab es einen leisen Knall. Das Biest jaulte auf, hielt einen Moment inne, bevor es sich mit solcher Wildheit aufbäumte, dass Athanor mit in die Luft gerissen wurde. Er ließ los, fiel auf den Boden zurück. *Wo ist das Schwert?* Unter seinen Fingern war nur Gras.

Der Wind der schlagenden Flügel zwang ihn, die Augen zusammenzukneifen. Sand und Federn wirbelten herum. *Da!* Er rollte sich zur Seite, packte den Griff der Waffe. Das Untier verbog sich, um an einen Pfeil in seiner Flanke zu gelangen. Als es Athanors Bewegung bemerkte, warf es sich zähnefletschend wieder auf ihn. Mit beiden Händen griff er das Schwert, bevor sich die Bestie in die jäh aufgerichtete Klinge stürzte. Das Schwert stieß auf eine Rippe, glitt daran ab, tiefer in den Leib, der Athanor unter sich begrub. Der aufgerissene Rachen stürzte auf Athanors Gesicht. Vergeblich versuchte er, die Hände hochzureißen, doch seine Arme steckten unter dem Rokkur fest. Zähne bohrten sich in seine Stirn, seine Wange. Die Zunge des Untiers klatschte auf seine Nase und schnitt ihm die Luft ab. Keuchend drehte er den Kopf und schluckte widerlichen Geifer.

Endlich gelang es ihm, einen Arm frei zu bekommen. Durch den Körper der Bestie lief ein Zittern. Mit einem leisen Grollen hauchte sie den letzten Atem aus. Athanor packte ihren Kiefer und schnitt sich die Finger an den scharfen Zähnen auf, als er sein Gesicht aus dem Rachen befreite. Erleichtert schnappte er nach Luft und zerrte die andere eingeklemmte Hand heraus. Die tote Chimäre lastete auf seiner Brust wie ein Felsblock. Noch immer konnte er kaum atmen. Mühsam schob und stemmte er sich unter dem Kadaver hervor. Das Knurren der zweiten Chimäre, das er nahebei hörte, verlieh ihm ungeahnte Kraft. Sobald er den Oberkörper wieder bewegen konnte, sah er sich nach dem verbliebenen Rokkur um. Es waren zwei.

Eine der beiden Bestien umkreiste Davaron, schlug mit den Klauen der Vorderbeine nach ihm, sprang vor und flatterte zurück, wenn der Elf die gekrümmte Klinge schwang. Fast sah es aus wie ein Tanz, doch Davaron rann Blut aus dem Haar und aus einer Wunde am Bein. Der anderen Chimäre ragten zwei Pfeile aus der schwarz gefleckten Flanke. Auf ihren krummen, mit Raubtierkrallen bewehrten Läufen kroch sie auf Athanor zu und zog einen lahmen Flügel nach. Etliche der braunen Schwungfedern waren angesengt und dunkel verfärbt, als sei der Rokkur in ein Feuer geraten. Der Gestank verbrannter Federn lag in der Luft.

Athanor nahm erneut seine ganze Kraft zusammen und zog seine Beine unter der toten Bestie hervor. *Moment mal...* Der Pfeil im Rumpf seines Angreifers konnte nicht von Davaron gekommen sein. Schon während er sich aufrappelte, flog sein Blick in die entgegengesetzte Richtung, über den Fluss. *Elanya!* Sie stand am anderen Ufer und ließ gerade ihren Bogen fallen, denn ein vierter Rokkur stieß aus dem Himmel auf sie herab. Hastig wich sie zurück, zog dabei das Schwert. Fluchend sah Athanor die Spitze seiner Klinge an, die aus dem Rücken des toten Untiers ragte. Die Chimäre mit dem lahmen Flügel pirschte sich knurrend näher.

*Mein Bogen!* Athanor rannte zu seinem Bündel ans Wasser zurück. Er sah, wie die angreifende Bestie der kampfbereiten Elfe im letzten Augenblick auswich. Elanya hieb nach dem Untier, das sie scheinbar umfliegen wollte, doch stattdessen streckte es plötzlich die zuvor angelegte Schwinge aus und fegte Elanya damit von den Füßen. Mit einem Aufschrei fiel sie auf den Rücken.

*Verdammt!* Athanor klaubte seinen Bogen auf und zerrte einen Pfeil aus dem Köcher. Davaron durften die Rokkur seinetwegen zerfleischen, aber nicht Elanya. Das Biest, das sie umgeworfen hatte, war hinter ihr gelandet, musste sich jedoch erst zu ihr umdrehen. Zeit für die Elfe, aufzuspringen und sich ihrerseits dem Angreifer zuzuwenden. Zähnefletschend duckte sich die Chimäre zum Sprung. Athanor legte einen Pfeil auf und spannte die Sehne. Ein leises Geräusch in seinem Rücken ließ ihn herumfahren. Mit aufgerissenem Rachen schnellte das verletzte Untier auf ihn zu. Er sah nichts als den roten Schlund und schoss. Mitten im Sprung brach der Rokkur zusammen. Der Pfeil ragte ihm aus dem bluttriefenden Maul. Flügel und Beine zuckten schwach.

Athanor wirbelte wieder zu seinem Köcher herum und griff einen neuen Pfeil. Es sah aus, als banne Elanya das Untier mit dem Blick, doch vermutlich lag es eher an ihrem drohend erhobenen Schwert, dass es zögerte. Sein lauernd gesenkter Schädel, an dem Augen und Ohren zu klein wirkten, war doppelt so groß wie Elanyas Kopf. Auf ihn zu zielen war sinnlos. Wo war der verwundbare Punkt? Die halb angelegten Flügel verdeckten den Großteil des Körpers. Blieb nur die verkrüppelt aussehende Hüfte mit den kurzen krummen Beinen. Athanor hielt die Luft an, fixierte sein Ziel, ließ den Pfeil los. Es dauerte kaum einen Lidschlag, doch im gleichen Augenblick katapultierte sich die Bestie auf Elanya zu. Der Schuss ging fehl. Leichtfüßig tänzelte die Elfe rückwärts, während ihre Klinge einen weiten Bogen beschrieb. Blut spritzte auf, als der Stahl eine tiefe Furche quer über den Schädel des Rokkur zog. Weißer Knochen leuchtete im Sonnenlicht auf, aber das Biest schnellte knurrend vor.

Fluchend bückte sich Athanor nach einem weiteren Pfeil und legte ihn auf. Elanya stolperte unter der Wucht der neuen Attacke und taumelte zur Seite. Erneut drohte die Schwinge des Rokkur, sie umzuwerfen, doch dieses Mal duckte sie sich und kam dahinter wieder hoch. Athanor schoss. Der Pfeil fuhr der Bestie in den Rücken, während sie sich zu Elanya umwandte. Sie jaulte auf, strampelte mit den Hinterbeinen, schlug wild mit den Flügeln. Hastig wich die Elfe dem Untier aus, das sie sonst zu Boden geworfen hätte. Ebenso eilig griff Athanor nach einem neuen Pfeil. Knurrend warf sich der Rokkur wieder auf Elanya, doch die Hinterläufe schienen nicht mehr zu gehorchen, zuckten nur unkontrolliert. Der Sprung blieb zu kurz. Vergeblich schlugen die Klauen der Vorderbeine nach der Elfe, die nun ihrerseits vorschnellte und zustieß. Drei Handbreit Stahl verschwanden in der Brust des Rokkur. Die mächtigen Kiefer schlossen sich um Elanyas Schulter. Athanor glaubte ein Knirschen zu hören, obwohl es auf diese Entfernung unmöglich war. Elanyas Beine zitterten sichtbar unter dem Gewicht, während sie an ihrem Schwert zerrte.

Im nächsten Augenblick brach die Bestie zusammen und rutschte am Körper der Elfe ab. Das Aufeinanderknallen der Zähne, als der Schädel auf den Boden schlug, war so laut, dass es tatsächlich über den Fluss drang. Erleichtert ließ Athanor den Bogen sinken. Elanya zog ihre Klinge aus dem Leib des Rokkur und drehte sich zum Ufer um. Ihr Blick streifte Athanor, dann gefror ihr Lächeln. »Davaron!«, schrie sie und rannte ins aufspritzende Wasser.

Gelassen sah sich Athanor nach ihm um. Der Rokkur hatte

ihn halb unter sich begraben, und beide rührten sich nicht mehr. Dünne Rauchfäden kräuselten sich über dem Kopf der Bestie. Sie blutete aus mehreren Wunden, doch keine davon sah tödlich aus. Ihr Schädel lag auf Davarons Brust, als sei sie dort eingeschlafen. Auch die Augen des Elfs waren geschlossen. Gegen das Blut auf der Wange wirkte er bleich wie der Tod.

»Blass war er schon immer«, murmelte Athanor und ging langsam auf ihn zu. Er hielt den Bogen schussbereit. Bei Rokkur konnte man nie wissen. Je näher er kam, desto stärker roch es nach angesengtem Fell und verschmortem Fleisch. *Hol's der Dunkle!* Davaron musste mit seiner Magie das Gehirn der Bestie gekocht haben.

»Was ist mit ihm? Lebt er noch?«, rief Elanya, die von Rauschen untermalt durch den Fluss pflügte.

Athanor trat gegen den qualmenden Schädel. Das Untier regte sich nicht. »Der jedenfalls nicht«, brummte er und beugte sich zu Davaron hinab, obwohl er ihm lieber ebenfalls einen Tritt verpasst hätte. Aber Frauen konnten so etwas nicht leiden, also versuchte er es mit ein paar leichten Ohrfeigen. Nichts geschah. War der Elf wirklich tot? Schon aus Neugier kniete sich Athanor neben ihn und hielt ihm die Nase zu. Fast sofort klappte Davarons Mund auf.

»Er atmet noch«, rief Athanor Elanya entgegen.

Sie eilte herbei. Wasser schwappte aus ihren Stiefeln und tropfte vom Hüftrock ihrer Rüstung. Es rann aus allen Beuteln, die sie am Gürtel trug, und die Hose klebte ihr in Falten an den Beinen. Im Eifer des Gefechts hatte Athanor seine nassen Sachen völlig vergessen. Erst jetzt fiel ihm wieder ein, dass auch seine Taschen mit dem Fluss in Berührung gekommen waren. Die Vorräte würden womöglich anfangen zu schimmeln. *Ich hätte fester zuschlagen sollen*, grollte er mit einem Blick auf den bewusstlosen Körper vor sich.

Elanya fiel auf Davarons anderer Seite auf die Knie und suchte seinen Kopf nach Wunden ab. In der Schulterklappe ihrer Rüstung prangten die Abdrücke großer Zähne.

»Wie schlimm hat er dich erwischt?«, fragte Athanor und wies mit einem Nicken auf die zerdrückte Stelle.

»Nur eine Quetschung«, wehrte Elanya ab, ohne aufzusehen. »Er war schon geschwächt.«

*Zimperlich ist sie wirklich nicht.* Oder diese seltsame Rüstung aus gehärtetem Stoff war besser als alles, was er kannte. Versteckt zwischen blutigen Strähnen klaffte ein Riss in Davarons Kopfhaut, doch der Knochen darunter war heil. »Das ist es nicht«, befand Elanya und sprang wieder auf. »Komm, hilf mir! Wir müssen ihn von diesem Untier befreien.«

»Hat er …« Athanor deutete im Aufstehen auf den verbrannt stinkenden Schädel. »Kann er einen Gegner durch Magie töten?«

»Davaron beherrscht die Feuermagie nur schlecht, weil sein Vater ein Sohn Ardas war«, sagte Elanya mit einem Unterton, den er nicht einordnen konnte. »Aber er befand sich in Lebensgefahr und hat vielleicht mehr Kraft in diesen Zauber gelegt, als gut für ihn ist.«

Gemeinsam zogen sie Davaron unter dem toten Rokkur hervor. Während sich Elanya erneut über den Elf beugte, versuchte Athanor zu verstehen, was sie gesagt hatte. »Er gehört zu den Abkömmlingen Piriths, aber sein Vater war von deinem Volk?«

»Ja. Ein Kind gehört stets dem Volk seiner Mutter an«, erklärte sie und hob eins von Davarons Lidern, um in sein Auge zu sehen.

Das klang vernünftig, schließlich konnte man als Mann nie sicher sein, ob man wirklich der Vater war. »Und die Nachkommen Piriths erben also das Talent zur Feuermagie, die er deshalb *nur* gut genug beherrscht, um einem solchen Ungetüm den Schädel zu braten?«

»Könntest du später fragen? Ich muss mich reinigen und auf ihn einstimmen, um ihn zu heilen.«

»Ja, sicher. Kümmere dich um ihn.« Athanor gab sich wenig Mühe, seine Gleichgültigkeit zu verbergen. »Ich muss das Muli wieder einfangen.« Von dem verfluchten Biest war weit und breit nichts mehr zu sehen. Von dem Elfenross allerdings auch nichts.

# 7

Während Athanor den Proviant zum Trocknen in der Sonne ausbreitete, kehrten die Tiere von selbst zurück. Als Erster betrat Davarons Grauer mit geblähten Nüstern die Lichtung und spähte zu den toten Bestien hinüber. Erst als er sich weiter vorwagte, folgte ihm auch das Muli.

*Das Pferd ist deutlich brauchbarer als sein Herr.* Athanor sah zu Elanya, die in ihre Magie vertieft war. Musste sie ausgerechnet jetzt auftauchen? Wenn sie nicht eingegriffen hätte, würden die Seelenfänger Davaron nun in die Dunkelheit zerren, und er wäre ihn los. Sie mochte eine Bestie auf sich gelenkt und damit vielleicht auch sein Leben gerettet haben, aber das war nur Spekulation. Davarons Zustand dagegen war Gewissheit, und er hätte auch ein wenig nachgeholfen, um ganz sicherzugehen.

Ein Stechen in der Schulter erinnerte ihn an seine eigenen Blessuren, doch die mussten warten. Ohne vernünftige Waffe fühlte er sich auf dieser Lichtung geradezu nackt, und sein Schwert steckte noch immer in dem toten Rokkur. Die Parierstange verhinderte, dass er es einfach mit der Spitze voran herauszog, also versuchte er, den Kadaver auf die Seite zu wälzen. Doch das Biest schien so viel zu wiegen wie ein Ochse, und ständig waren die Flügel im Weg.

»Das funktioniert nie«, ließ sich Davarons Stimme vernehmen. Der Elf hatte sich aufgesetzt und sah immer noch totenbleich aus, aber er klang schon wieder ganz wie er selbst.

»Schlaf weiter, bis deine Meinung gefragt ist!« *Also für immer!* Fluchend holte Athanor seine Axt, brach den Brustkorb der Bestie auf und arbeitete sich nach unten, bis er endlich an den Schwertgriff kam. Erleichtert säuberte er die Klinge, bevor er sie in die Scheide schob. Sobald er Zeit fand, würde er sie schärfen und ölen.

Ein leiser Ruf lenkte seinen Blick auf Elanya. Sie lockte Davarons Pferd zu sich, um ihm Last und Packsattel abzunehmen. Auf die Entfernung sah es aus, als hätten die Stoffballen trotz der Flucht durch den Wald keinen Schaden genommen. Sollte er genauer nachsehen? Warum eigentlich? Davaron saß immer noch faul herum. Sollte sich doch der Elf darum kümmern.

*Der Bastard tötet also durch Magie. Das sollte ich im Hinterkopf behalten, wenn ich ihn loswerden will.* Allerdings konnte er diesen Plan vergessen, solange Elanya in der Nähe war. Sie schwang sich gerade auf Davarons Pferd und ritt in den Fluss zurück. Wahrscheinlich hatte sie noch Gepäck am anderen Ufer, das sie holen wollte. War sie der vermeintliche Faun gewesen, der ihn verfolgt hatte? Kein Wunder, dass sie nicht auf seine Tricks hereingefallen war. Ohne den Angriff dieser Biester hätte sie sich wohl weiterhin verborgen gehalten. Aber warum?

Athanor unterdrückte den Reflex, sich sofort wieder mit dem Schwert zu gürten, und sah an sich hinab. Die Klauen des Rokkur hatten dem Kettenhemd einigen Schaden zugefügt. Er konnte es notdürftig flicken, und bis sie zu den Zwergen kamen, würde dieses Provisorium genügen müssen.

Um sich nicht an den aufgeplatzten Ringen zu verletzen, zog er das Kettenhemd vorsichtiger aus als sonst. Dem Brennen und Pochen an allen möglichen Stellen nach zu urteilen, hatte er schon wieder genug Wunden abbekommen. Die Haut auf Wangen und Stirn spannte, wo Blut auf ihr trocknete. Auch der gepolsterte Waffenrock hatte unter den Krallen gelitten. Zwei Risse waren so groß, dass die Wollfüllung hervorquoll. Noch mehr Flickarbeit. Von seiner Hose, die erneut von Rissen und Blutflecken strotzte, gar nicht zu reden. Bis auf das Lendentuch zog Athanor alles aus und begutachtete seine Wunden. An den Beinen fanden sich etliche oberflächliche Schnitte und Kratzer. Nur einer war so tief, dass er den Aufwand eines Verbands lohnte. Ständiger Mangel an Stoffstreifen machte in dieser Hinsicht sehr genügsam. Tückischer waren die vielen, teils tiefen Stiche, die die Klauen auch an seiner Schulter hinterlassen hatten. Sie bluteten wenig und eiterten gern. Er würde diese Stellen im Auge behalten müssen.

»Was den Dickschädel angeht, kannst du es mit jedem Rokkur aufnehmen«, befand Davaron, der zum Ufer schlenderte, als hätte er nicht eben noch halb tot im Gras gelegen.

»Deshalb musste ich auch nicht von einem Mädchen gerettet

werden«, gab Athanor zurück, obwohl es nicht ganz der Wahrheit entsprach. Die Ablenkung durch den Pfeil hatte ihm geholfen, doch das musste der Elf nicht wissen.

Davaron bedachte ihn mit dem üblichen finsteren Blick, den das geronnene Blut in seinem Haar noch unterstrich. »Du verstehst nichts von Magie. Ich wäre auch ohne Elanya wieder aufgewacht.«

Athanor verzog spöttisch den Mund. *Wärst du nicht.* Doch Davaron hatte sich wieder abgewandt und sah Elanya entgegen, die zurück durch den Fluss geritten kam. Die Riemen zweier vollgepackter Taschen kreuzten sich nun vor ihrer Brust, und ihr Bogen ragte aus dem Köcher auf ihrem Rücken.

»Elanya, was tust du hier?«, fragte Davaron, als sie am Ufer vom Pferd sprang. »Wir sind längst weit von den Elfenlanden entfernt.«

Ihr Blick glitt zu Athanor und rasch wieder weg. War da nicht ein rötlicher Hauch auf ihren Wangen? *Wenn das nicht zu bedeuten hat, dass sie meinetwegen hier ist, bin ich der König der Zwerge.* Unwillkürlich musste Athanor grinsen. »Das liegt doch auf der Hand. Sie will mich nicht mehr aus den Augen lassen.«

»Was?« Elanya sah ertappt und verwirrt aus. »Aber ...«

»Und was sollte der Grund für diesen seltsamen Wunsch sein?«, fragte Davaron, obwohl Athanor jede Wette eingegangen wäre, dass der Elf an dasselbe dachte wie er.

Es ihm unter die Nase zu reiben, tat trotzdem gut. »Weil ich so ein toller Kerl bin natürlich.« Beinahe hätte er selbst darüber gelacht, wie eingebildet es klang, aber der arrogante Elf hatte diese Antwort mehr als verdient.

Elanya schnappte hörbar nach Luft und sah ihn empört an. »Das ist völliger Unsinn. Ich bin hier, weil Aphaiya mich geschickt hat.«

*Frauen! Nie um eine Ausrede verlegen.*

»Wenn du in diesem Augenblick dein Gesicht sehen könntest, wüsstest du, wie absurd dieser Gedanke ist, Mensch.« Damit wandte sich Davaron wieder Elanya zu.

Athanor grinste nur. Die Mischung aus Blut, Schweiß und Wunden, die die Zähne des Rokkur hinterlassen hatten, war sicher nicht geeignet, um bei einem fröhlichen Fest Frauen aufzureißen, aber der blutige Fuß hatte ihm bei Elanya offenbar auch nicht geschadet.

»Seit wann hat Aphaiya über diese Angelegenheit zu entscheiden?«, fragte Davaron gereizt. »Die Aufgabe wurde mir übertragen. Du warst dabei, als die Älteren ihre Wahl trafen.« Elanya straffte die Schultern. »Ich wollte sie auch niemals haben! Glaubst du, ich schlage mich darum, unsere sichere Heimat zu verlassen? Aphaiya hat gesehen, dass meine Anwesenheit notwendig ist, damit diese Mission gelingt. Was hier geschehen ist, gibt ihr recht.«

»Dann hast du deinen Auftrag ja nun erfüllt und kannst nach Hause zurückgehen.«

»Sie sprach ausdrücklich davon, dass ich euch bis zu den Zwergen und zurück begleiten muss«, beharrte Elanya und verschränkte die Arme vor der Brust.

»Und hat sie auch gesagt, wie sie sich das vorstellt?«, fuhr Davaron auf. »Du sprichst die Sprache der Menschen nicht, kennst weder ihre Bräuche noch die der Zwerge. Wie willst du irgendjemanden täuschen?«

»Wir kleben ihr einen Bart an, dann sieht sie aus wie ein Zwerg«, warf Athanor amüsiert ein.

Die beiden starrten ihn wütend an.

»Das war ein Scherz! Im Ernst, Elanya, ich gebe Davaron äußerst ungern recht, aber dein Gesicht schreit selbst dann noch ›Elfe!‹, wenn du dich im Schlamm wälzt und dir Rokkurfedern anklebst.«

»Darüber habe ich nachgedacht und eine Lösung gefunden«, behauptete sie. »Meine Verkleidung wird so gut sein, dass selbst ihr mich nicht erkennen könntet.«

»Du willst dich verwandeln?«, hakte Davaron nach.

Sie nickte. »Wenn es so weit ist.«

»Ich halte immer noch nichts davon. Es war anders vereinbart, und es wird *mir* schaden, wenn meine Mission misslingt.«

»Genau darum geht es Aphaiya und mir. Du sollst erfolgreich zurückkommen, und ich will keinen Anteil an dem Ruhm, der damit verbunden ist.«

»Den wirst du bekommen, ob du willst oder nicht«, prophezeite Davaron und ging zornig davon.

Athanor fragte sich, ob der Elf gerade maßlos übertrieb. Wie viel Ruhm konnte es schon einbringen, mit seiner Hilfe zu den Zwergen zu reisen und ein bisschen Handel zu treiben? Aber Davaron war eben ein Idiot. »Diese Aphaiya, ist sie eine Seherin?«, erkundigte er sich.

»Ja. Sie hat sich noch nie getäuscht.« Elanya sah ihn an und verzog missbilligend die Lippen. »Dein Gesicht ist wirklich entstellt. Wenn es nicht sorgfältig behandelt wird, behältst du üble Narben zurück.«

»Ich hätte nichts dagegen, von dir geheilt zu werden«, erwiderte er schmunzelnd. Er sah sich schon seinen Kopf in ihren Schoß legen und wie sie sich über ihn beugte ...

Hörbar gereizt stieß Elanya Luft aus. »Also schön. Aber zieh dir gefälligst erst etwas an!«

Es war so dunkel, dass Athanor kaum noch Davaron und dessen alten Klepper an der Spitze ihres kleinen Zugs sah. Der Elf hatte es tatsächlich geschafft, einem verwilderten Karrengaul ein Halfter überzuziehen und seinen prächtigen Grauen nach Hause geschickt. Woher Davaron die Gewissheit nahm, dass er das Pferd jemals wiedersehen würde, war Athanor ein Rätsel, aber letztlich musste jeder selbst wissen, wie er mit seinem Besitz umging.

Ein Wetterleuchten erhellte für einen Lidschlag die Nacht. Im grellen Licht kamen düstere Wolken zum Vorschein, die sich bedrohlich zusammenballten. Die Fäuste Rethors, des Donnergottes, hätte Anandra gesagt. Seit dem Kampf gegen die Rokkur trommelten sie immer wieder auf das Land ein. Auf zwei Tage Hitze folgten heftige Gewitter. Die Luft kühlte ab, und die Sonne heizte sie sogleich wieder auf. Dann ging es von vorne los.

Athanor störte sich nicht daran. Um sich vor Drachen und Rokkur zu verbergen, war es ohnehin klüger, sich im Schatten des Waldes zu halten, und der Regen spülte ihre Spuren fort. Schwierig war es nur in der fruchtbaren Ebene von Darania geworden, wo kaum Bäume die Straßen flankierten. Dort hatten sie sich angewöhnt, nachts zu marschieren, wenn die Rokkur schliefen und selbst Drachen selten zur Jagd flogen. Dafür musste man in der Dunkelheit mit den Orross rechnen, jenen Chimären, die mit ihren gewaltigen Hauern wohl eine Mischung aus Bär und Wildschwein waren. Auf Athanors Bein erinnerte eine breite Narbe an seinen ersten Kampf gegen ein solches Biest. Doch seit er keine Menschen mehr gesehen hatte, waren auch die Orross selten geworden.

Wieder flackerte es am Himmel, und eine Böe fuhr so heftig in die Baumkronen, dass das Rauschen jeden anderen Laut übertönte. Ängstlich äugte das Muli ins raschelnde Unterholz.

»Sieht aus, als käme das Gewitter auf uns zu«, rief Elanya, als der Wind nachließ.

Athanor brummte zustimmend. Schon rüttelte die nächste Böe an den Bäumen, riss Zweige und Blätter ab und wirbelte sie durch die Luft. Die Handelsstraße, der sie folgten, war zwar breit, doch nicht breit genug, um vor herabfallenden Ästen sicher zu sein. Dennoch begab sich Athanor in die Mitte, so weit weg vom Waldrand wie möglich.

»Kommt!« Davaron beschleunigte seine Schritte, und das knochige Packtier, das seit drei Tagen auch ohne Strick hinter ihm hertrottete, folgte ihm. »Vielleicht finden wir einen Unterstand.«

*Möglich.* Immer wieder stießen sie am Wegesrand auf einsame Scheunen oder verlassene Dörfer. Von vielen Gebäuden standen nur noch geschwärzte Ruinen, doch manche waren kaum beschädigt, nur gespenstisch leer.

»Und wenn wir zu den Felsen gehen?« Elanya klang unsicher, und Athanor wusste, weshalb. Die Straße folgte einem kleinen Fluss, dessen Tal wie mit einem Messer in das umgebende Hochplateau geschnitten war. Um zu diesen Felswänden zu gelangen, mussten sie den Streifen Wald durchqueren, der zwischen der Straße und der Anhöhe lag.

»Dort gibt es bestimmt Höhlen«, fügte sie hinzu. »Oder wenigstens einen Überhang.«

Doch bis sie einen Unterschlupf fanden, würden sie umstürzenden Bäumen und abgebrochenen Ästen ausgesetzt sein.

»Zu gefährlich«, entschied Davaron prompt.

Ohne langsamer zu werden, sah Athanor erneut ins wogende Laub empor. »Hier ist es auch nicht viel besser.« Er war nicht sicher, ob es wirklich eine gute Idee war, bei Sturm tiefer in den Wald vorzudringen, aber wenn er Davaron als Feigling hinstellen konnte, war es ein bisschen Risiko wert.

Der Elf ignorierte ihn und stapfte weiter.

»Der Mensch hat recht«, rief Elanya. »Lass uns eine Höhle suchen. Das gewachste Tuch hat schon dem letzten Unwetter kaum standgehalten.«

Was ihnen einen Stockfleck auf einem Brokatballen eingebracht hatte. Der ärgerliche Wertverlust überzeugte Davaron offenbar, denn er bog wortlos in den Wald ab. Neue Böen peitschten die Baumkronen und folgten so schnell aufeinander, dass sie kaum noch zu unterscheiden waren. Umhergewirbelter Dreck stach Athanor in Wangen und Kinn, und der Wind wehte ihm die Haare ins Gesicht. Ein Knarren und Ächzen ging durch den Wald, als ob die Bäume unter dem Zorn des Donnergottes stöhnten. Äste schlugen gegeneinander. Schlanke Bäume bogen sich wie Getreidehalme dem Boden entgegen.

Blindlings bahnte sich Athanor einen Weg durch das Unterholz und hätte Elanya fast aus den Augen verloren. Immer wieder flackerten Blitze so fern, dass der Donner nur ein im Sturm kaum hörbares Grollen war, doch sie kamen näher. Im Rauschen des Windes verlor sich jeder Ruf.

Vor ihnen tauchten die Felsen zwischen den Bäumen auf. Davaron schwenkte nach rechts. Athanor musste ihm lassen, dass er klug genug war, um nicht am Fuß der Steilwand entlangzugehen. Die Böen konnten lose Steine ins Rutschen bringen oder Bäume auf der Kante entwurzeln. Kaum hatte er es gedacht, als sich das Krachen eines umstürzenden Baums in den Lärm des Unwetters mischte. Doch überall in der Dunkelheit wankte und rauschte es so heftig, dass er nicht sagen konnte, wo es passiert war. Die Donnerfäuste trommelten nun lauter, und ihre Schläge folgten immer schneller auf die Blitze.

»Da vorne!«

Athanor ahnte Elanyas Ruf mehr, als dass er ihn hörte. Ihr ausgestreckter Arm lenkte seinen Blick auf den steilen Abhang.

Im Licht des nächsten Blitzes entdeckte auch er die dunkle Stelle. Ob es eine Höhle oder nur ein Felsüberhang war, konnte er noch nicht erkennen, aber der Ort bot zweifellos Schutz. Die Bäume hielten gleichsam respektvollen Abstand. Laub und loses Geäst bedeckten den freien Platz zwischen Eingang und Wald. Davaron hielt bereits darauf zu. Wieder senkte sich Finsternis auf sie herab. Ein neuer Blitz loderte über den Himmel. Davaron war verschwunden. Sein Klepper scheute und wich zurück.

*Was zum* ... Athanor riss das Schwert heraus, sah sich nach Gegnern um, doch da war niemand. Nur eine schwarze Öffnung, wo zuvor altes Laub gelegen hatte. Elanya lief auf das große Loch zu.

»Nein!« Athanor hetzte ihr nach, doch sie erreichte es vor ihm, fiel auf die Knie und beugte sich über den Rand. Als der Boden nicht unter ihr nachgab, näherte sich Athanor langsamer. Er hatte es nicht eilig, Davaron zu retten. Vorsichtig trat er an die Falle. Der Boden wirkte fest. Die Wände des Schachts waren senkrecht ins Erdreich getrieben worden. In vier Schritt Tiefe ragten angespitzte Pfähle auf, um in Empfang zu nehmen, was auch immer in die Falle geriet. Der Wind griff in das Loch und wirbelte trockenes Laub darin herum wie ein Strudel. Davaron hing an einer Wurzel, die aus der Wand hervorlugte.

*Was für ein Pech.* Doch diese Falle war wohl nicht für Menschen, sondern für Raubtiere ausgelegt. Sollte Davaron abrutschen, würden seine Beine nur zwischen der Wand und den Pfählen eingeklemmt werden. Im schlimmsten Fall pikte ihn eine Spitze in den Hintern. Kniend erreichte Elanya seinen ausgestreckten Arm nicht und wollte sich gerade auf den Boden legen.

»Fang die Tiere ein!«, brüllte Athanor ihr über das Brausen des Sturms zu. »Ich mach das schon.«

Sie zögerte einen Moment, dann nickte sie und sprang auf. Ihr musste eingefallen sein, dass er viel eher die nötige Kraft besaß als sie. Ein Donnerschlag, der Athanor bis in die Eingeweide fuhr, übertönte Davarons Fluch, als Elanya davoneilte und Athanor ihm nur winkte, bevor er sich der Höhle zuwandte. Irgendjemand hatte den Eingang mit dieser Falle schützen wollen, und er würde diesem Unbekannten keine Blöße bieten, indem er falsche Prioritäten setzte.

Darauf bedacht, in keine weitere Grube zu treten, schlich Athanor um das Loch herum und näherte sich der Höhle. Die Öffnung war breit und hoch. Beim nächsten Blitz fiel genug Licht hinein, um zu erkennen, dass niemand am Eingang lauerte. Weiter hinten herrschte undurchdringliche Schwärze. Ohne Fackel oder Laterne wäre es eine Dummheit gewesen, hineinzugehen.

Wachsam zog sich Athanor wieder zurück. Er wich Elanyas Blick aus, die gerade mit dem Muli aus dem Wald kam, legte das Schwert zur Seite und grinste Davaron zu. Der Elf klammerte sich mit beiden Händen an die Wurzel, obwohl sie kaum genug Platz dafür bot. Trotzdem gelang es ihm, Athanor hasserfüllt anzufunkeln. Ein erster dicker Regentropfen klatschte ihm ins Gesicht, doch er blinzelte nicht einmal.

»Hab mich nur vergewissert, dass wir allein sind«, plauderte Athanor gut gelaunt, und es störte ihn nicht, dass Davaron in dem Lärm wohl kaum etwas verstand. Auch er musste sich hinlegen, damit sein Arm zu dem Elf hinabreichte. »Na los! Greif zu!«

Davaron ließ mit einer Hand die Wurzel fahren und sackte sofort ein Stück tiefer. Hastig langte er nach Athanors Unterarm und klammerte sich im gleichen Moment fest, in dem Athanor sein Handgelenk packte.

»Braucht ihr ein Seil?«, rief Elanya so nah an Athanors Ohr, dass er ihren Atem spürte.

»Nein, geh aus dem Weg!«, keuchte er und zog.

Davaron stellte sich nicht an wie ein Mehlsack. Das musste er ihm lassen. Im Flackern der Blitze sah Athanor, dass sich der Elf mit den Füßen an winzigen Vorsprüngen der Wand abstützte und emporstemmte. Athanor hob ihn eine Handbreit, zwei, dann musste er sich mit der anderen Hand aufrichten und Davaron dabei mitziehen.

»Bastard!«, entfuhr es ihm, als der Elf ausgerechnet in diesem Augenblick Schwung holte und ihn damit fast wieder zu Boden riss. Doch Davaron bekam mit seiner freien Hand die Kante des

Lochs zu fassen, wodurch er wesentlich leichter wurde. Athanor stand auf und zog den Elf mit, der nun förmlich aus dem Loch emporflog. »Halt die Klappe, sonst stoße ich dich wieder rein!«, schnitt Athanor ihm das Wort ab, als Davaron wütend den Mund öffnete.

»Streitet nicht schon wieder! Kommt!«, rief Elanya und zerrte die beiden Packtiere auf die Höhle zu. Die vereinzelten schweren Tropfen wuchsen zu einem Sturzbach an, noch bevor Athanor die überhängenden Felsen erreichte. Darunter war es noch trocken, doch der Sturm wehte nun Wolken feiner Tropfen hinein.

»Warte!« Athanor hielt Elanya am Arm fest, als sie tiefer in die Höhle vordringen wollte. »Nicht ohne Licht.« Aus seinen Packtaschen kramte er eine Fackel hervor, was mit einer Hand nicht so einfach war, aber er wollte das Schwert nicht mehr ablegen, bis er wusste, ob sie den Unterschlupf mit unangenehmer Gesellschaft teilten.

»Gib her!« Davaron, der ebenfalls seine Klinge gezogen hatte, entriss ihm das harzige Holzscheit. Es dauerte nur wenige Herzschläge, dann roch es nach Rauch. Die Spitze glühte in der Dunkelheit auf, und im nächsten Moment hüllte sie sich in Flammen. Schatten tanzten über die Felswände. Während sie sich vom Eingang entfernten, hob Davaron die Fackel höher. Die Höhle war nicht tief. Im Feuerschein konnten sie das hintere Ende bereits sehen. Meißelspuren deuteten darauf hin, dass jemand sie geräumiger gemacht hatte. Es stank nach Fledermauskot, aber nur wenige Tiere hingen wie kleine dunkle Beutel an der verwinkelten Decke. Zwischen ihnen verrieten Rußflecken, wo regelmäßig Qualm von Lagerfeuern aufgestiegen war.

»Wahrscheinlich Flüchtlinge«, vermutete Athanor. »Sie haben die Grube ausgehoben, um sich vor Orross zu schützen.«

»Es hat ihnen nichts genützt«, stellte Davaron fest und schwenkte die Fackel näher über dem Boden. Inmitten von Lederfetzen und mottenzerfressenen Decken lagen etliche Knochen herum, Schädel, ein paar Rippen, zerbissene Markknochen. Nur Rokkur hätten gründlichere Arbeit geleistet. Elanya warf Athanor einen mitfühlenden Blick zu.

Er zuckte mit den Schultern. »Ich habe sie nicht gekannt.«

»Aber sie waren Menschen wie du. Wir trauern um jede Seele, die in die Schatten gezerrt wird.«
»Alle Seelen müssen früher oder später in die Dunkelheit. Und das ist gut so, sonst würden sie als Geister umgehen«, erwiderte Athanor und erinnerte sich an die Worte des Jungen in Ardarea. »Zumindest für Menschen gilt das.«
»Dann schreckt euch diese Vorstellung gar nicht?«
»Niemand ist scharf auf den Tod. Aber was ändert das? Wenn deine Zeit gekommen ist, ist sie gekommen. Trotzdem haben manche einfach alles versucht. Ich kannte sogar Krieger, die einen Pakt mit dem Dunklen geschlossen haben, um sich ein längeres Leben zu erkaufen.«
Elanya schauderte. »Sie haben gewagt, seine Aufmerksamkeit auf sich zu lenken?«
»Welchen Unterschied macht das? Sie glaubten, dass er sie auf dem Schlachtfeld verschont, wenn sie reiche Ernte für ihn halten.« Athanor schnaubte. »Wenn das stimmt, bin ich unsterblich. Ich muss sein absoluter Liebling sein.«
Fragend sah sie ihn an. »Dann warst du ein großer Held unter deinesgleichen?«
Fast hätte Athanor gelacht, doch es erstarb ihm in der Kehle.
»Ich bin kein Held. Helden wissen, wann es Zeit ist zu sterben.«

*Ich darf mich nicht mehr zu solchen Andeutungen hinreißen lassen*, schalt sich Athanor, als sie nach dem Unwetter wieder aufbrachen. Die Geschichte vom unbekannten Krieger aus Letho hatte er schon bei den Zwergen erzählt, und daran musste er nahtlos anknüpfen, sonst kamen sie ihm auf die Schliche.

Bis zu den Königreichen unter den Bergen war es nicht mehr weit. Athanor kannte den Weg, den theroische Händler seit Jahrhunderten, vielleicht sogar Jahrtausenden benutzten, denn er war auf seiner Flucht in diese Gegend geraten und danach lange durch die Nordmarken geirrt. Am Horizont erhoben sich bereits die Gebirgskämme, unter denen sich die Zwergenreiche bis weit in den Westen erstreckten. Um das, was hinter den Bergen lag und wie weit sie nach Norden reichten, rankten sich zahllose Legenden. Die meisten berichteten von immer neuen schneebedeckten Gipfeln, andere sprachen von windgepeitschten Ebenen und endlosen Eiswüsten. In den Tälern sollten Orross, Trolle und Oger hausen, auf den Bergen Drachen und Rokkur. Ob es stimmte, war Athanor gleich. Es hatten genug Ungeheuer den Weg nach Theroia gefunden. Er musste ihnen nicht auch noch nachlaufen.

Doch sie hatten Glück. Begegnungen mit gefräßigen Bestien blieben ihnen vorerst erspart, obwohl sie die Spur eines Orktrupps kreuzten, die nach Nordosten führte. Im Schutz ausgedehnter Wälder konnten sie nun wieder bei Tag marschieren und kamen rasch voran. Nur das Wetter zwang sie von Zeit zu Zeit, eine ungeplante Rast einzulegen. Immer wieder trommelte Rethor mit stählernen Fäusten auf das Land ein, als sei er zornig über die Leere darin. Funken sprühten unter seinen Schlägen auf und zuckten als Blitze über den Himmel. Athanor konnte sich an keinen Sommer erinnern, in dem der Gott so gewütet hatte wie in diesem.

»Dies hier könnte unsere letzte Rast sein, bevor wir die Zwerge erreichen«, eröffnete er Elanya, als sie drei Tage später ihr Nachtlager aufgeschlagen und sich mit Fisch aus einem nahen Bach gestärkt hatten. Die Forellen zu angeln, hatte ihn fast weniger Zeit gekostet, als die Elfen zu einem Feuer zu überreden, doch er hatte das kalte trockene Zeug satt, das sie seit einem halben Mond aßen. Der weit herabreichende Felsüberhang, unter dem sie lagerten, verbarg die kleinen Flammen vor Blicken aus der Luft. Das musste genügen. Sollte der Geruch Orross anlocken, war der gebratene Fisch den Ärger wert gewesen. Elanya hatte darauf bestanden, ihn auf Elfenart zuzubereiten, weil er sonst unrein sei, und über die elfische Küche konnte Athanor bislang nicht klagen.

»So nah sind wir schon? Warum sagt ihr mir das erst jetzt? Wir hätten auf Zwerge stoßen können!« Elanyas vorwurfsvoller Blick war auf Davaron gerichtet, doch der schwieg. Seit seinem Sturz in die Fallgrube sprach er nur das Allernötigste und brütete vor sich hin. Mehr denn je war es, als umgebe ihn eine Wolke aus Hass und Düsternis.

*Wenn er so weitermacht, werde sogar ich seine Beleidigungen noch vermissen*, spottete Athanor innerlich, obwohl er Davaron noch weniger traute als zuvor. Er war sicher, dass einer von ihnen längst den anderen getötet hätte, wäre Elanya nicht bei ihnen gewesen. »Na ja. Das Tor von Firondil ist zwar nur einen halben Tag entfernt, aber wir reden von Zwergen«, wiegelte er ab. »Sie sind wie Maulwürfe. Man findet sie nie im Freien.« Zweifelnd sah Elanya ihn an. »Hast du nicht erzählt, dass du durch die Begegnung mit einem von ihnen zum Händler wurdest?«

Mussten Frauen immer alles so genau nehmen? »Ja, sicher. Deshalb weiß ich doch, wie verzweifelt sie sein müssen, um sich zu einem solchen Schritt zu überwinden. Evrald ist Kaufmann. Ihm blieben die Waren aus, und er wusste nicht, weshalb. Natürlich hatte er vom Krieg gehört, aber solange Theroia siegreich war, liefen die Geschäfte wohl weiterhin gut für ihn. Dann war plötzlich Schluss. Drachen belagerten eine Weile die Tore zu den Zwergenreichen, doch nicht um sie anzugreifen, sondern um Flüchtlinge abzufangen. Das begriffen die Zwerge erst, als es zu spät war. Der Krieg beraubte Evrald all seiner Handelspartner. Er konnte es nicht glauben und zog aus, um nachzusehen, was geschehen war. Dabei stieß er auf mich. Das war das einzige Mal in meinem ganzen Leben, dass ich einen Zwerg unter freiem Himmel getroffen habe. Einen unglücklicheren Kerl kann man sich kaum vorstellen.«

»Du meinst, er war auch deshalb so unglücklich, weil er das Reich unter den Bergen verlassen musste? Aber warum? Ist es wahr, dass ihnen das Licht der Sonne schadet?«

»Glaubt ihr etwa auch, dass Zwerge versteinern, wenn sie von der Sonne überrascht werden?«, amüsierte sich Athanor. Unter den Menschen außerhalb der Nordmarken war dieses Gerücht weit verbreitet gewesen.

»Natürlich nicht«, wehrte Elanya ab. »Das passiert nur Höhlentrollen, wenn sie sich aus der Tiefe wagen.«

»Mag sein«, wich Athanor aus, denn er wollte nicht zugeben, dass er noch nie von Höhlentrollen gehört hatte. »Zwerge haben jedenfalls mit anderen Widrigkeiten zu kämpfen. Die Sonne blendet sie, aber vor allem ...« Er konnte sich ein Grinsen nicht verkneifen. »... haben sie Angst.«

»Wovor?«

»Keine Ahnung. Sie mögen es nicht besonders, wenn man sie danach fragt. Ist ihnen wohl peinlich.«

»Woher willst du dann wissen, dass sie Angst haben?«

»Warte, bis du einem im Freien begegnet bist. Dagegen sieht ein erschrecktes Kaninchen entschlossen aus.«

»Wenn du recht hast, muss ich noch eine ganze Weile auf diesen Anblick verzichten«, schätzte Elanya lächelnd.

»Gut möglich. Aber morgen früh solltest du wohl doch deine Verkleidung anlegen, bevor wir aufbrechen. Und ich werde mir den Bart abscheren, damit Davaron weniger weibisch gegen mich aussieht.« Er suchte Elanyas Blick. Mehrmals hatte er sie auf der Reise dabei ertappt, wie sie ihn versonnen betrachtete. »Oder gefalle ich dir dann nicht mehr?«

Sie riss die großen Augen auf, doch bevor sie etwas sagen konnte, stieß Davaron einen angewiderten Laut aus. »Ist das ekelhaft! Kapier endlich, dass du für uns nur ein unreines, haariges Tier bist!«

Athanor entfuhr ein Knurren. »Lieber ein Tier als ein weibischer Hänfling!«

Elanya verdrehte die Augen und stand auf. »Ihr seid beide widerlich. Haltet die Klappe und schlaft!« Damit stürmte sie hinaus, um die erste Wache zu übernehmen.

# 8

Athanor hatte die letzte Wache und rasierte sich bereits, bevor die Sonne aufging. Als die anderen aufstanden, saß er beim Frühstück, an dem sich nur Davaron mit ein paar Handvoll gedörrter Pflaumen und Apfelschnitzen beteiligte. Schon jetzt war es wieder so heiß, dass der von den Wolkenbrüchen feuchte Wald in der Morgensonne dampfte. Trotzdem setzte der Elf eine Lederkappe auf, die ihm bis über die Ohren reichte. *Nicht ungeschickt*, musste Athanor anerkennen, denn die Kappe ähnelte sogar jenen, die von den Zwergen getragen wurden. So würden sie sich nicht wundern, wenn ihr Besucher seine Kopfbedeckung unter Tage nicht abnahm.

»Es wird Zeit für mich«, sagte Elanya und reichte Davaron ihr Gepäck und ihre Waffen. »Vergiss meine Kleider nicht.«

*Ihre Kleider?* Verwundert trat Athanor zu seinem Muli, um es zu beladen.

»Keine Sorge, ich werde alles finden und mitnehmen«, versprach Davaron, bevor er sich daranmachte, Elanyas Sachen auf seinem Packtier zu verstauen.

*Was hat sie vor?* Aus dem Augenwinkel beobachtete Athanor, wie sie hinter einem dicken Baum verschwand. Kurz darauf ragte für einen kurzen Moment ein nackter Arm hervor, dann nur ein Ellbogen und schließlich eine sanfte Kurve, die schneller wieder verschwand, als er Hintern denken konnte. *Sie zieht sich tatsächlich aus?* Wenn er nachts Wache hielt, hatte er sie sich schon unzählige Male dabei vorgestellt, aber zu *wissen*, dass sie nur ein paar Schritte entfernt nackt hinter diesem Baum stand, versetzte ihn in eine Unruhe, die ihn selbst überraschte. In seinem Lendentuch wurde es mit einem Mal eng.

Er ertappte sich dabei, hinüberzustarren, statt die letzten Riemen festzuzurren. Warum zum Dunklen legte sie überhaupt die Kleider ab? Selbst als Menschenfrau konnte sie nicht nackt herumlaufen, auch wenn sie womöglich als dicke alte Vettel hinter dem Baum hervorkam. Der Gedanke genügte, um sein Blut ein wenig zu kühlen.

Etwas Helles tauchte kurz zu beiden Seiten von Elanyas Versteck auf, dann flatterte eine weiße, braun gesprenkelte Eule um den Stamm herum und landete lautlos auf einem Ast über ihren Köpfen. Für einen Augenblick fand sich Athanor sprachlos und konnte nur ungläubig zu dem Vogel aufsehen, während Davaron ungerührt hinter den Baum ging, um Elanyas Kleider zu holen.

»*Das* ist sie?« Es war zweifellos ein schönes Tier, und er verstand genug von der Falknerei, um am makellosen Gefieder zu erkennen, dass es vor Gesundheit strotzte – aber es blieb ein Vogel. »Warum ist sie ausgerechnet eine Eule? Welchen Sinn soll das haben, wenn wir unter die Berge gehen?«

»Was hast du erwartet? Dass sie sich in einen Zwerg verwandelt?« Davaron schnürte ihr Bündel am Sattel seines Kleppers fest.

»Es würde jedenfalls mehr Sinn ergeben. Zwei Kerle, die mit einer Eule herumziehen. Als ob wir nicht auffällig genug wären!«

»Etwas mehr Ehrfurcht würde dir gut anstehen«, rügte Davaron. »Die Fähigkeit zur Verwandlung wird nur unter den Töchtern und Söhnen Ardas vererbt. Und sogar unter ihnen beherrschen nur wenige diesen Zauber. In welche Gestalt ein mit dieser Gabe befähigter Magier schlüpfen kann, wählt er bereits als Kind. Ausgerechnet ein Mensch zu sein, erscheint dabei nun wirklich niemandem erstrebenswert.«

»Natürlich nicht«, knurrte Athanor. Er wünschte, Davaron würde einfach sein arrogantes Maul halten.

Der große Vogel breitete die Flügel aus und segelte auf Athanors Gepäck hinab. Beunruhigt verdrehte das Muli den Kopf, um nach dem seltsamen Reiter zu schielen.

»Der tut dir nichts«, brummte Athanor und sah in die großen runden Augen der Eule. Sie waren grün wie der Farn in den Elfenlanden. »Eulen haben gelbe Augen, Elanya«, tadelte er und schüttelte den Kopf. *Aber das wissen die Zwerge vermutlich nicht.*

Gegen die Berge des Nordens wirkten Theroias Anhöhen wie Hütten am Fuß einer Burg. Schroff und auf den höchsten Spitzen mit Schnee bedeckt kratzten sie am leuchtend blauen Himmelsgewölbe. Athanor fand ihren Anblick erhebend und beeindruckend, doch er war froh, dass er nicht tiefer ins Gebirge vordringen musste. Zu rasch hüllten sich die Gipfel schon gegen Mittag in dunkle Wolken, und ferner Donner hallte grollend von den Hängen wider.

Er folgte dem alten Handelsweg ins Gatartal, einem weiten Kessel, der nur einen für Karren passierbaren Zugang besaß. Durch diese natürliche Pforte waren die Kaufleute seit jeher gezogen. Einst musste die Straße sogar gepflastert gewesen sein, aber nun bildeten die halb versunkenen, oftmals zerbrochenen Steinplatten einen unebenen, halb überwucherten Pfad. Sogar das Muli stolperte auf diesem Untergrund, weshalb Athanor es vorzog, sich neben dem alten Pflaster zu halten.

Der Weg führte in den Kessel hinab, dessen Wände nach oben immer steiler und felsiger wurden, während das Tal mit kurzem dichtem Gras bedeckt war, als hätten es die Diener eines reichen Mannes mit weichen Seidenteppichen ausgelegt. Nur entlang eines Bachbetts ragten Steine aus dem Grün, und dahinter weidete eine Herde schwarzer Rinder. Alarmiert hoben sie die Köpfe, als sie die Fremden bemerkten. Die weißen Mäuler hielten beim Kauen inne. Es waren kleine, drahtige Tiere, unter deren Fell sich ausgeprägte Muskeln abzeichneten. Ein Stier senkte die weißen, in schwarze Spitzen auslaufenden Hörner und stieß herausfordernd die Luft aus, sodass sein ganzer Körper bebte.

»Wehrrinder«, sagte Athanor an Elanya gewandt. Obwohl er auf seinen Wanderungen oft mit seinem Muli gesprochen hatte, kam er sich merkwürdig dabei vor, das Wort an einen Vogel zu richten, als sei es die Elfe. Von seinem Packtier erwartete er schließlich keine Antwort. Von Elanya eigentlich schon. Doch die Eule schwieg und drehte den Kopf, um den starren Blick auf die beunruhigte Herde zu richten. Wie konnte Elanya in diesem kleinen, vollkommen vogelartigen Leib stecken? Er bekam ihr Bild und diese Eule in seinem Kopf einfach nicht zusammen. Es war unnatürlich und abartig, und gerade deshalb musste er sich immer wieder nach ihr umsehen.

»Die Zwerge züchten sie so, damit sie ohne Hirten und Hunde den Wölfen trotzen«, erklärte er.

»Hu«, machte die Eule leise.

Athanor schüttelte sich und wandte sich rasch ab. Eine solche Antwort war schlimmer als keine. Hoffentlich wusste sie, was sie tat, und blieb nicht für immer in dieser Maskerade gefangen. Da weder er noch Davaron sich den Rindern näherten, begannen die Tiere wieder zu fressen. Nur der Stier behielt sie im Auge, bis sie an der ganzen Herde vorübermarschiert waren. In seinem wuchtigen Nacken zeugten weiße Striemen von bestandenen Kämpfen gegen Raubwild. Wie die Zwerge dieses Vieh bändigten, hätte Athanor zu gern einmal gesehen.

»Dort vorne ist das Tor«, rief er Davaron zu und deutete auf die Felswand am Ende des Tals, auf die der Weg zuführte. Eigentlich hatte er es nur Elanya sagen wollen, aber er konnte sich nicht überwinden, sich schon wieder an den Vogel zu wenden.

Davaron beschleunigte seine Schritte. »Viel her macht es nicht gerade.«

»Abwarten«, beschied ihm Athanor nur. Das Loch am Fuß des Bergs sah in der Tat aus wie der Eingang einer gewöhnlichen Höhle. Es war nicht einmal besonders groß. Viel mehr als ein Karren konnte nicht hindurchfahren, doch das war die Absicht der Zwerge. Warum es einem feindlichen Heer oder einem Drachen leichter machen als nötig?

Athanor hatte bereits mehrere Zwergentore gesehen, und alle folgten demselben Prinzip. Neugierig auf Davarons Reaktion ging er durch den etwa sieben Schritt langen Engpass, hinter dem sich der Gang auf doppelte Breite und Höhe ausdehnte. Bronzene Öllampen standen entlang der Wände in eigens geschaffenen Nischen und verbreiteten gedämpftes Licht. Ein kaum wahrnehmbarer Lufthauch streifte ihre Flammen. Das Flackern erweckte die Schatten der Figuren zum Leben, die zu beiden Seiten auf die Besucher herabstarrten. Zufrieden beobachtete Athanor, wie sich der Elf überrascht umsah. Auch die Eule drehte ihren Kopf hierhin und dorthin, um den starren Blick auf immer neue Stellen der Wände zu richten. Von den farbigen Steinfliesen am Boden bis zum Scheitel der gewölbten Decke war jeder Handbreit des Felsens mit Reliefen verziert. Schmuckbänder mit geometrischen Mustern unterteilten die Fläche in mehrere Etagen, und auf jedem Stockwerk erzählten die gemeißelten Bilder eine eigene Episode aus der Geschichte der Zwerge. Gedrungene Krieger mit dicken Köpfen kämpften gegen gewaltige Drachen, ungeschlachte Trolle und grausige Chimären. Prachtvoll gewandete Könige sprachen von ihrem Thron herab. Eine flammende Göttin umarmte einen bärtigen Riesen. Zwerge mit Karren und Lasttieren zogen durch eine Kaverne mit riesigen Kristallen. Einige der Reliefe waren rußgeschwärzt, andere von mächtigen Krallen zerkratzt, doch diese Spuren vergangener Angriffe verliehen ihnen nur noch mehr Charakter.

Ganz wohl war Athanor nicht. Immer wieder suchte sein Blick nach den Öffnungen, die geschickt in den Schatten der Figuren verborgen waren. »Sie können uns bereits sehen – und hören«, sagte er auf Lethisch, bevor Davaron womöglich etwas Verräterisches von sich gab.

Sofort verdüsterte sich dessen Miene. »Wie?«

Athanor deutete auf eines der wenigen größeren Löcher, die es nur in der Decke gab. Dass die Zwerge ihnen die Form aufgerissener Drachenrachen gegeben hatten, tarnte sie nur vor sehr unbedarften Blicken. »Bei einem Angriff schütten sie siedendes Öl hindurch.«

Davaron blickte mit zusammengekniffenen Augen hinauf.

»Durch die kleinen Löcher schießen sie«, fügte Athanor hinzu, machte sich jedoch nicht die Mühe, ihm die Öffnungen zu zeigen. Es wurde Zeit, weiterzugehen, bevor sie sich verdächtig machten.

Etwa dreißig Schritt reichte der Gang in den Berg, dann versperrte ein hohes, aus schwarzem Gestein gefertigtes Tor den Weg. Eingelegte Ornamente aus rötlich schimmerndem Kupfer verliehen den Torflügeln feurigen Glanz, und in Zwergenhöhe hing ein kupferner Türklopfer in Form eines Hammers. Athanor zögerte. Wollte er den Elfen wirklich Zugang zum Reich unter dem Berg verschaffen? Wenn die Zwerge sie entlarvten, würde es verdammt ungemütlich werden.

»Worauf wartest du? Hat dich der Schneid verlassen?«, höhnte Davaron.

Sollte er. Dem Alter, sich in Mutproben drängen zu lassen, war Athanor schon eine Weile entwachsen. Was hatte er zu gewinnen? Etwas Ansehen und vielleicht die Gunst einer Elfe. Und was stand auf dem Spiel? Ein sinnloses Leben als ewiger Wanderer. Es war Zeit, etwas Neues zu wagen. Er hob den Hammer und ließ ihn gegen den angedeuteten Amboss fallen.

Es gab ein lautes metallisches *Ping*. Das Tor war so massiv, dass es nicht einmal zitterte. Im Gang breitete sich wieder Stille aus. Kein Laut drang aus dem Inneren des Bergs, was erstaunlich war, wenn man bedachte, wie viele Werkstätten, Schmelzöfen und Rüstkammern den Weg in die Tiefe säumten. In jedem dieser Räume wurde gehämmert, geschaufelt, gedengelt oder mit Übungswaffen gekämpft.

»Wer begehrt Einlass?«, ertönte eine dunkle Stimme, die aus allen Richtungen zugleich zu kommen schien.

»Athanor aus Letho wünscht, mit Meister Evrald Handel zu treiben«, antwortete Athanor so laut, dass seine Worte von den Wänden widerhallten. Das Zwergische kam ihm noch immer schwer über die Lippen, obwohl es so viel leichter zu erlernen war als die verworrene Sprache der Elfen.

Erneut kehrte Stille ein. Täuschten ihn seine Ohren, oder konnte er Zwerge wie von fern miteinander murmeln hören? Ein Geräusch wie von mahlenden Mühlsteinen erhob sich. Einer der großen Torflügel schwang langsam auf, bis ein breiter Spalt entstanden war. Dahinter war nichts zu sehen, nur Dunkelheit.

»Heißt das, wir sollen hineingehen?«, fragte Davaron misstrauisch.

»Ja«, befand Athanor, obwohl ihm nicht gefiel, dass kein Zwerg gekommen war, um sie zu empfangen.

Der Elf gab sich einen sichtbaren Ruck und führte sein Pferd durch das Tor. Zögerlich folgte Athanor und warf einen letzten skeptischen Blick zu den Öffnungen in der Decke, bevor er über die Schwelle trat. Hatten die Zwerge bereits Verdacht geschöpft?

Kaum standen sie in der Vorhalle, schloss sich das Tor hinter ihnen. Hastig sah sich Athanor um, solange noch Licht durch den Spalt fiel. Ein weiteres Tor führte tiefer in den Berg, doch es war geschlossen. Er lief hin, drückte dagegen. Es gab nicht nach, und er entdeckte weder einen Riegel noch einen Türklopfer. Einen Augenblick lang kämpfte er mit dem Drang, wieder hinauszurennen, solange es noch ging. Auch Davarons Blick schoss alarmiert zwischen den Toren hin und her. Aber es war bereits zu spät. Sie würden es niemals beide schaffen, nicht einmal, wenn sie Elanya zurückließen.

Der Spalt schloss sich, und es war, als sei das Licht dasjenige, das im letzten Moment nach draußen entschwand. Es hinterließ eine so dichte Schwärze, dass es Athanor vorkam, als könnte er sie anfassen. Die Eule gab ein besorgt klingendes »Hu« von sich.

»Was soll das?«, rief Athanor zur Decke empor, in der er weitere Löcher vermutete. »Behandelt man so zwei harmlose Reisende?«

Niemand antwortete.

»Was hast du draußen Dämliches gesagt, dass sie uns hier festhalten?«, fuhr Davaron auf.

»Du kannst gern selbst mit ihnen sprechen, wenn du glaubst, dass du's besser kannst. Sie hören sicher auch hier *jedes* Wort.« Hoffentlich begriff der verfluchte Elf das, bevor ihm im Zorn etwas Falsches herausrutschte. Die Zwerge waren nicht für Zimperlichkeit gegenüber Eindringlingen bekannt.

»Willst du mir weismachen, dass sie jeden Gast so behandeln?«

»Höre ich mich so an?«, blaffte Athanor. »Ich weiß auch nicht, was in sie gefahren ist!«

»Dann finde es gefälligst heraus!«

Knurrend winkte Athanor ab, obwohl Davaron die Geste im Dunkeln nicht sehen konnte. Warum sollte er leere Drohungen ausstoßen oder weiter sinnlose Fragen stellen? Die verborgenen Wächter würden erst antworten, wenn *sie* den Zeitpunkt für gekommen hielten.

Auf jeden Fall konnte es nicht schaden, wieder Licht zu haben. Er tappte durch die Finsternis zu seinem Muli zurück und tastete nach der Laterne, die am Packsattel hing. Im Dunkeln mit Feuerstein und Stahl Funken zu schlagen, trug ihm einige Schrammen ein, doch schließlich konnte er den Docht der Lampe in brennenden Zunder halten.

Davarons düstere Miene wieder sehen zu müssen, war eindeutig ein Nachteil. Athanor beschloss, ihn zu ignorieren, und musterte noch einmal den hohen Raum.

Außer ein paar aus dem Fels gemeißelten Drachenköpfen an der Decke gab es wenig zu entdecken, aber die Rachen der Echsen waren aufgerissen, als wollten sie Feuer speien. Sie wirkten so lebendig, dass Athanor war, als höre er erneut ihr Fauchen und spüre die Hitze ihrer Flammen auf seinem Gesicht. Was zum Dunklen hatten die Zwerge mit ihnen vor?

Es schien eine Ewigkeit zu vergehen, bis sich das zweite Tor öffnete und dahinter zwei Krieger in der Prunkrüstung der Torwache erschienen. Unter buschigen Brauen blickten sie Athanor und Davaron grimmig an. Ihre mit Gold eingelegten Helme zeigten die gleichen Ornamente wie das Tor. Auch die sperrigen Schulterklappen, die sie über langen Kettenärmeln trugen, und ihre Gürtel waren mit diesen Mustern geschmückt. Doch auf den Harnischen prangten zwei gekreuzte goldene Äxte mit bis zum Heft geschwungenen Schneiden – das Wappen des Königreichs Firondil. In ihren groben Händen hielten sie dagegen Äxte aus poliertem Stahl. Ein Zeichen, dass sie trotz allem Prunk Kämpfer waren.

In ihre langen Bärte hatten sie Kugeln geflochten, die Athanor an einen Morgenstern erinnerten. Bei jeder Bewegung schabten die Stacheln über ihre Brustpanzer. Einer der beiden Wächter bedeutete ihnen mit ruppiger Geste, durchs Tor zu treten, und gab den Weg frei. Für einen Zwerg hatte er auffallend blondes Haar und kam Athanor vage bekannt vor. Obwohl ihm der Zwerg nicht einmal bis zur Brust reichte, ließ die gedrungene Erscheinung keinen Zweifel an ihrer enormen Kraft.

Athanor sah kurz zu Davaron, um sich zu vergewissern, dass der nichts Falsches sagte oder tat, dann ging er voran und führte das Muli durchs Tor. Von der Halle dahinter zweigten mehrere Gänge ab. Sie war mit eingemeißelten Ornamenten und Figuren geschmückt, doch längst nicht so aufwendig wie der äußere Torbereich. Entlang der geglätteten Wände wechselten sich Ringe zum Anbinden für Packtiere und Gespanne mit Steinbänken für Reisende und Fuhrleute ab.

Athanors Blick blieb jedoch an drei weiteren Torwächtern hängen, die in den Durchgängen zu den Verteidigungsanlagen standen. Sie warteten ab, um einzugreifen, falls die Neuankömmlinge Ärger machten. Mit einem Nicken nahm Athanor ihre Anwesenheit zur Kenntnis. Wie viele Krieger darüber hinaus gleichzeitig Dienst am Tor leisteten, konnte er nicht einmal schätzen, aber er nahm an, dass sie jederzeit in der Lage waren, einen Angriff abzuwehren. Sie zu überraschen, war durch den engen überwachten Zugang nahezu unmöglich. *Es sei denn, man ist ein getarnter Elf.*

Erneut schloss sich ein Tor hinter ihnen. Wie auch das Außentor wurde es durch einen verborgenen Mechanismus geöffnet, zu dem es von hier aus offenbar keinen direkten Zugang gab. Eine Flucht war deshalb undenkbar.

»Willkommen, Herr Athanor«, sagte der blonde Zwerg mit rauer, dunkler Stimme. »Wer ist dein Begleiter?«

Athanor schnaubte belustigt. Zwerge hatten einfach keinen Sinn für Höflichkeit und die Gesetze der Gastfreundschaft, die geboten, einen Fremden zuerst zu bewirten und ihm dann Fragen zu stellen. »Er heißt Davar und stammt aus den Landen am Stürzenden Fluss.« Diese Gegend sollte weit genug entfernt sein, dass niemand hier wusste, welche Sprache dort geläufig war und welche Rüstungen man trug.

»Willkommen, Herr Davar«, brummte der Wächter und wandte sich wieder an Athanor. »Wartet bei uns, bis Meister Evrald euch holen lässt. Wir haben einen Boten zu ihm geschickt.«

Athanor nickte und bedeutete Davaron, ihm zu einer Bank zu folgen, wo sie Platz nahmen. Freundlichkeit sah anders aus, aber zumindest hatte man sie endlich eingelassen.

Missmutig bemühte sich Davaron, den Zwergen zuzulächeln, aber es wirkte wenig überzeugend. Eine Weile musterten die Wächter neugierig die Packtiere samt der Eule, die auf den Stoffballen balancierte. Sie bekamen wohl nicht oft etwas anderes als ihre Rinder und die räudigen buckligen Biester zu sehen, die sie unter Tage hielten. Athanor hatte nur einmal einen Blick auf diese Tiere erhascht, die er für eine hässliche Kreuzung aus Muli und Ratte hielt.

Der blonde Wächter kam zu ihnen, während sich die anderen wieder ihren Pflichten zuwandten. Etwas Weiches stahl sich in seinen grimmigen Blick, als er die Hand hob, um sie vorsichtig der Eule zu nähern. Durfte ein dahergelaufener Zwerg Elanya berühren? Noch immer verkrampfte sich Athanors Inneres bei der Vorstellung, dass sie und der Vogel dasselbe sein sollten, aber das enthob ihn nicht der Aufgabe, sie zu beschützen. Doch der Wächter zuckte zurück, als sie ihr Gefieder aufplusterte und ein halblautes »Hu« ausstieß.

»Wozu ist so eine *uwil* gut?«, wollte er wissen. Die Zwerge hatten also immerhin ein Wort für Eulen.

»Sie fängt Mäuse«, antwortete Athanor, da ihm nichts Besseres einfiel.

»In einem Warenlager eine nützliche Eigenschaft«, stellte der Zwerg fest, aber sein Blick verriet, dass sein Interesse erloschen war. Vermutlich besaß er keine nagergeplagten Lagerräume.

»Wie ist die Lage draußen?«, erkundigte er sich stattdessen. »Habt ihr Drachen gesichtet?«

»Nur einmal von Weitem«, berichtete Athanor wahrheitsgemäß. »Vier Tagesmärsche von hier. Er flog nach Westen. Kaum mehr als ein dunkler Fleck am Himmel.«

Der Wächter nickte nachdenklich. »Seit der Krieg vorbei ist, haben sie sich wieder verteilt. Können wohl ihren eigenen Gestank nicht ertragen.«

Sofort roch Athanor wieder ihren Schwefelatem. »Mögen sie daran ersticken.«

»O ja.« Der Zwerg grinste freudlos. »Sind euch Trolle begegnet? Oder Orks?«

»Orks scheinen neuerdings überall zu sein«, übertrieb Athanor. Diese Befragung gehörte zu den Pflichten der Wache, die für jeden Hinweis auf die Vorgänge außerhalb des Bergs dankbar war. »Wir haben ihre Spuren in den Wäldern entdeckt.«

»Hier waren sie auch. Das räudige Pack entdeckte das Tor und wollte sich Zugang verschaffen. Dachten wahrscheinlich, es sei niemand hier. Gab einen netten Batzen Futter für die *hulrat*.«

Athanor wusste zwar nicht, was *hulrat* waren, aber der Rest der Geschichte genügte, um ihn anerkennend grinsen zu lassen.

Er mochte die raue, unverblümte Art der Zwerge. »Man kann nie genug Orks über die Klinge springen lassen.«
»So haben wir es schon immer gehalten«, bestätigte der Zwerg. »Dein Begleiter ist schweigsam. Versteht er uns nicht?«
»Ja, er spricht leider kein Zwergisch, nur die Sprachen der Menschen.«
»Wird Zeit, dass er's lernt«, brummte der Wächter. »Ich muss wieder auf meinen Posten. Wartet hier!«

»Hat man uns hier vergessen?«, fragte Davaron, als ein Wachwechsel am Tor erfolgte und sie noch immer warten mussten.
»Es ist schwierig, uns zu vergessen, solange wir direkt vor ihnen sitzen«, gab Athanor zurück. »Hab Geduld«, mahnte er mit schlecht unterdrücktem Spott. »Wenn du Hunger hast, bedien dich doch aus unseren Vorräten.«
Der Elf verzog das Gesicht und wandte sich ab, um wieder vor sich hin zu brüten.
»Der Zwerg meinte, du solltest endlich seine Sprache lernen«, stichelte Athanor. Sicher bedauerte Davaron bereits, sich seiner Gnade als Übersetzer ausgeliefert zu haben.
Unruhig trat die Eule von einem Fuß auf den anderen und spreizte die krallenbewehrten Zehen.
»Er hat mich nur über Orks und Drachen ausgefragt«, sagte Athanor, obwohl er nicht wusste, ob Elanya deshalb nervös war. Vielleicht war dieses Gehampel auch nur ein Eulentick, wenn sie bei Dämmerung zu lange herumsitzen mussten, statt auf die Jagd zu fliegen. Dann fiel ihm ein, dass sie auch die Sprache der Menschen nicht verstand, und beschloss, einfach zu schweigen, bis dieser Händler auftauchte.
»Ah, Herr Athanor«, ertönte Evralds grummelige Stimme in diesem Augenblick. »Es freut mich sehr, dich zu sehen.«
Athanor stand auf, um den stattlichen Zwerg mit einem kräftigen Händedruck zu begrüßen. Seit er ihn zuletzt gesehen hatte, war der Händler noch dicker geworden und passte kaum noch in seine abgewetzte Jacke aus einstmals feinem Tuch. »Die Freude ist ganz meinerseits, Meister Evrald.«
»Du warst lange unterwegs«, stellte der Zwerg fest und schielte

bereits zu den vielversprechend beladenen Packtieren.« Ich fürchtete schon, die Rokkur hätten dich erwischt.«

»Sie versuchen es immer wieder, aber du weißt ja, wie ich bin«, erwiderte Athanor in Anspielung auf eine Begegnung mit einem Orross, dem der Händler und er gemeinsam den Garaus gemacht hatten. Auch wenn es dem korpulenten Zwerg an Gewandtheit fehlte, mangelte es ihm nicht an Mut und Entschlossenheit.

»O ja, ich erinnere mich.« Evrald strich sich versonnen über den Bart. »Die aufregendste Reise meines Lebens. Und wenn mich die Sonne nicht so sehr geblendet hätte, wäre *ich* derjenige gewesen, der das Biest abgestochen hat.«

Athanor sparte sich den Hinweis, dass der Orross sie bei Nacht angegriffen hatte, und klopfte dem Zwerg lachend auf die Schulter. Evralds Bart war lang und von dunklem Braun. Fein ziselierte goldene Röhrchen fixierten die Zöpfe, zu denen er ihn geflochten hatte, zu einem gegabelten Netz. Das Haar auf seinem Haupt war jedoch ein wenig ergraut, und die Freude in den Augen konnte den Trübsinn nur kurz aus seiner Miene vertreiben.

»Wie laufen die Geschäfte?«, erkundigte sich Athanor fröhlicher, als ihm zumute war. Er ahnte, was dem einst reichen Kaufmann Sorgen bereitete.

Prompt wich das Strahlen endgültig aus Evralds Blick. »Oh, schlecht, mein Freund, sehr schlecht. Ich versuche jetzt, mit den anderen Königreichen unter den Bergen Handel zu treiben, aber ... Da bin ich nun einmal nicht der Erste. Mein Pfund, mit dem ich wuchern konnte, waren stets die Menschen. Und nun sind sie fort – bis auf dich. Und deinen Begleiter dort, wie es scheint.« Hoffnung leuchtete in den tief liegenden Augen des Zwergs auf. »Wo hast du ihn gefunden? Gibt es doch noch mehr Menschen, als wir dachten?«

Bedauernd schüttelte Athanor den Kopf. »Nein. Er war ein ebenso einsamer Wanderer wie ich. Sein Name ist Davar. Ich habe ihn weit im Südwesten getroffen, beim Stürzenden Fluss.«

Evrald näherte sich Davaron, der aufgestanden war, als Athanor dem Zwerg die Hand gereicht hatte. »Seid willkommen in den Königreichen unter den Bergen, Davar vom Stürzenden

Fluss«, sagte er auf Theroisch und streckte dem Elf die Hand entgegen. Wenn man von seiner grummeligen Aussprache absah, beherrschte er die Zungen der Lether, Theroier und Nikener erstaunlich gut. »Ich bedaure das Leid, das Eure Völker erfahren haben, und wünschte, es wäre nie geschehen.«

*Greif zu, du Idiot!*, schimpfte Athanor im Stillen, als Davaron zögerte. Sollten sie etwa auffliegen, nur weil er sich davor ekelte, einen Zwerg zu berühren?

»Ich danke Euch für die freundlichen Worte«, brachte Davaron heraus und packte das Handgelenk des Händlers zum Kriegergruß. Nicht ganz passend, aber besser als nichts. Athanor ertappte sich dabei, erleichtert aufzuatmen. Der verfluchte Elf würde sie noch um Kopf und Kragen bringen.

»Mein Name ist Evrald, und ich lade Euch beide ein, Euch in meinem Heim von den Anstrengungen der Reise zu erholen«, verkündete der Zwerg mit einem weiteren neugierigen Blick auf ihr Gepäck.

»Das ist sehr großzügig von dir, Meister Evrald«, dankte Athanor auf Zwergisch, um Davaron zu ärgern. »Vor allem, nachdem wir so unfreundlich empfangen wurden. Die Torwächter haben uns eine Ewigkeit in der Vorhalle festgehalten.«

Evrald sah ihn erstaunt an. »Aber das tun sie doch immer, wenn Fremde zu uns kommen. Du weißt es nur nicht, weil du damals in meiner Begleitung warst. Sie müssen warten, bis die Wachposten weiter oben am Berg Entwarnung geben. Es könnte doch sein, dass ihr nur die Vorhut einer feindlichen Armee seid.«

Darauf wusste Athanor nichts zu erwidern. Es hatte wohl wenig Sinn, darauf hinzuweisen, dass sie sich auf diese Art auch neue Feinde schaffen konnten. Stattdessen beschloss er, den Händler nicht länger auf die Folter zu spannen. »Wir haben dir einige Ballen Brokat anzubieten. Die Faune, die ihn uns überlassen haben, versichern, dass er von kundiger Elfenhand gewebt wurde.«

»Brokat? Aus den Elfenlanden?« Erneut bekam der Zwerg diesen abwesenden Blick und strich sich über den Bart, doch in seinen Augen lag wieder Glanz. »Wie lange ist es her, dass ich so kostbare Ware bekommen habe?« Sein Bart wogte, als er die Erinnerungen abschüttelte.»Gehen wir! Ich kann es kaum erwarten, diesen Schatz zu sehen.« Für seine Körperfülle eilte er erstaunlich flott voran. Athanor folgte ihm und gab Davaron einen Wink, sich anzuschließen. Die Hufschläge der Packtiere hallten in den endlos scheinenden Gängen, die allmählich in die Tiefe führten. Immer neue Stollen und zahllose Türen und Tore zweigten ab. Die meisten Eingänge standen offen, gewährten Blicke auf Berge von Kohle und Erzen, aufgereihte Fässer und gestapelte metallisch glänzende Barren. Zimmerleute sägten, Schmiede hämmerten, ochsengezogene Karren rumpelten vorüber. Aus den Gerbereien drang beißender Gestank nach Pisse und faulen Eiern, während aus den Pilzgärten muffige, erdig riechende Luft auf den Gang wehte. Mal hüllte ein naher Schmelzofen Athanor in glühende Hitze, dann ertönte aus den Rüstkammern Kampfgeschrei und Waffengeklirr.

Je tiefer sie unter den Berg vordrangen, desto ruhiger wurde es. Lampen waren hier in größeren Abständen aufgestellt, sodass sich ihr Lichtschein gerade noch erreichte. Leises Rascheln bewegte Athanor, sich immer wieder umzuwenden, doch es war nur die Eule, die erneut auf der Stelle trat und ständig ihr Gefieder aufplusterte und schüttelte. *Kann sie nicht damit aufhören?* Dieses nervöse Getue zerrte an seiner Gelassenheit. Es lief doch alles gut.

Gerade als er sich wieder umwandte, um sie anzufahren, stieß Davaron einen überraschten Ruf aus:»Elanya!« Die Eule flatterte einen unbeholfenen Kreis über dem Muli, dann hatte sie sich gefangen und verschwand im Dämmerlicht eines abzweigenden Stollens.

»Was soll das? Wo will sie hin?«, blaffte Athanor den Elf an, der verwirrt und wütend aussah.

»Woher soll *ich* das wissen? So war das nicht...« Davaron unterbrach sich gerade noch und knurrte stattdessen nur.

»Vielleicht hat sie eine Maus gesehen«, schlug Evrald ahnungslos vor.»Sie wird sicher bald zurückkommen.«

»Das will ich hoffen«, murrte Athanor mit einem weiteren

wütenden Blick zu Davaron. *Ich hätte die verdammten Elfen niemals herbringen sollen.*

»Uthariel!«, rief Mahalea Elidian zu und deutete auf den steilen Felsen, der sich aus den bewaldeten Hügeln erhob wie eine Klippe aus dem Meer. Einst hatte sich auf seiner Spitze ein kühner Turm in den Himmel gereckt. Eine schimmernde Nadel, die bis zu den Sternen reichte und der Stolz aller Elfenvölker war. Doch dann hatten die Sterne selbst Krieg geführt, und der Turm war unter der Macht der Astara zerbrochen. Nun thronten seine zur Festung umgebauten Fundamente wie ein Adlerhorst auf dem Felsen und dienten als Sitz des Kommandanten der Grenzwächter.

Mahalea lenkte Sturmfeder darauf zu. Harpyien, die in Spalten der Steilwände lebten, kreisten um den Felsen und begrüßten die Greife mit schrillem Geschrei. Seit dem Sieg über ihren Schöpfer im dritten Zeitalter waren einige von ihnen Verbündete der Elfen, doch selbst über so viele Generationen in friedlicher Nachbarschaft hinweg hatten sie nichts von ihrer wilden Grausamkeit verloren. Mahalea ärgerte sich, dass ihr das Kreischen noch immer Schauer über den Rücken jagte, obwohl sie nach Retheon die Dienstälteste in der Grenzwache war.

Aus dem Wald zu Füßen des Felsens stiegen dünne Rauchsäulen auf und verrieten das unter den Baumkronen verborgene Lager der Trolle. Keiner von ihnen kletterte jemals zur Festung hinauf, aber selbst wenn sie es versucht hätten, wären sie von den Harpyien zurück in die Tiefe gestürzt worden. Die schmalen Steige, auf denen Elfen Uthariel erklommen, boten Trollen nicht genug Platz.

Sturmfeder überflog die dicken Mauern der niedrigen, gleichsam unter den ewigen Wind geduckten Festung. Menschen hatten Einfluss auf die Baumeister genommen, weshalb es Wehrgänge und Schießscharten gab. Niemand hielt dort Wache. Wozu hatte man die Harpyien, deren Augen besser waren als die jedes Elfs? Die Zinnen, an denen zwei Zeitalter genagt hatten, bröckelten. Aus Mauerritzen spross Gras.

*Noch ein Fehler, der zu unserem Untergang führen wird.* So

sehr Mahalea die alte Art der Kriegführung schätzte, gab es doch nicht mehr genug herausragende Magier, die in der Lage waren, feindlichen Beschuss durch herbeigezauberte Windböen abzuwehren. Wie konnte der Rat seit Jahrhunderten die Augen davor verschließen? Sie würde diese selbst gewählte Blindheit niemals verstehen.

Nur ein einziger Greif döste im Innenhof in der Sonne und schlug gereizt mit dem Löwenschwanz, als Sturmfeders Schatten über ihn glitt. Dass alle anderen Chimären demnach auf Patrouillenflügen unterwegs waren, wertete Mahalea als gutes Zeichen. Retheon nahm die vielen Orksichtungen ernst und sorgte dafür, dass keiner der Trupps in die Elfenlande vordringen konnte.

Elidians Greif kam der ruhenden Chimäre beim Landen gefährlich nahe. Sie öffnete drohend den Schnabel und spreizte die Nackenfedern.

»Pass auf!«, warnte Mahalea. Zwischen zwei kämpfende Greife zu geraten, konnte einen Elf das Leben kosten, und Elidians war hier auf Uthariel in ein fremdes Revier eingedrungen.

Hastig sprang der junge Mann vom Rücken seiner Chimäre, doch der Reiter der anderen hielt seine Bestie mit scharfen Worten zurück. Er saß im kühlen Schatten der Mauern und nickte Mahalea grüßend zu. Widerwillig grollte sein Greif, blieb jedoch liegen und peitschte den felsigen Boden noch fester.

»Nettes Plätzchen für einen Mittagsschlaf, Valarin«, rief Mahalea dem weißblonden Elf zu, der sich seinen zusammengerollten Umhang als Kissen in den Nacken geschoben hatte. »Würdest du ein Auge auf den Frischling hier haben, während ich Retheon Bericht erstatte?«

Der Sohn Heras lachte leise. »Aber sicher. Komm her, Junge, und leiste mir Gesellschaft! Im Gegensatz zu meinem Greif hier beiße ich auch nicht.«

Mahalea überließ Elidian ihrem alten Freund und wandte sich dem Haus des Kommandanten zu. Ein Baumeister der Nachfahren Ardas hatte armdünne Säulen aus dem Fels wachsen lassen, die sich in Bögen und Ranken um Fenster und Türen schlängelten. Frost und Hagel, Sonne und Sturm hatten dem

Zierrat über die Jahrtausende Sprünge und brüchige Kanten beschert – allen eingewobenen Zaubern zum Trotz, die den Verfall nur verlangsamen, aber nicht verhindern konnten. Dagegen sahen die Fenster wie neu aus, da man sie vor einigen Jahren ausgetauscht hatte. Mosaiken gleich waren sie aus teils bunten, teils durchsichtigen Glasstücken gefügt. Schließlich war Retheon ein Sohn Piriths, und sein Volk unterstützte ihn auf seinem einsamen Posten mit jenen Werken, für die es besondere Begabung besaß.

*Er ist schon so lange Befehlshaber, dass niemand mehr am Leben ist, der seinen Vorgänger kannte,* dachte Mahalea, als sie die Tür zur Kommandantur öffnete und den dunklen Gang dahinter betrat. Alle Welt schien davon auszugehen, dass Retheon ewig leben würde. Der Rat hatte stets wichtigere Angelegenheiten zu besprechen als die Nachfolge des Kommandanten. Oder sie hatten ihn in Anvalon schon zu lange nicht gesehen, um sich an sein Alter zu erinnern.

Das Öffnen der Tür versetzte ein Windspiel aus silbernen Röhrchen ins Schaukeln. Der zarte Klang stand in seltsamem Gegensatz zu den dicken Festungsmauern, doch er genügte, um einen rothaarigen jungen Elf aus seinem Zimmer neben dem Eingang herbeizurufen. Er war ein Neffe Retheons, der seinem Onkel bei allem zur Hand ging, was ihn von wichtigeren Aufgaben abhalten konnte.

»Oh, Ihr seid zurück«, sagte er so überrascht, als hätte er nicht damit gerechnet.

»Das ist wohl kaum ein angemessener Gruß.« Der Bursche bildete sich hoffentlich nichts darauf ein, mit dem Kommandanten verwandt zu sein. »Geh und melde Retheon, dass ich ihn sprechen muss!«

Die harschen Worte zeigten Wirkung, denn der Junge sah betreten aus und eilte ohne Erwiderung davon. Mahalea folgte ihm langsam bis vor die Tür des Empfangssaals. Schon schwang sie wieder auf, und Retheons Neffe bedeutete ihr mit einladender Geste, einzutreten.

»Danke, Junge, du kannst jetzt gehen. Und nimm das Geschirr mit!«, befahl der Kommandant.

Mahalea musterte Retheon im farbigen Licht, das durch die Glasfenster hereinfiel. Das Rot und Gelb der Flamme Piriths konnte nicht darüber hinwegtäuschen, dass sein Haar schon vor Jahren weiß geworden war. Es kam Mahalea vor, als habe es sich seit ihrem letzten Besuch weiter auf sein Haupt zurückgezogen, aber das war sicher eine Täuschung. Innerhalb weniger Tage vermochte ein Mann nicht sichtbar zu altern. Und doch ... Sein vor einigen Jahren noch glattes Gesicht schien ihr schon wieder zerfurchter geworden. Sorgenfalten gruben sich in seine Stirn, als er sie ansah.

»Willkommen, Mahalea.« Seine Stimme klang volltönend und tief wie eh und je. Er saß an einem niedrigen Tisch aus rötlichem Holz, dessen mit Lack versiegelte Platte Einlegearbeiten aus Horn und Obsidian schmückten. Sein Neffe raffte Teller, Besteck und eine Schüssel zusammen, die er mit zurückgewonnener Würde hinaustrug. Nur ein gläserner Kelch und ein Krug aus Silber blieben zurück. Mahalea verstand, warum Retheon seine Mahlzeiten in diesem Raum einnahm, anstatt sich in die privaten Gemächer zurückzuziehen. Alle anderen Räume in Uthariel waren düster und bedrückend. Sie glichen eher Höhlen in den dicken Mauern als den luftigen Behausungen, die eine Tochter Heras gewöhnt war. Durch die vier Fenster fiel zu jeder Tageszeit Licht herein und warf verschwommene bunte Bilder an die Wände.

»Nimm doch Platz«, bat Retheon. »Wir dienen beide lang genug auf diesem Posten, um die Förmlichkeiten zu überspringen.«

Lächelnd holte sich Mahalea einen der Stühle, die zu beiden Seiten der Tür aufgereiht standen. In letzter Zeit hatte der Kommandant die Geduld mit der Etikette um seinen Rang verloren. Vielleicht brachte es das Alter mit sich, dass man seinen Wert auch ohne die Ehrerbietung der anderen kannte. »Euren Neffen solltet Ihr aber nicht so milde behandeln«, riet sie. »Ihr wisst, dass ich Speichellecker nicht ausstehen kann, aber ein wenig Respekt erwarte ich doch.«

»Hat er sich etwa ungebührlich benommen?« Retheon runzelte die ohnehin gefurchte Stirn.

Mahalea erzählte ihm von der unpassenden Begrüßung. Der Kommandant lachte verhalten und schüttelte den Kopf.

»Ich werde ein ernstes Wort mit ihm sprechen, aber ich glaube, er war wirklich überrascht, dich wiederzusehen. Er hat nie zuvor einen Fuß aus seinem Heimatdorf gesetzt. Wenn man ihm zuhört, könnte man meinen, die Welt außerhalb der Elfenlande ist zu gefährlich, um auch nur einen Tag darin zu überleben.«

»Und das von einem jungen Sohn Piriths«, seufzte sie.

»Ach, genug von dem Jungen. Hier bei uns wird schon noch ein Mann aus ihm werden. Berichte mir lieber, was du herausgefunden hast. Wie weit seid ihr vorgedrungen?«

»Drei Tagesflüge gen Theroias Hauptstadt«, schätzte Mahalea, denn Elidian und sie waren nicht auf direktem Weg ins einstige Kernland der Theroier gereist, sondern hatten versucht, möglichst weite Landstriche auszuspähen. Vor dem Krieg war sie nie so tief in die Gebiete der Menschen vorgestoßen. Ein Greifenreiter hätte zu viel Aufsehen erregt und unerwünschte Aufmerksamkeit auf die Elfenlande gezogen. »Bis zu dem Fluss, den sie Sarmander nennen.«

Retheon nickte. »Der Sarmandara.« Das Gewässer war auf alten Karten verzeichnet, die noch aus der Zeit stammten, als sich Elfen und Menschen das Land geteilt hatten.

»Wir sind ebenso weit nach Westen wie nach Norden geflogen«, fuhr Mahalea fort. »Die Dörfer und Städte sind noch immer leer. Die Äcker liegen brach. Was auch immer die Orks antreibt, es ist nicht die Rückkehr der Menschen.«

»Wie viele Orks habt ihr gesehen?«, wollte der Kommandant wissen.

»Neun Trupps. Der kleinste bestand wohl nur aus einer Familie. Der größte umfasste ein halbes Dorf. Dem Sein sei Dank zogen die meisten gen Westen.«

»Also dorthin, wo sie hergekommen sind«, stellte Retheon nachdenklich fest.

»So ist es. Aber andere marschierten in jede erdenkliche Richtung. Es scheint keinen Plan hinter ihrer plötzlichen Unruhe zu geben. Und sie haben es eilig. Sie bleiben nie länger als eine Nacht am selben Ort.«

Die schütteren Brauen des alten Elfs zogen sich über der Nase zusammen. »Du meinst, sie sind auf der Flucht?«

»Alles deutet darauf hin«, bestätigte Mahalea. »So weit wir vorgedrungen sind, haben wir keine einzige ihrer Ansiedlungen mehr gefunden. Und wenn ich ihre Bewegungen richtig deute, sind es keine neuen Trupps, die von bereits ansässigen vertrieben wurden. Die Orks, die im letzten Jahr kamen, verlassen das Land.«

»Hm.« Retheon lehnte sich auf seinem Stuhl zurück und sah durch sie hindurch.

»Irgendetwas vertreibt sie«, vermutete Mahalea. »Wenn es stark genug ist, um die Orks in die Flucht zu schlagen, könnte es auch uns gefährlich werden.«

Der Kommandant nickte abwesend. »Du hast recht. Wir müssen herausfinden, worum es sich handelt.«

»Leider können wir die Orks nicht fragen.« Kein Elf hatte sich je die Mühe gemacht, die Sprache der Eberfratzen zu lernen, denn dazu hätte man Zeit mit ihnen verbringen müssen. Und ihr Vertrauen gewinnen. Vor beidem grauste es Mahalea so sehr, dass sie kein echtes Bedauern empfand. »Ich werde sofort aufbrechen, um der Sache auf den Grund zu gehen«, bot sie an und wollte aufstehen.

»Nein, warte noch«, bat Retheon.

Gehorsam sank sie auf ihren Stuhl zurück.

»Es ... mag dir merkwürdig vorkommen, aber ich muss dir einige Fragen stellen.«

*Seltsam daran ist vor allem diese Einleitung.* »Ihr seid der Kommandant. Was wünscht Ihr zu wissen?«

»Dieser Elidian ... seit wann kennst du ihn?«

Hatte sich der junge Mann etwas zuschulden kommen lassen? »Ich habe ihn vor einem halben Mond zum ersten Mal getroffen.«

»Er gehört zu unserem Posten in Beleam. Warum wolltest du, dass ich ihn vom Dienst dort freistelle und zu uns hole?«, erkundigte sich Retheon mit undeutbarer Miene.

*Worauf wollte er hinaus?* Wenn er am Sinn dieser Maßnahme zweifelte, hätte er ihr Ansinnen doch gleich ablehnen können.

»Weil ich ihn für vielversprechend halte«, verteidigte sie sich. »Er könnte ein so guter Grenzwächter wie Valarin werden, wenn er von uns lernen kann, anstatt allein herumzufliegen.«

»Das heißt, du vertraust ihm. Er hat sich nie seltsam oder verdächtig benommen.« Der Kommandant ließ den Satz in der Luft hängen.

»Nein. Ich wüsste nicht, worauf Ihr Euch beziehen könntet.«

Retheon ging nicht auf die unausgesprochene Frage ein. »Weißt du noch, wo du dich vor einem Mond in der dunkelsten Nacht aufgehalten hast?«

*Das war noch vor dem Zwischenfall am Pass von Gordom.* »Ich war hier. Es hatte Streit unter den Greifen gegeben, und wir mussten ihre Wunden behandeln.«

»Du warst in jener Nacht also nicht auf Patrouille.«

Sollte das ein kruder Scherz sein? »Natürlich nicht. Ihr wisst doch, dass wir nur dann nachts fliegen, wenn Ihr es befehlt. Und schon gar nicht, wenn der Mond sein Gesicht verhüllt.«

Auch diesen Einwurf überging der Kommandant, als habe er ihn nicht gehört. »Ist dir in jener Nacht irgendetwas aufgefallen? War vielleicht jemand nicht da, der hätte anwesend sein müssen?«

*Geht es hier um Verrat? Hatten Retheons Harpyien etwas gesehen, das ihn zu diesen Fragen bewegte? Das kann nicht sein!* Dass Retheon sie nicht in seine Überlegungen einweihte, enttäuschte und empörte sie zutiefst. Dennoch blieb er der Kommandant. Sie musste ihm nach bestem Wissen Auskunft geben.

»Nein«, antwortete sie nach kurzem Nachdenken. »Es gab keine ungewöhnlichen Vorkommnisse.«

»Und in den Tagen danach? Hast du einen Elf in den Grenzlanden umherwandern sehen, der nicht zu einer Patrouille gehörte?«

Mahalea schüttelte den Kopf. »Nicht einmal einen Sucher.« Außer jenen seltenen rastlosen Seelen, die mit geschorenem Haar als Pilger in die Welt hinauszogen, weil sie auf die Begegnung mit einem Astar hofften, betrat fast nie ein Elf die Länder der Menschen.

»Hm.« Wieder nickte Retheon mit grüblerischem Blick. »Das war alles. Danke. Finde heraus, wovor diese Orks so viel Angst haben.«

# 9

»Ihr wisst in der Tat, Gäste zu bewirten«, lobte Davaron auf Nikenisch und hob seinen silbernen Becher. »Lasst uns auf Euer Wohl trinken, Meister Evrald.«

Die zwergische Anrede klang zwar noch unbeholfen aus seinem Mund, aber das würde ein weiteres Wurzelbier schon richten, dachte Athanor belustigt und übersetzte die Worte des Elfs für die anderen Zwerge. Wenn sich Davaron Mühe gab, konnte er fast sympathisch wirken.

Die um den langen Tisch Versammelten stimmten lautstark in das Lob auf den Gastgeber ein. Schaum schwappte aus den Bechern und triefte auf die Tafel, die unter den vielen Töpfen, Tellern und Schüsseln kaum noch zu sehen war. Vom zahnlosen Greis bis zum Dreikäsehoch, der kaum über die Tischplatte lugen konnte, war Evralds große Familie samt seiner Freunde zusammengeströmt, um Athanors Ankunft zu feiern. Nun ja, sie stießen wohl eher auf den Brokat an, den Evrald zu horrenden Preisen weiterverkaufen würde. Doch das störte Athanor nicht, solange ein solches Festmahl für ihn heraussprang.

Die Luft war schwer vom Rauch aus der Feuerstelle und fettigem Dunst aus der Küche. Es roch nach Braten und fremdartigen Gewürzen, die die Zwerge aus Flechten und farbigen Salzen gewannen. Männer wie Frauen hatten sich in reich bestickte Jacken aus gutem Tuch gekleidet, während der Rest ihrer Kleidung kaum von ihrer Arbeitskluft zu unterscheiden war. So mancher aufwendig geflochtene Bart fing die Reste des fröhlichen Schmausens auf, und das Bier wurde ohnehin durch die üppige Haarpracht geseiht. Auch Athanor nahm einen weiteren Schluck des bitteren Gebräus. Es half, die dämliche Eule zu vergessen, die nun in irgendeinem dunklen Gang herumflatterte. Falls er sie jemals wiedersah, würde er ihr die Schwungfedern stutzen – ob sie nun Elanya war oder nicht.

»Die Ausdehnung Eurer unterirdischen Stadt ist wirklich beeindruckend«, sagte Davaron gerade zu Evrald. »Aber ich bin doch ein wenig enttäuscht. Es wird so viel von den sagenhaften

Hallen der Zwerge gesprochen, von unvorstellbaren Schätzen und Pfeilern aus purem Gold. Das ist wohl alles übertrieben.«

Wollte der hochnäsige Elf ihnen mit Beleidigungen das Geschäft verderben? Athanor setzte zu einer zornigen Erwiderung an, doch der Zwerg kam ihm zuvor.

»Oho! Der Herr aus dem Süden schließt von meinem bescheidenen Heim auf das ganze Königreich. Da irrt Ihr Euch aber gewaltig. Wartet's nur ab! Morgen zeige ich Euch, was wahre Pracht ist.«

Und dieses Versprechen hielt Evrald. Nach einem kräftigen Frühstück, das Davaron wie gewohnt verschmähte, verließen sie die niedrigen Räumlichkeiten des Händlers, in denen sie sich unter den Türen hindurchducken mussten. Jedes Mal, wenn er sich bückte, schmerzte Athanors Schädel noch vom Bier. Der Ausflug kam ihm nun sogar gelegen, denn die Bewegung vertrieb den dumpfen Druck aus seinem Kopf.

Draußen auf den Gängen tollten Kinder herum, und nicht nur sie blickten staunend den hochgewachsenen Fremden nach. Die Decken waren hier höher als in den Wohnräumen, die Luft roch frischer, aber eine leichte Beklemmung erfasste dennoch Athanors Brust. Wie tief unter dem Berg befanden sie sich? Das unvorstellbare Gewicht der Gesteinsmassen über seinem Kopf wurde ihm mit einem Mal überdeutlich bewusst. Und Evrald führte sie noch weiter hinab. *Durchatmen! Diese Stollen sind Tausende Jahre alt.* Sicher würden sie noch einmal so lange halten. Trotzdem schielte er von Zeit zu Zeit zur Decke hinauf, ob sich auch kein Riss zeigte. In seinen Ohren erwachte das Krachen einstürzender Hallen zu neuem Leben. Das Mahlen der ins Rutschen kommenden Steine. Das Prasseln des Mörtels, der aus aufgesprengten Fugen rieselte. Er spürte die Erschütterung des Bodens unter seinen Füßen, atmete Staub und Rauch... Husten schüttelte ihn und vertrieb die Erinnerung.

»Geht es dir gut, mein Freund?«, erkundigte sich Evrald. »Wir haben einen Heiler, der...«

»Nein, nicht nötig«, wehrte Athanor ab und straffte sich. »Mir geht's gut. Was ist das dort vorn?«

Vor ihnen mündete der Stollen in einen lang gestreckten Saal, in dem es laut und geschäftig zuging. Wehmut schlich sich in die Miene des Händlers. »Das, ihr Herren, ist unsere Markthalle.« Aus allen Richtungen liefen hier Gänge zusammen. Entlang der Wände reihten sich die Auslagen der Handwerker und Händler unter unzähligen Arkaden auf. Bunt bemalte Reliefe über den Ständen verkündeten von Weitem, was es wo zu erstehen gab. Bis unter die gewölbte Decke reichten die Bilder empor und zeigten Szenen aus dem Markttreiben und den Geschäften der Kaufleute. Mit Blattgold überzogene Münzen und Schmuck, Gürtel und Kelche glänzten darin auf. Zwerge kamen und gingen, karrten Waren herbei oder trugen sie in Körben und Säcken davon. Andere standen schwatzend zusammen, lachten oder schimpften über unverschämte Preise.

»Früher konntest du hier *alles* bekommen«, schwärmte Evrald mit verklärtem Blick. »Edle Stoffe aus den Elfenlanden, Spitze aus Ithara, Pelze aus den Nordmarken, aber auch Getreide aus Darania, Stockfisch aus dem Stürzenden Fluss, gedörrtes Obst aus den Gärten am Kaysasee.« Traurig schüttelte er den Kopf. »Jetzt gibt es nichts mehr davon.«

»Ich finde die Vielfalt immer noch recht beeindruckend«, gestand Athanor, während sie am Stand eines Laternenmachers vorbeigingen. Das Angebot reichte von einfachen Grubenlampen bis zu filigranen Leuchten aus Messing und Glas. Nebenan gab es noch prunkvollere Stücke aus Gold oder Silber, und wieder eine Auslage weiter schlichte Öllampen aus Ton.

»Ha! Du weißt eben nicht, wovon du sprichst, mein Freund. Das ist doch alles nichts Besonderes. Du findest es in jedem Königreich unter den Bergen zu Hauf«, behauptete Evrald und fing sich dafür einen bösen Blick des Händlers ein, an dessen Krügen mit schillernden schwarzen Ölen sie gerade vorüberkamen.

»So eine Frechheit!«, polterte der Zwerg. »Nur bei mir gibt es zehn verschiedene Öle aus zehn verschiedenen Quellen! Überzeugt Euch von der Leichtflüssigkeit, fremder Herr!« Er hob eine volle Kelle aus einem Krug und ließ das Öl zurück in den Behälter rinnen.

»Belästige meine Gäste nicht mit deinem Teerschlamm!«, gab Evrald zurück. »Jeder weiß doch, dass du ...«

»Danke, wir brauchen zurzeit kein Lampenöl«, fiel Athanor ihm ins Wort und schob ihn energisch weiter. »Vielleicht ein andermal.«

»Ich sage nur die Wahrheit«, protestierte Evrald. »Wenn ihr gutes Öl haben wollt, das sauber verbrennt, müsst ihr ...«

»Wir benötigen kein Öl«, schnitt Davaron ihm scharf das Wort ab. Es kostete ihn sichtlich Mühe, wieder zu seinem fast sympathischen Lächeln zurückzufinden. »Aber danke für die Warnung.«

»Keine Ursache«, brummelte der Zwerg in seinen Bart und stapfte weiter. In der Mitte der Halle blieb er erneut stehen, um auf einen leeren Stand zu deuten. »Das war meiner.« Sehnsüchtig strichen seine kleinen, aber kräftigen Finger über eine staubige Tischplatte.

»Ach, nun hör mal auf, Trübsal zu blasen!« Athanor klopfte Evrald aufmunternd auf die Schulter. »Mit dem Brokat kannst du deinen Stand wieder eröffnen. Und wenn alles gut geht, bringe ich dir mehr davon.«

Die Miene des Zwergs hellte sich auf. »Du hast recht. Schon morgen werde ich alle hier zum Staunen bringen.«

*Na also. Geht doch.* Selbstzufrieden folgte Athanor seinem Freund zum anderen Ende der langen Halle. Wenn der Elf wirklich Schätze sehen wollte, konnte er sich nicht mehr beschweren, ging es Athanor vor den Auslagen der Goldschmiede durch den Kopf. Wären die Tische nicht aus Stein gewesen, hätten sie sich unter der Last gebogen. Breite Gürtel mit goldenen Beschlägen, wie sie die Zwerge auf den Bildern an der Decke trugen, stellten selbst für ihn eine Versuchung dar. Die schmaleren, aus massiven Goldgliedern gefertigten Stücke ließen ihn dagegen kalt. Für solchen Firlefanz hatte er keine Verwendung mehr. Aber wenn es Zwerge gab, die sich solchen Prunk leisten konnten, waren die Geschichten über ihren Reichtum nicht übertrieben.

Davaron sah jedoch immer noch unbeeindruckt aus. »Der Markt war aber nicht, was Ihr uns zeigen wolltet, oder?«

»O nein, natürlich nicht. Kommt! Wenn Ihr wahre Größe sehen wollt, dann müsst Ihr die Halle der Ahnen besuchen.«

Evrald führte sie weiter in die Tiefe. Hier wurde es wieder ruhiger, doch die Gänge waren noch höher und die Portale, an denen sie vorüberkamen, prächtiger. Vor einigen standen sogar grimmig dreinblickende Wächter mit Langäxten in der Hand. So nannten die Zwerge diese seltsamen Waffen, deren Schäfte lang wie ein Speer waren und nicht nur mit einer Spitze, sondern auch mit einem übergroßen dünnen Axtblatt versehen wurden. Athanor schätzte, dass sie durch ihre Reichweite Vorteile besaßen, wenn es genug Platz gab oder gegen Drachen ging.

»Was bewachen diese Männer?«, erkundigte sich Davaron.

»Da gibt es so einiges«, antwortete Evrald ausweichend. »Wir befinden uns in der Nähe der königlichen Gemächer und des Thronsaals. Außerdem ist es von hier nicht weit zu den heiligen Stätten des Großen Baumeisters und der flammenden Fira.«

»Tempel, sagt Ihr? Das ist sicher auch ein prachtvoller Anblick. Dürfen wir sie sehen?« Mit seinem beiläufigen Tonfall mochte der Elf den Zwerg täuschen können, doch Athanor überkam eine dunkle Ahnung.

»Also, das weiß ich nicht. Ich kann mich nicht erinnern, dass je ein Mensch die geweihten Orte betreten hätte, aber ob es verboten ist ...« Evrald strich sich über den Bart. »Wir müssten zuerst die Gehilfen des Baumeisters um Erlaubnis fragen.«

»Nein, nein«, mischte sich Athanor ein. »Wir wollen dir nicht noch mehr Umstände machen.« Er warf Davaron einen strengen Blick zu, doch der gab vor, es nicht bemerkt zu haben. *Bei den Priestern irgendwelcher Zwergengötter vorstellig werden! Auffälliger geht es wohl nicht?* Womöglich musste man in diesem Heiligtum die Kappe abnehmen. Legte es der Narr darauf an, enttarnt zu werden?

Sie gingen eine Weile schweigend weiter, bevor Davaron erneut das Wort ergriff. Konnte er nicht endlich wieder so wortkarg sein wie auf ihrer Reise? »Dann befinden sich hier unten also alle bedeutenden Stätten Eures Königreichs?«

Der Zwerg nickte. »So ist es. Je tiefer, desto sicherer. So haben wir es schon immer gehalten.«

»Das ist sinnvoll«, pflichtete der Elf ihm bei. »Ihr wollt es den Drachen ja nicht zu leicht machen, Eure Schatzkammern zu plündern«, fügte er grinsend hinzu.

*Davaron treibt Scherze?* Irgendetwas war hier faul.

Evrald erwiderte fröhlich das Grinsen. »Jetzt muss ich Euch aber um etwas mehr Ernst bitten, Herr Davar. Hinter diesem Tor liegt die Halle der Ahnen.« Er deutete auf das Ende des Gangs, in den sie gerade abgebogen waren. Hohe Torflügel standen dort offen und gewährten einen ersten Blick auf ein mit goldenem Schimmern durchsetztes Halbdunkel. Zwei Zwergenkrieger in Prunkrüstung standen vor dem Eingang Wache. Selbst an ihren Langäxten blitzte Gold. Misstrauisch musterten sie die großen Fremdlinge, aber Evrald marschierte einfach an ihnen vorüber, und Athanor folgte ihm, als sei es selbstverständlich.

Unter dem Portal blieb der Händler jedoch stehen, um mit großer Geste in die weite Halle zu deuten. »Dies ist der wahre Schatz unseres Königreichs. Hier bewahren wir das Andenken an alles, was je von Bedeutung war.«

Athanor blickte in den geordneten Wald gewaltiger Pfeiler und kam sich vor wie ein Zwerg. Ihre Anzahl konnte er auf den ersten Blick nur schätzen. Jeder einzelne war so dick, dass es mehrerer Männer bedurft hätte, um ihn zu umfassen. Ihre Höhe blieb in der Dunkelheit ebenso verborgen wie die Decke, denn nur zwergenhohe bronzene Kohlebecken spendeten rötliches Licht. Es spiegelte sich im polierten grauschwarzen Marmor der achteckigen Pfeiler und ließ die darin eingelegten goldenen Schriftzeichen glänzen.

*Eine Bibliothek aus Gold und Stein. Schriften für die Ewigkeit.* Athanor konnte die Zeichen zwar nicht lesen, aber ihre Fülle war überwältigend genug.

»Ja, da staunt Ihr, was?«, prahlte Evrald. »Glaubt Ihr immer noch, dass die Geschichten übertrieben sind, Herr Davar?«

Der lächelte großmütig. »Keineswegs, Meister Evrald. Dieser Halle fehlt etwas Eleganz, aber sie ist zweifellos die gewaltigste Ansammlung von Gold, die ich je gesehen habe.«

*Eleganz? Ich reiß ihm gleich die spitzen Ohren aus!* »Steht hier wirklich alles geschrieben, was in der Vergangenheit geschehen ist?«, fragte Athanor hastig, um abzulenken.

»Natürlich nicht«, antwortete sein Freund gönnerhaft. »Wir beschränken uns auf die wichtigen Ereignisse und jene Zwerge, die Großes vollbracht haben. Es gibt vier Reihen, seht Ihr?«

Nachdem sich seine Augen an das Zwielicht gewöhnt hatten, sah Athanor, dass die Halle in der Breite tatsächlich nur vier Pfeilern Platz bot. Wie weit sie sich in die Länge erstreckte, blieb dagegen immer noch ungewiss.

Evrald stieg die fünf Stufen des Portals hinab und bedeutete ihnen, ihm zu folgen. Ihre Schritte hallten in der Stille besonders laut wider. »Die Reihe ganz links umfasst die Pfeiler der Krieger«, erklärte der Zwerg. »Auf ihnen halten wir die Namen jener fest, die im Kampf gegen unsere Feinde gefallen sind. Hier, links der Mitte, seht Ihr die Pfeiler der Helden. Um auf diesen Tafeln verewigt zu werden, muss man kein Krieger gewesen sein, aber eine tapfere Tat vollbracht haben. Wie Uota, die ganz allein ihre Brüder aus einem eingestürzten Stollen barg. Hätte sie erst Hilfe geholt, wären sie längst tot gewesen.«

»Sie steht hier gleichberechtigt neben Drachentötern und Königen?«, wunderte sich Athanor.

»Ihre Geschichte dient unseren Kindern ebenso gut als Vorbild wie die des großen Trollschlächters Arnrik. Was soll daran falsch sein?«

»Hm, ja, es ist nur … Waren die Taten dieses Arnrik nicht sehr viel bedeutsamer?«

»Dafür hat man ihm ja auch eine Statue gewidmet. Kommt! Ich zeige sie Euch.« Evrald ging durch den Pfeilerwald voran und deutete im Vorübergehen auf die verbliebenen beiden Reihen. »Rechts der Mitte stehen die Pfeiler der Könige. Auf ihnen wird festgehalten, was unter der Herrschaft eines jeden Königs unter diesem Berg geschah. Und dahinter seht ihr die Pfeiler der Meister. Dort findet Ihr alle, die auf dem Gebiet ihres Handwerks oder ihrer Kunst Herausragendes geleistet haben.«

Sie näherten sich einer Wand der Halle. Mit goldenen Ornamenten geschmückte Bögen wölbten sich hier über doppelt mannshohen Nischen. Vor manchen stand nur eine Art Altar, auf dem ein Gegenstand lag – ein seltsamer Stein, ein Helm, ein Fetzen Stoff. Aber in den meisten ragte eine überlebensgroße Statue auf. Zwergenkrieger reckten triumphierend ihre Waffen, hatten die Lippen zum Siegesschrei geöffnet oder blickten finster auf Athanor hinab. Einer stand auf dem Schädel eines besiegten

Drachen. Die Axt eines anderen, auf den Evrald zuging, steckte im Kopf eines niedergestreckten Trolls.

»Arnrik«, verkündete der Händler mit sichtlichem Stolz. »Er war ein Urahn meines Großvaters mütterlicherseits. Noch immer erzählt man sich, wie er einen Angriff aus der Tiefe abwehrte und nennt ihn den Trollschlächter.«

Athanor spürte einen Funken Neid. Einst hatte er davon geträumt, durch seine Taten unsterblich zu werden. Nun gab es niemanden mehr, der sich ihrer erinnern würde, aber wenn er ihre Folgen bedachte, war es auch besser so. Er würde sterben und vergessen werden, und seine Feigheit mit ihm.

»Sie kamen aus der Tiefe?«, hakte Davaron nach. »Dann ist es wohl doch nicht sicherer, je weiter unten die Schätze aufbewahrt werden.«

»O doch!«, beharrte Evrald. »Es war das einzige Mal in unserer vieltausendjährigen Geschichte, dass die Schatzkammern angegriffen wurden. Seitdem gibt es dort unten natürlich noch mehr Trollfallen und Verteidigungsanlagen. Höhlentrolle sind noch dümmer als ihre Vettern draußen. Wir fürchten sie nicht.«

*Nein, ihr fürchtet nur, dass euch der Himmel auf den Kopf fällt*, dachte Athanor schmunzelnd. Der Zwerg würde es niemals zugeben, doch die Art, wie er im Freien immer wieder nach oben geschielt hatte, war Athanor Beweis genug.

»Sind die Völker der Zwerge denn bislang in jedem Krieg gegen jeden Gegner siegreich geblieben?«, wollte Davaron wissen.

Worauf wollte er nun wieder hinaus?

Erneut straffte Evrald stolz die Schultern, obwohl es mehr darauf hinauslief, dass sein Bauch noch besser zur Geltung kam. »Ich bin zwar nur ein Händler, kein Hüter der Ahnenhalle, aber ich kann Euch versichern, dass wir noch nie besiegt wurden. Orks, Oger, Trolle, Drachen, was Euch auch einfällt, sie zittern vor uns!«

»Beeindruckend«, gab Davaron zu, doch es hätte ebenso gut Ironie sein können. »Habt ihr Zwerge nicht sogar einen Krieg oder etwas Ähnliches gegen die Elfen geführt? Es heißt doch immer, Zwerge und Elfen seien verfeindet.«

Schon die Erwähnung des Wortes Elfen sorgte dafür, dass Athanor ihn am liebsten gewürgt hätte.

»Einen Krieg?« Evrald strich sich nachdenklich über das bärtige Kinn. »Nein, das glaube ich nicht. Jedes Kind weiß doch, dass die Elfen zu feige sind, um uns anzugreifen.«

*Hol's der Dunkle!* Athanor ballte die Faust, um Davaron niederzuschlagen, falls ihm auch nur ein falsches Wort entschlüpfte. Doch die Miene des Elfs war unergründlich. »Dann gibt es diese Feindschaft also gar nicht?«

»Und ob es die gibt!«, empörte sich Evrald. »Meine Urgroßmutter – möge der Große Baumeister ihre Gebeine wieder zu Fels werden lassen – erzählte immer die Geschichte unseres Vorfahren, den die Elfen heimtückisch ermordeten. Diese bartlosen Memmen wollten uns Vorschriften machen, wie wir unter unseren Bergen zu graben haben. Aber ein Zwerg lässt sich von niemandem etwas verbieten. So haben wir es schon immer gehalten!«

»Ja, so sind sie, die Elfen«, stimmte Athanor ihm zu und schob sich zwischen Davaron und den Zwerg. »Überheblich und eingebildet. Aber hervorragende Brokatweber. Das muss man ihnen lassen. Hast du von den vielen Heldengeschichten nicht auch schon eine ganz trockene Kehle bekommen? Ich schlage vor, wir suchen uns eine Schänke und genehmigen uns erst einmal Pilzeintopf und Bier.« Im Vorübergehen drohte er Davaron mit der Faust. *Halt's Maul!*, formten seine Lippen.

»Was sollte diese ganze Fragerei nach den Schätzen?«, fuhr Athanor den Elf an, als sie allein in ihrem Quartier bei Evrald waren. »Selbst der dümmste Zwerg hätte gemerkt, dass du irgendetwas vorhast.«

»Was soll ich vorhaben?«, erwiderte Davaron ungerührt. »Ich benehme mich nur, wie ein gieriger Zwerg es von einem gierigen Menschen erwartet – ich frage nach seinem Gold.«

»Ach ja? Und warum komme ich dann wohl nicht auf diesen bescheuerten Einfall?«

Er zuckte mit den Schultern. »Vielleicht hältst du es für besonders schlau vorzugeben, dass dir ihre Schätze gleichgültig

sind. Die Zwerge wirst du damit nicht täuschen können. Sie wissen, dass ihr Menschen fast so süchtig nach Gold seid wie sie.«
»Ist dir schon einmal der Gedanke gekommen, dass dieses Geschwafel nur Vorurteile von euch Elfen sind?«
»Ich habe die Länder der Menschen ...«
»Ja, ja, immer dieselbe Leier«, fiel Athanor ihm ins Wort. »*Mich hat Gold nie sonderlich interessiert.*« *Was natürlich an dem Überfluss liegen könnte, den meine Familie stets daran hatte.* »Das kannst du deiner Großmutter weismachen, wenn du willst. Oh, Verzeihung«, sagte Davaron ohne eine Spur von Reue. »Sie löst sich ja im Schattenreich in ewiges Vergessen auf. Aber falls du zur Abwechslung etwas Nützliches tun willst, kannst du deinen dicken Freund dazu bringen, mit uns nach Elanya zu suchen. Sollten wir sie nicht bald wiederfinden, wird sie sich nämlich nackt in irgendeinem Stollen verstecken müssen!«

*Die Vorstellung hat was*, befand Athanor und grinste absichtlich, um Davaron zu reizen. Doch da er sich mit der verfluchten Zauberei nicht auskannte, musste er die Warnung des Elfs ernst nehmen. Wortlos ließ er ihn stehen, um mit Evrald über die streunende Eule zu sprechen.

Der Orross war ein wahres Ungetüm. Auf die Hinterbeine aufgerichtet überragte er sogar Athanor. Drohend hob er die Pranken mit den fingerlangen Krallen. Hauer lugten wie Krummdolche zu beiden Seiten aus der klobigen Schnauze hervor. Sie konnten den Schenkel eines Mannes aufschlitzen, dass der Knochen freilag. Zornig riss das Biest sein Maul auf und rief: »Da ist jemand im Zimmer!«

Athanor fasste blinzelnd sein Schwert fester. Die Chimäre sprach?

Der Orross brummte wie ein gereizter Bär und sperrte erneut die Kiefer auf. »Da ist jemand im Zimmer!«

Ein leises Geräusch drang an Athanors Ohr. Ein Geräusch, das nicht an diesen Wildbach und zu diesem Gegner passte.

»Was ...« Er schreckte auf, das Schwert in der Hand, ohne das er auch unter dem Berg nicht schlief.

Fünf Zwergenkrieger verteilten sich gerade im Raum. Die Spitzen ihrer Langäxte waren auf Athanor gerichtet, und ihre Gesichter unter den Helmen verrieten glühenden Zorn. Licht fiel nur durch die offene Tür herein, sodass es ihn blendete, während die Wächter beste Sicht auf ihn hatten. Rasch sah er zu Davarons Lager hinüber. Der Elf war fort.

»Lass die Waffe fallen!«, blaffte einer der Krieger ihn an.

Athanor stand langsam auf. *Nur nichts überstürzen.* »Was wollt ihr von mir? Ich habe niemandem etwas getan.«

»Schweig, Elfenfreund!«, fuhr ihn der Wächter an. »Du wirst erst wieder reden, wenn du gefragt wirst!«

Er wog sein Schwert gegen die fünf Langäxte ab. Einer von den Kerlen würde ihn aufspießen, bevor er sich einen Weg gebahnt hatte. Aber selbst wenn es ihm gelang, an ihnen vorbeizukommen, würde er sich im Berg verirren oder am geschlossenen Tor und der Wache dort scheitern. *Wollte ich nicht etwas Neues ausprobieren?* Spöttisch verzog er den Mund und warf dem Zwerg das Schwert vor die Füße. Dieses Mal würde er nicht davonlaufen, sondern zu seinen Taten stehen.

Zu seinen Taten zu stehen war schmerzhaft. Aber das war kämpfen und fliehen auch, stellte Athanor fest, als sich sein Kopf nach dem Fausthieb des Wächters klärte. Sein Auge fühlte sich an, als drücke jemand mit dem Daumen darauf, aber auch dieser Schmerz ließ langsam nach. Er spürte förmlich, wie Lid und Schläfe anschwollen. *Das wird ein veritables Veilchen.*

»Ich glaube dir kein Wort!«, brüllte der Zwerg, dessen Gesicht sich mit seinem auf Augenhöhe befand, da sie ihn auf einen Schemel gesetzt hatten. Die Stachelkugeln im Bart des Wächters tanzten schabend auf dem Harnisch, den zwei gekreuzte silberne Äxte zierten. Alle drei Krieger, die um Athanor herumstanden, trugen die gleiche, ansonsten schmucklose Rüstung. Selbst hier unten, in ihrem Kerker, setzten sie die Helme nicht ab. Vielleicht weil sie Angst vor ihm hatten, davor, dass er sich befreien und mit den Ketten, in die sie ihn gelegt hatten, um sich schlagen könnte.

»Welchen Plan hattet ihr dreckigen Diebe? Wo versteckt sich eure Komplizin?«

Athanor atmete tief durch, soweit es mit geronnenem Blut in der Nase möglich war. Ein wenig rann ihm noch immer über Mund und Kinn und tropfte auf den Waffenrock, den sie ihm gelassen hatten. Nur das Kettenhemd war in irgendeiner Truhe verschwunden. Als er den Mund öffnete, flogen feine rote Spritzer, und er schmeckte Blut. »Wenn ich wüsste, wo sie ist, hätte ich wohl kaum Evrald darum bitten müssen, mit uns nach ihr zu suchen.« Das Sprechen verstärkte den Blutfluss aus seiner Nase. Es lief ihm auch in den Hals, und er musste hastig schlucken, damit es nicht in die falsche Kehle rann. Wie die Kerle erfahren hatten, dass die Eule kein echter Vogel war, wusste er nicht. Entweder hatte Davaron geplaudert, oder sie hatten geraten, aber es war ihm gleich. Warum sollte er die verfluchten Elfen noch decken? Ganz offensichtlich hatten sie ihn hintergangen und benutzt.

Der Zwerg mit dem grau melierten Bart, der die Fragen stellte, knirschte mit den Zähnen. Es schien ihn zu ärgern, dass seine Schläge so wenig Eindruck schindeten, aber Athanor hatte den Eindruck, dass sich der Graubart gut im Griff hatte, obwohl er so wütend tat. »Wir werden sie finden. Mach dir keine Sorgen«, knurrte er.

Wenn sie sich tatsächlich bereits wieder verwandelt hatte, wäre Athanor zu gern dabei gewesen. Das Bild, das vor seinen Augen entstand, lenkte ihn einen Moment von seinem schmerzenden Gesicht ab. Irgendwie musste sich ein Schmunzeln in seine Züge gestohlen haben, denn die Faust des Zwergs raste plötzlich wieder auf seine Schläfe zu. In seinem Genick knirschte es, als die Wucht seinen Schädel nach hinten warf. Schwärze, durchzuckt von Blitzen, füllte seine Welt aus, bis sich der Vorhang wieder zu einem verschwommenen Blick ins Gesicht des zornigen Graubarts hob. Das linke Auge wollte sich nicht mehr ganz öffnen lassen.

»Das Lachen wird dir schon noch vergehen«, drohte der Zwerg. »Ich prügle dich so lange, bis du mir sagst, was ich wissen will.«

»Du verschwendest deine Zeit«, brachte Athanor heraus. Das Blut reizte seinen ausgetrockneten Hals. »Lass mich zu dem

Dreckself in die Zelle, und ich dresche dem falschen Hund für euch die Lügen aus dem Leib.«

In den Augen des Graubarts funkelte es. »Du würdest ihn nur töten, damit er uns die Wahrheit über dich nicht mehr verraten kann.«

*Das ist ja wohl der größte Schwachsinn, den ich je gehört habe.* Die aufkochende Wut drängte die Benommenheit zurück. »O ja, ich *würde* den Hurensohn umbringen – weil er mich genauso verarscht hat wie euch!«

»Das behauptest du nur, um dich zu schützen«, blaffte der Zwerg zurück. »Was habt ihr wirklich hier gewollt?«

»Ich wollte nur ein gutes Geschäft mit Brokat machen. Geht das nicht in deinen Blechschädel rein?« Athanor versteifte sich in Erwartung des nächsten Hiebs, doch stattdessen fuhr ihm nur der Atem des Graubarts ins Gesicht.

»Lügner! Wir haben den Elf dabei erwischt, wie er in unsere Schatzkammern einbrechen wollte! Den ganzen Tag habt ihr schon in unserem Reich herumspioniert.«

Athanor entfuhr ein Knurren. *Ich hätte es wissen müssen. Ich hätte ihn nicht mehr aus den Augen lassen dürfen.* »Gar nichts habe ich ausgespäht. Ich wäre niemals so dumm zu glauben, dass ihr mich einfach so in eure Schatzkammern spazieren und das Gold davontragen lasst. Wie hätten wir denn die Beute aus dem Berg schaffen sollen, bevor ihr uns schnappt?«

»Sag du es mir. Du bist der Dieb.«

»Das bin ich nicht!«, brüllte Athanor. »Eure verfluchten Schätze interessieren mich nicht!« Zwei schwere Hände legten sich auf seine Schultern, um ihn zurück auf den Schemel zu drücken.

»Das kannst du deinen Kindern zum Einschlafen erzählen. Falls du sie jemals wiedersiehst.«

Als sich die schwere Eisentür zum Zellentrakt schloss, herrschte von einem Lidschlag auf den anderen Finsternis. Athanor sah nichts, keinen Umriss der Tür, keinen Lichtschimmer durch Ritzen, keine ferne Dämmerung am Ende eines Lüftungsschachts. Nichts. Er wartete einen Moment, dann noch einen. Hatte er nicht sogar in mondlosen Regennächten immer noch irgendwann wieder die Hand vor Augen gesehen?

Es blieb dunkel. Die Gitterstäbe, der grob behauene Fels, der irdene Nachttopf, alles war im Schwarz verschwunden, als hätte die Welt sich aufgelöst. Sogar der Boden unter seinen Füßen fühlte sich unwirklich an. Er streckte den Arm aus, um nicht gegen die Wand zu laufen, und machte einen vorsichtigen Schritt. Der Untergrund war fest. *Was sonst?*

Wachsam, aber forscher näherte er sich der Wand, bis seine Finger das raue, mit Meißelspuren übersäte Gestein berührten. Hinsetzen, das würde ihm mehr Halt geben. Mit dem Felsen im Rücken und unter dem Hintern wurde die Welt wieder greifbarer. Er lehnte den Kopf gegen die Wand und genoss, wie das Pochen in seinem zerschlagenen Gesicht nachließ. Ein dumpfer Schmerz in den Schwellungen blieb. Noch immer bekam er schlecht Luft durch die Nase, aber wenigstens schien sie nicht gebrochen zu sein. Auch der Zahn, der ein wenig wackelte, würde wieder festwachsen. *Vorausgesetzt, dass sie mich lange genug am Leben lassen.* Und der Mistkerl, der ihm diese Suppe eingebrockt hatte, saß zwei Zellen weiter. Er hätte ebenso gut am anderen Ende der Welt sein können.

*Wahrscheinlich haben sie uns absichtlich nicht nebeneinander gesperrt, damit ich sie nicht um das Vergnügen einer Hinrichtung bringe.* Bildete er es sich nur ein, oder hörte er Davaron in der Dunkelheit atmen? Wenn sie ihn ebenso verprügelt hatten wie ihn, gönnte er ihm jeden Schlag. Er stellte sich vor, dass sie den Elf sogar härter bearbeitet hatten als ihn, denn im Gegensatz zu ihm *musste* Davaron wissen, auf was er es abgesehen hatte. Aber welche Rolle spielte das noch? Er war ein Dieb. Die Zwerge hatten ihn auf frischer Tat ertappt. Das verfluchte Elfenpack hatte ihn angeheuert, um hinter seinem Rücken die Zwerge zu bestehlen, und er war darauf hereingefallen! Auch Elanya hatte es gewusst. Daran bestand kein Zweifel. Deshalb hatte Davaron sie wieder nach Hause schicken wollen. Damit sie ihm nicht den Ruhm als Einbrecherkönig stahl. *Dafür* hatte er also seine guten Beziehungen zu den Zwergen aufs Spiel gesetzt – und verloren! Je länger er darüber nachdachte, desto wütender machte ihn der

Verrat. Hoffentlich brachten die Zwerge Davaron langsam und qualvoll um. *Der arrogante Bastard.* Seine ganze hehre Magie hatte ihm offenbar nichts genützt. Das kam davon, wenn man sich zu viel auf sich einbildete.

Athanor widerstand der Versuchung, den Elf damit zu verhöhnen. Davaron würde ihn doch nur darauf hinweisen, dass er ebenso in der Falle saß und so dumm gewesen war, sich benutzen zu lassen. Darauf konnte er gut verzichten. Stattdessen lehnte er sich an die Wand, so bequem es ging, und schloss die verquollenen Augen. Es gab ohnehin nichts zu sehen. Er döste vor sich hin und nickte ein, denn als die Tür aufgestoßen wurde und gegen die Wand knallte, schreckte er aus tiefem Schlaf auf.

Im ersten Moment blendete ihn das Licht der Laterne, die einer der hereinpolternden Zwerge hielt. Er sah nur Schemen, hörte das Klimpern eines Schlüsselbunds und die festen Tritte genagelter Stiefel. Dann erhaschte er einen Blick auf Elanyas Gesicht. Ihre ohnehin großen Augen waren weit aufgerissen und trotz des Lichts dunkel vor Angst. Vier Wächter eskortierten sie. Bekleidet mit nichts als einem ungefärbten Zwergennachthemd, das gerade noch ihre Hüfte bedeckte, ragte sie zwischen ihnen auf wie ein hochbeiniges Vollblut zwischen zotteligen Ponys. Die schweren Rüstungen der Zwerge und die Langäxte, mit denen sie herumfuchtelten, standen in scharfem Kontrast zur nackten Haut ihrer Gefangenen.

Athanor straffte sich, doch er blieb sitzen, denn die Wächter schenkten ihm nur flüchtige Beachtung. Der Zwerg mit den Schlüsseln öffnete die Zelle zwischen Davaron und ihm.

»Rein da!«, blaffte er und wies Elanya die Richtung.

Eilig befolgte sie den Befehl, bevor jemand mit einer Langaxt nachhelfen konnte. Der Wärter schloss hinter ihr ab. Erst dann drehten sich die Bewaffneten um und marschierten miteinander murmelnd nach draußen. Als Letzter verließ der Zwerg mit der Laterne den Kerker. Stumm zog er die schwere Eisentür hinter sich zu. Von einem Augenblick auf den anderen war es wieder tintenschwarz im Verlies. Draußen schabten Riegel, ein Schloss klickte. Dann wurde es still. Kaum hörbares Rascheln verriet, dass sich jemand bewegte.

»Davaron?«, flüsterte Elanya. »Bitte verzeih mir! Es ist alles meine Schuld. Ich hätte euch niemals begleiten dürfen. Ich habe unsere einzige Hoffnung zerstört.«

»Ihre Schuld? Glaubte Elanya, dass sie ihretwegen aufgeflogen waren? »Was sollte das überhaupt?«, fuhr Davaron sie an. »Einfach so davonzuflattern. Was hast du dir dabei gedacht?« *Und der Drecksack lässt sie natürlich in dem Glauben.* Athanor schüttelte nur den Kopf. Er war versucht, ihr die Wahrheit zu sagen – nur um Davaron zu ärgern. Aber dann würde sie ihn weiterhin für einen Freund halten, und damit war es vorbei. Mit dem hinterhältigen Pack war er fertig.

»Ich weiß nicht, was mit mir los ist«, gestand Elanya. In ihrer Stimme schwang Verzweiflung mit. »Meine Magie. Sie ist weg! Ich spürte, wie sie nachließ. Jeden Moment hätte ich mich zurückverwandeln können! Nur deshalb bin ich davongeflogen. Ich konnte euch doch nichts sagen, also musste ich handeln.«

»Du kannst auch nicht mehr zaubern? Kein bisschen?«

»Was? Du auch?« Elanya klang ebenso entsetzt wie Davaron. *Geschieht ihnen recht.* Vielleicht trugen sie die Nasen weniger hoch, wenn sie endlich am eigenen Leib spürten, wie es war, seine Probleme ohne Magie lösen zu müssen. Zu wissen, dass sie ihm nun nichts mehr voraushatten, war fast besser, als Davaron den Hals umzudrehen.

»Glaubst du, ich würde in dieser elenden Zelle sitzen, wenn ich im Besitz meiner Zauber wäre?«

»Aber … Wie kann das sein?«, fragte Elanya. »Unsere Kräfte können doch nicht einfach verschwinden! Ist das ein Bann? Ein Schutzzauber, den wir nicht kennen? Aber es heißt doch, Zwerge beherrschen keine Magie.«

»Was weiß ich«, erwiderte Davaron ungehalten. »Seit zwei Zeitaltern hat kein Elf mehr diese Löcher betreten.«

Wieder raschelte leise Stoff. Andere kleine Geräusche konnte Athanor weniger leicht zuordnen. Vielleicht war Davaron in seinem Zorn aufgesprungen, oder Elanya hatte sich gesetzt.

»Dann gibt es keine Rettung für uns«, hauchte sie. »Wir haben versagt.«

»Das weiß ich!«, schnappte Davaron.

Athanor grinste in der Dunkelheit.

»Aber wir müssen doch *irgendetwas* tun können«, haderte Elanya. »Sonst wird alles kommen, wie Aphaiya es vorausgesagt hat.«

»Ist dir schon einmal der Gedanke gekommen, dass eine Prophezeiung eintreten *muss*, weil es sonst keine Prophezeiung wäre?«, erwiderte der Elf kalt.

»Aber dann wird unser Volk sterben!«, fuhr Elanya auf. »Warum hast du dich überhaupt auf den Weg hierher gemacht, wenn du gar nicht daran glaubst, das Verderben aufhalten zu können?«

»*Du* bist es, die nicht an die Weissagungen ihrer Schwester glaubt. Hast du nicht behauptet, sie hätte gesehen, dass du bei mir sein musst, damit unser Plan gelingt?«

»Und jetzt bin ich auch noch schuld, dass du entdeckt wurdest«, wisperte Elanya.

»Das bist du nicht«, zischte Davaron. »Du bist zwar unsäglich dumm, dass du das alles nicht selbst erkennst, aber ich helfe deinem beschränkten Verstand mal auf die Sprünge: Sie haben mich erwischt, als ich versuchte, an die Kristalle zu kommen. Nur deshalb haben sie überhaupt nach dir gesucht. Ohne Magie konnte ich nicht unbemerkt in die Schatzkammern gelangen. Aber wenn deine Schwester recht hat, musst *du* irgendwie der Schlüssel sein, mit dem wir das Ruder doch noch herumreißen. Also denk gefälligst nach, wie!«

Elanya gab einen zustimmenden Laut von sich, aber es klang halbherzig und verzagt.

# 10

Athanor saß gedankenverloren in der Finsternis und ertappte sich von Zeit zu Zeit dabei, mit der Zunge an seinem lockeren Zahn herumzuspielen. Gelegentlich hörte er die Elfen atmen oder sich bewegen, doch seit Davarons Ausbruch sprachen sie nicht mehr. Was schade war, denn er hätte ihnen gern noch beim Streiten zugehört. Wenn sie sich gegenseitig zerfleischten, war das unterhaltsamer als alles, was ihm durch den Kopf ging. Darüber zu brüten, wie lange die Zwerge ihn hier schmoren lassen oder welche Strafe sie ihm auferlegen würden, führte nirgendwohin.

In der Dunkelheit waren seine Sinne so geschärft, dass er unterscheiden konnte, ob ein Geräusch von Davaron oder Elanya stammte. Sie waren unterschiedlich weit entfernt, und während unter Davarons Stiefeln Sand knirschte, bewegte sich Elanya auf ihren bloßen Füßen beinahe lautlos. Der Elf ging rastlos in seiner Zelle auf und ab, wie einst die eingesperrten Löwen unter der Arena Theroias. Es verbreitete eine solche Unruhe, dass Athanor versucht war, sich anzuschließen, doch wozu? Gerade als er Davaron anbrüllen wollte, mit dem sinnlosen Gerenne aufzuhören, ertönte Elanyas Stimme. Sie klang erstaunlich nah, aber bei Licht betrachtet war sie auch nur drei Schritte entfernt.

»Athanor?«

Sie wagte es, ihn anzusprechen? »Was?«

»Es tut mir leid, dass dich die Zwerge unseretwegen gefangen genommen haben.«

»Wenn das eine Entschuldigung werden soll, kannst du dir den Atem sparen! Ihr wolltet jene bestehlen, die euch als Gastfreunde aufgenommen haben. Wer so etwas tut, besitzt keine Ehre.«

»Dafür wollte ich mich gar nicht entschuldigen«, wehrte Elanya ab. »Du weißt nichts über unsere Gründe. Wir ...«

»Was redest du überhaupt mit ihm?«, fiel Davaron ihr ins Wort. »Er ist es nicht wert und will es nicht einmal hören.«

»Du magst ihn für einen tumben Troll halten, Davaron, aber

wenn du deine dummen Vorurteile ein einziges Mal beiseiteschieben würdest, könntest du erkennen, wie ähnlich er uns ist.«

»Er ist ein be...«

»Es reicht!« Elanya herrschte Davaron so zornig an, dass er verstummte. »Ich habe mir diesen Unsinn jetzt lange genug angehört. Du magst damit recht haben, dass man den Menschen nicht trauen kann, aber Athanor hat sich auf dieser Reise mehr Respekt verdient, als wir ihm erwiesen haben. Also halt jetzt endlich den Mund!«

Wenn die Wand ein wenig gemütlicher gewesen wäre, hätte Athanor die Hände hinter dem Kopf verschränkt und sich zufrieden zurückgelehnt. So blieb ihm nur, in die Dunkelheit zu grinsen, obwohl der Elf es nicht sehen konnte.

»Meine Entschuldigung galt unserem Verhalten dir gegenüber«, nahm Elanya den Faden wieder auf. Es war beachtlich, wie schnell sie die Wut aus ihrer Stimme verbannen konnte. »Wir haben mit dir gespielt wie mit einer Figur auf dem Mehenbrett. Das ist unverzeihlich, und ich kann dir nicht verübeln, wenn du uns nun hasst. Wir haben dein Leben riskiert, als ob es uns gehörte. Dazu hatten wir kein Recht. Deshalb erwarte ich nicht, dass du meine Entschuldigung annimmst. Aber ich bitte dich, mir zuzuhören. Vielleicht kannst du uns besser verstehen, wenn du unsere Gründe kennst.«

Athanor war versucht, ihr zu sagen, dass sie sich ihre Gründe in den knackigen Hintern schieben konnte, doch das stimmte nicht ganz. Auch wenn er wenig Lust verspürte, ihr zu vergeben, war er neugierig, was sich hinter alldem verbarg.

Da er nicht antwortete, sprach Elanya nach kurzem Zögern weiter. »Es wäre ehrenhafter gewesen, dich von Beginn an in unseren Plan einzuweihen.«

*Hört, hört.* Wie ungeschickt, dass ihnen das nicht früher eingefallen war.

»Doch die Älteren hatten große Zweifel, ob du ein solches Wagnis für uns eingehen würdest.«

*Zu Recht.*

»Manche – wie Kavarath – waren der Meinung, dass man dir

nicht davon erzählen dürfe, weil du Davaron sonst zu deinem Vorteil verraten würdest.«

»Es ist mir nicht entgangen, dass er von Menschen nur das Schlechteste erwartet.« *Verdammt.* Er hatte doch gar nicht mit ihr reden wollen.

»Aus gutem Grund«, knurrte Davaron.

Elanya ignorierte ihn. »Wir *mussten* so vorsichtig sein. Für uns hängt sehr viel davon ab, dass Davaron diese Mission erfüllt. Deine Ankunft erschien mir als Wink des Schicksals, wie der Plan gelingen könnte, deshalb brachte ich dich nach Ardarea. Die Älteren schlossen sich meiner Ansicht an, aber sie entschieden, dich nicht in Davarons Auftrag einzuweihen. Und wer bin ich, mich ihrem Rat zu widersetzen, wenn es um das Wohl aller Elfenvölker geht?«

Das Schicksal der Elfen sollte davon abhängen, dass Davaron die Schatzkammern der Zwerge plünderte? Das war die lächerlichste Begründung, die er je von einem Dieb gehört hatte.

Obwohl Elanya sein spöttisches Lächeln in der Finsternis nicht sehen konnte, schwang Unsicherheit in ihrer Stimme mit. »Wenigstens sollte es nicht zu deinem Nachteil sein. Wir beschlossen, dich reich dafür zu entlohnen, wie wir es dir versprochen haben. Daran, dass der Plan misslingen könnte, wollte niemand denken. Aber wer hätte auch ahnen können, dass uns irgendetwas in Firondil unserer Zauberkräfte berauben würde?«

*Hm.* Er musste zugeben, dass sie im Grunde nicht anders gehandelt hatten als er selbst. Auch er hatte Evrald belogen, weil er nicht daran geglaubt hatte, aufzufliegen. Und für den Händler hatte er kein Risiko gesehen, nur das gute Geschäft, das er ihm auf diese Weise verschaffte. Allerdings war es ein Unterschied, ob man jemanden anschwindelte oder damit auch noch dessen Leben riskierte. Evrald hatte nichts zu befürchten. Zumindest hoffte Athanor es.

»Ich weiß nicht, ob du schweigst, weil du zu zornig auf mich bist, um mit mir zu reden, aber es ist dein Recht, wütend zu sein. Erinnerst du dich an meine Schwester Aphaiya? Die Elfe mit der Maske, die unter den Älteren saß?«

»Ja.«

»Sie hat vorausgesehen, dass uns großes Unheil droht. Ein Feind wird sich erheben, der die Söhne und Töchter aller vier Urmütter vernichten wird, wenn es uns nicht gelingt, ihn aufzuhalten. Du hast dein Volk verloren. Vielleicht verstehst du, warum wir *alles* tun würden, um diesem Schicksal zu entgehen.«

Athanor schnaubte. »Zwerge auszurauben wäre nicht das Erste, was mir dazu einfällt. Habt ihr noch nie von Festungen und Heeren gehört, die man ausrüstet, um sich zu verteidigen?«

»Die Heere der Menschen haben sie nicht gerettet«, stellte Elanya bedauernd fest.

Knurrend musste er ihr zustimmen. »Aber das lag nur daran, dass sie nicht auf den wahren Feind vorbereitet waren. Wenn man mit Kriegern rechnet, hat man Drachen wenig entgegenzusetzen.«

»Du siehst also, dass die Art des Feinds über die Mittel bestimmt, mit denen wir ihm begegnen müssen.«

»Ha! Das ist doch lächerlich. Willst du mir weismachen, dass die Rettung der Elfen in goldenen Schwertern liegt?«

»Und schon wieder geht es um Gold«, spottete Davaron. »Menschen denken einfach an nichts anderes.«

»Auf Gold hatten wir es doch nie abgesehen«, wunderte sich Elanya.

»Nein, aber auf irgendwelche Kristalle«, gab Athanor in Erinnerung an den Streit der beiden zu. »Klunker, die wertvoll genug sind, um in der Schatzkammer aufbewahrt zu werden. Das ändert natürlich alles. Die lassen sich ja auch viel leichter tragen.«

Er hörte, wie Elanya tief durchatmete.

»Ja, sie sind kostbar«, gestand sie. »Sie sind sogar so wertvoll, dass wir uns schon einmal mit den Zwergen darüber zerstritten haben. Seit zwei Jahrtausenden herrscht deshalb Feindschaft zwischen ihnen und uns. Wir haben Unterhändler zu den Königreichen unter den Bergen geschickt, doch die Tore wurden ihnen nie geöffnet. Sie wurden nicht empfangen, ihre Botschaften nicht gehört. Lange Zeit haben wir uns damit abgefunden, denn der Handel über die Menschen versorgte uns mit dem Nötigsten, das nur die Zwerge uns liefern konnten. Aber nun hängt unser Schicksal von diesen Kristallen ab. Wir können uns nicht länger der Willkür der Zwerge beugen.«

»Welche Bedrohung lässt sich nur durch seltene Edelsteine aufhalten? Wollt ihr euch unterwerfen und Tributzahlungen anbieten?« Vielleicht war es sogar ein gangbarer Weg, um Drachen zu besänftigen. Die verfluchten Echsen hatten angeblich eine Schwäche für alles, was glitzerte. Doch die Schätze Theroias hatten sie achtlos verbrannt.

»Tribut?«, wiederholte Elanya. Sie schien darüber nachdenken zu müssen, denn es dauerte einige Herzschläge, bis sie wieder sprach. »Nein, ich glaube nicht, dass es darum geht, uns freizukaufen. Aphaiyas Visionen sind manchmal schwierig zu deuten. So schwierig, dass wir nicht einmal wissen, welcher Art dieser Feind sein wird. Aber er muss sehr mächtig sein, denn das Land selbst wird dahinwelken, und mit ihm alles, was lebt.«

Für jemanden, der noch etwas zu verlieren hatte, musste diese Prophezeiung in der Tat beunruhigend sein, dachte Athanor, doch ihn ließ die Vorstellung kalt. Immerhin klang Elanya nicht, als hätte sie dieses wirre Zeug gerade erst erfunden, um ihn für dumm zu verkaufen. Dann wäre ihre Geschichte sicher glaubhafter gewesen. Dass es etwas gab, das den überheblichen Elfen solche Furcht einjagte, gefiel ihm. »Und was sollen diese Kristalle nun daran ändern, wenn sie nicht als Bestechung gedacht sind?«

»Wir glauben, dass die Lösung dieses Rätsels in ihrer Zauberkraft liegt. Aphaiyas Prophezeiung legt nahe, dass nur eine magische Waffe Wirkung gegen diesen Feind zeigen wird.«

*Magie. Natürlich.* Bei den Elfen drehte sich wohl alles darum. Warum aber horteten ausgerechnet die Zwerge, die Zauberei verabscheuten, diese Kristalle? Vielleicht um zu verhindern, dass ihre Magie benutzt wurde.

»Verstehst du nun, warum wir so handeln mussten?«, fragte Elanya.

»Nein.«

»Aber ...«

»Das ist alles immer noch kein Grund, mich zu belügen und die Zwerge zu bestehlen. Warum holt ihr euch keine eigenen Edelsteine aus der Erde oder dem Gestein oder wo immer man dieses Zeug findet? Seid ihr euch für harte Arbeit zu fein?«

»Das ist es doch gerade!«, fuhr Elanya auf. »Es gibt sie nur an einem einzigen Ort auf der Welt. Nur die Zwerge wissen um den Zugang, und sie würden niemals dulden, dass wir in ihrem Berg graben, obwohl es eigentlich unser Berg war, in dem man überhaupt nicht graben darf, und wenn ...« *Moment mal.* »Ihr streitet euch mit den Zwergen um einen Berg?«

Seufzend holte Elanya Luft. »Ich muss wohl ganz am Anfang beginnen, damit du das alles verstehst.«

Eigentlich konnte es ihm völlig gleich sein, worüber sich die Elfen mit den Zwergen in den Haaren lagen, aber dass sie sich ausgerechnet um Minenrechte stritten, verblüffte ihn. »Tu dir keinen Zwang an. Wie es aussieht, haben wir eine Menge Zeit.«

»Vielleicht hast du recht, aber ich hoffe nicht, dass sie uns einfach hier unten vergessen.«

Er glaubte fast, Elanya schaudern zu hören.

»Es geschah in jenen Tagen, als noch Elfen im Norden Theroias lebten. Damals herrschte noch Eintracht zwischen uns und den Menschen, und auch die Zwerge waren friedliche Nachbarn. Ganz in der Nähe des Königreichs von Firondil gab es eine heilende Quelle an den Hängen des Gorgoron. Vielleicht hast du von diesem heiligen Berg gehört, denn auch die Menschen pilgerten dorthin, um von dem zauberkräftigen Wasser zu trinken.«

»Meinst du den Gorgon?«, erkundigte sich Athanor. »Von diesem Berg heißt es aber, dass dort böse Geister umgehen und jedem den Verstand verwirren.«

»Da hast du es«, mischte sich Davaron ein. »Menschen sind einfach blind für die Wahrheit. Sie verdrehen alles, bis es in ihr beschränktes Bild passt.«

»In ihrer Kurzlebigkeit haben sie eben vergessen, was in den Tagen ihrer Ahnen geschah«, erwiderte Elanya gereizt. »Die Quelle *hat* sich verändert. Darum geht es doch bei unserem Streit.«

»Und daran sind die Zwerge schuld?«, fragte Athanor skeptisch.

»Ja. Aber lass mich der Reihe nach erzählen. Einige von uns

lebten an dieser Quelle, denn für ihre Kräfte gab es einen Grund, der uns von unseren Vorvätern überliefert worden war. Weißt du, was ein Astar ist?«
»Ein Wandelstern?«
»Das ist die Form, in der man einige von ihnen am Himmel sehen kann«, bestätigte Elanya. »Sie sind uralte lichtvolle Wesen, mit deren Zauberkraft sich nichts anderes auf dieser Welt messen kann. Ihre Macht ist so groß, dass sie von Zeit zu Zeit einen Astar verleitet, sich mit den Göttern anzulegen. Schreckliche Kriege entbrannten daraus und veränderten das Angesicht Ardaias.«
»Und was haben sie mit der Quelle zu tun?«
»Sehr viel. Denn einer dieser anmaßenden Astara wurde einst in den Berg Gorgoron, den du Gorgon nennst, gebannt. Abgeschnitten von seinen Elementen, Feuer und Luft, siechte er dahin und starb. In seinem Groll wurde er zu einem zornigen Geist, den alle Lebenden fürchten mussten. Seine Magie floss in das umgebende Gestein und speiste so auch die Kraft der Quelle, die zu jener Zeit vergiftet war. Doch ein anderer Astar empfand Mitgefühl für den unglücklichen Toten und die Elfen und Menschen am Berg Gorgon. Er besänftigte den wütenden Geist und verwandelte die Quelle so in einen friedvollen, heilsamen Ort. Wir entsandten Hüter der Quelle, die darüber wachten, dass die Ruhe der Stätte nicht gestört wurde. Mit Liedern und Zaubern, die der gütige Astar sie gelehrt hatte, trösteten sie den Geist im Berg.«
*Ich fürchte, ich weiß, was geschehen ist.*
»Manchmal fanden die Hüter kleine Edelsteine in der Quelle«, fuhr Elanya fort. »Wir nannten sie Astarionim, Tränen des Astars, denn sie waren klar wie das Wasser der Quelle und enthielten seine wundersame Kraft. Als die Zwerge mit ihren Stollen in den Gorgon vordrangen, stießen sie ebenfalls auf diese Kristalle – und viel größere als in der Quelle. Sie gaben ihnen den Namen Sternenglas, weil sie glaubten, dass es Gestein sei, das in der Hitze des Astars zu Glas geschmolzen war.«
»Sie haben also die Ruhe des Toten gestört.«
»Genauso war es. Unsere Hüter bemerkten, wie sich die

Quelle veränderte. Die Tränen des Astars wurden dunkel wie die Nacht. Die Hüter wussten nicht, was vorging, und versuchten alles, was in ihrer Macht stand, um den Geist erneut zu versöhnen. Doch die Lage verschlimmerte sich von Tag zu Tag. Als sie endlich herausfanden, womit die Zwerge begonnen hatten, baten wir das Volk unter dem Berg, von seinem Werk abzulassen. Aber nicht umsonst heißt es, jemand sei stur wie ein Zwerg. Sie behaupteten, wir wollten sie vertreiben, um das Sternenglas für uns zu behalten, und trieben ihre Gänge nur noch tiefer in den Berg. Bald brachte die Quelle Krankheit und Irrsinn über jene, die aus ihr tranken. Alles Bitten und Flehen prallte an den Zwergen ab, als seien sie taub. Die Kranken starben, und die Wahnsinnigen verfielen in blutige Raserei. Einige unserer Krieger sahen keinen anderen Ausweg mehr und versuchten, die Zwerge mit Gewalt von ihrem frevlerischen Tun abzubringen, doch sie waren wenige, und wir töten nicht gern. Die Zwerge dagegen waren viele und verteidigten ihr vermeintliches Recht mit Äxten und Spießen.« Elanya hielt inne, als sei sie in Erinnerungen verloren.

*So alt kann sie unmöglich sein.*

»Es waren die Hüter, die dem Blutvergießen ein Ende setzten, denn es machte alles nur schlimmer. Das Gift der Quelle strahlte nun selbst auf jene aus, die sich nur in ihrer Nähe aufhielten. Bald mussten sie den Berg verlassen. Sie wussten keinen Ausweg mehr.«

*Und wenn es stimmt, was sich die Leute über den Gorgon erzählen, ist der Ort noch immer verflucht.* Nachdenklich kratzte sich Athanor das stoppelige Kinn und zuckte zusammen, als er dabei auf eine Prellung drückte. Was ging ihn diese alte Geschichte an? Außer Faustdieben ins Gesicht hatte sie ihm bislang nichts eingebracht. Und das war sicher erst der Anfang. Ja, gut, vielleicht hatten die Elfen wirklich Grund, dieses Sternenglas stehlen zu wollen. Es sah nicht so aus, als ob die Zwerge ihnen etwas so Wertvolles freiwillig geben würden. Trotzdem hatten sie kein Recht, ihn in diese Sache hineinzuziehen, ohne ihn vorher zu fragen. Wofür er sein Leben wegwarf, wollte er immer noch selbst entscheiden.

Es fiel Athanor schwer zu entscheiden, ob die Zeit in der Dunkelheit langsam oder schnell verging, denn es gab keinen Anhaltspunkt, um sie zu messen. Manchmal kam es ihm erneut vor, als entgleite ihm die Welt und er schwebe in finsterem Nichts. So mussten sich die Toten im Schattenreich fühlen. Doch dann spürte er wieder den rauen, kühlen Fels unter sich, roch das Eisen der Gitterstäbe, hörte Elanya oder Davaron in einen Nachttopf pinkeln. Er war immer noch am Leben, auch wenn es in diesem Kerker keinen Unterschied machte.

Irgendwann klapperten wieder Riegel und Schlüssel. Licht fiel herein, und er wandte geblendet die Augen ab. Schatten wankten über die Wand hinter Elanya. Es sah aus, als schlüpften sie hin und her durch das Gitter, doch als Athanor den Blick wieder auf die Zwerge richtete, befanden sie sich draußen auf dem Gang. Einer der beiden Wächter trug eine Laterne und eine Langaxt, der andere ein Tablett mit irdenen Schüsseln, Bechern und einem Krug. Wortlos schenkte der Wärter ein und schob jedem Gefangenen einen Becher und eine Schale in die Zelle, während sein Begleiter mit bedrohlicher Miene die Waffe bereithielt. Athanor schenkte ihnen ein spöttisches Lächeln. Als ob es etwas genützt hätte, sich aus dem Kerker zu befreien.

Schweigend drehten sich die Zwerge um und gingen. Und mit ihnen das Licht.

»Hol euch der Dunkle!«, entfuhr es Athanor. Auf Händen und Knien musste er durch die Finsternis kriechen und nach seiner Mahlzeit tasten. Hatten die Stachelbärte nur Schutt im Schädel, oder machten sie das mit Absicht? Eine falsche Bewegung, und der Inhalt des Bechers würde sich über den Boden ergießen. Er wusste nicht, wem er für diese Demütigung mehr zürnen sollte, den Elfen oder den Zwergen. Es war reines Glück, dass er den Becher nicht umstieß. Das Wasser darin schmeckte schal wie abgestandenes Bier, aber er hatte Durst. Vorsichtig fuhr er weiter mit der Hand über den Boden, bis er die kleine Schüssel fand, aus der wenigstens ein Löffel ragte. Er hob die Schale aus Ton näher an sein Gesicht. Sie war nur auf der Innenseite glasiert, weshalb sie sich außen stumpf anfühlte. Was auch immer darin war, roch nach den salzigen Gewürzen der Zwerge.

*Jede Wette, dass die Elfen das Zeug nicht einmal anrühren.* Als er in der Masse stocherte, kam sie ihm dickflüssig vor. *Was soll's.* Schlimmer als lethische Schneckensuppe konnte es nicht sein, also schob er sich einen Löffel voll in den Mund. Selbst im Dunkeln klappte das erstaunlich gut. Der Vergleich mit der Suppe kam hin. Zähe, glitschige Stückchen bildeten die wichtigste Zutat. *Wahrscheinlich Pilze*, schätzte er und löffelte die Schüssel aus.

Bedeutete die Mahlzeit, dass ein Tag vergangen war? Oder erst ein halber? Würden die Zwerge ihn zu einem weiteren Verhör abholen, oder fällten sie bereits ein Urteil über ihn? Wie konnte er sie davon überzeugen, dass er nichts von den Plänen der Elfen gewusst hatte? Über diesen Fragen schlief er schließlich ein.

Als er wieder aufwachte, herrschte noch immer Schwärze. Gleichmäßiges, tiefes Atmen in seiner Nähe verriet ihm, dass auch Elanya eingenickt war. Seltsamerweise verspürte er keine Wut mehr auf sie, obwohl sich nichts an ihrer Schuld oder seiner Lage geändert hatte. Es war einfach nicht mehr so wichtig. Und immerhin *hatte* sie sich entschuldigt, während sich Davaron offenbar für berechtigt hielt, über Menschen zu verfügen wie über Vieh.

Athanor hörte ihn nicht, was zumindest bedeutete, dass der lästige Kerl nicht mehr in seiner Zelle auf und ab schlich. Am liebsten wäre ihm gewesen, die Zwerge hätten den Elf zu einer weiteren Tracht Prügel abgeholt. Doch das war unwahrscheinlich, denn die damit verbundenen Geräusche hätten ihn sicher geweckt.

Eine Weile starrte er in die Dunkelheit, dann trieb es ihn auf die Füße. Davaron nachzuahmen, war zwar das Letzte, womit er sich die Zeit vertreiben wollte, aber er konnte nicht länger herumsitzen, sonst faulten ihm noch die Beine ab. Wenn die Zwerge …

Das Klacken eines zurückgeschobenen Riegels riss ihn aus seinen Gedanken. Rasch schloss er die Augen, um nicht wieder geblendet zu werden. Doch nach der völligen Finsternis war das Licht sogar durch seine Lider zu grell. Zahlreiche Schritte und das Klappern von Rüstungen deuteten auf eine größere Anzahl Wächter hin. Ketten klirrten. Alarmiert blinzelte Athanor in den Schein der Laterne. Seine Zelle wurde geöffnet.

»An die Wand! Wird's bald!«, fuhr ihn der Graubart an, der ihn verhört hatte.

Gleich mehrere Wächter richteten die Spitzen ihrer Langäxte auf ihn. Athanor hob beschwichtigend die Hände und wich zurück. Was hatten die kleinen Mistkerle nun wieder im Sinn? Am rötlich blonden Bart erkannte er den Wärter, der ihnen das Essen gebracht hatte. Der Zwerg schleppte einen Blecheimer in die Zelle und setzte ihn so schwungvoll ab, dass Wasser herausschwappte. Achtlos warf er ein Tuch in die entstandene Pfütze.

»Gesicht waschen! Los!«, bellte Graubart. »So kannst du nicht vor dem Obersten Richter erscheinen.«

*Vor dem Richter?* Überrascht sah Athanor zu Elanya hinüber, die sich auf die Unterlippe biss. Wahrscheinlich bot er wieder einmal keinen verlockenden Anblick.

»Es tut mir leid«, sagte sie leise.

»Muss ich erst kommen und deinen Schädel in den Eimer stopfen?«, drohte Graubart.

Athanor wünschte, sie wären allein und könnten die Frage Mann gegen Mann klären, doch so hatte er keine Lust auf dieses Spiel. Dennoch ließ er sich nur widerstrebend vor dem Eimer auf die Knie nieder. Sein Innerstes sträubte sich dagegen, angesichts so vieler bewaffneter Gegner eine so ungünstige Haltung einzunehmen. Schmunzelnd musste er an die Raubkatze denken, die er einmal beim Trinken an einem Fluss beobachtet hatte. Der große Panther, Schrecken der kyperischen Steppe, war zögerlicher und schreckhafter ans Ufer geschlichen als jedes Reh.

Mit beiden Händen schaufelte sich Athanor Wasser ins Gesicht und wusch das getrocknete Blut ab. Es kühlte die Schwellungen, aber sein linkes Auge weigerte sich noch immer, sich vollständig zu öffnen. Wenigstens war es mehr als nur ein Spalt, sodass er wieder richtig sehen konnte.

Kaum hatte er sich mit dem groben Tuch abgerieben, schnauzte Graubart ihn wieder an: »Umdrehen und Hände auf den Rücken!«

Der rotblonde Wärter näherte sich mit breiten, schweren Handschellen. Ohne Eile stand Athanor auf und befolgte den Befehl. Die Kette klirrte hinter seinem Rücken. Kalt und eng schlossen sich die Eisenbänder um seine Handgelenke.

»Wieder umdrehen und abwarten!«

*Was denn jetzt noch?*

Der Wärter verließ seine Zelle und hob ein Bündel auf, das er auf dem Gang fallen gelassen hatte. Es entpuppte sich als eine Hose, in die ein Paar Stiefel eingewickelt war. Beides gehörte Elanya. Die Wächter mussten ihr Gepäck durchsucht und die Kleider darin gefunden haben.

»Anziehen!«, blaffte Graubart, während der Wärter die Sachen durch das Gitter in Elanyas Zelle warf. Athanor musste ihr nicht übersetzen. Hastig griff sie nach der Hose und schlüpfte hinein. Erst jetzt fiel Athanor auf, dass die Zwerge offenbar keine Frauen schlugen, nicht einmal eine diebische Elfe, denn ihr Gesicht war unversehrt. In Theroia hatte es solche Rücksichten nicht gegeben. Dieb war Dieb.

Aber auch Elanya musste sich Handschellen anlegen lassen, bevor sich die Wächter Davaron zuwandten. Zum ersten Mal, seit er in den Kerker gekommen war, hatte Athanor lange genug Licht, um in der Miene des Elfs nach Spuren des Verhörs zu suchen. Die Unterlippe war geschwollen und aufgeplatzt. Über dem linken Augenwinkel prangte ein lila Fleck, aber entweder hatten sie den Bastard geschont, was sich Athanor nicht vorstellen konnte, oder die Elfen steckten verdammt viel weg.

»Raus aus den Zellen! Vorwärts!«

Neben Graubart und dem Wärter zählte Athanor acht Wächter. Zehn Mann, um drei gefesselte Gefangene zu eskortieren. Er war fast ein bisschen stolz darauf.

# 11

Unter den goldenen Beschlägen, die an Wurzelgespinst erinnerten, war das Material der hohen Torflügel kaum noch zu erkennen. Dahinter öffnete sich ein goldener Saal. Zumindest kam es Athanor im ersten Augenblick so vor, als die Wachen ihn hineinführten. Vom Boden bis zur Decke blitzte Gold. Es glänzte in den Fugen zwischen den weißen und schwarzen Marmorfliesen zu seinen Füßen und betonte die Rippen der vielen kleinen Gewölbe, aus denen die Decke bestand. Ringsherum an den Wänden dominierte es die Farben der bemalten Reliefe, die überlebensgroße Zwerge im Kampf gegen gewaltige Ungeheuer zeigten. Dem Tor gegenüber erhob sich ein durchscheinender Thron wie aus einem einzigen riesigen Bergkristall geschnitten. Etliche Stufen führten zu ihm hinauf, sodass er alles andere im Raum überragte. Ein in die Wand gehauenes Portal aus mehreren Bögen umgab ihn wie ein Rahmen, geschmückt mit Gold und darin eingelassenen Edelsteinen, die im Licht zahlloser Öllampen funkelten.

Von dort oben blickte Rathgar, der König Firondils, Athanor entgegen. Er mochte in kostbare Gewänder gekleidet sein, aber seinem Äußeren haftete nichts Edles an. Zu tief lagen seine Augen unter den buschigen Brauen, zu breit und grob waren seine Hände auf den Lehnen des Throns. Sein Haar glich einer struppigen Mähne, die nur von der schlichten, schwer aussehenden Krone gebändigt wurde. Goldene Perlen und Ringe glänzten in seinem geflochtenen Bart, und doch blieb genug Gewirr übrig, um an einen Troll zu erinnern. Die große, fleischige Nase unterstrich die Ähnlichkeit noch. Es war schwierig, Rathgars Alter zu schätzen, aber selbst durch den großen Raum spürte Athanor die Kraft und den eisernen Willen dieses Königs. Zwei Leibwächter in Rüstungen, an denen Gold und Silber glänzten, flankierten mit starren Blicken den Thron.

Dass es im Saal brummte und hallte, als grollten einige Dutzend Bären durcheinander, lag an den Zuschauern, die sich auf den Rängen zur Linken eingefunden hatten. Grummelnd und murmelnd saßen die Zwerge dicht gedrängt, um die Elfen zu sehen, die es gewagt hatten, heimlich ihr Reich zu betreten. Wohl zu Ehren des Königs trugen sie ihre besten bestickten Wämser, goldene und silberne Gürtel und reichen Schmuck. Athanor fiel auf, dass die oberste Reihe immer noch niedriger war als der Thron. So konnte niemand den König überragen. Die besten Plätze fanden sich jedoch ohnehin in der ersten Reihe. Einige besonders wohlhabend und stattlich aussehende Zwerge und Zwerginnen hatten sich dort auf herausgehobenen, mit Pelzen ausgelegten Sitzen niedergelassen.

Zur Rechten wirkte die Halle dagegen leer. Nur neun Gestalten standen dort, von denen eine sofort Athanors Blick auf sich zog. Dieser Zwerg war ganz in Schwarz gekleidet, und seine Hände ruhten auf einer großen geschwärzten Axt, deren Schneide umso schärfer wirkte. *Der Henker.* Dann konnte der aus einem Baumstumpf gefertigte Klotz in der Mitte der Halle nur der Richtblock sein. Ernst und doch gelassen musterte der Henker die Gefangenen, und Athanor musterte ihn. Kein Wappen auf der Kleidung, kein Zierrat im Bart. Der Mann und seine beiden kräftigen Gehilfen waren namenlose Schatten, die unsichtbare Hand der Gerechtigkeit.

Die Wächter schoben Athanor zu einer von drei Bänken, die gegenüber des Throns aufgestellt worden waren, sodass nicht nur der König, sondern auch die Zuschauer und die neun zur Rechten die Gefangenen sehen konnten.

»Setzen!«, herrschte Graubart sie an. »Du, Mensch!«, wandte er sich an Athanor. »Du wirst für deine Freunde übersetzen, sonst schneide ich dir die Ohren so spitz zu wie ihre!«

Gereizt ließ Athanor zu, dass zwei der Wächter ihn auf seine Bank zerrten, obwohl er sich auch von allein gesetzt hätte. Ob er Davarons Antworten etwas patziger formulieren sollte, als der Elf sie ohnehin geben würde? Nein. Er beschloss, die Würde dieses Gerichts zu wahren. Wenn er dem Henker schon ins Auge blicken musste, wollte er es aufrecht und ehrenhaft tun.

Auch der fremde König verdiente Respekt. Sie hatten sich freiwillig in sein Reich begeben und seine Gesetze gebrochen. Es war nur gerecht, dass sie nun dafür zur Verantwortung gezogen wurden.

Unter den Zwergen auf den Rängen kehrte rasch Ruhe ein, als eine der neun Gestalten zur Rechten vortrat. Die Zwergin hatte langes dunkles Haar, das von grauen Strähnen durchzogen war. Wie ihre beiden Begleiter trug sie ein weißes Gewand, doch es war so dicht mit silbernem Faden bestickt, dass es bei jeder Bewegung glitzerte. In ihrer Hand hielt sie einen Stab, der sie überragte. Seine wie ein Meißel geformte Spitze stieß bei jedem Schritt klirrend auf die steinernen Fliesen, während der silberne Kopf die Form eines Hammers besaß.

Die Zwergin neigte das Haupt vor dem König, der ihr mit einer Geste gestattete zu beginnen, was immer sie im Sinn hatte. Athanor erwog, seine Wächter zu fragen, wer die Frau war, aber einer der beiden zischte »Ruhe!«, sobald er den Mund öffnete. Dafür ergriff die Würdenträgerin das Wort. Ihre Stimme klang voll und für eine Zwergin erstaunlich klar. »Ehrenwerte Versammelte, der Große Baumeister hat die Welt nach seinen Vorstellungen geformt. Mit Hammer und Meißel gab er ihr ein Gesicht. Er schuf Berge und Täler, Felsnadeln und Höhlen, Riesen und Zwerge. Überall in seinem Werk erkennen wir Gerechtigkeit und Ausgleich. Wo es Höhe gibt, muss es auch Tiefe geben. Wo es Richtig gibt, gibt es auch Falsch. Und so folgern wir, dass auch für unsere Taten Ausgleich geschaffen werden muss. Wer gibt, dem wird zurückgegeben. Wer nimmt, dem wird genommen.«

Zustimmendes Gemurmel erhob sich aus den Reihen der Zwerge. Athanor übersetzte die Rede für die Elfen, aber seine Gedanken waren nicht ganz bei der Sache. Diente diese Frau als Priesterin des Großen Baumeisters? Ihr Stab und ihre Worte deuteten darauf hin. Evrald hatte ihm erzählt, dass der höchste Gott der Zwerge auch über die Ordnung der Welt und unter ihren Geschöpfen wachte. Und so sehr der Händler den Verlust seiner Geschäftspartner bedauert hatte, war er doch davon überzeugt, dass die Menschen dieses Schicksal über sich gebracht hatten, indem sie durch ihr Bündnis mit den Drachen den Großen Baumeister erzürnten.

»Heute sind wir zusammengekommen, weil das Gleichgewicht gestört wurde«, fuhr die Priesterin fort. »Unser Oberster

Richter, König Rathgar, wird es durch gerechte Strafen wiederherstellen. So haben wir es schon immer gehalten.«

Auf den Rängen wurde eifrig genickt. Obwohl die Zwerge leise sprachen, hallten ihre Stimmen im Saal, bis kein einzelnes Wort mehr herauszuhören war.

Die Priesterin hob ihren Stab und deutete auf Davaron. Stille kehrte ein. »Davaron Elfensohn, erhebe dich vor deinem Richter!«

Athanor übersetzte, doch die Wächter zerrten den Elf bereits auf die Füße.

»Mein König«, wandte sich die Zwergin nun an Rathgar, dessen grimmiges Gesicht einer Maske ähnelte. Außer den Augen bewegte sich nichts darin. »Seit Elfen den Frieden unserer Stollen brachen, haben wir ihnen nicht mehr gestattet, die Königreiche unter den Bergen zu betreten. Dieser Elf wird angeklagt, das Verbot übertreten und erneut den Frieden deines Reichs gestört zu haben. Unter falschem Namen hat er sich eingeschlichen und als Mensch ausgegeben, um sein wahres Verbrechen verüben zu können. Doch der Große Baumeister hat die Tat vereitelt. Der Elf wurde entdeckt und gefangen genommen, als er versuchte, in die Schatzkammern des Reichs einzudringen.«

Aufgebrachte Rufe vermengten sich mit empörtem Raunen. Wieder fiel es Athanor schwer, in dem Tumult etwas zu verstehen, aber ein Zwerg in seiner Nähe brüllte: »Verlogenes Diebesgesindel!«

»Macht Futter für die *hulrat* aus ihnen!«, schrie ein anderer.

Vergeblich hielt Athanor in den Reihen der Zuschauer nach Evrald Ausschau. Vielleicht schämte sich der Händler dafür, auf den Betrug hereingefallen zu sein. Auch den blonden Torwächter konnte Athanor nicht entdecken. Ob der Mann Ärger bekam, weil er sie eingelassen hatte?

Als der König die Hand hob, verstummten seine Untertanen.

»Der Fall scheint eindeutig zu sein.« Rathgars Stimme klang, als rolle Donner in weiter Ferne. »Aber der Elf soll zu seiner Verteidigung sprechen. So haben wir es schon immer gehalten.«

Die Mienen der Zwerge wandten sich Davaron zu, der seine Wächter weit überragte. Wo und wann sie dem Elf die Lederkappe abgenommen hatten, wusste Athanor nicht, doch wie um jeden Zweifel zu zerstreuen, lugten nun die Spitzen der Ohren aus Davarons Haar.

»Ich habe nur zwei Dinge zu sagen«, verkündete der Elf. Sein Blick war auf den König gerichtet, der jedoch Athanor ansah, sobald er zu übersetzen begann. *Hoffentlich bleibt das jetzt nicht an mir hängen. Niemand mag den Überbringer schlechter Nachrichten.*

»Ja, ich habe mich in dieses Königreich geschlichen, weil es keinen anderen Weg gab, Zugang zu erlangen. Ich kam als Dieb, um von den Kristallen zu stehlen, die ihr Sternenglas nennt. Es war meine Aufgabe, diese Kleinode zu meinem Volk zu bringen. Meine allein. Elanya war nicht bei mir, als ich die Tat beging. Weder war sie mir behilflich, noch hatte sie den Auftrag dazu.«

Dass sich Davaron mit seinen Worten schützend vor Elanya stellte, überraschte Athanor so sehr, dass er sich verhaspelte und den Satz noch einmal beginnen musste.

»Über das Schicksal deiner Begleiterin werden wir später befinden«, rügte der König. »Was ist das Zweite?«

»Zum Zweiten möchte ich anfügen, dass es die Zwerge waren, die uns durch ihre Gier vom Berg Gorgoron vertrieben und des Sternenglases beraubt haben. Nur deshalb war ich gezwungen, zum Dieb zu werden, und deshalb würde ich es wieder tun.«

Die letzten Worte, die Athanor übersetzte, gingen bereits im Lärmen der Zwerge unter. Etliche beschimpften die Elfen und Davaron im Besonderen. Andere sahen sich ratlos an, als fragten sie sich, wovon er eigentlich sprach. Der Streit um den heiligen Berg war wohl zu lange her, als dass noch jeder um diese Geschichte wusste. Sicher hatte nicht jede Familie damals einen Angehörigen verloren, dessen Andenken über die Jahrhunderte bewahrt worden war wie in Evralds Sippe.

Rathgar runzelte die Stirn so stark, dass sich seine buschigen Brauen über der Nase berührten. Mit einer Geste, als würde er Davaron in zwei Teile hacken, gebot er Ruhe, doch dieses Mal dauerte es eine Weile, bis auch der letzte Zwerg verstummte. »Es stand den Elfen damals nicht an, uns Vorschriften zu machen, und ihr habt auch heute noch kein Recht dazu. Das Sternenglas in unseren Schatzkammern ist unser rechtmäßiger Besitz. Gewonnen durch harte, ehrliche Arbeit – falls ein Elf überhaupt weiß, was das ist.«

Als Athanor die Worte weitergab, konnte er sich ein Grinsen nicht verkneifen.

Der König wartete keine Antwort Davarons ab, sondern sprach erzürnt weiter. »Dieser Elf ist ein Lügner und ein Dieb. Wer unrechtmäßig von anderen nimmt, dem wird genommen. Schlagt ihm die Hand ab!«

Erneut packten die Wächter Davaron, bevor Athanor ihm die Worte des Königs zu Ende übersetzt hatte. Er musste sie rufen, um den Beifall der Zwerge zu übertönen, von denen einige stampften und johlten. Die meisten begnügten sich allerdings damit, zufrieden zu nicken und wie die Wächter neben ihm zu murmeln: »So haben wir es schon immer gehalten.«

»Nein!«, entfuhr es Elanya, woraufhin ihre Wachen ebenfalls nach ihr griffen, als könne sie Davaron sonst zu Hilfe eilen. Womöglich hätte sie es sogar trotz der Ketten versucht, denn sie wehrte sich kurz, bevor sie gleichsam erstarrte, während der Scharfrichter und seine Gehilfen zum Richtblock traten. Einer von ihnen stellte einen Korb auf dem Boden ab, aus dem er zuvor irgendetwas gegriffen hatte, das einem fingerlangen, mit Stoff umwickelten Stock ähnelte.

»Bringt den Menschen her!«, rief Graubart.

*Was zum ...* Die Wächter zerrten Athanor an Elanya vorbei, die ihn mit schreckgeweiteten Augen anstarrte. Er hatte nicht mehr als einen flüchtigen Blick für sie. Was wollten die verfluchten Zwerge nun wieder von ihm? Sollte er sich anstellen, um ebenfalls verstümmelt zu werden? Bei der Vorstellung wurde ihm kalt, obwohl es in der Halle warm und stickig war.

»Du wirst ihm die Anweisungen des Henkers weitergeben«, beschied ihm Graubart in harschem Ton. »Sag ihm, er soll stillhalten, sonst lasse ich ihn im Kerker an Wundfäule verrecken.«

Einen Moment lang war Athanor versucht, dem Elf das Gegenteil zu erzählen. Wäre ein qualvoller Tod nicht die angemessenere Vergeltung für all die Beleidigungen und Demütigungen gewesen, mit denen der Bastard ihn bedacht hatte? *Nein. Es wäre feige und heimtückisch.* Gerade so, wie Davaron ihn behandelt hatte. Lieber verzichtete er auf diese Rache, als sich mit ihm auf eine Stufe stellen.

Davaron antwortete, ohne den Blick von seinem Henker zu nehmen. »Sag dem Zwerg, dass ein Elf besser weiß, was Würde ist als er.«

»Er wird stillhalten«, übersetzte Athanor.

Graubart grunzte wenig überzeugt, doch er nahm Davaron die Handschellen ab. »Vorwärts!«

Obwohl die Wächter noch immer seine Arme festhielten, schritt Davaron erhobenen Hauptes auf den Richtblock zu. In seinem Gesicht stand die Verachtung zu lesen, die er für die Zwerge empfand. Athanor wurde von den Wachen ebenfalls nach vorn dirigiert, doch sie hielten ihn ein paar Schritte vor dem Henker wieder an. Er kam sich vor wie ein Tanzbär, den man an einer Kette herumführte. Fehlte nur noch, dass sie ihn zwangen, sich um sich selbst zu drehen.

»Auf die Knie!«, befahl der Henker. Seine Stimme klang so ernst, wie seine Miene aussah, doch es lag kein Gefühl darin. Er deutete auf den Boden, direkt neben dem Holzklotz, auf dem Kerben und verblasste Flecken von früheren Hinrichtungen zeugten. Wie ähnlich er dem Block auf dem Richtplatz in Theroia sah. Stets hatten die Menschen einen abergläubigen Bogen um ihn gemacht, als könne das Schicksal der Verbrecher ansteckend sein. *Und wir jungen Adligen haben eine Mutprobe daraus gemacht, unsere Hände daraufzulegen.*

Als Davaron auf den nächsten Befehl hin die linke Hand ausstreckte, erinnerte sich Athanor an das Gefühl des verwitterten, unebenen Holzes unter seinen Fingern. Die Angst, die der Elf trotz seiner zur Schau gestellten Ruhe empfinden musste, erfüllte ihn mit Genugtuung. Die Wächter traten zurück und überließen den Gehilfen des Henkers das Feld. Einer der beiden hielt Davaron das stoffumwickelte Stück Holz vor das Gesicht.

»Mund auf, und dann fest zubeißen!«, forderte der Scharfrichter.

Die Zuschauer waren still geworden und beobachteten gebannt jeden Schritt der Vorbereitungen. Gehorsam schlug Davaron die Zähne in den Knebel. Der Zwerg, der ihm das Holz in den Mund geschoben hatte, packte nun seinen Arm und drückte ihn nach unten, sodass die Hand fest auf dem Richtblock zu liegen kam. Ob es Absicht war, dass er dem Gefangenen nun die Sicht auf den Henker versperrte? So würde Davaron jedenfalls nicht wegzucken, weil er die Axt nicht kommen sah.

Eine leise Stimme in Athanors Kopf fragte, ob er den Elf genug hasste, um selbst das Beil zu führen. Gereizt schob er den Gedanken beiseite. Davaron hatte die Strafe verdient. Auch in Theroia wäre einem Dieb, der es ausgerechnet auf die königliche Schatzkammer abgesehen hatte, die Hand genommen worden – wenn nicht mehr.

Der andere Gehilfe holte zu einer Tülle vorgeformte Tücher und einen Lederriemen aus dem Korb. Erst dann hob der Henker die Axt und nahm Maß. Das geschwärzte Blatt fuhr so schnell nieder, dass die Schneide zu einem Blitz verschwamm. Mit einem dumpfen Knall fuhr der Stahl ins Holz. Für einen Lidschlag sah Athanor keine Regung auf Davarons Gesicht. Dann riss der Elf plötzlich die Augen auf, um sie fast sofort wieder zuzukneifen, als er auf den Knebel biss, dass die Kiefermuskeln hervortraten. Stoff und Holz dämpften seinen Schrei zu einem Ächzen. Sein Körper zuckte wie unter Krämpfen. Schon sprang der Zwerg mit den Tüchern vor und schob den Verband über den Stumpf, bevor Athanor ihn richtig sehen konnte. Hastig umwickelte der Gehilfe sein Werk mit dem Lederriemen, während sein Kumpan noch immer Davarons Arm umklammert und auf dem Block hielt. Von ihrem Schnaufen und Davarons Stöhnen abgesehen war es totenstill im Saal. Die Lider des Elfs begannen zu flattern, als werde er ohnmächtig. Gelassen wischte der Henker die Schneide seiner Axt ab. Die blasse schlanke Hand lag schlaff auf dem dunklen Holz.

Die Wächter schleppten Davaron zu seiner Bank zurück, auf der er zusammensackte. Vielleicht wäre er umgekippt, hätten sie sich nicht hinter ihn gestellt und ihn gestützt. Jeder der beiden Zwerge legte eine Hand auf eine Schulter des Elfs, was aussah, als würden sie ihn am Aufspringen hindern wollen, doch Athanor ahnte, dass sie ihn in Wahrheit aufrecht hielten, damit er nicht vornüberfiel.

»Bitte, Athanor!«, flehte Elanya, während seine Wachen ihn zurück an seinen Platz führten. »Sie müssen mich ihm helfen lassen. Er wird verbluten.«

»Was sagt sie?«, wollte Graubart mürrisch wissen. »Legt sie ein Geständnis ab?«

»Sie ist Heilerin und fürchtet, dass ihr Freund verbluten wird, wenn ...«

Der Zwerg schnitt Athanor barsch das Wort ab. »Sie soll sich den Atem für ihre Verteidigung sparen! Dem Elf geschieht schon nichts. Die schmieren irgendein Zeug in den Verband.«

Während er die Worte übersetzte, beugte er sich auf seiner Bank vor, um einen Blick auf Davaron zu werfen. Es schien zu stimmen. Hätte nichts die Blutung aufgehalten, wäre der Verband längst mit Blut getränkt gewesen.

Unter den Zuschauern auf den Rängen wurde geflüstert. Einige saßen mit selbstgerechter Miene zurückgelehnt auf ihren Plätzen. Andere wirkten beunruhigt und sahen blass um die großen Nasen aus. Offenbar war die Verstümmelung eines Diebs auch in Firondil kein alltäglicher Anblick.

»Das Urteil wurde vollstreckt«, verkündete die Priesterin, als ob es nicht jeder im Saal gesehen hätte. »Der Dieb hat den gerechten Lohn für seine Tat erhalten.« Sie wandte sich um und richtete den Hammerkopf ihres Stabs auf Elanya. »Elanya Elfentochter, erhebe dich vor deinem Richter!«

Die Elfe stand auf, bevor ihre Wächter sie auch nur berührten. So sehr Athanor Davaron die Qual und Demütigung gönnte, so wenig wünschte er sie für Elanya. Wohin war nur seine ganze Wut verschwunden? Er verspürte zwar nicht gerade Lust, Elanya zu beschützen, aber die Vorstellung, dass der Henker auch ihr die Hand abhacken könnte, hinterließ einen harten Klumpen in seinem Bauch. Für den Moment hatte sich der Scharfrichter mit seinen Gehilfen wieder auf seinen ursprünglichen Platz vor der Wand zurückgezogen, doch das besagte nichts.

»Mein König«, begann die Priesterin an Rathgar gewandt, »auch diese Elfe hat sich auf betrügerische Art Zugang zu deinem Reich verschafft. Mit der ihrem Volk eigenen Heimtücke, die nur noch von jener der Drachen übertroffen wird, verwandelte sie sich in eine Eule, um unsere Wächter zu täuschen.«

Die Zwerge auf den Rängen gaben überraschte Laute von sich und wechselten ungläubige Blicke. Andere ergingen sich in Beschimpfungen.

»Hexenwerk!«, rief einer.

»Wer hätte je von ehrlicher Zauberei gehört?«, tönte die Zwergin, die Athanor am nächsten saß.

»Ruhe!«, donnerte Rathgar. Widerstrebend fügten sich seine Untertanen. »Die Hüterin der Gerechtigkeit soll mit der Anklage fortfahren.«

Erneut ergriff die Priesterin das Wort. »Auch wenn sie nicht zugegen war, als ihr Begleiter beim Diebstahl ertappt wurde, wusste sie von seinem Plan. Aus welchem Grund sollte sie hier sein, außer um ihm bei seinem Vorhaben zu helfen?«

Die Zuschauer nickten und murmelten ihre Zustimmung, als wollten sie den König nicht noch einmal erzürnen.

Rathgar brummte undeutbar. »Wer von einem Verbrechen weiß und es nicht verhindert, macht sich mit daran schuldig«, bestätigte er. »Aber auch die Elfentochter soll zu ihrer Verteidigung sprechen dürfen. So haben wir es schon immer gehalten.«

Athanor verzog das Gesicht. Wenn er diesen Satz noch ein paar Mal hörte, würde er ihn mitsprechen wie ein Gebet im Aurades-Tempel. Er übersetzte Elanya die Worte, und sie schwieg einen Moment, um nachzudenken.

»Das, was man mir vorwirft, trifft zu«, bekannte sie schließlich. »Zwar wurde allein Davaron diese Aufgabe übertragen, aber ich bin ihm gefolgt, weil ich in Sorge war, dass sie ihm misslingen könnte.«

Einige Zwerge setzten Mienen auf, die sagten: »*Wusste ich doch gleich, dass sie nicht besser ist als der Kerl.*« Wieder spürte Athanor den Stein in seinem Bauch.

»Viel wichtiger ist jedoch, *warum* wir diese Kristalle so dringend brauchen. Vielleicht wäre es der richtige Weg gewesen, Euch um Eure Hilfe zu bitten, König Rathgar, denn mein Volk befindet sich in großer Not. Doch wir fürchteten, abgewiesen zu werden und danach keine Gelegenheit mehr zu haben, das Sternenglas auf anderem Wege zu erlangen. Nun stehe ich als Angeklagte vor Euch und kann noch weniger auf Gehör hoffen. Dennoch bitte ich Euch, im Namen meines Volkes sprechen zu dürfen.«

Sämtliche Blicke richteten sich auf Rathgar. Finster starrte der König auf Elanya hinab, die ihn hoffnungsvoll ansah.

*Wie auch immer sie das schafft.* Ihre Ansprache hatte Athanor bereits an den Rand seiner Fähigkeiten als Übersetzer gebracht. Was ihr so elegant über die Lippen gekommen war, hatte er viel einfacher formulieren müssen. Dadurch womöglich zu beeinflussen, ob der König ihre Bitte erhörte oder nicht, bereitete ihm mehr Unbehagen als der Anblick von Davarons abgeschlagener Hand, die im Korb der Gehilfen des Henkers verschwunden war.

»Sprich, Elfe!«, knurrte Rathgar. »Aber ich rate dir, bei der Wahrheit zu bleiben, sonst verlierst du nicht die Hand, sondern die Zunge.«

Athanor übersetzte die Drohung, ohne sie abzumildern. Nicht weil er Elanya erschrecken wollte, sondern damit sie wusste, mit wem sie es zu tun hatte. Doch in ihren Augen lag keine Furcht mehr, nur Reue und Bescheidenheit.

»Sag ihnen noch einmal, dass ich bedaure, nicht von Anfang an auf ihren Großmut und ihre Hilfsbereitschaft vertraut zu haben«, bat sie.

Ob es wirklich der bessere Weg gewesen wäre? Athanor glaubte nicht daran. Die Sturheit der Zwerge war sprichwörtlich und ihre Abneigung gegen die Elfen offenbar fast so groß wie ihr Hass auf die Drachen. Und wie sollte er verflucht noch mal Großmut übersetzen? Ihm fiel nur großzügig ein. Das musste genügen.

»Ich habe eine Schwester, Aphaiya. Durch einen schrecklichen Unfall verlor sie ihr Augenlicht«, begann Elanya und berichtete von der Seherin, der beängstigenden Prophezeiung und dem einzigen Ausweg, den die Weissagung aufgezeigt hatte. Sie wiederholte alles, was sie Athanor im Kerker erzählt hatte, und er gab es auf Zwergisch wieder, so gut er es vermochte.

An einigen Stellen gab es Unmut unter den Versammelten.

Dass ihre Ahnen die Heilquelle vergiftet haben sollten, gefiel ihnen nicht. Athanor musste laut werden, um Fragen und Zwischenrufe zu übertönen. Doch jedes Mal griff die Priesterin des Großen Baumeisters ein und schlug mit dem meißelförmigen Ende ihres Stabs auf den Marmorboden. Das klirrende Geräusch war so durchdringend, dass rasch wieder Ruhe einkehrte.

»Viele Jahrhunderte sind seit jener Zeit vergangen«, kam Elanya schließlich zum Ende. »Die Zwerge und Elfen, die damals im Streit lagen, haben längst diese Welt verlassen. Heute komme ich nicht zu Euch, um Euch Vorschriften zu machen, sondern als Bittstellerin, die sich um ihr Volk sorgt. Wäre es nicht im Interesse aller, den alten Zwist zu begraben und den Chroniken unserer Völker ein neues, friedliches Kapitel hinzuzufügen?«

»Ist es nicht zum Vorteil für alle, wenn wir den alten Streit beenden und in Frieden miteinander leben?«, übersetzte Athanor. Er fand seine Worte unzulänglich, aber er konnte es nicht ändern. Die Elfe hatte sich in diese Lage gebracht, also musste sie damit leben.

Unter den Zwergen wurde gemurrt und geraunt, während sie immer wieder zu ihrem König blickten, der mit undeutbarer Miene von seinem Thron herabsah. War es ein gutes Zeichen, dass er sein Urteil so lange abwog?

*Seit wann bin ich eigentlich wieder auf der Seite der Elfen?* Doch wenn die Zwerge tatsächlich auf das Friedensangebot eingingen, standen auch seine Chancen auf ein mildes Urteil besser.

Ein Funkeln schlich sich in Rathgars Augen. Es hellte seine Miene so sehr auf, dass es selbst auf der anderen Seite des Saals zu erkennen war. Doch bei dem Lächeln, das folgte, überkam Athanor eine dunkle Ahnung.

»In der Tat ist es lange her, dass wir unter dem Gorgoron gegraben haben«, bestätigte der König. »Vielleicht ist an deinen Worten sogar etwas Wahres, Elfentochter, denn der Berg ist verflucht. Unsere Ahnen haben die Stollen verschlossen, und wer seit jenen Tagen darauf bestand, sie dennoch zu betreten, kehrte niemals zurück.«

War das etwa ein Eingeständnis von Schuld? Athanor traute seinen Ohren nicht.

»Dennoch habt ihr Elfen wieder einmal eure Missachtung für mein Volk und die Ordnung des Großen Baumeisters gezeigt«, fuhr Rathgar fort. »Ich bestrafe euch deshalb, indem ich euren Wunsch erfülle. Du und dein Gefährte, ihr werdet zu den Stollen des Gorgoron gebracht, auf dass ihr dort selbst nach Sternenglas suchen könnt.«

*In den Berg, aus dem niemand zurückkommt. Du gerissener Hund.* Sollten sich die Elfen jemals nach dem Schicksal Elanyas und Davarons erkundigen, konnten die Zwerge gönnerhaft darauf verweisen, dass sie den beiden gestattet hatten, sich die Kristalle selbst zu holen.

Elanya gelang es, sich würdevoll zu verneigen, aber was auch immer sie gerade sagen wollte, die Priesterin unterbrach sie, bevor der erste Laut über ihre Lippen kam.

»Du kannst dich setzen«, gestattete die Zwergin, woraufhin sich Elanya mit bitterer Miene von ihren Wachen auf die Bank drücken ließ. »Athanor aus Letho, erhebe dich vor deinem Richter!«

Sofort schlossen sich die Hände der Wächter um Athanors Arme, um ihn auf die Füße zu zerren, doch er ließ sich davon nicht beirren. Er hatte gemerkt, dass er zu groß und zu schwer war, als dass die Zwerge ihn gegen seinen Willen hätten aufrichten können, also erhob er sich so langsam, wie es ihm passte. Herausfordernd sah er zu König Rathgar auf. Er war zwar nicht erpicht darauf, irgendein Körperteil zu verlieren, aber was der Elf konnte, konnte er schon lange. Die Zwerge würden nicht erleben, dass er Angst zeigte oder um Gnade bettelte.

»Mein König, diesem Mann wird vorgeworfen, die Elfen nach Firondil gebracht zu haben«, verkündete die Priesterin. »Mit Lügen täuschte er die Torwächter und seinen Gastgeber, um den Dieben ihr Werk zu ermöglichen. Er bestreitet, von den Plänen der Elfen gewusst zu haben. Auch lag er schlafend in seinem Bett, als der Elf gefangen wurde. Aber warum sollte sich ein Mensch an diesem schändlichen Spiel beteiligen, wenn nicht um eines Anteils an der Beute willen?«

*Gier. Natürlich.* Ob es Zwerge oder Elfen waren, schien gleich zu sein. Sobald die Rede auf Menschen kam, drehte sich alles nur um deren grenzenlose Gier.

Wieder zog der König seine beeindruckenden Brauen zusammen. »Der Mensch ist also erwiesenermaßen ein Lügner. Sprich zu deiner Verteidigung, Mann aus Letho! Warum sollten wir dir glauben?«

Athanor räusperte sich. Warum war sein Hals auf einmal so trocken? Vom vielen lauten Reden musste er heiser geworden sein. »Auch ich möchte nur zwei Dinge sagen«, kündigte er an. »Ja, ich wusste, dass meine Begleiter Elfen sind. Sie boten mir an, in ihrem Namen mit kostbaren Stoffen zu handeln. Daran schien mir nichts Schlechtes zu sein, im Gegenteil. Ich wollte meinem Freund Meister Evrald damit eine Freude machen. Leider ist er nicht hier, aber er soll wissen, dass ich bedaure, was geschehen ist.« Vielleicht würde irgendjemand unter den Zuschauern dem Händler davon erzählen, auch wenn die meisten Athanor skeptisch oder gar feindselig ansahen.

»Das Zweite ist ein Nein«, fuhr er fort. »Ich wusste nicht, was die Elfen wirklich im Sinn hatten. Mir wäre nicht im Traum eingefallen, dass jemand einen so dummen Plan haben könnte.«

Zwei oder drei Zwerge lachten tatsächlich. Athanor grinste. »Immerhin waren sie nicht so dumm, mir davon zu erzählen. Sie wussten, dass ich dann ablehnen würde. Fragt sie!«

Der König wartete noch einen Augenblick, als könnten diese Worte nicht alles gewesen sein. Dann schüttelte er den Kopf. »Ich frage keine Lügner, wenn ich die Wahrheit erfahren will. Ich frage Fira, die Feurige Göttin.« Er hob eine breite, grobe Hand, um einer der Gestalten zur Rechten einen Wink zu geben.

Der Zwerg, der mit seinen Gehilfen zwischen dem Henker und der Priesterin gestanden hatte, trat vor. Er trug eine dunkle, mit roten und gelben Flammenzungen bestickte Robe, und auf seinem Kopf saß eine schwarze Lederkappe, wie sie viele Zwerge bei der Arbeit trugen. Sein langer Bart war zu einem einzigen Zopf geflochten und steckte in seinem goldenen Gürtel. Der Kerl war definitiv keine Göttin, aber vermutlich ihr Priester. Athanor merkte, wie *er* nun die Stirn runzelte. Sollte etwa irgendein Orakel darüber entscheiden, ob er die Wahrheit sprach?

»Die Diener Firas werden deine Frage an sie weitergeben, mein König«, versprach der Priester. »Noch nie ist uns die Feurige eine Antwort schuldig geblieben«, wandte er sich an die versammelten Zwerge, während seine Gehilfen zwei schwere Bronzebecken vor den Richtblock schleppten. »Ihre Flammen reinigen und trennen das Gute vom Schlechten wie das Eisen von der Schlacke.«

Misstrauisch beobachtete Athanor, wie die Gehilfen die Becken auf ebenso wuchtige Dreibeine hievten.

»Berg und Tal, Gut und Böse, Richtig und Falsch.« Der Priester sprach weiter, ohne auf seine Helfer zu achten, die in den Becken Feuer entfachten. »Was auch immer wir betrachten, wir finden die heilige Zahl zwei. Wahrheit und Lüge. Eines dieser beiden Feuer steht für die Wahrheit, das andere für ihr Gegenteil. Fira wird deine Hand führen, Mann aus Letho. Sprichst du die Wahrheit, wird dir nichts geschehen. Bist du dagegen schuldig ...«

*Der Wahnsinnige will, dass ich meine Hand in die Flammen halte?* Wieder packten ihn die Wächter, dieses Mal bei den Ellbogen, und schoben ihn vorwärts.

»Wähle!«, forderte der Priester ihn auf.

Noch immer hielt eine der Wachen Athanors Ellbogen fest. Mit einem Ruck befreite er sich aus dem Griff und schoss dem Zwerg einen drohenden Blick zu. Diese Farce war auch ohne lästige Schmeißfliegen ärgerlich genug. *Fira wird deine Hand führen. Ja, sicher.* Eine Göttin, von der er noch nie gehört hatte und der er wahrscheinlich ebenso gleichgültig war wie sie ihm.

Gereizt sah er von einem Feuer zum anderen. Er fürchtete sich vor ihrer Hitze, aber wenn man nicht weglaufen konnte, war es leichter, sie zu hassen. Die Wut verlieh ihm die Kraft, stehen zu bleiben und die Flammen anzustarren. Welches war das richtige Becken? Gab es überhaupt ein richtiges, oder würde er sich verbrennen, egal, für welches er sich entschied?

Die Kohlenbecken sahen vollkommen identisch aus. Die Feuer ... Beide loderten mit leisem Fauchen und sandten dünne Rauchfahnen zur Hallendecke hinauf. Doch direkt über dem Brennstoff, der weder Holz noch Kohle zu sein schien, gab es kleine Unterschiede. Die Flammen des einen Feuers schienen einen etwas längeren Weg zurückzulegen, bevor sie von grünlichem Leuchten in Gelb übergingen. Bei dem anderen Feuer erinnerte dagegen bläuliches Licht an eine Kerzenflamme dicht am Docht. Rasch verlor sich das Blau beim Aufsteigen in rötlichem Gelb. Aber was hatten diese Farben zu bedeuten?

Athanor versuchte in den Gesichtern der Gehilfen zu lesen, die neben ihren Feuern standen, doch ihre Mienen verrieten nichts.

»Wähle, Mensch!«, donnerte Rathgar von seinem Thron herab.

»Du musst nur aushalten, bis der Priester bis zwei gezählt hat«, raunte einer der Wächter ihm zu.

Athanor versuchte, sich seine Überraschung nicht anmerken zu lassen. Einen Freund unter den Wachen zu haben, hatte er nicht erwartet. Entschlossen holte er tief Luft und trat vor. *Scheiß auf den Schmerz.* Er stieß die Hand – die rechte, wie ihm zu spät auffiel – in die grünlichen Flammen. Es war heiß.

»Eins.«

Verdammt heiß. Schweiß schoss ihm auf die Stirn, und ihm war, als schreie seine Hand auf. Er biss die Zähne zusammen.

»Zwei.«

Athanor riss seinen Arm zurück. Das Bedürfnis, die Hand zu schütteln, als müsse er darin Flammen löschen, war so stark, dass er ihm nachgeben musste, obwohl es albern aussah. Dieses Mal war es der Priester, der plötzlich neben ihm auftauchte und seinen Arm packte. Gemeinsam blickten sie auf Athanors Hand. Sie war rot, mit weißen Sprenkeln. Der Priester drehte sie, besah Handrücken und Innenfläche. Die Haut glänzte ungewöhnlich und spannte. Stach nicht auch der Geruch verbrannter Haare in Athanors Nase? Er kam nicht dazu, nach abgesengten Stoppeln zu sehen, denn der Priester riss seinen Arm am Handgelenk in die Höhe wie eine Trophäe.

»Keine Verbrennungen! Der Mann sagt die Wahrheit!«, rief er.

Athanor war nicht so sicher, ob das stimmte. Er musste noch immer die Zähne zusammenbeißen, um den Schmerz zu ertragen. Aber von dem Priester herumgezerrt zu werden, lenkte ihn davon ab, weshalb er fast bedauerte, als ihn der Zwerg wieder losließ.

»Zurück an deinen Platz!«, wies ihn einer der Wächter an. »Aber nicht setzen!«

*Als ob ich keine anderen Sorgen hätte.* Instinktiv wollte er die geschundene Hand mit der gesunden umklammern, doch das jagte noch schlimmere Schmerzen hindurch. Knurrend ließ er sich zurück vor seine Bank führen. Elanya hielt sich eine Hand vor den Mund, als müsse sie sich zum Schweigen bringen, und starrte ihn mit großen Augen an.

*Ja, wunderbar, was? Hab ich dir zu verdanken.* Ein schlechtes Gewissen konnte ihr nicht schaden. Er wandte sich ab, um zu Rathgar aufzublicken, dem die Feuer zwischen ihnen eine noch grimmigere Aura verliehen.

»Du bist also kein Dieb«, stellte der König fest. »Aber du bist immer noch ein Lügner. Vernimm mein Urteil, Menschensohn! Sobald sich das Tor Firondils hinter dir geschlossen haben wird, wirst du niemals zurückkehren. Für alle Zeit sollst du aus den Königreichen unter den Bergen verbannt sein, und jeder, der dich dennoch in unseren Stollen findet, hat das Recht, dich auf der Stelle zu töten.«

Einen Moment lang herrschte Leere in Athanors Gedanken. Am Rande nahm er wahr, dass ihn jemand aufforderte, sich zu setzen, und sein Körper gehorchte ohne sein Zutun. Eine Stimme schwafelte von Gerechtigkeit, wie schon so oft an diesem Tag. Ebenso gut hätte ein Vogel draußen im Wald zwitschern können.

*Das war's dann also.* Athanor blickte auf seine fleckige Hand, ohne sie zu sehen. *Auf ewig aus den Zwergenreichen verbannt.* Keine Geschäfte mehr, keine ruhmreiche Rückkehr zu den Elfen, nichts. Endlose Jahre zielloser Wanderschaft dehnten sich vor ihm aus. Von Faunen genarrt, in ständigem Kampf mit verlausten Orks, und am Ende – nichts. Er hätte ebenso gut schon tot sein können. Es wurde Zeit, dem Dunklen mal wieder ein Stöckchen vor die Füße zu werfen. Sein bester Hund wollte spielen.

Athanor sprang auf. »Ich fordere ein anderes Urteil!«

# 12

Eine Nacht im Verlies war eine Gnade. Zumindest stellten es die Zwerge so dar, und beim Anblick Davarons zitternder Beine musste Athanor ihnen recht geben. Der Elf schritt zwar stolz und aufrecht in seine Zelle zurück, doch sein Gesicht war grünlich, und nur ein Blinder hätte übersehen können, dass ihn nichts als Willenskraft auf den Füßen hielt. Kaum hatte er die Zellenwand erreicht, versuchte er wenig überzeugend, sein Zusammenbrechen als gewöhnliches Hinsetzen zu tarnen.

»Ich bitte um Verbandszeug und darum, dass man uns Licht lässt, damit ich seine Wunde nach elfischer Kunst versorgen kann«, wandte sich Elanya an Athanor.

Dass die Zwerge ihren Wunsch sogar erfüllten, erstaunte ihn. Sie durfte es zwar nur von ihrer Zelle aus tun, weshalb Davaron den Stumpf durch das Gitter stecken musste, aber der Wärter harrte geduldig aus, bis sie fertig war. Erst dann brachte er eine weitere Runde schleimigen Pilzeintopf, den sie erneut im Dunkeln essen mussten. Obwohl ihm immer wieder Fetzen der Gerichtsverhandlung durch den Kopf spukten, schlief Athanor bald darauf ein.

Er erwachte in völliger Dunkelheit und wusste im ersten Augenblick nicht, wo er war. Alarmiert tastete er um sich. Der harte Fels brachte die Erinnerung zurück.

»Athanor? Geht es dir gut?«, erkundigte sich Elanya besorgt.

»Gut?« Er schüttelte die letzten schläfrigen Schlieren aus seinem Kopf. »Lass mal nachdenken. Ich habe einen lockeren Zahn, ein blaues Auge, eine Hand, die bei jeder Berührung schmerzt, und bin in einen verdammten Käfig gesperrt. Schätze, es ging mir schon schlechter. Besser aber auch.«

Sie schwieg. Vermutlich plagte sie das schlechte Gewissen wieder. *Gut so.*

»Ich verstehe nicht …«, begann sie nach einer kleinen Ewigkeit, nur um sich selbst zu unterbrechen. »Ich meine, du müsstest längst nicht mehr hier sein. Dein Urteil war gefällt. Sie hätten dich nach draußen geführt, und du wärst frei gewesen.«

»Ja, und?«

»Das fragst du? Warum hast du darauf bestanden, uns zu begleiten? Wir haben dich hintergangen und in Gefahr gebracht. Wir haben deine Hilfe nicht verdient.«

»Stimmt.« Daran gab es nun wirklich keinen Zweifel. Und Rathgar hatte deutlich gemacht, dass er diese Suche für eine Reise ohne Wiederkehr hielt. Aus seiner Sicht lag darin schließlich der Sinn dieser Strafe.

»Ja, aber ... Wie kannst du uns dann beistehen wollen?«

»Liegt das nicht auf der Hand? Wenn ich dich rette, teilst du aus Dankbarkeit bestimmt das Lager mit mir.«

Hörbar schnappte sie nach Luft. »Lieber würde ich bei einem Troll liegen!«

»Aufhören!«, blaffte Davaron. »Mir wird schlecht. Kannst du nicht irgendetwas gegen diese Schmerzen tun, Elanya? Die Hand bringt mich noch um.«

Athanor lag auf der Zunge, dass es keine Hand mehr gab, die schmerzen konnte, doch bevor er es sagen konnte, ertönten Geräusche an der Tür. Wächter und Licht quollen herein.

»Es ist Zeit, aufzubrechen«, verkündete Graubart.

Beinahe lautlos glitt die Barke durch das schwarze Wasser, das im Laternenlicht glänzte wie ein Spiegel aus Obsidian. Leise schwappte es an das kleine Boot und die steilen Felswände, die zu beiden Seiten bedrohlich nah gerückt waren. Wie hoch sie über ihm aufragten, konnte Athanor in der Dunkelheit nicht einmal schätzen. Wundersam geformtes Gestein hing an ihnen herab wie Eiszapfen. Manchmal sah es auch aus wie geschmolzenes Glas, das am Fels herabgelaufen und dabei erkaltet war. Er hätte es gern berührt, um herauszufinden, ob es nass oder nur glatt war, doch die Wächter hatten ihm die Hände hinter dem Rücken zusammengekettet. Bei jedem Schwanken wurde ihm deshalb etwas mulmig, denn wenn das Boot kentern sollte, würde er mit den Handschellen weder schwimmen, noch sich irgendwo festhalten können.

Zum Glück war das Wasser so ruhig, dass sich die Barke nicht mehr geneigt hatte, seit er und seine Bewacher eingestiegen waren. Zwei Wächter saßen mit ihm auf den Bänken, während ein dritter Zwerg im Heck stand und das Boot vorwärts stakte. Mal war das Wasser so niedrig, dass der Stab bis zum Grund reichte, mal so tief, dass der Zwerg den Stecken an der Felswand ansetzen musste, um sie voranzuschieben.

Vor ihnen leuchtete die Laterne eines weiteren Nachens, in dem Davaron zusammengekauert vor seinen Wächtern hockte. Er musste üble Schmerzen haben, wenn er sich vor den Zwergen eine solche Blöße gab. Ohne Magie und der Möglichkeit beraubt, nach Kräutern zu suchen, hatte Elanya ihm nicht helfen können.

Sie saß in einem dritten Boot, mitsamt dem Gepäck, dem mürrischen Graubart und einem Zwerg, der seiner Barttracht nach kein Wächter war, aber eine ausgezeichnet gearbeitete Rüstung trug.

Es war eine beklemmende Fahrt auf diesem schwarzen Gewässer. Selbst die Zwerge waren schweigsam und starrten in die Finsternis, der die Laternen stets nur einen kleinen Ausschnitt der unterirdischen Spalte entrissen. Der rechte Fluss für Nomon, den Fährmann, von dem man sich in Theroia erzählte, er setze seine arglosen Passagiere ins Totenreich über. Von dort gab es kein Entkommen. *Wie aus den Stollen unter dem Gorgon.* Sein Freund unter den Wächtern hatte ihn noch einmal davor gewarnt, doch Athanor bereute seinen Entschluss nicht. Der Weg ins Schattenreich war ebenso gut wie an jeden anderen Ort.

»Wir sind da«, stellte der Zwerg im Heck nüchtern fest.

Athanor merkte auf. Am äußersten Rand des Lichtscheins schälte sich vor dem ersten Boot ein breiter Sims aus der Dunkelheit. In den Fels gehauene Stufen führten von der Wasserlinie hinauf. Die Anlegestelle bot nur einer Barke Platz, weshalb sie warten mussten, bis der Elf nach oben gestiegen war. Seine Wächter blieben im Boot, das sogleich wieder ablegte. Demnach gab es von dem Sims keinen Fluchtweg mehr, es sei denn, man wollte sich dem dunklen Wasser anvertrauen.

Athanors Barke rückte nach. Obwohl sie kaum Fahrt hatte, stieß sie mit einem dumpfen Knall gegen das Ufer und schabte am Gestein entlang. In den Fels war ein rostiger Ring eingelassen, den einer der Wächter ergriff, um das Boot näher an die Stufen zu ziehen. Der andere erhob sich und kletterte von Bord, was die Barke heftig schaukeln ließ.

»Jetzt du!«, rief er Athanor von der obersten Stufe zu.

Athanor stand auf und rang auf dem schwankenden Untergrund um sein Gleichgewicht. Dass er die Arme nicht ausbreiten konnte, erleichterte die Aufgabe nicht gerade. Wo er seinen Fuß auch hinsetzte, stets schien der Nachen dem Gewicht auszuweichen. Hätte der Zwerg nicht den Ring umklammert und die Barke dadurch halbwegs am Fleck gehalten, wäre sie sicher gekippt. Athanor stieg schließlich auf seine Bank und machte einen großen Schritt über die Bordwand zur Treppe. Wieder wich das Boot dem Druck aus, sodass er ungelenk auf die Stufen wankte, als sei er betrunken.

*Keine zehn Pferde bekommen mich je wieder in einen verdammten Kahn!* Er hatte sein ganzes Leben lang noch kein Boot gebraucht, und nun wusste er auch, warum. Mürrisch stieg er zu dem Wächter hinauf. Davaron lehnte einige Schritte entfernt an der Felswand und hatte die Augen geschlossen. Mit einem abfälligen Schnauben wandte sich Athanor von ihm ab. Es sah nicht so aus, als würde der Elf eine Hilfe sein – egal, was ihnen bevorstand.

Der andere Wächter blieb an Bord, und der Zwerg im Heck schob die Barke weiter, um der dritten Platz zu machen. Für einen stämmigen Kerl in Rüstung bewegte sich der Fremde, der Graubart begleitete, erstaunlich flink. Behänd vertäute er den Nachen an zwei Ringen, sodass er sicher vor den Stufen verharrte. Die Barke schwankte auch nicht so sehr, als sich der Fremde, Graubart und der Bootsführer daran machten, die Ausrüstung von Bord zu tragen. Athanor hörte in einem Bündel sein Kettenhemd klirren. Aus einem anderen ragten ihre Bögen und Schwerter.

Elanya verließ das schaukelnde Boot so geschickt, als befinde sie sich auf festem Boden. Und das, obwohl auch sie ihre Hände nicht benutzen konnte. *Geschickt sind sie. Das muss man den Elfen lassen.*

»Dort entlang!«, befahl Graubart und bedeutete ihnen mit seiner Axt die Richtung. Der Fremde und der Zwerg, der die

Barke gelenkt hatte, luden sich das Gepäck auf, während Graubart und der verbliebene Wächter Athanor und die Elfen vor sich her trieben. Ihre Langäxte hatten die Wachen abgelegt, bevor sie in die Boote gestiegen waren. In den schwankenden Nussschalen hätten sie ihnen ohnehin nicht viel genützt.

Je weiter sie sich von der Anlegestelle entfernten, desto schwächer wurde das Licht der Laterne. Der Sims verbreiterte sich, während der Fluss zu seinen Füßen eine Kurve beschrieb. Er endete so abrupt als Klippe über dem Wasser, dass Athanor die Kante im Halbdunkel fast übersehen hätte. Er konnte gerade noch anhalten.

»Vorsicht!«, warnte Elanya und sah sich rasch auch nach Davaron um, der bereits stehen geblieben war.

»War es wirklich nötig, uns erst hierher zu bringen, um uns zu ersäufen?«, murrte der Elf, obwohl die Zwerge ihn nicht verstanden.

Athanor ersparte sich die Übersetzung und sah sich um. In den Schatten des Zwielichts war es kaum zu erkennen, doch in der Felswand neben ihnen zeichnete sich ein rostgesprenkeltes Tor ab. Es war mit einem schweren Balken verriegelt, sodass es nur von dieser Seite geöffnet werden konnte.

»Das ist der Eingang zu den verfluchten Stollen«, erklärte Graubart und musterte das Tor so misstrauisch, als könne es jeden Augenblick aufspringen. Mit einem Knurren bedeutete er dem verbliebenen Wächter, ihm zu folgen. Gemeinsam versuchten die beiden Zwerge, den Balken anzuheben, aber er klemmte. Während der Fremde eine Laterne aus dem Gepäck kramte und den Docht anzündete, schoben die Wachen ihre Schultern unter den Balken, um ihn nach oben zu stemmen. Die Anstrengung verzerrte ihre Gesichter, doch mit einem Mal gab der Widerstand nach, und das Holz glitt knirschend aus den rostigen Haltern.

»Es ist schon ein paar Jahrhunderte her, dass jemand dort hineingegangen ist«, sagte der Fremde, als wollte er sich für den schlechten Zustand des Tors entschuldigen. Er hatte einen feuerroten Bart, der ihm gerade so bis zur Brust reichte, was ihn als jungen Zwerg auswies. Anstelle der Stachelkugeln der Wächter waren zwei goldene Ringe hineingeflochten, die Athanor an König Rathgars Bartschmuck erinnerten. Braunes Haar wallte unter einem mit Bronze eingelegten Helm hervor und wirkte gegen den flammenden Bart geradezu trist. Auch die Rüstung war dezent mit Bronzeornamenten verziert, aber schnörkellos und – soweit Athanor es auf die Schnelle erkennen konnte – kampftauglich gehalten. Dazu passte die Axt, die in einer Schlaufe am breiten Gürtel steckte und an ihrer Rückseite in einen fingerlangen Stachel auslief.

Graubart und sein Untergebener drückten die Torflügel auf. Auch die Angeln sperrten sich, bis sie dem Druck kreischend nachgeben mussten. Das Quietschen hallte in der Höhle so laut, dass Elanya gequält das Gesicht verzog. Hinter dem Tor verlor sich ein Gang in der Dunkelheit, der sich auf den ersten Blick nicht von den meisten anderen im Reich der Zwerge unterschied.

Der Fremde und der Bootsführer trugen das Gepäck hinein. Letzterer eilte sogleich wieder hinaus, während der Fremde neben den Bündeln stehen blieb und sich neugierig umsah.

»So, rein mit euch!«, befahl Graubart. Seine Geste war so unmissverständlich, dass die Elfen ihn sofort verstanden.

Athanor ließ den beiden den Vortritt. Frauen und Krüppeln gegenüber rücksichtsvoll zu sein, war schließlich die Zierde des Edelmanns, sagte er sich grinsend, was ihm einen argwöhnischen Blick von Graubart einhandelte.

»Wie kommen wir dort wieder raus, falls wir dem Fluch entgehen?«, fragte er ihn.

Die Miene des Zwergs zeigte deutlich, dass er nicht an diese Möglichkeit glaubte. »Hrodomar kennt das Passwort. Ihr behandelt ihn also besser pfleglich.«

*Der Rotbart?* Athanor betrachtete den Fremden, der demnach Hrodomar hieß, mit neuen Augen. Etliche Fragen schossen ihm durch den Kopf, doch ein Stoß mit Graubarts Axt verschob sie auf später.

»Schlaf hier nicht ein, Mensch!«

Gereizt folgte Athanor den Elfen durch das Tor. Hatte der ach so tapfere Anführer der Wächter etwa Angst vor abgestandener

Luft? Mehr Unannehmlichkeiten konnte Athanor bislang jedenfalls nicht feststellen.

»Bist du wirklich sicher, dass du das tun willst?«, fragte Graubart Hrodomar.

»Baumeisters Bart!«, fluchte der junge Zwerg. »Wie oft willst du mich das noch fragen? Das ist die Gelegenheit, auf die ich seit Jahren warte.«

Der Ältere schüttelte den Kopf. »Mögen die Ahnen dich segnen, Junge«, murmelte er mit einem letzten mitleidigen Blick.

Die schmale Sichel des Mondes spiegelte sich auf dem trägen Wasser des Sarmandara. In der Ferne flackerte Wetterleuchten über den pechschwarzen Himmel, doch über Mahalea blinkten vereinzelte Sterne. Wenn sie Glück hatten, blieben sie heute Nacht trocken. Obwohl die Greife manchmal auf dem Sturmwind dahinjagten und ausgelassen mit den Böen spielten, erschwerten die vielen Gewitter das Vorwärtskommen. Und was nützte es, im Regen zu fliegen, wenn sie keine zehn Schritte weit sehen konnte?

Die Insel, auf der sie lagerten, ragte an ihrer höchsten Stelle kaum kniehoch aus dem Wasser. Angespülte Äste in den Büschen zeugten davon, dass sie erst vor Kurzem überflutet worden war. Trotzdem machte sich Mahalea keine Sorgen, denn das Unwetter tobte flussabwärts, und die Insel bot Schutz vor überraschenden Angriffen. Die Greife – und im Grunde auch sie – hätten einen Felssporn oder die Kuppe eines steilen Hügels bevorzugt, doch ein solcher Platz war in der Ebene Daranias nicht zu finden. Das Land war so flach wie der Fluss, der nur hier so breit und in weiten Bögen durch verlassene Felder und Auenwald floss.

Mahaleas weiche Stiefel verursachten kein Geräusch auf dem Sand. Um sich wach zu halten, hatte sie beschlossen, die Insel zu umrunden. Das andere Ufer war im Mondlicht nicht mehr als ein dunkles Band jenseits des schimmernden Wassers. Pappeln und Weiden erhoben sich als schwarze Schemen über Schilf und Gestrüpp.

*War da nicht...* Mahalea hielt inne, lauschte. Wieder drang ein Rascheln zu ihr herüber. Lautlos zog sie einen Pfeil aus dem

Köcher und wich zurück. Hinter einem Strauch ging sie in Deckung. Bewegte sich dort etwas im Wasser? *Da!* Etwas Dunkles ragte aus dem Fluss und schob sich auf die Insel zu. Die aufglänzenden Bugwellen verrieten die Kreatur, deren Schädel Mahalea lang und struppig vorkam. Leises Schnaufen drang an Mahaleas Ohren. Das pfeilförmige Muster der Wellen geriet hinter dem Wesen in Unordnung. *Da sind noch mehr!*

Gerade wollte sie aufspringen, um Elidian und die Greife mit einem Warnruf zu wecken, als die vorderste Kreatur in seichteres Wasser gelangte und wieder Boden unter den Füßen fand. Mit einem Grunzen stemmte sie ihren Kopf zur Gänze über die Oberfläche. Ein Buckel wölbte sich dahinter auf. Erleichtert stieß Mahalea die Luft aus. *Es sind nur Wildschweine.*

Tier für Tier schälte sich eine ganze Rotte aus der Dunkelheit. Die Bache an der Spitze hob ihre Rüsselschnauze und witterte in Mahaleas Richtung, bevor sie brummelnd über den äußersten Ausläufer der Insel trabte, um sich auf der anderen Seite wieder ins Wasser zu stürzen. Der Rest der Gruppe folgte ihr, ohne Mahalea zu beachten. Selbst der Keiler, dessen Hauer im Mondlicht blitzten, lief flink und beinahe lautlos vorbei.

Mahalea sah ihnen nach, während sie zum anderen Ufer schwammen. Wie ein Spuk verschwanden sie dort im Dickicht. Einen Augenblick lang schwankten noch ein paar Zweige, dann rührte sich nichts mehr.

*Ich hätte eines von ihnen als Futter für die Greife schießen sollen.* Aber die Chimären konnten sich auch gut selbst versorgen, wenn sie ihnen die Zeit dafür ließ. Außerdem hätte sie das Quieken der aufgeschreckten Tiere geweckt, und nach dem langen, anstrengenden Flug hatten sie den Schlaf bitter nötig. Von Elidian ganz zu schweigen, der die letzten beiden Nächte Wache gehalten hatte.

Nachdenklich setzte Mahalea ihren Weg um die Insel fort. Es nagte an ihr, dass sie immer noch nicht wusste, wovor die Orks flohen. Wie sollte sie sich, wie ihr Volk gegen eine Bedrohung wappnen, die sie nicht kannte? Von den häufigen Gewittern abgesehen war ihr in den letzten Tagen nichts Ungewöhnliches aufgefallen. Hatte sie irgendeinen Hinweis übersehen? Sollten sie aufhören, aus der Luft zu suchen, und lieber am Boden nach verdächtigen Spuren Ausschau halten?

Ein Plätschern ließ sie erstarren. Wo kam es her? Plötzlich rauschte es, als ob etwas Großes durch Wasser spränge. Mahalea hastete quer durchs Gestrüpp zurück zur anderen Seite der Insel. Wie von selbst griff ihre Hand nach einem Pfeil und legte ihn auf die Sehne. Am Ufer stand etwas Hochbeiniges in einer Wolke stiebender Wassertropfen, die es aus seinem Fell schüttelte. Als es Mahalea hörte, riss es den Kopf empor und richtete die großen Ohren auf sie.

*Eine Hirschkuh.* Mahalea hielt abrupt an. Hinter ihr grollte ein Greif und schlug mit den Flügeln, dass Büsche und Federn raschelten. Die Hirschkuh stand wie versteinert. Ihre großen Augen schienen aus dem kleinen Schädel zu quellen. Auch wenn das Tier sie wohl kaum verstand, ging Mahalea zur Seite und gab ihm mit einer einladenden Geste den Weg zur anderen Seite der Insel frei. Was war nur los in dieser Nacht?

Staksig setzte die Hirschkuh ein Bein vor, blähte die feuchten Nüstern, dann jagte sie mit einem Mal in wenigen Sprüngen über die Insel und landete platschend im Wasser.

War das Zufall? Beunruhigt ging Mahalea zum Lager, wo Sturmfeder nach Katzenart die steifen Glieder streckte und den Schnabel aufriss, als ob er gähnte. Sein Blick wirkte fragend.

»Schlaf weiter«, sagte Mahalea und strich über seine breite gefiederte Stirn. »Ich passe schon auf.«

Der Greif gab einen Laut zwischen Krächzen und Grollen von sich und rollte sich wieder zusammen, so gut er es mit den sperrigen Schwingen vermochte. Nicht zum ersten Mal dachte Mahalea, dass die Chimären zwischen ihrem unterschiedlichen Erbe zerrissen sein mussten. Vielleicht waren die meisten deshalb so reizbar und übellaunig, dass sie nicht für die Ausbildung taugten.

Elidians Greif hatte nur kurz die Augen geöffnet, während sein Reiter tief und fest schlief. Wachsam kehrte Mahalea ans Ufer der Insel zurück. Irgendetwas war dort drüben im theroischen Kernland im Gange, und der Kommandant hatte nichts Besseres zu tun, als Verrat in den eigenen Reihen zu unterstellen. Oder sollte am Ende beides miteinander zusammenhängen? *Jetzt gehen dir endgültig die Pferde durch*, ermahnte sie sich. Es kam selten genug vor, dass ein Elf seine Heimat verließ. Und so weit sie sich erinnern konnte, hatte es noch nie einer getan, um Gefahr für das eigene Volk heraufzubeschwören. *Nein.* Das war vollkommen abwegig. Retheon musste etwas anderes im Sinn haben. Aber was?

Eine Bewegung über den Bäumen am Ufer lenkte ihren Blick zum Himmel. Eine kleine Kreatur flatterte auf sie zu. Den hektischen und doch unhörbaren Flügelschlägen nach zu urteilen, musste es eine Fledermaus sein. Schon bei Anbruch der Dämmerung war die erste wie ein dunkler übergroßer Schmetterling über der Insel gegaukelt. Doch diese hier flog pfeilgerade über den Fluss, an Mahalea vorbei und verschwand. Gerade so wie zuvor die Wildschweine und die Hirschkuh.

Mit einem Mal schien die Luft über dem Ufer zu flirren. Flatternde kleine Körper füllten den Himmel, verdeckten Sterne und Mond. Fassungslos starrte Mahalea hinauf. Niemals zuvor hatte sie so viele Fledermäuse auf einmal gesehen. Wie ein Windhauch huschte der riesige Schwarm über sie hinweg. Im nächsten Moment wölbte sich der Himmel wieder leer und sternenklar über dem Fluss. Ein Schauder lief ihr den Rücken hinab. *Selbst die Tiere fliehen!*

»Was hat der Zwerg hier zu suchen?«, fuhr Davaron auf, sobald das Tor geschlossen war. »Soll er uns die Kristalle abnehmen, falls wir welche finden?« Er sah aus, als wolle er sich auf Hrodomar stürzen, um ihn einhändig zu erwürgen.

Rasch schob sich Athanor zwischen die beiden. »Jedenfalls ist er der Einzige, der weiß, wie wir hier wieder rauskommen, also lass ihn noch ein wenig leben, wenn du kannst.«

»Wir sollten erst einmal anhören, was er zu sagen hat«, stimmte Elanya zu.

War ihr die Ironie seiner Worte entgangen, oder glaubte sie ernsthaft, Davaron könnte eine Gefahr für den gut gerüsteten Zwerg darstellen? Von ihr selbst ganz abgesehen, solange sie die

Handschellen trug. Kopfschüttelnd wandte sich Athanor Hrodomar zu, der gerade die Hand hob, als wollte er ihr Gespräch unterbrechen.

»Ich glaube, es wird Zeit, dass wir uns miteinander bekannt machen«, sagte der Zwerg und setzte an, ihm die Hand zu reichen. »Oh, ähm, als Erstes sollte ich euch wohl die Ketten abnehmen.«

*Guter Mann.* Wortlos drehte ihm Athanor wieder den Rücken zu, um ihm die Handschellen vor die Nase zu halten.

»Mein Name ist Hrodomar«, stellte er sich vor, während er Athanor befreite. »Ich bin Prospektor und ...«

»Was ist ein Prospektor?«, wollte Athanor wissen und rieb sich die wunden Handgelenke.

Der Zwerg sah ihn kurz an, als bezweifelte er, dass die Frage ernst gemeint war. Als Athanor ihn einfach weiter fragend ansah, antwortete er schließlich doch. »Das ist jemand, der in neu entdeckten Höhlen nach nutzbaren Vorkommen sucht, Erze, Kohle ...«

»Kristalle«, ergänzte Athanor. »Ich verstehe.«

»Ja? O nein!«, wehrte Hrodomar ab. »Es geht mir nicht um das Sternenglas. Höchstens ein bisschen. Nein, ich bin hier, weil ich schon lange gern erforscht hätte, was es mit dem angeblichen Fluch auf diesen Stollen auf sich hat. Allerdings wollte sich mir niemand anschließen, und allein, na ja, kam es mir dann doch etwas ... unvernünftig vor.«

»Du willst uns also helfen?«

»Natürlich. Nach allem, was ich weiß, werden wir diese Suche nur überleben, wenn wir zusammenhalten.«

»Dann hast du sicher nichts dagegen, wenn ich mich jetzt erst einmal bewaffne«, folgerte Athanor und wandte sich den Bündeln mit ihrer Ausrüstung zu, die neben der Laterne lagen.

»Ja, aber ...«

»Was sagt er?«, fiel Davaron dem Zwerg ungehalten ins Wort. »Was soll das alles?« Er kam an Athanors Seite, sah jedoch nur unschlüssig und gereizt auf seine Rüstung hinab, die er mit einer Hand nicht anlegen konnte.

»Und was ist mit mir?«, beschwerte sich Elanya.

»Er ist hier, weil er sich langweilt, sonst nichts«, befand Athanor. »Du solltest die Elfe ebenfalls befreien, Herr Hrodomar«, riet er ihm über die Schulter. »Es könnte dir Vorteile bringen.«
»Bin schon dabei«, behauptete er, aber Athanor sah sich nicht um. Er hielt sein Kettenhemd in die Höhe, um die schadhaften Stellen zu begutachten. Evrald hatte es zum Ausbessern einem Rüstungsmacher gebracht, doch es war dem Schmied offenbar wieder abgenommen worden, bevor er seine Arbeit vollenden konnte. Nur ein Loch war geflickt, das allerdings so gekonnt, dass Athanor nicht einmal sicher war, wo genau es sich befunden hatte. Es musste genügen. Er zog das Kettenhemd über, gürtete sich mit seinem Schwert und prüfte dessen Sitz in der Scheide. *Endlich*. Ohne das Gewicht an der Seite hatte er sich ständig gefühlt, als habe er etwas Wichtiges vergessen.

»Weil er sich langweilt«, wiederholte Davaron. »Du nimmst uns doch schon wieder auf den Arm. Glaubst du, nur weil ich verwundet bin, kannst du dir jetzt alles erlauben?«

»Es würde mir nie einfallen, meine Scherze mit einem Krüppel zu treiben«, erwiderte Athanor hämisch. »Aber du durftest die bessere Hand behalten, also reite nicht zu sehr darauf herum. In Th...« Beinahe wäre ihm der Name herausgerutscht. »... Letho bevorzugen wir die Rechte. Das hält Diebe sehr viel nachhaltiger vom Stehlen ab.«

»Vielleicht sind die Zwerge klüger als die Menschen«, gab Davaron zurück. »Mit der rechten Hand ist es nämlich möglich, sich zukünftig mit ehrlicher Arbeit sein Brot zu verdienen.«

*Hm*. Da ihm keine scharfsinnige Erwiderung einfiel, drehte sich Athanor einfach zu Hrodomar und Elanya um, die sich gerade die Hand reichten.

»Elanya«, sagte die Elfe und deutete auf sich.

Der Zwerg ahmte sie nach. »Hrodomar.«

»Und mein Name ist ...«

»Athanor«, vollendete der Zwerg den Satz für ihn und schüttelte auch seine Hand. »Du hast mich vielleicht nicht gesehen, aber ich war im Thronsaal, als über euch gerichtet wurde.«

»Elanya, du verstehst ohnehin nicht, was sie reden«, schimpfte Davaron. »Komm gefälligst her und hilf mir!«

»Bist du neuerdings seine Magd?«, fragte Athanor, als sich die Elfe sofort anschickte zu gehorchen.

»Er hat Schmerzen. Das macht sicher auch Menschen unleidlich«, antwortete sie gereizt und ging weiter.

*Als ob der Bastard schon mal einen Anlass gebraucht hätte, um unausstehlich zu sein.*

»Ich bewundere deinen Mut, Kl...« Er schluckte das »Kleiner« gerade noch herunter. »Herr Hrodomar. Der Elf ist ziemlich wütend. Hast du keine Angst, dass er dich töten wird, um sich für dieses Urteil zu rächen?«

»An mir?« Der Zwerg hob die trotz seiner Jugend bereits beeindruckend buschigen Brauen. »Ich war weder sein Richter noch sein Henker.«

»Zornige Leute mit Schmerzen nehmen es manchmal nicht so genau.« Aus dem Augenwinkel beobachtete Athanor, wie Elanya Davaron half, Waffen und Rüstung anzulegen. Sollte der Elf tatsächlich auf Hrodomar losgehen, hatte Athanor seine Wahl bereits getroffen. Auf den Elf konnte er gut verzichten, auf den Zwerg noch nicht.

»Sag ihm, dass ich bedaure, was geschehen ist«, bat Hrodomar. »Seine Tat rechtfertigt das Urteil, aber ich verstehe seine Gründe. Wer würde nicht alles versuchen, um sein Volk zu retten?«

*Tja, ich zum Beispiel,* dachte Athanor. Er war nicht stolz darauf, aber sollte er sich deshalb schämen? *Du hast überhaupt keine Ahnung, Junge, wovon du sprichst.*

»Dieser Streit reicht schon so lange zurück«, fuhr der Zwerg fort, »dass viele sagen: So haben wir es schon immer gehalten. Aber nach allem, was die Elfe erzählt hat, scheint mir, dass nicht nur die Elfen damals falsch gehandelt haben. Wir sollten uns lieber die Hand zur Versöhnung reichen.« Was er auch tat, als Athanor seine Worte übersetzte.

Davaron sah auf die Hand hinab wie auf einen verwesenden Fisch. Wäre er kein Elf gewesen, Athanor war sicher, der Mistkerl hätte daraufgespuckt. Doch diese Sitte gab es in den Elfenlanden wohl nicht, denn Davaron wandte sich einfach nur ab.

»Bitte, gib ihm etwas Zeit.« Elanya versuchte, die Scharte auszuwetzen, indem sie Hrodomar noch einmal die Hand gab. »Es freut mich, dass nicht alle Zwerge von Hass auf uns erfüllt sind.« Fragend sah der Zwerg Athanor an.

»Schenk dem Elf keine Beachtung und halt dich lieber an Elanya. Genug Hände geschüttelt für heute. Erzähl mir stattdessen, was es mit diesem Fluch auf sich hat.«

Hrodomar machte eine vage Geste. »Da gibt es nicht viel zu erzählen. An den Herdfeuern wird von den Schrecken geraunt, die angeblich in diesen Stollen lauern, aber das sind Schauermärchen für Kinder. Ich wollte wissen, was dahintersteckt, seit ich zum ersten Mal davon gehört habe – und das war früh! Früher noch als ...«

»Kann es sein, dass du für einen Zwerg ziemlich lange Reden schwingst?«, erkundigte sich Athanor beiläufig.

Ertappt lachte Hrodomar auf. »Ich kann es wohl nicht verbergen. Wenn ich aufgeregt bin, rede ich wie ein Wasserfall. Das hat schon meine Mutter ...«

»Könnten wir auf den Fluch zurückkommen?«

»Äh, ja, sicher.« Die Miene des Zwergs wurde wieder ernster, doch seine Augen leuchteten noch immer vor Begeisterung. »Ich habe in alten Schriften gelesen und Priester und Hüter der Ahnenhalle befragt. Wir wissen nur, dass es kurz nach dem Streit mit den Elfen zu unheimlichen Vorfällen kam. Hauer und Wächter wurden vermisst. Bei der Suche nach ihnen verschwanden noch mehr Leute. König Munthigis entschied daraufhin, die Stollen zu schließen.«

»Seitdem ist nie wieder jemand hier gewesen?«, wunderte sich Athanor.

»Oh, doch. Zweimal sogar. Deshalb gibt es auch keine Karten mehr von den Stollen«, bedauerte Hrodomar. »Unsere Vorgänger haben sie mitgenommen, aber sie sind nie zurückgekehrt.«

Elanya, die nun auch ihre Rüstung samt Schwert, Bogen und Köcher am Leib trug, trat wieder zu ihnen. »Weiß er, wie ...« Sie brach ab und deutete auf das Tor. »Was ist das?«

»Was?« Alarmiert folgte Athanor ihrem Blick.

»Geh zur Seite! Dein Schatten verdeckt es«, forderte sie und wollte ihn aus dem Weg schieben, doch dazu fehlte ihr die Kraft.

»Davaron, komm mit dem Licht her!«

Athanor wich zurück, um die Stelle zu betrachten, aber da die Laterne auf dem Boden stand, reichte sein Schatten bis zur Decke hinauf.

»Was hast du entdeckt?«, wollte Davaron wissen und bewegte sich erstaunlich schnell. Schon hatte er die Laterne aufgeklaubt und hielt sie zwischen Elanya und das Tor, um dem Tanz ihrer vier Schatten ein Ende zu bereiten.

Jetzt sah Athanor die Flecken auch. In verblasstem Braun prangten sie zu beiden Seiten des Spalts zwischen den Torflügeln. Einer war so deutlich als Handabdruck zu erkennen, als wäre er absichtlich gemacht worden. Die anderen sahen verwischter aus, aber die Finger, das Abrutschen, alles sprang deutlich ins Auge. *Jemand hat verzweifelt versucht, das Tor zu öffnen. Jemand mit blutigen Händen.*

In den Gängen war es so still, dass ihre Schritte von den Wänden widerhallten und Athanor seinen eigenen Atem hörte. Selbst das Rascheln ihrer Kleider, das ihm auf ihrer Wanderung nie aufgefallen war, kam ihm hier laut vor. Er trug die Laterne – mit links, um die Rechte für das Schwert frei zu haben –, doch außer grob behauenem Fels gab es nichts zu entdecken. An seiner Seite lief Hrodomar, der stets schnaufte, sobald Athanor mit seinen langen Beinen zu rasch ausschritt. Dabei kamen sie ohnehin nicht schnell voran, denn oft mussten sie anhalten, damit der Zwerg mit einem Kohlestift auf einem dünnen Pergament herumkritzeln konnte.

»Wird das eine Karte?«, erkundigte sich Athanor skeptisch. Weder die Anordnung der Symbole noch die Stellen im Gang, an denen sich Hrodomar Notizen machte, ergaben für ihn einen Sinn.

»Nicht direkt«, wich der Zwerg aus. »Ich notiere verschiedene Gesteinsarten und ihre Abfolge. Es hilft, um herauszufinden, was hier abgebaut wurde oder sich vielleicht noch abbauen lässt.«

»*Damit* verschwendest du unsere Zeit?« Athanor hätte Hrodomar am liebsten durchgeschüttelt.«Blutüberströmte Zwerge kratzten am Tor, und du schreibst Inventarlisten?«

»Was ist los?«, mischte sich Davaron ein. Mit der verbliebenen Hand umklammerte er seinen verbundenen Arm knapp oberhalb des Stumpfs, als könne es die Schmerzen lindern.

»Ich dachte, der verrückte Zwerg fertigt eine Karte an. Stattdessen malt er die Felsen ab.«

»Hast du nicht gesagt, dass er sich hier auskennt?« Elanya sah aus, als ob sie in Gedanken bereits den Weg zurück abginge.

»Ich sagte, dass er weiß, wie wir hier wieder herauskommen. Das ist nicht dasselbe.« Zornig wandte sich Athanor Hrodomar zu. »Wie willst du ohne Karte das Tor wiederfinden?«

Der Zwerg sah irritiert zu ihm auf. »Indem ich dorthin zurückgehe. Wie denn sonst?«

*Muss ich ihm das buchstabieren?* »Das hier ist ein verfluchtes Labyrinth. Du kannst dir doch unmöglich alle Abzweigungen merken.«

»Natürlich nicht. Aber das muss ich doch auch gar nicht. Wenn ich einmal einem Stollen gefolgt bin, kenne ich ihn. Ich sehe die Felsschichten, ihre Farbe, die Neigung des Gangs. Keiner ist wie der andere. Siehst du das nicht?«

»Sehe ich etwa aus wie ein Zwerg?«

Hrodomar murmelte nur etwas in seinen Bart.

»Wenn ihr keinen Faden dabei habt, dem wir zurückfolgen können, sollten wir wirklich verdammt gut auf den Kurzen aufpassen«, beschied Athanor den anderen. »Offenbar kann er den Berg lesen wie eine Schriftrolle.«

Missmutig stapfte er hinter Hrodomar her. So sehr auf den Zwerg angewiesen zu sein, gefiel ihm nicht, aber wenigstens hatte Hrodomar vorgesorgt. Das musste er ihm lassen. Sie schleppten in ihren Bündeln und Taschen nicht nur Proviant und ihre eigene Ausrüstung, sondern auch Lampenöl für die Laterne, einen Strick, eine Fackel, eine Schaufel und eine Spitzhacke. Gegen den Fluch würde ihnen das alles jedoch wenig nützen.

»Sackgasse«, verkündete Hrodomar und malte wieder Zeichen auf das Pergament in seiner Hand. Athanor ging noch ein paar Schritte weiter, um sich davon zu überzeugen, dass sie keine versteckte Abzweigung übersahen. Wenn es so weiterging, konnten sie tagelang in diesem Labyrinth herumirren. »Warum macht sich jemand die Mühe, einen Stollen hundert Meter weit voranzutreiben, nur um dann aufzuhören?«

»Musst du ständig Zwergisch sprechen?«, nörgelte Elanya. »Nie weiß ich, ob du etwas Wichtiges sagst.« Nervös sah sie sich um, den Bogen mit aufgelegtem Pfeil bereits in den Händen.

»Als ob jemals ein Mensch etwas Wichtiges von sich gegeben hätte«, murmelte Davaron.

Athanor zog es vor, nur Elanya zu antworten. »Kein schönes Gefühl, nicht wahr? So ist das, wenn die anderen ihr Wissen für sich behalten, obwohl dein Leben davon abhängen könnte.«

Die Elfe verzog das Gesicht, sagte aber nichts. Ihr das schlechte Gewissen an der Nasenspitze ablesen zu können, hellte seine Stimmung beträchtlich auf.

»Was gibt es daran nicht zu verstehen?«, fragte Hrodomar, als Athanor den Blick wieder auf ihn richtete. »Wenn man nicht findet, was man sucht, dreht man irgendwann wieder um.«

So betrachtet hatte er natürlich recht. »Von Minen verstehe ich eben nichts«, gab Athanor zu. »Gehen wir zur letzten Abzweigung zurück.«

Sobald sie schwiegen, senkte sich die Stille der verlassenen Stollen wieder auf sie herab. Athanor war, als laste auch ein Teil des Bergs auf ihm. Das Gewicht der Gesteinsmassen erfüllte alles mit Schwere, seine Gedanken, seine Lungen, seine Beine. Ungehalten stieß er die Luft aus, um das Gefühl abzuschütteln. Diese Gänge lagen sehr viel näher an der Oberfläche als Evralds Quartier oder gar der Kerker, also musste er sich die Schwere einbilden.

»Spürst du das auch?«, fragte Elanya leise.

Erstaunt drehte sich Athanor zu ihr um, doch sie blickte Davaron an, der stehen blieb und die Augen schloss, als horche er auf etwas.

»Ja«, sagte der Elf schließlich. »Meine Magie kehrt zurück. Nur schwach, aber sie ist da.«

Elanya strahlte vor Freude. »Dann bilde ich es mir nicht ein. Heilige Astara! Ich fürchtete schon, sie auf ewig verloren zu haben.«

»Aber warum jetzt?«, rätselte Davaron.

Nachdenklich zog Elanya die Stirn kraus. »Es muss mit der Tiefe zu tun haben. Je weiter wir unter den Berg kamen, desto mehr schwanden unsere Kräfte. Jetzt nähern wir uns wieder der Oberfläche, und sie kehren zurück.«

»Was haben die beiden?«, wollte Hrodomar wissen.

»Sie haben ihre Zauberkräfte wiedergefunden. Was für uns heißt, dass wir uns noch mehr vor dem Bastard in Acht nehmen sollten.« Ohne Magie waren ihm die Elfen sehr viel lieber gewesen.

»Sie konnten die ganze Zeit nicht zaubern?«, wunderte sich der Zwerg.

»Was hast du geglaubt, warum ihr sie überhaupt gefangen nehmen konntet?« Als ob sich Davaron dann jemals die Hand hätte abschlagen lassen.

»Nun ja, ich ...«

»Wir müssen einen Moment rasten«, fiel Elanya ihm ins Wort. »Ich will Davaron heilen, so gut ich es mit eingeschränkten Kräften kann.«

»Du wirst ihm wohl kaum eine neue Hand wachsen lassen können«, nahm Athanor an.

Elanya verdrehte die Augen. »Natürlich nicht. Aber ich kann seine Schmerzen lindern. Und dafür sorgen, dass ihn die Wundfäule nicht dahinrafft.« Aufgebracht wandte sie sich ab und half Davaron, sein Gepäck abzulegen.

»Ja, schon gut«, blaffte Athanor. »Wir warten.« *Weiber!* Obwohl er zugeben musste, dass er ihre Fürsorge ganz angenehm fand, solange sie ihm galt.

Hrodomar sah ihn fragend an. Entweder lernten die Elfen bald Zwergisch oder der Zwerg Elfisch. Die Übersetzerei fiel ihm allmählich lästig. »Sie muss sich um seine Wunde kümmern.«

»O ja, dann ...« Unschlüssig blickte der Zwerg erst auf seine Skizzen, dann im Gang umher.

Athanor beschloss, die Gelegenheit für einen Schluck aus seinem Wasserschlauch zu nutzen, den die Wächter freundlicherweise aufgefüllt hatten. Ob dieser Vorrat reichen würde, bis sie auf Sternenglas stießen? Hrodomar hatte ihm erklärt, dass sie ans andere Ende dieser Mine gelangen mussten, dorthin, wo zuletzt gegraben worden war. Sollte es noch Kristalle geben, dann dort.

Scheu beobachtete der Zwerg Elanya aus einigen Schritten Entfernung, während Athanor absichtlich in eine andere Richtung blickte. Die Szene erinnerte ihn zu sehr an Elanyas Hand auf seiner Haut. Doch außer Dunkelheit gab es jenseits des Laternenlichts nichts zu sehen.

Ping. Der helle metallische Laut hallte nur schwach nach. Er war leise, sehr leise, als dringe er aus weiter Ferne an Athanors Ohr. So leise, dass er sich fragte, ob er sich verhört hatte.

Ping. Auch der Zwerg wandte mit verblüffter Miene den Kopf in die Richtung, aus der das Geräusch kam.

»Es ist weit weg«, stellte Davaron fest.

»Aber was zum Henker ist es?«, wandte sich Athanor an den Zwerg.

Ping.

Hrodomars Hand spielte nervös an der Axt herum. »Es ... es klingt wie Metall auf Metall. Wie ein Hammer, der auf einen Amboss schlägt.«

»Das höre ich auch. Ich dachte, hier ist niemand.«

»Hier ist auch *niemand*.«

Ping.

# 13

Athanor hielt die Laterne höher und ließ den Blick über den riesigen Schutthaufen schweifen, der den Großteil der Höhle einnahm. Aus drei Richtungen liefen Stollen in diesem natürlich entstandenen Saal zusammen, doch von der vierten Seite war nichts mehr zu sehen. Falls es dort einen weiteren Zugang gegeben hatte, war er nun hinter einem doppelt mannshohen Hügel aus Gesteinsbrocken verborgen.

*Und genau dort müssten wir wahrscheinlich hin.* Misstrauisch äugte er zur Decke hinauf. »Ist das schon lange eingestürzt?«

»Hm?« Hrodomar, der gerade wieder auf seiner verworrenen Karte herumgekritzelt hatte, folgte seinem Blick nach oben. »Wie kommst du darauf, dass hier etwas eingestürzt ist? Für mich sieht der Fels völlig intakt aus.«

»Und wo kommt dann das alles her?« Athanor deutete auf den unübersehbaren Schuttberg.

»Der Abraum? Na, aus den umliegenden Stollen. Irgendwo muss das Gestein doch hin, das wir aus dem Berg schlagen.«

Wieder kam sich Athanor vor wie ein einfältiger Esel, dem der Zwerg die einfachsten Dinge erklären musste. Warum war er nicht selbst darauf gekommen? *Ich bin eben kein verdammter Maulwurf.* Und dieses ständige Ping zerhackte jeden vernünftigen Gedanken.

Es schien seit Ewigkeiten anzudauern. Je nachdem, in welche Richtung sie sich bewegten, hörten sie es mal lauter, mal leiser, aber selbst wenn sie glaubten, es habe aufgehört, hatten sie sich nur zu weit davon entfernt. Was meist bedeutete, dass sie kurz darauf umdrehen mussten, weil sie wieder in eine Sackgasse gelaufen waren.

»Ich sage das nur ungern,« gestand Elanya, »aber ich glaube, wenn wir die Kristalle finden wollen, müssen wir dem Schlag des Eisenherzens folgen.«

»Nur weil es pocht, ist es noch lange kein Herz«, wehrte Athanor ab. Der Vergleich bereitete ihm eine Gänsehaut. Er stellte sich lieber einen dem Irrsinn verfallenen Schmied vor, der unablässig auf ein längst zersprungenes Werkstück einschlug. Mit einem Zwerg würde er schon fertig werden, ganz gleich, wie verrückt er war.

»Aber sie hat recht«, stellte Davaron fest. Seit Elanya ihn behandelt hatte, hielt er sich aufrechter, und sein ohnehin schmales Gesicht sah weniger eingefallen aus. »Uns von dem Geräusch zu entfernen, hat uns nicht weitergebracht. Du wirst doch sicher keine Angst haben, Mensch.«

*Ganz der Alte.* »Ich weiß überhaupt nicht, was das ist.« Athanors Lächeln fühlte sich so falsch an, wie es war.

»Ist einer von euch Helden schon mal auf die Idee gekommen, dass es weise sein könnte, Furcht zu verspüren?« Falls Elanya versuchte, ihre Angst mit Wut zu überspielen, gelang es ihr nicht überzeugend. Umso mehr beeindruckte Athanor, dass sie entschlossen voranging, auf den Gang zu, aus dem der eiserne Herzschlag drang. Ohne Laterne wollte sie ihn allerdings doch nicht betreten, weshalb sie sich halb furchtsam, halb ungeduldig nach Athanor umsah.

»Halt lieber deine Axt bereit«, riet er Hrodomar, der seinen Kohlestift zückte. Ohne eine Antwort abzuwarten, betrat er mit Elanya den Gang, der sich nicht von allen anderen zu unterscheiden schien. Sie hielt Pfeil und Bogen locker in den Händen, doch ihr Blick glitt unruhig umher.

Ping. Das Geräusch wurde lauter, je weiter sie vordrangen, aber noch immer war es nur ein ferner Hall. Bald erreichten sie die nächste Gabelung. Athanor hielt gerade lange genug inne, bis Hrodomar auf seine Zeichnung gekritzelt hatte, dann schlugen sie erneut die Richtung des Hämmerns ein. Je näher sie dem Geräusch kamen, desto sicherer war Athanor, dass sie tatsächlich auf einen Schmied stoßen würden, der in der Einsamkeit den Verstand verloren hatte.

Die Ränder des Lichtscheins huschten vor ihm über Wände und Decke des Gangs. Oder waren es Schatten, die vor der Laterne flohen? Wenigstens brach es die Eintönigkeit der Stollen. Wie lange stapften sie nun schon durch diese immer gleichen Gänge, in denen nicht mehr als versprengte Steinchen her... Der Gedanke riss ab, als im Zwielicht des äußersten Laternenscheins etwas aufblinkte. Der Glanz war nur matt, aber er stammte nicht von den Felsen.

Athanor riss sein Schwert heraus. Neben ihm hatte Elanya den Bogen bereits gehoben und richtete den Pfeil auf das, was vor ihnen am Boden kauerte. Hinter sich hörte er Davarons Klinge aus der Scheide fahren. Wachsam machte er einen Schritt vorwärts. Elanya gab seiner durch die Laterne ungeschützten Seite Deckung.

Im Spiel von Licht und Schatten schimmerte es metallisch. Athanor kniff die Augen zusammen, um besser zu sehen. Scharfe, gewölbte Kanten? Ein weiterer Schritt tauchte die Stelle in helleres Licht.

»Heilige Drachenscheiße!«, entfuhr es Hrodomar. Grob drängelte er sich an Athanor vorbei, um sich über ihren Fund zu beugen. Auch Davaron schloss auf, behielt jedoch die Dunkelheit jenseits des Laternenscheins im Blick.

Fetzen rostigen Kettengeflechts, Arm- und Beinschienen, ein verbeulter Harnisch, mehrere Schulterklappen, Stiefel aus brüchig gewordenem Leder ... Athanor musterte die herumliegenden Rüstungsteile, deren Glanz eine Schicht Staub dämpfte. So mancher bräunliche Fleck deutete eher auf Blut als auf Rost hin, doch auch ohne dies sprachen die verstreuten Knochen eine klare Sprache. Mindestens zwei Zwerge waren hier zu Tode gekommen.

Zögerlich und sichtlich fasziniert stocherte Hrodomar mit seiner Axt in den Überresten. Ein Stück Stoff zerfiel zu Staub, als er es berührte. Kleine Knochen kullerten herum. Größere waren zerbrochen.

*Aber wer sollte ...* Athanor ging in die Hocke, um eines der Bruchstücke genauer zu betrachten.

»Es sind die Markknochen«, ließ sich Elanya vernehmen.

Athanor sah zu ihr auf. »Vielleicht Orross?«

»Vielleicht. Du kennst ihre Spuren besser als ich.«

»Hm.« Er stellte die Laterne ab und nahm einen der Knochen in die Hand. Die Kratzer und Rillen waren zu spüren, bevor er sie sah. »Abgenagt.«

Aber wenn Orross ihre Beute zerfetzten, schlangen sie ganze Brocken hinunter. Übrig blieb nur, was ihnen zu sperrig war.

Hände und Füße, aus denen die kleinen Knochen stammen mussten, gehörten nicht dazu. Und wo waren die Schädel? Die Helme? Zwergische Wächter wären niemals ohne Kopfschutz in den Kampf gezogen. Nicht einmal die Stachelkugeln aus ihren Bärten lagen hier.

Athanor richtete sich wieder auf. »Keine Orross. Sie ...«

»Achtung!« Davarons Ruf hallte durch den Gang.

Elanya riss den Bogen wieder hoch. Athanor fuhr herum. Hrodomar sprang vor ihm auf und stieß gegen die Laterne, dass sie schwankte. Wild jagten ihre Schatten umher, verwirrten Athanors Blick.

»Da waren Augen!«, rief der Elf. »Rote Augen.«

*Verdammtes Gewackel!* Athanor starrte in den raschen Wechsel von Licht und Dunkel, doch er konnte nichts sehen, keine Augen, keinen Feind. Mit der Klinge berührte er die Laterne, damit sie endlich wieder still hing.

»Was hat der Elf gesehen?«, wollte der Zwerg wissen. Noch immer lag nichts als Finsternis vor ihnen.

»Offenbar nichts«, knurrte Athanor.

Eine Weile standen sie so, lauschten, hielten die Waffen bereit. Doch es geschah nichts.

»Diese Augen waren da«, verteidigte sich Davaron, als hätte er Athanors Worte verstanden.

»Wir müssen noch vorsichtiger sein«, sagte Elanya. Ihre Stimme klang ungewöhnlich dünn. Wo war die Frau, die anscheinend furchtlos gegen Orks und Rokkur gekämpft hatte?

*Elfen. Nimm ihnen die Magie, und sie schlottern vor Angst.*

»Es ist schwierig, vorsichtig zu sein, wenn man den Feind nicht kennt«, gab Davaron gereizt zurück.

»Jedenfalls sind es keine Orross«, stellte Athanor fest. »Chimären hämmern auch nicht.« Er stutzte, wartete. Es blieb still. Nur sein eigenes Herz klopfte leise weiter.

*Niemand will mit dem Rücken zum Gang sitzen*, stellte Athanor fest.

Anstatt sich um die Laterne zu scharen wie um ein Lagerfeuer, hatten sie sich aufgeteilt – Hrodomar und er an die eine, die Elfen an die andere Wand gelehnt. Das tote Ende eines Stollens wäre leichter zu verteidigen gewesen, doch sie hatten sich schnell darauf geeinigt, dass sie sich lieber von zwei Seiten angreifen lassen wollten, als in einer Sackgasse festzusitzen.

»Kann der Zwerg abschätzen, wie lange wir noch durch dieses Loch krauchen müssen?«, fragte Davaron. Die Art, wie er den verstümmelten Arm hielt, verriet, dass er wieder Schmerzen hatte. Aus Gewohnheit ständig Bewegungen zu machen, die ohne Hand keinen Sinn ergaben, trug sicher nicht zu guter Laune bei, und der Stumpf war zu frisch, um sich auch nur damit am Kopf zu kratzen.

Athanor gab die Frage weiter. Eine Hand hätte er nicht gerade dafür ins Feuer gehalten, aber er glaubte, dass sie sich allem Auf und Ab zum Trotz höher befanden als das Tor.

Hrodomar warf einen Blick auf seine verworrene Karte, obwohl sie ihm wohl kaum weiterhalf. »Das ist schwer zu sagen. Dazu müsste ich die gesamte Ausdehnung der Mine kennen und wissen, wie lange damals hier gearbeitet wurde. Wenn man bedenkt, dass …«

»Er weiß es nicht«, fasste Athanor kurzerhand zusammen und gähnte.

»Soll ich jetzt antworten oder nicht?«, fragte Hrodomar verärgert.

»Du hast ihn nicht einmal ausreden lassen«, beschwerte sich Davaron.

»Trotzdem hast du nichts versäumt.«

»Das würde ich verflucht noch mal gern selbst entscheiden!«, fuhr der Elf auf.

»Lern doch Zwergisch«, schlug Athanor gelassen vor.

»Ist er jetzt wütend, weil ich …«, begann Hrodomar, brach jedoch ab, als Elanya alarmiert die Hand hob.

»Schhh!«, zischte sie und tastete nach ihrem Bogen.

Ihr Blick war in den dunklen Gang gerichtet, doch Athanor sah nur Schwärze. Er schloss die Finger dennoch um den Griff des Schwerts, das gezogen neben ihm lag.

»Hast du die Augen gesehen?«, fragte Davaron flüsternd.

»Nein. Hört ihr das nicht?«

Athanor horchte in die Stille. Seit sie die Überreste ihrer Vorgänger gefunden hatten, waren die metallischen Schläge verstummt. Außer ihrem eigenen Atmen hörte er nichts. Oder? Doch, da war es. Ein Wispern? Kaum mehr als das Säuseln von Wind in den Zweigen, nur dass es hier weder Wind noch Bäume gab. Es hörte so plötzlich auf, wie er es vernommen hatte. *Was zum... Da! Wieder!* Es war lauter, und dieses Mal hätte er geschworen, dass es eine Stimme war. Heiser und hasserfüllt.

Elanya stand auf. Ihr Bogen knirschte leise, als sie ihn spannte. War es eine gute Idee, auf Verdacht in die Finsternis zu schießen? Wer oder was auch immer dort draußen war, würde entweder angreifen oder fliehen. Athanor erhob sich, das Schwert in der Hand. Hinter sich hörte er Hrodomars Rüstung über die Wand schaben, doch er sah nicht über die Schulter, sondern blickte stur in die Dunkelheit. Waren es sogar zwei Stimmen? Das Wispern klang aufgeregter.

Elanya ließ den Pfeil los. Ein zorniges Kreischen hallte durch den Stollen. Unwillkürlich packte Athanor die Waffe fester, spannte sich zum Kampf. Krächzende Laute drangen aus der Finsternis, kehlig, rau und keiner Sprache ähnlich, die er je vernommen hatte. Aber sie wurden leiser. Wer oder was sie ausstieß, zog sich zurück.

Erst als es wieder vollkommen still war, wagte Athanor, das Schwert sinken zu lassen. »Wir haben uns da gerade keine Freunde gemacht«, schätzte er. Allerdings glaubte er selbst nicht, dass die wispernden Wesen zuvor freundlich gewesen waren.

Elanya, die sofort einen neuen Pfeil aufgelegt hatte, konnte den Blick noch immer nicht von der Dunkelheit lösen. »Ich habe nicht getroffen. Ich konnte hören, wie der Pfeil gegen die Wand schlug und auf den Boden fiel.«

*Verdammt gute Ohren.*

»Das ändert nichts«, stimmte ihm Davaron ausnahmsweise zu.

»Was war das?«, wandte sich Athanor an Hrodomar, der blass um die Nase war und den Schaft seiner Axt knetete.

»Ich habe nicht die geringste Ahnung. Glaub mir, ich habe schon gegen Flederwölfe und Trollspinnen gekämpft, aber so etwas... Etwas so Unheilvolles habe ich noch nie gehört.«

»Vielleicht sollten wir besser woanders lagern«, sagte Elanya wie zu sich selbst.
»Unsinn«, urteilte Athanor. »Wir bleiben. Das hier ist der einzige Platz, von dem wir mit Sicherheit wissen, dass sie *nicht* hier sind.«
»Ich wüsste nicht, seit wann du unser Anführer bist«, mischte sich Davaron ein.
»Seit ich der Einzige bin, der alles versteht, was gesagt wird.«
»Könnt ihr nicht endlich mit eurer ewigen Streiterei aufhören?« Ein schriller Unterton hatte sich in Elanyas Stimme geschlichen. »Als ob wir keine echten Probleme hätten.«
»Es muss einen Anführer geben«, beharrte Athanor. »Wir können nicht über alles erst diskutieren.«
»Es wurde mir übertragen, die Kristalle zu suchen, und ich lege keinen Wert auf deine Anwesenheit, Mensch.«
»Als diese Entscheidung getroffen wurde, hattest du noch zwei Hände und Zauberkräfte, Elf.«
»Ich werde dir gleich beweisen, dass meine Magie wieder ...«
»Genug jetzt!«, schrie Elanya. »Wollt ihr euch gegenseitig umbringen, ja? Das wird nicht mehr nötig sein. Bei eurem Lärm kann sich der Feind unbemerkt anschleichen.«
Athanor erwiderte Davarons hasserfüllten Blick, doch Elanya hatte recht. Der verfluchte Elf brachte ihn immer wieder dazu, die dümmsten Fehler zu machen.
»Wir bleiben hier«, beschloss Elanya. »Was Athanor sagt, klingt überzeugend.«
»Ich hätte nichts anderes vorgeschlagen«, behauptete Davaron. »Es ging mir nur um ...«
»Um dich.« Elanyas Blick erstickte jeden Widerspruch im Keim. »Setz dich hin und schone dich lieber! Du kannst immer noch Wundfieber bekommen.«
»Wer übernimmt die Wache?«, erkundigte sich Athanor.
»Ich. Hier könnte ich ohnehin nicht schlafen«, gestand Elanya. Dennoch setzte sie sich, und alle anderen folgten ihrem Vorbild.
»Hau dich eine Weile aufs Ohr«, riet Athanor dem Zwerg. »Elanya wird uns wecken, falls die Biester zurückkommen.«

Hrodomar sah nicht aus, als könne er ein Auge zumachen, aber er nickte. »Ein guter Plan«, murmelte er und starrte dann doch wieder auf seine zunehmend kohleverschmierte Karte.

*Wer nicht will, der hat schon*, sagte sich Athanor und zog das Bündel mit seiner Ausrüstung näher, um es als Kissen zu verwenden. Schlechter als im Kerker lag er hier auch nicht. Elanya beobachtete ihn. Jedes Mal, wenn ihr Blick von einer Seite ihres Lagers zur anderen wanderte, blieb er einen Moment an ihm hängen. Ihr Zorn schien verraucht zu sein, und an seiner Stelle schlich die Sorge in ihre Züge zurück. Athanor gähnte und schloss die Augen. Über die seltsame Elfe würde er sich ein andermal Gedanken machen.

»Ich begreife nicht, wie du in dieser Lage an diesem Ort schlafen kannst«, sagte sie.

Athanor öffnete die Lider einen Spalt, um sich zu vergewissern, dass sie ihn meinte. »Ich kann es jedenfalls nicht, wenn du mich wach hältst.«

»Aber hast du denn überhaupt keine Angst davor, dass es zu spät sein könnte, bis du wach wirst und auf den Füßen bist?«

»Dann hätte ich seit zwei Jahren nicht mehr schlafen dürfen.«

Das gab ihr offenbar zu denken, denn sie schwieg einen Moment. »Vielleicht liegt es doch daran, dass ihr Menschen von klein auf wisst, dass ihr ins Schattenreich gehen werdet. Ich fürchte mich davor, hier zu sterben, weil ich dann auch einer werde. Nichts würde von mir bleiben. Ein Schatten, der verweht.« Die Vorstellung ließ sie sichtbar schaudern.

»Niemand will verschwinden, als hätte es ihn nie gegeben«, wehrte Athanor ab. »Deshalb bin ich doch hier.«

Elanya sah ihn verblüfft an. »Aber das ergibt doch keinen Sinn. Du könntest jetzt in Sicherheit sein.«

Diesen Elfen musste man wirklich alles erklären. »Nein, so meine ich das nicht. Ich habe mein Land, mein Volk und meine Familie verloren. Aus Sicht der Ewigkeit bin ich längst tot. Niemand wird sich an mich erinnern. Und wenn ich gegangen wäre, hätte sich nichts daran geändert. Aber wenn ich euch helfe, euer Volk zu retten, werde ich vielleicht in euren Liedern weiterleben.«

Davaron lachte höhnisch auf. »Ha! Nie wird ein Elf einen Menschen besingen.«

*Das musste ja kommen.* Athanor würdigte ihn keines Blickes. Warum hatte er überhaupt darüber gesprochen? Doch Elanya sah ihn nur nachdenklich an.

Das ewig gleiche Licht der Laterne und die ebenso gleichförmigen Gänge raubten Athanor jedes Zeitgefühl. Marschierten sie erst einen Tag durch diesen wahrlich verfluchten Berg, oder waren es bereits mehrere? An jeder Gabelung entschieden sie sich nun für den Stollen, der aufwärts führte, aber nicht immer ließ sich ein Unterschied feststellen. Dann wählte Hrodomar, obwohl seine Erfahrung unter Tage nicht verhinderte, dass sie in Sackgassen gerieten.

Erneut hatte Elanya das Wispern gehört, dieses Mal jedoch hinter ihnen, weshalb Athanor freiwillig die Nachhut übernommen hatte. Lieber wollte er selbst Auge und Ohr auf die Gefahr haben, als es Davaron zu überlassen, der mit Fieber und Schmerzen kämpfte, bis Elanya ihn mit Magie wieder aufpäppelte.

»Bilde ich mir das ein, oder kommt frischere Luft aus diesem Gang?«, fragte Athanor den Zwerg, als sie wieder eine Abzweigung erreichten.

Hrodomar atmete hörbar ein. »Ich rieche es auch. Wir müssen so nah an der Oberfläche sein, dass es mehr Luftschächte gibt. Ein gutes Zeichen!«

»Dann gehen wir dort entlang?«

»Auf jeden Fall«, bestätigte Hrodomar und malte auf seinem Pergament herum.

Athanor bedeutete den Elfen die Richtung, bevor er sich wieder am Ende ihres kleinen Zugs einreihte.

»Haha«, freute sich Hrodomar nach wenigen Schritten. »Was hab ich gesagt? Wir sind fast da.«

Misstrauisch schielte Athanor zu den Trägern aus rostigem Eisen empor, ohne die der Gang offenbar eingestürzt wäre. Nach Jubel war ihm bei dem Anblick nicht zumute. Wenn die Elfen ausnahmsweise die Wahrheit sagten, waren diese Stützen fast zweitausend Jahre alt. Dann doch lieber massiven, ehrlichen

Fels. Aber wenn Hrodomar recht hatte, musste er das mulmige Gefühl wohl nicht mehr lange mit sich herumtragen. Sie würden sich die Kristalle schnappen und auf dem schnellsten Weg zum Tor zurückeilen.

*War da nicht...* Athanor drehte sich um, doch hinter ihm lag die Gabelung erneut im Dunkeln, da Hrodomar mit der Laterne weiterging. Einen Moment lang horchte er, gab seinen Augen Zeit, sich an das Dämmerlicht zu gewöhnen. Er hätte schwören können, das Wispern gehört zu haben. *Hol's der Dunkle!* Wenn sie endlich zurück ans Tageslicht kamen, wo einem der Himmel nicht auf den Kopf fallen konnte und Schatten nur Schatten waren, würde er nie wieder einen Stollen betreten – auch ohne verbannt zu sein.

Stille und Dunkelheit rückten näher, je weiter sich die anderen von ihm entfernten. Kein Anzeichen für einen Feind. Die Finsternis nicht aus den Augen lassend schloss er zu den anderen auf. Das Schwert lag ihm allmählich bleischwer in der Hand. Obwohl es der Schmied gut ausbalanciert hatte, war es nicht dafür gemacht, den ganzen Tag kampfbereit gehalten zu werden. Athanor nahm es in die Linke, um seinen Waffenarm zu entlasten.

Vor ihnen mündete der Gang in eine weitere große Höhle. Hrodomar hob die Laterne höher und drehte sich um sich selbst. »Seht!« Er deutete auf die Wände, soweit sie der Lichtschein erfasste. »Wir sind ganz nah dran.«

»Was will er uns sagen?«, fragte Elanya, deren Blick ratlos seiner Geste folgte.

Athanor ließ den Blick über den durchlöcherten Fels schweifen. Überall klafften dunkle Öffnungen, einige zwergenhoch und mehrere Schritt tief, andere kaum größer als ein Badezuber. »Wie kommst du darauf?«, wunderte er sich an Hrodomar gewandt.

Der Zwerg war zu einem der Löcher getreten und leuchtete hinein. Fast schon liebevoll strich er über das brüchige Gestein. »Siehst du diese Meißelspuren?« Er fuhr mit dem Finger eine kaum breitere Kuhle nach. »In dieser Höhle gab es Sternenglas. Meine Ahnen haben es aus den Wänden gehauen, bis sie nur noch auf wertlosen Fels stießen.«

»Was macht dich so sicher, dass sie nichts anderes hier gefunden haben?«

»Die alten Aufzeichnungen in den königlichen Archiven. Dort wird jedes Rohstoffvorkommen auf dem Gebiet unseres Reichs verzeichnet, damit es uns kein anderer König unter den Bergen streitig macht. Dort wird für die Mine im äußeren Gorgoron nur Sternenglas genannt.«

»Hätte es dort nicht auch eine Karte gegeben?«

Hrodomar schüttelte den Kopf. »Nein. Also schon, aber sie sind zu grob. Einzelne Stollen wirst du auf ihnen nicht finden.« Er langte in den Staub vor dem Loch und breitete ihn auf seiner Handfläche aus, um ihn genauer zu betrachten.

»Heißt das nicht, dass wir uns genau hier nach den Kristallen umsehen müssen?«

»Im Prinzip schon.« Der Zwerg zögerte. »Es gibt da nur ein kleines Problem.«

*Jetzt kommt's.* Instinktiv wechselte Athanor das Schwert wieder in die Rechte.

»Ich habe noch nie ein Sternenglasvorkommen gesehen. Ich weiß also nicht, wie eine vielversprechende Stelle aussieht.«

*Ich glaub es nicht.* »Und wie sollen wir das Zeug dann finden?«

Hrodomar ließ den Staub durch seine prüfend reibenden Finger rieseln. »Mit Glück.«

»So viel zum Glück«, murrte Athanor, nachdem sie die zahllosen Winkel der Höhle so lange nach Anzeichen von Kristallen abgesucht hatten, dass eine komplette Laternenfüllung Öl verbrannt war. Auf Händen und Knien herumzukriechen und in uraltem Staub zu wühlen, mochte Zwerge in Verzückung versetzen, aber ein Krieger sollte sich nicht dazu erniedrigen müssen. Nach einer Weile hatte er sich geweigert und darauf berufen, dass jemand Wache halten musste.

Doch selbst ein gründlich suchender Zwerg musste irgendwann eingestehen, dass diese Höhle abgegrast war wie eine Weide im Spätherbst. Elanya klopfte sich den Staub von der Hose, Davaron ließ sich erschöpft gegen die Wand sinken, und Hrodomar nahm einen Schluck aus seinem Wasserschlauch.

»Und wenn es hier überhaupt keine Astarionim mehr gibt?«, fragte Athanor. »Wenn alles abgebaut wurde und jetzt in der Schatzkammer liegt?«

Elanya reckte das Kinn. »Das kann und will ich nicht glauben, solange wir nicht alle Gänge abgesucht haben.«

»Was nun, Herr Hrodomar?«, wandte sich Athanor an den Zwerg. »Könnte es nicht sein, dass es keine Tränen dieses Astars mehr gibt? Niemand heult ewig.«

»Die Legenden der Elfen in Ehren, aber Edelsteine sind keine Tränen – von wem auch immer. Wir glauben, dass das Sternenglas aus geschmolzenem Gestein entstanden ist, als ein Stern vom Himmel fiel und sein Feuer den Berg versengte.«

Athanor hatte schon einige Sterne vom Himmel fallen sehen, aber stets waren sie weit entfernt am Horizont verschwunden. Waren sie wirklich heiß genug, um Fels zu Glas zu schmelzen wie in einem Ofen? Aber wenn wirklich ein Stern auf den Berg gefallen war, weshalb fand man die Kristalle dann nicht draußen, sondern hier unten? Nein, die Erklärung des Zwergs war auch nicht einleuchtender als die der Elfen. Und sie lieferte auch keinen Grund für den Fluch. Bei dem Gedanken sah er sich wie von selbst nach dem Eingang um, doch der Laternenschein reichte nicht weit genug.

»Was sollen wir schon tun?«, griff der Zwerg Athanors Frage wieder auf. »Wir gehen zurück zur letzten Gabelung und versuchen es in dem anderen Stollen.«

Athanor und den Elfen blieb nichts anderes übrig, als Hrodomar zu folgen. Wieder glaubte Athanor, das Wispern zu hören, doch dieses Mal vor ihnen, als ob es ihnen gefolgt war und nun wieder zurückwich. Auch Elanya hörte es, denn sie nickte ihm zu, als sich ihre Blicke trafen. Sie legte einen Pfeil auf die Sehne ihres Bogens und sah besorgt in die Dunkelheit. Obwohl er ahnte, dass es aussichtslos war, suchte Athanor auf dem felsigen Untergrund nach Spuren. Vielleicht ein feuchter Abdruck, ein verlorener Gegenstand, irgendetwas, das ihnen einen Hinweis gab. Doch ebenso gut hätte er nach einem Sonnenstrahl Ausschau halten können.

Sobald sie an der Gabelung den Stollen nahmen, den sie zuerst verschmäht hatten, waren die heiseren Stimmen wieder in ihrem Rücken. Athanor überließ die Laterne wieder dem Zwerg und übernahm die Nachhut. Allmählich hatte er die Spielchen satt. *Kommt und zeigt euch endlich, ihr Feiglinge!* Aber in der Dunkelheit regte sich nichts.

Es dauerte nicht lange, bis sie auf eine weitere Abzweigung stießen, aus der ihnen frischere Luft entgegenwehte. Prompt schlug Hrodomar diese Richtung ein. Das Wispern wurde lauter. Athanor hob das Schwert höher und starrte angestrengter in die Finsternis. Auf seiner Klinge spiegelte sich das Licht der Laterne, machte ihn noch blinder für das, was sich in der Schwärze verbarg.

Als Elanya erschreckt Luft einsog, wirbelte er herum.

»Heilige Drachenscheiße!«, entfuhr es Hrodomar.

Nur Davaron blickte ungerührt zu den Schädeln hinauf, die an den eigenen Haaren von der Decke und den Wänden des Stollens hingen. In seiner Miene stand dieselbe düstere Verachtung, die er allem Nicht-Elfischen entgegenbrachte.

Einige Häupter trugen noch Helme. Eiserne Ringe und Stachelkugeln schmückten die Bärte. Von den Augen waren nur Schlitze zwischen eingetrockneten Lidern geblieben. Geschrumpfte Lippen bleckten gelbliche Zähne. Als Kind hatte Athanor geglaubt, dass die Toten in der Familiengruft ihm zugrinsten. Es schien Äonen her zu sein. »Da möchte uns jemand zeigen, was uns blüht, wenn wir weitergehen.«

»Weshalb wir genau das tun werden«, entschied Davaron und scheuchte Hrodomar weiter. »Na los, Zwerg! Denen kannst du nicht mehr helfen.«

Elanya biss sich auf die Lippe und sah Athanor fragend an.

*Sie wartet meine Meinung ab*, stellte er geschmeichelt fest.

»Gehen wir. Er hat ausnahmsweise recht.«

Sie warf einen beunruhigten Blick über die Schulter. »Und wenn es nur das Versteck dieser Geister ist und nichts mit den Kristallen zu tun hat?«

»Dann haben wir uns eben getäuscht.« Er zuckte die Achseln und folgte den anderen unter den vertrockneten Schädeln hindurch.

Nur ein Dutzend Schritte hinter der grausigen Warnung öffnete sich eine weitere Höhle. Nahe des Eingangs klafften Nischen und Löcher in den Wänden, die mit Meißelspuren übersät waren, doch am Rand des Lichtscheins konnte Athanor bereits weniger bearbeitete Bereiche erkennen. Gegenüber führte ein Stollen weiter aufwärts. Die frische Luft schien von dort herabzuströmen. Athanor wagte kaum, auf einen Ausgang ins Freie zu hoffen, aber warum sollten sie nicht endlich einmal Glück haben?

In einigen Öffnungen standen weniger gut erhaltene Totenköpfe. Die Blicke aus den leeren Augenhöhlen schienen Athanor zu folgen, während er an ihnen vorbeiging. Hrodomar eilte mit der Laterne voran. Die Aussicht auf Sternenglas hatte die Angst aus seinem Gesicht gefegt. Neugierig leuchtete er in jedes Loch, und Davaron beugte sich mit hinein, während Athanor und Elanya lieber die Umgebung im Auge behielten.

Im Halbdunkel glitzerte etwas auf dem Boden in der Mitte der Höhle auf, doch der Zwerg und der Elf waren zu sehr mit der Wand beschäftigt, um es zu bemerken. *Hoffentlich sind wir nicht in einen Drachenhort gestolpert*, schoss es Athanor durch den Kopf, als er auf die Stelle zuging. »Ist es das hier?«

»Wo?«, schnappte Davaron, noch bevor er sich ganz umgedreht hatte.

Trotz seiner kürzeren Beine eilte Hrodomar ebenso schnell an Athanors Seite wie der Elf. Elanya folgte ihnen langsamer. Ihr Blick flog zwischen dem glänzenden Haufen und dem Eingang hin und her.

»Firas Flamme!«, jubelte Hrodomar und fiel vor den dunklen, größtenteils unförmigen Brocken auf die Knie. »Das ist es! Das ist Sternenglas!« Er hob ein Stück in die Höhe, dessen glatte Kanten tatsächlich an einen Kristall erinnerten. Der Stein war von dunklem Blau, fast schon schwarz, und doch durchscheinend wie farbiges Glas.

Davaron riss Hrodomar den Kristall aus der Hand. »Dein Volk hat genug Unheil damit angerichtet. Diese hier sind für die Elfen bestimmt.«

»Wenn sie dir nicht dein Leben wert sind, solltest du dich

nicht zwischen ihn und die Steine stellen«, riet Athanor dem Zwerg.

Widerstrebend stand Hrodomar auf. »Wenigstens einen könnte er mir überlassen«, murrte er. »Aus Dankbarkeit.«

»Eher wird er mit seiner Zauberei dein Hirn rösten.«

»Dann sollte er sich nicht wundern, wenn die Feindschaft zwischen unseren Völkern noch ein paar Tausend Jahre andauern wird«, grollte der Zwerg, wich jedoch zurück. »Ich hätte mich bei Großonkel Rathgar für sie verwendet, aber sie scheinen es nicht wert zu sein.«

»Wem sagst du das.« Gelangweilt sah Athanor zu, wie der Elf mit Elanyas Hilfe sämtliche Kristallbrocken aufklaubte. Die Elfe flüsterte Davaron etwas zu, und er nickte ernst. Mit geradezu andächtigem Blick nahm sie jeden Stein einzeln in die Hand und schien ihn mit den Fingern zu streicheln. Machte sie sich so viel aus Juwelen?

»Wenn ihr ihm einen einzigen gebt, wird er bei seinem Onkel, dem König, ein gutes Wort für die Elfen einlegen«, übersetzte Athanor nun doch. Den Elfen Gier nachweisen zu können, würde ihn zutiefst befriedigen.

Elanya sah verblüfft erst ihn, dann Davaron an. »Sollten wir darauf nicht eingehen?«

»Das ist dummes Geschwätz«, wehrte Davaron ab. »Wie viel Einfluss kann der Grünschnabel schon auf diesen Barbaren haben? Außerdem ist er ein Zwerg. Er würde uns alles erzählen, um an Sternenglas zu kommen.«

»Wäre es nicht trotzdem einen Versuch wert? Wir könnten wieder Handel mit den Zwergen treiben.«

»Wenn wir tot sind, können wir keinen Handel mehr treiben«, gab Davaron gereizt zurück. Die ausgebeulte Tasche, die er sich ungeschickt umhing, wog sicher so viel wie ein Eimer Wasser. »Wir wissen noch nicht, wie viele Kristalle wir brauchen werden, um zu überleben, also werde ich keinen davon verschwenden.«

*Wusste ich's doch.* »Wie's aussieht, wirst du kein Sternenglas bekommen«, sagte er Hrodomar und merkte, dass er selbstzufrieden lächelte.

»Das habe selbst ich verstanden«, brummte Hrodomar. Er nahm die Laterne wieder auf und ging den Teil der Wand ab, den er noch nicht untersucht hatte, aber er musterte sie nur noch oberflächlich. Offenbar hatte bereits jemand alle Kristalle zusammengetragen, die es hier zu holen gab.

»Wir haben, was wir wollten. Gehen wir«, beschloss Davaron.

Elanya nickte und griff nach ihrem Bogen. »Je schneller wir hier rauskommen, desto besser.«

»Könnte der andere Stollen dort ein Ausgang sein?«, erkundigte sich Athanor bei Hrodomar.

Der Zwerg schüttelte den Kopf. »Das ist unwahrscheinlich. Mir ist nicht bekannt, dass es je einen gab. Außerdem würden hier dann Fledermäuse und anderes Getier hausen.«

»Dann also zurück zum Tor.« Wenn Hrodomar mit seinem Orientierungssinn nicht nur geprahlt hatte, sollte das nicht wieder Tage dauern.

Die Elfen ließen ihm mit der Laterne den Vortritt, und Athanor beschloss, allen voranzugehen. So würde ihm wenigstens niemand im Weg stehen, falls ihnen jemand auflauerte.

Sein eigener Schatten huschte vor ihm her. Kein Wispern war mehr zu hören, nur ihre leise hallenden Schritte. Die Umrisse der aufgehängten Schädel schälten sich aus der Dunkelheit. Ohne sich nach ihnen umzusehen, ging Athanor unter den Häuptern der toten Zwerge hindurch, doch die Versuchung war da. Ihm war, als bohrten sich ihre Blicke in seinen Rücken. Wollten sie ihn warnen, oder gierten sie auf seine baldige Gesellschaft?

*Mein Kopf bleibt auf meinen Schultern. Nur damit das klar ist.* Wie um den Gedanken zu unterstreichen, bewegte er den Schwertarm, um ihn geschmeidig zu halten. Hatten diese Mumien auf dem Hinweg auch schon so gestunken? Ein Geruch nach ranzigem Fett und ungewaschenem Körper stach ihm in die Nase. *So riecht doch kein...*

Athanor riss die Klinge hoch. Um ihn lösten sich bleiche Gestalten aus dem Fels.

# 14

Retheon schloss die mit Bronze und Glaseinsätzen verzierte Tür seines Hauses und blickte zum sternenklaren Nachthimmel empor. Doch während er sich den Sternen auf Uthariel nah fühlte, kamen sie ihm hier in Anvalon fern und unbedeutend vor. *Ich bin ein sentimentaler alter Mann geworden*, dachte er und straffte seinen müden Körper. Der lange Ritt von der Grenze zum Sitz des Hohen Rats steckte ihm von Mal zu Mal mehr in den Knochen. Umso nötiger hätte er sich ausruhen müssen, aber wenn Ivanara, die Erhabene, um ein Gespräch bat, konnte er nicht ablehnen. Immerhin hatte sie seinetwegen für den nächsten Morgen eine Zusammenkunft einberufen. Es war ihr gutes Recht, vorab mit ihm über sein Anliegen zu sprechen, damit sie sich auf die Versammlung vorbereiten konnte.

Ivanaras Turm befand sich am anderen Ende des Tals, oben am Hang, wo die Söhne und Töchter Heras lebten. Retheon schlug den Weg dorthin ein und versank erneut in Gedanken. Er musste der Ratsvorsitzenden endlich gestehen, dass er zu alt geworden war. Immer öfter ertappte er sich dabei, über die Reise zur Stätte des Ewigen Lichts nachzudenken. Er musste sie antreten, solange er noch rüstig genug war, um nicht unterwegs zusammenzubrechen. Doch wer sollte die Bürde des Amts von seinen Schultern nehmen? Jahr für Jahr stellte er sich diese Frage, und Jahr für Jahr verschob er seinen Abschied, weil er keine Antwort darauf fand. Valarin war zwar tapfer und pflichtbewusst, aber kein Anführer. Allen anderen fehlte es an Erfahrung. Sie waren schlicht zu jung und hatten noch keine ernsthaften Angriffe auf die Elfenlande erlebt. Wie er es auch drehte und wendete, die Einzige, die über genügend Wissen und Autorität verfügte, war Mahalea. Und Mahalea war die Einzige, deren Berufung zur Kommandantin die Trolle niemals hinnehmen würden.

Retheon konnte es ihnen nicht verdenken. Ihnen ausgerechnet die Tochter des Mannes vor die Nase zu setzen, der sie in die Knechtschaft gezwungen hatte, wäre ein Schlag ins Gesicht gewesen. Um sich die Trolle gefügig zu halten, war es klüger, sie nicht zu provozieren. Aber wer sollte ihm stattdessen ins Amt folgen? Konnte er diese Frage dem Hohen Rat überlassen, ohne eine Empfehlung zu geben? Und gerade jetzt wurde ein fähiger Kommandant dringend gebraucht. Er würde noch eine Weile durchhalten müssen.

Eine nächtliche Spaziergängerin kam ihm auf dem ausgetretenen Pfad entgegen und grüßte höflich. Retheon neigte nur das Haupt, dann war die Fremde vorüber. Ihre Schritte verloren sich in Lautenklang und Gesang, die leise aus einem der Gärten herüberwehten. Irgendwo in Anvalon fanden sich immer einige Elfen zu Musik und Tanz zusammen, trugen ihre neuesten Gedichte vor oder rezitierten die Werke der Ahnen. Retheon sah den warmen Schein ihrer Laternen und fragte sich, wie lange dieses unbeschwerte Leben andauern mochte. Seit ihm eine seiner Harpyien von dem Elf berichtet hatte, der bei Nacht an Uthariel vorbeigeschlichen war, verfolgten ihn düstere Ahnungen. Wer heimlich tat und seine Spuren verwischte, konnte nichts Gutes im Schilde führen. Doch noch nie hatte ein Elf willentlich seinem Volk geschadet. Dass diese Beobachtung mit der Unruhe unter den Orks zusammenhängen könnte, durfte nicht wahr sein. Aber der Schluss drängte sich ihm immer wieder auf und verfolgte ihn bis in seine Träume. Er musste Ivanara nicht nur von Mahaleas Erkenntnissen berichten, sondern auch seinen unerhörten Verdacht mit ihr teilen.

Im Gesträuch am Wegrand raschelte es. Retheon schenkte dem Geräusch keine Beachtung. Wie alle Städte der Elfen war Anvalon in den umgebenden Wald gebettet und mit ihm verwoben. Seine Tiere lebten in Eintracht mit den elfischen Bewohnern. Es gab keinen Grund, hier nachts auf der Hut zu sein, und doch spürte Retheon ein wachsendes Unbehagen. Abrupt hielt er inne. In der seidenen Robe und ohne seine Rüstung fühlte er sich mit einem Mal sehr verwundbar. Dieser Bote, der ihm die Nachricht Ivanaras gebracht hatte ... Er hatte ihn schon einmal gesehen. Aber er hätte geschworen, dass der Mann nicht Ivanaras Gefolge angehörte, sondern ...

Hastige Schritte brachten ihn dazu, sich rasch umzudrehen.

Schon war die Gestalt direkt vor ihm. Eine Klinge blitzte auf, stieß auf ihn zu.

»Du weißt zu viel, alter Mann«, sagte sein Mörder. Retheon kannte ihn. Doch alles, was er dachte, während er zu Boden sank, war, dass er nun niemals das Ewige Licht sehen würde.

Für einen Geist prallte seine Axt zu real auf Athanors Schwert. Ein Gespenst wäre auch nicht krächzend hintenübergefallen, wenn ein Elfenpfeil aus nächster Nähe sein Herz durchbohrte. Und vermutlich hätte ein körperloses Wesen auch nicht so elend nach altem Schweiß gestunken.

Blut spritzte auf, während Athanors Klinge eine rote Furche über den Leib seines Gegners zog. Rot wie die Augen des Zwergs – falls man dieses Scheusal noch so nennen konnte. Seine gefletschten Zähne waren nadelspitz und hatten die Lippen in eine blutige Masse verwandelt. Trotz der klaffenden Wunde, in der die Rippen weiß durch das Blut blitzten, sprang es kreischend wieder auf Athanor zu, der gerade einen Angriff von der Seite abwehrte. Hrodomars Axt fuhr dazwischen, trennte den Arm des Scheusals vom Rumpf. Zuckend ging der Widerling zu Boden, wo er nach Athanors Beinen biss. Athanor trat nach ihm, während er mit dem Schwert den bleichen Wanst eines anderen Gegners durchbohrte. Der entstellte Zwerg schien die Klinge in seinem Bauch nicht zu bemerken. Brüllend warf er sich auf Athanor, der ihn mit ausgestrecktem Arm auf Abstand hielt. Die langen gekrümmten Nägel an seinen Fingern kratzen wie Krallen über Armschienen und Waffenrock, und schon tauchte zu Athanors Rechten ein neuer Gegner auf. In schwere Rüstung gewandet trampelte der Mistkerl über den Sterbenden am Boden.

Es gelang Athanor gerade noch, seine Waffe aus dem Leib des halb nackten Zwergs zu ziehen und sie zu einer unbeholfenen Parade zwischen sich und den Krieger zu bringen. Stachelkugeln hingen in dessen verfilztem Bart. Athanors Klinge geriet unter das Blatt der Axt und verfing sich. Mit der Linken wehrte er den Kerl mit der Bauchwunde ab, mit rechts versuchte er, seine Waffe wieder frei zu bekommen. Aus dem Augenwinkel sah er, wie ein weiterer Gegner mit einem Pfeil im Auge zu Boden ging. Wild schwankte die Laterne in Hrodomars Hand und ließ die Schatten umherwirbeln.

Mit einem Ruck hebelte Athanor dem Wächter die Axt aus der Hand. Im gleichen Augenblick schlug Davaron dem zähen Zwerg mit der Bauchwunde den Schädel ein. Den Wächter störte der Verlust seiner Waffe nicht. Blut spritzte von seinen zerfetzten Lippen, als er sich mit einem Schrei gegen Athanor warf. Athanor fehlte Zeit, um auszuholen. Sein Hieb glitt an der Rückenplatte der Rüstung ab, während die gepanzerte Schulter des Zwergs in seinen Magen rammte. Trotz Kettenhemd und Polster genügte die Wucht, um ihm die Luft aus den Lungen zu treiben. Er krümmte sich, schlug mit dem Schwertknauf blindlings auf den Rücken des Wächters, kämpfte um sein Gleichgewicht.

Davarons Klinge fuhr von der Seite zwischen Helm und Harnisch in den Hals des Zwergs. »Steh mir nicht im Weg!«, herrschte er Athanor an.

»Es sind zu viele!«, rief Elanya. »Wir müssen den anderen Gang versuchen.«

Athanor brauchte seine ganze Kraft, um den sterbenden Wächter von sich wegzustemmen und ihn dem nächsten Feind entgegenzuwerfen. »Erst mal können vor Lachen«, knurrte er.

Neben ihm brüllte Hrodomar auf. Einen Lidschlag später zerschellte die Laterne am Boden. Fauchend sprangen Flammen aus der Öllache auf. Hastig wich Athanor zurück. Jenseits des Feuers stolperte Hrodomar rückwärts. An seinem Arm tropfte Blut herab.

»Das mögen sie nicht«, zischte Davaron an Athanors anderer Seite. Tatsächlich zogen sich die Scheusale zischend vor Wut vor den Flammen zurück. »Davon könnt ihr mehr haben!«, rief der Elf. »Rückzug!«

Athanor wirbelte herum, packte Hrodomar um die Brust und zerrte ihn mit sich. Hinter ihm leuchtete grelles Licht auf. Hitze sengte ihm über den Nacken. Die Flammen spiegelten sich in Elanyas Augen. Sie gab ihm Deckung, doch ihr Köcher war beinahe leer.

»Ich kann selbst laufen!« Zappelnd befreite sich Hrodomar

aus Athanors Griff und strauchelte prompt. Fluchend kam er wieder auf die Füße, rannte an Athanor vorbei, der Elanya aufholen ließ. Das fehlte unter seinen feigen Taten noch, dass er eine Frau als Schutzschild zwischen sich und dem Feind behielt. Davarons magisches Feuer fiel bereits in sich zusammen. Wie von Sinnen kreischten die rotäugigen Zwerge und rasten hinter dem Elf her. Elanya verschoss ihre letzten Pfeile. Auch Athanor wartete, bis Davaron sie eingeholt hatte, erst dann hetzte er in die Höhle zurück. Ohne die Kristalle würde er die verfluchte Mine nicht verlassen.

Mit jedem Schritt wurde es dunkler um ihn. Beinahe wäre er über Hrodomar gestolpert, der die Fackel aus seinem Bündel zerrte. Doch um mit Feuerstein und Stahl zu hantieren, würde die Zeit niemals reichen.

Davaron wollte schon danach greifen und ließ den nutzlosen Stumpf mit einem Fluch wieder sinken. »Hochhalten!«, blaffte er. Athanor riss Hrodomars Arm in die Höhe, statt sich mit Übersetzen aufzuhalten. Es dauerte nur einen Lidschlag, bis Flammen aufsprangen, und doch waren die Gegner fast heran. Athanor rannte, dass ihm war, als berührten seine Füße kaum noch den Boden. Elanya und Davaron eilten mühelos voran, und sogar der keuchende Zwerg hielt mit.

Angerostete Eisenträger stützten den luftigeren Gang. Das Gestein wirkte brüchig, aber Athanor konnte nicht nach oben sehen, ohne aus dem Tritt zu kommen. Flackernd kämpfte selbst die Fackel um ihr Leben. Ihr Licht reichte nur wenige Schritte voraus.

Plötzlich schrie Elanya auf, riss schützend die Arme vor sich und prallte gegen eine Wand. Im gleichen Moment lief auch Davaron dagegen. Sein Schwert entglitt der geprellten Hand. »Achtung!«, rief Athanor dem Zwerg zu und versuchte anzuhalten, doch sein Schwung trug ihn weiter, bis er gegen die Wand stieß. *Sackgasse?* Sein Herz raste wie ein durchgehendes Pferd. Sein Atem brannte sich den Weg in die Lungen, und doch wurde ihm mit einem Schlag kalt bis ins Mark. Keuchend drehte er sich um. Wenn er hier sterben sollte, wollte er dem Tod wenigstens ins Auge sehen.

In der Dunkelheit näherten sich zahllose hastige Schritte. Patschende wie von nackten Füßen und das Knallen genagelter Stiefel. Zischelnd und krächzend ging der Atem der noch unsichtbaren Kreaturen. Elanya stellte ihren Bogen ab und zog die gebogene Klinge.

»Wirf ihnen die Fackel entgegen!«, forderte Athanor.

Hrodomar gehorchte, obwohl er ebenso gut wissen musste, dass es ihnen kaum Zeit erkaufen würde. Die Flammen drohten zu erlöschen, doch sobald die Fackel lag, loderten sie wieder auf. Lächerlich klein sahen sie gegen die totenbleichen Zwerge aus, die mit blutigem Grinsen aus der Dunkelheit traten. Das von unten kommende Licht verlieh ihren Mienen noch dämonischere Züge. In ihren Augen flackerten Irrsinn und Mordlust.

»War mir eine Ehre, mit dir gekämpft zu haben, Herr Hrodomar«, sagte Athanor und spannte sich in Erwartung des Angriffs.

»Und du bist für einen Lügner wirklich nicht übel«, brummte der Zwerg.

Ein Grollen ging durch den Fels. Staub und Steine rieselten von der Decke. Der Boden zitterte. Pfeiler und Eisenträger stöhnten. Überrascht blickten die Scheusale zur Decke hinauf, wechselten Blicke, nur um plötzlich schrill kreischend vorwärtszustürmen. Athanors Hoffnung zerbarst wie der Fels über den irren Zwergen. Unwillkürlich duckte er sich, riss die Arme schützend über den Kopf. Krachen und Poltern betäubte seine Ohren. Staub wirbelte auf, raubte ihm Atem und Sicht zugleich. Steine und Erde prasselten auf ihn herab. Es war, als sei er in die einstürzenden Säulengänge Theroias zurückversetzt. Vielleicht konnte man seinem Schicksal einfach nicht entfliehen. Nun würde er also doch auf so schmähliche Art sterben.

Hustend richtete sich Athanor auf. Die Luft war noch immer mit Staub erfüllt, und neue Wolken stiegen auf, als sich Athanor bewegte. Seine Schulter schmerzte, wo ihn ein Stein wie ein Keulenhieb getroffen hatte. Dass seine Finger noch den Schwertgriff umklammerten, überraschte ihn, doch im nächsten Moment ging ihm das viel größere Wunder auf. *Ich kann die Klinge sehen!*

Woher kam das Licht? Die Fackel lag schließlich unter einer Elle Schutt begraben.

Er blinzelte gegen den Staub auf seinen Lidern an nach oben. Die Decke und ein Teil der Seitenwand des Stollens waren über den verfluchten Zwergen eingestürzt. Nur drei Schritte brüchiges Gestein hatten den Gang von der Oberfläche getrennt. Erde und Felsbrocken waren nachgerutscht und häuften sich nun zu einem kleinen Grabhügel über den Toten auf. Zumindest hoffte Athanor, dass keine dieser Kreaturen überlebt hatte. Golden tanzte der Staub in ein paar Sonnenstrahlen, die durch das entstandene Loch im Berghang fielen.

»Baumeisters Bart!«, grummelte Hrodomar. »Das war verdammt knapp.« Neue Staubwolken stoben auf, als er sich den Dreck aus dem Bart schüttelte. »Wie konnte das passieren? Die Pfosten sahen noch sehr stabil aus.«

Athanor hätte die rostigen Träger anders eingeschätzt, aber es war sicher sinnlos, mit einem Zwerg darüber zu streiten. Zu seiner anderen Seite klopfte sich Elanya den Staub von ihrem Harnisch, bis sie niesen musste. Nur Davaron rappelte sich nicht auf. Er hatte sich gegen die Wand sinken lassen und atmete schwer.

*Er ist einfach eine Memme.* Ungerührt streifte Athanor das Schwert an seiner Hose ab und schob es in die Scheide zurück, während Elanya zögernd auf Davaron zuging.

»Das ... war Erdmagie«, sagte sie, als könne sie es kaum fassen. »Äußerst mächtige Erdmagie!«

Davaron sah feindselig zu ihr auf. »Es sind die Steine. Du hast es doch auch gespürt.«

»Ja, aber sie verstärken nur die Kraft ihres Trägers.«

»Soll das heißen, dass *er* den Stollen zum Einsturz gebracht hat?«, hakte Athanor nach. »Durch Zauberei?« Das konnte nicht wahr sein. Doch Elanya nickte, ohne den Blick von Davaron zu nehmen.

»Er hätte uns alle umbringen können!« Nicht, dass sie nicht ohnehin zum Tode verurteilt gewesen waren, aber er würde keine Loblieder auf den Bastard singen.

Elanya schien ihn nicht zu hören. »Aber es war *Erdmagie*.«

Jenseits des Schutthaufens regte sich etwas. Wispern drang erneut an Athanors Ohr. *Verdammt.* »Ja, o Wunder!«, rief er. »Du kannst ihn später anhimmeln. Wir sollten jetzt abhauen. Hast du das Seil?«, wandte er sich an den Zwerg.

»Nein, das hat sie.« Hrodomar deutete auf Elanya, die sich besorgt zu den leisen Stimmen umgedreht hatte.

Auch Davaron kam endlich auf die zittrigen Beine. Mit einer Schulter stützte er sich an der Wand ab, während er sein Schwert einsteckte. »Wahrscheinlich fürchten sie das Sonnenlicht, aber ich möchte mich nicht darauf verlassen.«

Elanya legte den Kopf in den Nacken und sah zu der Öffnung im Fels hinauf. »Das schaffen wir.« Rasch holte sie den Strick aus ihrem Bündel. »Wenn du mich hinaufhebst, klettere ich nach draußen und befestige das Seil an einem Baum oder einem Felsbrocken«, schlug sie vor.

Athanor schätzte die Höhe und nickte. So geschickt, wie sich Elanya für gewöhnlich bewegte, sollte ihr der Aufstieg keine Schwierigkeiten bereiten. Um sie so nah wie möglich an das Loch zu bringen, musste er jedoch auf den Schutt steigen, unter dem die erschlagenen Zwerge lagen. Gab der Untergrund deshalb an manchen Stellen so seltsam nach? Athanor versuchte, nicht an die Leichen zu denken, sondern an die Biester, die noch in der Dunkelheit lauerten.

Immer wieder rutschten Steinbrocken unter seinen Füßen weg oder kippten, sobald er sein Gewicht verlagerte. Als er endlich festen Stand hatte, befand er sich doch tiefer unter der Öffnung, als es vom Ende des Stollens aus gewirkt hatte. Elanya hatte sich ihren Bogen und das Seil um die Brust geschlungen. Ihre Taschen hingen mit dem Köcher auf ihrem Rücken.

»Behindert dich der ganze Krempel auch nicht?«, vergewisserte sich Athanor. Das Wispern klang hier näher. Steine und Sand knirschten.

»Es wird schon gehen.«

Athanor verschränkte die Finger und ging ein Stück in die Knie, damit Elanya leichter einen Fuß auf seine Handflächen setzen konnte.

Halt suchend legte sie eine Hand auf seine Schulter. »Jetzt!«

Mit einem Ruck richtete er sich auf, um ihr so viel Schwung wie möglich zu geben. Erstaunlich leicht flog sie empor, bis ihre Stiefel auf Höhe seines Gesichts baumelten. Hastig griff er nach ihren Füßen, trat stützend unter sie und lugte empor. *Schade, dass sie keinen Rock trägt.*

Elanya hatte sich nur wenige Handbreit unterhalb der Öffnung an die Felsen geklammert. »Höher!«, keuchte sie.

Aus dem Augenwinkel sah Athanor, wie Hrodomar einen Stein aufklaubte und in die Finsternis schleuderte. »Verschwindet, ihr Leichenschänder!« Ein zorniges Kreischen antwortete.

Für jemanden, der gerade auf möglicherweise noch nicht ganz toten Leichen stand, fand Athanor den Vorwurf gewagt. Mit aller Kraft stemmte er die Elfe empor. Seine Arme bebten. Er spürte, wie sich sein Gesicht verzerrte, doch plötzlich war das Gewicht verschwunden, und Elanyas Füße entglitten seinen Fingern.

»Wofür ein Ochse doch manchmal nützlich sein kann«, befand Davaron, der lautlos neben ihm aufgetaucht war.

»Dein Pech, dass der Ochse dich nun nicht mehr hinaufziehen wird«, gab Athanor zurück. »Elanya dürfte das nämlich kaum gelingen.«

»Das wagst du nicht«, zischte Davaron. Es klang wie ein Echo des wütenden Zischelns in der Dunkelheit. »Ohne die Kristalle wirst du in Ardarea nicht willkommen sein.«

»Die kann ich mir auch einfach nehmen.«

Ruppig schob sich der Zwerg zwischen Athanor und Davaron. »Wenn ihr euch nicht einigen könnt, werde ich zuerst raufklettern.«

»Darum ging es zwar nicht, aber du hast recht. Deine Rüstung ist schwer. Kannst du dich wirklich hinaufziehen?«

»Der verwundete Arm macht mir mehr Sorgen«, gestand Hrodomar. »Aber unterschätze nie die Kraft eines Zwergs!«

»Vorsicht!«, rief Elanya und warf das Ende des Seils zu ihnen hinunter. Es war so lang, dass es bis zum Boden reichte.

»Also los!« Athanor trat zurück, um dem Zwerg Raum zu geben.

Hrodomar steckte die Axt an den Gürtel, packte den Strick

und klemmte ihn sich zwischen die Beine. Einen Moment lang schaukelte er hin und her wie ein dicker gepanzerter Käfer. Doch dann fand er seinen Rhythmus, zog und schob sich immer höher, bis Elanya ihm half, durch das Loch zu kriechen. Erde löste sich und fiel herab. Hrodomar schien gerade so durch die Öffnung zu passen.

Athanor konnte bleiche Schemen in der Dunkelheit sehen. Mit heiserem Kreischen verliehen sie ihrer Wut Ausdruck, dass ihnen die Sternenglasdiebe zu entkommen drohten. Der Zorn trieb sie näher.

»Dann noch viel Freude mit deinen neuen Freunden«, wünschte Athanor und kletterte das Seil empor. Es war so anstrengend, wie es bei Hrodomar ausgesehen hatte. Zum Glück hatte er das Bündel mit Schaufel und Spitzhacke zurückgelassen. Der raue Strick biss in seine Handflächen, aber er war sehr viel schneller oben als Hrodomar. Dort war es einfacher, sich an den Felsen festzuhalten und durch das Loch zu winden, als sich weiter ans Seil zu klammern. Der Zwerg und Elanya packten ihn unter den Armen und zerrten ihn über den Rand, obwohl es nicht nötig gewesen wäre.

War Gras schon immer so grün gewesen? Nach den endlosen graubraunen Felswänden der letzten Tage schien es förmlich zu leuchten. Auch der Himmel kam ihm ungewöhnlich blau vor. Tief sog er die frische Luft ein und straffte sich. Erst jetzt merkte er, dass er die Sonne vermisst hatte. Sollten die Zwerge doch in ihren dunklen Höhlen vermodern. Er wollte überhaupt nicht zurück unter den Berg.

»Soll ich den Zauberer hochziehen, oder lassen wir ihn noch eine Weile schmoren?«, erkundigte sich Hrodomar.

*Den Humor der Zwerge werde ich allerdings vermissen*, dachte Athanor schmunzelnd. »Lass ihn warten! Das ist er gewohnt. Elanya sollte deinen Arm verbinden. Sie ist eine große Heilerin bei ihrem Volk.« Das war ein wenig übertrieben, aber angesichts der zweifelnden Miene des Zwergs konnte er wohl nicht dick genug auftragen.

»Das hat hoffentlich nichts mit Magie zu tun«, brummte Hrodomar.

»Würdet ihr vielleicht später plaudern und mir endlich helfen, Davaron zu retten?«, empörte sich Elanya. »Er ist kein Sohn Heras, der sich leicht wie eine Feder machen könnte.«

»Dafür brauche ich dich nicht, aber Hrodomar ist verletzt«, erwiderte Athanor und beugte sich über das Loch. Im hellen Tageslicht wirkte es dort unten stockfinster. Dennoch glaubte er, rote Augen zu erkennen, die in der Dunkelheit glühten.

»Zieh mich endlich rauf!«, brüllte Davaron.

Grinsend packte Athanor erneut den Strick. Der Elf musste es geschafft haben, sich einhändig ein Stück nach oben zu ziehen, denn er pendelte bereits am Seil wie zuvor der Zwerg. *Für einen Hänfling ist er verflucht schwer*, schimpfte Athanor im Stillen und lehnte sich zurück, um sein Gewicht einzusetzen. Mit einer Hand loszulassen, um nachzugreifen, war undenkbar, also ging er langsam rückwärts und zog das Seil mit sich.

Ein scharfer Ruck riss ihn plötzlich auf die Knie. Der Strick brannte sich durch seine Handflächen, als hielte er sie noch einmal in Firas Flammen, und schoss ins Loch zurück. Aus der Tiefe ertönte ein Schrei.

»Verflucht!« Athanor sprang auf und stürzte wieder zur Öffnung hinüber.

»Was ist passiert?« Schon war Elanya an seiner Seite, dicht gefolgt von Hrodomar. Zu dritt spähten sie in die Dunkelheit.

»Die haben sich ans Seil gehängt«, vermutete Athanor und überlegte fieberhaft.

»Denen zeigen wir's!« Hrodomar packte das Seil. »Wir ziehen zu dritt.«

Im Stollen gleißte eine helle Flamme auf. Kreischend warf sich eine lichterloh brennende Gestalt zu Boden. Unter zornigem Geschrei wichen die anderen zurück.

»Jetzt!«, rief Athanor.

Wie ein Mann zerrten sie am Strick und hievten Davaron nach oben, bis seine Hand im Loch auftauchte und nach Halt tastete. Elanya lief zu ihm und half ihm über den Rand, während Athanor und der Zwerg das Seil straff hielten. Hrodomar zog es rasch hoch, sobald der Elf auf sicherem Grund lag. Aus eigener Kraft kam er nicht auf die Beine, aber auf Elanya gestützt schaffte er es mit totenbleichem Gesicht zum nächsten Baum, an dessen Stamm er sich lehnte.

»Das war das zweite Mal, dass ich dich aus einem Loch ziehen musste. Beim nächsten Mal schuldest du mir einen von den Klunkern«, drohte Athanor und freute sich diebisch daran, wie Davaron sogleich wieder besitzergreifend nach der Tasche mit den Kristallen griff.

»Gar nichts bekommst du!«, fauchte er. »Es wird kein drittes Mal geben.«

»So viel dazu, dass Elfen keine Gier kennen«, meinte Athanor nur.

Elanya schwieg. Sie war erneut dabei, Hrodomars Arm zu verbinden, der ihr misstrauisch auf die Finger sah. Doch von Zeit zu Zeit schweifte ihr Blick zu Davaron ab, als müsste sie sich vergewissern, dass er noch an Ort und Stelle war. *Was auch immer nun schon wieder zwischen ihnen läuft.*

»Hrodomar will nicht mit Magie geheilt werden«, warnte er Elanya.

»Das könnte ich gar nicht, ohne mich vorher zu reinigen. An meinen Händen klebt Blut«, erklärte sie, obwohl er an ihren Händen nur Erde sah. Erst jetzt berührte sie das Blut des Zwergs. »Aber es ist auch nicht nötig. Die Wunde ist nicht tief, und er wird sicher bald einen zwergischen Heiler aufsuchen.«

»Wahrscheinlich.« *Er traut dir ja nicht.*

Athanor sah sich um. Sie befanden sich tatsächlich auf einem Berghang, auf dem vereinzelte Bäume zwischen Felsbrocken und Steinhaufen aufragten. Die Zauberquelle, von der Elanya so viel gesprochen hatte, konnte er nicht entdecken. Vielleicht lag sie weiter unten, wo der Wald dichter wurde. Seine Handflächen brannten noch immer, und wie so oft nach einem Kampf spürte er erst jetzt, wo er Hiebe abbekommen hatte und Krallen durch seine Hose gedrungen waren. Aber er war glimpflich davongekommen. Der Dunkle nahm seine Herausforderungen einfach nicht ernst.

Hatten diese Scheusale wirklich genug Angst vor dem Sonnenlicht, um in ihrem Loch zu bleiben? Zwerge kamen nie gern an die Oberfläche, doch diesen Irren traute Athanor alles zu.

Neugierig ging er hinüber und spähte noch einmal durch die Öffnung. Sofort ertönte wütendes Heulen und Schreien.

»Wir sollten einen Stein auf die Öffnung rollen, bevor sie einen Weg finden, uns zu folgen«, riet Hrodomar und tätschelte einen Felsbrocken, den sie zu zweit gerade noch bewegen konnten. Gemeinsam lösten sie ihn von seinem Platz und rollten ihn vor sich her. Steine knirschten unter dem enormen Gewicht. Der Felsbrocken drohte, aus der Bahn zu geraten und bergab zu rollen, doch Athanor konnte sich gerade noch mit der Schulter dagegen stemmen. Über dem Loch fügte sich der Stein in den Hang, als hätte er nie woanders gelegen. Zufrieden klopfte sich Athanor den Dreck von den Händen. »Da kommt niemand mehr raus. Außer einem Elf mit Zauberkräften vielleicht.«

Hrodomar riss die Augen auf. »Der Elf hat den Stollen einstürzen lassen?«

»Behauptet er zumindest. Und es kam etwas zu gelegen, findest du nicht?«

»Baumeisters Bart! Sie sind gefährlicher, als ich dachte.« Doch Hrodomars beunruhigter Blick richtete sich zum Himmel, bevor er Athanor wieder ansah. »Es wäre wirklich besser, sie zu Verbündeten zu haben. Aber Wesen, die zaubern können, darf man nicht trauen.« Wieder sah er kurz, aber besorgt nach oben.

Athanor kannte die Anzeichen. Die seltsame Angst, die Zwerge im Freien befiel, hatte von Hrodomar Besitz ergriffen. »Wer waren die da drin?«

Hrodomar kratzte sich die bärtige Wange. »Solche ... Zwerge«, – er benutzte das Wort mit sichtlichem Widerwillen –, »habe ich noch nie gesehen. Ihrer Kleidung nach waren es gewöhnliche Hauer und Wächter. Wie jene, die damals verschwunden sind. Aber dass der Fluch ihre Leben so sehr verlängert haben könnte ... und sie so entstellt hat ...« Er schüttelte den Kopf und ließ hastig den Blick über die Umgebung schweifen. »Es wird Zeit zu gehen. Der Weg zum Tor ist weit.«

»Wirst du ihn finden?« Athanors Vertrauen in die Orientierungskünste der Zwerge war aus Erfahrung nicht groß.

»Ihr werdet mich nicht begleiten, hm?«

»Ich fürchte, wir sind nicht gerade erwünscht.«

Hrodomar nickte und reichte ihm die Hand. »Es war mir eine Ehre, Herr Athanor. Mit dir würde ich jederzeit wieder einen verfluchten Stollen erforschen.«

»Aber nur, wenn du Bier statt Wasser mitbringst.« Der Zwerg lachte. »Das gilt! Allzeit sichere Stollen, Herr Athanor.« Er rückte sein Bündel zurecht und klaubte das Seil auf, während sein Blick schon wieder gen Himmel zuckte.

»Allzeit sichere Stollen, Herr Hrodomar.«

Elanya legte die Hand auf den Stein, mit dem sie das Loch verschlossen hatten, und sah aus, als horchte sie auf etwas. »Ich kann den Zorn des alten Geists spüren«, behauptete sie. »Der ganze Berg ist damit getränkt.«

Athanor sah sich zweifelnd um. »Hier draußen wirkt doch alles friedlich.«

»Der Eindruck täuscht.« Sie nahm die Hand von dem Stein und deutete stattdessen auf einige Bäume. »Siehst du nicht, wie verdreht und knorrig sie wachsen? Manche Äste sind kahl und abgestorben. Und diese Tanne? Ihre Nadeln sehen aus, als sträubte sie ihr Fell.«

»Mag sein.« Bäumen hatte er noch nie viel Aufmerksamkeit geschenkt. Sie standen herum und spendeten Schatten und manchmal ein Dach gegen den Regen. Mehr musste er nicht über sie wissen.

»Wir dürfen nicht lange hierbleiben, sonst wird der Fluch beginnen, auch uns zu vergiften«, warnte Elanya. »Ich möchte nicht enden wie diese schrecklichen Kreaturen dort unten.«

»Du glaubst, dass sie einst gewöhnliche Zwerge waren?« Dann hatte Hrodomar vielleicht nicht so falsch gelegen.

»Der Fluch hat sie um den Verstand gebracht und in ihre schlimmsten Albträume verwandelt.« Sie schauderte, doch im nächsten Moment huschte ein zaghaftes Lächeln über ihr Gesicht. »Hast du nicht bemerkt, dass sie zaubern konnten? Sie wurden eins mit dem Fels. Sie sind alles, was Zwerge niemals zu sein wünschen.«

*Da ist etwas dran.* Athanor rieb sich das Kinn und stellte fest, dass er sich seit Tagen nicht rasiert hatte. Kein Wunder, dass sich Elanya rasch abwandte.

Sie ging zu Davaron hinüber, der die Augen geschlossen hatte. »Kannst du laufen? Wir müssen fort.«

Er nickte schwach. »Gib mir noch einen Moment.«

Elanya sah aus, als wollte sie noch etwas sagen, doch sie zögerte. Mit unstetem Blick stand sie da. »Seit wann beherrschst du Erdmagie?«, platzte es schließlich aus ihr heraus.

Gereizt verzog Davaron das Gesicht. »Schon immer.«

»Aber warum hast du nie etwas davon gesagt? Du wärst …«

»Hör endlich auf damit!«, brüllte Davaron. »Du hast keine Ahnung, wovon du sprichst!«

Trotzig verschränkte Elanya die Arme. »Dann erklär's mir doch.«

»Was willst du hören? Wie hart es war, als Halbblut unter den Abkömmlingen Piriths aufzuwachsen? Sieh mich doch an! Ich sehe nicht einmal aus wie sie!«

Auf Elanyas Gesicht malte sich Begreifen ab, was mehr war, als Athanor von sich behaupten konnte. »Deshalb hast du geschwiegen? Deshalb hast du in Kauf genommen, für deine geringen Künste in der Feuermagie verspottet zu werden?«

»Ja, stell dir vor, so war es.«

»Wusste Eretheya davon?«

*Wer zum Henker ist Eretheya, und welche Rolle spielt das?* Athanor genügte es zu wissen, dass der Elf einen weiteren, sehr wunden Punkt hatte.

»Natürlich wusste sie es! Sie war meine Frau.« Davaron stemmte sich auf die Beine. »Und *du* wirst es gefälligst für dich behalten, sonst wird es dir sehr leidtun.« Er starrte Elanya so hasserfüllt an, dass Athanors Hand zum Schwertgriff glitt. »Das gilt auch für dich«, drohte ihm der Elf. »Ein falsches Wort, und du wirst wünschen, in diesem Stollen geblieben zu sein.«

»Wir sollten es lieber jetzt gleich zu Ende bringen«, knurrte Athanor und wollte blankziehen, doch Elanya legte ihm rasch die Hand auf den Arm.

»Der Fluch ergreift bereits von uns Besitz. Lasst uns gehen, bevor wir noch mehr Dinge sagen oder tun, die wir später bereuen müssten.«

Er wies sie lieber nicht darauf hin, wie oft er auch ohne den Fluch des Astars schon kurz davor gewesen war, den Bastard zu erschlagen.

»Wir müssen die Kristalle sicher nach Anvalon bringen«, mahnte sie. »Wenn wir nicht zusammenhalten, kann deine Mission noch immer scheitern, Davaron.«

Der Elf musterte sie geringschätzig, sagte aber nichts mehr.

# 15

Allmählich fragte sich Athanor, ob die Götter doch mehr Anteil am Schicksal der Menschen nahmen, als er glaubte. Noch nie hatte der Donnergott so häufig gewütet wie in diesem Sommer. Und selbst die Urmutter Kaysa, die zugleich Herrin über die Tiere war, schien Theroia im Zorn verlassen und ihre Schützlinge mit sich genommen zu haben. Denn während sie im Norden auf Schritt und Tritt auf Wild gestoßen waren, kam ihnen die daranische Ebene wie leer gefegt vor, obwohl das Land hier fruchtbarer war und reichlich Nahrung bot.

Die ständigen Unwetter spülten Wegbefestigungen fort und hinterließen schlammige Pfade, in denen jeder Karren stecken geblieben wäre. Athanor und die Elfen hielten sich auf trockenem Grund, sodass sie dennoch gut vorankamen. Abseits der Wege im Wald zu wandern fiel ihnen ohne die Packtiere sogar leichter. Es nagte an Athanor, dass er das Muli verloren hatte, aber er hoffte, in den Elfenlanden eine angemessene Entschädigung zu erhalten. Das war das Mindeste, was ihm die Elfen für ihren Verrat schuldeten.

Dank Elanyas Heilzauber hatte Davaron sie nicht aufgehalten. Mittlerweile merkte Athanor ihm nicht einmal mehr Schwäche an. Nur die gelegentlichen Flüche, wenn Davaron aus Gewohnheit versuchte, seine fehlende Hand zu gebrauchen, riefen ihm die Verletzung ins Gedächtnis.

Da die daranische Ebene einst so viele Menschen ernährt hatte, erhoben sich am Wegrand besonders häufig die Überreste niedergebrannter oder verlassener Dörfer. Einst hatte Athanor jedes Mal, wenn er an leer stehenden Häusern vorbeigelaufen war, insgeheim erwartet, dass jeden Augenblick jemand auftauchte – die Hausherrin, ein Kind, ein Stallknecht. Stattdessen war er höchstens auf jagende Orross oder Orks gestoßen. Doch nun merkte er, dass er nichts mehr erwartete. Die Häuser waren nur noch leere Gemäuer für ihn. Dass auf den Schwellen Unkraut spross und die Fensterläden schief in den Angeln hingen, fiel ihm nur noch auf, wenn er darüber nachdachte.

Als sie gegen Abend ein weiteres verlassenes Dorf erreichten, braute sich am Horizont bereits ein neues Gewitter zusammen.

»Für die Nacht sollten wir hierbleiben«, schlug er mit einem Blick zu den dunklen Wolkentürmen vor.

Elanya nickte. »Gut. Vielleicht finde ich sogar etwas Leim, der noch nicht vertrocknet ist.«

Athanor zweifelte daran, aber da sie keine Zeit hatten, um Leim zu kochen, und Elanya neue Pfeile brauchte, konnte es nicht schaden, die Augen offen zu halten. Bevor sie sich für ein Gebäude als Unterschlupf entschieden, empfahl es sich ohnehin, einen Blick in jedes der mit Schilf gedeckten Häuser zu werfen. Auch wenn sie bislang keinem Ungeheuer mehr begegnet waren, mussten die Biester irgendwo sein.

Davaron setzte sich schweigend auf den Rand eines ausgehöhlten halben Baumstamms, der einst als Viehtränke gedient hatte. Warum er sich nie daran beteiligte, in den Ruinen nach brauchbaren Dingen zu suchen, konnte Athanor nicht einmal raten, und es war ihm zu gleichgültig, um danach zu fragen. Haus für Haus ging er das kleine Dorf ab. Herrenloses Vieh und Wild hatten die geflochtenen Zäune eingerissen, um an die Früchte in den verwilderten Gärten zu gelangen. Überall bröckelte der geweißte Putz von den Wänden aus Flechtwerk und Lehm. Für ihre strahlend weißen Häuser war die daranische Ebene fast so berühmt gewesen wie für ihre reichen Ernten. Bald würde nichts mehr davon übrig sein.

Die meisten Türen und Fenster standen offen. Athanor hatte sich schon oft gefragt, ob die einstigen Bewohner aus den Häusern gezerrt worden oder davongerannt waren, ohne sie zu schließen. Dennoch roch es innen oft modrig, manchmal auch nach Fledermauskot, der den Boden bedeckte, obwohl Athanor keines der Tiere entdecken konnte. Viele der kleinen Häuser besaßen ohnehin nur ein Stockwerk, auf dem direkt das Dach saß. Dort hatte sich einst der Rauch des Herdfeuers gesammelt und die Balken geschwärzt. Tische, Bänke und Schemel standen oder lagen herum. An den Wänden hingen Töpfe und getrocknete Kräuterbüschel. Reisigbesen lehnten von Spinnen eingewoben in dunklen Ecken, Kessel standen über alter Asche, als sei noch gestern in ihnen gekocht worden. In Regalen fand sich Keramik, wenn sie nicht in Scherben am Boden lag.

Athanor öffnete jede Truhe, die er fand, – wenn es nötig war, auch mit Gewalt. Je länger der Krieg zurücklag, desto seltener stieß er dabei auf brauchbaren Proviant. Kornkäfer hatten fast jedes Getreidekorn ausgehöhlt. Maden wanden sich in spärlichen Mehlresten, und in vielen Kisten hausten Mäuse, hatten alles Genießbare gefressen und den Rest in Fetzen für ihre Nester zernagt. Der Inhalt war mit Urin getränkt und von schwarzem Mäusekot durchsetzt, doch daran störte sich Athanor nicht. Da die meisten Flüchtlinge alles mitgenommen hatten, was ihnen wertvoll erschienen war, gab es wenig genug zu finden. Jedes unscheinbare Messer, jede Socke, in der noch keine Mottenlöcher prangten, konnte ihm helfen, den nächsten Winter zu überstehen, also durchwühlte er den Dreck. Das Einzige, was er in diesem Dorf fand, war jedoch eine grob geschmiedete Bronzefibel, mit der er seinen Umhang schließen konnte, falls er die eigene verlor.

Athanor steckte sie ein und kehrte zu den Elfen zurück. Elanya wartete bereits neben der Statue Baris', der Göttin des regenreichen Südwestwinds, die in der Mitte des Dorfs unter einem alten Baum stand. Auf dem kleinen Altar zu ihren Füßen lag anstelle von Weihegaben nur altes Laub.

»Hast du Leim gefunden?«, fragte er, obwohl sie dann sicher erfreuter ausgesehen hätte.

»Nein. Du?«

Er schüttelte den Kopf. Wer Leim brauchte, stellte ihn frisch her. Der Geruch von Knochensud war immer wieder durchs Heerlager geweht, wenn die Schützen neue Pfeile gefertigt hatten. »Aber ich habe dort hinten eine Stube gefunden, deren Läden sich noch gegen den Sturm schließen lassen.«

»Warum suchst du eigentlich nie in diesen abgelegenen Häusern mit den winzigen Fenstern?«, erkundigte sich Elanya und deutete auf die Gruft des Dorfs, die sich ein Stück außerhalb befand. »Ich wollte hineingehen, aber die Tür war verschlossen.«

»Das ist ...« Ihm fiel auf, dass die Elfen kein Wort für eine Gruft hatten. In den Schriften behalf man sich deshalb mit einer

Umschreibung.«... ein Haus der Toten. Bei toten Bauern ist nicht viel zu holen.« Als Zeichen des Respekts wurden ihre Leichen in saubere Gewänder gekleidet, aber Waffen und Schmuck fanden sich nur in den Grüften der Vornehmen. Wozu hätte man ihnen auch mehr mitgeben sollen? Die Schatten im Reich des Dunklen hatten keine Verwendung für Wein oder Brot.

Elanya sah ihn verständnislos an. »Ihr baut Häuser für die Toten? Aber sie sind doch nicht mehr hier.«

»Ihre Seelen mögen fort sein, aber ihre Körper bleiben. Je besser das Totenhaus gebaut ist, desto länger können wir sie dort sehen und uns ihrer erinnern.« Sogleich hatte er die mumifizierten Körper seiner Ahnen vor Augen, die ihm sein Vater in den Gängen unter Theroia gezeigt hatte, als er fünf Jahre alt gewesen war. In ihren prunkvollen Rüstungen, gebettet auf vergilbtem Samt, lagen manche wie in ewigem Schlaf. Andere waren weniger fähigen Balsamierern in die Hände gefallen und ähnelten den Schädeln der Zwerge unter dem Gorgon.

»Ihr bewahrt die Leichen auf?«

Was hatte dieses Leuchten in den Augen der Elfe zu bedeuten?

»Kann ich sie mir ansehen?«, fragte sie, bevor Athanor etwas erwidern konnte.

»Tote, die du nicht kennst?«

»Ist das verboten?« Sie klang, als wollte er ihr die kandierten Früchte vorenthalten. Diese Frau war wirklich seltsam.

»Nein, nur ungewöhnlich. Aber wenn ich dir damit einen Gefallen tun kann...«

»Ja. Aber glaub nicht wieder, dass ich deshalb die Nacht auf deinem Lager verbringe«, fügte sie mit schelmischem Lächeln hinzu.

Athanor war zu überrascht, um zu antworten. Sie reisten nun schon einen Mond zusammen, und nie zuvor hatte sie etwas getan, das einem Schäkern so nahe kam wie dieses Lächeln.

»Davaron!«, rief sie. »Wir sehen uns das Totenhaus an. Willst du mitkommen?«

*Man könnte glauben, eine Gruft sei ein Markt mit Gauklern*, dachte Athanor kopfschüttelnd und ging voran. Davaron folgte ihnen, doch in seiner düsteren Miene war nichts von Elanyas Neugier zu entdecken. Vermutlich wollte er nur nicht mehr in der sengenden Sonne sitzen.

Das kleine Haus war das einzige Gebäude aus Stein im ganzen Dorf und sehr schlicht gehalten. Nur zwei schlanke Säulen stützten das Vordach. Die Tür wirkte dagegen massiv und schwer. Das Holz war mit Schnitzereien verziert, in deren Mitte die untergehende Sonne ihre letzten Strahlen über einen Hügel sandte, während der Mond bereits am Himmel stand – das Symbol für den Tod, für den Sieg Hadons über seinen Bruder Aurades, wenn die Nacht anbrach.

Athanor tastete auf dem Sims über der Tür. Der Schlüssel lag tatsächlich noch dort.

»Welchen Sinn hat ein Schloss, wenn jeder Dieb den Schlüssel sofort findet?«, wunderte sich Elanya.

»Es gibt hier nichts, was sich zu stehlen lohnt. Das Schloss soll nur Kinder davon abhalten, ständig die Tür zu öffnen. Sonst verwesen die Leichen.« Athanor öffnete und stieg die Stufen in den dämmrigen Raum hinab. Nur zwei winzige Fenster hoch oben unter der Decke spendeten etwas Licht. In den dicken Wänden der Gruft glichen sie eher zwergischen Luftschächten.

Zu beiden Seiten lagen Leichen auf steinernen Bänken aufgereiht. Einige hatte man auf Kissen gebettet, andere direkt auf die Steinplatten gelegt. Vereinzelt zeugten getrocknete Blumen zu ihren Füßen von den Besuchen Angehöriger. Trotz der offenen kleinen Fenster roch es muffig, und ein Hauch der Balsamieröle hing in der Luft. Athanor ließ den Blick über die Toten schweifen, während er den Mittelgang abschritt. Es war kühl hier unten, doch im Sommer nicht kühl genug, um einen frischen Leichnam schnell genug zu konservieren. Er glaubte, genau sagen zu können, wer von diesen Menschen im Sommer und wer im Winter gestorben war, denn einige waren bereits bis zur Unkenntlichkeit verwest, bevor sie getrocknet waren. An ihren Knochen klebte kaum noch Haut. Andere sahen lediglich sehr hager und unnatürlich braun aus. Von einem Dorfbalsamierer durfte man keine Wunder erwarten, denn die besten Zutaten kosteten den Preis eines Pferds.

Athanor blieb an der Rückwand stehen, wo eine weitere Tür in den Raum der Vergessenen führte, und beobachtete Elanya dabei, wie sie die Leichen betrachtete. Ihre neugierige Miene war tiefem Ernst gewichen. Auf einigen Gesichtern ruhte ihr Blick länger, doch er konnte kein Muster dahinter erkennen. Sie blieb weder bei den kaum noch verhüllten Totenschädeln, noch bei den besonders gut erhaltenen Leichen öfter stehen.

»Sie sind kein schöner Anblick«, stellte sie schließlich fest. »Warum möchten die Menschen sie nicht in Erinnerung behalten, wie sie vor ihrem Tod aussahen?«

»Ich glaube, wir brauchen etwas, das uns an sie erinnert, sonst denken wir zu schnell überhaupt nicht mehr an sie.« *So wie ich an Anandra und Theleus*, fiel ihm mit schlechtem Gewissen ein.

»Dafür könntet ihr sie auch in Stein meißeln oder aus Holz schnitzen oder aus Gold oder Silber ein kleines Bildnis fertigen«, befand Elanya. »*Alles* wäre besser, als sie hier in ewigem Tod liegen zu lassen.«

»Der Tod *ist* ewig«, gab Athanor gereizt zurück. Mit welchem Recht verurteilte die Elfe Theroias Bräuche?

»Nur für eure Seelen«, betonte sie. »Warum gebt ihr nicht wenigstens eure Körper dem Sein zurück, damit neues Leben aus ihnen entstehen kann?«

»Du meinst, wir sollten sie den wilden Tieren zum Fraß überlassen wie die Orks?«

»*Wir* tun es auch«, eröffnete sie ihm.

*Von welchem* »*wir*« *spreche ich eigentlich?* »Na, wenn es dich beruhigt, *mein* Körper wird wohl irgendwann dort draußen verwesen und gefressen werden.«

Dass sie beschämt seinem Blick auswich, linderte seine Wut ein wenig. Aus dem Augenwinkel sah er, wie Davaron beinahe zärtlich die blonde Locke einer Mumie durch seine Finger gleiten ließ.

Im plötzlichen Schweigen bemerkte der Elf, dass er beobachtet wurde, und zog hastig die Hand zurück. Zorn loderte in seinen Augen auf. »Hast du jetzt genug Leichen gesehen, Elanya? Es stinkt erbärmlich hier.«

»Eine Heilerin sollte Leben *und* Tod kennen«, schnappte sie und ging doch zur Treppe zurück.

»Es tut mir leid«, sagte Elanya, als sie in einem der verlassenen Häuser saßen und der Sturm an den Läden rüttelte. »Es war taktlos von mir, dich auf diese Weise daran zu erinnern, dass du dein Volk verloren hast.«

Athanor nahm einen Schluck Wasser und verdrängte die Ähnlichkeit zwischen den Mumien und dem zähen Dörrfleisch, auf dem er gerade gekaut hatte. »Es gibt Schlimmeres. Zum Beispiel ... sein ganzes Volk zu verlieren.« Er hatte es als Scherz vorbringen wollen, doch er merkte, dass es nicht danach klang. Elanya bedachte ihn mit einem undeutbaren Blick.

Warum rutschte ihm bei ihr immer heraus, was ihm gerade durch den Kopf ging? Mit seiner Schwester hatte er sich geschliffene Wortduelle geliefert und die Töchter der Vornehmen zum Lachen gebracht. Er wusste, wie man mit vorlauten Huren sprach und mit welchen Worten man kichernde Mägde in verschwiegene Winkel lockte. Aber wie er Elanya für sich gewinnen konnte, wollte ihm einfach nicht einfallen. Bestimmt lag es an Davaron. Seine düstere Präsenz taugte dazu, jedes Vergnügen im Keim zu ersticken.

Das Unwetter kam näher. Heulend pfiff der Wind ums Haus und durch die Ritzen der klappernden Fensterläden. Die Flammen des Feuers auf der Herdstelle flackerten. Regen prasselte aufs Dach. In der Ferne trommelten Rethors Donnerfäuste auf das Land ein.

Davaron merkte auf. Hatte er neuerdings Angst vor Gewittern? Missmutig beobachtete Athanor, wie der Elf aufstand und sich der Tür näherte. Davarons verbliebene Hand schwebte über dem Griff seines Schwerts.

»Was hast du gehört?«, fragte Elanya leise. Der Sturm war so laut, dass Athanor Mühe hatte, sie zu verstehen, obwohl sie nur drei Schritte entfernt saß. Mit neuer Wucht zerrte der Wind an Läden und Tür. Davaron hob lediglich die Hand, um Schweigen zu gebieten, und lauschte angespannt.

*Wie soll er bei dem Lärm etwas gehört haben?*, zweifelte Athanor, doch allmählich beschlich auch ihn eine Ahnung von Gefahr. Lautlos erhob er sich. Davaron zog sein Schwert.

Mit einem Knall barst die Tür aus den Angeln und prallte dem Elf gegen die Stirn. Er brach zusammen, als hätte man die Fäden einer Marionette durchtrennt. Halb unter der Tür begraben regte er sich nicht mehr. Über seine Schläfe rann Blut. Elanya sprang mit einem erschreckten Laut auf und riss ihre Klinge heraus. Für einen Moment, der ihm ewig vorkam, starrte Athanor die Gestalten im Türrahmen an. Eine Böe fuhr herein, zerrte an ihren Haaren und Umhängen. Im ersten Augenblick glaubte er, die Toten aus der Dorfgruft vor sich zu haben. Leere Augenhöhlen klafften unter schweren Lidern. Knochen stachen durch aufgeplatzte Haut. Verdorrte Lippen gaben gelbe Zähne frei. Doch diese ... *Männer* waren Krieger. Sie trugen Schwerter in den Händen und brüchige Lederharnische am Leib. Auf dem Schädel des Vorderen saß ein Bronzehelm, an dessen Schmuck aus Pferdehaar der Wind riss.

Als die beiden hereinstürmten, fand Athanors Hand den Schwertgriff von selbst. Elanya duckte sich unter dem Hieb des Anführers weg und sprang dem zweiten Krieger entgegen. Athanor brachte seine Klinge gerade rechtzeitig heraus, um die Attacke des Helmträgers abzuwehren. Der Schlag war hart, ungestüm und sollte ihm den Schädel zertrümmern. Athanor parierte ihn über seinem Kopf, ließ die rostige Klinge an seiner Waffe abgleiten und stieß mit der Schwertspitze zu – tief ins Gesicht unter dem Helm.

Etwas knirschte. Die ledrige Linke des Toten packte Athanors Klinge, die Rechte holte zu einem Stich in sein Herz aus. *Scheiße!* Wie tötete man einen Toten? Mit einem gewaltigen Tritt schleuderte Athanor seinen Gegner rückwärts und befreite seine Waffe aus dessen Griff. Der Wiedergänger gab nicht einmal ein Ächzen von sich.

Athanors Blick fiel auf das Herdfeuer. Hastig zog er ein brennendes Scheit heraus. Schon stürzte sich der Tote wieder auf ihn. Athanor wehrte zwei wilde Hiebe ab und drang seinerseits vor. Mit dem Schwert wollte er den Gegner zwingen zu parieren, um ihn gleichzeitig mit vorgerecktem Holzscheit in Flammen zu setzen. Doch der Wiedergänger schenkte der Klinge keine Beachtung. Athanors Hieb fuhr auf die Schulter des Gegners nieder. Knochen zersprangen. Das Schwert drang durch Knochen und Harnisch in den ausgedörrten Leib. Unbeeindruckt packte der Tote die Hand mit dem brennenden Scheit, hielt sie auf Abstand, während er zustach. Athanor drehte sich weg. Die schartige Klinge glitt am Kettenhemd ab. Mit einem Ruck riss er seine Waffe aus dem Leib des Gegners und drosch nach dessen Hals. Das Schwert fraß sich unterhalb des Helms in Wirbel und Sehnen. Der Mistkerl zuckte nicht einmal. Stattdessen stach er nach Athanors Bein. Athanor wich aus. Die eisige Totenhand umklammerte noch immer sein Handgelenk.

»Lass los oder stirb!«, knurrte er und warf sich zur Seite, dem Feuer entgegen. Der Wiedergänger wurde mitgezerrt, geriet zwischen ihn und die Flammen. Zu nah am Gegner, um Waffen zu gebrauchen, drängte Athanor ihn zurück. Der löchrige Umhang fing Feuer. Zum ersten Mal ertönte ein schriller Laut, doch er schien nicht aus dem Mund des Toten zu stammen. Die Finger lockerten ihren Griff. Im gleichen Augenblick prallte der behelmte Schädel gegen Athanors Stirn. Benommen torkelte Athanor rückwärts gegen die Wand.

Angefacht vom hereinfauchenden Wind breiteten sich die Flammen auf dem Wiedergänger aus. Kreischend warf er sich zu Boden, um sie zu ersticken. Athanors Blick suchte Elanya. Gerade hatte ihr Gegner sie in eine Ecke gedrängt, doch sie tänzelte ihn aus, führte einen sinnlosen Hieb in seinen Rücken. Athanor sprang über den brennenden Toten. Noch immer hielt er Schwert und Holzscheit in den Händen, stürzte sich damit auf den neuen Gegner. Der wirbelte herum, ignorierte die Klinge und hieb nach Athanors Linken. Die Armschiene verhinderte, dass er Davarons Schicksal teilte, doch Athanor war, als breche ihm der Schlag die Knochen. Vor Schmerz entglitt ihm das Scheit.

Elanya holte aus und durchtrennte ein Bein ihres abgelenkten Gegners. Athanor traute seinen Augen nicht. Anstatt auch nur zu wanken, blieb der verfluchte Kerl einfach stehen. Er hob sogar wieder das Bein, obwohl der Spalt darin deutlich zu sehen war.

»Er steht wieder auf!«, rief Elanya und sah mit geweiteten Augen an Athanor vorbei. Sie konnte nur den brennenden Toten meinen, denn Davaron lag noch immer halb unter der Tür.

»Schnapp dir die Kristalle und lauf!«, brüllte Athanor. Er packte sein Schwert mit beiden Händen und stürmte auf den Wiedergänger vor sich zu. Mit Schwung trieb er die Klinge durch Harnisch und Leib des Gegners, schob ihn vor sich her und nagelte ihn an die Wand. Hilflos hackte der Aufgespießte mit dem Schwert nach ihm und stemmte sich gegen die Waffe, die ihn festhielt. Ein leises Knirschen verriet, dass er bald wieder frei sein würde.

»Ich kann ihn nicht im Stich lassen«, schrie Elanya, die sich über Davaron gebeugt hatte. »Er lebt!«

»Sollen wir seinetwegen sterben?« Athanor hob eine Truhe und schleuderte sie dem Helmträger entgegen, dessen Gesicht zur Hälfte verkohlt war. Knochen barsten unter dem Aufprall. Der Tote krachte mitsamt der Truhe zu Boden.

»Er darf hier in der Fremde nicht sterben«, zeterte Elanya und zerrte die Tür von Davaron.

Athanor hechtete zu seinem Holzscheit, klaubte es auf. »Er würde dich auch nicht retten!«

»Doch!«

Er riss sein Schwert aus dem Aufgespießten und rammte ihm stattdessen das brennende Scheit in die Kehle. Flammen loderten aus den leeren Augenhöhlen. Wieder der schrille Laut, als das Feuer rasend schnell um sich griff.

Athanor hastete zu Elanya, die sich den Beutel mit den Kristallen umhing.

»Du musst ihn tragen. Bitte!«

Er packte die Tür und riss sie vom Boden hoch. »Verschwinde endlich!« Die Tür als Schild vor sich, stürmte er auf den Helmträger zu, der sich unter der Truhe hervorrappelte. Athanor fegte ihn wieder von den Füßen, begrub ihn unter der Tür und warf sich darauf, um ihn zu zermalmen. Knochen splitterten. Athanor sprang auf und ließ sich noch einmal fallen. Wieder knackte es unter ihm, und doch legten sich mumifizierte Finger um die Kante der Tür.

*Das gibt's überhaupt nicht!* »Du bist tot!«, brüllte er, hackte die Finger ab und zerrte an ihnen, während sein Gewicht den Wiedergänger samt Tür am Boden hielt. Obwohl sie zweifellos durchtrennt waren, spürte er einen zähen Widerstand, als klebten sie noch immer an der Hand fest. Mit ganzer Kraft riss er sie ab und warf sie ins Feuer. Kreischend tobte der Tote gegen die Bretter, auf denen Athanor kniete. Der andere Wiedergänger wälzte sich noch brennend am Boden, doch die meisten Flammen waren bereits erloschen.

»Du kannst sie nicht besiegen. Komm!«, drängte Elanya.

Dass sie um Davarons Willen noch immer im Türrahmen stand, fachte Athanors Wut erneut an. So zornig sprang er auf, dass unter ihm wieder Knochen brachen. »Du sollst abhauen!« Elanya wich vor ihm zurück, doch sie senkte den Blick nicht. Knurrend lud sich Athanor den verfluchten Elf auf die Schulter. Polternd flog hinter ihm die Tür zur Seite. Endlich rannte Elanya hinaus in den Sturm, und Athanor folgte ihr. Der Wind peitschte ihm eisigen Regen ins Gesicht. Sie rannten einfach die Dorfstraße entlang, aber wohin sollten sie fliehen?

»Wir müssen zum Fluss!«, brüllte er gegen den Sturm an und schlug die Richtung zum Ufer ein. Bei ihrer Ankunft hatte er es zwischen den Häusern in der Ferne gesehen.

Elanya hastete an seine Seite. »Warum?«

»Wiedergänger können kein fließendes Wasser durchqueren.« Zumindest hoffte er, dass die Legenden stimmten.

Elanya warf einen Blick über die Schulter. »Sie kommen!«, schrie sie und lief schneller.

Athanor versuchte, mitzuhalten. Auf dem schlüpfrigen Boden glitt er aus, fing sich und verfluchte aufs Neue den Elf, unter dessen Gewicht er schwankte. Jeder Blick nach unten brachte ihn aus dem Tritt. Seine Füße verfingen sich in niedrigen Sträuchern und kamen doch wieder frei. Dass sich Elanya zurückfallen ließ, konnte nichts Gutes bedeuten. Schon hörte er Klingen aufeinanderprallen. Sie hielt ihm den Rücken frei.

*Wo bleibt der verdammte Fluss?* Im Licht der Blitze sah der Regen aus wie eine silbrige Wand und raubte die Sicht. Jäh tauchte das abschüssige Ufer aus der Dunkelheit auf. Athanor schlitterte hinab und stolperte ins Wasser. Sofort lief es kalt in seine Stiefel, tränkte die Hose und zerrte an seinen Beinen. Hinter ihm platschten Elanyas Schritte. Die Fluten waren vom Regen aufgewühlt. Ganze Äste, an denen noch Laub hing, trieben vorbei. Schon nach wenigen Schritten reichte das Wasser Athanor bis zur Hüfte. Das Unwetter hatte den sonst so seichten Fluss anschwellen lassen.

»Vorsicht! Er wird ertrinken!«, rief Elanya und kämpfte sich durch die Fluten neben ihn.

Tatsächlich hing Davaron mit dem Kopf schon fast im Wasser. Athanor warf ihn ab und hielt ihn am Kragen über der Oberfläche. »Folgen sie uns?« Er warf einen Blick zurück, doch das Ufer war bereits hinter dem Regenvorhang verschwunden. Es rauschte so laut, dass er nichts anderes hörte.

»Eben waren sie noch da. Komm!« Elanya wagte sich tiefer ins Wasser. Im nächsten Augenblick sank sie ein und trieb ab. Was sie ihm zurief, übertönte der Donner.

»Verdammt!« Athanor steckte sein Schwert ein, bevor er es in den Fluten verlieren konnte. Gereizt schob er einen Arm unter Davarons Schulter und fasste ihn um die Brust. Der Kopf des Elfs rollte von einer Seite zur anderen wie der einer Puppe. Rückwärts warf sich Athanor ins tiefere Wasser und begann zu schwimmen. Es war vergebens. Sofort packte ihn die Strömung und riss ihn mit sich in die Nacht.

Mahalea duckte sich gegen den Wind, der sie vom Rücken des Greifs zu wehen drohte. Es wäre weiser gewesen zu landen, statt durch dieses Unwetter zu fliegen, doch solange Sturmfeder den Böen trotzen konnte, trieb sie ihn zu noch größerer Eile an.

Die Nachricht von Retheons Ermordung hatte sie tief getroffen. Nicht weil sie dem alten Kommandanten so nahe gestanden hätte. Für sie war er immer nur der Befehlshaber gewesen, dem sie Rechenschaft schuldete, – und einer der wenigen Vernünftigen unter den verblendeten Würdenträgern im Rat.

Was sie viel mehr aufbrachte, war der Mord. Der Greif grollte, als sie vor Zorn die Finger in sein Gefieder krallte. Schuldbewusst lockerte sie ihren Griff, doch ihre Fäuste blieben geballt.

Dass der Mörder *vor* Retheons Rede im Rat zugeschlagen hatte, konnte kein Zufall sein. Sie wünschte, sie *wäre* eine Vertraute des Kommandanten gewesen, denn dann hätte er sie vielleicht in seinen Verdacht eingeweiht. Nun blieben ihr nur Mutmaßungen. Und doch musste der Rat auf schnellstem Wege davon erfahren. Durch zusammengekniffene Lider erkannte sie die Berge, die Anvalon in einem Halbkreis umgaben wie schützende Mauern. Einst hatte ihr Herz vor Freude höhergeschlagen, wenn sie nach Hause gekommen war, aber diese Zeit war längst vergangen. Mit den Jahren hatte sie bemerkt, dass es nur der vertraute Anblick war, der ihr vorgaukelte, ein Besuch in der Heimat sei erfreulich. Stattdessen war sie jedes Mal enttäuscht worden. Ihre Verwandten hatten sich immer mehr von ihr entfremdet. Ihre Warnungen vor einem Mangel an ausgebildeten Kämpfern waren nie auf fruchtbaren Boden gefallen. Alle taten, als gebe es sie nicht. Mahaleas Anwesenheit störte sie nur bei der Vervollkommnung nutzloser Künste und den lächerlichen Streitigkeiten im Rat.

Zwischen den Bäumen des weiten bewaldeten Tals entdeckte sie erste Gebäude. Das flache, lang gestreckte Haus des Wassers folgte den Windungen eines Bachs, der es durchfloss. Die Abkömmlinge Ameas hatten es mit Goldried aus dem Süden gedeckt, das selbst nach Jahren seinen gelben Glanz behielt. Nicht weit davon entfernt leuchtete das kupferne Dach des Hauses der Flammen. Von den besten Magierschmieden der Töchter und Söhne Piriths war es vor Jahrhunderten ganz aus Glas und Kupfer errichtet worden, und noch immer funkelte es in der Sonne wie ein rotgoldener Edelstein.

Mahalea warf einen Blick zum Himmel. Noch gab es über Anvalon Lücken in den dunklen Wolken, durch die Sonnenstrahlen herabfielen. Doch das Unwetter schien ihr gefolgt zu sein. Erste Böen fuhren in die Baumkronen und ließen den Wald wogen wie ein Getreidefeld. Es gab diesen Sommer ungewöhnlich viele Gewitter. Ob es einen Zusammenhang mit der erschreckenden Prophezeiung gab, von der Elanya gesprochen hatte? Mahalea hielt nicht viel von solchen Weissagungen. Sie brauchte keine Albträume, um Gefahr für die Elfenlande vorauszusehen. Aber nach allem, was sie in letzter Zeit herausgefunden hatte, sollte sie sich vielleicht doch anhören, was die blinde Seherin verkündete.

Wo das Tal bereits in die Hänge der Berge überging, erhob sich die Kuppel der Ratshalle, die aussah wie aus Ästen geflochten, obwohl sie aus weißem Marmor bestand. Noch weiter die Anhöhen hinauf ragten die schlanken Türme der Töchter und Söhne Heras empor. Ivanara residierte im höchsten von allen. Seit Jahrtausenden befand er sich im Besitz von Mahaleas Familie, und jede Generation erneuerte die Zauber, durch die seine filigrane Architektur den Elementen trotzte. Uthariel mochte einst ähnlich ausgesehen haben, aber nun hätten die ungeschlachte Festung und der silbrig weiße Turm nicht weniger gemeinsam haben können.

So nah an den Berggipfeln wehte der Wind rauer. Der Greif musste sein ganzes Geschick aufbieten, um auf der kleinen Plattform auf der Spitze des Turms zu landen. Ein wenig steif von dem langen Flug sprang Mahalea ab und tätschelte ihm den breiten Rücken. »Ruh dich aus, und dann geh jagen!« Sie deutete zu den Gipfeln hinüber. »Oben! Nicht im Tal.«

Die Chimäre sah sie mit ernstem Raubvogelblick an, und es war wie so oft unmöglich zu sagen, ob sie ein Wort verstanden hatte. Doch Mahalea hatte jetzt keine Zeit, sich um den Greif zu kümmern. Sie vergewisserte sich, dass Bogen, Köcher und Tasche noch an ihrem Platz waren, und eilte die Treppe hinab.

Das Unwetter hatte Anvalon erreicht. Heulend fuhr der Wind durch die unzähligen Fenster und zerrte Mahalea fast die Kapuze vom Kopf. Auf der Nordseite des Turms musste sie sich jedes Mal gegen die Böen stemmen, bis sich die Treppe wieder aus der Windrichtung gewunden hatte. Gen Süden drohte der Sturm dagegen, sie die Stufen hinabzustoßen. Der viellagige Seidenmantel, der ihr als Rüstung diente, bauschte sich trotz seines Gewichts im Wind. Wieder beschlich sie das Gefühl, dieses Unwetter sei mehr als ein Sommergewitter. Vielleicht hatte etwas den Zorn der Götter erregt, deren Pläne durchkreuzt, wie es einst Astare gewagt hatten.

Es wunderte Mahalea nicht, dass sie bei diesem Wetter niemandem auf der Treppe begegnete. So sehr die Abkömmlinge

Heras das Spiel mit dem Wind und die luftigen Höhen liebten, so sehr verabscheuten die meisten den Regen, der ihre Papierdrachen ebenso schwer und träge machte wie ihre Gemüter. Die ersten Tropfen klatschten Mahalea ins Gesicht, doch sie blinzelte nur. Über Kleinigkeiten wie Regen war sie nach fast zweihundert Jahren als Späherin längst erhaben.

Sie fand Ivanara im Studierzimmer. Die ansonsten offenen Fenster waren mit Läden verschlossen, die im Sturm klapperten. Hauchdünnes Glas schützte die Flamme der Lampe auf dem Tisch, doch im langen weißen Haar der Erhabenen spielte der Wind und blätterte in den Schriften, die sie mit geschnitzten Jadefiguren beschwert hatte. In ihren eisblauen Augen stand Kummer. Wie sich ihre Tante im hohen Stuhl aufrichtete und anlehnte, als Mahalea eintrat, erinnerte sie sie an ihr letztes Gespräch mit Retheon. Doch während das Gesicht des Kommandanten faltig und wettergegerbt gewesen war, hatte sich Ivanara über die Jahrhunderte eine zarte, fast durchscheinende Haut bewahrt.

»Mahalea«, sagte sie erfreut und streckte die Hände aus, um Mahaleas steife, kalte Finger zu umfassen und kurz zu drücken, bevor sie ihr den einzigen anderen Stuhl im Raum zuwies. »Es tut gut, dich gerade jetzt zu sehen.«

*Exakt so lange, bis ich wieder mit meinen ewigen Unkenrufen anfange*, schätzte Mahalea und rang sich ein Lächeln ab. »Als ich von dem Mord erfuhr, bin ich sofort aufgebrochen.«

Ihre Tante nickte kummervoll. »Eine so grausame und sinnlose Tat. Die ganze Stadt, der Rat, alle sind entsetzt. Kaum jemand kann sich noch daran erinnern, wann zuletzt ein Elf einen Elf getötet hat. Es ist Verrat am eigenen Volk.«

*Verrat. Du sagst es.* »Weiß man denn schon, wer es getan hat?«

»Nein. Niemand hat etwas gesehen. Es hat sich eine Frau gefunden, die Retheon kurz vor dem Mord begegnet ist, doch sie sagt, er sei allein gewesen.«

»Wer ist diese Frau? Könnte sie dann nicht ...«, begann Mahalea, doch Ivanara fiel ihr ins Wort.

»Das halte ich für ausgeschlossen. Sie ist ein zartes junges

Ding und wusste nicht einmal, wer Retheon ist. Ich habe selbst mit ihr gesprochen. Du kennst mich. Ich weiß, wenn man mich belügt.«

»Gibt es denn eine andere Spur?«

Ivanaras Züge verhärteten sich. »Die gibt es in der Tat. Retheons Tochter sagt, er habe sich auf dem Weg zu mir befunden, weil er eine Einladung von mir erhalten hatte.«

Mahalea merkte auf. »Und du hattest ihm keine Botschaft geschickt.«

»Du warst schon immer sehr scharfsinnig«, lobte Ivanara. »Er wollte am nächsten Tag im Rat ein Anliegen vortragen, das wichtig schien, aber warum hätte ich ihn vorab zu mir bestellen sollen? Er wollte doch nur von einigen Beobachtungen berichten, die ihr Späher gemacht habt.«

*Nur.* Das kleine Wort genügte, um Mahalea daran zu erinnern, welchen Stellenwert die Grenzwache im Weltbild der Erhabenen einnahm.

»Dass ihn ausgerechnet eine vermeintliche Botschaft von mir zu seinem Mörder gelockt hat …« Der Kummer kehrte in Ivanaras Augen zurück. »Das macht es zu einer persönlichen Angelegenheit, verstehst du?«

»Ja, das verstehe ich. Er oder sie hat dich, auf eine gewisse Art, gegen deinen Willen zur Komplizin gemacht.« Je mehr Mahalea über diesen Verräter erfuhr, desto mehr Abscheu empfand sie.

»Er«, betonte ihre Tante. »Der Bote war ein Mann. Retheons Tochter hat ihn gesehen, als er ihren Vater im Garten ansprach.«

»Dann kann sie ihn beschreiben?«

»Kaum. Es dämmerte bereits, und er hatte die Kapuze seines Umhangs übergezogen, obwohl es ein lauer Abend war. Aber sie sagt, er war groß und hatte für eine Frau zu breite Schultern. Nun ja. Wenn ich dich so ansehe, könnte auch das täuschen. Aber sie ist sicher, dass es ein Mann war.«

Mahaleas Ungeduld wuchs. »Was ist mit seinen Kleidern? Jemand muss ihn vorher oder danach gesehen haben.«

»Leider trug er nichts Ungewöhnliches. Aber meine engsten Vertrauten befragen bereits die halbe Stadt und gehen allen Hinweisen nach. Diese schändliche Tat wird nicht ungesühnt bleiben!«

»Der Mörder kann längst über alle Berge sein. Was, wenn er nicht einmal aus Anvalon war und ihn hier niemand kennt?« Ivanara setzte die strenge Miene auf, mit der sie aufgebrachte Ratsmitglieder in die Schranken wies. »Du vernachlässigst doch sicher nicht deine Pflichten als Grenzwächterin, um Retheon zu rächen. Berichte mir, was der Kommandant dem Rat mitteilen wollte, und dann geh zurück. Irgendjemand muss den Oberbefehl übernehmen, bis ein neuer Kommandant ernannt wird.«

*So willkommen ist dir meine Hilfe also.* Mahalea war versucht, ihre Tante mit einem knappen Satz abzuspeisen und nach Uthariel zurückzukehren. Doch wenn sie Retheon wirklich einen Dienst erweisen wollte, musste sie seine Aufgabe für ihn zu Ende bringen. »Ich glaube, dass der Kommandant getötet wurde, weil jemand seine Rede im Rat verhindern wollte.«

Ivanara sah sie einen Moment lang schweigend an, als könne sie aus Mahaleas Gesicht lesen, ob diese Anschuldigung der Wahrheit entsprach. »Warum sollte jemand ein Interesse daran haben? Retheon wollte wohl keine Geheimnisse enthüllen, sonst könntest du mir jetzt nicht davon erzählen. Wenn das sein Motiv gewesen wäre, hätte der Mörder mit seiner Tat nichts gewonnen.« Die Erhabene runzelte die Stirn. »Oder er hat nicht mit dir gerechnet. Dann wärst auch du in Gefahr. Wir müssen dich mit Leibwächtern umgeben, solange du hier bist.«

*Das fehlte gerade noch.* »Deine Sorge in Ehren, Ivanara, aber ich werde nicht lange genug bleiben, um mich umbringen zu lassen. Außer dir weiß noch niemand in Anvalon, dass ich hier bin.«

»Wie lange du hierbleiben wirst, hängt davon ab, was du mir zu berichten hast. Also sprich! Wofür soll ein Elf einen anderen getötet haben?«

»Retheon glaubte, dass jemand uns alle an den Feind verraten hat, der sich gerade aus den Ruinen Theroias erhebt.«

Zum ersten Mal sah Ivanara überrascht aus. »Ein Elf soll sein Volk verkauft haben? Mahalea! War das *wirklich* Retheons Anliegen? Das ist ein ungeheuerlicher Vorwurf!«

»Wenn es wahr ist, wäre es wert, dafür zu töten, oder nicht?«

»In der Tat. Aber das wäre...«

Mahalea überlegte, ob der Erhabenen je zuvor die Worte gefehlt hatten.

»Mein Wissen reicht weit in die Vergangenheit zurück, und noch nie hat es einen solchen Verrat gegeben«, sagte Ivanara, als sie ihre Fassung wiedererlangt hatte. »Dieser Vorwurf darf nicht leichtfertig erhoben werden, mein Kind. Hat Retheon dir gegenüber einen Verdacht geäußert?«

»Leider hat er sein Wissen nicht mit mir geteilt«, gab Mahalea zu. »Aber er sah in letzter Zeit sehr besorgt aus und stellte Fragen, die eindeutig darauf hinweisen, dass er glaubte, einem Verräter auf der Spur zu sein. Seine Harpyien haben einen Elf gesehen, der sich bei Nacht aus unserer Heimat stahl. Der Kommandant stellte Nachforschungen an, um herauszufinden, um wen es sich handelte. Vielleicht hatte er endlich Erfolg und wollte vor dem Rat Anklage erheben.«

Wieder blickte Ivanara sie eine Weile nachdenklich an. »Der Vorfall klingt ungewöhnlich, aber die Tat an sich ist nicht verboten. Es könnte sehr persönliche, harmlose Gründe gegeben haben, die diesen Wanderer bei Nacht in die Fremde trieben. Daraus auf einen Verrat solchen Ausmaßes zu schließen, erscheint mir – milde gesagt – gewagt.«

»Das Verdächtige daran ist, dass dieser heimliche Wanderer beobachtet wurde, kurz bevor wir Späher die ersten Anzeichen drohender Gefahr entdeckt haben.«

»Dennoch kann es Zufall sein. Ist das wirklich alles, was du gegen ihn vorbringen kannst?«

Mahalea nickte widerwillig. »Retheon *muss* mehr gewusst haben, sonst hätte man ihn nicht ermordet.«

»Natürlich ist es verführerisch, diese Schlüsse zu ziehen. Vor allem jetzt, da es aussieht, als hätte jemand Retheon zum Schweigen bringen wollen. Aber ich kann solche Anschuldigungen nicht ohne Zeugen oder Beweise vorbringen. Was sollte es auch nützen?«, fragte Ivanara, ohne auf eine Antwort zu warten. »Du musst in seinen Unterlagen nach Hinweisen suchen, ob er tatsächlich mehr wusste. Solange wir nicht mehr in der Hand haben, kann ich nichts unternehmen, außer Erkundigungen einzuziehen. Vielleicht weiß jemand in Anvalon, wer dieser Wanderer war.«

Mahalea bezweifelte es, doch es lohnte sich nicht, darüber einen neuen Streit vom Zaun zu brechen. Wer in Anvalon lebte, hielt diesen Ort für den Nabel der Welt. Sie selbst hatte lange genug gebraucht, um diesen Glauben abzuschütteln.

»Jetzt berichte mir lieber, was es mit dieser Gefahr auf sich hat«, forderte die Erhabene. »Peredin ist schon eigens aus Ardarea hergekommen, um mir beunruhigende Weissagungen einer Seherin zu überbringen. Ich war geneigt, sie als das abzutun, was sie sind – dunkle Träume eines unglücklichen Mädchens. Aber nun wollte auch Retheon eine dringende Warnung aussprechen. Ich hoffe, er hatte mehr als vage Traumgesichte vorzubringen.«

»Ob es einen Zusammenhang mit dieser Prophezeiung gibt, weiß ich nicht.« Auch Mahalea hielt nicht viel von Weissagungen. Zu viele bildeten sich ein, ihre Träume seien von den Astaren und Alfar gesandte Botschaften, doch in den seltensten Fällen erwiesen sie sich als wahr. »Retheon wird dir bereits berichtet haben, dass es in letzter Zeit auffällig viele Orkbanden an unsere Grenzen verschlagen hat.«

»Er schrieb mir davon«, bestätigte Ivanara. »In seinem letzten Brief erwähnte er, dass du den Grund dafür herausgefunden hast. Um ehrlich zu sein, habe ich nicht verstanden, was daran so beunruhigend sein soll, dass diese Orks auf der Flucht sind. Selbst ich könnte diese feigen, dümmlichen Kreaturen in Angst und Schrecken versetzen.«

»Indem du bunte Papierschnipsel wie einen Vogelschwarm fliegen lässt? Bei allem Respekt, Tante, Orks sind ...«

»Ich habe Trolle von Felsgraten geweht, als du noch auf dem Schoß deiner Mutter gesessen hast! Hör auf zu glauben, du seist die Einzige, die weiß, was Krieg bedeutet. Orks sind lächerliche Gegner, die unserer Zauber nicht würdig sind. Für solche Lappalien haben wir die Trolle.«

»Wenn du Sturmböen gegen Trolle lenken kannst, warum hast du es mir dann nicht beigebracht?«

»Weil ich Wichtigeres zu tun hatte! Der Krieg war vorbei.

Deine Mutter wollte eine Dichterin aus dir machen. Ich wurde zur Erhabenen gewählt. Und eines Tages bist du zur Grenzwache verschwunden. Reicht dir das an Gründen?«

Mahalea biss die Zähne zusammen, um nicht zurückzubrüllen. »Ja«, knurrte sie.

»Dann können wir jetzt vielleicht auf den Grund deines Besuchs zurückkommen. Was wollte mir Retheon über diese Orks berichten?«

*Erstaunlich, wie schnell sie sich wieder im Griff hat*, dachte Mahalea und atmete tief durch. »Vielleicht kann es dich mehr beeindrucken, dass selbst die Tiere aus der Mitte Theroias fliehen.«

Ivanaras Blick verriet nicht, ob es sie tatsächlich erstaunte. Schweigend wartete sie darauf, dass Mahalea fortfuhr.

»Es sind die Toten, die ihnen Furcht einjagen. Leichen, die aufstehen und herumlaufen, als seien sie noch am Leben.«

»Tote?«, wiederholte Ivanara skeptisch. »Du meinst Menschen?«

»Natürlich Menschen. Was denn sonst?«

»Eins weiß ich, Mahalea. Eine Karriere im Rat wird dir immer verschlossen bleiben, weil du alle anderen für dumm hältst.«

*Das sagt die Richtige.* »Nichts könnte mir gleichgültiger sein als ein Sitz im Rat.«

»Wie dem auch sei«, meinte Ivanara kühl. »Ich will nur sichergehen, dass ich dich richtig verstehe. Es fällt mir nämlich schwer zu glauben, dass die Leichname von Menschen neuerdings aufstehen und Orks jagen. Selbst die besten Heiler unter den Söhnen und Töchtern Ardas vermögen keine Toten ins Leben zurückzuholen. Warum glaubst du, dass diese Menschen jemals tot waren?«

Mahalea verzog spöttisch das Gesicht. »Weil ihre Körper halb verwest und ihre Augenhöhlen leer sind? Ihr ausgedörrtes Fleisch knistert, wenn sie sich bewegen. Sie atmen nicht. In ihren Adern fließt kein Blut. Ich muss es wissen. Ich habe einem von ihnen den Arm durchtrennt, bevor ich fliehen musste.«

»Du hast gegen einen Toten gekämpft? Weshalb?«

»Es waren drei. Sie haben uns angegriffen.«
»Wer war noch bei dir?«
»Ein junger Wächter namens Elidian und unsere Greife, aber sie waren keine große Hilfe. Sie klemmten die Schwänze ein wie furchtsame Hunde und wichen zurück.«
»Aber drei Menschen sind doch kein Gegner für zwei Elfenkrieger!«
»Wenn du mir sagst, wie man Tote umbringt, glaube ich dir vielleicht.«

# 16

Als Athanor Davaron aus dem Wasser zog, zitterten seine Beine vor Erschöpfung. Mit nassen Kleidern und Kettenhemd zu schwimmen war anstrengend genug, doch mit nur einem freien Arm hatte er sich kaum über Wasser halten können. Ein vorspringendes Stück Ufer hatte ihn davor bewahrt, noch weiter von der Strömung mitgerissen zu werden. Elanya hastete herbei, um ihm mit der schweren Last zu helfen. Gemeinsam schleiften sie den Elf die schlammige Böschung hinauf und legten ihn vorsichtig im nassen Gras ab. Keuchend ließ sich Athanor neben ihn fallen. Wenn nicht gerade ein Blitz über den Himmel zuckte, war es so dunkel, dass er kaum mehr als Elanyas Umriss sah. Regen lief an ihm herab und in seinen Mund, während er um Atem rang. »Ist er ... ersoffen?«

Elanya betastete Davarons Hals. »Sein Herz schlägt nur noch sehr schwach, aber vielleicht kann ich ihn noch retten.«

»Vielleicht? Ich dachte ...«

»Warte auf den Blitz und sieh genau hin!« Sie strich die nassen Strähnen aus Davarons Stirn. Im gleißenden Licht wurde die Wunde sichtbar, die der Regen gewaschen hatte. Die Haut war aufgeplatzt, der Schädelknochen lag frei. Sprünge breiteten sich um eine Delle aus. Schon verschwand alles wieder in Dunkelheit.

»Der Tod ist eine Schwelle«, sagte Elanya. Athanor konnte erahnen, dass sie die Hand auf die Wunde legte. »Wenn er sie überschreitet, bevor ich ihn ausreichend heilen kann, wird er nicht zurückkehren.«

Er erwiderte nichts. Seinetwegen durfte Davaron gern auch noch die Tür hinter sich zuschlagen. *Ich hätte mir Elanya über die Schulter werfen und ihn zurücklassen sollen.* Er streckte sich auf dem Gras aus, um noch einmal durchzuatmen, bevor er sich auf die Suche nach einem besseren Lagerplatz machen würde. Der Regen hatte nachgelassen, aber der Fluss stieg weiter und überspülte vielleicht bald auch diesen ungeschützten Fleck. Für einen Augenblick fühlte er sich in die ersten Tage seiner Flucht zurückversetzt. Sie hatten nichts mehr als das, was sie am Leib trugen. Sein Umhang, Bogen, Köcher, Proviantbeutel und Ausrüstung, alles lag noch neben der Feuerstelle. Wenn das so weiterging, würden sie nackt in die Elfenlande zurückkehren. Er musste lachen, verschluckte sich am Regen und stand auf. Elanya war zu sehr in ihre Zauberei vertieft, um sie mit seinen Tagträumen zu necken.

Während er das Ufer erkundete, legte sich der Wind. Es blitzte seltener, der Donner klang ferner, aber noch immer übertönte das Prasseln des Regens jedes andere Geräusch. Umso wachsamer achtete Athanor auf die Umgebung. Wer konnte sagen, ob diese Untoten fließendes Wasser tatsächlich fürchteten. Womöglich waren sie nur ebenso abgetrieben worden wie er und tauchten jeden Moment wieder auf. Oder hatten sie nur ihr Dorf verteidigt? *Dämliche Frage!* Darauf kam es nicht an. Viel wichtiger war, weshalb sie überhaupt herumliefen und Leute angriffen, statt in ihrer Gruft zu liegen. War das Dorf verflucht? Hatte sich ein Magier dort vor den Drachen verkrochen und spielte jetzt mit Leichen, um Gesellschaft zu haben?

Wäre er allein unterwegs gewesen, hätte Athanor eine Brücke oder eine Furt gesucht, um bei Tageslicht noch einmal in das Dorf zurückzukehren und seine Habseligkeiten zu holen. Doch es war nicht sicher, dass die Wiedergänger bei Sonnenschein in ihren Gräbern lagen, und mit Elanya und den Kristallen durfte er kein Risiko eingehen. Wenigstens war sie nicht auf die Idee verfallen, die Untoten heilen zu wollen. Viel liebenswerter als die war Davaron schließlich auch nicht.

Ein Stück weit vom Fluss entfernt fand Athanor drei hohe Bäume, deren Kronen so sehr ineinander verflochten waren, dass sie den meisten Regen abhielten. Am liebsten hätte er sich sofort im halbwegs trockenen Laub ausgestreckt und geschlafen. Stattdessen stapfte er durch die nasse Nacht zu Elanya zurück.

»Wird es ihm schaden, wenn wir ihn dort hinten unter die Bäume tragen?«, erkundigte er sich und deutete in die Dunkelheit.

Entweder musste Elanya zuerst das Für und Wider abwägen oder aus ihrem Heilzauber zurückfinden, denn es dauerte eine

Weile, bis sie antwortete. »Es wird ihm nicht guttun, aber ich habe die Knochensplitter so weit verwachsen lassen, dass sie zumindest keinen Schaden mehr anrichten können.«

So gezielt konnte sie ihre Magie einsetzen? Die Zauberkräfte der Elfen versetzten ihn gegen seinen Willen immer wieder in Erstaunen. Es war schwierig, auf die vermeintlich feigen und heimtückischen Magier herabzublicken, wenn sie so beachtliche Fähigkeiten besaßen. Umso ruppiger hob er Davaron an, um ihn mit Elanyas Hilfe an den trockeneren Lagerplatz zu schleppen.

»Kann ich schlafen, oder soll ich Wache halten?«, fragte er dann. Er hatte keine Lust, von den Untoten überrascht zu werden, nur weil Elanya womöglich beim Zaubern die Umgebung vergaß.

»Ruh dich aus«, riet sie und drückte kurz seine Hand, bevor sie sich wieder neben Davaron kniete. »Du hast heute schon genug für uns getan.«

Athanor erwachte vom Geräusch reißenden Stoffs. Im Schlaf hatte sich seine Hand vom Heft des Schwerts gelöst, weshalb sein erster Griff der Waffe galt, bevor er aufsprang. Es war bereits hell, obwohl der Himmel noch bedeckt war, und es hatte aufgehört zu regnen. Mit einem Blick erfasste Athanor, dass die Elfen und er allein unter den Bäumen waren. Davaron lag knochenbleich im alten Laub und rührte sich nicht. Auf seiner Stirn prangte noch immer eine Wunde, doch sie sah nun sehr viel harmloser aus als vergangene Nacht. Rotbrauner Schorf bedeckte das einstige Loch, von dem nun nicht einmal eine Vertiefung geblieben war.

Elanya hockte in seiner Nähe und teilte mit ihrem Messer ein Hemd in Streifen. Wo hatte er den Stoff schon einmal gesehen? Ihr nackter Arm beantwortete seine Frage. Es war das Hemd, das sie unter ihrem Leinenharnisch getragen hatte. Mittlerweile wusste Athanor, dass diese seltsame Rüstung aus mehreren Schichten Leinen bestand, die von den Elfen mit Leim verbunden und gehärtet wurden. Doch auch wenn sie aus einem einst weichen Stoff gefertigt worden war, hatte sie nun raue Kanten, die Elanyas Haut wundreiben würden. Und das alles für diesen übellaunigen Bastard. Er steckte sein Schwert ein und ging zu ihr hinüber. Erst jetzt entdeckte er den langen Schnitt in ihrem Oberarm. Der Regen und das Flusswasser hatten die Wunde so gründlich gewaschen, dass kaum noch Blut zu sehen war.

»Habe ich dich geweckt? Das tut mir leid. Ich wollte nur die Zeit nutzen, bevor ich mich wieder um Davaron kümmern kann. Sein Herz schlägt noch immer schwach. Ich fürchte, der Schaden in seinem Kopf ist größer, als ich von außen erkennen kann.«

Athanor schnaubte. »Er hat schon lange einen Schaden im Kopf. Da würde ich mir keine Sorgen machen. Ich werde zum Fluss gehen und versuchen, einen Fisch zu fangen. Die Angelschnur ist die einzige Jagdwaffe, die wir noch haben«, stellte er fest und klopfte auf seine Gürteltasche.

Elanya nickte, deutete jedoch auf ihren Arm. »Würdest du mir zuerst diese Wunde verbinden? Mit einer Hand bin ich nicht so geschickt.«

»Das sieht übel aus. Wäre es nicht besser, du würdest dich heilen?«

»Ich brauche meine Kraft für Davaron. Es ist ohnehin nicht mehr viel davon übrig.«

Kopfschüttelnd ließ sich Athanor neben ihr nieder. »Gib dir nicht zu viel Mühe mit ihm. Wenn du seinetwegen stirbst, bring ich ihn ohnehin um.«

»Aber warum? Das hätte doch überhaupt keinen Sinn.« Verwirrt reichte sie ihm einen Streifen Stoff.

»Weil er das nicht verdient hat.« Behutsam drückte er die Ränder des klaffenden Schnitts zusammen und begann, den Verband darum zu wickeln.

»Ich weiß, dass er unausstehlich ist. Aber er war nicht immer so. Er musste mit ansehen, wie Harpyien seine Frau und seine Tochter zerrissen. Seitdem trägt er diesen Hass mit sich herum.«

»Das ist keine Entschuldigung«, befand Athanor, obwohl er einen Anflug von Mitleid verspürte. Zu sehen, wie wilde Bestien Frau und Kind zerfleischten, musste hart sein. *Hätte er sie eben beschützen sollen.*

»Wie kannst du ihn so streng verurteilen, ohne ...« Elanya brach ab und sah ihn schuldbewusst an. »Es tut mir leid. Ich hatte vergessen, dass du auch deine Familie verloren hast. Hattest du Kinder?«

»Nein.« Er ritzte das Ende des Stoffstreifens mit dem Messer, um zwei Enden daraus zu machen. »Zumindest keine, von denen ich weiß.« Da sie nun samt ihren Müttern tot waren, hatte er deshalb wenigstens nicht noch mehr zu betrauern.

»Eine Frau?«

Während er die Enden verknotete, brachte er ein spöttisches Lächeln zustande. »Ich hatte eine Schwester, mit der ich mich ständig gestritten habe, als wäre sie meine Frau.«

»Du musst sie sehr vermissen«, meinte Elanya, doch ihre Mundwinkel zuckten verdächtig.

»Wenn ich einen Scherz mache, darfst du darüber lachen.«

»Tatsächlich?«, fragte sie, wieder mit diesem schelmischen Lächeln.

Der Drang, sie zu küssen, war mit einem Mal so übermächtig, dass er in ihren Nacken greifen und seine Lippen auf ihren Mund pressen musste. Für einen Moment erstarrte sie. Athanor spannte sich in Erwartung eines Kinnhakens, doch stattdessen gab sie nach, und er folgte der Einladung, kühner zu werden. Seufzend erwiderte sie seinen Kuss. Er spürte nur noch den Wunsch, immer mehr von ihr zu besitzen.

Im nächsten Augenblick stieß sie ihn von sich, dass er fast umgekippt wäre, und sprang auf. »Ich kann das nicht tun.« Sie wich zurück, als fürchte sie, er könnte sich auf sie stürzen. Dabei stand er nur auf, um nicht wie ein verliebter Trottel vor ihr auf der Erde zu hocken. »Ich habe ein Versprechen gegeben.«

*Sie ist einem anderen versprochen?* Natürlich war sie das. Die meisten Frauen in ihrem Alter hatten längst Kinder. »Niemand sagt, dass ich dich heiraten will«, erwiderte er und ging, um endlich den Fisch zu angeln.

Verlegen nickte Hrodomar den Leuten zu, die ihn im Vorbeigehen grüßten. Seit er lebend aus der verfluchten Mine zurückgekehrt war, schien ihn jeder in Firondil zu kennen. In allen

Schänken tranken Zwerge auf ihn, die er nie zuvor gesehen hatte. Händler und Wirte maßen ihm besonders großzügige Portionen ab, und junge Frauen erröteten bei seinem Anblick oder steckten tuschelnd die Köpfe zusammen. Dabei war er doch immer noch derselbe. Er hatte beim Erzählen seiner Abenteuer nicht einmal besonders dick aufgetragen. Dennoch waren die wildesten Geschichten über Kämpfe gegen elfische Zauberer und grausige Ghule im Umlauf.

»Hrodomar!«, rief einer seiner Nachbarn, der mit einigen Hauerkollegen von der Schicht zurückkam. »Wir haben uns gerade gefragt, ob es stimmt, dass du dich ganz allein aus diesem eingestürzten Stollen befreit hast.«

»Nein, der Stollen ist auf die Vermissten gestürzt, die eigentlich längst tot sein sollten«, erwiderte er und unterdrückte den Impuls, stehen zu bleiben. Wenn man vom König erwartet wurde, trödelte man nicht.

»Hast du meinen Urahn unter ihnen gesehen?«, wollte ein anderer wissen. »Der hatte einen schwarzen Bart, der bis ...«

»Frag mich später beim Bier noch mal«, wehrte Hrodomar ab. »Ich muss zu Rathgar.«

»Stehen neue Heldentaten an?«, rief ihm jemand nach, während er weitereilte.

»Vielleicht.« Meinten die Männer überhaupt ernst, was sie da von sich gaben, oder machten sie sich über ihn lustig? Als ob er im Kampf Muße gehabt hätte, um sich die Bärte dieser schauerlichen Gestalten zu merken. Sie verfolgten ihn bis in den Schlaf. Oft wachte er schweißgebadet auf, weil ihm im Traum eine rostige Axt in den Schädel gefahren war. Vielleicht hatte er sich überschätzt. Er war eben kein großer Held, kein Trollschlächter wie Arnrik, der sicher nie Albträume gehabt hatte. Er war Prospektor. Unerforschte Höhlen und Gänge reizten ihn. Dass sie Gefahren mit sich brachten, nahm er gern in Kauf. Er würde wieder in diese Mine gehen, wenn er noch einmal die Wahl hätte. Aber das erhebende Gefühl, das er direkt nach dem Kampf verspürt hatte, war ihm schon nach wenigen Tagen abhanden gekommen.

Was Großonkel Rathgar wohl von ihm wollte? Der König

hatte ihn noch nie zu sich gebeten – außer kurz nach seiner Rückkehr, als er Bericht erstatten und sich Vorwürfe anhören musste, weil er den Elfen das gesamte Sternenglas überlassen hatte. Diese Ungerechtigkeit ärgerte ihn noch immer. Als ob er den Auftrag gehabt hätte, ihnen die Kristalle wieder abzunehmen, oder auf sich gestellt überhaupt dazu in der Lage gewesen wäre. Aber so war Rathgar. Stets ging es ihm nur darum, die Schatzkammern weiter zu füllen. Sollte er eben einen Trupp Wächter und ein paar Hauer in die Mine schicken. Irgendwo gab es bestimmt noch Sternenglas, und anhand seiner Karte würden sie die vielversprechendsten Stellen rasch finden.

Je näher er den Gemächern des Königs kam, desto ruhiger ging es auf den Gängen zu. Wie alle Zwerge hielt er große Stücke darauf, dass sie keine Speichellecker waren, wie sie es von den Menschen gehört hatten, die um ihre Könige schwirrten wie Fliegen um den Dung der Wehrrinder. Außer Rathgars nächsten Verwandten, etlichen Wächtern und jenen, die der König zu sich rufen ließ, hatte niemand Grund, seine Nähe zu suchen. Wer es dennoch tat, machte sich nur zum Gespött. Gerufen zu werden war jedoch zweifellos eine Ehre, weshalb sich Hrodomar gern darüber gefreut hätte. Doch nach jener letzten Begegnung fiel es ihm schwer.

Mit unguten Vorahnungen klopfte er an die bronzebeschlagene Tür, hinter der die Könige Firondils seit jeher wichtige Entscheidungen trafen. Vindur, Rathgars jüngster Sohn, öffnete ihm. Der Prinz schenkte ihm ein kurzes Grinsen unter alten Spielkameraden und bedeutete ihm, einzutreten. »Vetter Hrodomar ist hier, Vater.«

»Na endlich!«, brummte Rathgar, der auf einem aufwendig mit Gold verzierten Lehnstuhl saß, während sich die restlichen Anwesenden mit schlichteren Stühlen zufriedengeben mussten. »Setz dich, Junge, und hör zu!«

Hrodomar nahm an, dass die Aufforderung ihm galt, obwohl sie ebenso gut an Vindur hätte gerichtet sein können. Der König hielt es nicht für nötig, einen von ihnen anzusehen. Stattdessen griff er nach einem goldenen Pokal auf dem steinernen Tisch und seihte Bier durch seinen Schnurrbart.

Hrodomar nahm zwischen Vindur und seinem älteren Bruder Platz, wo sich der einzige freie Stuhl befand. Die beiden hatten sich schon als Kinder nicht viel zu sagen gehabt. Außer Rathgar und seinen Söhnen erkannte er die Hüterin der Gerechtigkeit, einen Hüter der Ahnenhalle, den Anführer der Torwache und Skorold, den Obersten Wächter der Tiefen. Allmählich freute er sich doch, in diese Runde gerufen worden zu sein.

»Da wir nun endlich vollzählig sind, kann Skorold euch erzählen, warum ihr hier seid«, befand der König und lehnte sich mit einer auffordernden Geste in seinem Stuhl zurück.

Alle Blicke richteten sich auf den Obersten Wächter der Tiefen, der in seine Rüstung gekleidet war, als patrouilliere er durch die Stollen unter dem Thronsaal. Wenn er sprach, schabten die Stachelkugeln in seinem ergrauenden Bart über den dunklen Harnisch. »Seit ein paar Tagen gibt es ungewöhnliche Vorkommnisse in den untersten Gängen, und ich frage mich, ob sie mit dem Fluch in der alten Mine zusammenhängen könnten«, sagte er direkt an Hrodomar gewandt.

*Das soll ich entscheiden?* Sicher kannten sich die Hüter der Ahnenhalle oder die Priesterschaft besser mit Flüchen aus als er. Unbehaglich rutschte Hrodomar auf seinem Stuhl herum, während Skorold fortfuhr.

»Jeder Vorfall für sich wäre möglicherweise harmlos. Wir würden ihm nicht viel Bedeutung beimessen. Aber neuerdings herrscht da unten ein Leben wie seit Jahrhunderten nicht mehr. Einige meiner Männer berichten, dass sie in der Ferne Schreie gehört haben. Sie konnten mir nicht sagen, ob diese Laute von irgendwelchen Bestien oder ... seltsamen ...« Wieder warf er Hrodomar einen Blick zu. »... Zwergen stammten, aber sie sagten, es hörte sich verdammt beunruhigend an.«

»Wäre es nicht ihre Aufgabe gewesen, der Sache auf den Grund zu gehen?«, fragte die Hüterin der Gerechtigkeit tadelnd.

Skorold reckte trotzig das bärtige Kinn. »Willst du ihnen Feigheit unterstellen? Als sie die Schreie hörten, befanden sie sich bereits am äußersten Punkt ihrer Route. Es ist ihre *Pflicht*, dort umzukehren und Meldung zu machen. Gerade dann, wenn

sie etwas Verdächtiges wahrnehmen! Wächter, die getötet werden, bevor sie Alarm schlagen können, nutzen niemandem.«
Der Vorwurf ist wirklich lächerlich, stimmte ihm Hrodomar insgeheim zu. Jeder wusste doch, dass für den Dienst als Wächter der Tiefen nur die stärksten und mutigsten Krieger ausgewählt wurden.
»Wenn wir nicht wissen, mit welcher Gefahr wir es zu tun haben, ist eine Warnung aber auch nur bedingt hilfreich«, hielt die Priesterin dagegen.
»Deshalb habe ich natürlich sofort eine neue, größere Patrouille ausgesandt. Aber sie haben nichts mehr gehört, dem sie hätten nachgehen können. Sie sind noch ein Stück in die angegebene Richtung vorgestoßen – ohne irgendetwas zu finden. Seitdem steht an dieser Abzweigung eine ständige Wache, falls es dich beruhigt.«
Die Hüterin der Gerechtigkeit verzog keine Miene. »Hat sie bislang noch etwas Ungewöhnliches bemerkt?«
»Einer will wispernde Stimmen gehört haben, aber da sein Kamerad nichts gehört hat, glaube ich, dass er auch nur zu viel den Erzählungen über Hrodomars Kopfjäger gelauscht haben könnte.«
»Berichte von den Tieren!«, drängte Rathgar ungeduldig.
Skorold brummte zustimmend, ohne sich an der schlechten Laune des Königs zu stören. »Die Wächter wurden fast von einer Rotte wilder *hulrat* überrannt.«
»Die Tiere haben sie angegriffen?«, fragte der Hüter der Ahnenhalle erstaunt.
»Nein, die Biester waren auf der Flucht. Sie sind unter unseren Hallen hindurchgerast und wieder verschwunden.«
»Kommt so etwas öfter vor?«, vergewisserte sich Vindurs älterer Bruder, der dem Vater auf den Thron folgen würde.
»Alles, was ich euch heute berichte, ist in den letzten Jahrhunderten immer wieder mal vorgekommen. Aber noch nie in wenigen Tagen hintereinander. Deshalb frage ich mich ja, was diese Häufung zu bedeuten hat.«
»Was gab es sonst noch für … *Zeichen*?«, wollte der Hüter der Ahnenhalle wissen.

»Eine Patrouille ist in einem anderen Stollen einem Schwarm Fledermäuse begegnet.«

»Fledermäuse?«, wiederholte Vindur. »Aber die leben doch eigentlich nur in der Nähe von Ausgängen.«

»Rathgar verzog das Gesicht.» Das wissen wir doch alle selbst. Verschone uns mit deinen dämlichen Geistesblitzen!«

»Auf jeden Fall ist es ein Hinweis darauf, dass die Ordnung des Großen Baumeisters aus dem Gleichgewicht geraten ist«, befand die Priesterin.

Der Hüter der Ahnenhalle nickte mit ernster Miene. »In diesen Tiefen sind sie eine Warnung.«

»Aber wovor?« Nun sah Skorold wieder Hrodomar an. *Woher soll ich das wissen?* Er kannte doch nur die Vorboten einstürzender Stollen und Spuren, die auf Flederwölfe hinwiesen.

»In der Ahnenhalle steht geschrieben, dass es auch vor dem letzten Angriff der Höhlentrolle solche Anzeichen gab«, antwortete der Hüter an seiner Stelle.

»Der Gedanke kam uns auch schon«, sagte Rathgar mürrisch. »Wir dürfen diese Möglichkeit nicht außer Acht lassen, aber …« Nun richtete auch er den Blick auf Hrodomar. »… von unserem jungen Helden hier wissen wir, dass es den Fluch unter dem Gorgoron tatsächlich gibt. Indem sie das Sternenglas mitnahmen, haben die Elfen die Wut dieser blutrünstigen Geister geschürt. Deuten die Zeichen also nicht viel eher darauf hin, dass sie einen Weg aus der Mine gefunden haben und auf Rache aus sind?«

»So oder so muss das Gleichgewicht wiederhergestellt werden«, urteilte die Priesterin.

Der König stieß ein Knurren aus. »Anstatt mir Dinge zu erzählen, die ich schon weiß, solltest du nach Wegen suchen, diesen Fluch aufzuheben!«

»Es gibt jedenfalls noch weitere Hinweise darauf, dass wir es mit diesen Kopfjägern zu tun haben«, ergriff Skorold wieder das Wort.

Hrodomar stellte dankbar fest, dass es der Oberste Wächter der Tiefen vorzog, sich an seinen Bericht zu halten, statt von

Geistern zu sprechen. Er wusste zwar immer noch nicht, wie es diese unheimlichen Kreaturen geschafft hatten, sich unsichtbar zu machen, aber sie lebten, bluteten, und man konnte sie erschlagen.

Skorold zog eine der großen zerdrückten Pergamentrollen, die auf dem Tisch lagen, zu sich und breitete sie aus. Alle beugten sich vor, um einen Blick darauf zu werfen.

»In diese Karte der tiefsten Stollen habe ich eingezeichnet, wo die Vorfälle geschehen sind. Hier, hier und hier.« Der Oberste Wächter deutete auf die Stellen. »Zumindest ungefähr, da die Schreie wohl außerhalb des Ausschnitts der Karte ertönen. Die Richtung weist zwar nicht eindeutig auf die alte Mine...« Dazu befand sich einer der Punkte zu weit gen Süden. »...aber im Groben stimmt's.« Wieder sah Skorold Hrodomar an.

»Ähm, ja, könnte schon sein, dass es tatsächlich mit dem Fluch zusammenhängt«, gab er zu, da ihm nichts Besseres einfiel. »Ich meine, ich habe ja nur einen Teil der Gänge erforscht. Vielleicht gibt es an tieferer Stelle Verbindungen, von denen wir nichts ahnen, und weil sie das Tor nicht öffnen können, kommen sie jetzt durch...«

»Das ist doch Unsinn«, fiel ihm der Hüter der Ahnenhalle ins Wort. »Wenn es offene Ausgänge gäbe, hätte sich der Fluch schon damals weiter ausgebreitet. Unsere Überlieferungen besagen eindeutig, dass es nur dieses eine Tor gibt.«

»Könnte der Fluch nicht viel mehr geruht haben, weil wir uns aus der Mine zurückgezogen hatten?« Skorold schien noch nicht gewillt, seine Vermutung aufzugeben. »Jetzt haben die Elfen ihn wieder geweckt, und wir müssen es ausbaden.«

*Um genau zu sein, war es Rathgars Einfall, sie in die Mine zu schicken.* Doch Hrodomar wollte sich nicht beschweren. Immerhin hatte ihm sein Großonkel damit einen Traum erfüllt.

»Also mit ein paar tapferen Wächtern an der Seite würde ich noch einmal hineingehen und nachsehen«, bot er an, bevor er den Gedanken zu Ende gedacht hatte. »Also, ähm, einem *Dutzend* Wächtern oder so.« Das sollte genügen, um lebend wieder herauszukommen. Die Kopfjäger, wie Skorold sie nannte, waren zwar unangenehme Gegner gewesen, aber wenn sie tatsächlich die verschwundenen Zwerge von einst waren, musste ihre Anzahl überschaubarer sein, als es in der Dunkelheit gewirkt hatte.

Rathgar grinste breit. »Das nenne ich Heldenmut! Was hältst du davon, mein Freund?«, wandte er sich an den Obersten Wächter.

»Von seinem Mut? Du hättest einer von uns werden sollen, anstatt deine Zeit mit Steineklopfen zu vergeuden, Junge. Nichts gegen Hauer und Prospektoren, das sind wichtige Berufe«, schob Skorold rasch nach. »Aber ... Na egal, jedenfalls dein Plan gefällt mir nicht.«

»Oh«, entfuhr es Hrodomar. Er hatte also wieder zu schnell drauflos geplappert.

»Das könnte Wochen dauern, ohne zu einem Ergebnis zu führen. Und am Ende findest du womöglich nichts. Es wäre wenig sinnvoll, dafür das Leben guter Männer aufs Spiel zu setzen.«

»Wie lautet *dein* Vorschlag?«, wollte Rathgar wissen.

»Andersherum wird ein Schuh daraus. Der Junge bekommt von mir ein Dutzend Wächter mit. Verlassene alte Stollen erkunden kann er ja, wie wir gesehen haben. Aber er wird von unserer Seite aus losmarschieren, von dort, wo meine Leute die Schreie gehört haben.«

»Das ist ein großartiger Plan!« Vindur sprang auf. »Und dieses Mal werde ich Hrodomar begleiten.«

»Gar nichts wirst du«, entgegnete sein Vater barsch. »Glaubst du, seit dem letzten Mal hätte sich irgendetwas geändert?«

Verblüfft sah Hrodomar zwischen dem König und Vindur hin und her. Sein Freund hatte ihm nicht erzählt, dass er ihn hatte begleiten wollen.

»Aber dieses Mal sind keine Elfen dabei, die uns vielleicht töten wollen. Ich dachte ...«

»Wenn du schon denkst«, fiel Rathgar seinem Sohn ins Wort. »Mit deinen zwei linken Händen würdest du den Wächtern nur im Weg herumstehen. Wenn du jemals so ein Krieger wirst wie dein Bruder, kannst du von mir aus Trolle jagen gehen. Vorher nicht!«

Sichtlich enttäuscht sank Vindur auf seinen Stuhl zurück.

»Aber in einem stimme ich meinem Sohn zu«, wandte sich der König an Skorold. »Wie du es gesagt hast, wird es gemacht.« Er hob seinen Pokal und nickte Hrodomar zu. »Viel Glück, Junge!«

»*Ich* würde es darauf ankommen lassen«, betonte Davaron. »Und immerhin bin ich derjenige, den sie beim letzten Mal beinahe getötet haben.«

»Wenn dir so viel daran liegt, kannst du gern allein hier übernachten«, erwiderte Athanor gereizt. Er schlief seit Tagen schlecht und wachte beim kleinsten Geräusch in der Erwartung auf, den Gestank der Wiedergänger in der Nase zu haben. Noch einmal die Nacht in einem verlassenen Dorf zu verbringen war das Letzte, wonach ihm der Sinn stand.

»Das ist nicht nur unvernünftig, sondern auch undankbar«, tadelte Elanya. »Glaubst du, es war ein Kinderspiel, dich zu heilen? Wenn du dein Leben so leichtfertig aufs Spiel setzt, werde ich beim nächsten Mal auf Athanor hören und dich einfach liegen lassen.« Damit marschierte sie weiter, ohne Davarons Antwort abzuwarten.

»Warum überrascht es mich nicht, dass du mich zurücklassen wolltest?«, wandte sich Davaron mit überheblichem Blick an Athanor.

»Weil du am besten weißt, wie viel Mühe du dir jeden Tag gibst, meinen Hass auf dich zu schüren.«

»Das kostet mich keine Mühe«, behauptete er und eilte Elanya nach, um sie einzuholen.

Athanor folgte ihnen langsamer. Im Vorübergehen behielt er die Eingänge der leer stehenden Häuser im Auge, obwohl die Nachmittagssonne das Dorf in grelles Licht tauchte. Überflüssige Vorsicht war immer noch besser, als Elanya auf den Hintern zu starren. Jedes Mal, wenn er sie ansah, erinnerte er sich an den kurzen Moment ihrer Hingabe und wollte mehr davon. Also sah er sie so selten wie möglich an. Sie machte es ihm *leicht*, indem sie seinen Blick mied und stets Abstand wahrte, aber das machte es nicht *besser*.

»Es wäre nicht leichtsinnig«, verteidigte sich Davaron vor

Elanya. »Dieses Mal wären wir gewarnt und könnten uns vorbereiten.«

»Und wie? Ihre Körper sind tot! Wie oft soll ich dir das noch erklären? Vielleicht ist es Magie, vielleicht auch ihr Wunsch nach Rache, der sie antreibt, aber was immer es ist, lässt sich mit Feuer und Schwert nicht beeindrucken.«

»Du weißt ja nicht einmal, ob es mehr als diese beiden Untoten gibt«, hielt Davaron dagegen. »Wahrscheinlich könntest du in aller Ruhe schlafen, während ich mich die ganze Nacht langweilen würde.«

»Wir sind nicht hier, um Nachforschungen über wandelnde Tote anzustellen.«

»Aber wäre es nicht unsere Pflicht als Wächter, mehr darüber herauszufinden? Wenn du Angst hast, bleibe ich eben allein hier.«

Athanor fragte sich, ob der Schlag auf den Schädel Davaron mehr Schaden zugefügt hatte, als elfische Magie zu heilen vermochte.

»Wenn du unbedingt darauf bestehst, kannst du dich hier allein umbringen lassen«, antwortete Elanya aufgebracht. »Aber dann übergibst du mir vorher die Astarionim, denn *sie* sind deine Pflicht, falls du das vergessen hast!«

Er konnte Davarons Gesicht von hinten nicht sehen, aber das Schweigen sagte Athanor genug, um über Elanyas Sieg zu schmunzeln.

Plötzlich blieb Davaron stehen, zog den Riemen des Beutels mit den Kristallen über seinen Kopf und reichte ihn Elanya. »Geht voraus. Wenn ich euch bis morgen Abend nicht eingeholt habe, wartet nicht auf mich.«

»Nie hätte ich geglaubt, dass ihm irgendetwas wichtiger sein könnte, als diesen Auftrag zu erfüllen«, sagte Elanya und biss gedankenverloren von der kalten gebratenen Hasenkeule ab. Sie hatte das Tier am Tag zuvor mit ihrem neuen Bogen erlegt, den sie in nur einer Nacht gefertigt hatte. Dafür, dass es so schnell gegangen war und sie außer ihrem Messer kein Werkzeug hatte, war das Ergebnis von erstaunlicher Qualität. Doch sie hatte

Athanors Lob zurückgewiesen und ihn auf Schwächen aufmerksam gemacht, die er lächerlich fand. »Die Söhne und Töchter Ardas waren schon immer die besten Bogenbauer«, hatte Davaron ihm erklärt. »Du beleidigst sie, wenn du *das* einen guten Bogen nennst.«

*Womit er mir nur unter die Nase reiben wollte, dass ich keine Ahnung habe.* Ihm war völlig egal, was Davaron wichtig war oder nicht, aber Elanya hatte recht. Dass sich der Elf sogar von den Kristallen getrennt hatte, um sich Wiedergängern zu stellen, war seltsam. »Vielleicht möchte er die Scharte auswetzen, die sein Stolz davongetragen hat. Nichts würde ihm mehr gefallen, als mich mit dem Kopf eines dieser Toten beschämen zu können.« Er konnte Davaron förmlich vor sich sehen, einen Schädel in der Hand und ein triumphierendes Lächeln auf dem Gesicht.

»Ich gebe zu, dass er keine Gelegenheit auslässt, um dir seine Überlegenheit zu zeigen, aber ...« Sie schüttelte den Kopf. »Seinem Volk zu beweisen, dass er mehr als wert ist, ein Sohn Piriths genannt zu werden, sollte ihm immer noch wichtiger sein. Hat sich nicht sein ganzes Leben nur darum gedreht? Ich kann nicht glauben, dass er das aufs Spiel setzt, nur um dich zu demütigen. Was ihm nicht einmal gelingen dürfte, denn du kämpfst nicht schlechter als er.«

Aus ihrem Mund war das vermutlich ein Lob, über das er sich freuen sollte, doch es gelang ihm nicht recht. Der Elf beherrschte Magie, die ihnen unter dem Gorgon den Arsch gerettet hatte. Wer von ihnen wirklich der bessere Kämpfer war, würde nur ein Zweikampf ans Licht bringen. »Zerbrich dir nicht seinen Kopf. Wichtig ist doch nur, dass wir das Sternenglas sicher zu deinem Volk bringen.« Er warf die Knochen, die er längst abgenagt hatte, ins Unterholz. Wenn er so langsam essen würde wie die Elfe, wäre er über dem gebratenen Tier verhungert.

»Es mag das Wichtigste sein, aber gerade deshalb ist mir Davarons Verhalten doch so ein Rätsel. Er ist seit Tagen wie besessen davon, diese Untoten zu sehen. Möglicherweise ist es ein Zauber, mit dem er in den Tod gelockt werden soll. Aber ich konnte keine Anzeichen für einen magischen Bann an ihm finden.«

»Nur weil wir etwas nicht verstehen, heißt das nicht, dass Magie dahinterstecken muss«, meinte Athanor und kam sich sehr weise vor. Außerdem konnte er das ewige Gefasel über Zauberei nicht mehr hören. Die meisten Menschen, die er gekannt hatte, waren auch ohne Magie zu Dummheiten fähig gewesen, über die er nur den Kopf geschüttelt hatte. Und in Anandras Augen waren sein Vater und er die verblendetsten Narren von allen gewesen. Doch darüber wollte er nicht mehr nachdenken, nie mehr. Er hatte schon zu viele Nächte damit zugebracht.
»Willst du schlafen? Dann übernehme ich die erste Wache.«
Elanya warf ihm einen unsicheren Blick zu, bevor sie rasch wieder wegsah. »Nein. Ich könnte vor Sorge ohnehin nicht schlafen«, behauptete sie und stand auf.
*Fragt sich nur, welche Sorgen sie meint.* »Befürchtest du, ich könnte über dich herfallen, weil Davaron nicht hier ist?«
Nun blickte sie ihn doch wieder an. »Nein! Habe ich dich je behandelt, als würde ich dich für ein Tier halten?«
»Immerhin hast du mir auch nichts von den Kristallen erzählt.«
»Das eine hat mit dem anderen nichts zu tun.«
Ein leises Rascheln im Unterholz ließ Athanor aufspringen. Im Mondlicht warfen die Bäume harte Schatten, und unter ihrem Laub herrschte Finsternis. Elanya zog einen Pfeil aus ihrem provisorischen Köcher. In der Dunkelheit bewegte sich etwas.
»Ich weiß gar nicht, warum ich befürchtete, ich könnte euch nicht finden«, ertönte Davarons Stimme. »Man hört euch bis zur Straße.«
»Hat dich der Mut verlassen?«, höhnte Athanor.
Der Elf trat unter den Bäumen hervor. »Es gehört kein Mut dazu, in einer leeren Stube zu sitzen und die Wand anzustarren. Ich habe gewartet, bis es dunkel war, und bin von Haus zu Haus gegangen. In der Gruft war ich auch. In diesem Dorf gibt es keine Untoten. Alle liegen brav an ihrem Platz.«
*Es sei denn, du hast sie geweckt, und sie sind dir gefolgt.*
Über Nacht blieb es ruhig, und auch in den Tagen danach begegneten ihnen keine Wiedergänger mehr. Davaron begann zu arg-

wöhnen, dass nur der Wind die Tür aufgestoßen hatte und die Untoten eine Erfindung Elanyas waren, um seinen Stolz zu schonen. Athanors Einwand, dass er ihn dann wohl kaum im Sturm durch den Fluss gezogen hätte, änderte nicht viel daran. Schließlich war Davaron bewusstlos gewesen und wusste auch in diesem Fall nicht, ob die Geschichte überhaupt stimmte. Nicht einmal die zurückgelassene Ausrüstung wollte er als Beweis gelten lassen. Sollte er glauben, was er wollte. Athanor legte keinen Wert auf seine Dankbarkeit.

Statt auf Wiedergänger stießen sie endlich wieder auf reichlich Wild. Oft musste Elanya nicht einmal Zeit für die Jagd opfern, um die spärlichen Beeren am Wegrand mit Fleisch zu ergänzen. Jedes Mal, wenn sie ein Tier erlegt hatte, vollzog sie das Reinigungsritual, um den unheilbringenden Hauch des Todes abzustreifen, wie sie Athanor auf seine Frage erklärte. Auch dem Fleisch haftete Unglück an, weshalb es mit Wasser, Salz und Rauch davon befreit werden musste, bevor es die Elfen essen durften.

Von diesen kurzen Momenten abgesehen wanderten sie meist schweigend und erreichten bald wieder die Grenze der Elfenlande. In einem Dorf liehen sie sich Pferde. Obwohl Athanor misstrauisch beäugt wurde, überließen die Elfen auf Elanyas Bitten auch ihm eines der edlen Tiere, die jedem Königshof Ehre gemacht hätten. Er gewöhnte sich rasch daran, wieder wie ein kleiner Junge ohne Sattel zu reiten, aber es dauerte eine Weile, bis er nicht mehr vergeblich nach den fehlenden Zügeln griff, wenn er anhalten wollte. Trotzdem gefiel ihm, dass sich das Pferd allein durch Gewichtsverlagerungen lenken ließ. Die Hände ganz für Schild und Schwert frei zu haben, musste im Kampf ein beachtlicher Vorteil sein.

»Warum reiten wir eigentlich nicht zurück nach Ardarea?«, wollte Athanor wissen, als er an Himmelsrichtung und Umgebung merkte, dass sie einen anderen Weg nahmen.

»Weil dort nicht der Hohe Rat tagt«, beschied ihm Davaron.

»Peredin und Kavarath erwarten uns in Anvalon«, fügte Elanya hinzu. »Sie wollten dem Rat von Aphaiyas Weissagung und den Kristallen berichten, und wir sollen sie dort treffen, damit rasch gehandelt werden kann, falls es nötig ist.«

»Und wie weit ist dieses Anvalon noch entfernt?«, erkundigte er sich, denn sie ritten bereits zwei Tage in flottem Tempo.
»Wenn wir uns beeilen, werden wir kurz nach Mittag dort sein«, schätzte Elanya.
Davaron drehte sich zu ihr um und sah sie scharf an. »Erinnere dich daran, dass ich mein Geheimnis gewahrt wissen will. Ein Wort über die Erdmagie zu irgendjemandem, und ich werde behaupten, dass wir deinetwegen beinahe ohne die Astarionim zurückgekehrt wären.«
»Aber das stimmt doch gar nicht!«
»Na und? Ich will, dass du den Mund hältst, verstanden? Das gilt auch für dich, Mensch. Sonst ...«
»Sonst was?«, fiel Athanor ihm ins Wort. »Deine Drohungen kannst du dir sparen.« Glaubte der Bastard etwa, er würde irgendwelche Lobgesänge auf seine Fähigkeiten anstimmen? »Wer weiß, ob du wirklich gezaubert hast. Wenn mich jemand fragt, werde ich sagen, was ich gesehen habe. Ein Stollen ist im rechten Moment eingestürzt. Was ihr daraus macht, ist mir gleich.«

Hrodomar wischte ein letztes Mal über seinen Helm und prüfte das Ergebnis im Schein der Öllampe auf dem Nachttisch. Wenn ihm schon die Ehre widerfuhr, mit den besten Kriegern unter dem Berg in ein Abenteuer zu ziehen, wollte er sich keine Blöße geben. Ihre Waffen und Rüstungen wurden im Auftrag des Königs von den fähigsten Meisterschmieden gefertigt, und zum Dank pflegten die Wächter der Tiefen ihre Ausrüstung mit besonderer Sorgfalt. Es war Hrodomar peinlich genug, dass er nun eine ihrer Patrouillen anführen sollte. Er würde nicht auch noch durch Nachlässigkeit auffallen.

Endlich schimmerte der Helm makellos poliert, und Hrodomar legte ihn beiseite, um sich eine Schulterklappe vorzunehmen. Gerade, als er etwas Öl auf den Stahl geträufelt hatte, klopfte es an der Tür. *Bitte nicht schon wieder jemand, der mich nach seinem verschollenen Urahn fragen will.* Das viele Bier, zu dem er neuerdings eingeladen wurde, quoll ihm allmählich schon aus den Ohren.

Doch draußen stand Vindur, der sich gehetzt umsah und an

ihm vorbei ins Zimmer drängte. Der junge Prinz trug nicht nur eine Axt am Gürtel und eine mit silbernen Einlegearbeiten verzierte Rüstung, sondern sogar einen Schild am Arm und eine ausgebeulte Tasche quer über den Rücken. »Mach zu! Schnell!«

Hastig schloss Hrodomar die Tür, doch der rasche Blick, den er dabei den Gang hinauf und hinab warf, ergab nichts Ungewöhnliches. »Was ist passiert? Werden wir angegriffen?«

»Was? Nein, nein.« Vindur schüttelte den behelmten Kopf. »Ich will nur nicht, dass Vater erfährt, wo ich bin.«

»Oh.« Unschlüssig stand Hrodomar hinter der Tür und wusste nicht, was er von diesen Worten halten sollte. »Ähm. Meinst du nicht, dass er es bald erfahren wird, falls er dich sucht? Du bist ... nicht gerade unauffällig gekleidet.«

»Deshalb müssen wir ihm unbedingt zuvorkommen!«

»Womit? Und warum sollte er dich überhaupt suchen? Er nimmt deine Anwesenheit doch auch sonst die meiste Zeit nicht zur Kenntnis.«

Vindurs Miene verhärtete sich, was ihm trotz des blonden Barts und der feineren Gesichtszüge Ähnlichkeit mit seinem Vater verlieh. »Dieses eine Mal bin ich froh darum, denn er wird meine Abwesenheit wohl erst bemerken, wenn es zu spät ist.«

»Was hast du vor?«

»Dich zu begleiten, natürlich.«

Hrodomar musste unwillkürlich lächeln. Es war schön, einen so guten Freund zu haben.

»Ich hab dich beim letzten Mal im Stich gelassen, aber dieses Mal bin ich dabei, ob Vater will oder nicht.«

»Ich hätte dich wirklich gern dabei«, versicherte Hrodomar, doch das Lächeln war ihm bereits vergangen. »Aber was ist mit Skorold und den anderen Wächtern? Sie werden sich dem Befehl des Königs nicht widersetzen.«

Vindur nickte ernst. »Darum müssen wir sie zwingen. Lass uns den Eid der Schildbrüder ablegen. Dann kann selbst Vater nichts mehr dagegen ausrichten.«

»Ach, deshalb hast du den Schild mitgebracht. Ist das ...«

»Ja, das ist *Drachenauge*.« Vindur hielt den Schild ins Licht, damit er besser zur Geltung kam. Ein länglicher schwarzer Buckel in der Mitte war wie die Pupille eines Drachen geformt. Sternförmig breiteten sich rötlich glänzende Kupferstreifen um ihn aus. Der Schild war alt, und in seinem ebenfalls mit Kupfer verstärkten Rand prangten die Kerben einer vergangenen Schlacht. Er hatte Vindurs Urgroßvater gehört, der Seite an Seite mit Hrodomars Urgroßmutter gegen einen Drachen in den Kampf gezogen war. Sie hatten den Eid abgelegt und waren gemeinsam gestorben, wie es Schildbrüdern zukam.

»Darf ich mal sehen?«, fragte Hrodomar und streckte die Hände aus.

Schweigend reichte Vindur ihm den Schild. Hrodomar drehte ihn und suchte auf dem altersdunklen Holz nach einem bestimmten Fleck.

»Es ist hier.« Vindur deutete auf ein verzweigtes bräunliches Mal.

Ehrfürchtig fuhr Hrodomar mit dem Finger darüber. Das Blut seiner Urgroßmutter. Nach all den Jahrhunderten war es noch immer dort. Es war ein Band, ein Band, das ihn ebenso mit Rathgar und dem Kronprinzen hätte verbinden können, doch die beiden erinnerten sich vermutlich nicht einmal daran. Nur mit Vindur hatte er sich stets gut verstanden. Sollte der König mit den Zähnen knirschen, so viel er wollte. Vindur mochte für einen Zwerg schmächtig sein und nicht mit der Wucht seines Bruders zuschlagen, aber er hatte es nicht verdient, immerzu beschämt zu werden. Er war ein Kämpferherz und geschickter mit der Axt, als es Hrodomar je sein würde.

»Du hast recht. Wir müssen deinen Vater zwingen, dich gehen zu lassen.« Denn wie sollte sich Vindur jemals bewähren, wenn er keine Gelegenheit dazu erhielt?

Wortlos zog Vindur seinen Dolch. Schweigend nahm Hrodomar ihn entgegen und verscheuchte alle Gedanken an Schmerz. Ohne Zögern schnitt er sich in den Finger. Sofort brannte es in der Wunde. Blut quoll hervor, gerade genug, um damit die Schildrune zu zeichnen. Er hatte seine Urgroßmutter nie kennengelernt, denn sie war gestorben, bevor er geboren worden war. Und doch glaubte er, sie mit ihm sprechen zu hören: »Ich, Hrodomar, schwöre beim Blut meiner Ahnen, von heute an Vindurs Schildbruder zu sein. Mein Schild wird seinen Rücken decken, so wie er den meinen verteidigen wird. Meine Axt wird das Blut seiner Feinde schmecken, so wie er meine Gegner fällen wird. Mein Leben wird sein Leben sein, und sein Tod mein Tod.«

# 17

Das Haus, in dem die Abgesandten der Nachkommen Ardas in Anvalon residierten, war so weitläufig und prachtvoll, dass es Athanor vorkam wie ein Wald, den man in einen Palast verwandelt hatte. Überall wandelte man unter dem silbrigen Laubdach der Bäume, die er bereits aus Ardarea kannte, und befand sich doch innerhalb der aus Holz und Stein geflochtenen Mauern. Ein junger Elf führte ihn in ein Bad, das aus einer warmen Quelle gespeist wurde, und starrte immer wieder fasziniert auf die Stoppeln in Athanors Gesicht.

»Immer dasselbe«, brummte Athanor, während er sich mit frisch gewetztem Messer rasierte. Nachdem er sich die Patina aus Schweiß und Staub von der Haut geschrubbt hatte, brachte ihm der Elf eine Hose aus fast schon zu weichem Leder und ein in kunstvollem Muster gewebtes Hemd. Zu seiner Überraschung passte die Kleidung dieses Mal. Jemand musste sie eigens für ihn geschneidert haben.

»Komm«, bat der Elf. »Peredin erwartet dich.«

Athanor folgte ihm nach draußen. Das Haus ging nahezu unmerklich in den Garten über, wo Peredin zwischen einem halben Dutzend weiterer Elfen im Schatten blühender Bäume saß, obwohl die Jahreszeit für solche Blütenpracht längst vorüber war. Alle Blicke richteten sich neugierig auf Athanor, nur sein Gastgeber lächelte Elanya zu, die gerade aus einer anderen Tür in den Garten schritt. Sah er von dem Zwergennachthemd im Kerker ab, hatte Athanor sie einen Mond lang nur in ihrem Harnisch zu Gesicht bekommen. Mit offenem Haar und in diesem luftigen Kleid musste er zweimal hinsehen, um sie wiederzuerkennen – und um auf die Brüste zu starren, die sich unter dem dünnen Stoff abzeichneten.

Peredin stand auf und ging ihr entgegen. »Elanya, wie schön, dich wohlbehalten wiederzusehen! Als deine Schwester uns erzählte, dass sie dich hinter Davaron hergeschickt hat, befürchteten wir das Schlimmste.«

»Du weißt doch, dass ich mich wehren kann«, erwiderte sie

und ließ sich von Peredin umarmen. »Aber ich hatte auch tapfere Begleiter.« Mit einer Geste lenkte sie den Blick des Ältesten auf Athanor. »Ohne ihn hätte Davaron und mich auf dem Rückweg doch noch der Tod ereilt.«

Athanor konnte sich ein selbstzufriedenes Lächeln nicht verkneifen. Elanya mochte ihn. Daran gab es keinen Zweifel.

»Dann gebührt Euch wohl unser aller Dank, Athanor aus Letho«, sagte Peredin und wirkte aufrichtig erfreut. »Ich kann es kaum erwarten, von dieser gefährlichen Queste zu hören. Aber das Wichtigste zuerst«, wandte er sich wieder an Elanya. »Ist es euch gelungen, uns Astarionim zu bringen?«

»Ihr meint nicht zufällig Edelsteinsalz?«, stichelte Athanor.

»Bitte! Darüber reden wir später«, versprach Elanya, während ihm Peredin einen irritierten Blick zuwarf. »Seid unbesorgt, Ältester. Wir konnten einen Beutel Astarionim aus dem Gorgoron bergen. Davaron hat ihn mit zu Kavarath genommen, der ihn gewiss sicher verwahren wird.«

*Hoffentlich rückt der Kerl sie auch wieder raus.*

»Ich bin sehr erleichtert, das zu hören«, betonte Peredin, als ob man es ihm nicht angesehen hätte. »Aber nun nehmt Platz und lasst euch eine Stärkung reichen!«

Er lud Elanya zu sich auf die steinerne Bank, auf der er zuvor gesessen hatte, während Athanor ein Kissen im Gras zugewiesen wurde, sodass er mit den anderen Elfen in einer Runde um den Ältesten saß. Doch Peredin mied nun seinen Blick. Offenbar erinnerte er sich wieder daran, wie sie Athanor hintergangen hatten.

Eine blonde Elfe, die sorgfältig darauf achtete, seine Hand nicht zu berühren, bot Athanor einen Becher Met an, und der junge Mann, der ihn hergeführt hatte, brachte in Honig getauchtes Gebäck. Etwas Deftigeres wäre Athanor lieber gewesen, aber er hatte Hunger, also leerte er die für alle bestimmte Schale fast allein. Elanya berichtete derweil von ihrer Wanderung, dem Kampf gegen die Rokkur und ihrer Verwandlung in eine Eule, um die Zwerge zu täuschen. Als sie zu der Stelle kam, an der ihre Magie zu versagen und ihre Tarnung zu verraten drohte, hielten die Zuhörer den Atem an.

»Aber wie kann das sein?«, fragte Peredin. »Hatte dich eine Krankheit geschwächt?«

»Nein«, antwortete Elanya. »Wie es scheint, hatte es nichts mit mir zu tun, denn Davaron ging es nicht besser. Auch seine Magie verließ ihn und kehrte erst zurück, als wir uns wieder der Oberfläche näherten. Ich frage mich, ob sich die Zwerge durch eigene Zauberei vor unserer Magie schützen. Doch wer hat je von einem zaubernden Zwerg gehört?«

»Ein Zwerg würde sich eher die Hand abhack…« Athanor unterbrach sich rasch. »Was ich sagen wollte: Sie fürchten und hassen nichts so sehr wie Magie. Einen Zauberer würden sie in den eigenen Reihen niemals dulden.«

»Ich glaube, damit habt Ihr recht, Athanor«, stimmte ihm Peredin zu. »Aus alter Zeit gibt es Berichte von Zwergen, die von ihren Königen an die Oberfläche verbannt wurden, weil man sie verdächtigte, Zauberer zu sein.«

»Das bedeutet aber auch, dass es Magie unter Zwergen *gibt*«, stellte Elanya fest. »Warum sollten sie dann keine Schutzzauber in ihren Stollen wirken?«

»Wenn es so wäre, wüssten sie nicht einmal selbst davon«, meinte Athanor. »Hrodomar wusste jedenfalls nicht, dass ihr eure Magie verloren hattet. Außerdem hätte sicher irgendjemand damit geprahlt. Schließlich gelang es den Wächtern nur deshalb, euch beide so leicht gefangen zu nehmen.«

»Ihr wurdet gefangen genommen?«, wiederholte Peredin.

»Ohne Magie gelang es Davaron nicht, unbemerkt in die Schatzkammern einzudringen«, berichtete Elanya. »Davon ahnte ich natürlich nichts, als ich mich gegen meinen Willen zurückverwandelte und in einem abgelegenen Stollen verstecken musste. Aber durch Davarons Missgeschick schöpften die Zwerge Verdacht und suchten nach mir. Ich konnte ihnen im Labyrinth ihrer Gänge nicht entfliehen. Sie kannten sich dort viel besser aus. Es gelang ihnen, mir den Weg abzuschneiden, und so musste ich mich ergeben, denn ich hatte weder Zauberei noch Waffen, um mich zu verteidigen.«

»Nach der Verwandlung… Das heißt, du warst nackt?«, keuchte eine ältere Elfe entsetzt.

Elanya errötete. Ihr Blick zuckte zu Athanor und rasch wieder fort, was ihn erneut sehr zufrieden lächeln ließ.

»Haben sie dich anständig behandelt?«, wollte Peredin aufgebracht wissen und sah aus, als würde er zu einem Rachefeldzug aufbrechen, falls die Zwerge es gewagt hatten, Elanya anzurühren.

»Sie wirkten ... sehr überrascht. Aber einer von ihnen legte sofort Waffen und Schild ab und ließ sich aus seiner Rüstung helfen.« Elanyas Miene verriet noch jetzt, dass sie damals nicht sicher gewesen war, ob der Wächter sie schänden wollte. Die Vorstellung war Athanor zu lächerlich und widerlich zugleich, um sie sich weiter auszumalen.

»Er zog sein Hemd aus, damit ich mich bedecken konnte«, fuhr Elanya zum Glück fort.

»Das war sehr freundlich von ihm«, stellte der Älteste beruhigt fest.

»Sie brachten mich in einen Kerker, wo sie Davaron und Athanor bereits eingesperrt hatten.«

Peredin bedachte Athanor mit einem schuldbewussten Blick. »Ich bedaure, dass Euch unseretwegen solche Unannehmlichkeiten widerfahren sind.«

»Unannehmlichkeiten?«, empörte sich Elanya. »Ältester, die Zwerge hatten sein Gesicht so schrecklich zugerichtet, dass es nur noch aus Beulen und Blutergüssen bestand! Dann haben sie uns als Diebe vor Gericht gestellt, und er musste seine Hand ins Feuer ihrer Göttin halten, um seine Unschuld zu beweisen. Er hätte allen Grund, uns zu hassen und zu verachten, weil wir ihm die Wahrheit über unseren Auftrag so schändlich verschwiegen haben.«

Nun wirkte Peredin zerknirscht. Athanor wäre jede Wette eingegangen, dass sich der Älteste von Kavarath zu diesem Vorgehen hatte überreden lassen und sich jetzt dafür schämte.

»Dann müssen wir Euch wohl erst recht dafür dankbar sein, dass Ihr unserer Sache treu geblieben seid«, gab Peredin zu.

»Es kommt noch besser«, verkündete Elanya, bevor Athanor etwas erwidern konnte. »Da er die Feuerprobe bestand, verurteilten die Zwerge ihn zur lebenslänglichen Verbannung aus ihrem Reich. Er hätte einfach gehen und sich in Sicherheit bringen können. Davaron und ich wurden dagegen in die Stollen unter dem Gorgoron geschickt, aus denen seit zweitausend Jahren kein Zwerg mehr lebend zurückgekehrt ist. Rathgar, der König unter dem Berg, hielt es für eine gerechte Strafe, dass wir dort bei der Suche nach Astarionim umkommen sollten. Wir sind dem Tod dort nur knapp entronnen, denn der Zorn des Astars hat die Körper und Seelen der verschollenen Zwerge vergiftet und wilde Bestien aus ihnen gemacht. Und doch hat Athanor die Wut Rathgars herausgefordert und verlangt, uns begleiten zu dürfen, damit wir diesen Schrecken nicht allein gegenüberstehen.«

Athanor sonnte sich in den anerkennenden Blicken, die ihm plötzlich zuteil wurden.

»Das war wahrhaft edelmütig«, lobte die ergraute Elfe an Peredins anderer Seite.

»Wer hätte von einem Menschen so viel Treue erwartet?«, murmelte jemand.

»Und dann habt Ihr Elanya und Davaron auch noch das Leben gerettet?«, hakte Peredin nach.

»Nun, ich ...«, begann Athanor, doch Elanya fiel ihm ins Wort.

»Wie ich ihn kenne, wird er es wieder anders darstellen, denn Davaron beschimpft und beleidigt ihn all seiner Taten zum Trotz. Aber ich war dabei und kann deshalb bezeugen, dass wir von übermächtigen Gegnern angegriffen wurden. Davaron lag bereits sterbend am Boden, und wäre ich allein gewesen, hätte ich ihn zurücklassen müssen, um die Astarionim herzubringen. Doch Athanor hat ihn gerettet, indem er im Sturm einen reißenden Fluss mit ihm durchschwamm. Hört nicht auf Davaron, wenn er Unrat über diesen Mann ausschütten wird. Sein Hass auf die Welt blendet ihn.«

»Mir scheint, dass wir Euch zu großem Dank verpflichtet sind.« Peredin neigte vor Athanor das Haupt. »Wie ich es vor Eurer Abreise versprochen habe, werde ich Euch reich dafür belohnen. Bleibt als Gast in diesem Haus, solange es Euch beliebt. Und wenn morgen im Rat über diese Geschehnisse berichtet wird, sollt Ihr an meiner Seite sitzen. Die Söhne und Töchter Piriths mögen undankbar sein, wir sind es nicht.«

»Ihr seid sehr großzügig, Peredin«, erwiderte Athanor. »Ich fühle mich geehrt, Euch begleiten zu dürfen.« *Obwohl es vermutlich kein Vergnügen wird, Davarons Eigenlob zuzuhören.*

Elanya musste die Geschichte über die Gerichtsverhandlung und den verfluchten Berg nun noch einmal ausführlich erzählen, denn vor allem die jüngeren Elfen wollten jede Einzelheit wissen. Tag für Tag in den Gärten der Elfenlande herumzuhocken war sicher sterbenslangweilig. Athanor fand ihre Gesellschaft schon bald ermüdend, denn niemand wandte sich an ihn. Er war froh, als die Fragen endlich versiegten und sich die Gesellschaft zerstreute. Vom langen Sitzen waren seine Beine schon ganz steif.

Während Peredin kurz Zwiesprache mit der grauhaarigen Elfe hielt, trat ein junger Elf zu Elanya, den sie mit einer Umarmung begrüßte.

»Ich breche heute Abend noch auf, um die Kunde nach Ardarea zu bringen. Soll ich Botschaften für deine Eltern und Aphaiya mitnehmen?«, fragte er.

»Oh, das wäre schön. Dann gehe ich rasch ein paar Briefe schreiben.« Sie wollte davoneilen, doch Athanor fing sie mit einem Schritt zur Seite ab.

»Danke, dass du mich vor Peredin zum Helden gemacht hast.« Er erwartete ihr verschmitztes Lächeln, doch stattdessen sah sie ihn mit so tiefem Ernst an, dass ihre Augen groß und dunkel erschienen.

»Du hast gesagt, dass du nicht vergessen werden willst, wenn du eines Tages in die Schatten gehst. Solange *ich* lebe, werde ich deine Geschichte erzählen.«

Elanyas Antwort hatte Athanor sprachlos gemacht, und als sie am nächsten Morgen in Peredins Gefolge zur Ratshalle gingen, wusste er immer noch nicht, was er davon halten sollte. Hatte sie ihm eine unfassbar große Liebeserklärung gemacht oder seine Taten nur gerühmt, weil sie ein schlechtes Gewissen plagte? Wollte sie auf diese Art ihre Schuld begleichen und die der anderen – allen voran Davarons – gleich mit?

Doch sobald die Ratshalle in Sicht kam, lenkte ihn der Anblick ab. Die Ruinen in Ithara, der Hauptstadt des Alten Reichs, mochten von vergangenem Prunk und Größe zeugen, aber gegen dieses Bauwerk kamen sie ihm plump und schlicht vor. Tausende schlanker Säulen aus rötlichem Holz und silbrigem Stein bildeten die Wände. Sie mussten direkt aus dem Erdboden erwachsen sein, da er – wie schon in Ardarea – keine Anzeichen für einzelne, aufeinandergesetzte Steinblöcke entdecken konnte. Wie aus Metall gegossen legten sie sich um die hohen Türen und Fenster. Waren es Schmuckelemente oder echte Knospen, die ihnen in regelmäßigen Abständen entsprossen? Die Kuppel darüber glich erst recht einem Geflecht aus Ranken und Ästen, das so feingliedrig war, dass er sich fragte, wie es einem Unwetter standhalten konnte. Aus welchem Material sie errichtet worden war, konnte er von unten nicht erkennen, doch es gab silberne und strahlend weiße Elemente. Um innen zur vielfach durchbrochenen Decke hinaufsehen zu können, musste er den Kopf in den Nacken legen. Es fiel goldenes Sonnenlicht hindurch, das die Halle erhellte, aber den blauen Himmel sah er nicht.

Die meisten Fenster waren nur durch kunstvolles Gitterwerk verschlossen. Vier hatte man jedoch aus bunten Glasscherben gefertigt, die zusammen Bilder ergaben. Eines zeigte einen Baum, vermutlich das Wappen Ardas. Und die Flamme stand sicher für die Abkömmlinge Piriths mit ihrer Feuermagie.

»Das ist die Woge der Töchter und Söhne Ameas«, erklärte Elanya, die seinem Blick gefolgt sein musste. »Und der Falke gleitet durch die Lüfte wie die Abkömmlinge Heras«, fügte sie zum nächsten Fenster gewandt hinzu.

»Das Volk Ameas beherrscht demnach Wassermagie und das Heras Luftmagie?«

»So ist es.«

*Ein Elfenvolk für jedes der vier Elemente.* Endlich verstand er, warum Davaron seine Erdmagie verleugnete. Es war ein Symbol für unreines Blut. Damit kannte er sich aus. Unter den Vornehmen Theroias hatte es ebenfalls Häuser gegeben, die sich niemals mit bestimmten anderen Familien vermischt hätten, um ihr Blut nicht zu verwässern. Athanor hielt sie für dumm. Durch strategisch arrangierte Ehen waren schon viele vorteilhafte Bündnisse geschlossen worden.

*Wenn man vom Dunklen spricht, bricht die Nacht an*, ging ihm durch den Kopf, als sein Blick auf Davaron fiel. Der Elf trug seine nun wieder auf Hochglanz polierte Rüstung und trotz der Sommerhitze einen roten Umhang. Obwohl kein Schwert an seinem Gürtel hing, stach er damit kriegerisch aus der Menge in seidige Roben gekleideter Würdenträger heraus. Viele hatten für die Ratsversammlung nicht nur kostbare Stoffe, sondern auch filigranen Schmuck angelegt, der silbern und golden an ihren Armen und in ihrem Haar glänzte. In seinem schlichten Hemd kam sich Athanor mehr denn je wie ein Bauer unter Adligen vor. Stolz richtete er sich auf. Die Elfen mochten reicher und eleganter sein als er, aber er war noch immer ein Edler Theroias und ein Krieger, der Heere in die Schlacht geführt hatte. Ob sie es wussten oder nicht, war gleich. Es genügte, dass *er* es nicht vergaß.

In der Mitte der Halle sprudelte ein Brunnen, wie ihn Athanor nie zuvor gesehen hatte. Das Wasser schoss in die Höhe und fiel in unzähligen Kaskaden in das mit Marmor gefasste Becken zurück. Feine Gischt hüllte die Quelle in Nebel und kühlte die Luft. Der Brunnen plätscherte so laut, dass sich Athanor fragte, wie sich die Elfen darüber Gehör verschaffen wollten. Doch zu seiner Verwunderung versiegte der über mannshohe Strahl plötzlich bis auf eine leise murmelnde Erhebung, die ihm kaum bis ans Knie reichte.

Die zusammengeströmten Elfen verteilten sich auf mehrere Reihen unterschiedlichster Sitze und Bänke, die den Brunnen kreisförmig umgaben. Obwohl sie zahlreich waren, kamen sie Athanor unter der hohen, weiten Kuppel ein wenig verloren vor. Vermutlich handelte es sich nur um die Abgesandten der vier Völker und ihr Gefolge.

Peredin winkte ihn tatsächlich zu sich und bedeutete ihm, an seiner Seite Platz zu nehmen. Wieder richteten sich viele neugierige Blicke auf ihn, aber vor allem unter den Söhnen und Töchtern Piriths starrten ihn etliche feindselig oder zumindest geringschätzig an. Athanor erkannte Kavarath und dessen Tochter unter ihnen, die in vorderster Reihe saßen. Der ebenso rothaarige und hagere Elf neben ihnen konnte nur Kavaraths Sohn sein, sein Nachfolger als Ältester.

Als eine weißhaarige Elfe aufstand und einen Schritt vortrat, senkte sich Stille über die Versammlung. Die alte Frau war groß und sehr schlank. Sie trug eine weiße, mit Goldfäden bestickte Robe und einen schmalen goldenen Reif im Haar.

»Dies ist Ivanara, die Erhabene, die Älteste der Töchter und Söhne Heras«, flüsterte Peredin Athanor zu, während sie die Versammelten begrüßte. »Sie hat dieses Amt seit vierhundert Jahren inne, und seit über zweihundert Jahren lenkt sie als Ratsvorsitzende auch die Geschicke der anderen Völker.«

*Vierhundert Jahre!* Wie alt mochte sie sein, wenn sie vor so langer Zeit zur Ältesten gewählt worden war? Athanor musterte sie gründlicher, doch er konnte keine Falten und nicht einmal Altersflecken auf ihrer Haut erkennen. Vielleicht saß er aber auch nur zu weit entfernt.

»Heute Morgen müssen wir uns noch einmal mit der düsteren Prophezeiung befassen, von der uns Peredin und Kavarath kürzlich berichteten«, verkündete sie in nüchternem Ton. Entweder schenkte sie der Weissagung keinen Glauben, oder sie hatte in ihrem Leben bereits zu viel gesehen, um sich von drohender Gefahr beeindrucken zu lassen. Ihre Haltung war selbstsicher und ihre Stimme fest. Trotzdem verstand er nicht, warum sich die Elfen eine Königin gegeben hatten, wenn sie ebenso gut einen Mann hätten wählen können. Ein König konnte seine Krieger selbst in den Krieg führen, eine Frau ... Nun ja, Elanya kämpfte schließlich auch nicht schlecht. *Und Theroias König saß zu Hause und richtete Siegesfeiern aus. Bis der Krieg in den Palast kam ...*

Als Davarons Name fiel, merkte Athanor auf. Die Erhabene ließ sich wieder auf ihrem erhöhten Sitz nieder, der jedoch keine Lehne und damit keine Bequemlichkeit bot. Davaron stand auf und trat in die Mitte des Saals, damit jeder ihn sehen konnte. Die Abkömmlinge Piriths blickten mit sichtlichem Stolz auf ihn, während viele der anderen Elfen auf seinen Armstumpf starrten und miteinander flüsterten. In ihren Mienen spiegelten sich Entsetzen und Mitleid.

Davaron tat, als merkte er nichts davon, und begann seinen Bericht mit dem Moment, da er erwählt worden war, um sich auf die Suche nach den Kristallen zu begeben. Überhaupt sprach er ausschließlich von sich, sodass man beinahe hätte glauben können, er sei allein im Königreich unter dem Berg gewesen. Bald sahen ihn die Zuhörer nicht mehr mitleidig, sondern anerkennend an. *Davaron, der Tapfere, der Bezwinger der Zwerge.* Als die Elfen applaudierten, kam Athanor fast das Frühstück wieder hoch. Er sah, wie Peredin der Erhabenen ein Zeichen gab und sie es mit einem Nicken zur Kenntnis nahm.

»Hast du bei deinem Bericht nicht etwas vergessen, Davaron?«, rief Peredin, woraufhin sich die Aufmerksamkeit ihm zuwandte.

»Ich glaube nicht«, antwortete Davaron kühl.

»Genügt es dir nicht, dass die Prophezeiung von einer Tochter Ardas kam?«, mischte sich Kavarath ein. »Willst du nun auch noch den Ruhm, die Astarionim hergebracht zu haben, für dein Volk einfordern?«

Peredin erhob sich. »Es liegt mir fern, Davarons Taten gering zu schätzen. Wir alle können sehen, welches Opfer er gebracht hat, um uns gegen die unbekannte Gefahr zu wappnen, vor der die Seherin Aphaiya uns warnt. Davor neige ich mein Haupt«, sagte er und deutete eine Verbeugung an. Zustimmende Rufe ertönten. »Dennoch möchte ich darauf hinweisen, dass Davaron heute nicht vor uns stehen würde, hätte er nicht zwei ebenso mutige und entschlossene Begleiter gehabt. Elanya, die Schwester Aphaiyas, und vor allem Athanor aus Letho, ein Mensch, dem weder Kavarath noch ich vertraut haben. Und doch ist er mit Davaron zurückgekehrt und rettete ihm sogar das Leben.«

»Das behauptet er«, erwiderte Davaron. »Ich war ohnmächtig, weil mir ein Sturm eine Tür gegen die Stirn schlug, und kann nichts davon bezeugen.«

»Aber ich kann es«, rief Elanya von ihrem Platz in den hinteren Reihen und stand auf. »Meine Heilkünste reichten kaum aus, um dich am Leben zu erhalten. Wäre Athanor nicht gewesen, hätte ich nicht einmal Gelegenheit bekommen, sie anzuwenden, denn ich hätte mit den Astarionim entfliehen und dich zurücklassen müssen.«

»Welche Rolle spielt all das für diesen Rat?«, warf Kavaraths Sohn ein. »Sollen wir jetzt etwa dem Menschen für unsere Rettung danken?«

Ivanara erhob sich, woraufhin sich Elanya und Peredin wieder setzten. Selbst Davaron kehrte zögerlich an seinen Platz zurück. »Feareths Frage ist nicht unberechtigt«, befand die Erhabene. »Aber zunächst möchte ich alle zur Mäßigung aufrufen. Noch schweben wir in keiner Gefahr, die es rechtfertigt, von einer Rettung zu sprechen. Wir haben eine Warnung erhalten, mehr nicht. Es war vorausschauend von Peredin und Kavarath, jemanden auszusenden, um diese Kristalle zu holen, die uns angeblich hilfreich sein werden. Dafür gebührt ihnen unser Dank.« Ihr Blick richtete sich auf Athanor. »Dass sich ein Mensch daran beteiligt und für uns in Gefahr begeben hat, erfüllt mich mit Staunen und verdient großen Respekt. Es ist sehr lange her, dass die Elfen wahre Freunde unter den Menschen hatten. Wir haben vergessen, dass es in jenen Zeiten nicht nur Verrat gegeben hat.«

»Er ist kein Freund. Es geht ihm nur darum, Geschäfte zu machen und Ruhm zu erwerben«, rief Davaron.

Athanor lachte auf. »Als ob es dir je um etwas anderes als *deinen* Ruhm gegangen wäre.«

»Genug!«, befahl Ivanara. Ihre Stimme war mit einem Mal scharf wie ein Peitschenhieb. »Du magst es ehrenrührig finden, von einem Menschen gerettet worden zu sein, aber das gibt dir nicht das Recht, ihn hier zu verleumden«, rügte sie Davaron. »Und Ihr, Athanor, werdet in diesem Rat nicht ungefragt die Stimme erheben! Ihr verdient zweifellos unseren Dank, aber Ihr seid hier nur Gast.«

Dem konnte er nicht widersprechen. Ergeben neigte er den Kopf.

»Um auf Peredins Einwand zurückzukommen«, wandte sich Ivanara wieder an Davaron. »Warum hast du in deinem Bericht verschwiegen, dass du beinahe gescheitert wärst? Hat jemand versucht, euch die Astarionim wieder zu nehmen? Werdet ihr womöglich verfolgt?«

Kavaraths Familie sah verstimmt aus, doch Davaron reckte trotzig das Kinn. »Dafür gibt es keine Anzeichen. Es sei denn, meine Begleiter hätten mir etwas verschwiegen.«

Athanor musste sich sehr beherrschen, um nicht hinüberzugehen und ihm die Faust ins Gesicht zu rammen. So schnell lenkte er den Vorwurf, etwas verheimlicht zu haben, also ab, und die Elfen gingen ihm auf den Leim, denn sie blickten nun alle wieder Athanor und Peredin an.

»Elanya, erhebe dich und berichte uns, was sich ereignete, während Davaron besinnungslos war«, forderte Ivanara.

*Ob es einen Skandal gibt, wenn sie den Kuss erwähnt?*, fragte sich Athanor schmunzelnd. Aus Elfensicht war er schließlich kaum mehr als ein Tier. Doch das würde sie sicher nicht tun. Womöglich saß sogar ihr Verlobter irgendwo in diesem Raum.

»Wir hatten in einem verlassenen Haus vor einem Unwetter Schutz gesucht«, begann sie. »Ich hörte nur den Sturm, doch Davaron stand plötzlich auf und griff nach seinem Schwert. Er lauschte hinter der Tür, als sie aus den Angeln gerissen und gegen seine Stirn geschleudert wurde. Wie ich später entdeckte, wurde ihm der Schädel eingeschlagen.«

Entsetztes Raunen ging durch die Reihen der Zuhörer.

»Davaron brach sofort zusammen. Vor dem Eingang standen zwei Gestalten. Im ersten Augenblick glaubte ich, es seien heruntergekommene Menschenkrieger, von Schmutz und Hunger entstellt. Aber dann sah ich, dass sie keine Augen mehr hatten. Knochen ragten aus ihrer seltsam dunklen Haut. Sie sahen aus wie die Toten, die ich zuvor im Dorf der Menschen gesehen hatte. Wie Kadaver, die austrocknen, anstatt zu verwesen. Ich weiß nicht, wie so etwas geschehen kann, aber sie waren wieder aufgestanden und griffen uns mit Schwertern an.«

»Noch mehr Untote!«, rief jemand. Überall erhoben sich aufgeregte Stimmen. Einige Elfen stellten laute Fragen, andere sprachen auf ihre Begleiter ein. Kavarath schien Davaron Vorhaltungen zu machen, die jener zornig von sich wies. Athanor konnte ihre Worte im Tumult nicht verstehen, doch ihre Mienen und Gesten sprachen für sich.

»Was hat dieser Aufruhr zu bedeuten?«, fragte er Peredin, der gelassen neben ihm saß.

»Es geht um einen Streit, der in der letzten Ratssitzung aufkam. Uns wurde bereits von Spähern über Untote in Theroia berichtet, vor denen selbst das Wild die Flucht ergreift. Aber einige von uns hielten das für Unsinn und glaubten, die Kundschafter hätten sich geirrt. Es gab böses Blut, weil sie damit die Fähigkeiten und das Urteilsvermögen der Späher infrage stellten. Das war nicht gerecht. Und worauf sollen wir uns noch verlassen, wenn wir unseren eigenen Grenzwächtern nicht mehr vertrauen?«

Die letzten Worte trug eine Windböe davon, die wie aus dem Nichts durch die Halle fegte und die Haare der Elfen zauste. Überrascht sah sich Athanor um, doch draußen herrschte noch immer strahlender Sonnenschein. Die Elfen verstummten jedoch und wandten sich der Erhabenen zu, die sich erhoben hatte und missbilligend in die Runde blickte. Der Wind legte sich so rasch, wie er aufgekommen war.

»Ich kann keinen Grund für dieses unwürdige Schauspiel erkennen«, tadelte sie. »Soll unser Gast den Eindruck bekommen, dass Redner bei uns nicht zu Ende gehört werden und jeder einfach dazwischenruft, wenn er ausnahmsweise einen Gedanken hat?«

Fast hätte Athanor gelacht. Er mochte diese Frau. Offenbar fürchtete sie nichts.

»Fahre fort, Elanya«, bat sie und setzte sich. »Wir werden danach besprechen, welche Schlüsse wir daraus zu ziehen haben.«

Elanya erzählte, wie hart Athanor und sie gegen die Untoten gekämpft hatten, ohne sie besiegen zu können. Nur wenige Elfen sahen beunruhigt aus. Selbst jene, die sich gerade noch aufgeregt hatten, lauschten nun, ohne sich etwas anmerken zu lassen.

»Ob diese toten Krieger tatsächlich keine Flüsse durchwaten können, weiß ich nicht, aber wir haben seit jener Nacht keine mehr gesehen«, schloss Elanya ihren Bericht und nahm wieder Platz.

Athanor fand, dass sie noch zu rücksichtsvoll mit Davaron

umgegangen war. Warum hatte sie nicht erwähnt, wie Davaron ihr die Kristalle übergeben hatte, um seinem Vergnügen nachzugehen?

»Danke, Elanya«, ergriff die Erhabene erneut das Wort. »Diese Ergänzung scheint mir unsere Zeit wert gewesen zu sein«, sagte sie mit einem Seitenblick auf Davaron. »Wie sich zeigt, hatte meine Nichte Mahalea doch recht, als sie uns vor Untoten in Theroia warnte. Ich werde unsere klügsten Köpfe in eine Versammlung berufen, um eine Erklärung für die Existenz dieser unnatürlichen Wesen zu finden.«

Kavaraths Sohn, Feareth, erhob sich, und Ivanara nickte ihm zu. Seine Miene verriet Unzufriedenheit. »Darüber zu rätseln, welche Magie diese Untoten antreibt, genügt nicht! Uns wurde eine mächtige Bedrohung und der Tod zahlreicher Elfen prophezeit. Nun haben uns schon zwei Wächterinnen von Angriffen durch diese Wesen berichtet. Wir müssen daraus schließen, dass sie der angekündigte Feind sind, und handeln!«

»Mahalea hat von drei Untoten gesprochen und Elanya von zweien«, erwiderte die Erhabene unbeeindruckt. »Das dürfte wohl kaum ein Heer sein, das uns in ernsthafte Gefahr bringt. Peredin, sagtet Ihr nicht, Ihr hättet Kunde von Eurer Seherin erhalten, was mit den Astarionim zu geschehen hat?«

»Darüber haben wir uns bereits verständigt«, sagte Feareth, bevor Peredin auch nur den Mund öffnen konnte. »Die Söhne und Töchter Piriths werden magische Waffen schmieden, in deren Hefte die Kristalle eingelegt werden. So hat es Aphaiya gesehen, und so werden wir es ausführen.«

Ivanara sah dennoch Peredin an, bis jener nickte.

»Dann gibt es dazu wohl kaum mehr zu sagen«, befand sie.

»Das sehe ich anders«, beharrte Feareth. Je zorniger er wurde, desto ähnlicher sah er seinem Vater. »Sollen wir tatenlos zusehen, während sich Gefahr zusammenbraut?«

Vereinzelt gab es zustimmende Rufe.

»Habt Ihr nicht gerade gesagt, dass Ihr Schwerter schmieden wollt?«, erwiderte Ivanara gelassen. »Ich hindere Euch nicht daran, solche Vorbereitungen zu treffen, aber was erwartet Ihr? Soll ich wegen fünf toten Menschen ein Heer ausrüsten? Unsere

Trolle sollten spielend mit ihnen fertig werden. Was uns zu der eigentlichen Frage bringt, die wir heute besprechen wollten.«

Der Älteste der Nachkommen Piriths setzte sich mit finsterer Miene, und Kavarath beugte sich zu ihm, um ihm etwas zuzuflüstern. Feareth nickte grimmig.

»Nachdem Retheon so überraschend aus unserer Mitte gerissen wurde, brauchen unsere Grenzwächter – und vor allem die Trolle – einen neuen Kommandanten«, stellte Ivanara fest.

»Retheon ist tot?«, hörte Athanor Elanya hinter sich fragen.

»Er wurde ermordet«, antwortete jemand ebenso leise.

»Wir alle wissen, dass Mahalea, die Tochter Denethars, aufgrund ihrer großen Erfahrung am besten für dieses Amt geeignet wäre«, fuhr Ivanara fort. »Aber wir wissen auch, dass ihre Herkunft es unmöglich macht, sie zur Kommandantin zu ernennen.«

Athanor fragte sich, ob sie von derselben Mahalea sprach, die auf dem Greif geritten war. Stammte diese Kriegerin von einfachen Bauern ab, dass man ihr den Oberbefehl verweigern wollte?

»Deshalb bitte ich um Vorschläge, wen wir an ihrer Stelle nach Uthariel schicken könnten.« Erwartungsvoll blickte die Erhabene in die Runde. »Vielleicht möchtet Ihr beginnen, Ameahim?«, schlug sie einem Elf mit silbergrauem Haar vor, dessen Robe wie eine Perle schimmerte.

Abwehrend hob der Mann die Hand. »Die Söhne und Töchter Ameas lieben die Reinheit, die ihnen das Wasser verleiht, und ertragen die Nähe der stinkenden Trolle nicht. Von mir aus kann gern wieder ein Elf aus dem Volke Piriths dieses Amt bekleiden.«

Feareth verschränkte die Arme. »Warum sollen eigentlich immer wir die Drecksarbeit übernehmen?«

»Vielleicht, weil Ihr Euch auch sonst immer darum schlagt?«, warf Peredin ein. »Habt Ihr nicht eben noch Taten gefordert?«

»Ach, möchtet Ihr damit von der Tatsache ablenken, dass niemand unter den Abkömmlingen Ardas diesem Amt gewachsen wäre?«, gab Feareth zurück.

»Wer Krieger befehligen will, sollte selbst einer sein, und davon gibt es in Ardarea in der Tat nicht allzu viele«, räumte Peredin ungerührt ein.

»Haben die Söhne und Töchter Piriths nun einen Vorschlag zu machen oder nicht?«, fragte Ivanara ungeduldig.

»Wir haben nicht damit gerechnet, dass uns diese Last schon wieder auferlegt werden soll.«

»Lügner«, murmelte Peredin so leise, dass nur Athanor es hörte.

»Natürlich ist es ehrenvoll, die Verantwortung für die Sicherheit des ganzen Landes zu tragen, aber ...«

»Aber was?«, fragte Ivanara verärgert. »Niemand umgibt sich gern mit Trollen. Sollen wir deshalb irgendeinen grünen Jungen aus der Grenzwache zum Kommandanten machen?«

»Warum ernennen wir nicht jemanden nur zum Schein und lassen ihn in Wahrheit Mahaleas Befehle ausführen?«, schlug Ameahim, der Älteste der Abkömmlinge Ameas, vor.

»Würden das die Trolle nicht bemerken?«, wandte Peredin ein.

Ameahim winkte ab. »Trolle sind doch dumm wie Riedgras.«

»Wer würde denn die Gesellschaft der Trolle auf sich nehmen, um eine so unrühmliche Rolle zu spielen?«, fragte Feareth.

»*Wenn* ein Sohn Piriths diese Aufgabe übernimmt, dann nicht als Marionette Mahaleas!«

»Wäre das nicht etwas für Euch?«, wandte sich Peredin an Athanor.

»Was? Kommandantenmarionette?« Athanor schwankte zwischen Ärger und Belustigung.

Ameahim lachte auf. »Köstlich, Peredin. Und noch dazu genial. Als Mensch habt Ihr doch sicher nichts gegen Trolle, nicht wahr?«, wandte er sich an Athanor.

»Das ist doch ein schlechter Scherz«, empörte sich Kavarath. »Ein Mensch kann nicht Kommandant unserer Wächter werden. Nicht einmal zum Schein.«

»Da uns diese Lösung ermöglichen würde, Mahalea zu berufen, sollten wir sie ernsthaft erwägen«, befand Ivanara. »Wärt Ihr denn überhaupt bereit, diese Aufgabe zu übernehmen, Athanor?«

Sollte er zustimmen, nur um Kavarath und seine arrogante Brut zu ärgern? Athanor erhob sich und ließ den Blick über die finsteren Mienen der Abkömmlinge Piriths schweifen, bevor er ihn auf die Erhabene richtete. »Es wäre zweifellos eine große Ehre, als Mensch auch nur dem Namen nach diesen Rang zu führen, aber ... ich habe bereits selbst Krieger in die Schlacht geführt und Siege errungen. Wie könnte ich es mit meinem Stolz vereinbaren, nur das Sprachrohr eines anderen zu sein?«

»Wenn du ein so fähiger Feldherr wärst, würde dein Volk wohl noch leben«, höhnte Kavarath.

Athanor knirschte mit den Zähnen. »Vielleicht sollten wir ein paar Drachen rufen, damit Ihr beweisen könnt, wie viel besser Ihr seid.«

»Dann lehnt Ihr es also ab, uns behilflich zu sein?«, hakte die Erhabene nach.

Eigentlich hatte er genau das mit höflichen Worten sagen wollen, doch Kavaraths überhebliches Lächeln war zu viel. »Nein. Ich wollte Euch nur aufzeigen, dass es mir nicht leichtfällt, eine solche Rolle zu übernehmen.« Zu seiner Genugtuung verging Kavarath das Grinsen. *Warte nur ab, wie viel ich mir wirklich von dieser Mahalea sagen lassen werde.*

Die Debatte im Rat war noch eine Weile hin und her gewogt. Feareth und Kavarath hatten heftig gegen Athanors Scheinernennung protestiert, doch je wütender sie geworden waren, desto mehr war die Stimmung der anderen zugunsten Mahaleas – und damit Athanors – gekippt.

Als er am nächsten Tag in die Morgensonne hinaustrat, kam ihm die Ratssitzung bereits wie ein absurder Traum vor. Niemals hätte in Theroia ein Mann den Kommandantenrang verweigert, nur weil der Umgang mit derben, ungewaschenen Soldaten damit verbunden war. Wie es die verweichlichten Elfen geschafft hatten, seit Jahrtausenden unerobert zu bleiben, war ihm ein immer größeres Rätsel.

Um Peredin einen Gefallen zu tun, trug er den Harnisch aus geleimtem Leinen, den der Älteste ihm zum Geschenk gemacht hatte. Die Rüstung war mit Lederstreifen und Bronzescheiben verziert und verstärkt zugleich, und auf der Brust prangte der Baum, das Symbol Ardas. Sie sah zweifellos schmuck aus, aber er traute ihr nicht zu, denselben Schutz wie ein Kettenhemd zu bieten.

Auch die anderen Geschenke, die er erhalten hatte, konnten sich sehen lassen. Die Stiefel aus aufwendig punziertem Leder saßen wie angegossen. Der neue Umhang schimmerte wie Seide, obwohl er aus einem dicken, dicht gewebten Stoff bestand, und die fein ziselierten goldenen Armreife waren eines Fürsten würdig. Vielleicht ließ es sich unter den Elfen doch ganz angenehm leben, wenn man sie nicht ständig um sich haben musste.

Peredin und sein Gefolge warteten vor dem Haus, um Elanya und ihn zu verabschieden.

»Glaub ja nicht wieder, dass ich dich deinetwegen begleite«, warnte sie vom Rücken ihres Pferds herab, als er bei ihrem Anblick grinsen musste. »Ich bin die einzige Heilerin unter den Grenzwächtern und werde dringend gebraucht.«

Er sagte nichts und grinste erst recht. Auch Davaron saß bereits auf seinem Grauen, der also tatsächlich in die Elfenlande und zu ihm zurückgefunden hatte. Für ein Pferd war das äußerst beeindruckend. Selbst die prachtvollsten Hengste, die Athanor bislang besessen hatte, wären grasend auf den Ebenen Daranias geblieben. Die Laune des Elfs konnte es jedoch nicht heben. Er sah Athanor gewohnt finster an, und Athanor fragte sich, warum Davaron nicht einfach allein wegritt, um ihnen den gegenseitigen Anblick zu ersparen.

»Ein letztes Geschenk möchte ich Euch noch machen«, kündigte Peredin an. »Zum Dank dafür, dass Ihr uns vergeben und trotz unserer Dünkel geholfen habt.«

Elanya lenkte ihr Pferd zur Seite, um die Sicht auf das dritte Ross freizugeben. Sein messingfarbenes Fell schimmerte in der Sonne, während sich Mähne und Schweif in strahlendem Weiß davon abhoben. Das Tier war schlank und doch muskulös, was Wendigkeit und Schnelligkeit verhieß.

»Ein Kommandant sollte schließlich nicht zu Fuß gehen müssen«, fügte Peredin hinzu.

»Ein wahres Wort und ein königliches Geschenk«, erwiderte

Athanor und verneigte sich. »Nach allem, was ich mir von Elfen an Beleidigungen anhören musste, weiß ich Euer Vertrauen in meine Treue umso mehr zu würdigen. Ich werde Euch nicht enttäuschen.«

Peredin neigte ernst das Haupt. Athanor schwang sich auf den Rücken seines neuen Pferds, das nervös tänzelte. Dass sich die versammelten Elfen bereits ins Haus zurückzogen, erleichterte ihn. Einen wehmütigen, wortreichen Abschied hätte er als aufgesetzt und verlogen empfunden. »Und warum muss uns ausgerechnet Davaron wieder begleiten?«, fragte er Elanya.

»Er gehört zur Grenzwache, und ich fürchte, Feareth hat ihn dazu bestimmt, dich im Auge zu behalten, damit du keinen Schaden anrichten kannst.«

*Hätte ich mir denken können.*

Elanya wendete ihr Pferd und trabte zwischen den Bäumen voraus, doch als Athanor ihr folgen wollte, drängte Davaron ihn ab.

»Dieses Amt war mir bestimmt! Deinetwegen hat es nun Mahalea bekommen, die nur vom Namen ihres Vaters zehrt. Deine Anmaßung wird dich noch den Kopf kosten, Mensch!«

Athanors Hand näherte sich dem Schwertgriff, doch er beherrschte sich. »Ich habe niemanden deinen Namen vorschlagen hören«, erwiderte er kühl. »Um genau zu sein, hat überhaupt niemand einen anderen Vorschlag gemacht.«

»Sich zu zieren ist eine Frage der Ehre, du Narr! Dein schneller Entschluss hat nur bewiesen, dass es dich nicht stört, mit anderen haarigen Scheusalen aus einem Trog zu fressen.«

»Für die Dummheit eurer Sitten kann ich nichts. Bei uns greift ein Mann zu, wenn er etwas will.« *Griff*, korrigierte er sich, während er sein Pferd hinter Elanya hertrieb, und konnte nicht leugnen, dass auch er ein Mal zu oft zugegriffen hatte. War er gerade dabei, erneut einen Fehler zu begehen? Hätte er sich besser nicht in die Rangeleien der Elfen eingemischt?

»Was hat es mit dieser Mahalea eigentlich auf sich?«, erkundigte er sich, als er Elanya eingeholt hatte. Davaron behauptete, sie sei nur ihres Vaters wegen befördert worden, und die Erhabene hatte ihre Herkunft als Makel dargestellt. Was stimmte denn nun?

»Mahalea ist die Tochter unseres großen Helden Denethar.«
*Aha. Das erklärte Davarons Vorwurf.*
»Unter uns Grenzwächtern ist sie eine Legende, denn außer Retheon hat niemand länger gedient als sie. Sie ist unermüdlich und stets wachsam gegenüber allen Gefahren«, fuhr Elanya ehrfürchtig fort. »Niemand reitet Greife so gekonnt wie sie oder kann sie annähernd so gut ausbilden. Das liegt natürlich auch daran, dass sie eine Tochter Heras ist. Die Luftmagie verhilft ihr zu einer Balance, von der andere nur träumen können. Und der Wind trägt ihre Pfeile stets ins Ziel.«
*Klingt nicht, als würde sie sich auf dem Ruhm ihres Vaters ausruhen.*
»Aber ich fürchte, sie ist in Anvalon nicht besonders beliebt.«
»Warum das?«
»Weil sie auf jedem Fest die Stimmung verdirbt. Sie hat sehr ... eigene Ansichten und wirft ständig allen hier vor, sich belanglosen Vergnügungen hinzugeben, statt Kampfzauber und Fechtkunst zu erlernen.«
»Ich glaube fast, ich werde sie mögen«, sagte Athanor lachend. Er war also nicht der Einzige, der die Elfen schwächlich und verweichlicht fand. »Aber warum darf sie nur insgeheim Kommandantin werden?«
»Das liegt an ihrem Vater. Denethar war es, der die größte Schamanin der Trolle besiegte und dadurch den Krieg für uns gewann. Nur durch seine Heldentat haben wir die Macht erlangt, über sie zu herrschen. Es liegt auf der Hand, dass sie ihn dafür hassen. Sie fürchten sich vor dem Bann, der auf ihnen liegt, aber wenn Mahalea nun zu ihrer Befehlshaberin erklärt werden würde, könnte es der Tropfen sein, der das Fass zum Überlaufen bringt.«
»Wenn sie solche Angst davor haben, muss dieser Bann sehr mächtig sein.«
»Das ist er auch«, bestätigte Elanya. »Es gelang Denethar, das *Herz der Trolle* in seinen Besitz zu bringen. Ich weiß nicht genau, was es damit auf sich hat, aber die Legende besagt, dass alle Trolle sterben müssen, wenn es aufhört zu schlagen. Seit es sich in unserer Hand befindet, können wir damit drohen, es zu zer-

stören, wenn die Trolle nicht friedlich und gehorsam sind. Sie glauben daran und halten deshalb still.«
»Daran würde Mahaleas Ernennung wohl kaum etwas ändern«, schätzte Athanor.
»Das kannst du nicht wissen. Hass trübt den Verstand. Und auch wenn viele von uns die Trolle für dumm halten, könnten sie auf die Idee kommen, Mahaleas Tod wie einen Unfall aussehen zu lassen. Was käme dann als Nächstes? Wir könnten ihnen nie wieder trauen. Und ich möchte nicht diejenige sein, die sie tötet, indem ich dieses *Herz* zerstöre.« Sie schauderte. »Keine Reinigungszeremonie der Welt könnte je diese Schuld tilgen.«

# 18

Hrodomar fühlte sich beladen wie das Muli, mit dem Athanor nach Firondil gekommen war. Er hatte dem Menschen nichts davon erzählt, doch sie waren sich bereits am Tag von Athanors Ankunft über den Weg gelaufen, und er hatte sich dabei ertappt, den beiden hoch gewachsenen Gestalten samt ihren seltsamen bepackten Tieren nachzustarren. Jetzt wünschte er, er hätte Meister Evrald gebeten, ihm das Langohr für die Dauer der Expedition zu leihen. Dann hätten Vindur und er den Proviant, das Lampenöl, die Werkzeuge und Decken nicht selbst schleppen müssen. Als ob es mit einem Schild am Arm nicht schon schwierig genug wäre, mit Karten und Laternen zu hantieren. Doch unter dem Berg gab es für Mulis nichts zu fressen. Vielleicht hatten die Wächter der Tiefen wenigstens eine zahme *hulrat* für sie.

»Da vorne ist Skorold«, verkündete Vindur.

Hrodomar hob den Blick und sah den spärlich beleuchteten Gang entlang. Hier, unter den tiefsten Hallen, wirkten die Stollen beinahe wie natürliche Höhlen. Niemand fegte den Dreck auf, vereinzelte Spinnweben blieben, wo sie waren, und verborgene Trollfallen bildeten die einzigen baulichen Raffinessen. Es gehörte zur Ausbildung der Prospektoren, solche Mechanismen an den geheimen Zeichen ihrer Erbauer zu erkennen. Hrodomar hatte gelernt, wie man sie entschärfte, und auch, wie man sie wieder einsatzbereit machte. Ohne dieses Wissen wäre ihm in diesen Gängen mulmiger gewesen als in der verfluchten Mine. Wie fühlte sich Vindur wohl dabei, darauf vertrauen zu müssen, dass er ihn vor Fallen warnte?

Der Oberste Wächter der Tiefen wartete vor dem Eingang der Wachstube auf sie. Hinter ihm konnte Hrodomar bereits ein Dutzend Krieger zählen, die zwei *hulrat* beluden. Die Tiere reichten an die Größe des Mulis heran, doch sie waren viel stämmiger und kurzbeiniger. Lange, nur spärlich mit Borsten bewachsene Schwänze und spitze Schnauzen hatten ihnen den Namen *hulrat*, Höhlenratten, eingetragen. Ein Blick auf ihre nadelspitzen Zähne verriet jedoch, dass sie keine Nager waren und sich von allem ernährten, das nicht schnell genug davonlief. Ihr Anblick erinnerte Hrodomar stets an das einzige Mal, dass er seine Schwester hatte weinen sehen hatte. Ein anderes Mädchen hatte sie hässlich wie eine *hulrat* genannt. Angesichts des schütteren Fells, das aussah wie von Motten zerfressen, gab es keine schlimmere Beleidigung.

Als die Wächter Vindur und ihn bemerkten, hielten sie inne. Insgeheim wand sich Hrodomar unter den Blicken, die ihn abschätzend musterten, doch er bemühte sich, zuversichtlich und unbeeindruckt auszusehen.

Skorold nickte ihm freundlich zu, bevor er sich mit gerunzelten Brauen an Vindur wandte. »Was hat dieser Auftritt zu bedeuten, Herr Vindur? Hat der König dir nicht ausdrücklich verboten, Herrn Hrodomar zu begleiten?«

Die anderen Wächter, allesamt älter als Hrodomar und sehr viel kräftiger gebaut als Vindur, rückten neugierig näher. Der größte und grimmigste unter ihnen trat an Skorolds Seite. In seinem flammend roten Bart trug er beinahe so viele Stachelkugeln wie der Oberste Wächter der Tiefen, und das Heft eines fast mannshohen Kriegshammers ruhte in seiner Hand.

Vindur straffte unter seinem schweren Gepäck sichtbar die Schultern. »Als mein Vater das sagte, wusste er noch nicht, dass Herr Hrodomar und ich Schildbrüder sind.« Rathgar wusste es immer noch nicht, doch sie würden es Skorold überlassen müssen, das herauszufinden.

»Schildbrüder?«, wiederholte der Oberste Wächter erstaunt. »Ihr?«

»Was soll daran so seltsam sein?«, fuhr Hrodomar auf. Immer hackten alle auf Vindurs vermeintlicher Schwäche herum. »Seit Kindertagen sind wir wie Brüder, und ich wüsste keinen treueren Freund, um ihm mein Leben anzuvertrauen.«

Der rotbärtige Wächter grinste. »Dann bist du noch heldenmutiger, als man sich in den Schänken erzählt.«

Wütend wandte sich Hrodomar ihm zu. »Ach ja? Und warum?« Wächter oder nicht – wenn der Kerl es wagte, Vindur offen zu beleidigen, würde er ihm eine aufs Maul geben.

»Klappe halten, Hauptmann!«, mischte sich Skorold ein, bevor der Rotbärtige antworten konnte. »Ich bin hier noch nicht fertig.«

»Man wird ja wohl noch einen Scherz machen dürfen.«

»Dienst ist Dienst und Schnaps ist Schnaps. Geht zusammen einen trinken, wenn ihr zurückgekommen seid«, sagte Skorold, bevor er sich wieder an Vindur wandte. Ihm war deutlich anzusehen, wie sehr es ihm gegen den Strich ging, gegen Rathgars erklärten Willen zu handeln. »Wenn der König erfährt, dass ich dich nicht aufgehalten habe, werde ich deinen Eigensinn ausbaden müssen.«

»Für die Ungerechtigkeiten meines Vaters kann ich nichts«, wehrte Vindur ab. »Ich bin ein erwachsener Mann und kann gehen, wohin ich will.«

Skorolds Kiefer mahlten, dass seine Barttracht über den Harnisch kratzte. »Das ist wohl wahr. Aber ich ...«

Zornig hielt ihm Vindur den Zeigefinger vors Gesicht, dessen Kuppe noch der Schnitt ihres Eids zierte. »Sag ihm, dass ich Hrodomars Schildbruder bin, und er wird es ebenso hinnehmen müssen wie du!«

Als müssten sie ihre Worte beweisen, drehte Hrodomar seinen Schild, damit Skorold Vindurs blutige Rune darauf sehen konnte.

»Ja, verdammt«, knurrte der Oberste Wächter. »Ich hab's verstanden.«

»Baumeisters Bart!«, ließ sich der Hauptmann vernehmen. »Ihr habt das also gerade erst gemacht, um dem König eins auszuwischen.«

Einige Wächter lachten und grinsten anerkennend. Im Gegensatz zu Skorold würden sie Rathgars Zorn auch nicht zu spüren bekommen.

»Wir haben es natürlich *nicht* getan, um dem König eins auszuwischen, sondern weil wir es mit dem Eid ernst meinen«, betonte Hrodomar rasch, um sein schlechtes Gewissen gegenüber dem Obersten Wächter zu beruhigen.

»Wie du meinst«, gab der Rotbärtige achselzuckend zurück.

»Herr Hrodomar, das ist Hauptmann Gunthigis«, stellte Skorold ihn vor. »Er führt die Patrouille an, die dich ... euch begleitet.«

»Aha.« Mehr brachte Hrodomar vor Enttäuschung nicht heraus. Hatte Rathgar nicht *ihm* den Befehl über die Expedition übertragen? Aber er hatte ja von Anfang an daran gezweifelt, ob die Wächter das hinnehmen würden. Gunthigis Gesicht verdüsterte sich. *Mist!* Jetzt hatte er den Hauptmann schon wieder verärgert. »Ähm, ich meine, freut mich.« Rasch streckte er die Hand aus, und Gunthigis schlug mit einem Händedruck ein, der seine Finger zu zermalmen drohte. Dieser Kerl musste in direkter Linie von einem Troll abstammen. »Gemeinsam werden wir die verfluchten Seelen schon wieder zurück in ihre Mine verbannen.«

Der Wächter brummte nur zustimmend. So leicht war er also nicht zu versöhnen.

»Ich hoffe, dir ist klar, dass *du* den Oberbefehl hast«, mahnte Skorold. »Meine Leute folgen dir, weil du ein Held bist. Von Herrn Vindur war nie die Rede.«

Hrodomar sah ihn überrascht an. »Äh, ja, natürlich. Herr Vindur kennt sich in der Mine doch auch gar nicht aus.«

»Können wir dann endlich aufbrechen?«, fragte Vindur mürrisch. Er fürchtete wohl noch immer, dass jeden Moment sein Vater auftauchen und ihn aufhalten würde.

»Wenn alle bereit sind?« Hrodomar warf Gunthigis einen fragenden Blick zu.

»Wir warten nur auf euch«, brummte der Hauptmann und schulterte seinen schweren Kriegshammer.

»Viel Glück, Junge«, wünschte Skorold.

Hrodomar lächelte schief. *Sieht aus, als könnten wir es brauchen.*

Zur Grenzwache gehörten lächerlich wenig Truppen. Athanor erkannte es bei seiner Ankunft in Uthariel auf den ersten Blick. Es mochte weitere Stützpunkte geben, doch Elanya hatte ihm erzählt, dass Uthariel der größte war. *Der größte!* Athanor schnaubte abfällig. Noch hatte er die Trolle nicht zu Gesicht bekommen, aber die Anzahl der Elfen wäre selbst für eine kleine theroische Festung beschämend gewesen. Es gab ein halbes Dutzend Krieger wie Davaron, die auf Patrouille ritten, und oben auf dem Felsen war eine Handvoll Späher mit Greifen stationiert.

Damit ließ sich die Grenze bestenfalls überwachen, aber nicht verteidigen – nicht gegen mehr als eine Bande leichtfertiger Orks. Jetzt verstand er auch, weshalb Kavarath und sein Sohn über die Untätigkeit des Rats geschimpft hatten. Wenn den Elfen wirklich eine so vernichtende Gefahr drohte, wie sie Elanyas Schwester prophezeit hatte, wäre es höchste Zeit gewesen, die Besatzung zu verzehnfachen und ein Heer aufzustellen.

Der Aufstieg zur Festung gefiel Athanor schon besser. Schwindelerregend wand sich der Steig an der Felswand empor, bis die Bäume unter ihnen nur noch wie Moos aussahen. An manchen Stellen war der Pfad so schmal, dass Athanor mit der Schulter am Gestein entlangschabte. Weder Reiter noch Fußtruppen würden diesen Adlerhorst jemals einnehmen. Einer Drachenattacke wäre er dagegen schutzlos ausgeliefert. Doch gegen Drachen waren ohnehin nur die unterirdischen Bastionen der Zwerge gefeit.

Je höher sie kamen, desto genauer konnte Athanor sehen, was er von unten für große Raubvögel gehalten hatte, die um Uthariel kreisten. Für Adler oder Geier waren ihre Köpfe zu groß und dick, obwohl einige einen Schnabel besaßen. *Harpyien!* Mit schrillen Schreien stürzten sie sich herab, um knapp vor Athanor und den Elfen Haken zu schlagen und wieder davonzujagen.

»Ein Mensch!«, gellte es. »Seht nur, Schwestern, ein Mensch!«

Ihre strengen und doch eindeutig weiblichen Gesichter waren von Gefieder umrahmt, aber noch unwirklicher kamen Athanor die Brüste vor, die sich zwischen den Federn abzeichneten. Fingerlange Klauen glänzten im Sonnenschein auf, wenn die Harpyien ihre wilden Manöver flogen. Unwillkürlich verlagerte Athanor sein Gewicht mehr zur Felswand. Spielend hätte eine der Chimären nach ihm greifen und ihn in die Tiefe schleudern können.

»Gibt es eigentlich auch männliche Harpyien?«, rief er Elanya über das Kreischen zu.

»Die Harpyien behaupten es. Aber wir bekommen sie nie zu Gesicht.«

Misstrauisch behielt er die schreienden Bestien im Blick. »Vielleicht fressen sie sie wie die Spinnen auf.«

Elanya lachte. »Die Harpyien sagen, dass ihre Männer in fernen Gebirgen leben und nichts mit uns zu tun haben wollen, weil wir am Krieg gegen Imeron beteiligt waren. Aber vielleicht hast du recht, und es ist nur eine Ausrede.«

»Dumm!«, schrillte eine Harpyie.

»Wer ist Imeron?«

»Dumm ist er! Gar nichts weiß er.«

*Meint das Biest wirklich mich?*

»Du hast noch nie von ihm gehört?«, fragte nun auch noch Elanya erstaunt.

Athanor hörte Davaron, der vor ihm ging, lachen.

»Nein, hab ich nicht.« Wie wichtig konnte der Bastard dann schon sein?

»Kennst du denn nicht das Sternbild *Die Wacht*?«

Gereizt ballte er die Fäuste. »Ich kenne viele Sternbilder, aber ich bin Krieger, kein Sterndeuter.«

»Dann werde ich es dir zeigen müssen, denn Imeron wurde als Stern an den Himmel verbannt, und seine fünf Bezwinger wachen dort darüber, dass er nicht zurückkehrt.«

*So, so, ein Stern.* »Scheint ja ein übler Bursche gewesen zu sein.«

»Übel«, kreischte eine der Harpyien. »Er nennt uns ein Übel!«

»Das habe ich nicht gesagt!«, rief er ihr nach und wäre beinahe ins Leere getreten. *Verdammtes Federvieh!* Sie waren fast oben, und der Abgrund so tief, wie sich Athanor den Schlund des Schattenreichs vorstellte.

»Guter Einstand für einen Kommandanten«, höhnte Davaron. »Die Harpyien sind seine persönlichen Späher.«

»Na, zum Glück bin ich ja nur ...«

»Still!«, fiel Elanya ihm ins Wort. »Hör sie dir an! Glaubst du, sie könnten irgendetwas für sich behalten?«

Damit hatte sie allerdings recht. Die Harpyien würden also auch im Glauben gelassen werden, dass er der neue Kommandant war. Auf diese Art bekam er eigene Späher, die ihm und nicht Mahalea Bericht erstatten würden. Das konnte sich noch als nützlich erweisen.

Endlich hatten sie die Spitze des Felsens erreicht und standen vor dem Eingang zur Festung. Es war nur eine schlichte, mit

Eisenbändern verstärkte Tür, kaum größer als ein gewöhnlicher Hauseingang. Doch wozu sollte Uthariel auch ein Tor brauchen? Pferde oder gar Karren waren hier oben nicht zu erwarten.

Erst beim Durchschreiten des Gangs, der hinter der Tür durch die Mauer führte, zeigte sich, wie gewaltig dieses Bollwerk war. Hatten die Elfen es wie Zwerge aus dem Fels geschlagen oder mit Magie geformt? Die fugenlosen Wände deuteten darauf hin.

Angesichts der dicken Mauern blieb auf dem Felsplateau nur wenig Platz für den Innenhof. Ein Greif ruhte dort in der Sonne und sah mit strengem Adlerblick auf, als Athanor und die Elfen aus dem dunklen Gang ins Licht traten. In der Nähe der Chimäre stand eine Frau, in der Athanor anhand der abgewetzten dicken Seidenjacke Mahalea zu erkennen glaubte. Da er sie bislang nur mit Helm gesehen hatte, war ihm ihr Gesicht fremd. Sie sprach gerade zornig auf einen jungen rothaarigen Elf in den Farben der Abkömmlinge Piriths ein, der die Schultern hängen ließ und zerknirscht aussah. »Wenn er nicht wiederkommt, werde ich dich zu Fuß nach Beleam zurückschicken!«, schimpfte sie.

»Gibt es Ärger?«, erkundigte sich Davaron.

Mahalea wandte sich ihnen zu, während sich der junge Elf davonstahl und ihre Blicke mied. Athanor beobachtete, wie er auf den Wehrgang stieg und den Himmel absuchte.

»Elidian hat seinen Greif vergrault, aber das muss nicht deine Sorge sein.« Offensichtlich kümmerte es Mahalea nicht, was Davaron von ihr dachte. Ein weiterer Punkt, der Athanor gefiel. »Habt ihr den Verstand verloren? Warum bringt ihr den Menschen hierher?«

Schmunzelnd wartete Athanor ab, wie sich dieses Gespräch noch entwickeln würde. Warum sie jede Feier verdarb und als eigensinnig galt, ahnte er jetzt schon.

»Wir handeln auf Befehl des Hohen Rats«, erwiderte Davaron. »Und ich bin ganz deiner Meinung, dass er hier nichts zu suchen hat. Leider sieht es die Mehrheit im Rat anders.« Einhändig zog er eine Schriftrolle aus der Umhängetasche, die er an der Seite trug. »Ich soll dir diesen Brief der Erhabenen überbringen.«

Mürrisch riss ihm Mahalea das Papier aus der Hand. »Was ist mit deinem Arm passiert?«

»Ein Zwergenkönig hat beschlossen, meine Hand als Andenken zu behalten.«

»Im Austausch für die Kristalle, von denen deine Schwester gesprochen hat?«, fragte sie mit einem Blick zu Elanya.

»Immerhin wog der Beutel mit den Astarionim mehr als meine Hand«, prahlte Davaron.

»Das ist gut«, sagte Mahalea völlig unbeeindruckt. »Aber ich weiß nicht, ob dich der neue Kommandant noch als vollwertigen Kämpfer ansehen wird.«

*Wohl kaum*, dachte Athanor amüsiert.

»Vielleicht solltest du den Brief erst einmal lesen«, riet Davaron mit düsterer Miene.

Ungeduldig löste Mahalea das Band und entrollte das steife Papier. Ihr Blick huschte über die Zeilen, dann stutzte sie, las weiter und hielt erneut inne, um noch einmal oben zu beginnen. Ihre Brauen zogen sich immer enger zusammen, doch plötzlich lachte sie bitter auf. »Das ist lächerlich. Das wird niemals funktionieren.«

Ihre Züge verrieten nicht, was in ihr vorging, als sie Athanor zum ersten Mal genauer ansah, und er machte sich nicht die Mühe, besonders beeindruckend wirken zu wollen. Diese Elfen glaubten ohnehin, was sie wollten. Sie würde sich mit ihm arrangieren müssen, ob es ihr gefiel oder nicht.

»Werdet Ihr mich jetzt wie einen alten Mann nach Hause schicken, *Kommandantin*?«, fragte Davaron säuerlich.

»Nein. Ich brauche jemanden, der dafür sorgt, dass dieser Aufschneider meine Befehle auch dann ausführt, wenn ich nicht hier bin.«

»Wir werden fliegen«, kreischte eine der Harpyien. »Fliegen!«

Wenn dieser Imeron ihnen auch die schrillen Stimmen gegeben hatte, war eine Verbannung an den Nachthimmel kaum Strafe genug. Angesichts ihres Keifens und Schreiens musste Athanor die Zähne zusammenbeißen, um sich nicht die Ohren zuzuhalten. Jeden Abend bei Sonnenuntergang versammelten sie sich auf dem zerfallenen Wehrgang Uthariels, an dem es kaum noch Zinnen gab. Davaron hielt sich im Hintergrund, aber doch in Hörweite, um zu beaufsichtigen, wie Athanor den Chimären zum ersten Mal Mahaleas Befehle überbrachte.

Ob die Harpyien wirklich alles verstanden hatten, was er ihnen gesagt hatte, vermochte Athanor nicht einzuschätzen. An ihren Ausrufen merkte er zwar, dass ihm zumindest einige zugehört hatten, aber davon abgesehen kreischten sie einfach durcheinander und schienen sehr aufgeregt darüber, den neuen Kommandanten vor sich zu haben. Er richtete sich auf, um würdevoller auszusehen, als er sich fühlte. »Ich erwarte euren Bericht morgen Abend.«

»Bericht!«

»Spähen!«

»Fliegen!«

Wie ein Schwarm geschwätziger Krähen flatterten sie auf und stoben davon. Vereinzelte Federn schwebten zu Boden. Die Stille erleichterte Athanor mehr, als hätte er gerade einen Kampf gegen Rokkur bestanden.

»Steht sonst noch etwas an, wobei du mich bespitzeln musst?«, wandte er sich an Davaron. »Vielleicht möchtest du mir auch noch beim Pissen zusehen.«

»Zu großzügig. Ich würde sagen, dass ich meiner Pflicht heute mehr als Genüge getan habe. Wir sehen uns morgen früh wieder – leider.« Damit drehte er sich um und stieg die Stufen zum Innenhof hinab.

»Sei dankbar, dass sie Krüppeln das Gefühl geben will, noch nützlich zu sein«, rief Athanor ihm nach. *Meinetwegen kann sie dich zum Dunklen jagen.*

Hinter ihm klickte Horn auf Stein. Überrascht sah er sich um. Eine Harpyie hockte noch auf dem Wehrgang und sah mit vogelhaft schief gelegtem Kopf zu ihm auf. Trotz der enormen Spannweite ihrer Schwingen und ihren nahezu menschengroßen Köpfen reichten ihm die Chimären nur bis zur Brust.

»Du 'agst ihn nicht«, krächzte sie. Sie gehörte zu den Harpyien, in deren Gesicht ein Adlerschnabel prangte, was ihre Menschenaugen unnatürlich weit auseinanderstehen ließ. »Ich auch nicht.«

»Davaron? Den kann vermutlich niemand leiden.«
»Du 'ist der Ko'andant. 'aru' schickst du ihn nicht 'eg?«
Athanor begriff, dass sie bestimmte Laute nicht formen konnte, weil sie einen Schnabel statt Lippen besaß. Ihrem scharfen Verstand schadete es offensichtlich nicht.
»Feinde, die man nicht töten darf, behält man besser im Auge«, versuchte er, sich herauszureden. »Kennst du ihn schon lange?«
»Er ist noch nicht lange 'ächter. A'er er 'erachtet uns – und die Trolle. Und 'enschen auch.«
Je länger Athanor ihr zuhörte, desto klarer verstand er sie.
»Die meisten Elfen schauen auf uns herab. Ich frage mich, wie du Kommandant werden konntest.«
Hoffentlich waren nicht alle Harpyien so scharfsinnig. Doch zum Glück hatten sie nicht diesen Eindruck gemacht. »Gerade deshalb«, behauptete er. »Niemand in ihrem Rat wollte mit den Trollen zu tun haben, weil sie sie für widerliche, stinkende Ungeheuer halten. Ich glaube, die meisten waren ganz froh, dass sie diese Aufgabe auf einen Menschen abwälzen konnten.«
Die Harpyie ließ ein abgehacktes Krächzen hören, das wohl ein Lachen sein sollte. »Trolle *sind* stinkende Ungeheuer.«
Athanor musste grinsen. *Und das von einer barbusigen Halbadlerin, der noch Blut im Schnabelwinkel klebt.* Zumindest sah es wie Blut aus. »Wie heißt du?«
Sie stieß einen lauten Raubvogelschrei aus, der in den Ohren schmerzte.
»Hätte ich das etwa nicht fragen sollen?«
»Warum? Das war mein Name.«
»Oh.« Den würde er beim besten Willen nicht aussprechen können. »Wie wäre es mit einem kurzen Ija?« Das kam der Sache wohl am nächsten.
»Nein, *chriiiah*. Ija ist der Name meiner Schwester.«
»Chria also.« Ob er sie im Schwarm überhaupt wiedererkennen würde? »Wo habe ich dich hingeschickt?«
»Ich brauche keine Befehle. Ich fliege immer nachts die Grenze ab. Heute gen Osten.«
*Keine Befehle?* Das fing ja gut an. Wie zwang man eine Har-

pyie, die jederzeit davonfliegen und die Elfen nicht einmal leiden konnte? Warum war sie überhaupt noch hier?« Und wenn ich darauf bestehe, dass du tust, was ich dir sage?«

»Retheon war stets zufrieden mit mir. Das wirst du auch sein, wenn du nicht glaubst, mich herumkommandieren zu müssen.«

Dieser Posten war heikler, als er erwartet hatte.

»Willst du wissen, warum dein Vorgänger gestorben ist?«

Wieder äugte Chria mit geneigtem Kopf zu ihm auf.

»Er wurde von einem anderen Elf ermordet. Willst du behaupten, der Mörder hätte dich in seine Gründe eingeweiht?«

»Das musste er nicht.«

War dieses Biest wirklich so schlau, wie es tat? »Du kannst also Gedanken lesen?«

»Nein, ich habe ihn gesehen.«

Als Athanor am nächsten Tag wieder vom Felsen hinunterstieg, um sich ein Bild von den Trolltruppen zu machen, gingen ihm die Worte der Harpyie noch durch den Kopf. Ein Elf war also unerkannt bei Nacht ins menschenleere Theroia geschlichen und galt deshalb nicht nur als Mörder Retheons, sondern auch als Auslöser für die Flucht der Orks und der wilden Tiere. Athanor konnte sich nicht erinnern, je eine haltlosere Anklage gehört zu haben. Für Mord gab es so viele Gründe. Rache, Gier, Rivalität ... Wenn Davaron es tatsächlich darauf angelegt hatte, Retheon zu beerben, war er mindestens so verdächtig wie dieser nächtliche Wanderer. Und selbst Mahalea hätte man dieses Motiv unterstellen können, denn sie hatte – neben ihm selbst – bislang als Einzige von Retheons Tod profitiert.

In jeder theroischen Stadt waren vermutlich Nacht für Nacht Dutzende vermummter Gestalten herumgeschlichen. Natürlich hatte es darunter etliche Verbrecher gegeben, aber eben auch Liebende auf dem Weg zu einem heimlichen Treffen und Zecher und Spieler, die nicht erkannt werden wollten, um ihren Ruf zu wahren. War es so undenkbar, dass auch ein Elf einen harmlosen Grund haben konnte, bei Nacht in den Wald zu gehen? Unterschieden sie sich so sehr von Menschen?

Wenn er sie so reden hörte, schienen sie es zu glauben. Er musste zugeben, noch keinen betrunkenen Elf gesehen zu haben, und selbst Davaron hatte sich auf der Reise nach Uthariel über den Mord erschüttert gezeigt. Elanya hatte sicher nicht gelogen, als sie erzählt hatte, es habe seit vielen Jahren keinen Mord unter Elfen gegeben. Dass auch sie in der Lage war, ihm etwas vorzumachen, wusste er nur zu gut. Aber in diesen Fall wollte ihm kein sinnvoller Grund einfallen, warum sie ihn täuschen sollte.

Jetzt war sie nach Beleam gerufen worden, weil dort ein Troll nach einem Kampf mit Orks Wundfäule bekommen hatte. Obwohl sie gerade erst aufgebrochen war, begann sich Athanor unter den Elfen bereits einsamer zu fühlen als allein in der Wildnis. Mahalea blickte ebenso auf ihn herab wie alle anderen und richtete nur die nötigsten Worte an ihn. Selbst der Junge, der für ihn kochte und die Unterkunft des Kommandanten sauber hielt, mied ihn. Doch das konnte auch daran liegen, dass er um Retheon trauerte, mit dem er verwandt war.

»Hat man den Trollen schon gesagt, dass ich sie inspizieren will?«, erkundigte sich Athanor, als sie den Fuß der Felsnadel fast erreicht hatten.

»Keine Sorge«, antwortete Davaron spöttisch. »Sie werden sich schon versammelt haben, um dir zu huldigen. Valarin wurde mit der Botschaft hinuntergeschickt, bevor er zu seinem Spähflug aufbrach.«

»Und wo sind sie dann?«, gab Athanor gereizt zurück, denn sie waren schon am Ende des Steigs, und er konnte weit und breit keinen Troll entdecken. Um sie zu übersehen, waren sie selbst im Halbschatten des Walds zu groß.

»Sie haben ihr Lager auf der anderen Seite des Felsens, damit wir ihnen nicht jedes Mal begegnen müssen, wenn wir von der Festung zu den Unterkünften der Reiter wollen. Du wirst sie schon finden.«

»Ach, du kommst gar nicht mit?« Das war ja fast zu erfreulich, um wahr zu sein. »Hast du nicht den Auftrag, mich auf Schritt und Tritt zu bespitzeln?«

Davarons Lächeln bestätigte nur Athanors Ahnung, dass der

Elf irgendwelche Hintergedanken hegte.« Mahalea sprach nur von ihrer Abwesenheit. Aber sie ist ja hier.«

*Warum überzeugt mich das nicht?* Doch er würde Davaron gewiss nicht anbetteln, ihn zu begleiten. Er sah ihm nur misstrauisch nach, wie er unter den Bäumen verschwand. War ihm etwas entgangen? Erwartete ihn bei den Trollen eine Falle? Er prüfte, ob das Schwert locker genug in der Scheide saß, und umrundete den Felsen, der schon fast den Namen Berg verdiente.

Auf der anderen Seite schlug ihm als Erstes Gestank entgegen. Ranziges Fett, Schweiß und schlecht gegerbte Felle vermengten sich zu einer üblen Mischung, die nur der Rauch der Lagerfeuer erträglich machte. Es gab eine Lichtung, einen breiten baumlosen Streifen entlang der Steilwand, in der mehrere Höhlen klafften. Vorzelte aus grob behauenen Stangen und Rohhaut schützten die Eingänge vor Sonne und Regen. Davor hatten sich mindestens drei Dutzend Trolle eingefunden, die sich Athanor zuwandten, sobald der erste ihn entdeckt hatte. Sie trugen Felle um die Hüften geschlungen und waren mit Keulen und Speeren bewaffnet, die kein Mensch hätte schwingen oder schleudern können.

Athanor zwang sich, weiterzugehen, als ob ihn die Ansammlung riesiger, muskulöser Gestalten nicht beeindruckte. Dabei war ihm sehr bewusst, dass diese Horde ein Gegner war, den selbst er nicht besiegen konnte. Aller Mut, alle Kraft, alles Kampfgeschick würde ihm nichts nützen, wenn diese Kerle gemeinsam angriffen. Sogar ein Drache musste eine solche Streitmacht fürchten. Der Gedanke ließ ihn lächeln.

Die Trolle lächelten nicht. Ihre Augen lagen unter dicken, buschigen Brauen im Schatten, was den bärtigen Gesichtern einen noch grimmigeren Ausdruck verlieh. Abwartend starrten sie ihm entgegen. Nur einer trat vor und baute sich breitbeinig vor Athanor auf. In der Pranke hielt er eine Keule, die so lang und dick war wie ein Menschenbein. Um den Leib trug er ein Berglöwenfell, vielleicht ein Abzeichen hohen Rangs. Seine langen Haare waren zu Strähnen verklebt, und im Bart hing Dreck, womöglich Reste seines Frühstücks. Kein Wunder, dass die Elfen so wenig wie möglich mit diesen Unholden zu tun haben wollten.

Athanor blieb ein Stück vor dem Troll stehen, jedoch nicht außerhalb der Reichweite der Keule. Das Ungeheuer sollte nicht glauben, dass es ihm Angst einjagte. Schweigend sah er zu ihm auf, wofür er den Kopf bereits unangenehm weit in den Nacken legen musste, und erwiderte gelassen den bohrenden Blick.

Der Troll beugte sich ein wenig herab, neigte sich erst nach links, dann nach rechts. »Du bist kein Elf«, stellte er mit dröhnender Stimme fest und richtete sich wieder auf.

»Ja, ich bin ein Mensch«, bestätigte er so laut, dass es auch die anderen Trolle hören konnten. »Mein Name ist Athanor, und ich bin der neue Kommandant.«

Die Miene des Trolls verfinsterte sich noch mehr. »Das kann jeder behaupten. Warum kommen die Elfen nicht selbst?«

Athanor dämmerte, weshalb sich Davaron aus dem Staub gemacht hatte. »Wer bist *du* überhaupt?«

Der Troll schlug sich mit der Faust gegen die behaarte Brust. »Ich bin Löwentod. Zwanzig Berglöwen starben unter meiner Keule!«

»Haben dir die Elfen nicht gesagt, dass ich komme?«

»Sie schicken Menschen, damit sie nicht mehr selbst mit uns reden müssen. Verfluchte Magierbrut!«, brüllte der Troll so laut, dass Athanors Magen bebte.

»Das war keine Antwort«, beharrte Athanor.

Löwentod holte mit seiner Keule aus. »Ich werde mich nicht auch noch von Menschen herumkommandieren lassen!« Der Knüppel sauste durch die Luft.

Athanor hechtete unter dem Hieb hindurch, rollte sich ab und zog im Aufspringen das Schwert. In blitzendem Bogen fuhr die Klinge auf das Knie des Trolls zu. Doch das Ungetüm zog den Arm mit der Keule bereits zurück, traf Athanor seitlich und schleuderte ihn durch die Luft. Schmerzhaft prallte er auf den steinigen Boden, rappelte sich auf, sah hektisch nach seinem Gegner, um dem nächsten Schlag zu entgehen. Mit einem großen Schritt war der Troll wieder über ihm und hob die Keule. Athanor setzte an, den Koloss zu umlaufen, und hieb dabei nach dessen linker Hand, die ihm entgegenkam. *Entgegen?*

Im nächsten Augenblick hatte Löwentod das Schwert gepackt

und riss mit solcher Wucht daran, dass sich Athanors Finger öffneten, um nicht gebrochen zu werden. Der Schwung ließ Athanor rückwärts stolpern.

»Ha!«, donnerte der Troll. Blut tropfte von seiner Pranke, wo die Klinge in die schwielige Haut gedrungen war. Er fletschte die Zähne wie ein Tier, biss auf das Schwert und zerbrach es wie einen dürren Ast. Das knirschende, splitternde Geräusch drang Athanor bis ins Mark. Verächtlich spuckte Löwentod die Klinge aus und warf das Heft achtlos beiseite. Dass er sich die Lippen zerschnitten hatte, schien er nicht einmal zu bemerken. »Mach dich bereit zu sterben, Mensch!«, grollte er und hob erneut die Keule.

Athanor zog seinen Dolch, was den Troll nur breit grinsen ließ. Noch während Löwentods Knüppel niederfuhr, sprang Athanor vor und stach von unten hinter das Berglöwenfell. Der Troll brüllte auf, krümmte sich. Hastig wich Athanor ihm aus. Die Pranke des Trolls langte nach ihm, doch er war schneller, griff ins Haar des Ungetüms und schwang sich daran auf dessen Rücken. Mit ganzer Kraft stieß er ihm den Dolch in den dicken Hals. Blut spritzte hervor. Wieder brüllte der Troll, schüttelte sich, aber Athanor umklammerte mit einem Arm Löwentods Hals und grub mit dem Dolch eine immer tiefere, breite Furche hinein.

Die Pranken des Trolls griffen nach ihm, packten ihn bei Kopf und Schultern, um ihn zu zerreißen. Athanor spannte die Muskeln, um gegenzuhalten, bis sie zitterten und brannten. Unter ihm brach das Ungeheuer in die Knie. Es gurgelte blutigen Schaum, der Griff lockerte sich. Wie im Krampf schlossen sich die Finger, als wollten sie Athanor würgen, doch er entglitt ihnen, rutschte vom Rücken des Trolls und bekam wieder Boden unter die Füße. Selbst kniend war Löwentod so groß, dass er Athanor direkt ins Gesicht blicken konnte. Ein letztes Mal hob der Troll schwach den Arm, um nach dem Gegner zu greifen, dann kippte er nach vorn. Der Boden bebte unter dem Aufprall.

Erst jetzt nahm Athanor die anderen Trolle wahr, die sich in einem weiten Ring um ihren Anführer und ihn geschart hatten.

Ihre Mienen verhießen nichts Gutes. Einer von ihnen wog seinen langen schweren Speer in der Hand, zielte.

»Halt!«, rief Athanor. »Wollt ihr wirklich so dumm sein wie euer Anführer und den Zorn der Elfen erregen? Ihr wisst doch, was sie tun werden, wenn ihr nicht gehorcht.«

Der Troll ließ tatsächlich knurrend den Speer sinken. Hinter sich hörte Athanor hastige, schwere Schritte und fuhr herum. Eins der Ungeheuer eilte auf ihn zu, schwang eine Keule, die Löwentods Prügel in nichts nachstand. Ein zweiter Troll rannte von der Seite herbei. Instinktiv duckte sich Athanor zum Sprung, hielt den Dolch kampfbereit. Doch der unbewaffnete Troll hatte es nicht auf ihn abgesehen. Er warf sich dem Keulenträger in den Weg, packte dessen Waffenarm und rammte ihm die Faust ans Kinn. Dunkles Rufen und Raunen hallte von der Felswand wider. Der Getroffene schüttelte den Kopf, wie um Benommenheit zu vertreiben, und brüllte seinen Angreifer an, der ihm gerade die Keule entwand. Der andere Troll gab eine ruhige Antwort, die Athanor jedoch ebenso wenig verstand. Offenbar hatten sie eine eigene Sprache, die für ihn wie das Rumpeln einer Geröllawine klang.

Athanor steckte den Dolch weg. Sollte er ihn brauchen, würde er ihn schnell genug wieder ziehen können. Der Troll, der zu seinen Gunsten eingegriffen hatte, drehte sich um und kam auf ihn zu. Die Keule seines Kumpans warf er achtlos von sich. Gegen Haare und Bart, die unter der Schicht aus Fett und Schmutz wohl schwarz waren, wirkten seine Augen stechend gelb. Weiß hoben sich zahlreiche Narben von seiner dunkel behaarten Haut ab.

*Ist das ...*

»Du hast recht«, brummte der Troll. »Löwentod war dumm. Er hat riskiert, dass wir alle sterben.«

»Nun, ich verstehe seinen Zorn«, erwiderte Athanor und hob wieder die Stimme, damit ihn auch die anderen hören konnten. »Die Elfen erniedrigen euch. Und sie haben mich geschickt, weil sie mich mit genauso viel Verachtung betrachten. Aber *ich* blicke nicht auf euch herab. Ihr seid große Kämpfer und habt Respekt verdient.«

Die Gesichter der Ungeheuer hellten sich ein wenig auf. Einige stießen zustimmend klingende Rufe aus und reckten ihre Waffen.

»Auch du bist ein großer Krieger«, sagte der Troll vor ihm. »Du hast die Orks besiegt, die mich gefoltert haben, ...«

*Also doch.*

»... und du hast Löwentod bezwungen. Ich werde lieber deinem Befehl folgen als dem eines feigen Elfs.«

»Ich hoffe, dass sich deine Freunde dieser Einstellung anschließen können. Wie heißt du?«

»Man nennt mich Orkzahn.«

Verblüfft musterte Athanor das Bartgestrüpp, ob ihm etwas darin entgangen war.

»Nein, deshalb.« Der Troll hob die Rechte mit der Handfläche nach oben. Von den mittleren Fingern waren nur Stummel geblieben, wodurch die beiden äußeren tatsächlich wie Orkhauer aufragten. Sie waren zwar viel dicker, aber ebenso krumm.

»Ich hätte wohl etwas früher eingreifen sollen«, stellte Athanor fest.

»Du hast mich gerettet, obwohl ich ein Troll bin. Das werde ich nicht vergessen.«

Athanor lächelte ironisch. *Dann verrate ich dir wohl besser nicht, dass ich dich töten wollte.*

# 19

Nachdem die Harpyien Bericht erstattet und neue Befehle erhalten hatten, war Athanor ungewohnt müde. Obwohl er nur ein paar geprellte Rippen davongetragen hatte, steckte ihm der Kampf mit dem Trollhäuptling in sämtlichen Knochen. Die Sache war knapp gewesen, verdammt knapp. Davaron hatte sich vorsichtshalber den Rest des Tages nicht mehr blicken lassen – wohl damit Athanors Zorn verraucht war, bevor sie wieder aufeinandertrafen. Das war ebenso weise wie feige, aber etwas anderes erwartete Athanor von dem Bastard nicht. Als ob er Davaron einfach so töten könnte, ohne alles zu ruinieren, was er gerade gewonnen hatte.

Er setzte sich auf den Wehrgang Uthariels und ließ die Beine über dem Abgrund baumeln. Die Sonne war bereits untergegangen, doch es war noch hell genug, um bis weit nach Osten über die Hügel zu blicken. Gen Norden, über Theroia, ballten sich erneut Gewitterwolken zusammen. Immer nur dort, über der Stadt, in der er einst gelebt hatte, entstanden die Unwetter, auch wenn sie sich mal in diese, mal in jene Richtung ausbreiteten. Hatte sich der Donnergott den niedergebrannten Palast als neuen Wohnsitz erwählt, um von dort aus mit stählernen Fäusten seine Herrschaft auszuweiten? Oder tobte er seinen Groll über die Dummheit Theroias an den Ruinen aus?

*Das ist alles Unsinn.* Es gab keine Götter, sonst hätten sie den Wahnsinn beendet, bevor er allen Menschen das Leben gekostet hatte. Aber irgendetwas ging in Theroia vor. Die Stürme und die Untoten mussten zusammenhängen.

Ein leises Rauschen der Luft warnte ihn, bevor Chria wie aus dem Nichts neben ihm vom Himmel fiel.

»Ein 'aun konnt, Troll'ez'inger.«

Athanor sah sie ratlos an. »Trollbezwinger kommt hin, aber was konnte wer?«

»Nicht konnt, *konhhhnt!* Ein 'ocks'einiger Kerl ist au' de' 'eg hierher.«

»Ach, ein Faun kommt.« Er würde wohl doch noch eine Weile

brauchen, bis er die Harpyie verstand. »Hier herauf zur Festung?«

Chria wippte auf vogelhafte Weise, was wohl ein Nicken sein sollte. »Die Trolle ha'en ihn durchgelassen. Er sagt, er hat eine 'ichtige 'otscha't.«

Ausgerechnet ein Faun sollte wichtige Neuigkeiten überbringen? Kopfschüttelnd stand Athanor auf. Da konnte man die Botschaft doch gleich dem Wind anvertrauen. »Danke, Chria. Halt die Augen auf heute Nacht. Vielleicht soll er uns nur davon ablenken, dass seine Sippschaft den Elfen die Seidenkissen unterm Kopf wegstiehlt.«

Die Harpyie stieß ihr krächzendes Lachen aus und ließ sich vom Rand der Mauer fallen. Sie musste nur die Flügel ausbreiten, um den Sturz in müheloses Dahinsegeln zu verwandeln. Athanor schob einen Anflug von Neid beiseite und stieg in den Innenhof hinab. »Mach die Tür auf! Wir bekommen Besuch«, rief er Elidian zu, der seinen zurückgekehrten Greif gerade mit besonderen Leckerbissen fütterte. Einen Moment zögerte der junge Elf, als wäge er ab, ob er überhaupt Befehle von Athanor annehmen sollte. Wie alle Elfen wusste er, dass in Wahrheit Mahalea die Kommandantin war.

Athanor wartete nicht ab, wie sich Elidian entscheiden würde, sondern klopfte an Mahaleas Tür. Ein Scheppern verriet ihm, dass der Elf nun doch die Blechschüssel mit den Innereien fallen gelassen hatte, um zum Eingang zu laufen.

»Was gibt's?«, ertönte Mahaleas Stimme gedämpft durch das Holz.

»Ein Bote aus Theroia.«

Die Elfe riss die Tür auf und blickte ihn noch strenger an als sonst. »Willst du mich für dumm verkaufen?«

Athanor versuchte es mit einem liebenswürdigen Lächeln, aber vermutlich misslang es ihm, denn Mahaleas Miene veränderte sich nicht. »Dann hätte ich eine sprechende Ziege angekündigt.«

Die gespaltenen Hufe des Fauns klapperten bereits im Gang zur Tür. Athanor wandte sich um und sah ihm entgegen. Wenigstens spielte Mahalea ihre Rolle überzeugend, denn sie blieb hinter ihm, statt den Boten selbst zu empfangen. Als der Faun den Innenhof betrat, erkannte Athanor sofort die Zeichen der Erschöpfung. Schwer atmend kam der Bote auf ihn zu. Das menschliche Gesicht war eingefallen und der Gang der beiden behaarten Bocksbeine noch staksiger, als es bei Ziegen ohnehin der Fall war. Auf seiner Haut klebte eine Schicht Dreck, die herabrinnender Schweiß mit hellen Linien durchzogen hatte.

»Unser Gast braucht Wasser«, rief Athanor Elidian entgegen. Elfen herumzukommandieren, war gar kein übler Zeitvertreib.

Die kurzen Hörner, die aus dem Haar des Fauns ragten, und der noch wenig ausgeprägte Kinnbart deuteten darauf hin, dass er noch jung war, doch er schien etwas Besonderes zu sein, denn er besaß ein menschliches und ein Ziegenauge mit waagerechter Pupille.

»Meine Späher berichten, du seist ein Bote«, sagte Athanor, ohne ihre Zeit mit Höflichkeiten zu verschwenden. »Was führt dich nach Uthariel?«

Der Faun rang immer noch nach Atem. »Wir brauchen ... Hilfe«, brachte er heraus. »Wir ... bitten ... das Volk der Elfen ... um Beistand.«

So viel Bescheidenheit von einem Faun? Für gewöhnlich prahlten sie mit ihrer Fähigkeit, jeden Gegner durch List zu besiegen. Athanor nickte, um Zeit zu gewinnen. Es lag nicht in seiner Macht, über diese Bitte zu entscheiden. Erst einmal musste er mehr darüber wissen, damit es weniger auffiel, wenn er sich mit Mahalea zur Beratung zurückzog. »Hilfe wobei?«, erkundigte er sich. »Werdet ihr bedroht?«

Elidian tauchte mit einem Becher Wasser auf und reichte ihn dem Faun, der hastig einen tiefen Schluck nahm, bevor er wieder keuchend Luft holen musste.

»Viele von uns haben sich beim Heiligen Hain versammelt. Sie kommen aus allen Wäldern des inneren Theroia und berichten alle dasselbe.«

Athanor hatte noch nie von dieser heiligen Stätte gehört, doch das wunderte ihn nicht. Die Faune lebten in den Tiefen der Wälder und verstanden sich meisterhaft darauf, für Menschen unsichtbar zu bleiben, solange es ihnen gefiel. Nur selten begegnete ihnen ein Wanderer, der dieses Erlebnis dann, ohne es zu ahnen, mit einem Teil seiner Habe bezahlte.

»Die toten Krieger der Menschen erheben sich des Nachts«, fuhr der Faun fort. »Wer nicht flieht, den töten sie. Keine Waffe, keine List kann sie aufhalten.«

*Noch mehr Untote.* »Ich glaube dir. Ich habe selbst schon gegen sie gekämpft.«

In den Augen des Fauns leuchtete Hoffnung auf. »Weißt du, wie man sie besiegen kann?«

»Leider nicht. Aber sprich weiter! Welchen Beistand erhofft ihr euch? Die Elfen können nicht ganz Theroia für euch erobern.« Sollten sie das überhaupt? Waren Faune und Elfen von alters her verbündet und daher verpflichtet, sich beizustehen? Verdammt, er wusste aber auch gar nichts über sie.

Der Bote machte eine vage Geste. »Es ... ist lange her, dass wir die Elfen um etwas gebeten haben. Waren wir ihnen nicht stets verlässliche Freunde?«

*Verlässlich?* Fast hätte Athanor aufgelacht, doch er war kein Elf. Womöglich bestahlen Faune keine Elfen, weil sie deren Magie fürchteten.

»Seit dem Krieg gegen Imeron waren uns die Faune stets gute Verbündete«, ließ sich Mahalea vernehmen.

Schon wieder dieser Imeron! Er musste Elanya dringend fragen, was es denn nun mit diesem Kerl auf sich hatte.

Der Faun wirkte erleichtert. »Genau! Deshalb wäre es nur gerecht, wenn ihr uns helfen würdet. Diese Untoten breiten sich immer weiter aus, und es werden immer mehr. Noch sind wir im Heiligen Hain sicher, aber wir fürchten, dass sie ihn in wenigen Tagen erreichen werden. Wir wollen nicht von dort weichen. Wir wollen unsere Heimat verteidigen. Aber allein wird es uns nicht gelingen.«

»Und? Was soll ich ihm sagen?«, fragte Athanor, sobald er die Tür des Empfangssaals hinter sich und Mahalea geschlossen hatte. Im schwindenden Tageslicht verblassten die Farben der bunten Fenster, und Schatten krochen aus den Winkeln des Raums.

»Die Wahrheit«, antwortete Mahalea harsch. »Es liegt nicht in meiner Macht, über einen solchen Einsatz zu entscheiden.« Was hatte das nun wieder zu bedeuten? »Seid Ihr nun die Kommandantin oder nicht?«

»Natürlich! Ganz sicher meinte ich nicht, dass *du* darüber entscheiden sollst. Wenn ich mehr als ein paar Späher nach Theroia schicken will, muss der Rat sein Einverständnis geben.«

»Aber das könnte Tage dauern. Dann kommen wir zu spät.«

»Ich weiß!«, fauchte Mahalea. »Mir gefällt es genauso wenig, aber ich muss mich daran halten. Die Vorschriften dienen dazu, dass kein Kommandant nach Gutdünken die Grenze entblößt, und dieser Gedanke ist nicht völlig verkehrt.«

»Mag sein, aber manchmal müssen Entscheidungen schnell getroffen werden – so wie jetzt«, beharrte Athanor. »Und der Kommandant vor Ort kennt die Lage am besten.«

»Ach ja? Was weiß ich denn? Weiß ich, wie schnell diese Untoten auch hier sein könnten? Kann ich es mit Sicherheit sagen? Weiß ich, ob dieser Bote nur ein Lügner ist, ein Köder, der uns in eine Falle locken soll?«

Er hatte nicht erwartet, dass Mahalea so misstrauisch war. Vielleicht war sie eine bessere Kommandantin, als er geglaubt hatte.

»Ich werde mich nicht über die Vorschriften hinwegsetzen und damit womöglich mein Volk gefährden.«

»Wie weit ist denn dieser heilige Hain überhaupt entfernt?«, wollte Athanor wissen.

»Für Fußtruppen bei gewöhnlichem Tempo etwa vier Tagesmärsche.« Nachdenklich legte Mahalea einen Finger auf den Nasenrücken. »Das bedeutet, dass der Feind ebenso schnell hier sein könnte. Er sagt, sie breiten sich aus. Ich muss Ivanara darüber informieren.«

»Dann solltet Ihr der Erhabenen auch schreiben, dass es klüger ist, den Vormarsch des Gegners bereits vor der Grenze aufzuhalten, statt ihn herankommen zu lassen.«

Sie sah ihn missbilligend an. »Hör auf, mir Ratschläge zu erteilen! Ich habe dieses Land schon bewacht, als dein Großvater noch nicht geboren war. Geh zu dem Faun und sag ihm, dass du noch heute Abend einen berittenen Boten nach Anvalon senden wirst. Bereits übermorgen könnten wir Antwort erhalten. Ich werde auf jeden Fall zu größter Eile drängen, damit wir für die Faune nicht zu spät kommen.«

»Warum schicken wir keine Harpyie? Sie wäre sicher schneller.«

»Harpyien ...« Sie betonte das Wort mit einem seltsamen Unterton. »... sind *nicht* verlässlich.«

Hatte Mahalea andeuten wollen, dass die Harpyien in Retheons Ermordung verwickelt sein könnten, nur weil eine von ihnen diesen Unbekannten gesehen hatte? Das ergab doch keinen Sinn. Chria danach zu fragen, war allerdings auch nicht besser. Dann hätte er ebenso gut den Faun fragen können, ob seinesgleichen manchmal in fremde Taschen griffen. *Harpyien haben Davarons Frau und sein Kind getötet*, fiel ihm plötzlich wieder ein. Doch diesen Bastard würde er gewiss nicht danach fragen. Davaron würde ihm entweder nicht antworten oder – noch schlimmer – antworten und dabei womöglich in Tränen ausbrechen. Es wurde wirklich Zeit, dass Elanya zurückkam, damit er endlich wieder mit jemandem reden konnte, der weder ein Fell noch Federn besaß. Über spitze Ohren ließ sich gerade noch hinwegsehen, wenn zwischen ihnen keine arrogante Visage saß.

Als sein Blick auf die Trolle fiel, die vor ihren Höhlen an mehreren Lagerfeuern saßen, bemerkte er, dass sie ihm eigentlich am ähnlichsten waren. Natürlich nur, wenn man von ihrer enormen Größe absah, aber die verfilzten Haare und Bärte, der Gestank – das ließe sich mit heißem Wasser und einem Kamm ändern. *Vermutlich würden sie sich eher von diesem Felsen stürzen*, dachte er grinsend.

Orkzahn hatte ihn entdeckt und kam auf ihn zu. »Werden wir in den Kampf ziehen, Kommandant?« Offenbar hatten die Trolle den Faun gründlich befragt, bevor sie ihn zur Festung hinaufgelassen hatten.

»Das steht noch nicht fest. Es gibt ... Regeln, die wir einhalten müssen. Morgen sollten wir Antwort aus Anvalon bekommen.«

Der Troll brummte etwas Undeutbares.

»Haltet euch trotzdem bereit«, befahl Athanor, »und packt Proviant für acht Tage.«

Da von den Lagerfeuern so viel Bratenduft herüberwehte, dass er sogar die Trolle kaum noch roch, sollte ihnen das nicht schwerfallen.

»Willst du dich zu uns setzen und mit uns essen?«, fragte Orkzahn. »In letzter Zeit gibt es hier so viel Wild wie noch nie.«

Der Hunger musste ihm mehr als deutlich ins Gesicht geschrieben stehen. So raffiniert die Elfen auch kochen konnten, sie aßen eindeutig zu selten, und es gab wenig Fleisch. »Warum nicht? Ich könnte eine Hirschkeule vertragen.«

Orkzahn lachte. »Eine ganze?«

»Vielleicht nehm ich auch zwei.«

»Kein Elf würde jemals mit uns essen«, stellte der Troll mit plötzlichem Ernst fest. »Schon gar kein Kommandant.«

»Warum sollte ein Krieger nicht im Kreise anderer Krieger essen? Vergiss die Elfen. Aus ihnen werden nie richtige Kämpfer.«

Orkzahn runzelte die Stirn. »Sie haben uns besiegt.«

»Das mag sein«, musste Athanor zugeben. »Aber nur durch eine List, oder nicht?«

»Macht es das besser?«

»Aber sicher. Wenn ich einen Feind nur durch List besiegen kann, dann ist er der stärkere Krieger.«

»Vielleicht hätte ich Menschen nie essen, sondern immer einladen sollen«, brummte der Troll.

Gespielt gleichgültig zuckte Athanor mit den Schultern. »Solange du sie nicht einlädst, um sie zu essen.«

Wieder lachte Orkzahn auf und schlug ihm auf den Rücken, dass er fast vornüber fiel. »Das machen nur Oger. So fangen sie Orks.«

Es war noch stockfinster in seiner Kammer, als jemand so donnernd gegen die Tür schlug, dass Athanor aus dem Schlaf schreckte. Sein erster Griff galt dem Dolch, den er Davarons wegen stets neben das Kopfkissen legte, doch der Elf würde sicher nicht anklopfen, wenn er ihn aus dem Weg räumen wollte.

»Ja, verdammt!«, rief er und schlang sich beim Aufstehen die Decke um die Hüfte.

»Wir haben Antwort aus Anvalon«, ertönte Mahaleas Stimme. Athanor öffnete die Tür und blinzelte in das Licht einer Laterne. Die Kommandantin stand vollständig angezogen auf dem Gang. Hätte sie Helm und Waffen getragen, hätte sie sofort in die Schlacht ziehen können. Wahrscheinlich waren Elfen so blass, weil sie nie genug schliefen.

»Der Rat entsendet sieben Trolle und drei Krieger, um den Faunen zu helfen. Du wirst sie anführen, damit ich hier den Oberbefehl behalten kann. Zieh dich an. Ihr brecht im Morgengrauen auf.« Damit wandte sie sich ab, um zu gehen.

Sollte das ein Scherz sein? »Nur zehn Mann? Der Faun sagte, es werden immer mehr, und sie sind unbesiegbar!«

Mahalea blieb stehen und sah über die Schulter. »Ich habe nicht behauptet, dass ich die Entscheidung gutheiße. Der Rat ist voller Narren, die glauben, dass alle Welt beim Anblick eines Elfs in Ehrfurcht erstarren muss. Ich werde tun, was ich kann, um ihnen Vernunft beizubringen, aber bis dahin müssen wir uns ihrem Willen beugen.«

Athanor sah ihr nach, bis sie auf den Hof verschwand und wieder Dunkelheit herrschte. *Das kann doch nicht wahr sein.* Selbst wenn jeder Troll in der Schlacht mehrere Menschenmänner wert war, konnte man sieben von ihnen wohl kaum als Streitmacht bezeichnen. Und drei Elfen ... Nun ja, das war nur die Krönung dieses blanken Hohns.

Er warf die Decke aufs Bett, verschaffte sich Licht und zog sich an. Für die Reise wählte er die elfische Rüstung, doch für den Kampf würde er das Kettenhemd anziehen und den Elfenharnisch darüber tragen. Ansonsten besaß er ohnehin nicht mehr viel Gepäck. Nachdem Löwentod sein Schwert zerbrochen hatte, musste er sich außerdem mit einer gekrümmten Klinge aus den Beständen der Elfen zufriedengeben. Der Stahl machte zwar einen hervorragenden Eindruck, aber ob er damit auf gewohnte Art kämpfen konnte, würde sich noch zeigen müssen.

Als er über den Hof zur Waffenkammer ging, standen noch

immer die Sterne am Himmel. Bei den Helmen blieb ihm nicht viel Auswahl, denn nur einer passte ihm, ohne auf seine Nase zu drücken. Doch auch bei den Schilden, Speeren und Bögen zauderte er nicht lange. Jedes Stück war sorgfältig gearbeitet, der Schild sogar mit Bronzebeschlägen verziert. Zuletzt hing er sich noch einen Köcher mit Pfeilen um, bevor er alles nach draußen trug.

Staub wirbelte ihm entgegen, denn Mahaleas Greif landete gerade auf dem Hof. Sie sprang vom Rücken der Chimäre, die Athanor einen scharfen Blick zuwarf. *Verfluchte Biester.* Er wusste nie, ob sie im nächsten Moment mit diesem riesigen Schnabel in seine Eingeweide hacken würden.

»Ich habe drei Krieger ausgewählt, die dich begleiten werden«, verkündete Mahalea. »Von den Trollen haben sich mehr freiwillig gemeldet, als wir brauchen. Die treulosen Orkfresser scheinen dich zu mögen, obwohl du ihren Anführer getötet hast.« Ihre geringschätzige Miene zeigte deutlich, was ihr das über ihn sagte. »Davaron wird dir meine Befehle erläutern, wenn es nötig ist, aber da ich die Lage vor Ort nicht kenne, werde ich dir wohl weitgehend freie Hand lassen müssen. Ich hoffe, du hast tatsächlich schon Truppen in die Schlacht geführt.«

Athanor lächelte freudlos. »Keine Sorge. Ich bin von Sieg zu Sieg geritten – bis mir die Drachen in die Quere kamen.« Dass ihm die Drachen zuvor zu den meisten Siegen verholfen hatten, ging Mahalea nichts an. Er konnte nur hoffen, dass ihm die Elfen nicht ebenso in den Rücken fallen würden, wie es die Drachen in Theroia getan hatten.

»Gut«, sagte Mahalea nur und ging davon.

*Verstockte Zicke!* Was konnte er dafür, dass sie nicht offiziell Kommandantin sein durfte?

Sobald der erbärmlich kleine Trupp unter Athanors Führung im Wald verschwunden war, ging Mahalea zu Valarin, um ihm bis zu ihrer Rückkehr aus Anvalon den Oberbefehl zu übertragen. Um den Menschen mochte es nicht schade sein, aber wenn die Elfenkrieger und Trolle sinnlos starben, nur weil Ivanara die Gefahr unterschätzte, konnte sich dieser Verlust bald rächen.

Von den Opfern unter den Faunen ganz abgesehen, die sich mit ihren Familien auf der Flucht befanden.

Während die Sonne über der alten Heimat der Trolle aufging, schwang sie sich erneut auf Sturmfeders Rücken und ließ Uthariel rasch hinter sich. Während sie zu Pferd selbst im Galopp einen ganzen Tag gebraucht hätte, legte der Greif die Strecke zurück, bevor die Sonne den Zenith erreicht hatte.

Mahalea ließ ihn vor der Ratshalle landen und lief hinein. Ihre Schritte hallten so laut, dass sich alle zu ihr umwandten, obwohl gerade Ameahim sprach, der Älteste der Söhne und Töchter Ameas.

»Ich verlange, umgehend in einer dringenden Angelegenheit gehört zu werden!«, rief sie.

Nun drehte sich auch Ameahim um. »Das ist eine Unverschämtheit!«, empörte er sich. »Die Gepflogenheiten dieses Rats sind dir wohlbekannt. Es ist mein Recht, meine Rede ungestört zu Ende zu bringen.«

»Ihr könnt über die Feierlichkeiten zum Sternenfest weiterstreiten, wenn ich wieder eure Sicherheit verteidige.«

»Eigentlich ging es gerade um die neuesten Erkenntnisse zu Retheons Ermordung«, sagte Ivanara kühl. »Aber da wir in dieser Angelegenheit keine wirklichen Fortschritte erzielt haben, können wir sie ebenso gut vertagen. Worum geht es, Kommandantin?«

*Immerhin versteht sie es, mir mit meinem Rang Geltung zu verschaffen,* stellte Mahalea fest, während sie durch die Reihen zu einem freien Platz unter den Abkömmlingen Heras ging. »Es geht um das Gesuch der Faune, das gestern an diesen Rat gestellt wurde.«

»Darüber haben wir doch längst entschieden«, beschwerte sich Ameahim.

»Dann sollte ich vielleicht präzisieren, dass es mir um genau diesen jämmerlichen Beschluss geht, der mir heute Nacht überbracht wurde.«

Unter den Ratsmitgliedern breitete sich Murren aus.

»Sind wir unterbrochen worden, um uns Beleidigungen anzuhören?«, rief jemand.

»Ehre, wem Ehre gebührt«, entgegnete Mahalea bissig.

Die Erhabene brachte die immer lauter werdenden Stimmen zum Schweigen, indem sie eine Böe durch den Saal fegen ließ. »Ich missbillige ihren Ton, aber das Wort hat die Kommandantin der Grenzwache«, rief sie der Versammlung ins Gedächtnis.

Mahalea wartete, bis sich alle Blicke wieder auf sie gerichtet hatten. Dabei fiel ihr auf, dass Kavarath und seine Brut im Sturm der Entrüstung geschwiegen hatten, obwohl sie ihr sonst bei jeder Gelegenheit Steine in den Weg legten. »Ich bin aus Uthariel hergekommen, so schnell ich konnte, um einen neuen Ratsbeschluss zu verlangen.« *Verlangen.* Das würde sie schon wieder Wohlwollen kosten. *Zum Nichts mit diesen empfindlichen Schwätzern!* »Ich kann nur annehmen, dass der alte in Unkenntnis der Lage gefasst wurde.«

»Und was sollen wir Eurer Meinung nach übersehen haben?«, wollte Ivanara wissen. In ihrer Stimme schwang kaum hörbar Ungeduld mit.

»Man kann darüber streiten, ob wir den Faunen schuldig sind, das Leben unserer Krieger aufs Spiel zu setzen«, gab Mahalea zu. »Aber der Hohe Rat sollte nicht übersehen, dass diese Gefahr bald uns selbst gelten kann, wenn wir diese Untoten nicht rechtzeitig aufhalten. Es gibt keine Menschen mehr, die für uns die Orks im Westen bekämpfen oder die Ungeheuer aus den Gebirgen des Nordens aufhalten. Die Faune sagen, dieser Feind breite sich aus. Sollen wir herumsitzen und darauf warten, dass er unsere Wälder erreicht?«

Ausgerechnet die Söhne und Töchter Piriths klatschten Beifall. »Wohl gesprochen!«, rief Kavarath.

»Habe ich diesem Rat nicht gestern genau dasselbe gesagt?« Vorwurfsvoll blickte Feareth in die Runde. »Ihr seid zu ängstlich und weltabgewandt, Erhabene. Euer Zaudern wird uns noch ins Verderben stürzen.«

»Wir sprechen hier immer noch über eine Handvoll Untote«, wehrte Ivanara ungerührt ab, doch ihr Tonfall war eisig. »Wenn diese *Armee* nun auf ein Dutzend angewachsen ist, müssen wir darüber wohl kaum in Panik verfallen.«

»Es gelingt Euch doch nicht einmal, einen Mord aufzuklären,

der mitten in Anvalon geschehen ist«, warf Kavarath ihr vor.
»Wie wollt Ihr dann wissen, was im fernen Theroia vor sich geht?«

Die Erhabene tat, als hätte sie den Zwischenruf nicht gehört. »Peredin«, wandte sie sich an den Ältesten aus Ardarea, »hattet Ihr nicht auch angekündigt, heute zu diesem Thema sprechen zu wollen?«

»So ist es«, bestätigte er. »Aber leider habe ich keine guten Neuigkeiten. Ich muss der Kommandantin beipflichten, dass es offenbar ein Fehler war, so wenige Truppen zu entsenden. Gestern Abend erreichte mich eine Nachricht von Aphaiya, der Seherin. Da sie blind ist, kann sie mir nicht selbst schreiben, doch sie hat ihre Mutter gebeten, mir auf dem schnellsten Weg ...«

*Komm auf den Punkt, Mann!*, fluchte Mahalea im Stillen.

»... einen Brief zu senden. Aphaiya hatte erneut beunruhigende Träume. Sie hat ein Massaker an Faunen und großen ungeschlachten Wesen gesehen, die sie für Trolle hält.«

*Und das wolltest du in aller Ruhe vorbringen, wenn du an der Reihe bist?*, hätte Mahalea ihn am liebsten angeschnauzt, doch ein Zwischenruf Feareths kam ihr zuvor.

»Da hört Ihr es!«, tönte Kavaraths Sohn. »Wie viele Warnungen braucht Ihr noch, um endlich etwas zu unternehmen?«

Überall entbrannten Diskussionen unter den Ratsmitgliedern, aber Mahalea war nicht sicher, ob sie damit zufrieden sein sollte. Einigkeit darüber, dass nun entschlossen vorgegangen werden musste, wäre ihr lieber gewesen. Auch schmeckte ihr nicht, auf der Seite Kavaraths zu stehen. Zu oft war er ihr in der Vergangenheit in den Rücken gefallen.

Wieder fuhr eine Böe durch die Ratshalle, dieses Mal so heftig, dass der Wind in Mahaleas Ohren brauste und an ihrem Haar zerrte. Ivanara erhob sich, während das Stimmengewirr verebbte. »Ihr alle wisst, dass ich mich nie damit begnügt habe, Zeichen zu deuten und auf die Einflüsterungen Einzelner zu vertrauen«, sagte sie, ohne Gefühle preiszugeben. »Entscheidungen von großer Tragweite müssen auf einer soliden Grundlage getroffen werden, die wir auch vor unseren Kindern und Kindeskindern noch mit Recht werden verteidigen können. Es war noch nie klug, überstürzt Leben aufs Spiel zu setzen. Deshalb brauchen wir endlich Gewissheiten. Feareth«, wandte sie sich an Kavaraths Sohn, »wenn die Söhne und Töchter Piriths so tatendurstig sind, schlage ich vor, dass sie Späher aussenden, um herauszufinden, woher diese Untoten kommen und mit wie vielen wir es zu tun haben.«

»Das ist Aufgabe der Grenzwache«, warf Mahalea empört ein.

»Aufgabe der Grenzwache ist es, unsere Wälder gegen Eindringlinge zu sichern«, entgegnete Feareth. »Kann diese Aufgabe noch erfüllt werden, wenn wir noch mehr Späher aussenden und weitere Truppen den Faunen zu Hilfe schicken?«

Mahalea presste die Lippen zusammen. Das konnte sie in der Tat nicht versprechen.

»Unter den Grenzwächtern befinden sich ohnehin mehrheitlich Abkömmlinge Piriths«, stellte Feareth gönnerhaft fest. »Wir werden einige Krieger nach Beleam senden, um die Lücken zu füllen.«

*Noch mehr Krieger wie Davaron, die dir treuer ergeben sind als mir.* Doch solange kein anderes Volk einsprang, blieb ihr nichts anderes übrig, als das Angebot anzunehmen. Wie so oft hätte sie lange darauf warten können, dass sich andere vordrängten. Sie bedachte die Abkömmlinge Heras mit einem bitteren Blick, bevor sie Feareth antwortete. »Die Grenzwache heißt jeden willkommen, der sich freiwillig dieser Aufgabe stellen möchte.«

Feareth nickte zufrieden.

»Des Weiteren«, ergriff Ivanara wieder das Wort, »legt die neue Prophezeiung nahe, unsere ausgesandten Truppen zu verstärken. Ich gebe zu bedenken, dass es sich nur um Träume handelt. Und selbst wenn sie wahr sind, könnten sie bedeuten, dass wir noch mehr Krieger und Trolle in den Tod schicken, sollten wir unseren Entschluss von gestern korrigieren. Ich bitte deshalb alle Mitglieder dieses Hohen Rats, ihre Entscheidung gut abzuwägen.«

Einige Gesichter wurden nachdenklich, in anderen stand bereits Entschlossenheit zu lesen. Darüber, wie diese Ratsmitglieder abstimmen würden, sagten die Mienen jedoch nichts aus.

»Ich schlage vor, zehn weitere Trolle und fünf unserer Krieger zu entsenden, um den Faunen bei der Verteidigung ihres Heiligtums beizustehen.« Die Erhabene sah Mahalea nicht an. Sicher war ihr bewusst, dass es einerseits einen bedenklichen Aderlass für Uthariel bedeutete, doch andererseits immer noch nicht annähernd einem Heer gleichkam. »Wer stimmt dafür?«

Die Abkömmlinge Piriths hoben alle die Hand. Peredin schloss sich ihnen an und mit ihm ein Großteil seines Gefolges. Auch unter den Söhnen und Töchtern Heras stimmten die meisten für den Vorschlag ihrer Ältesten. Nur die Abkömmlinge Ameas zögerten noch immer und sprachen sich flüsternd ab. Schließlich hoben einige von ihnen die Hand, doch ihr Ältester schüttelte nur den Kopf.

Die Erhabene sah sich um. »Das ist eindeutig die Mehrheit. Der Vorschlag wurde angenommen.«

Doch Mahalea war nicht nach Jubel zumute. *Hoffentlich holen wir Athanors Trupp ein, bevor es zu spät ist.*

Sobald Athanor verkündete, dass sie in dem engen, leicht zu verteidigenden Tal rasten würden, schichteten die Trolle trockenes Geäst für ein riesiges Lagerfeuer auf. Kopfschüttelnd sprang er vom Pferd und ging zu Orkzahn hinüber, der sich zum neuen Oberhaupt der Trolle aufgeschwungen hatte und ihnen bei der Arbeit zusah. »Nein! Kein Feuer!«, rief er ihm zu. »Wir wollen keine Orross anlocken.«

»Warum nicht?«, fragte der Troll. »Die schmecken wie Wildschwein. Manchmal auch nach Bär.«

*Was du nicht sagst.* Vielleicht war es wirklich an der Zeit umzudenken. Er war nicht mehr der erschreckend verwundbare Mensch auf der Flucht, sondern der Kommandant einer Truppe Ungeheuer, die einem Orross mit einem einzigen Keulenhieb den Schädel zertrümmern konnten. »Trotzdem. Es könnte auch ein Drache auf uns aufmerksam werden.«

Orkzahn zuckte mit den massigen Schultern. »Warum sollte uns ein Drache angreifen? Wir haben keinen Streit mit ihnen.«

Athanor schnaubte abfällig. »Wir hatten auch keinen Streit mit ihnen, und sie haben die Menschheit trotzdem ausgelöscht.«

»Hm«, brummte der Troll. »Da habe ich anderes gehört.«
Erstaunt sah Athanor zu ihm auf. Sollte ausgerechnet dieser tumbe Kerl wissen, worüber er sich seit Monden den Kopf zerbrach? »Was? Was hast du gehört?«
»Dass es den Drachen in der Welt zu eng geworden ist.«
»Willst du mich auf den Arm nehmen? Sie hatten eure Hügel im Osten, die Steppen der Orks im Westen und die Gebirge des Nordens, wo sie niemand stört, weil die Zwerge nie einen Fuß vor die Tür setzen.«
»Drachen schlafen in Höhlen, auf ihrem Hort.«
Der zumeist aus Gold bestand. »Gut, vergiss die Zwerge.« Nicht umsonst hatten die Königreiche unter dem Berg den Ruf, in ständigem Krieg mit den Drachen zu liegen. Darauf hätte er auch selbst kommen können.
»Ich weiß nicht, wie es bei den Orks steht«, gab der Troll zu. »Aber wir haben unsere Heimat verlassen, weil es nicht mehr genug Wild gab. Wir hatten Hunger und mussten Elfen fangen.«
»*Das* war der Grund für den Krieg?«
Orkzahn nickte. »Die Elfen konnten nicht dulden, dass wir sie fressen. Wir konnten nicht dulden, dass unsere Kinder verhungern.«
»Warum die Elfen? Ihr hättet auch Theroia angreifen können«, fiel Athanor auf. Beide Länder grenzten an die Trollhügel, und Menschenfleisch schmeckte vermutlich nicht schlechter als Elf.
»Die Elfenlande sahen unbewacht aus. Die Menschen waren viele und gut bewaffnet.«
Die Worte legten sich wie Balsam auf alte Wunden. »Ja, wir waren ein starkes, gut gerüstetes Volk. Unsere Krieger erzählten mit Stolz, wie sie euch töteten, wenn ihr unter den Herden der östlichen Hügel gewütet hattet.« Und wieder fragte er sich, warum nicht auch die Drachen die offensichtliche Wahl getroffen und anstelle der Menschen die Elfen vernichtet hatten. Vielleicht weil es den Elfen gelungen war, die Trolle zu Sklaven zu machen.
»Du bist Theroier?«, wollte Orkzahn wissen.
*Verdammt!* Wie hatten ihm diese verräterischen Worte herausrutschen können? Das breite fleischige Gesicht des Trolls

wirkte unschuldig, und doch wusste er sicher um die Rolle Theroias in diesem Krieg. »Ich? Nein! Willst du mich beleidigen?« Orkzahn runzelte die Stirn. »Aber du hast doch ...«
»Die Theroier haben mit den Drachen gemeinsame Sache gemacht und uns alle ins Verderben gestürzt!«, fiel Athanor ihm ins Wort. Saßen die Elfen nah genug, um zuzuhören? Er hoffte, dass sie nur seinen Wutausbruch mitbekamen. »Wenn du mich noch einmal Theroier nennst, schneide ich dir die Eier ab wie diesem Großmaul Löwentod!«

Einen Augenblick lang starrte ihn der Troll wütend an. Athanor spürte die Blicke der anderen Ungetüme auf sich, sah, wie sie bei ihren Verrichtungen rund um das Lagerfeuer innehielten. Doch plötzlich glättete sich Orkzahns Stirn, und ein Grinsen stahl sich auf sein Gesicht. Kurz richtete er die Augen auf die Elfen, die sich irgendwo hinter Athanor niedergelassen hatten, bevor er wieder auf seinen Kommandanten herabsah. »Verstehe. Wird nie wieder vorkommen.«

Jeden Moment erwartete Athanor, dass der Koloss verschwörerisch zwinkerte. Für einen vermeintlich strohdummen Troll begriff Orkzahn erstaunlich schnell. Aber wie gut war ein Geheimnis bei ihm aufgehoben? *Jetzt nur nicht lächeln.* Vielleicht glaubte der Troll dann, dass er mit seinem Verdacht doch falsch lag. »Das will ich hoffen!«, blaffte er. *Schnell ablenken!* »Du glaubst also, die Drachen haben die Menschen angegriffen, weil ihnen das Futter ausging?«

»Davon, dass die Drachen gehungert haben, weiß ich nichts«, erwiderte der Troll. »Aber sie haben sich Beute aus den Menschenlanden geholt, oder nicht?«

»Natürlich hat immer mal einer in unseren Herden gewildert oder ganze Dörfer geplündert.« Doch das bewies überhaupt nichts. Auch Menschen hatten immer wieder ohne Not Menschen überfallen. *Wer wüsste das besser als ich ...*

»Und was habt ihr dagegen getan?«

»Wir haben Drachentöter ausgesandt.« Helden wie Theleus, nach dem sein bester Freund benannt worden war. Als kleine Jungen hatten sie die Taten jener Krieger nachgespielt und mit Holzschwertern unsichtbare Ungeheuer erlegt. In allen Königreichen der Menschen waren ihre Geschichten erzählt und ihr Mut gerühmt worden. Doch als die Drachen wie ein Feuersturm über das Land gekommen waren, hatte kein Held sie aufhalten können.

»Vielleicht habt ihr zu viele von ihnen getötet«, sagte Orkzahn. »*So wie wir zu viele Elfen verspeist haben*«, hörte Athanor ihn im Stillen hinzusetzen.

»Ja, vielleicht.« Beschämt senkte er den Blick. Er hatte einen Troll gebraucht, um zum ersten Mal eine überzeugende Erklärung zu finden. Irgendetwas verband sie, das spürte er. Das Schicksal hatte ihnen beiden die Heimat genommen – und jede Hoffnung, dass sich daran je wieder etwas ändern könnte. Entschlossen sah er zu Orkzahn auf, der noch immer ein Krieger war, obwohl ihn die Elfen erniedrigt und versklavt hatten. Der Troll hatte mehr Schneid als all diese eitlen Elfen zusammen. Als Kommandant würde er dafür sorgen, dass die Trolle nicht mehr gedemütigt wurden.

»Macht euer Feuer«, gestattete er. »Und wenn ein Drache auftaucht, schlagt ihn zu Brei.«

Schmatzend knabberten die *hulrat* auf den Beinen der verirrten Hockerspinne herum, die Hauptmann Gunthigis erschlagen hatte. Im Gegensatz zu Trollspinnen reichten sie nur so hoch wie ein Schemel, aber ihr Anblick war ebenso widerlich. Hrodomar fragte sich, ob es irgendeinen Zwerg gab, dem das Knacken ihres Panzers zwischen den Zähnen der *hulrat* nicht den Appetit verdarb. Auf den Gesichtern seiner Begleiter entdeckte er jedenfalls nur Ekel und Verdruss.

»Ich vermisse Brot«, seufzte Vindur und kaute lustlos auf einem Streifen aus Trockenfleisch und Hefebrei herum.

»Ich glaube, das vermissen wir alle«, vermutete Hrodomar. Seit die Menschen kein Getreide mehr lieferten, war Brot rasch so teuer geworden, dass es sich nur noch Mitglieder der königlichen Familie wie Vindur und er hatten leisten können. Die letzten Laibe waren mit Gold aufgewogen worden. Doch mittlerweile waren auch die letzten Vorräte aufgezehrt, und es gab für niemanden mehr Brot, nicht einmal für König Rathgar selbst.

»Pah! Brot! Das Menschenzeug hat uns nur verweichlicht«, schimpfte Gunthigis. »Bevor die Menschen an unsere Tore kamen, haben sich unsere Ahnen allein aus dem Berg ernährt, und es hat ihnen nicht geschadet.«

»Woher willst du das wissen?«, fragte Hrodomar. »Diese Zeit ist so lange her, dass nicht einmal die Halle der Ahnen viel davon zu berichten weiß.«

»Soll das heißen, ohne die Menschen hätten wir es nicht so weit gebracht?«, brauste Gunthigis auf. *Warum kann ich nie etwas sagen, ohne den Hauptmann zu verärgern?* »Ich meine doch nur, dass wir nicht mehr wissen, wie es ohne die Menschen war.«

»Gut wird es gewesen sein, was sonst! Wir Zwerge brauchen die anderen nicht. So haben wir es immer gehalten.«

»Ich habe doch gar nicht gesagt, dass wir die Menschen gebraucht haben. Aber sie waren ganz nützlich.«

»Gib's auf, Hrodomar. Er kapiert's nicht«, meinte Vindur.

»Der Königssohn hält uns Wächter also für dumm, ja?«

Nun blickten auch die anderen Wächter der Tiefen mit gerunzelten Stirnen von ihren Rationen auf.

»Nein, tut er nicht«, versicherte Hrodomar. »Er wollte nur sagen, dass wir aneinander vorbeireden.«

»Ich hab genau gehört, was er gesagt hat«, schnauzte Gunthigis ihn an. »Wenn er so ein verwöhntes Bürschchen ist, soll er eben wieder zu seinem Vater gehen und dem die Ohren vollheulen!«

Vindur setzte zu einer Antwort an, doch Hrodomar kam ihm hastig zuvor. »Seien wir doch ehrlich. Wir sind doch alle nur deshalb reizbar und streitlustig, weil wir eine Ewigkeit unter der verfluchten Mine herumgelatscht sind und nichts gefunden haben.«

Der Hauptmann knurrte nur.

»Nun kommen wir morgen zurück und haben nichts vorzuweisen. Wie sieht das aus? Als hätten wir unsere Aufgabe nicht erfüllt. Das gefällt mir genauso wenig wie dir und jedem anderen hier. Aber wir können das wieder wettmachen. Wir haben eben in der falschen Richtung gesucht. Wir holen uns neue Vorräte, und dann gehen wir nach Süden. Was auch immer die wilden *hulrat* aufgeschreckt hat, ich bin sicher, wir werden es dort finden.«

»Hm«, brummte Gunthigis erneut. »Ich weiß nicht, wie du das machst. Du kannst dich um Kopf und Kragen reden, und genauso redest du dich wieder raus.«

Vindur lachte leise. »Da hat er recht, Hrodomar.«

»Ich bin mir nicht sicher, ob das ein Lob war.«

»War's auch nicht«, blaffte der Hauptmann.

*Wusste ich's doch.*

»Trotzdem hast du …«

Ein scharfer Knall schnitt Gunthigis das Wort ab. Ein dumpfer Schlag, der den Boden zittern ließ, folgte, und zugleich hallte ein Aufbrüllen so laut von den Wänden des Stollens wider, dass Hrodomar alarmiert aufsprang – und mit ihm alle anderen. Hände tasteten nach Äxten und Spießen, griffen nach den an den Fels gelehnten Schilden.

»Was war das?«, fragte Vindur, als sich ebenso unvermittelt wieder Stille über den Gang senkte.

»Eine Trollfalle«, antwortete Gunthigis. »Folgt mir, Männer!« Der Hauptmann eilte voran, das Heft seines schweren Kriegshammers in den Fäusten. Mit Waffen und Laternen rannten ihm die Wächter nach.

»Komm schon!«, schrie Vindur, als Hrodomar zurückblieb, weil er vergeblich versuchte, den Henkel ihrer Laterne mit der Schildhand zu greifen. Er konnte doch nicht kämpfen, wenn er Axt und Laterne in derselben Hand hielt.

»Lass sie eben stehen!«, schimpfte sein Freund.

Nach den Erfahrungen in der verfluchten Mine fiel es Hrodomar schwerer denn je. Wer unbekannte Höhlen erkundete, durfte niemals seine Lampe verlieren. Schweren Herzens gab er auf und hastete hinter Vindur her, um zu den Wächtern aufzuholen.

Bald schon tauchte vor ihnen eine Kreuzung auf. Der Stollen, aus dem sie kamen, mündete in einen breiteren Gang. Hrodomar erkannte die Stelle wieder. Hier waren sie auf dem Hinweg nach Westen abgebogen. Sie befanden sich nur noch knapp außerhalb des Bereichs, den die Wächter der Tiefe regelmäßig abgingen.

Der ganze Trupp bog nach rechts ab. *Also gen Süden.* Genau die Richtung, in der Hrodomar die Ursache für die seltsamen Vorkommnisse vermutete.

Vor ihm wurden die Wächter langsamer, hielten an.

»Vorsicht!«, ertönte die Stimme des Hauptmanns aus dem Gedränge.

Hrodomar schob sich zwischen den Wächtern hindurch, und der schmächtigere Vindur folgte ihm. »Was ist los? Lasst mich auch mal sehen!«

»Der ist hin«, befand jemand.

»Ich kann keine weiteren entdecken«, rief ein anderer.

Endlich gelang es Hrodomar, sich bis zu Gunthigis vorzudrängeln. Der Hauptmann stand am Rand der Fallgrube, deren dünne Decksteine unter dem Gewicht eines Trolls nachgegeben hatten. Durch seinen Sturz in den darunterliegenden Schacht hatte das Ungetüm die Speerschleuder ausgelöst. Zwei der armdicken Geschosse waren gegen die Wand geprallt und auf den Grund des Schachts gefallen, doch eines ragte aus der Brust des Trolls. Das Ungeheuer war von Kopf bis Fuß unbehaart, doch Dreck, Fett und aufgemalte gelbliche Muster bedeckten seine dunkelgraue Haut.

»Ein Höhlentroll«, stellte Hrodomar fest.

»Was du nicht sagst«, höhnte Gunthigis. »Was sollte es sonst sein?«

»Es gibt andere Trolle, bärtige, die ...«, begann Hrodomar, bis ihm auffiel, dass der Hauptmann ihn nicht weiter beachtete.

»Jemand muss rübergehen und nachsehen, ob der Kerl allein war«, rief Gunthigis. »Freiwillige?«

Höhlentrolle waren Einzelgänger. Nur selten schlossen sie sich zu Gruppen zusammen, um wehrhafte Gegner anzugreifen. *Gegner wie uns.* Hrodomar sah in die Dunkelheit jenseits der Fallgrube hinüber. Der Schein der Laternen reichte nur wenige Schritte über den Rand hinaus. Bewegte sich dort etwas anderes als ihre Schatten?

»Ich gehe«, hörte er sich sagen, bevor ihm sein Entschluss bewusst geworden war. Aus irgendeinem Grund hatte ihre erfolglose Unternehmung sämtlichen Respekt, den ihm die Wächter zunächst als dem Helden der verfluchten Mine entgegengebracht hatten, in Luft aufgelöst. Vielleicht schoben sie ihm die Schuld zu, obwohl die Expedition nicht einmal seine Idee gewesen war. Jedenfalls hatte er genug davon. Er würde ihnen beweisen, dass er seinen Ruf verdient hatte. Zumindest ein bisschen.

»Ich bin dabei, *Schildbruder*«, versicherte Vindur nach kurzem Zögern umso entschlossener.

Hrodomar verschwendete keinen Blick an die Wächter und schob den staunenden Gunthigis einfach aus dem Weg. Um auf die andere Seite der Fallgrube zu gelangen, mussten sie einen der schmalen Simse an den Wänden benutzen, auf denen die Decksteine aufgelegen hatten. »Jetzt könnten wir doch eine Laterne brauchen.«

Vindur steckte seine Axt ein und ließ sich eine Laterne reichen.

»Ihr müsst nicht weit gehen«, brachte Gunthigis endlich heraus. »Wir müssen uns nur vergewissern, dass die Wachposten, die ich hier zurücklassen muss, nicht sofort überrannt werden, sobald wir ihnen den Rücken zukehren.«

»Ich glaube nicht, dass wir es mit einem geplanten Angriff zu tun haben«, wehrte Hrodomar ab.

»Baumeisters Bart!«, fluchte der Hauptmann. »Du hältst dich wirklich für den Allerklügsten, was? Woher willst du das wissen? Hast du mit dem Geist des Trolls gesprochen?«

Allmählich hatte es Hrodomar satt, ständig Rücksicht auf Gunthigis schlechte Laune zu nehmen. »Falls du es vergessen haben solltest: Der König hat mich hierhergeschickt, weil er euch allein nicht zugetraut hat, die seltsamen Vorgänge aufzuklären. Und jetzt weiß ich auch, warum. Ihr könnt kämpfen und Fallen bauen und sicher noch einiges mehr, aber ihr habt nicht gelernt, genau hinzusehen.«

»Wozu auch? Der Troll ist doch nicht zu übersehen«, spottete einer der Wächter, und die anderen lachten.

»Haha. Wirklich lustig«, brummte Hrodomar.

»Lass uns gehen«, forderte Vindur. »Die wollen lieber dumm sterben, als ein Mal zuzuhören.«

»Nein, nein, nein, so einfach kommt mir unser großer Kenner nicht davon«, tönte Gunthigis. »Jetzt will ich wissen, was er uns angeblich voraus hat.«

»Gut. Eigentlich ist es nämlich ganz einfach«, behauptete Hrodomar, obwohl er Jahre gebraucht hatte, um den Blick für Kleinigkeiten zu erwerben, den ein Prospektor brauchte. »Siehst du die Paste aus Erde, mit der er sich angemalt hat?«

»Natürlich. Ich bin ja nicht blind. Was soll daran besonders sein? Das tun sie alle.«

»Es ist gelber Lehm. Den gibt es hier unter den Bergen nicht. Er muss also noch weit entfernt gewesen sein, als er ihn aufgetragen hat.«

»Ja und?«

»Es ist noch nicht viel davon abgebröckelt. Die Paste ist also noch frisch. Demnach ist er sehr schnell hergekommen.«

Gunthigis grinste triumphierend. »Pah, er kann das Zeug auch bei sich gehabt haben und hat sich erst hier damit beschmiert.«

»Er trägt nicht einmal einen Gürtel. Das Einzige, was er bei sich hatte, scheint die Keule zu sein, die neben ihm liegt.«

»Mag sein. Aber nur weil er es eilig hatte herzukommen, kannst du keinen geplanten Angriff ausschließen.«

»Ich kann mir aber die Frage stellen, warum er es eilig hatte«, erwiderte Hrodomar. »Und wenn ich mir die Verletzungen an seiner Schulter und seinem Arm ansehe, dann glaube ich, dass er vor etwas geflohen ist, das größer war als er.«

Nun sah ihn selbst Vindur verblüfft an. »Tatsächlich? Größer?«

»Das kann doch ebenso gut bei seinem Sturz in die Grube geschehen sein«, meinte Gunthigis.

»Drei parallele Striemen dieser Länge? Außerdem wäre dann frisches Blut zu sehen. Diese Risse sind aber bereits verkrustet.«

»Na gut, hast recht. Und wie Schnitte sieht es auch nicht aus. Die Ränder sind nicht glatt genug.«

»Genau. Sie ähneln den Striemen, die *hulrat*-Krallen hinterlassen. Nur dass sie viel tiefer sind. Dieser Troll ist geflohen. Dafür würde ich meine Hand in Firas Flamme legen.«

»Aber wovor?«, fragte Vindur.

»Entweder ein Drache – oder ein Ghulwurm.«

# 20

Athanor ließ die gekrümmte Elfenklinge durch die Luft sausen und führte sie in einem neuen Winkel über die Zweige eines Strauchs. Zerteiltes Laub segelte zu Boden. Sein neues Schwert war verblüffend scharf, aber es lag noch immer ungewohnt in der Hand, obwohl sich Athanor jeden Abend vom Lager entfernte, um eine Weile zu üben. Die Stärke dieser Waffe lag nicht darin, wuchtige Schläge oder gezielte Stiche auszuteilen, auch wenn es möglich war. Stattdessen sollte sie den Gegner durch einen einzigen tiefen Schnitt töten, der sich aus dem richtigen Winkel des Hiebs ergab. »Gegen diese wandelnden Mumien wird uns das wenig nützen«, murmelte Athanor und versuchte erneut, einen Zweig allein dadurch zu zerteilen, dass er die Klinge im richtigen Bogen darüberzog. Das ausgedörrte Fleisch einer Mumie war zu zäh, um es leicht zu zerschneiden. Die Knochen zu zertrümmern hatte sie allerdings auch nicht lange aufgehalten. Wütend drosch Athanor mit weniger Präzision auf die Büsche ein. Wie sollten sie verflucht noch mal Tote umbringen, die einfach nicht tot bleiben wollten?

Hinter ihm raschelte es leise. Mit erhobenem Schwert fuhr er herum. Der Faun, Rekker, trat aus dem Dickicht und bleckte die bräunlichen Zähne. Die Farbe rührte wohl von den Blättern her, auf denen er den ganzen Tag herumkaute. Wie eine wandernde Ziege, die mal an diesem, mal an jenem Strauch knabberte, pflückte er sie im Vorübergehen.

»Was schleichst du hier herum?«, fuhr Athanor ihn an. Obwohl bislang niemand einen Diebstahl beklagt hatte, traute er dem Faun nicht.

»Ich habe mich gelangweilt. Deine Elfen sind wenig gesprächig und noch unerträglicher, wenn sie Hunger haben.«

»Seit wann wissen die, was Hunger ist?« Davaron wurde doch nicht müde, sich damit zu brüsten, wie verfressen alle anderen Wesen im Vergleich zu ihnen waren.

Das Grinsen des Fauns wurde noch breiter, was ihm einen verschlagenen Zug verlieh. Aber vielleicht lag es auch nur an seinem hässlichen Ziegenauge.«Im Moment sitzen sie jedenfalls um ein Feuer und würden gern essen, aber der Respekt gebietet ihnen wohl, auf ihren Kommandanten zu warten.«

Athanor stieß amüsiert die Luft aus. Wenn es nur Davaron gewesen wäre, hätte er ihn noch eine Weile schmoren lassen, doch das Verhältnis zu den beiden anderen Elfen war bereits angespannt genug. Da sie den Trollen vorgaukeln mussten, dass er tatsächlich der Kommandant war, behandelten sie ihn zwar höflich und folgten seinen Befehlen, aber ihre Blicke zeigten, wie wenig es ihnen schmeckte. Er konnte es ihnen nicht ganz verdenken. Auch er hätte sich nur zähneknirschend einem dahergelaufenen Elf untergeordnet, von dessen Vergangenheit und Kampferfahrung er kaum etwas wusste.

*Wenigstens mein Sieg über Löwentod hätte sie beeindrucken können*, dachte er, während er den Weg zurück zum Lager einschlug. »Gehen wir, bevor sie sich die letzten Muskeln von den Knochen hungern.«

Leise lachend folgte ihm der Faun. Es klang meckernd und gehässig, und Athanor richtete seine Aufmerksamkeit auf seine Gürteltasche. Sollte er auch nur das kleinste Zupfen daran spüren, würde der Kerl Blut wiederkäuen.

Die drei Elfen hatten sich in der Tat um ein Feuer versammelt. Damit der Gestank der Trolle von ihnen fortgeweht wurde, saßen sie auf der dem Wind zugewandten Seite der Lichtung und kochten den herben Kräutersud, den sie so gern tranken. Athanor fand den Duft nach Gebratenem vom Feuer der Trolle verlockender, aber er durfte sich nicht zu sehr von den Elfen distanzieren.

»Endlich«, murrte Davaron.

»Rührend, dass ich dir so sehr gefehlt habe«, erwiderte Athanor und ließ sich zwischen den beiden anderen Elfen nieder. Auch Rekker hockte sich zu ihnen, erneut ein breites Grinsen auf dem Gesicht.

»Lasst uns jetzt wenigstens in Ruhe essen«, forderte Deamath, ein Abkömmling Ardas, der von den dreien stets den meisten Appetit hatte. Falls ein Elf so etwas wie einen Bauchansatz haben konnte, dann war es Deamath. Was nichts daran änderte, dass seine Schultern schmal und die Oberarme so dünn wie Athanors Unterarme waren. Erstes Grau glänzte in seinem braunen Haar, doch seine Haut war so glatt, dass er nach Elfenmaßstäben kaum älter als Athanor sein konnte. Er verwaltete ihren Proviant, den ein eigens mitgeführtes Packpferd trug, und verteilte nun ungesüßte Hirsekuchen und Äpfel, was die Elfen für eine vollständige Mahlzeit hielten. Athanor beschloss, sich später noch etwas Fleisch bei den Trollen zu holen. Lachen und Prahlen tönten von ihrem Feuer herüber. Ihre dunklen Stimmen trugen weit, doch es störte sie nicht, und ihre Zuversicht gefiel Athanor allemal besser als die bedrückende Stille im Kreis der Elfen.

»Morgen sind wir da«, durchbrach Rekker das Schweigen. Deamath nickte nur. Die anderen sahen nicht einmal auf.

»So still, Davaron? Ich dachte, du kannst es kaum abwarten, die Untoten endlich zu Gesicht zu bekommen«, stichelte Athanor.

»Ich führe meinen Freudentanz auf, wenn ich sie sehe«, gab der Elf zurück, ohne aufzublicken.

»Na, dann haben wir ja alle etwas, worauf wir uns freuen können«, höhnte Athanor, doch es klang selbst in seinen Ohren hohl. Weder er noch die Elfen zogen begeistert in diesen Kampf, und auch Rekker sah angespannt aus. Sicher sorgte er sich um sein Volk, seine Familie. Womöglich waren sie bereits tot, und er würde nur noch ein Schlachtfeld vorfinden.

»Wir brechen noch vor dem Morgengrauen auf«, entschied Athanor. »Je früher wir eintreffen, desto ausgeruhter können wir uns abends dem Gegner stellen.«

Dieses Mal sahen die Elfen ihn überrascht an, nickten, doch dann kauten sie weiter.

*Herr der Schatten!* Wollten sie den ganzen Abend in diesem brütenden Schweigen verbringen? Sollte es ihm zeigen, dass sie seine Gesellschaft nur ertrugen, um den Anschein zu wahren? Für den Faun sah diese Farce wohl kaum glaubwürdig aus. Über irgendetwas musste man sich doch unterhalten können. »Wer ist denn nun eigentlich dieser Imeron, von dem ständig alle reden?«

»Frag doch deine verfluchte Harpyienfreundin!« Davaron warf sein Brot ins Feuer und ging davon.

Sein Nebenmann schüttelte nur den Kopf.

»Musstest du das ausgerechnet ihn fragen?«, wollte Deamath wissen.

»Ich habe nicht *ihn* gefragt, sondern euch alle. Konnte ich ahnen, dass er wegen einer harmlosen Frage heulend davonrennt?« *Und selbst wenn, wäre es mir doch egal gewesen.* »Warum stellt er sich überhaupt so an?«

»Weil seine Frau und sein Kind von Harpyien getötet wurden.«

*Hol's der Dunkle!* Musste das als Erklärung für *alles* herhalten? »Was hat das mit Imeron zu tun?«

»Imeron hat die Harpyien erschaffen.«

Athanor schüttelte den Kopf. Welcher Gott hatte eigentlich die Drachen in die Welt gesetzt? *Vielleicht sollte ich jetzt auch jedes Mal zornig werden, wenn sein Name fällt.*

»Imeron hat nicht nur die Harpyien, sondern *alle* Chimären geschaffen«, mischte sich Rekker ein.

»Aha, also auch die Faune.« Athanor stutzte. »Und trotzdem habt ihr mit den Elfen gegen ihn gekämpft?« Noch nie hatte er von einem Volk gehört, das gegen seinen eigenen Schöpfer in den Krieg gezogen war. »Gegen einen Gott?«

»Imeron war kein Gott, sondern ein Astar«, erklärte Deamath.

»Wie der, dessen Geist den Gorgon vergiftet hat?« Die Elfen kannten offenbar erstaunlich viele Geschichten über Wandelsterne.

Deamath nickte. »So ist es. Doch seine Macht war so groß, dass er sich bald für einen Gott hielt.«

»Ich werde mich nicht mit einem Elf darüber streiten, ob der Schöpfer ein Gott war«, sagte Rekker, doch in seiner Stimme schwang Verärgerung mit. »Unsere Ahnen entschieden, ihn gemeinsam zu bekämpfen, weil er grausam war und viel Leid über die Welt brachte.«

»Wäre er ein Gott gewesen, hätte er *neue* Kreaturen erschaffen«, hielt Deamath dagegen. »Stattdessen verband er durch Magie Wesen miteinander, die sich niemals aus freien Stücken verbunden hätten. Mit seinen verderbten Kräften zeugte er die widersinnigsten Chimären, die nur geboren wurden, um an ihren Qualen zu sterben. Jahrhunderte lang formte er im Geheimen Menschen und Tiere nach seinem Willen. Unbemerkt von der Welt litten seine Schöpfungen, bis sein Tun ein Ausmaß erreichte, das die Aufmerksamkeit des Seins selbst erregte. Es sandte andere Astare aus, um dem schändlichen Treiben ein Ende zu setzen. Doch auch Imeron hatte Freunde und Verbündete. Ein Krieg entbrannte, wie ihn Ardaia seit dem Zeitalter der Riesen nicht mehr gesehen hatte. Vieles wurde vernichtet, das einst von der Größe der Völker zeugte, und das Zeitalter der Astare ging zu Ende. Imeron wurde an den Himmel verbannt, wo er noch heute von seinen Bezwingern umstellt ist.« Deamath deutete zu den ersten Sternen hinauf, die in der Abenddämmerung sichtbar geworden waren.

Athanor folgte seinem Blick und entdeckte einen Kranz aus fünf Sternen, den er kannte. In ihrer Mitte würde ein größeres, aber blasseres Himmelslicht sichtbar werden, sobald es dunkel genug war. »Die Krone des Magiers?«

Der Elf machte eine vage Geste. »Mag sein, dass ihr Menschen *Die Wacht* so nennt. Aber offenbar habt ihr vergessen, nach welchem Magier ihr sie benannt habt.«

Darauf wusste Athanor nichts zu erwidern. Er hatte Geschichten über dieses Sternbild gehört, doch sie hatten sich widersprochen und manchmal auch gar nichts miteinander zu tun. Sollte der Name des Magiers jemals gefallen sein, war er ihm nicht im Gedächtnis geblieben. Wie seltsam, wenn doch so bedeutende Ereignisse dahinterstanden.

»Ist das ein Wunder?«, fragte Rekker. »Das Gedächtnis der Menschen ist kurz, und seit Imerons Fall sind zwei Zeitalter vergangen.«

Allmählich hatte Athanor die ewigen Schmähungen so satt, dass er nicht einmal mehr Wut verspürte. »Könnte es sein, dass sich die Faune nur deshalb daran erinnern, weil es zufällig um ihren Schöpfer ging?«

Rekker grinste. »Wer weiß?«

Wenigstens konnte der Faun besser einstecken als Davaron, der gerade wieder unter den Bäumen auftauchte. Die Miene des

Elfs sah nicht weniger düster aus als zuvor. »Wir sollten jetzt aufbrechen«, mahnte er. »Dieser Wald ist wie leer gefegt. Die Untoten können nicht mehr weit sein.«

Auch wenn der Rat von Davaron gekommen war, befolgte Athanor ihn. Ihr Zwist durfte ihn nicht davon abhalten, die richtigen Entscheidungen zu treffen. In den ausgedehnten, zunehmend weglosen Wäldern um das Heiligtum der Faune kamen sie auch ohne Streit schon langsam genug voran. Er ließ die Trolle vorangehen, um den Pferden einen Pfad durchs Unterholz zu brechen. Nur Rekker bewegte sich mühelos im Dickicht, lief voraus, um Orkzahn die Richtung zu weisen und nach Feinden zu spähen.

Ein kräftiger Schauer und ein paar Windböen kündeten von einem fernen Gewitter, ansonsten blieb die Nacht ereignislos und still, zu still. Kein einziges der kleinen Geräusche, die für gewöhnlich von den Jägern und Gejagten der Dunkelheit kündeten, drang an Athanors Ohr. Es war, wie Davaron gesagt hatte. In diesem Wald gab es keine Tiere mehr.

Mit dem ersten Morgenrot erreichten sie das Lager der geflüchteten Faune. Es erstreckte sich zwischen den Bäumen, so weit Athanors Blick reichte, doch das hatte im Wald nicht viel zu bedeuten. Einige hatten sich aus Ästen und geflochtenen Zweigen Unterstände errichtet, anderen genügte das Laubdach der Baumkronen. Zwischen den Feuern spielten Kinder, die beim Anblick der Trolle schreiend davonrannten. Rasch eilten Faunmänner herbei, drahtige Gestalten, die mit Bögen und Speeren bewaffnet waren. Aber in ihren Gesichtern stand keine Angst, nur Besorgnis zu lesen, und niemand zielte auf die Trolle.

»Meine Rückkehr wurde längst angekündigt«, behauptete Rekker. »Unsere Späher verstehen es, zu kommen und zu gehen, ohne bemerkt zu werden.«

»Nicht einmal von dir?«, fragte Athanor misstrauisch. Dass der Faun ihm die Anwesenheit der Späher vorenthalten haben könnte, förderte nicht gerade sein Vertrauen zu ihm.

»Woher soll ich das wissen, wenn ich sie nicht bemerkt habe?«, gab Rekker spitzfindig zurück.

Athanor beschloss, darauf nicht einzugehen, und lenkte stattdessen sein Pferd zwischen die Trolle und die Faune, die sich abschätzend musterten. Die Elfen folgten ihm. »Wer ist euer Anführer?«, erkundigte er sich in die Runde. Etliche Kerle sahen trotz ihrer Bocksbeine stattlich genug aus, um Krieger zu sein. Einigen ragten beachtliche Hörner aus dem Schädel, anderen reichte ihr Ziegenbart fast bis auf die behaarte Brust, doch keiner trug irgendein Abzeichen, das ihn herausgehoben hätte.

»Wir haben keinen König, der uns befehlen dürfte«, erklärte Rekker in die eingetretene Stille. »Jede Familie folgt nur ihrem eigenen Oberhaupt.«

*Auch das noch!* Wer sollte dann die Verteidigung organisieren?

»Ist das alles?«, rief ein Faun. Sein Elfisch war noch stärker mit einem Akzent gefärbt als Rekkers, obwohl es ihm flüssig über die Lippen kam. Konnte es sein, dass die Faune keine eigene Sprache hatten und deshalb eine Variante der elfischen benutzten? »Die Elfen schicken uns eine Handvoll Trolle, drei Krieger und einen einhändigen Zauberer?«

Andere stimmten empört und enttäuscht in die Klage ein. Ihr Unmut war verständlich. Auch Athanor wäre lieber mit einer nennenswerten Anzahl an Streitern in die Schlacht gezogen. Die Elfen setzten undeutbare Mienen auf, als ginge sie das Ganze nichts an, während die Trolle grimmige Gesichter machten. Sicher fragten sie sich, wozu sie hergekommen waren, wenn ihre Hilfe so undankbar aufgenommen wurde. Je erbitterter die Faune schimpften, desto zorniger wurde Athanor. War irgendjemand, seien es nun Faune, Elfen, Zwerge oder dreiköpfige Schlangenweiber, den Menschen zu Hilfe geeilt, als sie vernichtet wurden? Nein!

»Ruhe, ihr verdammten Memmen!«, brüllte er, dass sein Pferd vor Schreck tänzelte.

Überrascht verstummte ein Großteil der Faune tatsächlich.

»Ihr führt euch auf, als hätte euch der Hirte samt seinen Hunden den Wölfen überlassen. Seid ihr das? Seid ihr eine verfluchte Herde Schafe, die sich nicht selbst verteidigen kann?«

Wütend funkelten ihn einige der Männer an, doch er gab ihnen keine Zeit zu antworten.

»Ich bin nicht hergekommen, um für euch den Hirten zu spielen. Wenn euch der Mut fehlt, dann verschwindet, solange ihr noch könnt! Wir aber werden bleiben und diesen Toten die morschen Knochen brechen!«

Orkzahn und seine Krieger brachen in Jubel aus. Ihre dunklen Stimmen rollten wie Donner. Einige Faune fielen ein, schüttelten die Fäuste. Andere nickten Athanor grinsend zu. Es dauerte nicht lange, bis der erste Zorn über seine Worte aus allen Gesichtern gewichen war.

»Wir sind zwar keine Schafe und werden auch nicht gern Ziegen genannt, aber das war eine gute Rede«, lobte Rekker. »Kommt, steigt ab! Ich führe euch herum.«

Athanor sprang vom Pferd. »Orkzahn, bleibt hier und ...« Er warf einen bedeutungsvollen Blick auf die Ausrüstung.

Der Troll hob begreifend die Brauen und nickte. »Ich werde ein Auge darauf haben.«

Als Athanor Rekker folgte, schlossen sich die Elfen ihnen an. Davaron hatte wie stets nur einen geringschätzigen Blick für ihn übrig, doch Deamath tauchte an Athanors Seite auf. »Danke, dass du unsere Ehre verteidigt hast.«

*Meint er das ernst oder ironisch?*

»Die Entscheidung des Hohen Rats hat Schande über uns gebracht«, fuhr Deamath fort. »Es wäre dir ein Leichtes gewesen, ihm die Schuld zu geben.«

*So betrachtet ...* »Ja. Das wäre es.« Aber dann hätte er vor den Faunen eingestanden, nur eine Marionette der Elfen zu sein. So kam er sich nicht vor, und so wollte er auch nicht gesehen werden. Doch das musste Deamath nicht wissen. Je mehr Elfen er beschämen konnte, desto besser. »Ich bin lange genug immer den leichtesten Weg gegangen«, sagte er stattdessen. »Er hat mich direkt in den Abgrund geführt.«

Athanor saß in dem Heiligen Hain, um den die Flüchtlinge lagerten, und starrte auf die uralten Reste verkohlter Baumstämme. Einst hatte ein leuchtendes, magisches Wesen unter ihren Ästen gelebt, erzählten die Faune. Nicht annähernd so groß und mächtig wie ein Astar sei es gewesen, und doch mit stärkerer Zauberkraft gesegnet als jeder Elf. Als Imeron über die abtrünnigen Faune gekommen war, um seine eigene Schöpfung wieder zu vernichten, hatte es sich an ihre Seite gestellt und sie gerettet. Einige Generationen später war es gestorben, doch die schwarzen Stümpfe – über die Jahrtausende immer wieder von Moos und Pilzen befreit und durch geflochtene Dächer vor dem Regen geschützt – ragten noch immer aus dem Boden, wo der Astar mit Feuer und Sturm gewütet hatte.

Dass die Faune ausgerechnet an diese Stätte geflohen waren, lag nahe. Athanor verfluchte sie dennoch dafür. Sie mochten glauben, dass der Geist jenes Wesens hier weilte und sie beschützen würde, doch Athanor glaubte es nicht. Im Gegenteil, dieser Ort war so schlecht zu verteidigen, dass nur ein Wunder ein Blutbad verhindern würde. Und an Wunder glaubte er auch nicht.

Was hatten sich die Faune nur dabei gedacht? Das Gelände um den Hain bot keine nennenswerte Neigung, die sich zum Vorteil ausnutzen ließ. Es gab weder Felsen noch Steilwände, nicht einmal ein Flussufer, das selbst lebende Feinde um den Schwung ihres Angriffs gebracht hätte. In weitem Umkreis nichts als Bäume, Bäume, Bäume. Und die Faune hatten nicht einmal versucht, sie zu fällen und eine Palisade zu errichten, weil ihnen nicht nur der Hain, sondern der ganze Wald heilig war. Verstanden sie so wenig von Kriegführung? Vermutlich. Vor der Legende um diesen Imeron hatte er noch nie davon gehört, dass sie überhaupt je eine Schlacht geschlagen hätten.

Mit einem unwilligen Knurren stand er auf, um zu seinen Leuten zurückzukehren. Er würde das Beste aus der Lage machen müssen, ob sie ihm gefiel oder nicht. Wenigstens waren die Faune schon am Morgen ausgezogen, um rund um das Lager noch mehr von den Fallen zu stellen, mit denen sie sich vor Orks und Orross schützten, seit das Land menschenleer war. Andere hatten auf Athanors Rat Brandpfeile gefertigt, denn Feuer *konnte* die Untoten umbringen, sonst hätten sie sich nicht am Boden wälzen müssen, um sich zu löschen. Selbst wenn es sonst nichts half, würde es wenigstens die Wucht eines geballten Angriffs brechen.

Wie immer fand Athanor die Elfen etwas abseits von den Trollen. Als sie ihn bemerkten, standen sie auf und traten ihm entgegen. »Wir haben unsere Kampftaktik beschlossen«, sagte Davaron mit gedämpfter Stimme, sodass ihn die Trolle nicht verstehen konnten.

»Ach ja?« Glaubte der Bastard etwa, er würde sich von ihm Befehle erteilen lassen?

»Ja«, gab Davaron unbeeindruckt zurück. »Du hast gesagt, dass wir mit Pfeilen nur unsere Zeit verschwenden. Das mag sein. Trotzdem haben wir entschieden, uns zunächst hinter den Trollen zu halten.«

*Was auch sonst?* Gab es etwas Feigeres als Elfen?

»Ich weiß, was du denkst«, behauptete Davaron. »Aber du irrst dich. Indem wir uns im Hintergrund halten, gewinnen wir Zeit, um unsere Zauber zu wirken. Jeder von uns wird versuchen, einen magischen Weg zu finden, wie wir diese Untoten besiegen können. Es muss möglich sein, sie zu zerstören. Wir wissen nur noch nicht, wie.«

Das klang vernünftig. »In Ordnung. Aber zaubert nur so lange, dass ihr danach noch kämpfen könnt! Wenn wir uns zurückziehen und einer von euch am Boden liegt, werde ich nicht nachsehen, ob er ohnmächtig ist oder tot. Wer am Boden liegt, bleibt zurück. Haben wir uns verstanden?«

»Du bist der Kommandant«, erwiderte Davaron und schaffte es, dennoch herablassend zu klingen.

Athanor ließ ihn ohne ein weiteres Wort stehen. Wozu seinen Atem in einem weiteren sinnlosen Streit verschwenden? Er ging zu den Trollen hinüber, die sich weitere Speere schnitten und deren Spitzen in einem Feuer härteten. »Hört zu!«, forderte er und winkte jene näher, die sich ein Stück abseits befanden. Von den riesigen Kerlen umringt zu sein bereitete ihm noch immer leichtes Unbehagen. Auch wenn er keinen Grund hatte, ihnen zu misstrauen, blieb ein Teil von ihm wachsam wie ein Fuchs, der unter Wölfe geraten war. »Ich habe bereits gegen diese Untoten gekämpft, deshalb glaubt mir, dass eure Speere nicht viel gegen sie ausrichten werden. Es gibt nur eine Möglichkeit, sie sinnvoll einzusetzen. Spießt die Kerle damit auf und nagelt sie am Boden

fest! Oder am nächsten Baum. Wie es gerade am besten passt. Das wird sie nicht töten und auch nicht lange aufhalten, aber es verschafft euch Zeit. Die müsst ihr nutzen. Schlagt mit euren Keulen auf sie ein, trampelt auf ihnen herum, was immer euch einfällt, um sie in möglichst kleine Stücke zu hauen.«
»Wir werden Knochenmehl aus ihnen machen«, versprach Orkzahn.
»Gut. Vielleicht können wir sie aufhalten, indem wir sie so gründlich zermahlen, wie es geht. Aber das Wichtigste ist: Zerstört ihre Waffen! Sie mögen Faune oder Elfen mit bloßen Händen töten können, aber euch nicht. Das ist euer großer Vorteil in diesem Kampf. Nutzt ihn! Ohne eine Klinge werden sie für euch nur lästige Fliegen sein.«
Die Trolle lachten und nickten anerkennend. Athanor konnte nur hoffen, dass er sich in diesem Punkt nicht täuschte.

Das Warten auf die Schlacht hatte Athanor schon immer zermürbt. Gereizt marschierte er auf und ab, lauschte und spähte in den Wald, den die Dämmerung in immer dunklere Schatten tauchte. Wenn er eines gelernt hatte, dann war es, den Spieß umzudrehen, die Initiative zu ergreifen und den Gegner damit zu überrumpeln. Doch jetzt wusste er nicht einmal, ob sich der Feind überhaupt zeigen würde, wie stark er war, ob er von einer oder mehreren Seiten angreifen würde. Daran waren auch alle seine Überlegungen, wie sich die Frauen und Kinder der Faune retten ließen, gescheitert. Solange er nicht wusste, in welche Richtung er sie gefahrlos schicken konnte, war eine Flucht sinnlos. Ihre leisen Stimmen drangen aus dem Heiligen Hain zu ihm herüber. Sie sangen Beschwörungen, und ihre Opferfeuer überdeckten sogar den Gestank der Trolle mit dem Geruch harzigen Räucherwerks.

Die Faunmänner hatten sich dagegen in einem Ring um den Hain verteilt. Selbst wenn man die Halbstarken und die alten Graubärte mitzählte, war es eine lächerlich dünne Linie, die keinem Angriff standhalten würde. Zwei Dutzend Kundschafter waren ausgeschwärmt, um in alle Richtungen nach dem Feind Ausschau zu halten. So würden sie wenigstens nicht überrascht werden. Doch was nützte das?

Raschelnd brach etwas durchs Unterholz. Athanors Hand glitt zum Schwertgriff, aber das Geräusch war hinter ihm ertönt, aus der Richtung des Hains. Zwischen den Bäumen eilte Rekker auf ihn zu. Orkzahn trat zur Seite, um den Faun durch die Reihe der Trolle zu lassen, und die Elfen sprangen mit besorgten Mienen auf.

»Es tut mir leid«, keuchte Rekker schon, bevor er Athanor erreicht hatte.

Was war nun wieder schiefgegangen?

»Eure Pferde. Wir konnten sie nicht halten. Sie waren schon die ganze Zeit unruhig. Jetzt sind sie davongerannt.«

»Verdammt!«, entfuhr es Athanor. Sie hatten die Tiere absichtlich im Hain gelassen, damit sie die Annäherung der Toten möglichst spät spürten. Vom Pferderücken aus hätte er wenigstens *einen* Vorteil gehabt.

»Das bedeutet, sie kommen«, meinte Davaron. Ob er sich ärgerte, ließ er sich nicht anmerken. Sein Blick schweifte über den Wald, der grabesstill vor ihnen lag.

Athanor nickte. »Die Frauen sollen aufhören zu singen und sich lieber zur Flucht bereit halten«, blaffte er Rekker an. »Ich will sofort wissen, wenn ein Späher zurückkommt!«

Die paar Trolle, die noch herumgesessen hatten, standen auf und griffen zu ihren dicken Speeren. Wie die Elfen trat Athanor zu dem Baum, an dessen Wurzeln sie ihre Ausrüstung abgelegt hatten. Den Helm aufzusetzen weckte Erinnerungen. Zuletzt hatte er einen getragen, als er im Triumphzug nach Theroia zurückgekehrt war. Die Menschen hatten ihm zugejubelt, ihm, dem ach so siegreichen Kronprinzen. Dabei war sein Onkel Argos der Oberste Feldherr gewesen. Und ohne die Drachen hätten sie niemals so viele Reiche in die Knie gezwungen.

Athanor schob den Arm durch die Schlinge auf der Rückseite des Schilds und packte den Griff. Argos war tot, verbrannt in den Flammen der verräterischen Echsen. Es gab kein theroisches Heer mehr, keinen Feldherrn, nur noch ihn und diese paar Trolle. Und wie es aussah, würden sie ebenso untergehen.

»Da bewegt sich was!«, rief Orkzahn.

Athanor eilte vor die Reihe der Trolle und folgte dem Blick

ihres Anführers. Noch bevor er in der Dunkelheit etwas erkennen konnte, hörte er gehetztes Schnaufen. Im nächsten Moment stolperte ein Faun aus dem Unterholz. Zum Rennen waren sie mit ihren Bocksbeinen nicht geboren. Der Späher trippelte hastig auf Athanor zu. »Sie kommen! Es müssen hundert sein, wenn nicht mehr.«
Athanor schluckte den Fluch hinunter, der ihm auf der Zunge lag. »*Ein guter Feldherr verschweigt seinen Männern, wenn sie nicht siegen können*«, hatte Argos einst gesagt. Was sie nicht wussten, konnte sie nicht entmutigen. »Gut. Lauf zu Rekker in den Hain und sag ihm, er soll mich sofort wissen lassen, falls sie sich auch von anderen Seiten nähern!«
Sie kamen also tatsächlich von den Ruinen Theroias her. Lag dort ihr Ursprung? Was trieb sie an? *Krieger Theroias, die sich von den Toten erheben* ... Irgendetwas kam ihm daran bekannt vor. Gab es nicht ein Lied oder eine Sage darüber, die er als Kind gehört hatte? Doch er hatte jetzt Dringenderes zu tun, als über Legenden zu grübeln.
Durch die Lücken zwischen den Trollen konnte er die ernsten, entschlossenen Gesichter der Elfen sehen. »Es ist so weit, Männer. Dieser Feind wird anders sein als alles, was ihr kennt, aber er kann euch nicht mehr überraschen. Sein größter Vorteil ist also dahin, und jeder von euch wiegt viele dieser wurmzerfressenen Kadaver auf. Haltet die Reihe geschlossen, damit die Elfen hinter euch zaubern können! Spießt diesen Abschaum auf, dass er sich windet wie die Würmer in seinen Leibern! Zeigt ihnen, dass sie nur Aas sind!«
Die Trolle brüllten vor Begeisterung und reckten die Speere gen Himmel. Athanor riss sein Schwert heraus, um es ihnen gleichzutun. Faune eilten herbei, sammelten sich zu beiden Seiten der Trolle und stimmten in das Kampfgeschrei ein. Sie schwenkten Fackeln, die sie dann hastig in den Boden steckten, um die Hände für Bögen und Pfeile frei zu bekommen.
Athanor wandte sich ab, den Schatten des Waldes zu, in denen sich etwas regte. »Schießt!«, brüllte er gegen den Lärm an. Sofort verstummten die Trolle, starrten mit ihm in das Dunkel zwischen den Bäumen. Brandpfeile flackerten auf, sausten in

die Finsternis, schlugen in Stämme, Sträucher, Erde. Die meisten erloschen, doch an zwei Stellen loderten Flammen auf, verwandelten die Nacht in einen Tanz aus Licht und Schatten. Einer steckte in einem dürren Strauch, der andere in einer halb verwesten Leiche, die kopfüber von einem Ast baumelte. Mit dem Fuß in der Schlinge einer Falle zappelte sie wie ein grotesker Nachtfalter, der sich aus seinem Kokon befreite. In Windeseile breitete sich das Feuer an ihr aus und schälte die heranstürmende Horde Untoter aus der Dunkelheit.

An Athanors Seiten traten plötzlich die Trolle vor, reihten ihn in ihre Kampflinie ein, als wollten sie nicht hinter ihm zurückstehen. Er atmete noch einmal tief ein, hob Schild und Schwert dem nahenden Feind entgegen. Brandpfeile regneten erneut auf die Wiedergänger herab. Überall flammte Feuer auf. Gespenstisch still warfen sich brennende Leichen zu Boden, wälzten sich, wurden einfach überrannt. Dafür brüllten die Trolle umso lauter und schleuderten den vordersten Gegnern ihre Speere entgegen. Nur zwei warteten ab, wie Athanor es ihnen befohlen hatte. Einer von ihnen war Orkzahn. Aus dem Augenwinkel sah Athanor, wie der Troll einen Speer in der rechten und eine Keule in der linken Hand wog.

Dann sah er nur noch den Untoten, der direkt auf ihn zurannte. Der Kerl war ein Krieger gewesen. Ein Kettenhemd rasselte um seinen ausgezehrten Leib, Gold blitzte an Gürtel und Helm. Wie aus dem Nichts fuhr Orkzahns Speer auf ihn nieder, rammte ihn zu Boden und ragte wie ein junger Baumstamm aus seiner Brust. Festgenagelt zuckte er mit allen Gliedern, verschwand unter dem Ansturm neuer Gegner, die Orkzahns Keule von den Füßen fegte wie Spielzeug. Nur zwei schafften es an ihm vorbei und hielten auf Athanor zu.

Der Vordere trug eine brüchige Lederrüstung samt Helm. In hohem Bogen schwang er eine Axt, die mit lautem Krachen in Athanors Schildrand fuhr. Funken sprühten auf. Athanor stemmte sich gegen den Aufprall des Untoten, der sich gegen den Schild warf, und stieß ihn von sich, während er mit dem Schwert die Klinge des zweiten Angreifers parierte. Ein drittes mumifiziertes Gesicht tauchte in seinem Blickfeld auf, nur um im gleichen Augenblick von innen in Flammen aufzugehen. *Magie!* Endlich zahlte sich einmal aus, dass er Davaron gerettet hatte. Doch es drängten neue Gegner nach und trieben ihm jeden klaren Gedanken aus. Mit Schild und Schwert wehrte er sie ab, trat einem halben Skelett die Rippen ein, durchtrennte Sehnen, zertrümmerte Knochen, trennte einem Gegner Orkzahns von hinten den Schädel vom Hals. Aber der verdammte Kopf fiel nicht, saß weiter auf den Wirbeln, als hielte ihn eine unsichtbare Macht an seinem Platz. Die Luft war erfüllt von Stöhnen, Schreien und Rauch. Ein weiterer Wiedergänger ging in Flammen zu Boden. Athanor spürte die Hitze durch das Leder seiner Hose, wich zurück, um nicht selbst in Brand zu geraten. Orkzahn pflückte einen Gegner aus der Traube ihrer Feinde und schleuderte ihn gegen den nächsten Baum.

Die Erde bebte unter ihren Füßen, als der erste Troll fiel. Untote stürmten durch die Lücke. Der gefällte Koloss verhinderte, dass seine Nebenmänner die Reihe wieder schlossen.

»Aufrücken!«, rief Athanor Orkzahn zu. Der Troll nickte knapp. Athanor warf sich vor, trieb seine Gegner ein kleines Stück zurück, bevor er davoneilte und es Orkzahn überließ, seinen Platz einzunehmen. Jeder Troll war von Untoten umringt. Athanor rannte hinter ihnen vorbei, sah aus dem Augenwinkel, wie sich nun auch die Elfen mit Klingen ihrer Feinde erwehrten. Einem lebenden Keil gleich sprang er zwischen die Wiedergänger, die über den sterbenden Troll kletterten. Faune eilten von der anderen Flanke der Trolle herbei und deckten die Bresche mit einem Hagel aus Brandpfeilen ein. Gerade noch rechtzeitig riss Athanor den Schild empor. Mit einem Knall bohrte sich ein Pfeil hinein. Flammen sengten über Holz und Bronze. Hastig rammte Athanor den Schild einem Untoten entgegen, streifte Feuer und Pfeil an ihm ab. Um ihn herum gingen mehrere Feinde in Flammen auf. Zwei weitere stieß er mit einem schwungvollen Hieb aus dem Weg und landete auf dem Rücken des Trolls, was ihm endlich einen kleinen Vorteil verschaffte. Schon drangen die beiden Wiedergänger wieder auf ihn ein.

»Nehmt ihnen die verfluchten Waffen ab!«, brüllte er den Trollen zu. Hatten sie ihm denn überhaupt nicht zugehört? Er trat dem vorderen Untoten das Knie entzwei, doch das brachte den Leichnam nicht einmal ins Wanken. Ein Faun stürmte an ihm vorbei, rammte dem Gegner die Hörner in den Leib. Brüchige Haut und trockene Sehnen knirschten. Ineinander verkeilt fielen Faun und Feind von dem toten Troll, während Athanor den anderen Wiedergänger abwehrte. Steinfaust, der Troll zu seiner Linken, packte den Untoten von hinten am Arm, riss die Hand samt Schwert ab und benutzte den Rest, um die Gegner zu seinen Füßen damit niederzumähen wie mit einer Sense. Die herrenlose Klinge stieß er bis zum Heft ins Erdreich.

Neue Feinde griffen Athanor an. Einem von ihnen stieg Rauch aus dem rußgeschwärzten Totenschädel. Wieder erzitterte der Untergrund. Ein weiterer Troll musste gefallen sein, und niemand würde diese neue Lücke schließen. Wütend drosch Athanor auf seine Gegner ein, verfluchte die gebogene Klinge, die gegen diesen Feind nahezu wertlos war. Er spürte, wie die Kraft seiner Arme schwand, während sich die Untoten wieder erhoben, sooft er sie auch zu Fall brachte. Er ahnte die Wunden und das Blut auf seiner Haut, ohne Schmerz wahrzunehmen. Neben ihm tobte Steinfaust, zerfetzte wahllos Gegner und trampelte zugleich andere nieder, dass ihre Knochen barsten. Tote und sterbende Faune lagen zwischen brennenden Leichen. Nur noch wenige hatten Raum, um Brandpfeile zu schießen. Wer noch stand, erwehrte sich verzweifelt der Übermacht.

Der Troll zu seiner Rechten brüllte auf, fiel auf ein Knie. Auch er packte Untote, riss ihnen Arme aus, schleuderte die Hände samt Waffen davon. Doch während er einen Gegner unschädlich machte, stachen zwei neue auf ihn ein. Etliche Wiedergänger mochten verkohlt oder in Stücken am Boden liegen, aber die meisten griffen noch immer an. Athanors Mut sank. Diese Schlacht war verloren. Und es gab nicht einmal einen Fluss, über den sie entfliehen konnten.

# 21

Die Umrisse der Bäume verschwammen vor Mahaleas Augen, und es lag nicht nur an der nächtlichen Dunkelheit. Erschöpft rieb sie sich über die Lider, um wieder einen klaren Blick zu bekommen. Sie brauchte nicht viel Schlaf, doch der Gewaltmarsch der letzten Tage zerrte an ihren Kräften. Den anderen ging es kaum besser. Elidian versteckte hinter vorgehaltener Hand ein Gähnen, und sogar Elanya hing mehr dösend als wach über dem Hals ihres Pferds, obwohl sie es gewesen war, die das trotzige Trollpack dazu bewegt hatte, nach der abendlichen Rast wieder aufzubrechen. Es war der Hinweis auf die Gefahr, in der ihre Kumpane schwebten, der die Trolle am Ende überzeugt hatte. Dennoch glaubte Mahalea, die hasserfüllten Blicke der Ungeheuer auf sich zu spüren. Sollte das Vorauskommando sterben, würden sie es ihr anhängen, statt die Schuld bei sich selbst und ihrer Widersetzlichkeit zu suchen. Das war die Art kleingeistiger Wesen. Daran würde sich niemals etwas ändern.

Auch die beiden Greife schleppten sich mit hängenden Flügeln neben den Pferden her, die sie selbst jetzt noch ängstlich beäugten. Der Löwengeruch beunruhigte die Tiere, und die schlechte Laune der Chimären machte sie nicht vertrauenswürdiger. Gereizt schlugen sie mit den Schwänzen oder grollten vor sich hin. Zusammen mit dem Hufschlag der Pferde waren es die einzigen Geräusche im nächtlichen Wald. So nah waren sie dem mit Untoten verseuchten Gebiet also bereits gekommen. Ein Grund mehr, die Trolle weiterzuscheuchen. Vielleicht kämpften die Faune in diesem Augenblick um ihr Leben. Vielleicht waren sie aber auch längst tot.

Mahaleas Pferd riss den Kopf hoch und spitzte die Ohren. Mit geblähten Nüstern witterte es in den Wald vor ihnen.

»Achtung!«, rief Mahalea, doch auch die anderen Tiere blieben abrupt stehen und weckten ihre Reiter damit aus der Schläfrigkeit. Erst jetzt hörte Mahalea das dumpfe Trommeln von Hufen. Etwas kam im Galopp auf sie zu.

»Waffen heraus!«, befahl sie und zog ihre Klinge. »Die Trolle nach vorn!«

Was auch immer herandonnerte, es würde die Ungetüme nicht so leicht überrennen können wie fünf Pferde, denen Löwengestank zusetzte. Gehorsam eilten die Trolle an die Spitze des Zugs und bauten sich mit vorgereckten Speeren zu einem Bollwerk auf. In der Dunkelheit vor ihnen wogten Schatten, verebbte das Trommeln zu hektischem Hin und Her.

»Wer ist da?«, rief Mahalea. Falls es Athanors Elfen waren, würden sie sich jetzt zu erkennen geben.

Der Umriss eines Pferds wurde zwischen den Bäumen sichtbar. Eine weiße Mähne schimmerte im spärlichen Licht.

»Athanors Pferd!«, entfuhr es Elanya. *Aber ohne Reiter.* »Das hat nichts Gutes zu bedeuten.«

Drei weitere Tiere traten aus der Dunkelheit. Ihr Fell glänzte schweißnass, und ihr Atem ging schwer. Sie mussten weit gerannt sein. Nun tänzelten sie vor den Trollen und suchten eine Lücke, um zu den anderen Pferden zu gelangen, denn eine Herde verhieß Sicherheit.

»Glaubt ihr, sie sind tot?«, fragte Elidian.

»Auf jeden Fall ist der Kampf bereits im Gange oder steht unmittelbar bevor«, schätzte Mahalea. »Wir müssen uns beeilen. Elanya, du übernimmst die Trolle! Falls wir euch abhängen, führst du sie in den Kampf. Ihr anderen reitet zum Heiligen Hain, so schnell ihr könnt! Ich werde vorausfliegen und zu euch stoßen, sobald ich die Lage erkundet habe.« Damit sprang sie vom Pferd und eilte zu ihrem Greif.

Selbst im Sterben begrub der Troll zu Athanors Rechten noch zwei Gegner unter sich. Zappelnd lugten ihre Gliedmaßen unter dem gestürzten Koloss hervor. Wieder einmal trennte Athanor vergebens eine Schwerthand von einem Knochenarm. Die verfluchte Klaue blieb, wo sie war. Immer mehr Untote umringten ihn, je weniger Gegner ihnen blieben. Immer schneller wirbelte er um sich selbst, parierte, wich aus, hob mit nachlassender Kraft den Schild einem weiteren Hieb entgegen. Immer schwerer fiel es ihm, dabei auf dem Rücken des toten Trolls das Gleichgewicht zu bewahren. Schon strauchelte er. Ein schartiges Schwert tauchte über dem Schildrand auf, stach knapp an seinem Auge vorbei. Rasch drehte er den Kopf, hörte und spürte, wie die Klinge über den Helm schabte. Mit einem Aufbrüllen stieß er den Schild vor, warf den Gegner vom Troll, fand wieder sicheren Stand. Doch zwei weitere bedrängten ihn von der anderen Seite. Mit dem Schwert parierte er den Hieb des einen, den des anderen zugleich mit dem Unterarm.

Ein durchdringender Schrei brachte selbst die Untoten dazu, aufzublicken. Laub und Luft rauschten, als der Greif durch eine Lücke im Blätterdach stieß. Mit angelegten Flügeln schoss er herab, mitten unter die Feinde, die Athanor und Steinfaust umringten. Im Landen riss er mehrere zu Boden, hieb mit Schnabel und Pranken um sich.

Die Schwäche war auf einmal aus Athanors Armen verschwunden. »Kämpft, Männer! Die Verstärkung ist da!«

Die Trolle brüllten trotzig ihren Kampfschrei heraus. Athanor zertrümmerte einem abgelenkten Gegner den Schädel, fegte mit dem Schild die drohende Waffe zur Seite und trat ihn vom Troll. Ein zweiter Greif jagte vom Himmel herab. Mit dem gewaltigen Schnabel packte er einen Schädel. Ein Ruck, und der behelmte Kopf flog in hohem Bogen davon. Flatternd und grollend wütete er unter den lebenden Leichen. Die letzten Faune schossen vereinzelte Brandpfeile. Längst hatte Athanor aufgegeben, einen Untoten umbringen oder entwaffnen zu wollen. Seine Aufgabe war es zu überleben. Feinde zu binden, um den Trollen Zeit zu erkaufen. Mit neuem Mut schlug, trat und stach er um sich.

Im ersten Moment glaubte er, ein Unwetter sei aufgezogen, doch dann erkannte er über den Kampflärm hinweg das Trommeln rasender Hufe. Wie Donner fegte es heran, dann setzte ein Pferd über den gefallenen Troll zu Athanors Rechten, pflügte durch die Untoten wie ein Rammbock. Auf dem Rücken des Braunen saß Mahalea und fegte mit der Klinge weitere Gegner von den Füßen. Plötzlicher Wind fachte das Feuer an. Brennende Leichen kämpften vergeblich gegen die Flammen an. Drei weitere Reiter preschten in den Kampf, mähten nieder, was ihnen im Weg stand. Mit ihnen galoppierten ledige Pferde heran, stürmten blindlings aufs Schlachtfeld, nur darauf bedacht, bei ihrer Herde zu bleiben.

Athanor entdeckte sein Pferd unter ihnen. Mit aufgerissenen Augen scheute es vor den Feinden, brach sich panisch Bahn durch die verwirrten Gegner. Irgendwie musste es ihm gelingen, das Tier zu erreichen. Doch noch immer war er von Untoten umringt. Für einen Moment hatten sie innegehalten und sich umgesehen. Ob sie deshalb getroffen wurden, konnte ihnen schließlich gleich sein. Fast alle, die niedergeritten wurden, standen sofort wieder auf. Nun wandten sich die Nächststehenden Athanor wieder zu. Im nächsten Moment ging einer von ihnen in bläulichen Flammen auf und warf sich zu Boden, um sich zu löschen.

*Jetzt!* Athanor warf sich in die entstandene Bresche, sprang über den Brennenden aus dem Ring der Gegner. Sein Pferd raste kopflos im Kreis. Mit Schwert und Schild stieß er sich den Weg frei, passte das Tier ab, als es vorüberjagte. Fast waren seine Beine zu schwach, um ihn noch auf den Pferderücken zu katapultieren. Einen Augenblick lang hing er an der Seite des Tiers, bevor es ihm gelang, sich gänzlich nach oben zu schwingen.

Sogleich galoppierte das Tier ruhiger, folgte seinem Gewicht, als er es verlagerte, um sich einen Überblick zu verschaffen. Vier Trolle waren noch auf den Beinen. Knurrend und brüllend zerpflückten sie Untote, doch jeder von ihnen blutete aus unzähligen Wunden. Überall lagen tote und sterbende Faune zwischen den verstreuten Leichenteilen. Reiter und Wiedergänger trampelten gleichermaßen auf sie ein, den Blick nur auf jene Gegner gerichtet, die noch standen. Nur noch wenige Faune kämpften, und noch weniger hatten Pfeile übrig. Dafür tobten die beiden Greife umso wilder, bildeten das Zentrum eines Hexenkessels aus Schwingen, Flammen und Untoten.

Neues Kampfgebrüll lenkte Athanors Aufmerksamkeit in die Richtung des Heiligen Hains. Sein Blick streifte Davaron und Deamath, die sich Rücken an Rücken gegen einen Ring aus Feinden verteidigten. Jenseits der beiden kam aus der Dunkelheit ein Reiter in Sicht.

*Elanya!* An ihrer Rüstung und dem fuchsroten Pferd glaubte

er, sie zu erkennen. Im Feuerschein blitzte ihre Klinge auf. Hinter ihr schien der Wald selbst zu wanken, bis sich eine Horde riesiger Gestalten aus dem Schattengewirr löste. Mit erhobenen Speeren und Keulen stürmten sie heran.
Jubel wallte in Athanors Herz auf. »Das ist der Sieg!«, rief er dem schwer bedrängten Orkzahn zu und stieß sein Schwert in die Höhe. Die Gegner des Trolls gerieten unter die Hufe seines Pferds. Knochen knackten und splitterten. Doch eine innere Stimme mahnte ihn, dass es noch nicht vorbei war. Gegen jeden anderen Feind wäre ihnen der Sieg nun sicher, nur gegen diesen nicht. Er ritt einen Untoten nieder, der gerade zum tödlichen Hieb auf einen Faun ausholte, und wusste, dass die verfluchte Leiche wieder aufstehen würde.

Erneut sah er Elanya, die nun auf erste Gegner einhieb. Es würde nichts nützen, wenn die Trolle schneller fielen, als sie die Untoten vernichten konnten. Entschlossen lenkte er sein Pferd an Elanyas Seite. »Das ist sinnlos!«, herrschte er sie an. »Wir müssen den Trollen den Rücken frei halten!«

Mit dem Nasenschutz des Helms sah die Elfe grimmig, fast schon feindselig aus. Doch ihr Blick schweifte von ihm zu den Trollen. Dann nickte sie.

Athanor trieb sein Pferd weiter, ritt Haken durch die versprengt kämpfenden Trolle. »Eine Linie!«, schrie er ihnen zu. »Bildet eine Linie!«

Orkzahn schloss sich seinem Gebrüll an, löste sich aus dem Pulk der Gegner, um zum nächsten Troll aufzuschließen. Es kam Athanor quälend langsam vor, aber die Trolle wichen zurück und formierten sich. »Denkt an ihre Waffen! Zerstört die Waffen!«, brüllte er, während er einen Bogen ritt, um hinter die beeindruckende Linie zu kommen. Elanya hatte seinen Einfall verstanden. Schon galoppierte sie im Rücken der Trolle entlang, mähte Untote nieder, die es auf die Beine der Kolosse abgesehen hatten.

*Vielleicht können wir uns so die nötige Zeit erkaufen*, hoffte Athanor und stürmte erneut in die Schlacht.

Der neue Tag dämmerte bereits herauf, als ein Troll den letzten Wiedergänger zerriss. Anstatt sich zu ergeben oder zu fliehen, wie es ein gewöhnliches Heer getan hätte, kämpften die verfluchten Untoten bis zum bitteren Schluss. Erschöpft sah Athanor zu, wie der Troll dem Gegner beide Arme zugleich ausriss und die Glieder von sich warf, während der verkrüppelte Körper zu Boden stürzte. Eine blutige Faust schloss sich um den Schädel des Leichnams, zerquetschte ihn wie die Schale eines Eis, bevor der Troll auch das Genick zerbrach. Endlich rührte sich der Tote nicht mehr. Ob er besiegt war oder es am ersten zaghaften Sonnenlicht lag, Athanor vermochte es nicht zu sagen. Ihm war nicht mehr nach Jubel zumute. Als er vom Pferd glitt, stand er auf ebenso zittrigen Beinen wie das schweißnasse Tier.

Niemand jubelte. Entkräftet sanken die Trolle zu Boden, wo sie gerade standen. Mahalea erlöste ihr schwer verletztes Pferd von seinen Qualen. Ein weiteres Pferd lag tot auf dem Schlachtfeld. Hinter Athanor vergoss Deamath Tränen über der Leiche eines Freunds. Elanya beugte sich über einen anderen Elf, um ihn zu heilen.

Erst jetzt spürte Athanor die Schnitte an seinen Beinen. Einige rissen erneut auf, als er zu Orkzahn hinkte. Der Anführer der Trolle saß in einem Ring aus Leichenteilen und ließ keuchend den Kopf hängen. Athanor klopfte ihm anerkennend auf die massige Schulter. »Zum Frühstück gibt's Pferd, mein Freund.«

Orkzahn sah auf und rang sich ein Grinsen ab. »Du willst nur, dass wir die Faune nicht essen.«

»Dir kann ich nichts vormachen, was?«

»Wir müssen nach den anderen sehen«, sagte der Troll und wollte sich auf die Beine stemmen.

»Bleib sitzen! Ich bin der Kommandant. Das ist meine Aufgabe.« Humpelnd ging Athanor von einem zum andern. Bald schloss sich Mahalea ihm an.

»Das war Rettung im letzten Augenblick«, befand er, ohne sich zu echtem Dank durchringen zu können. Die Elfen hatten ihn und seinen Trupp in diese Lage gebracht, da war es das Mindeste, dass sie ihm zu Hilfe kamen.

»Deine Strategie hat die Schlacht entschieden«, erwiderte

Mahalea. »Und die Zähigkeit der Trolle.« Mehr Lob war von ihr wohl nicht zu erwarten. Drei Elfen waren gefallen, einem weiteren rettete Elanya gerade das Leben. Von Athanors Trollen lagen vier in ihrem Blut, darunter der tapfere Steinfaust. Aus der Verstärkung hatte es ebenfalls zwei erwischt, und bei einem Verwundeten war nicht sicher, ob er überleben würde. Nicht einmal die Faune konnten sich über den Sieg freuen. Es mochte gelungen sein, ihre Frauen und Kinder in Sicherheit zu bringen, doch von den Männern hatte nur ein Dutzend überlebt. Auch Rekker war gefallen. Ohne Rüstung und Schild war er für die Untoten ein leichtes Opfer gewesen. Athanor dagegen hatte am Rumpf keinen Kratzer davongetragen, nur ein paar Prellungen. Den Elfenharnisch über das Kettenhemd zu schnallen hatte ihn zwar eingeengt, doch gegen Wiedergänger kam es auf präzise Hiebe nicht an.

Um ihn herum fielen Verwundete in Schlaf, die Greife glätteten ihr Gefieder, und zwei Faune entfachten ein Lagerfeuer.

»Ich muss nachsehen, wie schwer die Greife verletzt sind. Sieh zu, dass alle etwas zu essen bekommen, und dann bring die Trolle auf die Beine«, befahl Mahalea so leise, dass nur er es hörte. »Wir können hier nicht bleiben.« Ohne eine Antwort abzuwarten, ging sie davon.

»Das weiß ich selbst«, knurrte Athanor. Zu gern hätte er sich endlich selbst eine kurze Rast gegönnt, stattdessen wählte er den Troll aus, dem es am besten ging, und wies ihn an, die toten Pferde auszunehmen. Dann hinkte er in den Heiligen Hain, wo sie ihren Proviant zurückgelassen hatten. Wenn er nicht bald etwas Wasser und eine Handvoll Hirsebrot bekam, würde er zusammenbrechen.

Nach dem Gedränge, das am Abend zuvor hier geherrscht hatte, war der Hain nun gespenstisch leer. Ein einzelner Faun schleppte gerade zwei Arme voll Reisig heran und warf es neben einen Haufen dickerer Äste.

»Warum macht ihr hier noch ein Feuer?«, fragte Athanor kopfschüttelnd. »Wir brauchen ein großes, um die Pferde zu braten.«

Ein oberflächlicher Schnitt quer durchs Gesicht unterstrich die grimmige Miene des Fauns. »Das wird ein Totenfeuer.«

»Heißt das, ihr wollt sie alle verbrennen? Das sind mindestens vier Dutzend Leichen!« Und frische dazu, die im Gegensatz zu den Untoten nicht brennen würden wie Zunder. »Das würde Tage dauern, und ihr braucht den halben Wald dafür.« Ein zweiter Faun war hinzugekommen und spähte hinter seiner Ladung Zweige hervor. »Dann wird das eben so sein«, meinte er. »So ist es bei uns Brauch.«

Athanor winkte ab. Er war zu müde, um sich zu streiten. »Macht, was ihr wollt, aber zählt nicht auf unsere Hilfe. Heute Nacht werden diese Bastarde vielleicht wieder aufstehen. Vielleicht kommt auch ein neues Heer aus Theroia. Ich werde nicht hierbleiben, um es herauszufinden, nur weil ihr sture Böcke seid.« Wenn die Sonne unterging, würde er so weit von diesem Ort weg sein, wie sein Pferd ihn trug.

Gegen Mittag sah sein Pferd jedoch nicht so aus, als könne er sonderlich weit reiten. Wenn es nicht gerade vom spärlichen Gras zwischen den Bäumen rupfte, stand es apathisch herum und hatte tiefe Kuhlen über den Augen – ein Zeichen, das Athanor nur von kranken oder alten Pferden kannte. Eines der anderen Tiere war sogar einfach zusammengebrochen und verendet.

Auch der Troll, der noch zwischen Leben und Tod geschwebt hatte, verlor seinen Kampf. Elanyas Kräfte hatten nicht ausgereicht, um die inneren Blutungen zu stillen, die von zahlreichen Stichwunden stammten. Noch immer war sie damit beschäftigt, Verletzte zu versorgen. Außer einigen verbohrten Faunen wollte niemand zurückbleiben, doch wer fliehen wollte, musste laufen können.

Die Trolle setzten ihre Toten zu Füßen alter Bäume nieder, sodass sie nach Südosten blickten, wo ihre einstige Heimat lag. Was sie zum Abschied in ihrer Sprache murmelten, verstand Athanor nicht, aber die schlichte Zeremonie ergriff ihn mehr als jede prunkvolle Bestattung, an der er in Theroia je teilgenommen hatte.

»Wahrscheinlich werde ich alt und sentimental«, brummte er und trat einen grinsenden Totenschädel ins Unterholz. Sich nach einer durchkämpften Nacht alt und müde zu fühlen, war allerdings nicht schwer, und die reichliche Portion Pferdelende hatte ihn noch träger gemacht. Doch an Schlaf war nicht zu denken.

Gemeinsam mit Mahalea wachte er darüber, dass sich alle anderen auf den Abmarsch vorbereiteten oder wenigstens rechtzeitig wieder geweckt wurden.

Als die Sonne ihren höchsten Punkt erreicht hatte, mahnte er zum Aufbruch. Es überraschte ihn, dass den Elfen offenbar nichts an ihren Toten lag. »Wollt ihr sie nicht mitnehmen?«, fragte er Mahalea mit einer Geste zu den Leichen.

»Wozu?«, erwiderte sie. »Es ist zu spät, um ihre Seelen zum Ewigen Licht zu bringen, und zu Hause würden wir ihre leeren Hüllen auch nur im Wald aufbahren, damit sie wieder Teil des Seins werden können.«

Nachdenklich rieb sich Athanor einen Schnitt am stoppeligen Kinn. Vielleicht sollte er seine Bestattung lieber den Trollen anvertrauen als den gleichgültigen Elfen.

Siryana sprang vom Rücken ihres Greifs und bedeutete der Chimäre zu warten. Mit geübter Bewegung legte sie einen Pfeil auf, während sie sich bereits umsah. Auch wenn die Untoten nur des Nachts umgingen, durfte sie sich nicht zu sicher fühlen. Die zerstörte Stadt bot genug Verstecke für ein ganzes Rudel Oross.

Ein Dunstschleier bedeckte den Himmel, schwächte die Schatten zu blassen Gebilden ab. Dennoch war es so schwül, dass ihr in der Rüstung unangenehm warm wurde. Kurz richtete sie ihre Aufmerksamkeit auf ihre Magie und das Feuerelement, das ihrem Körper innewohnte. Von allen Elfen vermochten nur die Abkömmlinge Piriths, das innere Feuer zu beherrschen. Sie dämpfte es, und sogleich war ihr kühler.

Wacher wandte sie sich wieder der Stadt zu. Obwohl die Schlacht bereits zwei Jahre zurücklag, sah es aus, als wäre die Verwüstung erst vor wenigen Tagen geschehen. Zwar hatten Wind und Regen viel Asche davongeweht und fortgespült, aber die Trümmer lagen unverändert. Vereinzelte Pflanzen, die zwischen Pflastersteinen und eingestürzten Mauern Wurzeln geschlagen hatten, mochten ein Zeichen der Hoffnung gewesen sein. Doch nun hingen die Blätter welk und braun herab, als hätte die Hitze des Drachenfeuers sie erneut versengt. Der Tod war nach Theroia zurückgekehrt.

Siryana folgte einer einst von prachtvollen Bauten gesäumten Straße, stieg über zerbrochene Säulen und die Trümmer aufwendiger Portale. Eingestürzte Fassaden gewährten Blick in mit Wandgemälden und Mosaiken geschmückte Gemächer, deren Möbel zu Asche verbrannt waren. Wo der Ruß die Farben nicht geschwärzt hatte, blätterten sie von den Wänden. Die Menschen hatten zivilisierter gelebt, als Siryana ihnen zugetraut hatte. Einen Moment lang bedauerte sie, dass diese Schönheit zerstört worden war. Sie hätte die Stadt gern unversehrt gesehen. Doch dann erinnerte sie sich an ihre Aufgabe.

Um den Anschein der Unwissenheit zu wahren, hatte man auch an andere Orte Späher gesandt. Späher, die nicht wussten, was vorging, die nicht zum innersten Kreis gehörten. Einige wussten nicht einmal, dass es eine Verschwörung gab, und hielten ihre Missionen für wichtig. Siryana lächelte spöttisch. *So kann man sich täuschen.*

Sie folgte der Straße den Hang hinauf. Einst hatte es Treppen gegeben, um die weiten Kehren abzukürzen, aber die meisten Stufen waren unter eingestürzten Häusern verschwunden. Vereinzelt lagen Leichen herum. Siryana schlug einen Bogen um sie und hielt den Pfeil auf sie gerichtet. Wenn sie sie ansah, fiel es ihr zwar schwer zu glauben, dass diese mumifizierten Körper wieder zum Leben erwachen konnten, doch sie *mussten* aus ihren Grabkammern ins Freie gekommen sein, sonst hätten Aasfresser und Würmer schon vor zwei Jahren ein Festmahl an ihnen gehalten. Und wer hätte sie heraustragen und dann liegen lassen sollen?

Nein, die Berichte stimmten wohl. Die Toten erhoben sich. Aber wie viele? Und wo sammelten sie sich? »*Wenn der Plan aufgehen soll, müssen wir den anderen immer einen Schritt voraus sein*«, hatte ihr Großonkel gesagt. Deshalb war sie hier.

Sie überschlug die Zahl der Toten auf den Straßen. Es waren nur wenige. Die meisten kehrten also vor Sonnenuntergang in die Katakomben der Stadt zurück oder verließen sie gar nicht erst. Wenn sie mehr wissen wollte, musste sie die Grabkammern finden. Sobald sich die Toten regten, würde sie sich zurückziehen. Die Sonne stand hoch. Ihr blieb noch viel Zeit.

Es dauerte nicht lange, bis sie den Zugang zu einer Gruft gefunden hatte. Auf dem zerbrochenen Relief über dem Tor waren noch immer der Mond und die untergehende Sonne zu sehen – genau wie es ihr Vetter beschrieben hatte. Die Torflügel waren verbrannt. Nur verkohlte Holzreste hingen noch an den Beschlägen. Misstrauisch musterte Siryana den Türsturz. Würde der Felsblock trotz der Sprünge halten? Was erwartete sie in der Dunkelheit dahinter?

Sie verstaute Pfeil und Bogen wieder auf ihrem Rücken und zog stattdessen ihr Schwert. Mit der Linken fischte sie eine Fackel aus ihrer Umhängetasche. Das harzige Holz zu entzünden kostete sie nur ein kurzes Aufwallen ihrer Magie. Sie beherrschte nur wenige Zauber, und keinen herausragend gut, doch dieser war ihr stets leichtgefallen. Wie man ohne einen brennbaren Stoff Feuer erzeugte, blieb ihr dagegen ein Rätsel, obwohl ihre Mutter eine Meisterin darin war.

Neugierig betrat sie den Gang. Von Zeit zu Zeit sah sie zur Decke empor, doch nach wenigen Schritten gab es keine Risse mehr. Die schwüle Hitze blieb rasch zurück. Über Stufen ging es tiefer in den Berg. Die Luft wurde abgestandener, atmete sich schwerer. Oder lag es nur an der leichten Beklommenheit, die sie allmählich spürte? Gehörte es dazu? Sie wusste es nicht. Nie zuvor hatte sie eine Höhle betreten.

Bald stieß sie auf eine Kreuzung und entschied sich, geradeaus weiterzugehen. Wieder führten Treppen in die Tiefe. Außer ihren Schritten und dem leisen Knistern der Fackel hörte sie nichts. Immer öfter zweigten Gänge oder Türen ab. Wenn sie nicht stur geradeaus ging, würde sie sich hoffnungslos verlaufen. Sie warf nur einen Blick in die Räume, manche leer, manche mit aufgereihten Bahren gefüllt. Doch sie entdeckte nur wenige Leichen, obwohl getrocknete Blumen und fleckige Lager darauf hindeuteten, dass hier mehr Tote bestattet worden waren. Wo waren die Leichname jetzt? Lagen sie alle in den Straßen?

Es kam Siryana vor, als sei sie bereits bis unter den Hügel hinabgestiegen, auf dem sich Theroia erhob. Sie war so vielen

Treppenwindungen gefolgt, dass sie nicht mehr wusste, in welche Richtung sie nun ging. Mit einem Mal endete der Gang vor einer geschlossenen Tür. Das Holz war alt und mit Bronze beschlagen, die jeglichen Glanz verloren hatte. Es gab kein Schloss, keinen Riegel, nur einen Bronzegriff.

Siryana hielt ihren Kopf nah an die Tür und lauschte. Nichts. Vorsichtig zog sie an dem Griff, öffnete einen Spalt und erstarrte, als die Angeln quietschten. Mit angehaltenem Atem horchte sie erneut, doch noch immer blieb es jenseits der Tür still. *Was soll dort auch sein? Außer noch mehr herumliegenden Toten.*

Verärgert über sich selbst riss sie die Tür auf und trat über die Schwelle. Dahinter erahnte sie einen hohen Saal mehr, als dass sie ihn sehen konnte. Pfeiler lenkten ihren Blick zur Decke, die sich hoch über ihr im Halbdunkel wölbte. So weit der Fackelschein reichte, entdeckte sie weitere Türen und Durchgänge, die in den Saal führten. Die Luft roch hier frischer. Vielleicht gab es verborgene Schächte. An den Wänden hingen Banner aus kostbaren Stoffen, viele mit goldenen und silbernen Fäden bestickt. Doch die Farben waren verblasst, und der einstige Glanz lag unter Staub verborgen.

Siryana schritt tiefer in die Halle. Der Raum war rund. Vielleicht stellte er das Herz der Grabstätten dar, doch Totenbahren gab es hier nicht. Nur in der Mitte erhob sich etwas – ein Podest? Ein Altar? Sie ging darauf zu und versuchte, sich vorzustellen, was die Menschen hier getan hatten. Es hieß, dass sie ihren Verstorbenen zu Ehren große Feste abhielten. Hatten sie hier gefeiert?

*Was...* Siryana merkte auf. Ein Geräusch. Wie ein fernes Rauschen. Oder doch eher ein Schaben? Woher kam es? Der Hall im Saal verwirrte sie. Es wurde lauter, kam näher. Fast war sie sicher, dass es aus der Richtung kam, aus der auch sie den Saal betreten hatte. Doch sobald sie sich bewegte, zweifelte sie wieder. Waren es Schritte? Ihr Herz pochte gegen ihre Rippen, als sei sie gerannt. *Reiß dich zusammen, Siryana! Du bist Grenzwächterin. Du hast Orks getrotzt und Rokkur vom Himmel geschossen.* Doch womit hatte sie es hier zu tun? Gab es doch noch Menschen?

Als lege sie eine Faust um die Flammen, löschte sie mit ihrer Magie die Fackel und kauerte sich hinter den Altar. Den kalten steinernen Tisch zu berühren war ihre einzige Orientierung in der plötzlichen Finsternis. Sie sah sich um, lugte über ihr Versteck. Nirgends konnte sie auch nur den kleinsten Lichtschimmer in der Schwärze entdecken. Und doch kam das Geräusch immer näher, schwoll zu einer Woge aus Scharren und Schlurfen und Knirschen an, die von allen Seiten auf sie zubrandete. Siryana umklammerte Schwert und Fackel. Furcht griff nach ihrer Kehle und drückte zu. Sie schluckte dagegen an, schob sich rückwärts um den Altar, ohne dem Geräusch entfliehen zu können. Was auch immer sich ihr näherte, brauchte kein Licht, aber sie, wenn sie sich wehren wollte. Mühelos sprang sie auf den steinernen Tisch. Wenn ihr Gegner im Dunkeln sah, hatte er sie ohnehin längst entdeckt. Hastig ließ sie die Fackel erneut auflodern und blinzelte gegen die unvermittelte Helligkeit an.

Sie blickte auf ein Meer aus Gesichtern. Tote, verzerrte fleischlose Mienen, in denen sich nichts mehr regte. Die Toten hatten keine Augen, viele nicht einmal mehr Lider, und doch spürte Siryana ihre Blicke auf sich.

Fassungslos drehte sie sich um sich selbst, ließ den Blick über die Menge der wandelnden Leichen schweifen. Hunderte? Tausend? Sie war umringt von einem Heer, das weiter reichte als der Schein ihrer Fackel. *So hat Großonkel sich das sicher nicht vorgestellt.* Sie musste ihn warnen, musste *alle* warnen.

Die Untoten hoben ihre Waffen. Schwerter und Kriegshämmer blitzten auf. Siryana hielt ihnen drohend die Fackel entgegen, doch ihre Hand zitterte. Es waren zu viele, und sie fürchteten nichts.

Obwohl es bereits dunkel wurde, trieb Athanor die erschöpften Trolle voran. Er hinkte nicht mehr, hatte keine Schmerzen, doch das lag wohl nur daran, dass er darüber hinaus war, seinen Körper zu spüren. Stur setzte er einen Fuß vor den anderen. Sie mussten weiter, hinaus aus jenem Teil des Walds, den die Tiere bereits verlassen hatten.

Aus Westen zogen Wolken heran, hinter denen der Mond

bald verschwand. Erste Böen kündigten ein weiteres Gewitter an.
*Verdammt!* Durchnässt zu werden war das Letzte, was sie in ihrem Zustand brauchen konnten. Sie würden sich alle den Tod holen. Versonnen nickte er. Vielleicht meinte es der Dunkle dieses Mal ernst. Den Untoten waren sie noch einmal entkommen, zumindest hoffte er das. Aber um dem Unwetter zu entgehen …
»Nein, weiter, du fauler Riesenzwerg!«, fuhr er einen Troll an, der stehen geblieben war. Beleidigungen waren das Einzige, womit er bislang jeden von ihnen wieder auf die Beine bekommen hatte. Wut setzte mehr Kräfte frei als gutes Zureden. Davon wurden sie nur schläfrig.
»Ich muss pissen«, knurrte der Troll.
Athanor hörte Davaron hinter sich lachen. Es klang müde und ein wenig aufgesetzt, aber der Bastard war offenbar noch nicht auf der Strecke geblieben. Mit hängenden Köpfen schleppten sich Faune, Trolle und Pferde dahin, nur die unbeugsamen Greife und natürlich die arroganten Elfen hielten sich aufrecht. Vermutlich wären sie lieber gestorben, als vor minderwertigen Wesen Schwäche zu zeigen. Über seinen Groll auf Davaron wäre ihm fast der ferne Schrei eines Käuzchens entgangen. Das Quieken einer Maus, das er kurz zuvor gehört hatte, hätte noch Zufall sein können, doch ein zweites Tier in der Nähe ließ kaum noch Zweifel daran, dass sie es aus der Reichweite der Untoten geschafft hatten.
»Wir müssen weiter!«, rief Athanor rasch, bevor jemand eine Rast fordern konnte. »Die Bäume rauschen nicht zum Vergnügen. Da ist ein Sturm im Anmarsch.«
Wie um seine Worte zu unterstreichen, fegte eine heftigere Böe durchs Geäst.
»Aber du hast gesagt …«, murrte ein Troll, doch Orkzahn fiel ihm ins Wort.
»Maul halten und laufen! Wenn du kalt baden willst, bleib eben hier. Ich will's nicht!«
*Braver Troll*, dachte Athanor schmunzelnd und zuckte zusammen, als Mahalea wie ein Schatten neben ihm auftauchte. Noch bevor er sie erkannte, war seine Hand am Schwertgriff.

Das Laub wogte bereits so laut im Wind, dass es ihre Schritte übertönte.

»Ich gebe zu, dass du kluge Entscheidungen triffst«, sagte sie so leise, dass die Trolle es nicht hören konnten. »Aber solange ich anwesend bin, erwarte ich dennoch, dass du sie mit mir absprichst, verstanden?« Ihr Blick glitt zu seiner Hand, die noch immer das Heft seines Schwerts berührte.

Athanor atmete tief durch und zog die Hand zurück. Ob seine Entscheidung, für die Elfen den Kommandanten zu mimen, auch klug gewesen war? Gerade kam es ihm nicht so vor. »Du magst es nicht glauben, aber ich bin der elfischen Sprache mächtig.«

»Es klingt nur nicht so«, gab Mahalea zurück. Wenigstens ritt sie nicht auf seiner ausweichenden Antwort herum, indem sie auf einem Ja bestand, sonst hätte sie ab sofort selbst den Befehl über die Trolle führen dürfen.

Sie marschierten bis zu einem verlassenen Dorf am Waldrand. Bäume ächzten unter dem Sturmwind. Eine offene Tür klappte auf und zu, ihre Angeln knarrten und quietschten. Es erinnerte Athanor zwar an seine erste Begegnung mit den Untoten, doch ihnen blieb keine Wahl. In der Ferne rollte bereits Donner, und erste Tropfen fielen.

Nur zwei Scheunen waren groß genug, um Trolle darin unterzubringen. Sie würden enger zusammenrücken müssen, als es ihnen gefiel, aber wenigstens würden sie trocken bleiben. Die Pferde wurden auf die kleinen Scheunen verteilt, dann versammelten sich Elfen und Faune in einem der leeren Häuser.

Athanor war so müde, dass er selbst mit der Nase im stinkenden Bart eines Trolls eingeschlafen wäre, und noch immer gab es Dinge zu regeln. »Fühlt sich noch jemand in der Lage, Wache zu halten?«

Ein Faun lag bereits leise schnarchend auf den Dielen, was als Antwort genügte. Matt schüttelten auch die anderen Faune die Köpfe. Selbst die Elfen wichen seinem Blick aus – bis auf Elanya.

»Du nicht«, befand er, bevor das erste Wort über ihre Lippen gekommen war. »Deine Kräfte werden morgen wieder gebraucht.«

»Ich werde aufbleiben«, entschied Mahalea.
*Soll mir recht sein.* Endlich fiel die Last der Verantwortung von ihm ab. Sofort drohten ihm im Stehen die Augen zuzufallen. *Reiß dich am Riemen!* Erst musste er essen und trinken, sonst würde er nicht zu Kräften kommen. Mit dem Rücken an die Wand gelehnt ließ er sich nieder, nahm einen Schluck aus seinem Wasserschlauch und kramte kalten Pferdebraten vom Frühstück aus seinem Gepäck.

»Was tun wir, falls sie doch kommen?«, fragte Deamath zwischen zwei Bissen Hirsebrot. Wenigstens *ein* Elf hatte einen gesunden Appetit.

»Sie werden nicht kommen«, sagte Davaron scharf. Er rieb sich noch immer den verstümmelten Arm, wo die Riemen des schweren Schilds hineingedrückt hatten. Da er ihn nicht festhalten konnte, musste er ihn festschnallen, weshalb die Riemen tief in die Haut geschnitten hatten.

»Dessen können wir nicht sicher sein«, beharrte Deamath.

»Dann sterben wir eben«, blaffte Athanor. *Zum Dunklen damit!* Er war zu müde, um auch nur darüber nachzudenken. Wahrscheinlich würde er nicht einmal aufwachen, bis ihn ein Schwert durchbohrte.

Mahalea warf ihm einen strafenden Blick zu. Sollte sie. Athanor widmete sich wieder seinem Stück Braten.

»Wessen können wir uns schon sicher sein?«, fragte sie. »Wir müssen auf das vertrauen, was wir wissen. Aber sollten wir tatsächlich überrascht werden, muss einer von uns entkommen, um den Hohen Rat vor der Gefahr zu warnen. Mein Greif hat einen gebrochenen Flügel, aber Elidian könnte entfliehen.«

Alle Blicke richteten sich auf den jungen Rothaarigen, der die Augen aufriss.

»Ich kann Euch doch nicht feige im Stich lassen. Ihr werdet jede Klinge brauchen.«

Mahalea runzelte erbost die Stirn. »Hast du mir eben nicht zugehört? Ich habe dir einen wichtigen Auftrag erteilt!«

»Ja, aber ...« Er verstummte unter ihrem zornigen Blick und fasste sich. »Bitte verzeiht. Mein Einwand war unbedacht. Welche Botschaft soll ich dem Hohen Rat überbringen?«

»Sag ihnen, dass umgehend ein Heer aufgestellt werden muss. Es wird vielleicht nur noch einen Mond dauern, bis sie unsere Grenze erreichen. Berichte ihnen, was du letzte Nacht gesehen hast, wie schwierig es ist, diese widernatürlichen Wesen zu töten. Waffen sind so gut wie nutzlos, außer um Schläge zu parieren. Nur wenn man sie zerreißt und die Stücke verstreut, kann man sie aufhalten.«

»Das stimmt nicht ganz«, wandte Davaron ein.

Athanor hob überrascht die schweren Lider.

»Man kann sie auch verbrennen.«

*Das ist nichts Neues.*

»Nun, sie brennen«, gab Mahalea gereizt zu, »aber sie können sich löschen und weiterkämpfen wie zuvor.«

Davaron schüttelte den Kopf. »Ich habe drei von ihnen in Brand gesetzt und es genau beobachtet. *Magisches* Feuer tötet sie.«

*Na wunderbar. Ich muss mich also weiterhin auf Trolle und Elfen verlassen.* Athanor hatte endgültig genug und legte sich hin.

»Was ist mit dir, Elidian? Auch du bist ein Sohn Piriths. Hast du dasselbe bemerkt?«, vergewisserte sich Mahalea.

»Also, um ehrlich zu sein, kann ich es nicht sagen. Ich habe mich zwar auch an Brandzaubern versucht, aber es war alles so hektisch. Ich hatte keine Zeit, darauf zu achten, was ...«

»Das ist verständlich«, unterbrach ihn Davaron. »Du hast dich mitten in den Kampf gestürzt. *Ich* konnte meine Beobachtung machen, als wir noch unbehelligt im Schutz der Trolle standen. Glaubt mir, Mahalea. Magisches Feuer wird unsere beste Waffe gegen sie sein.«

»Hat noch jemand von euch etwas Wichtiges gesehen?«, erkundigte sich Mahalea.

»Ich habe sie mit Wurzelwerk gefesselt«, berichtete ein Elf, den Athanor nicht kannte. »Daraus konnten sie sich nicht befreien, aber es hat sie natürlich auch nicht umgebracht. Einem Gegner, der atmet, hätte ich die Luft abschnüren können, aber so ...«

»Dann wäre das alles, was du dem Hohen Rat berichten

kannst«, wandte sich Mahalea wieder an Elidian. »Und jetzt ruht euch aus. Morgen steht uns wieder ein langer Marsch bevor.«

Athanor hatte die Augen geschlossen. Er hörte nur das Scharren und Schaben, als sich die Elfen hinlegten. Schritte näherten sich und blieben vor ihm stehen. »Was gibt es nun schon wieder?«, knurrte er.

Das Rascheln von Kleidung und ein Lufthauch verrieten, dass sich jemand vor ihn setzte. »Geht es dir gut?«, erkundigte sich Elanya.

Er stieß ein abfälliges Brummen aus, ohne die Augen zu öffnen. »Kommt die Frage nicht ein bisschen spät?«

»Immerhin konntest du noch laufen«, erwiderte sie. »Das war mehr, als viele andere nach der Schlacht von sich behaupten konnten.«

»Ja, schön. Darf ich jetzt schlafen?«

Falls sie noch antwortete, hörte er es nicht mehr.

Als er die Augen wieder aufschlug, stand Mahalea über ihm, und er ahnte, dass er nicht ganz freiwillig aufgewacht war. Knurrend fuhr er sich übers Gesicht. Es gab schönere Anblicke am frühen Morgen als ausgerechnet Mahaleas strengen Blick, aber geschlossene Lider würden sie nicht vertreiben. »Was willst du?«

»Dir Anweisungen geben, solange kein Troll mithört.«

»Hat das nicht Zeit, bis ich auf den Beinen bin?«

»Dann steh eben auf! Ich bin in Eile.«

Was konnte so verdammt dringend sein? Angesichts eines Angriffs hätte sie wohl kaum so lange um den heißen Brei herumgeredet. Er setzte sich auf und nahm einen Schluck Wasser, um seine vom Kampfgebrüll heisere Stimme zu ölen.

»Der Hohe Rat muss so schnell wie möglich erfahren, welche Gefahr uns droht«, wiederholte Mahalea, während er sich eine Handvoll Wasser ins Gesicht spritzte.

»Du wirst also Elidian vorausschicken. Und?« Was hatte das mit ihm zu tun?

»Nein. Ich habe nachgedacht.«

*Soll gelegentlich nicht schaden.* Athanor stand auf. Sein Körper fühlte sich an, als hätten die Trolle mit Keulen auf ihn eingeschlagen. Doch seltsamerweise spürte er den tiefen Schnitt in seinem Bein nicht mehr. Der Verband hatte sich gelockert und rutschte unter der Hose nach unten, statt an getrocknetem Blut zu kleben. Hatte etwa ... Sein Blick suchte Elanya, doch sie war nicht mehr im Raum.

»Hör mir gefälligst zu, wenn ich mit dir rede!«, fuhr Mahalea ihn an. »Wenn du noch lauter wirst, kannst du den Trollen gleich selbst Befehle erteilen«, blaffte Athanor zurück. »Außerdem habe ich zugehört. Du sagtest, dass der Rat rasch handeln muss.«

Mahalea sah nicht besänftigt aus, aber offenbar hatte sie es zu eilig, um einen Streit anzufangen. »So ist es. Und Elidian wird ihn nicht dazu bewegen können. Er ist zu jung und nicht in der Position, den Rat unter Druck zu setzen. Deshalb werde ich mich selbst darum kümmern müssen.«

»Du verlässt uns also.«

»Was dich wohl kaum betrüben wird.«

Athanor machte eine gleichmütige Geste, doch ein kleines Schmunzeln stahl sich dennoch in sein Gesicht.

»Ich erwarte, dass du die Trolle auf direktem Weg nach Uthariel zurückführst«, fuhr Mahalea fort. »Wenn ihr dort seid, müssen die nächtlichen Patrouillen verstärkt werden. Die Untoten könnten sich schneller ausbreiten als erwartet, und ich will nicht davon überrascht werden. Achte auf das Wild! Oben in der Festung könnte dir entgehen, wenn es sich zurückzieht.«

Die Tür öffnete sich, und Elanya trat ein. »Konntest du ihn heilen?«, wandte sich Mahalea an sie.

Elanya schüttelte den Kopf. »Nicht genug. Der Knochen könnte jederzeit wieder brechen, wenn Sturmfeder mit den Flügeln schlägt.«

»Dann werde ich reiten müssen.« Mahalea richtete den Blick wieder auf Athanor. »Heute, spätestens morgen werdet ihr sicher die geflohenen Faunfamilien einholen. Biete ihnen Zuflucht in den Wäldern jenseits Uthariels an. Der Rat wird entscheiden müssen, was darüber hinaus mit ihnen geschehen soll.«

»Das werden sie bestimmt zu schätzen wissen«, antwortete

Athanor, ohne den aufsteigenden Groll ganz aus seiner Stimme halten zu können.

»Das wäre alles«, sagte Mahalea und schritt zur Tür. »Kommt sicher nach Uthariel zurück!« Es klang eher nach einem Befehl, als nach einem guten Wunsch, obwohl es vor allem an Elanya gerichtet war.

»Viel Erfolg im Rat!«, rief Elanya der Kommandantin nach.

Athanor war nicht nach Abschiedsworten. Die Ungerechtigkeit der Elfen schrie bis zu Aurades' Antlitz am Himmel. Zornig sah er Elanya an. »Warum zum Dunklen nehmt ihr die Faune bei euch auf und habt keinen einzigen Menschen gerettet?«

Beschämt wich sie seinem Blick aus. »Wir wussten doch gar nicht, was vor sich ging. Jahrhunderte lang haben wir die Menschen daran gehindert, unsere Wälder zu betreten, um uns vor ihrer Falschheit zu schützen. Unsere Ältesten hatten guten Grund für diese Entscheidung.«

»Ach ja? So gut, dass deshalb ein ganzes Volk sterben musste?«

»Das habe ich nicht gesagt. Hätten wir gewusst, *wie* verzweifelt eure Lage war ... dass sie sich auf alle Länder der Menschen erstreckte ... vielleicht hätten wir unsere Meinung geändert.«

»Was können Menschen euch so Schreckliches getan haben, dass sie nicht einmal willkommen waren, als ihr Leben auf dem Spiel stand?« Hatten die Trolle tatsächlich theroische Flüchtlinge erschlagen, womöglich sogar gefressen, nur um sie von den Elfenlanden fernzuhalten? Waren Menschen von Elfen getötet worden, weil sie nicht umkehren wollten? Er hatte die Fragen verdrängt, weil die Antworten nichts mehr daran ändern würden, was geschehen war. Doch jetzt, da den Faunen gewährt wurde, was den Menschen verweigert worden war, konnte er nicht mehr schweigen.

»Sie haben in der Vergangenheit immer wieder bewiesen, dass ihnen nicht zu trauen ist«, beharrte Elanya. »Wenn man zweimal gebissen wurde, muss man die Hand kein drittes Mal hinhalten.«

»Das erzählt ihr ständig! Warum weiß ich davon nichts?«

»Vielleicht weil ihr euch nicht gern an eure Untaten erinnert?«

*Wer würde das nicht?* Dennoch konnte er es nicht glauben.

»Vielleicht schwafelt ihr auch nur so nebulös herum, weil es in Wahrheit gar keinen Vorfall gab!«

»Du zweifelst das an? Das ist ja die Höhe! Also schön, dann werde ich dir von dem Massaker erzählen, das den Ausschlag für die Entscheidung des ...«

»Mit einem Menschen zu streiten, ist völlig zwecklos«, fiel ihr Davaron ins Wort, der gerade hereinkam. »Sie werden so sehr von ihren Gefühlen gelenkt, dass sie nicht in der Lage sind, vernünftige Urteile zu fällen.«

»Jetzt reicht's!«, rief Athanor und stürmte auf den Elf zu, um ihm die Faust ins arrogante Gesicht zu rammen.

Doch Elanya warf sich gerade noch dazwischen, stemmte sich gegen seine Brust, während sie mit der anderen Hand Davaron zurückhielt. »Es reicht jetzt wirklich, Davaron. Er hat gerade gestern erst das Gegenteil bewiesen, also hör endlich damit auf!«

Der Elf verzog verächtlich den Mund. »Ich sage nur die Wahrheit, aber du bist wohl zu sehr in dein Hündchen vernarrt, um sie zu erkennen. Deine bärtigen Freunde werden da draußen ungeduldig, Langschläfer«, wandte er sich an Athanor. »Du solltest den Abmarsch befehlen, bevor sie aus Langeweile die letzten Faune schlachten.«

»Geh eben raus und sag ihnen, sie sollen ihre Sachen schultern! Ich komme gleich.« Nicht einmal in Ruhe pinkeln gehen konnte man, bevor einen die Elfen herumscheuchten.

»Es ist noch Hirsebrei in dem Topf, falls du Hunger hast.« Elanya deutete auf die Feuerstelle, von deren Asche noch ein wenig Rauch aufstieg, und folgte Davaron nach draußen.

*Hirse!* Wenn er noch viel von dem Zeug aß, würde ihm ein Schnabel wachsen. Kopfschüttelnd griff er nach dem Topf, den die einstigen Bewohner zurückgelassen hatten. Er musste wirklich lange und vor allem tief geschlafen haben.

»Merkst du eigentlich, dass du den ganzen Tag mit einem Grinsen im Gesicht herumläufst?«, fragte Vindur schmunzelnd.

Widerstrebend löste Hrodomar den Blick von den uralten Tropfsteinen, die vom Boden und der Decke der Höhle aus zusammengewachsen waren. »Kann es denn etwas Schöneres geben als diese von der Hand des Großen Baumeisters geschaffenen Säulen?«

»Öhm, vom Großen Baumeister geformte Frauen finde ich auch ganz nett. Man findet sie nur nicht in so abgelegenen Gängen wie diesem.« Hinter ihnen lachte Gunthigis. »Und ein schäumendes Bier ist auch nicht zu verachten.«

»Ja, ja, ich verstehe schon, was ihr mir sagen wollt.« Hrodomar verdrehte die Augen. »Wie lange sollen wir noch nach diesem Ghulwurm suchen. Aber irgendetwas *hat* die Vorfälle der letzten Zeit ausgelöst, und wir müssen es finden, bevor es uns in Firondil überrascht.«

»Wenn ihr mich fragt, haben das alles die götterverfluchten Elfen über uns gebracht«, murrte der älteste der Wächter, die Skorold auf diese zweite Expedition geschickt hatte. Dieses Mal zogen sie gen Süden, wo es nur wenige Stollen gab. Stattdessen wanderten sie durch ein kompliziertes Geflecht natürlicher Höhlen, die vor sehr langer Zeit durch Gänge verbunden worden waren. In jenen frühen Tagen ihres Volkes hatten die Ahnen weite Vorstöße unter die Elfenlande unternommen, die damals noch bis an die Berge des Nordens herangereicht hatten. Doch die Stollen unter den Flussebenen waren gefährlich, und in den wenigen Aufzeichnungen der Hauer des Zweiten Zeitalters hieß es, dass die Erträge den großen Aufwand an Stützpfeilern und Entwässerung nicht gerechtfertigt hatten.

»Genau«, stimmte ein anderer Wächter zu. »Die Elfen haben den Fluch wieder geweckt, und wir müssen es jetzt ausbaden.«

*Es ist doch immer dasselbe*, seufzte Hrodomar. Sobald sich die Leute langweilten, begannen sie zu maulen und gaben dummes Zeug von sich. »Waren wir uns nach unserem vergeblichen Marsch unter den Gorgoron nicht einig, dass es keine Verbindung mit dem Fluch gibt?«, rief er ihnen ins Gedächtnis.

»Das heißt nicht, dass die Elfen nicht daran schuld sind«, beharrte der Alte. »Wer weiß, was sie noch angestellt haben. Die eine soll wie ein Vogel überall in unseren Stollen herumgeflogen sein.«

»Nein, sie hat sich in eine Fledermaus verwandelt«, warf ein Dritter ein.

»Das hat doch damit überhaupt nichts zu tun«, mischte sich Gunthigis ein. »Tatsache ist, dass wir nicht wissen, wo sie war und was sie ...«

»Hauptmann, die *hulrat* wittern etwas«, rief Brun, der sich um die Packtiere kümmerte. Sofort drehten sich alle zu ihm um. Hrodomar bedeutete Brun, die Tiere zu ihm an die Spitze der Truppe zu bringen. »Futter oder Feind?«, wollte er wissen, ohne die *hulrat* aus den Augen zu lassen. Sie folgten ihrem Führer willig, drängelten aber auch nicht, was sie beim Anblick von Fressbarem vehement taten. Stattdessen reckten sie die Schnauzen und schnüffelten so hektisch, dass Nasen und Tasthaare zuckten.

»Die sind nicht sicher«, brummelte Brun in seinen dunklen Bart. Er redete kaum mehr als die Tiere, weshalb seine Stimme immer eine Überraschung war.

»Also etwas, das beides sein kann?« Hrodomar kratzte sich unter dem Helm. Für die *hulrat* stellte fast alles Futter dar, tote Feinde inbegriffen. Wovor fürchteten sie sich so sehr, dass sie nicht sofort losrannten, um nachzusehen, ob es tot war? »Könnte unser Ghulwurm sein.«

»Oder Trollspinnen«, wandte Vindur ein.

»Noch ein verdammter Höhlentroll«, schätzte Gunthigis, der schon seinen Kriegshammer bereit hielt.

»Nein. Trolle sind zu langsam, um fliehende *hulrat* zu fangen.«

Die Tiere witterten noch immer und traten aufgeregt auf der Stelle.

»Hier ist es zu eng für einen Wurm«, wehrte der Hauptmann ab.

Der Pfad, der sich zwischen den Tropfsteinsäulen hindurchschlängelte, bot in der Tat nicht genug Platz für ein Ungetüm, das nah an einen Drachen herankam. »Mag sein, aber wir wissen nicht, was uns dahinter erwartet. Denk an die Halle, wo wir den See durchwaten mussten.« Die mit funkelnden Kristallen durchsetzte Decke war so hoch gewesen, dass der Schein der Laternen oft nicht bis hinauf gereicht hatte.

»Hm«, brummte Gunthigis. »Hast recht. Männer, die Drachenspieße heraus!«

Hastig wickelten die Wächter die langen Lanzen aus den Hüllen. Für die Jagd auf einen Ghulwurm hatten sie zwei der legendären Waffen aus dem Arsenal des Königs bekommen. Jeder Drachenspieß wurde von fünf Zwergen geführt, die perfekt aufeinander eingespielt sein mussten, obwohl dem Mann am Ende des Schafts die wichtigste Aufgabe zukam. Er musste mit beiden Händen zupacken, während die anderen Schilde führten, und sein Geschick entschied darüber, ob der Stoß im richtigen Winkel die richtige Stelle traf.

Neugierig sah Hrodomar zu, wie sich die Wächter zu zwei Angriffsspitzen formierten. Noch mussten sie hintereinander vorrücken, doch sobald sie mehr Raum bekamen, würden sie sich nach alter Tradition aufteilen, damit wenigstens eine Mannschaft der Drachenflamme entging. Ein Ghulwurm spie zwar kein Feuer, aber ein Gift, das ebenso tödlich war.

»Hast du noch nie Drachenspieße gesehen?«, zog Vindur ihn auf. Beim Drachentöterfest gab es alljährlich Wettbewerbe, bei denen die geschickteste Mannschaft viel Ehre und eine Truhe voll Gold gewann. Hrodomar und Vindur hatten nie teilgenommen, aber gebannt verfolgten sie Jahr für Jahr die Wettkämpfe und setzten etliche Goldringe auf ihre Favoriten.

»Als ob du das nicht wüsstest, Scherzbold. Aber das hier ist ernst.«

»Jetzt können wir mal zeigen, wofür wir die ganzen Jahre geübt haben«, rief der Älteste, der am Ende einer Lanze stand. »Dem Sieger spendier ich ein Fass Bier – und wenn ich's selbst bin!«

Das Gelächter der Wächter hallte durch die Höhle, doch es klang angespannt. Gunthigis übernahm die Spitze des Zugs und bedeutete den Spießträgern, ihm zu folgen. Beide Mannschaften marschierten mit grimmigen Gesichtern an Hrodomar, Vindur und Brun mit seinen Tieren vorbei. Jeder Lanze folgte ein Wächter mit einer Laterne. Hrodomar und Vindur reihten sich dahinter ein.

»Wenn mir das jetzt wieder einer als Feigheit auslegt, prügel ich ihn windelweich«, murrte Vindur.

»Lass uns lieber auf den Alten wetten und mit ihm anstoßen«, riet Hrodomar. Dass sein Freund einem der Wächter im Faustkampf gewachsen war, glaubte er nicht. Dessen Stärke lag im Geschick mit der Axt.

»Das ist ein Wort!« Vindur lachte. Axt an Schild liefen sie hinter den Spießträgern her. Es dauerte nicht lange, bis sich die Höhle tatsächlich weitete. Der von den Ahnen geebnete Pfad blieb zwar schmal, doch ein Ghulwurm störte sich nicht an zerklüftetem Untergrund. Die Wände ragten immer höher und steiler auf, bis es Hrodomar vorkam, als folgten sie einer gewundenen unterirdischen Klamm. Die Decke verlor sich in der Dunkelheit. Frischere Luft wehte durch versteckte Spalten. Noch immer überzogen Tropfsteingebilde die Felsen wie Wachs, das an einer Kerze herabgelaufen war. Gern hätte Hrodomar sie genauer betrachtet, doch er vertröstete sich auf den Rückweg. Hinter ihm trippelten die *hulrat* schneller und gaben ein aufgeregtes Schnattern von sich. Ihr Ziel konnte nicht mehr weit sein.

Vor ihnen verschwand die vordere Spießmannschaft um eine Biegung. Gunthigis rief irgendetwas. Es hallte so laut wider, dass Hrodomar nichts verstand.

Ein scharfer Geruch stach ihm in die Nase. »Ghulgift!« Rasch hob er den Schild höher. Wer Spritzer einatmete, dem lief bald Blut aus der Nase. Doch wenn das Ungeheuer gerade gespuckt hatte, mussten sie angreifen, bevor es einen neuen Schwall vorwürgen konnte.

Wie ein Mann eilten Vindur und er um den Ausläufer der Felswand. Über die Köpfe der Spießträger entdeckte Hrodomar den Schädel des Ghulwurms, dessen blinde Augen grünlich schimmerten. Der Anblick lenkte ihn so sehr ab, dass er gegen seinen Vordermann mit der Laterne stieß.

»Pass doch auf!«

»Achtung! Die Giftpfütze!«, schnappte ein anderer.

»Der bewegt sich ja gar nicht«, rief Vindur enttäuscht.

»Was wird jetzt aus meinem Fass Bier?«, beschwerte sich der Alte.

»Der Ghulwurm ist tot?« Ungläubig eilte Hrodomar an den Spießträgern vorbei und achtete darauf, nicht in die stinkende gelbe Giftlache zu treten.

Gunthigis stand vor dem gewaltigen Schädel, der sie um einen Schritt überragte. Von den schmalen Nüstern bis zu den blinden Augen bestand die Haut aus schmutzig grauen Schuppen. Darüber, auf der flachen Stirn, entsprangen drei Reihen wulstiger Hornplatten, die sich über Hals und Rücken zogen. Dolchlange Zähne ragten aus den lefzenlosen Kiefern. Reste der letzten Mahlzeit klemmten dazwischen, Knochen und eine mumifizierte Hand.

»Haltet die Augen offen, Männer!«, rief der Hauptmann. »Was auch immer ihn umgebracht hat, kann noch nicht weit sein. Hm. Es sei denn, er ist an Altersschwäche verreckt.«

»Dagegen spricht das Gift«, befand Hrodomar.

»Das ist selbst mir aufgefallen, Schlaukopf. Deshalb sollen meine Leute auch wachsam sein. Aber vielleicht speien sie auch im Todeskampf. Wer weiß das schon?«

Hrodomar hatte wenig Lust, Gunthigis Enttäuschung über die entgangene Heldentat über sich ergehen zu lassen. »Ich sehe mich mal um. Vielleicht kann ich mehr herausfinden. Vindur? Kommst du mit?«

»Natürlich. Glaubst du, ich lasse meinen Schildbruder allein, wenn hier etwas herumschleicht, das einen *Ghulwurm* töten kann?«

»Wir sollten uns überhaupt nicht zu sehr aufteilen«, entschied Gunthigis.

»Wie lange sollen wir noch in diesem elenden Gestank herumstehen?«, beschwerte sich der alte Wächter.

Das durfte der Hauptmann gern allein mit seinen Leuten regeln. Hrodomar hörte nicht mehr zu, sondern zündete seine Laterne an und bedeutete Vindur, ihm zu folgen. Gemeinsam schritten sie den beeindruckenden Kadaver ab, der an seiner höchsten Stelle mindestens drei Zwerge hoch aufragte. Vindur hebelte mit der Spitze seiner Axt an den Hornplatten herum, doch sie überlappten sich nicht wie ein Schuppenpanzer, sondern saßen Kante an Kante, verbunden durch dicke, zähe Haut. Im Schein der Lampe entdeckte Hrodomar zahllose Schrammen, Schnitte und Stiche. Nur wenige waren tief genug, dass schwarzes Blut aus ihnen geflossen war. Wie viele konnte ein

Ghulwurm einstecken, bevor sie ihm die Kräfte raubten? War er wirklich an diesen Wunden gestorben?

»Er hat seine Beute verloren.« Vindur deutete auf zwei weitgehend skelettierte Beine, die unter dem massigen Leib hervorlugten. »Oder war es einer seiner Gegner? Aber dann müsste er schon ewig hier liegen.«

Hrodomar nickte. »Beute. Es muss hier in der Nähe einen Grabstollen der Menschen geben.« Vergleichend sah er zwischen den Knochen und seinen Beinen hin und her. »Für einen von uns kommen sie mir zu lang vor.«

»Aber warum hat er sie nicht an Ort und Stelle gefressen?«

»Vielleicht wurde er gestört und hat mitgenommen, was er gerade im Maul hatte.«

Vindur ließ den Blick über das riesige Untier schweifen. »Wovon lässt sich ein Ghulwurm vertreiben?«

Hrodomar betrachtete noch einmal die Wunden. Konnten sie nicht von Klauen und Zähnen stammen, die an den Hornplatten abgeglitten waren? »Von einem stärkeren Wurm? Oder einem Drachen. Suchen wir weiter. Vielleicht finden wir angesengte Schuppen.«

Eine neue Schwade Giftgestank wehte ihnen entgegen. Neben dem langen, in drei Stacheln endenden Schwanz des Wurms lag eine weitere Leiche in einer gelben Pfütze. Die ätzende Flüssigkeit fraß leise knisternd an einem Kettenhemd und Armschienen. Auch dieser Tote – der Größe nach konnte er nur ein Mensch sein – war so ausgemergelt und vertrocknet, dass er bereits vor geraumer Zeit gestorben sein musste. Hrodomar wechselte einen grüblerischen Blick mit Vindur.

»Ist das Zufall?«, fragte sein Freund.

Allmählich kamen Hrodomar Zweifel. Wie viele Leichen hätte der Ghulwurm noch im Maul haben sollen? Aber wenn es nicht so war, bedeutete es, dass ...

»Hammer und Meißel!«, entfuhr es Vindur. »Axt raus, Hrodomar. Wächter der Tiefen, zu mir!«

Aufgeschreckt folgte Hrodomar Vindurs Blick. Zwei wandelnde Leichname wankten auf sie zu.

# 22

Der Marsch zurück nach Uthariel verlief anders, als Athanor erwartet hatte. Tatsächlich holten sie noch am selben Tag die Frauen, Kinder und Alten des Faunvolkes ein. Bis zum Abend zogen sie gemeinsam weiter und bildeten bei Anbruch der Nacht ein weitläufiges Lager, das die verbliebenen Faunkrieger wachsam umkreisten. Athanor hatte den Eindruck, dass sie den Trollen nur so weit trauten, wie sie sie im Auge behalten konnten. Nach dem vielen Blut, das die Trolle für die Chimären vergossen hatten, beleidigte es ihn fast, als wäre er selbst ein Troll.

Am nächsten Morgen kamen ein paar Abgesandte der Faune zu ihm, während alle anderen noch beim Frühstück saßen. Angeführt wurden sie von einer alten Frau, deren Oberkörper wie bei allen Fauninnen mit einem aufgemalten Geflecht aus grünlicher Paste bedeckt war. Wenn sie sprach, wippte der Ziegenbart an ihrem Kinn, und Athanor ertappte sich immer wieder dabei, auf diesen seltsamen Anblick zu starren.

»Im Namen aller hier versammelten Familien möchte ich den Elfen für die Einladung in ihre Wälder danken«, sagte sie. Ihre müden Augen verrieten die Sorgen und Strapazen der vergangenen Tage. »Wir nehmen dieses Angebot mit noch größerer Dankbarkeit an, aber ...« Nun zögerte sie, und ihr Blick schweifte zu den Trollen.»... wir wollen auf unsere eigene Art weiterziehen, langsam, bedächtig, jede Familie für sich. Wir spüren, dass uns hier keine Gefahr droht. Geht also ruhig voran und erwartet uns. Ihr habt genug für uns getan.«

Im Grunde war Athanor erleichtert. Er hatte am Vortag gemerkt, wie schwer es den Faunen fiel, einfach einem Weg zu folgen. Ständig hatten sich Gruppen aufgefächert, den Wald durchstreift und herumgetrödelt, sodass der Zug immer langsamer geworden war. Er konnte gut darauf verzichten, sie bis nach Uthariel vor sich herzutreiben.

Dennoch beschäftigte ihn das Schicksal der Faune auch dann noch, als er an der Spitze seines Trupps weiterritt. Wie dankbar waren sie den Trollen und Elfen wirklich? Machten sie ihnen insgeheim Vorwürfe, weil fast alle Faunmänner gefallen waren? Doch ohne Hilfe wären sie von den Untoten einfach überrannt und niedergemetzelt worden. Dann gäbe es jetzt keine Faunkinder mehr, die zu einem neuen zahlreichen Volk heranwachsen konnten. Für sie gab es Hoffnung. Für die Menschen nicht mehr. Sie waren unwiederbringlich fort. Am liebsten wäre er zurückgeritten, um den Faunen einzubläuen, wie glimpflich sie davongekommen waren.

Elanya lenkte ihr Pferd neben seines. »Du siehst grimmig aus. Schmerzt dich eine Verletzung, von der ich nichts weiß?«

*So könnte man es auch nennen.* »Nein. Ich bin Krieger. Ich sehe immer so aus.«

Um ihre Mundwinkel zuckte es verdächtig, aber sie lachte nicht. »Es wird deine Laune nicht verbessern, aber ich schulde dir noch ein Beispiel dafür, dass Menschen nicht vertrauenswürdig sind.«

»Und ich schulde dir noch Dank.« Außerdem bereute er ein bisschen, ausgerechnet sie angefahren zu haben. Immerhin war sie von allen Elfen noch die umgänglichste, und besonders in Zwergenhemden sah sie zum Anbeißen aus.

»Du musst mir nicht danken. Ich diene der Grenzwache als Heilerin, und ihr Kommandant muss seine Aufgaben erfüllen können.«

Athanor zuckte mit den Schultern. »Die Vorstellung, dass du es getan hast, weil du mich unwiderstehlich findest, gefällt mir besser.«

Elanya lachte. »Du wirst nie damit aufhören, oder?«

»Nein.«

»Nun, dann hat es ohnehin keinen Sinn, darauf zu antworten. Stattdessen werde ich dir also erzählen, warum die Elfenlande für Menschen verboten waren. Ihr Menschen wusstet wohl sehr vieles nicht mehr, aber das Alte Reich von Ithara ist dir noch ein Begriff, nicht wahr?«

»Natürlich. Alle Könige hatten sich dem Kaysar, dem Ersten Menschen, unterworfen, der von Ithara aus das Reich regierte.«

»So war es«, bestätigte Elanya. »Auch wenn sein Titel nur ein Symbol war, denn der wahre Sohn Kaysas, der buchstäblich erste

Mensch, hatte bereits im Zeitalter der Drachen das Licht der Welt erblickt und war längst ins Reich der Schatten gegangen.«

»Ich *weiß*, dass es nur ein Titel war. Sonst hätte er wohl kaum vererbt werden können.«

»Nur weil ich nicht weiß, wo deine Lücken sind, halte ich dich nicht für dumm, Athanor.«

*Nein, natürlich nicht. Nur so ein bisschen.* »Erzähl lieber weiter.«

»Die Jahrhunderte des Alten Reichs waren der Höhepunkt des Zeitalters der Menschen«, behauptete Elanya. »Nie zuvor hatten sie eine solche Blüte der Künste und des Wissens erlangt, und es sollte ihnen nach dem Sturz des letzten Kaysars nie wieder gelingen, Ähnliches zu vollbringen.«

*Deshalb wollten wir das Reich auch wieder vereinen.* Doch das konnte er ihr nicht sagen, ohne sich zu verraten. Und wenn er ehrlich mit sich selbst war, hatten die Künste und die Gelehrsamkeit bei diesen Überlegungen keine große Rolle gespielt.

»Obwohl wir bereits bittere Erfahrungen mit euch gemacht hatten, herrschte damals erneut Freundschaft zwischen Elfen und Menschen. Unsere Gesandten waren angesehene Ratgeber des Kaysars. In Ithara lebten einige von uns unter den Menschen, um sie in allem zu unterweisen, worin wir ihnen voraus waren. Sie lehrten Magie und das Wissen über die Welt und die Zeitalter. Sie bildeten Handwerker und Künstler aus und zeigten ihnen unsere Fertigkeiten. Wir glaubten sie in Sicherheit, doch wir sollten uns täuschen. Als der letzte Kaysar aus dem Haus Itharas ohne einen Erben starb, zerfiel das Reich in den Kämpfen jener, die um den Thron stritten. Könige riefen sich selbst zum Nachfolger aus, nahmen Ithara ein, nur um es bald wieder zu verlieren. Viele Elfen blieben. Sie wollten ihren Menschenfreunden in diesen schweren Zeiten beistehen. Dann kam der Schlächter Oromenos und riss die Kaysarwürde an sich. Als er im belagerten Ithara festsaß, glaubte er, unser hohes Ansehen für seine Zwecke benutzen zu können. Er forderte alle Elfen der Stadt auf, ihm zu huldigen und ihn zum rechtmäßigen Kaysar zu erklären.«

Athanor ahnte Übles. »Und? Haben sie?«

»Nein. Sie gaben ihm die einzig richtige Antwort. Es war eine Angelegenheit der Menschen, in die sie sich nicht einmischen durften. Daraufhin erklärte Oromenos sie zu seinen Feinden. Er ließ sie alle gefangen nehmen und hinrichten. Sogar ihre Kinder. Viele Seelen gingen unserem Volk an jenem Tag für immer verloren. Sie sind im Schattenreich gefangen und verschwinden. Das Ewige Licht leuchtet nun weniger hell. Von diesem Aderlass kann es sich niemals erholen.«

Für einen Augenblick wusste Athanor nichts zu sagen. Solche Dinge geschahen. Unter Menschen kamen sie immer wieder vor. Waren Elfen so anders? Missbrauchten sie niemals ihre Macht oder rächten sich für vermeintliches Unrecht? Elanya würde ihm darauf keine ungefärbte Antwort geben können. Er musste sich selbst ein Bild machen.

»Ihr habt die Menschen also gemieden, um euch vor weiteren Verlusten eurer Seelen zu schützen«, folgerte er.

Elanya nickte. »Jede Seele, die wir an das Schattenreich verlieren, kann nicht wiedergeboren werden. Deshalb weichen wir dem Kampf aus, wenn wir können. Wir dürfen unsere Leben nicht leichtfertig wegwerfen. Wir müssen an unser Volk denken, das dadurch schrumpft.«

»Und deshalb lasst ihr die Trolle für euch kämpfen.« Ein einleuchtender Weg, um das Leben der eigenen Leute zu schützen. Er hatte ihn ebenfalls gewählt, hatte die Drachen Schlachten für Theroia gewinnen lassen. »Es wird euch nicht bekommen. Sie werden sich dafür rächen. So wie sich die verfluchten Drachen gegen Theroia gewandt haben.«

»Deshalb dürfen wir niemals die Macht über sie verlieren«, gab Elanya zu.

»Eine Macht, die Theroia niemals hatte«, sagte Athanor und ärgerte sich sofort über seine Unbedachtheit. »Den Göttern sei dank!«, fügte er hastig hinzu.

In Uthariel kreischten die Harpyien ihm die Nachricht bereits entgegen, als er zur Festung hinaufstieg.

»Krieg!«

»Ein Heer!«

»Die Elfen rüsten ein Heer!«

Demnach hatte Mahalea den Hohen Rat davon überzeugen können, dass die Grenzwache der drohenden Gefahr nicht gewachsen sein würde. Sicher waren Kavarath und seine Brut höchst zufrieden mit diesem Beschluss. Sollten sie ruhig zeigen, ob sie wirklich so tatkräftig oder nur Maulhelden waren.

Athanor hätte auch gern vor dem Rat gesprochen. Garantiert dachten die Elfen nur an sich und vergaßen darüber das Wichtigste, ihre Trollkämpfer. Wenn er schon nicht nach Anvalon reisen konnte, weil er nun die Verantwortung für Uthariel trug, sollte er der Erhabenen wenigstens eine Botschaft zukommen lassen. Der Sieg über die Untoten stand und fiel mit den Trollen, und sie trugen nichts als schlecht gegerbte Felle um die Hüften. Ihre Haut mochte dick und zäh sein, aber der Kampf beim Heiligen Hain hatte gezeigt, dass dieser Schutz gegen eine solche Übermacht nicht genügte. Die Trolle brauchten Rüstungen. Sie brauchten Harnische für Brust und Rücken und vor allem verstärkte Stiefel, damit die Untoten sie nicht fällen konnten, indem sie die Sehnen durchtrennten. Am besten setzte er sich sofort an den Tisch im Empfangssaal und schrieb auch an Peredin, damit er die Forderung im Rat unterstützte.

Auf dem Hof der Festung kam ihm Valarin entgegen. Mit beiden Händen trug der Elf etwas Längliches vor sich her wie eine Kostbarkeit. Es war in schimmerndem Stoff eingeschlagen, und zu Athanors Verwunderung neigte Valarin auch noch das Haupt vor ihm.

»Willkommen zurück in Uthariel, Athanor. Mahalea hat uns berichtet, dass Ihr die Ehre der Grenzwache gerettet und die Schlacht gewonnen habt. Zum Dank haben wir Euer Schwert neu geschmiedet, das der Troll zerbrochen hat.«

Sprachlos nahm Athanor die Waffe entgegen und nahm sie aus ihrer Hülle. Frisch poliert blitzte die Klinge im Sonnenlicht. Die Schneiden sahen so scharf aus, dass er sorgsam darauf achtete, sie nicht zu berühren. Der alte Griff war mit neuem Leder umwickelt worden, und ein silbernes Löwenhaupt bildete den Knauf. Besser ausgewogen denn je lag das Schwert in seiner Hand. Er blickte die Klinge entlang, doch es war keine Bruchstelle zu entdecken. Der Schmied musste den Stahl geschmolzen und neu geformt haben.

»Ich danke Euch«, sagte Athanor ernst. »Ihr hättet mir kein besseres Geschenk machen können.«

Obwohl es stimmte, denn nun musste er endlich nicht mehr mit der ungewohnten Elfenklinge kämpfen, gefiel ihm Valarins Respekt ebenso gut. Der Elf war immerhin ein Veteran der Wache, der selbst Mahalea wie eine alte Freundin behandelte. Ausführlich, aber nicht ausufernd berichtete Valarin, was in Athanors Abwesenheit vorgefallen war und welche Neuigkeiten sie aus Anvalon erreicht hatten. Der Hohe Rat rief dort ein Heer zusammen, wie es die Harpyien herumschrien. Alle vier Völker der Elfen waren aufgefordert, ihre besten Kämpfer und Magier zu entsenden, um ihre Heimat vor den Untoten zu schützen.

Ganz Uthariel war deshalb in Aufruhr. Die Harpyien kreischten beim abendlichen Appell noch wilder durcheinander als sonst und bestürmten Athanor mit Fragen. Der Junge, der sich um das Quartier des Kommandanten zu kümmern hatte, fuchtelte neuerdings mit einem Übungsschwert herum, und die Greife streiften im Hof auf und ab, statt faul in der Sonne zu liegen.

Als Athanor am nächsten Tag den schmalen Pfad hinabstieg, um die Berichte der Patrouillen anzuhören, erwartete er, dass auch im Trolllager Aufregung über den bevorstehenden Krieg herrschte. Doch stattdessen saßen sie mit mürrischen Gesichtern herum und wichen seinem Blick aus oder starrten ihn feindselig an.

»Ist mir etwas entgangen?«, erkundigte er sich bei Orkzahn. »Deine Männer sehen aus, als hätten sie heute noch nichts gegessen.«

Der Troll nickte ernst. »Sie haben Hunger. Hunger auf Elfenfleisch.«

*Natürlich. Die Elfen. Mir haben sie ein Schwert geschenkt, aber den Trollen wohl wieder nur einen Tritt verpasst.* »Was haben die arroganten Bastarde dieses Mal angestellt?«

»Nichts Neues«, brummte Orkzahn. »Aber wir sind es leid, für sie zu kämpfen.«

»Erst jetzt? Sie versklaven euch seit Hunderten von Jahren!«
»Dagegen konnten wir nichts tun.«
Athanor merkte auf. »Und jetzt könnt ihr?« Rührend, dass Orkzahn ihm davon erzählte, aber wenn die Trolle tatsächlich einen Aufstand planten, musste er seine Seite sehr sorgfältig wählen. Die Elfen vertrauten ihm nun, aber die Trolle auch.
»Nein. Wir sind Gefangene. Das können wir nicht ändern.«
*Ich sollte mich dafür schämen, dass ich erleichtert bin.* Ein so starkes Volk wie die Trolle mit Magie in Knechtschaft zu halten, mochte Elfen gefallen, aber eines Kriegers war es unwürdig. »Worauf willst du dann hinaus?«
»Unsere Verluste waren hoch«, rief ihm Orkzahn ins Gedächtnis. »Es werden mehr von diesen Toten kommen und noch mehr von uns töten.«
Athanor nickte. Auch wenn die Elfen nun ein Heer aufstellten, würden die Trolle in der vordersten Reihe stehen und sterben.
»Meine Männer fragen sich, ob es uns gehen wird wie den Faunen. Wir fallen, und unsere Frauen und Kinder bleiben zurück.«
Auch das war möglich. Athanor konnte es nicht ausschließen. Niemand wusste, wie viele Untote Nacht für Nacht aus ihren Grabkammern stiegen. »Eure Familien sind in den Trollhügeln im Osten?«
»Ja. Wir kommen hierher, wenn wir Männer geworden sind, und gehen zurück, wenn wir zu alt werden.«
*Sie sind wirklich Sklaven. Der Willkür der Elfen ausgeliefert.* Mit welchem Recht verfügten die Elfen über die Trolle? Doch mit welchem Recht hatten die Könige der Menschen regiert, hatte er selbst seine Soldaten kommandiert? Überall galt das Recht des Stärkeren. Auch jetzt folgten ihm die Trolle, weil er ihren Anführer besiegt hatte. Aber stimmte das wirklich? Er war nicht stärker als sie. Bereits gegen zwei Trolle hätte er selbst mit List kaum gewinnen können. Sie hatten sich dafür entschieden, ihm zu folgen – doch nicht einmal aus freien Stücken. Die Macht der Elfen lag wie ein Schatten über ihnen. Athanor schüttelte den Kopf, um die wirren Gedanken zu vertreiben.

»Wir fragen uns, ob wir enden werden wie die Menschen«, fuhr Orkzahn fort. »Wenn wir hier sterben, wird niemand unsere Familien beschützen.«

Wieder konnte Athanor nur nicken.

»Deshalb sagen manche, wir können uns den Elfen widersetzen. Wir sterben so oder so. Aber wenn wir uns wehren, sterben wir mit Würde.«

*Verdammt! Dasselbe würde ich an seiner Stelle sagen.* Er wusste, wie es war, vor dem übermächtigen Feind zu kapitulieren. Er war vor den Drachen davongelaufen, anstatt sich ihnen entgegenzustellen. Damals hatte er aus Angst entschieden und sein Leben gerettet. Doch was hatte es ihm gebracht? Wie die Trolle hatte er danach ein sinnloses Leben geführt. Erst seit er sich in Firondil entschlossen hatte, nie wieder davonzulaufen, kam er sich nicht mehr so verloren vor.

Wenn er Elanya richtig verstanden hatte, konnten auch die Trolle den Kampf gegen die Elfen nicht gewinnen. Und doch hatten sie es satt, vor dieser Gefahr zu fliehen, indem sie gehorchten. »Ich verstehe sehr gut, was dich bewegt, aber handelt nicht voreilig. Vielleicht gibt es einen Weg, wie einige von euch überleben können. Ich werde darüber nachdenken. Ich verspreche es dir.«

Mahalea konnte sich nicht erinnern, je so viele Zuschauer bei einer Ratssitzung gesehen zu haben. Für gewöhnlich drängten sich die Gäste nur zu Festen und großen Zeremonien in der Halle. Ganz Anvalon glich einem Bienenstock, der von Gerüchten über den bevorstehenden Krieg und die grausigen Gegner summte. Der Ruf zu den Waffen hatte bereits eine stattliche Anzahl Elfen aus allen Teilen des Landes hergeführt, die nun die Beratungen zum weiteren Vorgehen verfolgten.

*Ich sollte triumphieren, dass es nun genauso gekommen ist, wie ich es immer vorhergesagt habe.* Ein Feind, der gefährlicher war, als es ein Heer Trolle jemals sein konnte, bedrohte die Elfenlande, und die vier Völker schickten Jäger, Heiler, Baummagier, Windformer und Zauberschmiede zu ihrer Verteidigung. Die Schwerter, die viele von ihnen trugen, täuschten Mahalea nicht. Es waren Erbstücke, ehrfürchtig weitergegeben unter den Nachfahren einstiger Helden. Kaum einer der Träger hatte je mehr als einen Schwerttanz damit vollbracht. *Und das dürften noch die Erfahrensten im Umgang mit einer Klinge sein.* Doch statt zu triumphieren, schwankte sie zwischen Wut und Sarkasmus. Was sie hatten, musste genügen. Sie war dazu verdammt, sich über jeden Freiwilligen zu freuen, der überhaupt nach Anvalon kam. Mühsam würgte sie ein bitteres Lachen in ihre Kehle zurück. Die Erhabene gebot der Versammlung Schweigen. Stille legte sich über den Saal.

»Der Rat tritt heute zusammen, um Konsequenzen aus unseren neuesten Erkenntnissen über unseren Gegner zu ziehen«, verkündete Ivanara. »Die Kunde erreichte uns bereits gestern, doch heute sind die Späher selbst eingetroffen, damit wir ihnen Fragen stellen können. Es wird uns helfen, unsere Entscheidungen nach bestem Wissen zu treffen. Wer von euch wird sprechen?«, wandte sie sich an die Kundschafter, die unter den Söhnen und Töchtern Piriths saßen.

Mahalea kannte die beiden Männer nur flüchtig. Seit vielen Jahren dienten sie in Beleam und waren ihr dort und gelegentlich auch bei einem Spähflug begegnet. An ihrer Erfahrung als Kundschafter gab es keinen Zweifel. Dennoch ärgerte es Mahalea noch immer, dass sie diese wichtige Aufgabe der Besatzung Beleams hatte übertragen müssen, nur weil Uthariel durch die Rettung der Faune unterbesetzt gewesen war. *Hab dich nicht so.* Als Kommandantin konnte sie nicht alles selbst erledigen. Auch wenn sie es noch so gern wollte.

Der Ältere der beiden erhob sich. Gelbliche Strähnen durchzogen sein rotes Haar, und selbst seine Augen waren von einem stechenden Gelb, wie es nur unter den Abkömmlingen Piriths vorkam. »Das werde ich übernehmen«, sagte er und suchte Feareths Blick. Kavaraths Sohn nickte ihm zu.

*Wozu braucht er die Erlaubnis seines Ältesten?*, wunderte sich Mahalea.

»Dann erstatte uns Bericht, Wächter«, gebot die Erhabene.

Der Mann nickte. »Wir wurden ausgesandt, um mehr über unseren Feind herauszufinden. Unser Auftrag lautete zu erkunden, woher die Untoten kommen und wie viele es von ihnen gibt. Ersteres konnten wir ergründen. Letzteres lässt sich nicht mit Bestimmtheit sagen. Es scheint diesen Kreaturen nicht möglich zu sein, sich bei Tageslicht zu zeigen. Sie brauchen den Schutz der Nacht, wenn die Macht des Nichts stärker ist als die Macht des Seins. Doch in der Dunkelheit konnten wir sie nur sehen, wenn wir ihnen sehr nahe kamen, deshalb kennen wir ihre Zahl leider nicht. Aber wo immer wir im Kernland Theroias bei Nacht landeten, dauerte es nicht lange, bis wir auf Untote stießen. Wir glauben deshalb, dass sie sehr zahlreich sind.«

Unter jenen, die nicht vorab von den neuen Erkenntnissen erfahren hatten, löste die Nachricht aufgeregtes Flüstern aus. In vielen Mienen zeigte sich Angst. Alle hatten von den Weissagungen der Seherin in Ardarea gehört, und auch die Kunde vom Gemetzel unter den Faunen war längst in ganz Anvalon bekannt. Angesichts des Getuschels zögerte der Späher, weiterzusprechen, doch die Erhabene forderte ihn mit einem Wink auf, fortzufahren. Sofort erstarb das Gemurmel.

»Wir bedauern es sehr, dass wir diese Aufgabe nicht besser lösen konnten«, betonte der Späher. »Die Zeit drängte, und es ...«

»Eine Entschuldigung ist nicht erforderlich«, fiel die Erhabene ihm ins Wort. »Nur die Augen einer Eule könnten den Feind bei Nacht aus der Luft entdecken. Fahr fort!«

Der Mann wirkte dennoch unsicher. Wieder suchte er den Blick seines Ältesten, der ungeduldig eine auffordernde Geste machte. »Dann wäre da also noch die Frage nach der Herkunft der Untoten«, nahm der Kundschafter seinen Faden wieder auf. Es kam Mahalea vor, als hätte er die Worte auswendig gelernt. War er so nervös, weil er vor Publikum sprechen musste? Wie alle Grenzwächter lebte er seit Jahren im kleinen Kreis seiner Kameraden und verbrachte viel Zeit allein in der Wildnis.

»Wir sind bei Nacht an verschiedenen Stätten gewesen, die uns verdächtig schienen, Theroia selbst, die kleineren Städte entlang des Sarmandara. Überall gingen einige Untote um, die uns sofort angriffen, sodass wir fliehen mussten. Aber die weitaus meisten sind uns in der Nekropole Nekyra begegnet.«

Ratlose Gesichter verrieten, dass viele Anwesende diesen

Namen nie gehört hatten. Köpfe wurden zusammengesteckt, wo gebildetere Elfen ihren Bekannten und Freunden erklärten, wovon der Späher sprach. Konnte es wahr sein? Mahalea hatte die Totenstadt niemals gesehen. Sie kannte sie lediglich von vergilbten Karten, denn seit dem Ende des Alten Reichs bestatteten die Menschen ihre Toten nicht mehr an fernen Plätzen, sondern zogen es vor, sie in ihrer Nähe zu behalten. Als Kundschafterin hatte sie mehrmals gesehen, wie in den Dörfern Leichen zu Grabe getragen wurden. Wie die Menschen den Ewigen Tod feiern konnten, hatte sie nie verstanden, aber es war ihr auch gleichgültig gewesen. Wer verstand schon, warum ein Hahn bei Sonnenaufgang krähte oder ein Troll nie seinen Bart kämmte? Sie wussten es eben nicht besser. Doch auch wenn die Menschen die Nekropole seit langer Zeit nicht mehr benutzten, konnte es dort noch immer viele uralte Leichen geben.

»Wie sicher seid ihr euch?«, fragte sie.

Der Späher straffte sich. »Wir sind uns sehr sicher, Kommandantin, aber natürlich wissen wir nur wenig über diese Kreaturen. Vielleicht erheben sie sich überall von selbst, und es gibt keinen Ort, an dem diese Seuche ihren Anfang nahm.«

Bevor Mahalea antworten konnte, ergriff Feareth das Wort. »Waren es nicht die Faune, die sagten, dass sich die Untoten ausgebreitet hätten?«

Mahalea gab ihm ungern recht, aber in dieser Frage hatte sie wenig Zweifel. »*Alle* Hinweise deuten bis jetzt darauf, dass dieses Unheil irgendwo im Herzen Theroias seinen Anfang nahm und sich von dort ausgebreitet hat. Nur so ist es zu erklären, warum immer weitere Landstriche von den Tieren verlassen wurden.«

»Dann müssen wir das Übel an der Wurzel ausreißen!«, rief jemand, und sogleich stimmten einige ein. »Räuchern wir diese Nekropole aus!«

*Irgendetwas passt daran nicht, aber was?*

Die Erhabene stand auf und brachte die Menge damit zum Schweigen. »Hat noch jemand eine Frage an die Kundschafter?«

Niemand meldete sich zu Wort.

»Dann sehen wir uns nun mit folgender Lage konfrontiert«,

fuhr Ivanara fort. »Unser Feind ist zahlreich, und wie wir erfahren haben, ist jeder von ihnen nur durch magisches Feuer oder die schiere Kraft eines Trolls zu besiegen. Er breitet sich von einem zentralen Punkt aus, wahrscheinlich der alten Totenstadt Nekyra, aber wir wissen weder aus welchem Grund noch mit welchem Ziel.«
Mahalea erhob sich. »Ich habe Zweifel daran, dass die Nekropole der Ursprung ist.«
Mit schwer zu deutendem Blick wandte sich die Erhabene ihr zu. »Die Kommandantin der Grenzwache zweifelt das Wort ihrer Kundschafter an?«
*Bei allen Astaren!* Sie war nicht vor Ort gewesen und konnte diese Männer nicht der Lüge bezichtigen. »Ich stelle nicht ihre Beobachtungen infrage, sondern die Schlüsse, die sie daraus gezogen haben. Die Nekropole liegt zu weit östlich. Der Bericht der Faune und meine eigenen Spähflüge, als ich noch nicht Kommandantin war, deuten eher auf Theroia hin.«
»Bei dieser Auffassung muss ich mich der Kommandantin anschließen«, ließ sich Feareth vernehmen.
Ausgerechnet der Älteste der Abkömmlinge Piriths stimmte ihr zu? Obwohl die Späher seinem Volk angehörten?
»Ich habe mir die Lage der Totenstadt gestern Abend angesehen«, mischte sich Peredin ein. »Sie ist höchstens zwei Tagesmärsche von Theroia entfernt. Wie wollt ihr da so genau abschätzen können, von wo das Unheil ausgeht?«
»Wenn das so ist, sollten wir tatsächlich besser auf das Urteil jener vertrauen, die dort waren«, pflichtete ihm der Älteste der Abkömmlinge Ameas bei. »Wir können doch die Aussagen dieser mutigen Männer nicht einfach verwerfen, als ob sie dumme Kinder wären.«
Die Erhabene nickte. »Faune sind schlechtere Zeugen als unsere Späher, zumal sie weder in Theroia noch in Nekyra waren. Es liegt nahe, dass dieser Spuk seinen Ursprung in einer Totenstadt nahm. Ich erwäge, weitere Kundschafter dort hinzusenden, um herauszufinden, wer oder was diese Leichen zu widernatürlichem Leben erweckt.«
»Dafür ist es zu spät!«, protestierte Kavarath. »Eure Nichte

sagt, dass uns höchstens noch ein halber Mond bleibt, bis die Untoten unsere Wälder erreichen. Die Hälfte der Zeit würde verstreichen, bis die Späher zurückkämen, und das Heer des Feinds hätte sich längst in Bewegung gesetzt, bevor unsere Kämpfer in Nekyra wären. Wir müssen jetzt handeln!«

»Mein Vater hat recht«, rief Feareth. »Wenn wir das Übel an der Wurzel packen wollen, müssen wir sie zerstören, bevor der Feind unser Land erreicht.«

Wieder trieben die Abkömmlinge Piriths mit *ihrer* unfreiwilligen Hilfe die Erhabene vor sich her. Doch Mahalea sah keinen Weg, etwas daran zu ändern.

»Ich finde, wir sollten nicht überstürzt vorgehen«, rief eine ältere Frau aus Peredins Gefolge. »Wenn wir uns auf das Gebiet des Feinds begeben, könnten wir in eine Falle geraten. Unser Heer könnte eingekesselt werden.«

Kavarath verwarf den Einwand mit einem geringschätzigen Wink. »Wir haben Späher, um uns gegen solche Gefahren zu wappnen. Der Feind verfügt dagegen nicht über fliegende Kundschafter und wird unsere Annäherung viel später bemerken als umgekehrt.«

»Ich gebe zu bedenken, dass wir unsere Vorbereitungen noch nicht abgeschlossen haben«, warnte Peredin. »Was ist zum Beispiel mit den Rüstungen für die Trolle, denen wir in der letzten Sitzung zugestimmt haben?« Da er Mahalea ansah, erhob sie sich, um zu antworten.

»Euer Einwand ist berechtigt«, gab sie zu. Auch wenn der Vorschlag von Athanor gekommen war, hatte sie ihn nach den Erfahrungen beim Heiligen Hain der Faune unterstützt. »Aber es gilt, abzuwägen. Wenn wir hierbleiben und den Feind an unserer Grenze erwarten, kann er uns seine Strategie aufzwingen, die wir noch nicht kennen. Angenommen, er greift nicht massiv an einer Stelle an, sondern auf einer breiten Front, vielleicht auch an vielen, weit voneinander entfernt liegenden Punkten gleichzeitig. Dann fehlt es uns an Truppen, um an jedem dieser Orte schlagkräftig genug zu sein. Gelingt es uns dagegen, den Feind zu stellen, bevor er sich möglicherweise aufteilt, geht unsere Taktik sehr viel wahrscheinlicher auf.«

»Wie sieht unsere Taktik denn aus?«, wollte jemand aus den Reihen der Zuschauer wissen.
»Das ist Sache der Kommandantin«, wehrte die Erhabene ab, und Mahalea war ihr ausnahmsweise dankbar. Ihr stand nicht der Sinn danach, ihre Pläne mit einer besorgten Meute ohne jede Kampferfahrung zu diskutieren.
»Sie wird das Heer rechtzeitig über ihre Befehle in Kenntnis setzen«, fuhr Ivanara fort. »Wenn es keine weiteren Argumente für oder gegen einen Vorstoß auf die Totenstadt Nekyra gibt, lasse ich jetzt darüber abstimmen.«
»Ich bin für den Vorstoß, aber ich halte die Nekropole für das falsche Ziel«, beharrte Feareth.
»Was die Kundschafter gesehen haben, könnte eine Finte sein, ein Köder, um uns auf die falsche Fährte zu locken«, fügte Kavarath hinzu.
»Aus meiner Sicht spricht mehr für Nekyra als dagegen«, sagte die Erhabene gereizt.
Mahalea schwankte innerlich. Sollte sie sich schon wieder auf Feareths Seite stellen, obwohl sie den Bericht der Späher nicht einfach ignorieren durfte? *Nein.* Irgendetwas ging da vor, und sie musste erst herausfinden, welches Spiel Kavarath und sein Sohn trieben. Sie würde dem Heerzug vorausfliegen, sooft es ging, und sich selbst ein Bild von der Lage machen.
»Wenn es keine weiteren Einwände gibt, ...«
Mahalea spürte den Blick ihrer Tante auf sich und schüttelte den Kopf.
»... erkläre ich Nekyra zum Ziel des Vormarschs.«
War es nicht tatsächlich einleuchtend, dass die Untoten ihren Ursprung in einer Totenstadt hatten? Wer konnte wissen, welche Kräfte des Nichts dort am Werk waren, nachdem die Drachen das Gleichgewicht von Leben und Tod in den Menschenlanden zerstört hatten?
Gegen die Stimmen Kavaraths und Feareths beschloss der Hohe Rat, das Heer in die Nekropole zu schicken.

Wenn nicht gerade der Sturmwind drohte, ihn in den Abgrund zu wehen, blieb Athanor nach dem abendlichen Antreten der

Harpyien auf Uthariels Mauer, um nachzudenken. Von hier oben sahen die tief unter ihm liegenden Wälder so fern aus, dass ihm auch die Elfen und Trolle weit weg vorkamen. Selbst die Untoten, ihr modriger Geruch, das Splittern ihrer Knochen unter seinen Füßen, der Furor der Schlacht, das alles verblasste vor der Weite der Aussicht und den Farben des Sonnenuntergangs.

Und dennoch drehten sich seine Gedanken immer wieder um dieselben Fragen. Sollte er die Elfen vor dem drohenden Aufstand der Trolle warnen? Konnten sie ihn verhindern, gar die Trolle wieder zum Gehorsam bewegen, anstatt sie zu töten? Was Orkzahn gesagt hatte, entsprach der Wahrheit. Die Trolle hatten nicht mehr viel zu verlieren. Ob sie nun als Schutzschild für die Elfen in der Schlacht fielen oder im Kampf für ihre Freiheit starben, lief auf dasselbe Ende hinaus. Man musste kein Prophet sein, um ihren Tod vorauszusehen. Wenn sich tatsächlich alle verstorbenen Krieger Theroias aus ihren Gräbern erhoben hatten, würden sich die geschätzten siebzig Trolle, die die Elfen zusammenrufen konnten, einer gewaltigen Streitmacht gegenübersehen. Was trieb diese Wiedergänger bloß an?

*Verstorbene Krieger Theroias ... erheben sich ... Natürlich!*

Leises Klicken lenkte seinen Blick auf Chria, deren gebogene Krallen bei jedem Schritt aufs Gestein schlugen. »Du siehst aus, als sei dir gerade et'as 'ichtiges einge'allen.«

»Und ob! Ich habe mich endlich daran erinnert, was es mit den Untoten auf sich hat.«

Anstatt zu fragen, legte die Harpyie nur den Kopf schief.

»Es gibt da diese alte Legende über einen König Theroias. Er regierte zu der Zeit, als das Alte Reich zerfiel und die Völker Theroias miteinander im Krieg lagen. Sänger haben sie manchmal vorgetragen.« Als Kind war es ihm dabei kalt den Rücken hinuntergelaufen. »Er hieß Xanthos und war ein ruhmreicher Krieger, aber seine Gegner waren so zahlreich, dass er fürchten musste, ihnen zu unterliegen. Um mächtiger zu werden als sie alle, ließ er sich und seine Getreuen lebendig einmauern und legte einen Schwur ab. Sollte jemals ein Fremder Theroias Thron besteigen, würde er sich von den Toten erheben und seine Feinde vom Antlitz der Welt tilgen. Verstehst du? Die Drachen haben Theroia erobert, und jetzt ist er aufgestanden, um das Land aus den Händen des Feindes zu retten.«

Chria sah nicht überzeugt aus. »Dann hat er sich aber reichlich Zeit gelassen.«

*Das ist allerdings wahr.* Warum hatte sich Xanthos nicht sofort erhoben, als Theroia eingenommen worden war? Viele Menschen hätten gerettet werden können, wenn diese Untoten gegen Rokkur und Orross gezogen wären. Obwohl er nicht glaubte, dass sie den Drachen herbe Verluste bereitet hätten, wären sie eine unschätzbare Hilfe gewesen. Vielleicht hätte ...

*Vorbei!* Es hatte keinen Sinn, dem Schnee des letzten Winters nachzuweinen. Nur die Gegenwart zählte. Falls es tatsächlich Xanthos war, der die Toten mit seinem Schlachtruf aus den Grabkammern unter Theroia gerufen hatte, schoss er ohnehin weit über das Ziel hinaus. Schließlich waren die Faune nie ein Feind Theroias gewesen, und doch waren sie beinahe ausgelöscht worden. Konnte es daran liegen, dass alle Theroier tot waren und somit alles Lebendige ihr Feind?

»Wir haben nicht viele Legenden über solche Eide«, gab Chria zu, »aber ... muss man bei Göttern und Zauberei nicht immer sehr vorsichtig sein?«

»Was willst du damit sagen?«

»Vielleicht hat er seinen Eid nicht sehr bedacht formuliert.«

Für ein Wesen, das ein halber Vogel war und kreischend in einer Felsritze hauste, kam die Harpyie auf erstaunliche Dinge.

»Du meinst, Götter und Magie nehmen uns beim Wort?«

»So sagt man.«

Athanor lachte auf. »Du glaubst, dass wirklich erst jemand seinen Hintern auf den verwaisten Thron pflanzen musste, damit sich Xanthos erheben konnte?«

»Das würde die Verzögerung erklären, oder nicht?«

»Hm.« Das würde es in der Tat. Möglicherweise hatte ein dämlicher Ork König gespielt und damit den Fluch über sie alle gebracht.

»Kennst du den genauen Wortlaut des Eids?«

»Sehe ich aus wie ein Barde? Dann hätte ich wohl kaum

so lange gebraucht, um mich überhaupt an diese Legende zu erinnern.«

»Es wäre vielleicht ein Hinweis darin gewesen, wie man ihn aufhalten kann.«

Athanor schnaubte. Das Federvieh schaffte es, dass er sich wieder wie ein Esel vorkam. Was nützte es zu wissen, dass Xanthos der Grund für ihre Schwierigkeiten war, wenn sich daraus keine Lösung ergab? Wäre Elanya in Uthariel gewesen, hätte er sie gefragt, ob die Elfen Aufzeichnungen über diese Legende besaßen. Doch sie war bereits am ersten Tag nach ihrer Rückkehr gen Ardarea weitergereist, um ihrem Volk vom Schicksal der Faune zu berichten. Sie hoffte, damit mehr Abkömmlinge Ardas dazu bewegen zu können, dass sie sich dem Heer anschlossen. Gegen diesen Feind würde es auf jeden Einzelnen ankommen.

Ruckartig wandte Chria den Blick gen Himmel. Athanor sah ebenfalls hinauf, doch außer den ersten Sternen konnte er nichts entdecken.

»Ein Botenfalke«, stellte die Harpyie fest. »Du bekommst Nachricht aus Anvalon.«

»Wir hatten für so etwas Tauben.« Nie wäre er auf den Einfall gekommen, seinen Jagdfalken Botschaften anzuvertrauen.

Chria stieß ihr krächzendes Lachen aus. »Auch ein Botenfalke kehrt zu seinem Horst zurück. Und er wird unterwegs nicht gefressen – außer von Harpyien vielleicht.«

Davaron stürmte in den Empfangssaal, als Athanor gerade beim Mittagessen saß. In der düsteren Wolke, die den Elf stets zu umgeben schien, loderte sein Zorn wie das Wetterleuchten vor den bunten Fenstern. »Ist dir deine Rolle zu Kopf gestiegen? Valarin sagt, du weigerst dich, den Trollen den Marschbefehl zu geben!«

Athanor lehnte sich ungerührt auf seinem Stuhl zurück. »Dafür gibt es zwei sehr gute Gründe«, erwiderte er und schnitt ein weiteres Stück vom gebratenen Rehrücken ab. Wenn Davarons Blick tatsächlich ein Blitz gewesen wäre, hätte er nun als verkohltes Stück Fleisch unterm Tisch gelegen.

»Du hast einen Befehl der Kommandantin erhalten, den du auszuführen hast!«

War da gerade Speichel auf seinem Essen gelandet? Angewidert schob Athanor den Teller von sich. *Nicht provozieren lassen. Soll er die Trolle doch selbst kommandieren, wenn er kann.*
»Bislang ist nur die Verstärkung aus Beleam eingetroffen. Zwanzig Trolle aus Nehora fehlen. Bei einem solchen Gegner werde ich nicht mit unvollständigem Kontingent ausrücken. Die Nachzügler könnten von uns abgeschnitten und niedergemetzelt werden, ohne dass wir auch nur davon erfahren.«
»Das hast du nicht zu entscheiden!«, donnerte Davaron. »Du hast sie unverzüglich nach Nekyra zu führen, um unterwegs zu unserem Heer zu stoßen!«
»Die Nekropole ist ohnehin das falsche Ziel. Ich habe eine Nachricht nach Anvalon geschickt, aber ich fürchte, sie wird das Heer dort nicht mehr erreichen.«
»Das falsche Ziel? Woher willst ausgerechnet du das wissen?«
»Ist Elanya eigentlich wieder da?« Athanor hätte lieber mit jemandem von weniger hitzigem Temperament darüber gesprochen.
»Was hat sie damit zu tun?«
»Mit Nekyra? Nichts, aber auch die Abwesenheit unserer einzigen Heilerin ist ein Grund, noch nicht aufzubrechen«, fiel ihm gerade ein.
Davaron lächelte spöttisch. »Sie wird von den neuen Plänen erfahren haben und sicher bald hier sein, aber wenn du glaubst, dass du mich mit wirrem Gefasel von deinem Ungehorsam ablenken ...«
»Halt die Klappe und hör mir zu! Wahrscheinlich habt ihr Elfen noch nie von dieser Legende gehört, weil wir Menschen euch nach dem Zerfall des Alten Reichs egal waren, aber es *gibt* eine Erklärung für diese Auferstehung der Toten, und *mir* ist sie eingefallen.«
»Ach wirklich?« Für seine höhnischen Worte sah Davaron erstaunlich interessiert aus. »Hast du nicht kürzlich noch behauptet, es gebe keinen Weg, die Toten aus dem Schattenreich zurückzuholen?«
Hatte er das? *Ah, das Gespräch, als wir unterwegs zu den Zwergen waren.* »Damals ist es mir nicht eingefallen, weil ich es nicht

für möglich gehalten habe. Aber es gibt diese Sage, und sie passt ausgezeichnet.« Da ihn Davaron überraschenderweise nicht unterbrach, erzählte Athanor ihm von König Xanthos und dem Schwur. »Und deshalb ergibt es keinen Sinn, Nekyra anzugreifen, um die Untoten aufzuhalten. Wenn Xanthos sie um sich schart, dann in Theroia.«

»Weil dort sein Thron steht?«

»Und weil er sich als König Theroias natürlich dort, vielleicht sogar in der Königsgruft unter dem Palast einmauern ließ.«

»Für einen Lether weißt du ziemlich viel über theroische Könige«, stellte Davaron fest.

Athanor setzte rasch ein Lächeln auf. »Ob du es glaubst oder nicht, aber unter Menschen galt ich als gebildet.«

»Das spricht für sich«, meinte Davaron, doch im nächsten Augenblick sah er wieder nachdenklich aus. »Wenn es stimmt, wenn es tatsächlich dieser Xanthos ist, gegen den wir kämpfen, warum sollte er uns dann angreifen? Würde er nicht einfach sein Land von Feinden säubern und Frieden geben? Dann sollten wir ihm gar nicht entgegenziehen, sondern hinter unseren Grenzen bleiben!« Der Elf wirbelte auf dem Absatz herum und wollte davoneilen.

»Warte!«

»Was?«, blaffte Davaron mit der Hand am Türgriff.

»Glaubst du, der Gedanke wäre mir noch nicht gekommen?« Athanor knurrte. »Natürlich glaubst du das. Du hältst mich ja für dumm.«

»Komm zur Sache!«

»So einfach, wie es sich anhört, ist es nicht. Du musst den Fluch wörtlich nehmen.«

»Du meinst, es kommt auf die genaue Formulierung an?«, fragte der Elf und kam zurück an den Tisch.

»Von Magie verstehst du mehr als ich«, gab Athanor zu.

»Also? Ist es so?«

Die ersten Worte kamen Davaron sichtlich schwer über die Lippen. »Du hast recht. Die höheren Mächte neigen dazu, uns beim Wort zu nehmen. Was genau hat er gesagt?«

»Woher soll ich das wissen? Er lebte vor fast tausend Jahren.

Ich weiß nur, was die Sänger uns vortrugen.« Davaron ein wenig zappeln zu sehen, machte den Ärger fast wieder wett.

»*Was* haben sie gesungen, verdammt!«

»Dass Xanthos seine Feinde vom Angesicht der Welt tilgen würde.«

»Das bedeutet, dass er Theroias Grenzen überschreiten wird.«

»Und wenn wir ehrlich sind«, fügte Athanor hinzu, »ist der Begriff Feinde ziemlich weit gefasst. Habt ihr euch nicht seit dem Ende des Alten Reichs als Feinde der Menschen betrachtet?«

»Nein. Wir haben die Menschen als *unsere* Feinde betrachtet. Das ist ein Unterschied.«

Nun verzog Athanor spöttisch das Gesicht. »Ihr habt die Trolle Menschen töten lassen, nur weil sie euch nicht zu nahe kommen sollten. Wie sehen die Toten das wohl?«

Drohend beugte sich Davaron über den Tisch. »Ich werde einen Boten aussenden, damit sie beim Heer von dieser Geschichte erfahren. Vielleicht erhalten wir dann neue Befehle. Aber bis dahin wirst du tun, was der Hohe Rat angeordnet hat, sonst koche ich dein Gehirn in deinem eigenen Blut.«

Athanor erwiderte fest seinen Blick. »Nicht, bevor die Trolle aus Nehora hier sind.«

# 23

Bis die Verstärkung eintraf, würde es nicht mehr lange dauern. Athanor hatte die halbe Nacht wach gelegen, weil er eine Entscheidung treffen musste, bevor die Trolle vollzählig waren. Außerdem benahmen sich die dummen Kerle mit jedem Tag mürrischer und aufmüpfiger, sodass Davaron ihm nach dem Harpyien-Appell noch einmal misstrauische Fragen gestellt hatte. Spätestens wenn er den Marschbefehl gab, würden die Trolle ihm die Entscheidung abnehmen. Dessen war er mittlerweile sicher.

Die einzige Lösung, die ihm eingefallen war, würden die Elfen ihm vermutlich nie verzeihen. Dabei lag auf der Hand, dass sie bei einem Aufstand der Trolle nur verlieren konnten. Entweder starben Elfen beim Versuch, die Rebellion zu unterdrücken, oder sie töteten die Trolle und starben anschließend, weil sie allein gegen die Untoten kämpfen mussten.

*Warum mische ich mich da überhaupt ein?*, fragte er sich nicht zum ersten Mal, als er zu Orkzahn ging, um ihm seinen Plan vorzuschlagen. Er hätte einfach seine Sachen packen und davonreiten können – und wieder alles verloren. Vor allem die Aussicht auf unsterblichen Ruhm. Denn wenn sein Plan aufging, würden sich Elfen und Trolle auf ewig an ihn erinnern.

»Können wir irgendwo ungestört reden?«, erkundigte er sich, als er Orkzahn im Lager der Trolle beim Schnitzen eines Speers antraf.

Orkzahn nickte nur und lud ihn mit einer Geste unter einen der Felsvorsprünge am Fuß Uthariels ein. Durch ein Vorzelt aus schlecht gegerbtem Leder war das Innere von außen nicht sichtbar. Der Gestank, der Athanor darin entgegenschlug, raubte ihm den Atem. Zwischen den modrigen Fellen, auf denen die Trolle schliefen, lagen faulige Reste abgenagter Knochen. Wenn sie schon vor dem Einschlafen naschen mussten, konnten sie die Abfälle nicht wenigstens am nächsten Morgen mit hinausnehmen? Ihnen fehlten wohl einfach die Diener, die nach den Gelagen theroischer Krieger verschütteten Wein und Erbrochenes beseitigten, bevor sich ihre Herren wieder aus den Betten erhoben. Wenigstens bot Orkzahn ihm nicht an, sich auf einem der Felle niederzulassen. Stattdessen führte er ihn ins Halbdunkel dahinter, wo der geräumige Unterstand in eine niedrige Höhle überging. Der Troll musste sich setzen, um hier Platz zu finden. Argwöhnisch sah Athanor in den engen Gang, der sich rasch in Schwärze verlor. »Wo führt er hin?«

»Nirgends. Er endet sehr bald.« Athanor brummte zufrieden und setzte sich auf den blanken Fels. »Ich habe dir einen Vorschlag zu machen. Allerdings werde ich mich darauf verlassen müssen, dass du in der Lage bist, *alle* Trolle von diesem Plan zu überzeugen, sonst kann er nicht gelingen. Glaubst du, dein Einfluss reicht dazu aus?«

»Das kommt darauf an.«

*Tja, was habe ich erwartet?* Natürlich konnte Orkzahn nicht für alle Trolle sprechen. Aber auf ein Risiko mehr oder weniger kam es bei diesem Irrsinn wohl ohnehin nicht an. »Ich habe vor, das *Herz der Trolle* zu stehlen.«

Orkzahn riss die kleinen gelben Augen auf. Aus den Tiefen seines Barts drang nur ein erstickter Laut.

»Ja, so ungefähr stelle ich mir die Gesichter der Elfen auch vor, wenn sie es merken. Obwohl es nur zu ihrem Besten sein wird.«

Der Troll blinzelte und gurgelte, bis ihm endlich ein verständliches Wort gelang. »Warum?«

»Weil es sonst keinen Gewinner geben wird. Ihr begehrt auf, sterbt, die Elfen verlieren gegen die Untoten und sterben auch.« Nur dass sie es niemals glauben würden, wenn er es ihnen sagte.

Orkzahn schien um einiges vernünftiger zu sein, denn er nickte, obgleich er noch immer verwirrt aussah.

»Natürlich erwarte ich eine Gegenleistung dafür.«

Wieder nickte der Troll. Sein Blick gewann Festigkeit zurück. »Das ist gerecht.«

»Als Preis für ihre Freiheit sollen sich deine Männer von mir nach Theroia führen lassen.«

Orkzahn zog die schwarzen Brauen zusammen. »Warum sollten wir noch für die Elfen kämpfen, wenn wir frei sind?«

»Ihr würdet nicht für die Elfen in die Schlacht ziehen, sondern für euch selbst. Denk nach! Wenn die Elfen den Untoten unterliegen, werdet ihr eure Heimat allein gegen sie verteidigen müssen, und ich bin nicht einmal sicher, ob wir sie *mit* den Elfen besiegen können!«

Brummend rieb sich der Troll die bärtige Wange. »Es wird ihnen nicht schmecken«, sagte er nach einer Weile. »Aber du hast recht. Wir müssen klug sein, sonst enden wir wie die Menschen.«

»Ja, die waren nicht besonders klug«, murmelte Athanor. *Vor allem ich.* »Glaubst du, dass du sie von meinem Plan überzeugen kannst?«

»In ihnen steckt viel Groll. Ihr Menschen und Elfen verändert euch ständig. Jeden Tag sagt und fühlt ihr etwas anderes. Wir Trolle sind wie der Fels, aus dem wir geschaffen wurden. Es stecken auch Wasser und Feuer in uns, aber sie haben es schwer.«

Wieder glaubte Athanor, Orkzahn werde gleich zwinkern, doch der grinste nur verhalten.

»Nun, steter Tropfen höhlt den Stein, also in diesem Fall den Troll. Du wirst ein paar Tage Zeit haben, um sie auf meine Rückkehr einzustimmen, schätze ich. Der Schwachpunkt meines Plans ist nämlich, dass ich noch keine Ahnung habe, wie ich an dieses Herz herankommen soll. Ich weiß nicht einmal, wo es aufbewahrt wird.«

»Das kann ich dir sagen«, behauptete Orkzahn.

»Was? Die Elfen waren so dumm, euch zu verraten, wo es ist?«

»Nein. Aber auch Trolle können etwas herausfinden, wenn sie ein paar Hundert Jahre Zeit haben.«

»Tatsächlich?«, lachte Athanor. »Von einem anständigen Fels hätte ich erwartet, dass er tausend Jahre braucht.«

»Du verwechselst uns mit den Riesen. Die denken so langsam, dass dir ein grauer Bart wächst, bevor sie einen Satz gesagt haben.«

»Hast du schon einmal mit einem Riesen gesprochen?«

»Ist mein Bart grau?«

Gemeinsam lachten sie, und Athanor wischte sich Tränen aus den Augen. Es dauerte einen Moment, bis er zum Ernst seines wahnwitzigen Plans zurückfand. »Ja, also wenn die Elfen es euch nicht verraten haben, wie seid ihr dann darauf gekommen? Habt ihr aus Hinweisen auf einen bestimmten Ort geschlossen?« Bevor er sich auf Orkzahns Angaben verlassen durfte, musste er wissen, wie zuverlässig sie waren. Ihm blieb keine Zeit, nur auf Verdacht ans andere Ende der Elfenlande zu reiten.

Der Troll sah ihn an, als könne er ihm gerade nicht folgen.

»Ein ... Späher«, begann er unsicher, »hat es uns gesagt.«

»Ihr hattet einen Spitzel? Jemanden, der sich für euch bei den Elfen umgehört hat?«

Orkzahn nickte.

*Hm. Wie vertrauenswürdig war dieser Kerl? Und wer sollte es überhaupt gewesen sein? Die Elfen pflegten doch keinen Umgang mit vermeintlich niederen Wesen.* »Wäre es möglich, dass ich selbst mit ihm spreche?«

Wieder grinste der Troll. »Du sprichst doch täglich mit ihm.«

»Ähm ...«

»Es ist eine Harpyie. Chria.«

*Ich hätte nicht vergessen dürfen, dass mir Davaron nachspioniert,* ärgerte sich Athanor, als ihm der Elf am Fuß des Steigs zur Festung begegnete.

»Wenn ich nicht wüsste, dass du es sinnloserweise auf Elanya abgesehen hast, würde ich unterstellen, dass du gerade ein Stelldichein mit deinem Trollfreund hattest. Aber vielleicht darf man als letzter Mensch auch nicht wählerisch sein«, höhnte Davaron und wich lachend Athanors Fausthieb aus.

*Besinn dich! Er will dich nur provozieren, damit dir etwas Unbedachtes entschlüpft,* mahnte eine leise Stimme in Athanors Wut hinein. Zähneknirschend senkte er die viel zu fest geballten Fäuste. Wie viel sollte er sich noch von diesem Bastard gefallen lassen? Doch er bezwang sich und setzte ein grimmiges Lächeln auf. Wenn er an seine nächsten Worte dachte, musste er es nicht einmal spielen. »Nur damit du's weißt. Als dich die Tür ins Reich der Träume geschickt hatte, war Elanya gar nicht so abweisend, wie du glaubst.«

In Davarons überhebliche Miene stahl sich Unsicherheit. »Das erfindest du nur!«

Athanor lächelte noch breiter und wusste, dass der Elf an seiner Haltung ablesen konnte, dass er die Wahrheit sagte. »Frag sie doch.«

»Das werde ich«, drohte Davaron, doch sein Blick verriet, dass er es nicht tun würde.

*Glück gehabt.* Athanor bemühte sich, seine Erleichterung nicht zu zeigen. Elanya hätte ihm sicher übel genommen, dass er mit solchen Andeutungen über sie prahlte.

»Und jetzt sag mir endlich, was du mit dem Troll zu besprechen hattest!«, fuhr ihn Davaron an.

»Dasselbe, was ich *dir* gestern erzählt habe. Dass wir nicht nach Nekyra, sondern nach Theroia marschieren werden.«

»Das steht noch nicht fest!«

*Sehr gut. Er hat den Köder geschluckt.* »Für mich tut es das.«

»Morgen werden die letzten Trolle eintreffen, und dann wirst du sie nach Nekyra führen, bis wir einen anderen Befehl erhalten!«

»Dann kann ich nur hoffen, dass dein Bote das Heer verdammt schnell erreicht. Ich werde nämlich nicht im Zickzack durch dieses totenverseuchte Land ziehen, nur weil du zu feige bist, um eigene Entscheidungen zu treffen!«

Der Vorwurf brachte den Elf lange genug zum Schweigen, damit sich Athanor an ihm vorbeidrängen und an den Aufstieg zur Festung machen konnte. Davaron dabei anzurempeln war das Mindeste, was er an Genugtuung brauchte.

Bis zum Abend bekam er Davaron nicht mehr zu Gesicht, doch rechtzeitig zum Appell der Harpyien tauchte er wieder auf, lungerte in Hörweite herum und behielt ihn genau im Auge. Wie sollte er Chria nun bedeuten, sich später mit ihm zu treffen?

»Für so einen beschissenen Tag bekommen wir einen verdammt herrlichen Sonnenuntergang«, sagte er schließlich, als rede er mehr mit sich selbst.

»Beschissen!«, kreischte Chria, und einige der dümmeren Harpyien nahmen den Ruf mit krächzendem Lachen auf.

»Dämliche Biester«, schimpfte Davaron, während sie in alle Richtungen davonflatterten.

»Wenn ihr Schöpfer nicht schon verflucht wäre, würde ich ihn noch einmal aus der Welt verbannen«, stimmte Athanor ihm zu. »An einen Ort, an dem er den ganzen Tag ihre Stimmen ertragen muss.« Hatte da wirklich gerade ein Schmunzeln Davarons Mundwinkel umspielt? *Vielleicht sollte ich nicht zu dick auftragen, sonst merkt er, dass ich ihn einlullen will.* »Obwohl *deine* Gesellschaft eigentlich auch eine angemessene Strafe wäre.«

Sogleich verdüsterte sich die Miene des Elfs wieder. »Das Kompliment kann ich uneingeschränkt zurückgeben. Dass du dich selbst erträgst, kann ich mir nur durch deinen beschränkten Verstand erklären.«

Fast hätte Athanor gelacht, aber er gestattete sich nur ein Grinsen. »Soll ich dir was sagen? Deine Beleidigungen nutzen sich ab. Lass dir was Neues einfallen, um mich zu ärgern.«

»Das wäre zu viel der Ehre«, schnappte Davaron. Ohne ein weiteres Wort stapfte er die Treppe hinab und ging zu Elidian hinüber, der auf seinem Greif von einem Spähflug zurückgekommen war. Doch er hegte noch immer einen Verdacht. Obwohl er sich mit dem jüngeren Grenzwächter unterhielt, schweifte sein Blick ab und an zu Athanor hinauf.

Athanor blieb nichts anderes übrig, als in sein Quartier zurückzukehren. Solange er sich auf dem Wehrgang herumtrieb, nährte er nur Davarons Misstrauen. Im Empfangssaal wanderte er auf und ab und überdachte seine Möglichkeiten. Da die Trolle aus Nehora für den nächsten Tag erwartet wurden, musste er noch in dieser Nacht verschwinden. Seine plötzliche Abwesenheit würde die Elfen vielleicht lange genug verwirren, um den Abmarsch zu verzögern, denn wer sollte die Trolle an seiner Stelle anführen. Davaron beanspruchte den Posten wahrscheinlich für sich, doch Valarin war zu Mahaleas geheimem Vertreter als Kommandant Uthariels bestimmt worden. Womöglich hatte er andere Vorstellungen von der richtigen Vorgehensweise als sein jüngerer, unbeliebterer Konkurrent.

Das farbige Licht, das durch die bunten Fenster fiel, verblasste allmählich. Stand Davaron immer noch auf dem Hof herum, um ihn zu überwachen? Athanor öffnete eine der Klappen, die man in die großen Fenster eingelassen hatte, und spähte hinaus. Elidians und Valarins Greife hatten sich in ihre Mauernischen zurückgezogen und glätteten mit den Schnäbeln ihr Gefieder. Die Festungsgebäude warfen lange Schatten, deren Umrisse im Dämmerlicht bereits verschwammen. Von einem Elf war von hier aus nichts zu sehen.

Leise ging Athanor durch den Flur, lauschte auf das schleifende Geräusch aus der Kammer des Jungen, das von einem Wetzstein stammte. Obwohl er erst vom Holzschwert zur ungeschliffenen Übungsklinge aufgestiegen war, konnte es der junge Elf wohl nicht mehr abwarten. Es gab also auch unter Elfenwelpen nicht nur Weichlinge, die vor blitzendem Stahl erschreckten.

Das lästige Windspiel, das bei jedem Eintreten geklimpert hatte, war auf Athanors Befehl längst verschwunden. Solcher Tand passte höchstens in itharische Frauengemächer, aber nicht in eine Festung. Schwungvoll öffnete er die Tür. Falls sich noch jemand draußen herumtrieb, durfte es nicht aussehen, als hätte er etwas zu verbergen. Er trat hinaus und blickte sich um. Kein Elf weit und breit. Die Greife sahen nur kurz auf und wandten sich wieder der Pflege ihrer Federn zu.

Athanor stieg auf den Wehrgang. Obwohl sich die Sonne längst hinter die westlichen Hügel zurückgezogen hatte, war es hier oben noch heller als im schattigen Hof. Chria hockte an der Kante über dem Abgrund und kratzte sich mit einer Klaue im Federkragen, dass ihre Brüste zitterten. Das gerissene Luder horchte also die Elfen aus, um den Trollen zu helfen. Aber warum? Durfte er ihr überhaupt vertrauen? Konnte sie ihn nicht ebenso gut verraten, wie sie die Elfen hinterging? Er hatte keine Wahl. Die Zeit lief ihm davon.

»Orkzahn sagt, du wüsstest, wo ich einen gewissen, sehr großen Edelstein finden kann.«

Die Harpyie wandte sich ihm zu. Trotz ihres Schnabels verstand er ihre Aussprache immer besser. »Darüber hat er mit dir gesprochen? Wie dumm von ihm.«

»Er hätte es sicher nicht getan, wenn ich nicht gesagt hätte, dass ich diesen Stein an einen besseren Aufbewahrungsort bringen will.«

Chria legte den Kopf schief. »Wo wäre dieser Ort?«

»Näher an einem Troll.«

»Du spielst gefährliche Spiele«, stellte sie fest.

»Du auch.«

Ihr raues Lachen klang, als müsste sie ersticken. »Du weißt nichts darüber.«

»Dann klär mich auf.«

»Nein. Du willst etwas von mir. Ich stelle die Bedingungen.«

*Hol's der Dunkle!* Das Biest war durchtriebener, als er geahnt hatte. »Was verlangst du?«

»Dass du die Elfen um ihre Sklaven bringen willst, ist mir schon einiges wert. Deshalb will ich bescheiden sein. Wenn ich dir helfe, schuldest du mir einen Gefallen.«

»Welche Art von Gefallen?«

»Wenn ich das jetzt bereits wüsste, würde ich genau das von dir verlangen. Aber im Moment bist du über die Trolle hinaus nicht von Nutzen für mich.«

*Worauf lasse ich mich hier eigentlich ein?*

»Ich weiß noch nicht, wann ich die Einlösung verlangen werde – falls du dich das gerade fragst. Es könnte in ein paar Tagen sein. Aber das kommt mir unwahrscheinlich vor. Viel eher könnte es in ein paar Jahren sein, wenn wir sehen, was aus alldem hier geworden ist.«

»Also gut.« Eine Hand wusch die andere. So war es nun einmal, wenn man allein nicht weiterkam. »Du sollst deinen Gefallen haben.«

Wieder lachte die Harpyie. »So ist es immer. Alle zögern. Bis ich sage, dass sie ihr Versprechen vielleicht erst in ferner Zukunft einlösen müssen. Als ob es etwas ändern würde.«

»Danke, jetzt fühle ich mich doch gleich besser.« *Verfluchtes Halbweib!*

»Es ist nicht allzu weit von hier«, eröffnete sie ihm. »Kaum mehr als ein Tagesritt.«

»Warum haben die Trolle dann nie versucht, sich selbst zu befreien? Du hättest sie hinführen können.«

»Es befindet sich an einem Ort, den ein Troll nicht erreichen kann. Die Elfen handeln vorausschauend. Sie wissen, dass starke Mauern oder Krieger die Trolle nicht aufhalten können. Alles, was sie gegen sie in der Hand haben, ist ihre Magie.«

Athanor verzog das Gesicht. »Ein begnadeter Zauberer bin ich auch nicht gerade. Weshalb sollte ich also leichter hineingelangen als ein Troll?«

»Wer hat behauptet, dass es leicht wird? Ich habe Kithera bislang nur von außen gesehen. Was dich darin erwartet, weiß ich nicht. Willst du immer noch hin?«

Wollte er? Chrias Andeutungen klangen nicht ermutigend. Aber das waren auch die Alternativen nicht. Mit leichten Aufgaben gewann man nun einmal keinen Ruhm. *Spielen wir eine neue Runde, Dunkler.* »Ich habe mich den Zwergen und den Untoten gestellt. Irgendwie werde ich auch mit den Elfen fertig.«

Hatte er wirklich alles bedacht? Elidian und Davaron schliefen unten, in den Waldhäusern, weil die Elfen die fensterlosen engen Kammern der Festung hassten. Der Junge war keine Gefahr für ihn. Blieb nur Valarin, der als stellvertretender Kommandant auf Uthariel residieren musste. Wenn Valarin ihn dabei überraschte, wie er Chria das Seil gab, hetzte der Elf womöglich die Greife auf ihn.

Athanor packte den Knochen vom Abfallhaufen der Greife fester und öffnete die Tür zu Valarins Quartier. Mit kaum hörbarem Quietschen der Angeln schwang sie auf. Angespannt blieb er stehen und lauschte. Sollte der Elf nicht schlafen, wäre er nun gewarnt. Gleichmäßiges Atmen drang aus der Finsternis, doch es konnte ein Trick sein, um ihn zu überrumpeln. Nach dem Sternenlicht auf dem Hof war es hier schwarz wie im Schattenreich. Wachsam schlich Athanor weiter, wartete nach jedem Schritt, bis sich seine Augen angepasst hatten. Allmählich schälte sich die Kammer samt ihrer kargen Einrichtung aus der Dunkelheit. Valarins blasses Gesicht hob sich kaum von seinem Kissen ab. Athanor ließ den Blick über den Körper schweifen, der sich unter der Decke abzeichnete. Die Haltung wirkte natürlich. *Keine Anspannung, keine Falle.*

Entschlossen hob er die Hände, hielt den Knochen bereit.
»Valarin! Wach auf!«
Der Elf schreckte hoch, riss seinen Kopf direkt in Athanors Hieb. Reglos fiel er zurück. Auf seiner Stirn klaffte ein Spalt, aus dem Blut tropfte.
*Sie werden mich für all das hassen.* Doch wenn er die Trolle erst befreit hatte, kam es darauf auch nicht mehr an. Auch wenn sie nicht so aussahen, waren die Elfen hart im Nehmen. Valarin konnte jeden Augenblick wieder aufwachen. Rasch knebelte Athanor ihn, fesselte Hände und Füße und band seinen Gefangenen zuletzt noch am Bett fest. Erst dann verließ er die Kammer und zog die Tür hinter sich zu.
Draußen war alles so friedlich wie zuvor. Um die Greife nicht misstrauisch zu machen, bewegte sich Athanor, als sei nichts geschehen. Er holte die dicke Rolle Seil, die er neben der Treppe zurückgelassen hatte, und schleppte sie auf die Mauer. Oben erwartete ihn Chria bereits.
»Kannst du so etwas Schweres wirklich tragen, ohne abzustürzen?«, wunderte er sich.
»Ich kann nur *dich* nicht tragen«, gab sie zurück. »Außerdem geht es nur bergab. Sieh lieber zu, dass *du* heil nach unten kommst, sonst stellen sie morgen unangenehme Fragen.«
Athanor schnaubte nur und kehrte nach unten zu seinem spärlichen Gepäck zurück. Ohne das Seil sollte er den schmalen Steig auch im Sternenlicht gefahrlos hinabgehen können. Den Helm setzte er der Einfachheit halber auf, die Tasche hing er sich um, und den Schild fasste er am Griff.
Valarin lag verletzt in seiner Kammer. Es gab kein Zurück mehr. Athanor blickte ein letztes Mal zu den Sternen auf, die über Uthariel so nah aussahen. Wahrscheinlich würde er die Festung nie wieder betreten. *Was soll's?* Sie hatten ihn nie um seiner selbst willen hier haben wollen.
Auf dem Hof war es so still, dass er bei jedem Schritt das Rascheln der Pfeile in seinem Köcher hörte. Die Greife hatten ihre Schnäbel unter die Flügel gesteckt und rührten sich nicht. Athanor näherte sich dem schmalen Torweg. Wie eine dunkle Höhle klaffte die Öffnung in der Mauer.

Licht flammte darin auf. Geblendet riss Athanor die Hand vors Gesicht, beschattete seine Augen. Vor dem Lichtschein zeichnete sich die Silhouette eines Elfs ab.

»Hast du wirklich geglaubt, dass du damit durchkommst?«, fragte Davaron und trat auf ihn zu.

»Womit?«, erwiderte Athanor, um Zeit zu gewinnen. Das Licht stammte von einer Laterne, die hinter Davaron stand. Weitere Elfen konnte er auf die Schnelle nicht entdecken.

»Spar dir die Spielchen. Deine Trollfreunde haben so laut über den Plan diskutiert, dass ich mich nicht einmal anschleichen musste.«

»Verdammt!« Wie kam er aus dieser Klemme, ohne von Davaron geröstet zu werden?

»Soll ich nachhelfen, oder legst du deine Waffen freiwillig ab?«

Athanor setzte eine zwiespältige Miene auf. Sicher konzentrierte sich Davaron bereits auf einen Zauber. Er musste ihn stören – schnell. »Schon gut.« Er zog sein Schwert und beugte sich vor, als wollte er es ablegen. Zugleich holte er jedoch mit dem anderen Arm aus und schleuderte dem Elf den Schild entgegen. Noch während das Geschoss in der Luft war, stürmte er hinterher.

Davaron riss seine Klinge heraus und fegte den Schild damit zur Seite. Schon war Athanor bei ihm, deckte ihn mit einer Folge schneller, harter Schläge ein. Sobald sich ihre Klingen verhakten und der Elf zurückwich, setzte Athanor nach. Jede Atempause würde der Bastard zum Zaubern nutzen.

Davaron parierte, verschaffte sich mit einer Finte Luft, griff an. Mit hässlichem Schaben glitt die Elfenklinge am Kettenhemd ab. Einen Lidschlag lang fehlte Davarons Bein die Deckung, bevor er zurücksprang. Athanor stieß in die Lücke, schnitt in den Schenkel des zurückweichenden Elfs.

Davaron entfuhr ein zorniger Laut. Zufrieden bemerkte Athanor das Blut, das aus der tiefen Wunde quoll. Mit einer noch heftigeren Attacke drängte er ihn zurück, versuchte, ihn in den engen Gang zu zwingen. Doch Davaron wich aus und konterte den nächsten Angriff mit einem Stoß. Eisen knirschte,

Athanor spürte den Stich, noch bevor er zurücksprang. Ein dunkler Tropfen fiel von Davarons Schwertspitze.

Wütender denn je griff Athanor wieder an, trieb den Elf durch die schiere Wucht der Hiebe vor sich her. Davaron tänzelte rückwärts, wehrte die Schläge ab, täuschte rechts eine Attacke an, um mit links nach Athanors Schwertarm zu greifen. Zornig knurrte er, als sein Armstumpf wirkungslos an Athanors Handgelenk prallte.

»Mit dem Trick ... ist es vorbei«, stieß Athanor hervor und zwang ihn einen weiteren Schritt rückwärts. Davarons Beine bewegten sich langsamer, unsicherer. »Du kannst nicht ewig ausweichen. Na los, greif an!«, spottete Athanor, ohne dem Elf Zeit dafür zu geben. Erneut drang er auf ihn ein, zwang ihn zu Paraden. Einige verwandelte Davaron geschickt in Konter, denen Athanor nur mit Mühe entging. Stahl ritzte seine Hand, als er die Elfenklinge mit dem linken Arm beiseite schlug. Ein Treffer am Helm warf seinen Kopf zur Seite, dass es in seinem Genick knisterte. Blindlings hackte er nach Davaron, um sich Raum zu verschaffen, bis sich sein benommener Blick klärte.

»Ich bin hier«, höhnte Davaron und drehte sich aus Athanors Reichweite. Doch in der Bewegung gab sein Bein plötzlich nach. Athanor sah, wie es einknickte, als sei es nur noch ein Grashalm. Einen Moment lang rang Davaron um sein Gleichgewicht wie ein Betrunkener, ruderte mit den Armen, aber selbst das wirkte kraftlos. Matt sackte er zu Boden, den düsteren Blick auf Athanor geheftet.

*Das muss der Blutverlust sein.* Der riesige dunkle Fleck auf der Hose sprach für sich. Athanor schnappte nach Luft, sah auf den Elf hinab. Keuchend kauerte Davaron vor ihm, blinzelte gegen schwere Lider an.

*Bring es zu Ende!*, zischte seine Wut. Er hob das Schwert.

*Er ist wehrlos und wird ohnehin sterben*, flüsterte ihm eine andere Stimme ein, die verdächtig nach Elanya klang. *Elanya.* Knurrend ließ er das Schwert sinken. Wenn er das Arschloch ohne Not umbrachte, würde sie ihm niemals verzeihen. Weil er diesem Ewigen Licht eine Seele vorenthielt.

Mit einem Mal wurde es unter seinem Helm so heiß, dass

ihm der Schweiß nicht mehr in die Stirn perlte, sondern in Strömen die Schläfen hinabrann. Ihm war, als schrumpfe der Helm, als legte er sich wie eine eiserne Faust um seinen Kopf und drückte zu. Der Geruch heißen Metalls stieg ihm in die Nase. Sein Blick fiel auf Davaron, dessen Lippen in kaum sichtbarem Spott verzogen waren.

»Verfluchter Bastard!«, brüllte Athanor im gleichen Augenblick, da der Elf mit flatternden Lidern vornüberfiel. Darauf gefasst, dass sich glühender Stahl in seine Finger brennen würde, riss er sich den Helm vom Kopf. Doch das Metall war kühl und landete nur scheppernd auf dem Pflaster. Das beklemmende Gefühl um seinen erhitzten Kopf wich dagegen nur langsam. Den Geruch musste er sich eingebildet haben, die Glut nicht.

Der Helm rollte vor die Füße des Jungen, den Athanor erst jetzt bemerkte. Nur mit einer Hose bekleidet stand er auf dem Hof und starrte entsetzt auf den sterbenden Elf. Obwohl er das frisch geschliffene Schwert in der Hand hielt, hing sein Arm nutzlos herab.

*Ein Krieger wird er nicht.* »Was stehst du da und glotzt? Der Mann verblutet! Her mit deiner Hose, und dann holst du anständigen Verbandsstoff, hopp!«

Erst zögernd, dann hastig streifte der Junge die Hose ab und reichte sie Athanor aus so großer Entfernung wie möglich, bevor er davonrannte.

»Glaub nur nicht, dass ich das für dich tue«, murmelte Athanor, während er sein Schwert in die Scheide schob. Rasch löste er Davarons Schwertgurt, wickelte die Hose um das verletzte Bein und zurrte sie mit dem Gürtel so fest wie möglich. »Ich weine nicht, wenn's zu spät war.«

Elidian erwachte vom Klang eines Horns. Verschlafen rieb er sich die Augen. Draußen war es noch dunkel, und der klagende Ton hätte ebenso gut von einem großen Tier stammen können. *Was soll… Das Horn!* Mit einem Schlag war er hellwach und sprang auf. Noch nie hatte er das warnende Horn Uthariels vernommen. Was war geschehen? Hastig zog er Kleider und Rüstung über, während sein Blick durch das Quartier schweifte, das er mit drei anderen Grenzwächtern teilte. Davarons Lager sah unberührt aus, obwohl er nicht für die Nachtwache eingeteilt gewesen war. Dass die beiden anderen fehlten, wunderte ihn dagegen nicht. Nebenan hörte er Deamath schnarchen. Vermutlich war Deamath nicht nur der dickste Elf, sondern auch der einzige, der so geräuschvoll schlief. Da zwei seiner Zimmerkameraden gefallen waren und Elanya in Ardarea weilte, störte sich wenigstens niemand mehr daran.

»Deamath!«, rief Elidian, gürtete sich mit seinem Schwert, stülpte den Helm über und griff nach seinem Schild, bevor er aus dem Zimmer stürmte. »Deamath!« Donnernd trommelte er mit der Faust gegen die Tür des Nachbarraums.

»Ja doch!«, kam es gequält von innen. »Was ist denn?«

»Das Horn! Wir werden angegriffen!«

Wieder erklang es wie ein Ruf aus alten Tagen von den Felsen herab. Elidian wartete nicht auf Deamath, sondern rannte hinaus. Wenn niemand mit Befehlen von Uthariel herunterkam, musste er eben hinauf.

Am Fuß der Steilwand verteilten sich verwirrte Trolle. Sie hielten Speere bereit und spähten in den Wald, doch es gab keine Ordnung unter ihnen. In ihrer rauen Sprache riefen sie sich Fragen zu, die Elidian nicht verstand.

»Bildet eine Verteidigungslinie!«, rief er ihnen zu, als sie ihn entdeckten. Warum zum Nichts flog Valarin nicht auf seinem Greif herab, um den Trollen Befehle zu erteilen? Oder war der Mensch, der vor ihnen den Kommandanten spielte, bereits auf dem Weg nach unten? Sollte er hier warten und für Ordnung sorgen, bis Athanor eintraf?

Er wünschte, Mahalea wäre auf Uthariel. Sie hätte sicher für klare Anweisungen gesorgt. Fünf Trolle umringten ihn, brüllten durcheinander.

»Wer greift uns an?«

»Sind es die Untoten?«

»Wir kämpfen nicht mehr für euch, ihr Weichlinge!«

»Halt's Maul, Flaumbart!«

»Was sollen wir tun?«

Der Wall aus riesigen wütenden Gestalten rückte bedrohlich

näher. »Bildet eine Verteidigungslinie!«, wiederholte Elidian und merkte, dass es schrill klang. »Ich habe auch nur das Horn gehört. Lasst mich raufgehen und nachfragen!«

»Los!«, fuhr ein schwarzhaariger Troll die anderen an. Elidian glaubte, ihren Anführer zu erkennen. Warum sahen sie mit ihren Bärten nur alle so gleich aus? »Lasst ihn durch, bevor er sich in die Hosen scheißt!«

Lachend gaben die Ungeheuer eine Gasse frei. Er schämte sich dafür, doch Elidian rannte hindurch. Nur weg von diesen stinkenden Ungetümen, die ihm mit einer Hand jeden Knochen brechen konnten. Wie hatte Athanor ihren Anführer besiegt, obwohl er nicht einmal über Magie verfügte? Elidian hatte sich nicht viel dabei gedacht, als er von der Tat des Menschen gehört hatte, aber jetzt ...

Wo waren denn alle? Im Licht der Sterne eilte er so schnell zur Festung hinauf, dass er strauchelte. Vergeblich fuhr seine Rechte suchend durch die Luft. Ihm war, als gefriere sein Körper innerhalb eines einzigen Lidschlags. Der Schild streifte Fels, hing kurz fest. Der winzige Halt genügte Elidian, um sich mit einem Ruck wieder aufzurichten.

*Langsam!* Vorsichtiger lief er weiter, hielt den Schild nun mit der rechten Hand. Der Weg war steil und weit. Auf dem letzten Stück wurden ihm die Beine so schwer, dass er erneut stolperte, doch er fiel auf ein Knie, ohne über den Abgrund zu geraten. Keuchend stemmte er sich wieder hoch, schleppte sich weiter.

Endlich kam die Tür der Festung in Sicht. Sie stand offen, und Licht fiel aus dem Gang auf den Pfad. Das Horn war längst verstummt, aber warum hörte er auch keine Stimmen? Weshalb war ihm niemand entgegengekommen? Konnte die Festung selbst angegriffen worden sein, hier oben, wo niemand ungesehen hinkam, weil Harpyien, Trolle und Elfen die ganze Nacht patrouillierten?

Erst jetzt fiel ihm auf, dass er auch keine Harpyie gehört hatte. Natürlich schliefen jene, die nicht auf einem Spähflug waren, aber hätte das Horn sie nicht wecken müssen? Er blickte zum Himmel hinauf und sah einige von ihnen als lautlose Schatten vor den Sternen kreisen. Irgendetwas stimmte hier nicht. Er wechselte den Schild wieder auf den linken Arm und zog sein Schwert. Wachsam näherte er sich dem Eingang der Festung. Eine leise Stimme hallte im Torweg, doch die Laterne, die am anderen Ende stand, blendete ihn zu sehr. Wer auch immer sich dort aufhielt, würde ihn sehen, sobald er einen Fuß in den Gang setzte, also drückte er sich neben der Tür an die Wand und spähte um die Ecke. Schatten huschten über den Hof. Mehr konnte er nicht entdecken. »Valarin? Bist du das?«

»Elidian! Na, endlich!« Valarin klang erfreut, aber seiner Stimme fehlte Kraft.

Elidian ließ alle Bedenken fallen und eilte zu ihm. »Was ist passiert?«, rief er, noch bevor der hingestreckte Körper auf den Pflastersteinen in Sicht kam. Der Anblick verschlug ihm die Sprache. Unwillkürlich sah er sich nach dem Feind um, der dafür verantwortlich sein musste. Wie hatte so etwas in Uthariel geschehen können?

»Ist dir der Verräter begegnet?«, fragte Valarin. Um den Kopf trug er einen Verband. Blut klebte in seinem Haar.

»Welcher Verräter? Ich verstehe nicht...«

»Es war der Mensch«, entfuhr es Retheons jungem Neffen aufgeregt. »Ich habe es genau gesehen.«

»Athanor?« Der Mann, der sie beim Heiligen Hain der Faune vor einem Desaster bewahrt hatte? Dem er gerade begonnen hatte zu vertrauen? »Aber... warum?« *Warum wohl*, verhöhnte er sich selbst. Hatte er nicht oft genug mit angehört, wie Davaron den Menschen beleidigt und gedemütigt hatte?

»Das weiß ich nicht«, antwortete Valarin. »Vielleicht ist es Teil eines Angriffs auf uns. Deshalb habe ich Alarm gegeben. Was ist bei euch dort unten los?«

»Nichts. Ich wurde durch das Horn geweckt. Und die Trolle sind in Aufruhr, weil sie nicht wissen, was vorgeht.«

»Du hast den Verräter also nicht gesehen.«

»Nein. Und woher wissen wir überhaupt, dass er ein Verräter ist? Die beiden haben sich ständig gestritten.« Elidian deutete auf Davaron, der reglos am Boden lag. Ein frischer Verband verdeckte eine Wunde im Oberschenkel. »Lebt er noch?« Davaron war weder liebenswert noch ein guter Kamerad, aber Elidian hatte ihn nie dafür verurteilt. Sie entstammten demselben Volk, und wie alle kannte er Davarons grausame Geschichte, den schrecklichen Verlust.

»Er lebt«, schnappte Valarin. »Aber ich weiß nicht, wie lange noch. Er hat viel Blut verloren, und Elanya ist nicht hier. Bevor du seinen Mörder verteidigst, solltest du fragen, woher die Wunde auf meiner Stirn stammt. Der Verräter hat mich ohnmächtig geschlagen und gefesselt! Das war nicht einfach nur ein Streit. Der Kerl hat irgendeine Schurkerei im Sinn.«

»Ich ... na ja, ich dachte, du hättest vielleicht versucht, die beiden zu trennen oder so ...«, stammelte Elidian. Er hatte Valarin nicht erzürnen wollen. Immerhin war er in Mahaleas Abwesenheit Kommandant. *Das ist alles Athanors Schuld!* Bestimmt hielt der Feigling den Kampf gegen die Untoten für verloren und machte sich deshalb aus dem Staub. Aber hätte er dafür Valarin fesseln müssen?

Valarin winkte ab. »Vergiss es. Ist nicht deine Schuld, dass mir der Schädel brummt.«

»Was machen wir denn jetzt?«

»Das weiß ich auch noch nicht. Hilf dem Jungen erst einmal, Davaron in meine Kammer zu tragen. Wenn er sich erholen soll, kann er nicht hier liegen bleiben. Ich muss Nachrichten an Mahalea und nach Anvalon schicken. Und du musst nach unten fliegen und den Trollen ...«

*Fliegen!* Elidian wirbelte herum. »Was ist mit den Greifen geschehen? Hat er ...« Die Chimären lagen an ihren Plätzen, doch sie verfolgten aufmerksam, was vor sich ging.

»Es geht ihnen gut«, befand Valarin. »Sie waren ein wenig aufgeregt, aber da sie beide Kämpfer kannten, haben sie nur zugesehen.«

Elidian atmete auf und erinnerte sich endlich daran, seine Klinge wieder einzustecken. Wenn Windschwinge verletzt worden wäre, hätte Mahalea bestimmt wieder ihm die Schuld gegeben. Valarin hatte die Augen geschlossen und hielt sich den Kopf. Er schwankte leicht, als sei ihm schwindlig.

»Soll ich dir in den Empfangssaal helfen?«, erkundigte sich

Elidian besorgt. Falls Valarin auch noch ausfiel, rückte ausgerechnet Deamath als Kommandant nach.

»Nein, schon gut. Kümmert euch endlich um ihn!« Elidian legte den Schild ab, schob seine Arme unter Davarons Achseln und half, ihn in Valarins Kammer zu tragen. Valarin stand nun ohnehin das Quartier des Kommandanten zu. Behutsam legten sie den Verletzten auf dem Bett ab, doch sie konnten nicht verhindern, dass sein Kopf unterwegs mal zur einen, dann zur anderen Seite baumelte und der ganze Körper durchgeschüttelt wurde. Aus Davarons Kehle drang ein Ächzen. In seinem Gesicht zuckte es.

»Davaron? Kannst du mich hören?«, fragte Valarin und beugte sich über den Verwundeten.

Davaron bewegte undeutbar den Kopf.

»Warum warst du mitten in der Nacht hier oben?«, bohrte Valarin. »Wusstest du, was vorgeht?«

Die Antwort war nur ein Stöhnen.

»Athanor, Davaron, du hast ihm nie getraut. Was hat er vor?«

Davaron wisperte etwas. Hatte er *Herz* gesagt? »Kithera.«

Elidian stockte der Atem. Kithera. Heras bedeutendstes Heiligtum. Das *Herz der Trolle* wurde dort aufbewahrt.

»Der Verräter will die Trolle befreien!«, rief Valarin. »Du musst sofort aufbrechen, Elidian! Auf einem Greif bist du ungleich schneller als er.«

Elidian nickte und wollte hinauseilen.

»Nein, warte! Hol dir erst Pfeile und einen Bogen aus der Waffenkammer. Wenn du ihn unterwegs siehst, schieß ihn vom Pferd!«

# 24

Der gerade erst aufgehende Mond tauchte die Landschaft tief unter Elidian in bleiches Licht. Mit kräftigen Flügelschlägen trug ihn der Greif durch die kühle Nachtluft. Elidian kniete auf Windschwinges Rücken und spähte nach unten, hielt den Bogen bereits in der Hand, einen Pfeil auf der Sehne. Uthariel verschwand aus seinem Blickfeld und wich den endlosen Wäldern. Ein enttäuschter, zorniger Laut entfuhr ihm. Obwohl die Bäume lichter standen als in den Menschenlanden, boten sie dem Verräter Schutz. Wie sollte er ihn aus der Luft entdecken?

*Möge der Wille eines Gottes geben, dass ich ihn finde*, hoffte er, doch er hatte gelernt, nicht an Erlösung durch die Götter zu glauben. Sie anzuflehen war vergebliches Mühen der Menschen. Jene, die wahre Macht hatten, standen dem Schicksal einzelner Wesen zu fern, um sich darum zu kümmern. Ihr Augenmerk war auf höhere Vorgänge gerichtet, Geschehnisse in jenen Sphären, von denen Elfen und Menschen kaum etwas ahnten. *Aber hier geht es um ganze Völker!* Vielleicht war sein Anliegen deshalb wichtig genug, um Beachtung zu finden.

Aus Windschwinges Kehle drang tiefes Grollen. Hatte der Greif etwas entdeckt? Mit neuem Eifer spähte Elidian zu beiden Seiten in den Wald hinab. Doch Windschwinge verdrehte den Kopf, legte sich plötzlich in eine Kurve.

»Heee! Was soll das?« Hastig suchte Elidian Halt. Ein Schatten glitt an ihm vorüber. Überrascht sah er auf. Weitere Schemen jagten auf ihn zu. Er erkannte Schwingen und Klauen. Adlerschreie zerrissen die Stille. Mit einer Hand krallte er sich in Windschwinges Fell fest, als der Greif dem Geschwader gerade so nach unten auswich. Fast verrenkte sich Elidian den Hals, um die Kreaturen im Auge zu behalten. Während sie sich auffächerten, glaubte er, Gesichter zu erkennen, vereinzelt auch Schnäbel. *Harpyien?* »Was soll das? Was habt ihr vor?«

Nur schrille Schreie schnitten in seine Ohren wie Messerklingen. Wieder grollte Windschwinge, öffnete drohend den Schnabel. Von allen Seiten hielten Chimären auf sie zu. Waren denn alle verrückt geworden? Elidian riss den Bogen empor, zielte auf einen der Gegner. Ihm blieb nur ein Lidschlag, doch der Moment genügte, um das kantige Gesicht zu sehen, die breite, flache Brust. *Ein Mann!*, schoss es ihm durch den Kopf, als der Pfeil von der Sehne schnellte. Von den Harpyienmännern hieß es, dass sie den Feinden ihres Schöpfers nie vergeben hatten.

Sein Geschoss schlug in die Schulter des Gegners, aber Elidian sah nicht mehr, was weiter geschah. Im Vorüberfliegen packte jemand seinen Bogen und zerrte ihn daran fast von Windschwinges Rücken. Er konnte gerade noch loslassen, warf sich zurück in den Nacken des Greifs, der mit gellendem Schrei auf einen Harpyienkerl hinabstieß. Mit einem geschickten Manöver wich der Gegner aus.

Elidians Herzschlag pochte bis in den Hals. Zum ersten Mal begriff er, warum Mahalea ihn für einen schlechten Greifenreiter hielt. Spähflüge waren eine Sache. Sie erforderten nur Mut. Er zog seine Klinge und beobachtete, wie sich der Schwarm seiner Gegner neu formierte. An Mut mangelte es ihm nicht, doch im Kampf behinderte er Windschwinge nur. Eine falsche Bewegung des Greifs, und er würde in die Tiefe stürzen. Ihm fehlte die Magie der Söhne Heras, die die Schwerkraft aufheben konnten.

Erneut jagten die Harpyien auf ihn zu. Sollte er landen, zwischen den Bäumen Schutz suchen? Aber dann würde er Kithera nicht rechtzeitig erreichen.

Entschlossen legte er die Beine um Windschwinges Leib, obwohl die Greife es hassten. Mit aller Kraft klammerte er sich fest, warf sich nach vorn, als sich der Greif in der Luft aufbäumte, um einen Gegner mit Pranken und Schnabel in Empfang zu nehmen. Schwingen rauschten. Federn wirbelten durch die Luft. Klauen schlossen sich um die Flügel des Greifs, der wild flatterte und um sich biss. Elidian schwindelte. Beinahe blindlings hieb er mit dem Schwert nach den Schwingen der Gegner, dem Einzigen, was in seine Reichweite kam. Noch mehr Federn flogen umher. Krallen scharrten über seinen Helm, drohten, sich darum zu schließen. Jäh stieß Elidian die Klinge nach oben, spürte, wie sie durch Widerstand stach. Der Harpyienmann kreischte, Krallen verhakten sich unter dem Rand des Helms.

*Er wird mir das Genick brechen!* Panisch zerrte Elidian das Schwert zur Seite, riss den Leib des Gegners auf. Blut regnete herab. Würgend erkannte er den Gestank aufgeschlitzter Eingeweide. Die Klauen lösten sich, schabten nur noch einmal über den Helm.

Rasch sah sich Elidian um. In Windschwinges Schnabel klemmte ein blutiges Stück Fleisch, das herausfiel, als der Greif erneut nach einem Gegner hackte. Ein Harpyienmann hielt noch immer die Spitze einer Greifenschwinge gepackt und flatterte auf der Stelle, um mit dem Schnabel weitere Schwungfedern herauszureißen. Elidian schlug nach ihm, doch die Missgeburt war zu weit entfernt. Wenn er doch nur seinen Bogen noch hätte ...

Weitere Harpyien setzten zu einem neuen Angriff an.

Elidian schnellte vor, hieb an Windschwinges Hals vorbei nach dem Kerl, der den Greif von vorn attackierte. Mühelos trennte die Klinge ein Stück Klaue ab. Trudelnd fiel die fingerlange Kralle aus Elidians Sicht. Ein harter Schlag traf ihn von hinten gegen die Schultern. Horn kratzte über seinen Harnisch. Klauen packten ihn, rissen ihn schneller mit, als er sich aufrichten konnte. Blindlings stocherte er mit dem Schwert über sich, doch die Wucht des Aufpralls hatte seine Beine von Windschwinges Rumpf gelöst. Er spürte, wie er im Griff des Harpyienkerls angehoben und über Windschwinges Kopf geschleudert wurde.

Dann ließen die Klauen los. Elidian fiel, ruderte schreiend mit Armen und Beinen, was nur bewirkte, dass er sich drehte. Anstelle der Bäume sah er nun die Sterne und die Umrisse der Harpyien davor – und einen Greif, der die Flügel anlegte.

Athanor staunte, wie schnell er in den lichten Wäldern der Elfen selbst im Sternenlicht reiten konnte. Doch vielleicht folgte sein Pferd auch nur den Elfenpfaden, die er nicht einmal bei Tag erkannte. Chria flog über den Baumkronen voran und zeigte sich ab und an in einer Lücke, um ihn wissen zu lassen, dass er auf dem richtigen Weg war.

Das Horn Uthariels war erschallt, als er gerade an den Unterkünften der Grenzwächter vorbeigehuscht war. Wie lange es wohl gedauert haben mochte, bis ihm Valarin Verfolger auf den Hals gehetzt hatte? An der Stelle des Elfs hätte er einen Greifenreiter ausgesandt, um ihn einzuholen. Dazu mussten sie jedoch erst einmal sein Ziel kennen. Hatte Davaron jemandem erzählt, was er herausgefunden hatte? Athanor traute ihm zu, es in seiner unermesslichen Arroganz nicht für nötig befunden zu haben. Wieder ertappte er sich dabei, dem Mistkerl den Tod zu wünschen. Aber mit Elanya wäre es dann vorbei, bevor es begonnen hatte.

*Denk an etwas anderes!* Allmählich klangen seine Gedanken schon wie die eines verliebten Esels. Demnächst würde er ihretwegen noch anfangen, dümmliche Lieder zu dichten. Wie Theleus, der einmal Verse über Anandras Brüste gesungen hatte, woran fast ihre Freundschaft zerbrochen war. *Denk an etwas anderes!* Doch das war nicht so einfach. Erst als ihn beinahe ein Ast vom Pferderücken fegte, blieb seine Aufmerksamkeit wieder auf den Weg gerichtet.

Nach einer Weile sah er von der Kuppe eines Hügels aus den ersten Schimmer des heraufdämmernden Tages am Horizont. Eine Bergkette, die ihm bereits aus der Ferne als schwarze Wand vor dem Himmel aufgefallen war, erhob sich nun ganz in der Nähe.

»Wir sind fast da«, verkündete Chria. Auch sie klang erschöpft, obwohl sie nicht so schwer atmete wie das Pferd. »Siehst du die Berge? Kithera liegt im Schatten des Gipfels, der aussieht wie der verbeulte Hut eines Zauberers.«

»Wird das Heiligtum bewacht? Können wir sicher sein, dass uns kein Bote aus Uthariel überholt hat? Ich will nicht ahnungslos in eine Falle reiten.«

»Du kannst unbesorgt sein«, behauptete die Harpyie. »Es leben Elfen in der Nähe, aber sie halten respektvollen Abstand von Kithera. Komm!«

Athanor trieb sein Pferd weiter, doch er blieb wachsam. Für gewöhnlich wurden heilige Stätten nicht bewacht, aber an dieser wurde immerhin ein für die Elfen wichtiges Artefakt aufbewahrt. Irgendwelche Sicherheitsmaßnahmen *mussten* sie ergriffen haben, um es dem Zugriff der Trolle zu entziehen. Oder hatte Chria recht, und sie verließen sich ausschließlich auf Magie? Die Vorstellung war nicht beruhigend. *Abwarten.* Er war zu weit gegangen, um jetzt einen Rückzieher zu machen.

Das Gelände stieg merklich an, auch wenn die Berge die meiste Zeit von den Bäumen verdeckt wurden. An manchen Stellen glaubte er, den Pfad zu erkennen, der sich den Fuß des Gebirges hinaufwand. Zu beiden Seiten rückten Abhänge näher, verengten sich zu einer Klamm, der Chria folgte, doch der Weg führte noch immer bergan. In der Schlucht herrschte Dunkelheit, obwohl die Sterne bereits in der Morgendämmerung erloschen waren. Bergschafe mit gewundenem Gehörn flohen vor dem einsamen Reiter, der ihren Wildwechsel kreuzte.

Auf einmal wichen die Wände zurück, und auch der Wald endete abrupt. Vor Athanor öffnete sich ein von niedrigen Bergen umgebenes Plateau, an dessen anderem Ende sich der Gipfel erhob, den Chria ihm gezeigt hatte. Die felsige Spitze ragte so weit in den Himmel hinauf, dass sie bereits im Licht der ersten Sonnenstrahlen leuchtete.

Die Hochebene dagegen lag noch im Schatten. Nebel stieg aus dem Boden auf, vor allem in ihrer Mitte, wo sich der Dunst geradezu auftürmte. Athanors Blick blieb an dem Wolkengebilde hängen. Da war mehr als nur …» Was zum Dunklen ist das?«

Chria landete neben ihm im Heidekraut. »*Das* ist Kithera.«

Mit jedem Augenblick wurde es ein wenig heller, sodass Athanor das Heiligtum immer deutlicher sehen konnte. Aus einer Erdspalte stieg weißer Dampf empor. Das Gebäude darüber erinnerte ihn an die hölzernen Pfahlbauten am Fallenden Fluss, nur dass es nicht auf Pfählen stand, sondern in stolzer Höhe über dem Boden schwebte. Weite horizontale Segel fingen die aufsteigende heiße Luft, doch das allein hätte niemals ein mehrstöckiges, sich nach oben verjüngendes Haus zu tragen vermocht. Es musste mächtige Magie im Spiel sein, so mächtig, dass sich Athanor mit seinem Schwert dagegen lächerlich vorkam. Nach dem Kampf, dem langen Ritt und der schlaflosen Nacht machte sich ein flaues Gefühl in seinem Magen breit. Sollte alles umsonst gewesen sein? Beim Anblick des schwebenden Turms aus elegant gefügtem, mit Schnitzwerk überzogenem Holz spürte

er mit einem Mal den Stich in der Seite, wo Davarons Schwert durch Harnisch und Kettenhemd gedrungen war. Seine Lider wurden schwer, und sein Blick verschwamm.
»Kämpf dagegen an!«, kreischte Chria. »Das ist ein Schutzzauber, der dich entmutigen soll.«
*Ihre Stimme könnte selbst Tote erwecken*, dachte Athanor und schüttelte die Trägheit ab. Zorn darüber, auf diesen Elfentrick hereingefallen zu sein, jagte die Schläfrigkeit aus seinem Kopf.
»Wie soll ich *dagegen* ankommen?« Wütend deutete er auf Kithera. »Ich wusste nicht, dass ihre Zauberei *so* stark ist.«
»Das ist sie nicht«, erwiderte Chria. »Ein Astar hat diese Stätte geschaffen. Seine Magie wirkt noch immer darin und lässt sie schweben. Allerdings wäre sie längst einem Sturm oder dem Schwinden des Zaubers zum Opfer gefallen, wenn die Elfen sie nicht erhalten würden. Selbst dafür ist bereits ein außergewöhnlicher Meister der Luftmagie erforderlich. Ich bin ein fliegendes Wesen. Ich würde mich nicht mit ihm anlegen. Aber du ...«
Nachdenklich rieb sich Athanor das Kinn. »Wenn das Herz nur von einem einzigen Magier bewacht wird ... Warum haben die Trolle nicht selbst versucht, es zu stehlen? Auch ein Elf muss irgendwann schlafen, und dann hätten sie ...«
»Ich hätte dich nicht für so dumm gehalten«, fiel die Harpyie ihm ins Wort. »Sieh doch hin! Wie sollte ein Troll dort hinaufkommen?«
»Na, so wie ich – mithilfe des Seils.«
Chria schüttelte den Kopf und verdrehte die Augen. »Sieh hin! Hast du eine Ahnung davon, wie schwer ein Troll ist? Der Turm schwebt, wie ein Floß auf dem Wasser treibt. Er würde sich neigen, und alles geriete aus dem Gleichgewicht. Das *Herz der Trolle* ist zerbrechlich, Mensch. Kithera zum Absturz zu bringen, würde die Trolle töten.«
*Es ist also zerbrechlich. Das war gut zu wissen. Er würde es gut einpacken müssen, um es sicher zu Orkzahn zu bringen.*
»Bist du so weit?«, fragte Chria. »Bald wird es taghell sein, und ich will verschwinden, bevor mich jemand sieht.«
»Du wirst nicht abwarten, ob ich Erfolg habe?«
»Wozu? Damit ich ebenfalls sterbe, falls du versagst?«

»Ich werde nicht versagen«, prahlte Athanor, glitt vom Pferd und befreite sich von dem Seil, das er für den Ritt um seinen Leib geschlungen hatte. Chria hob es mit den Klauen auf und flog voran.

»Wie kommen die Elfen dort hinauf?«, erkundigte er sich, während sie sich der Erdspalte näherten.

»Einige Abkömmlinge Heras schweben. Der Rest benutzt eine Strickleiter. Und jetzt sei still! Sonst hört uns noch jemand.« Anstelle einer scharfen Antwort knurrte Athanor nur. Chria hatte recht. Nur weil sich außer den Dunstschwaden nichts rührte und die Umrisse des filigranen Gebäudes immer wieder im Nebel verschwammen, durfte er die Stätte nicht für verlassen halten. Er kniff die Augen zusammen, um Erker und Fenster genauer zu mustern, doch nicht nur der Dampf, auch die Segel raubten ihm zunehmend die Sicht. Je näher er kam, desto weiter musste er den Kopf in den Nacken legen, um zu Kithera aufzublicken. Wieder wollte sein Mut sinken. Selbst die unterste Plattform schwebte etliche Mannslängen über dem Boden. *Das ist nur der Schutzzauber*, sagte er sich und trat vorsichtig an den Rand des Abgrunds, aus dem der Dunst aufstieg.

Heiße, feuchte Luft schlug ihm entgegen wie der Atem eines gewaltigen Tiers. Zu seinen Füßen ging es senkrecht in bodenlose Tiefe. Von einigen Segeln abgesehen, reichte Kithera nur an einer Stelle über den Rand dieses Spalts. Dort ließ der Magier wohl die Strickleiter herab, wenn ihm Besuch genehm war. Skeptisch beobachtete Athanor, wie die Harpyie das Seil hinauftrug und die Schlinge an dessen Ende um einen vorragenden Balken legte. Sein Leben würde nun von dem Knoten und diesem Stück Holz abhängen. Wieder ballte sich sein Magen zusammen. *Zum Dunklen mit sämtlicher Elfenmagie!* Er packte das Seil und zerrte daran. Zumindest löste sich die Schlinge nicht sofort auf.

Chria stieß im Sturzflug herab, fing sich kurz über dem Boden und sauste an ihm vorüber, dass ihm heißer Dampf ins Gesicht wehte. »Viel Glück, Mensch.« Damit stob sie davon, dicht über dem Grund, um aus dem Turm nicht gesehen zu werden.

Athanor vergewisserte sich, dass Schild und Köcher sicher auf seinem Rücken hingen, dann griff er erneut nach dem Seil und begann den Aufstieg. Das erste Stück fiel ihm leicht. Im Gegensatz zu seinen Beinen waren seine Arme noch frisch, sodass er rasch an Höhe gewann, obwohl ihn die doppelte Rüstung an den Schultern beengte. Doch je weiter er kam, desto beunruhigender klang das Knarren des Seils und umso erschreckender sah der Abgrund aus, über dessen Rand er schaukelte. War es nur abkühlender Dunst, oder stand ihm kalter Schweiß auf der Stirn? Er zwang sich, den Blick nach oben zu richten und weiterzuklettern. Fast blieb ihm das Herz stehen. Bewegte sich dort etwas in den Schwaden? Er konnte den Elf beinahe vor sich sehen, der mit Davarons Lächeln das Seil durchschnitt. Doch der Moment verging, und er hing noch immer über dem Abgrund. *Hol's der Dunkle!* Seit wann war er eine solche Memme? Energisch zog und schob er sich weiter. Dieser Angstzauber würde sicher ein Ende haben, sobald er oben angekommen war.

Sorgsam vermied er es, noch einmal nach unten zu blicken. Das Seil quoll in der dampfigen Luft auf, während seine Hände weich und feucht wurden. Immer tiefer schnitten die rauen Fasern in Athanors Haut. Der Abstand zu den ersten Segeln schrumpfte. Aus der Nähe sahen sie noch viel größer aus als erwartet, und die dichte Rohseide wogte im warmen Aufwind. Eine Art Veranda lief um das unterste Stockwerk des schwebenden Turms. Mit glitschigen Fingern griff Athanor nach der Kante. Das Holz war ebenso aufgeweicht und schlüpfrig wie sein Seil und bot keinen Halt. Er musste sich mit den Beinen ein weiteres Stück emporschieben, erst dann gelang es ihm, sich über die Kante zu stemmen.

Keuchend vor Anstrengung kroch er vom Rand weg und sank gegen die Wand, um wieder zu Atem zu kommen. Er lauschte auf Schritte oder Stimmen, doch niemand schien ihn bemerkt zu haben. Außer den leisen Geräuschen der Segel war alles still. Athanor lugte durch eines der Fenster, das nur mit einem aus Ranken geflochtenen Gitter verschlossen war. Dahinter verlief ein Gang parallel zur Wand, von dem eine Tür abzweigte, doch sie war zu weit entfernt, um hineinzusehen. Geduckt schlich Athanor unter den Fenstern entlang, um auf der Höhe der Tür einen weiteren Blick zu riskieren.

Da lag es, das *Herz der Trolle*. Es war ein Kristall, groß wie eine Trollfaust, und in seinem Innern pulsierte ein mattes rötliches Licht. Chria hatte recht. Die Elfen hatten das *Herz* zwar auf ein Seidenkissen gebettet, aber diese Unterlage ruhte auf einer schlanken hüfthohen Säule. Sollte Kithera schwanken, drohte der Kristall herunterzufallen und zu zerbrechen. Mit einem Angriff hätten die Trolle ihr Schicksal selbst besiegelt.

Noch immer sah und hörte Athanor nichts von dem Magier, der hier leben sollte. Dennoch war es Zeit, sich gegen mögliche Wächter zu rüsten. So leise es ging, nahm er den Schild vom Rücken und zog sein Schwert. Ein Gitter zu zerstören, um durch ein Fenster zu steigen, hätte zu viel Lärm verursacht, also musste er den Eingang finden.

Lautlos pirschte er sich weiter und warf einen Blick um die Ecke des Gebäudes. Niemand zu sehen. Erneut huschte er geduckt unter den Fenstern vorbei, bis er auf eine Art Torbogen stieß. Er schob sich näher und spähte hindurch. Auch hier verlief ein Gang hinter der Wand entlang, und eine offene Tür führte ins Innere des Turms. Von hier aus war das *Herz* jedoch nicht zu sehen, nur eine weitere Wand. Mit zwei schnellen Schritten überquerte Athanor den Gang und warf einen Blick in den Raum hinter der Tür. Zu beiden Seiten führten Stufen zum nächsten Stockwerk hinauf. Athanor horchte nach oben. Nichts. Konnte er so viel Glück haben? War der Magier alt und mit Taubheit geschlagen?

Besser, er beeilte sich, bevor ihn das Glück verließ. Er zog sich zurück und folgte dem Gang zu der anderen Tür, durch die er das *Herz* entdeckt hatte. *Rein und zuschlagen, bevor jemand zaubern kann.* Nur noch wenige Schritte trennten ihn von der Tür. Mit erhobenen Schwert und Schild stürmte er hindurch.

»Halt!«, gellte es ihm entgegen. Ein Pfeil schlug mit einem Knall in seinen Schild. Die Spitze durchdrang das Holz und kratzte über seine Armschiene, während Athanor auf die Gestalt zurannte, die in der gegenüberliegenden Ecke des Raums stand. Blitzschnell hatte sie einen zweiten Pfeil auf der Sehne.

Überrascht hielt Athanor inne. Sie war fast in Reichweite seines Schwerts. »Elanya!«

Der Pfeil blieb auf ihn gerichtet. Der Helm unterstrich Elanyas grimmigen Blick.

Musste es ausgerechnet sie sein?»Wie kommst *du* denn hierher?«

»Davaron begegnete mir, als ich nach Uthariel zurückkam. Er glaubte, er könne dich aufhalten, aber ich hatte meine Zweifel. Zu Recht, wie man sieht.«

»Hör mal, Elanya, wir ...«

»Versuch nicht, mich einzuwickeln! Ich hätte dieses Seil durchschneiden können, aber ich wollte dich vor die Wahl stellen. Mehr Entgegenkommen hast du nicht zu erwarten, Verräter.«

»Du meinst, ich soll freiwillig wieder gehen?« Fieberhaft überlegte er, wie er sie überwältigen sollte, ohne sie umzubringen. Er hatte oft genug gesehen, wie geschickt sie kämpfte.

»Was sonst? Dreh dich einfach um und verschwinde, wie du gekommen bist. Dann lasse ich dich am Leben.«

»Du würdest mich wirklich töten? Auch wenn ich dich nicht angreife, sondern nur das *Herz* nehme und gehe?«

»Lass es nicht darauf ankommen! Dein Leben steht gegen das meines ganzen Volkes!«

*Verdammt!* »Elanya, hör mir zu! Habe ich dir im Kerker Firondils nicht auch zugehört, obwohl ich allen Grund hatte, euch zu verabscheuen?«

Spöttisch verzog sie den Mund.»Hättest du mich auch angehört, wenn wir nicht eingesperrt gewesen wären?«

*Erwischt.* »Es war aber so, und hättest du mir nicht alles erklärt, wäre Davaron niemals mit den Astarionim nach Anvalon zurückgekehrt.«

In ihrem Blick spiegelten sich widerstreitende Gefühle.»Also gut. Sprich! Warum sollte ich zulassen, dass du die Trolle befreist?«

»Weil es zum Besten für alle Beteiligten ist. Die Trolle werden auch so nicht mehr für euch kämpfen. Sie glauben, dass sie nur als Opfer für eure Rettung sterben sollen, während ihr eigenes Volk das Schicksal der Faune erleidet. Aber wenn ich sie aus der Knechtschaft befreie, werden sie mit mir – und euch – gegen die Untoten kämpfen.«

»Diesen Unsinn glaubst du! Sie werden sich an uns rächen und davonlaufen! Nur solange sie befürchten müssen, dass wir sie vernichten, wird ihre Hoffnung im Gehorsam liegen.«

»Dann solltest du ihnen das vielleicht einmal sagen, denn die Trolle erzählen etwas anderes.«

»Das haben sie dir nur erzählt, um dich für ihre Rache einzuspannen.«

»Woher hätten sie wissen sollen, dass ich auf ihrer Seite bin? Sie hätten viel eher befürchten müssen, dass ich sie verrate.«

»Was weiß ich, was in ihren dicken Schädeln vorgeht. Sie halten dich eben für ihren Freund.«

*Verbohrtes Elfenpack!* »Soll ich dir was sagen? Das bin ich auch! Jeder Troll hat mehr Mut und Würde im kleinen Finger als ein Elf im ganzen Leib. Sie würden mich niemals hintergehen, während ihr ja ganz groß darin seid, anderen etwas vorzumachen.«

Neue Wut loderte in Elanyas Augen auf. »Ich kann nicht zulassen, dass du die Rache der Trolle über uns bringst. Verschwinde!«, fauchte sie und zog die Sehne ihres Bogens zurück.

Athanor schnellte vor, riss den Schild dabei höher, wodurch er den Pfeil ablenkte, der direkt auf seinen Kopf zugeflogen kam. Mit der Breitseite des Schwerts holte er zum Hieb aus und machte sich auf den Zusammenstoß gefasst, doch Elanya war fort, bevor er sie mit dem Schild rammen konnte. Als er herumwirbelte, sah er ihren Bogen noch zu Boden fallen, während sie bereits die Klinge zog.

Das Schwert auf sie gerichtet ging er langsam auf sie zu. Leichtfüßig wich sie zur Seite aus, verschaffte sich dadurch Raum, während er nun die Zimmerecke im Rücken hatte.

»Ich will dich nicht umbringen, und du mich eigentlich auch nicht«, versuchte er es noch einmal. »Sei nicht so dumm wie Davaron, der sich mir unbedingt in den Weg stellen musste.«

Elanya schluckte, doch ihr Blick blieb wachsam. »Ist er tot?«

»Kann sein. Ich bin nicht lange genug geblieben, um es herauszufinden.« Aus dem Augenwinkel sah Athanor das *Herz* rot aufleuchten und wieder nahezu erlöschen. Glaubte Elanya wirklich, er würde aufgeben, obwohl er so nah am Ziel war?

»Wenn du bereit bist, für die Trolle zu töten, warum sollte ich es dann nicht für mein Volk tun?« Sie wich weiter zurück, als Athanor wieder auf sie zuging.

Sollte das ein Scherz sein? »Es war nur Davaron, und er hat das lange genug provoziert, falls du dich erinn...« Sie sprang so unerwartet vor, dass er gerade noch rechtzeitig den Schild heben konnte. Doch es war nur eine Finte. Ihre Klinge berührte den Schild nicht einmal, sondern zuckte im nächsten Augenblick von der anderen Seite auf ihn zu. Hastig parierte er mit dem Schwert, drehte sich, um sie nicht aus den Augen zu verlieren.

*Na warte!* Wütend deckte er sie mit einer schnellen Folge präziser Schläge ein. Da sie keinen Schild hatte, war sie gezwungen zu parieren oder auszuweichen. Hinter ihr kam die Wand gefährlich nah. Athanor gönnte sich ein triumphierendes Lächeln, doch schon der Gedanke lenkte ihn einen Lidschlag zu lang ab. Elanya nutzte seinen verzögerten Hieb, um seine Waffe so früh abzufangen, dass sie unter seinem Schwertarm hindurchtauchen konnte. Hastig drehte er sich, fing ihren Angriff mit dem Schild ab, der bereits mehrere Sprünge zeigte. Als er ausholte, blieb die Spitze seines Schwerts an der Wand hängen und löste sich zu spät, um Elanyas Abwehrhieb aufzuhalten. Ihre Klinge traf den Kettenärmel, rutschte ab und hinterließ einen brennenden Schnitt.

Mit einem zornigen Schrei warf sich Athanor vor, dieses Mal schnell genug, um mit dem Schild gegen Elanya zu prallen, die unter der Attacke rückwärts taumelte. Wie ein Rammbock schob er sie vor sich her, wollte sie um jeden Preis zu Fall bringen. Elanya strauchelte, ruderte mit den Armen. Athanor hörte sie einen erschreckten Laut ausstoßen, als er auch schon die Säule hinter ihr kippen sah.

Gelenkig wie eine Katze drehte sich Elanya in der Luft, streckte die Hände nach dem *Herzen* aus, doch sie griff ins Leere. Der Kristall schlug am Boden auf und zersprang.

Hrodomar hielt den Sack mit möglichst weit ausgestreckten Armen über den unterirdischen Fluss. Er spürte, wie sich die abgetrennten Hände darin bewegten, als hätte er Ratten in dem Beutel gefangen. An immer neuen Stellen beulte sich der grobe Stoff aus, zuckte und raschelte.

»Mach schon! Da kommen noch mehr!«, drängte Vindur.

*Schon wieder?* Rasch drehte Hrodomar den Sack mit der Öffnung nach unten und schüttelte den grausigen Inhalt heraus. Das schnell fließende Wasser trug die Hände der Untoten davon.

*Hoffentlich findet ihr Ruhe, wo es euch anspült,* wünschte er, denn wenn sie die besiegten Wiedergänger einfach liegen ließen, standen sie ihnen kurz darauf erneut gegenüber.

»Wie viele sind es diesmal?«

»Zwei«, rief Gunthigis, der eine Laterne im Stollen hinter ihnen zurückgelassen hatte, damit sie neue Gegner rechtzeitig entdeckten. »Die erledigen wir noch. Dann ziehen wir uns zurück. Bring die *hulrat* schon hinüber, Brun! Die haben genug gefressen.«

Wortlos zerrte Brun die Tiere von den Leichenteilen weg, die Horgast, der Älteste in der Truppe, mit seinem Schild in den Fluss schob. Sie von den *hulrat* fressen zu lassen, war die zweite funktionierende Methode, die Wiedergänger loszuwerden. Doch sie alle fragten sich, ob es ein zu großer Frevel war, den ihnen der Große Baumeister nachtragen würde. Auch wenn die wandelnden Toten selbst zweifellos gegen die Große Ordnung verstießen.

Müde zog Hrodomar seine Axt. »Packen wir's an.«

Die Untoten entdeckten sie offenbar erst jetzt, denn eben waren sie noch den Gang entlangmarschiert, aber nun hoben sie die Waffen und stürmten in rasselnden Kettenhemden heran. Gunthigis hatte seinen Kriegshammer gegen eine Axt eingetauscht und stand an der Spitze seiner Männer, die eine Pfeilformation bildeten. Vindur und Hrodomar nahmen ihre Plätze in der linken Flanke ein. Schon hatten die Untoten den Hauptmann erreicht, der sie mit einem Ausfall voneinander trennte. Der Rest der Truppe stieß nach, sodass sich jeder der beiden Untoten zwischen der Wand und einem sich schließenden Halbkreis aus Zwergen gefangen sah.

»Jetzt!«, rief Vindur.

Hrodomar stürmte mit ihm auf den Wiedergänger zu. Knochen brachen, als sie den mumifizierten Krieger zwischen ihren beiden Schilden gegen die Wand rammten. Mit ganzer Kraft hielten sie ihn dort eingeklemmt. Hrodomar ignorierte den fuchtelnden Schwertarm des Gegners, dem der Raum zu einem tödlichen Hieb fehlte. Mehrmals schrammte die Klinge über seinen Helm und seine Schulterklappe, dann hörte er Horgasts Axt mit einem Knall neben ihm auf den Fels prallen. Der Alte hatte die Aufgabe, die Hand des Untoten abzutrennen.

»Durch!«, verkündete Horgast.

Sofort blickte Hrodomar auf, gab weniger Druck auf den Schild, um stattdessen mit der Spitze seiner Axt den Schwertarm des Toten an die Wand zu spießen, während Horgast an der abgeschlagenen Hand zerrte. Obwohl die Knochen sauber durchtrennt waren, musste ein zweiter Wächter mit anpacken, um die Hand samt Klinge abzureißen. Hrodomar verstand nicht, woran es lag. Vielleicht war mächtige Magie im Spiel. Er wusste nur, dass die durchschlagenen Glieder aneinanderhafteten wie die seltsamen Eisenstückchen, die sie manchmal fanden. Klebten sie einmal zusammen, waren sie nur mit Gewalt wieder zu trennen. Doch je weiter man die beiden Teile voneinander entfernte, desto schwächer wurde die geheimnisvolle Kraft. Genauso war es bei den Untoten.

»Achtung!«, warnte Vindur.

Der Wiedergänger drohte, sich zwischen ihnen hindurchzuwinden, um wieder an seine Hand mit der Waffe zu gelangen. Hastig warf sich Hrodomar wieder gegen den Schild. »Schafft die Hand weg!«, keuchte er.

Schritte. Ein Platschen. »Schwimmt auf und davon«, ertönte Horgasts Stimme. »Macht ihn fertig!«

Hrodomar und Vindur wichen zurück, gaben den Weg für die anderen frei, und gemeinsam hackten sie auf den Untoten ein, dass seine Knochen in Windeseile nur noch Trümmer waren – zusammengehalten von der geheimnisvollen Kraft. Wieder und wieder schlugen sie auf ihn ein wie Schmiede auf ein widerspenstiges Werkstück. Hrodomar lief der Schweiß in Strömen übers Gesicht, seine Arme erlahmten. Sie spalteten den rostigen

Helm, zerlegten das Kettenhemd fast in sämtliche Ringe – und doch dauerte es eine Ewigkeit, bis endlich ein Zittern durch den Körper ging. Mit einem Mal zerfiel die Mumie zu Splittern und Staub.

Schwer atmend richtete sich Hrodomar auf. Die Hälfte der Überreste würden sie ins Wasser werfen, um sicherzugehen, dass ihnen dieser hier keinen Ärger mehr machen konnte.

»Auch endlich fertig«, stichelte Gunthigis, doch auch auf seinem Gesicht glänzte eine Schicht aus Dreck und Schweiß.

»Für heute reicht's«, verkündete Vindur.

Hrodomar nickte. »Essen und schlafen. Dann sehen wir weiter.«

»Ganz meine Meinung«, stimmte Gunthigis zu. »Wer weiß, was uns noch erwartet. Rückzug, Männer!«

Mit erschöpften Mienen stapften die Wächter ins Wasser. Dass die Untoten ihnen durch den Fluss nicht folgten, hatten sie nur zufällig bei ihrem Marsch durch das Labyrinth aus Gängen und natürlichen Grotten entdeckt. Dabei reichte das Wasser selbst ihnen nur bis zum Bauch.

Hrodomar war es gleichgültig, warum die wandelnden Leichen den Fluss fürchteten. Alles an ihnen war rätselhaft, da kam es auf ein weiteres Mysterium nicht an. Wichtig war nur, dass er eine Insel in diesem Fluss gefunden hatte, die ihnen nun als Rückzugsort diente. Das kalte Wasser vertrieb seine Müdigkeit, aber nicht die Schwere in Armen und Beinen. Er blieb stehen und wusch sein Gesicht, bevor er durchnässt die Insel betrat, die nur ein vom Fluss umspültes Stück Fels war.

So gut es ging, trocknete sich Hrodomar ab und ließ sich neben Vindur nieder, der einen Splitter aus dem Schaft seines Stiefels zog. Alle Laternen bis auf eine wurden gelöscht, um Öl zu sparen. Dämmerlicht senkte sich über die Insel. Längst hatten sich die *hulrat* zum Schlafen eingerollt. Brun kramte in den schrumpfenden Vorräten und verteilte in Pilzfladen gewickelten Rindertalg. Auf dem langen Marsch war das Fett ranzig geworden, doch Salz und Gewürze machten es genießbar.

»Ich frage mich, ob wir eines Morgens aufwachen, und ein ganzes Heer von diesen Toten steht am Ufer«, murmelte Vindur.

»Das fragen wir uns alle«, sagte Hrodomar und wischte sich die fettigen Finger am Bart ab. Die Vorstellung jagte ihm einen Schauder über den Rücken. Oder war es nur die Kälte der nassen Kleidung und des Gesteins? Jeder von ihnen wusste, dass sie einem größeren Trupp Wiedergänger nicht standhalten würden. Bis sie herausgefunden hatten, wie sie diese Gegner unschädlich machen konnten, waren bereits drei Kameraden gefallen. Einen weiteren hatte es das Leben gekostet, als sie auf vier Untote zugleich gestoßen waren. »Wir können nur hoffen, dass es niemanden unter ihnen gibt, der die verschwundenen Patrouillen vermisst.«

Vindur nickte. »Übermäßig schlau wirken sie nicht.«

»Aber irgendetwas *muss* dahinterstecken, dass sie sich erheben und alles bekämpfen, das lebt.«

»Also, dass sie den Ghulwurm angegriffen haben, wundert mich nicht. Vielleicht hat er sie geweckt, als er in ihren Grabstollen eingedrungen ist und anfing, sie zu fressen.«

Hrodomar warf seinem Freund einen schiefen Blick zu. »Hast du jemals von Toten gehört, die sich selbst gegen einen Ghulwurm verteidigt haben? Soweit ich weiß, waren es immer die Lebenden, die um unsere Grabstollen kämpfen mussten.«

»Ja, bei uns. Aber das sind Menschen.«

Sollten sich Menschen so sehr von Zwergen unterscheiden?

»Mag sein. Ich weiß zu wenig über ihre Bräuche und Legenden, um das zu beurteilen. Trotzdem … Nehmen wir an, dass es der Wurm war. Warum sind sie nach seinem Tod nicht wieder in ihren Sarkophagen verschwunden? Falls sie Sarkophage haben.«

»Weil wir jetzt hier herumlaufen?«

»Aber wir haben sie nicht bedroht. Wir wissen doch nicht einmal, woher sie kommen. *Sie* haben *uns* angegriffen, nicht umgekehrt.«

»Auch wieder wahr«, gab Vindur zu.

»Wir sollten umkehren und dem König berichten«, warf Horgast ein. »Vielleicht wissen die Priester Rat.«

»Du willst doch nur endlich dein Fass Bier saufen«, zog ihn sein Nebenmann auf.

»Na und? Wär doch auch besser, als hier noch lange im Kreis zu marschieren.«

»Allmählich kennen wir uns gut genug aus, um nicht mehr im Kreis zu laufen«, befand Hrodomar. Verirrt hatten sie sich nie, doch ein Labyrinth zu erkunden erforderte nun einmal, dass man Wege doppelt und dreifach ablief. »Wir wissen jetzt, aus welcher Richtung die Untoten kommen. Dort müssen wir weitersuchen.«

»Und uns blutige Nasen holen«, knurrte Brun. Was seine übliche Umschreibung dafür war, getötet zu werden.

»Wir wissen einfach noch zu wenig«, beharrte Hrodomar.

»Wenn wir jetzt umkehren, haben wir nichts Großes geleistet.«

»Außer unsere Ärsche zu retten«, merkte Horgast an.

»Eben. Wir wissen doch nicht einmal, ob Firondil Gefahr droht oder nicht. Oder hat einer von euch eine Ahnung, was diese Untoten vorhaben? Bleiben sie hier? Breiten sie sich aus? Verschwinden sie von selbst wieder oder nicht?«

»Du willst der Sache unbedingt auf den Grund gehen«, stellte Vindur fest.

»Ja. Wir sind jetzt so weit gekommen. Sollen wir wirklich den ganzen Weg nach Hause latschen und uns dann von Rathgar und Skorold fragen lassen, was es mit den Untoten auf sich hat? Der König wird uns geradewegs zurückschicken!« Zufrieden sah Hrodomar, wie die Entschlossenheit in die Mienen der Wächter zurückkehrte. »Finden wir heraus, was der Grund für diesen Spuk ist, und machen der Sache ein Ende!«

# 25

Klirrend landeten unzählige rauchgraue Splitter auf den Dielen. Eine Wolke roter Funken glomm gleißend hell auf. Dann sanken sie verglühend auf das zerbrochene *Herz* herab.

Wie betäubt starrte Athanor die Überreste an. In seinem Kopf gab es nur einen einzigen Gedanken. *Ich habe sie alle umgebracht.* Die Worte hallten in ihm nach, als hätte er sie in eine Halle aus Eis hineingerufen. Sein Inneres war kalt, erfroren, erstarrt. Ihm war, als könne er durch Splitter und Holz bis nach Uthariel sehen, wo Orkzahn lag und mit anklagenden leeren Augen zu ihm auf und doch ins Nichts blickte.

Ein Wispern erinnerte ihn an Elanya, die am Boden lag, die Arme noch immer nach dem Kristall ausgestreckt. »Was haben wir getan?« Ihr Gesicht sank auf die Dielen, und er hörte ihre Stirn aufschlagen. »Was haben wir getan?«

Er wusste nichts zu sagen. Antworten gingen ihm durch den Kopf. Es war ein Unfall gewesen, ein Versehen. Sie hatten beide nur das Beste gewollt. Aber angesichts der Folgen kamen ihm die Worte hohl und bedeutungslos vor. Sie auszusprechen wäre eine Beleidigung der Toten gewesen, die ihr Fehler gefordert hatte und noch fordern würde.

Elanya zog sich zusammen. Auf Knien kauerte sie am Boden und barg ihr Gesicht in den Händen.

*Ich habe sie ihrer Zukunft beraubt. Nicht nur die Trolle, auch die Elfen. Sie werden alle sterben.* Das Schwert entglitt seiner blutigen Hand und fiel auf die Dielen. Unwillkürlich öffnete er die Finger, damit auch der Schild von seinem Arm rutschte.

Das Poltern riss Elanya aus ihrer Starre. Mit Tränen im Gesicht richtete sie sich auf und sah ihn an. Ihre Haut war grau, der Blick stumpf. »Meine Schwester hatte recht. Sie sagte, du würdest großes Unheil über uns bringen. Und ich konnte dich nicht aufhalten.«

Noch bevor er etwas sagen konnte, sprang sie auf und rannte hinaus. Doch was hätte er schon erwidern sollen? Der Tod folgte ihm auf Schritt und Tritt. Hatte er wirklich geglaubt, er könnte mit dem Herrn des Schattenreichs spielen, ohne zu verlieren? Hatte er wirklich geglaubt, dass es den Dunklen in Wahrheit nicht gab? *Er hat mich mit Ruhm geködert, mich für seine Zwecke benutzt. Und ich war so dumm, ihm mal wieder die Ernte einzufahren.* Athanor spürte eine Wut in sich aufsteigen, die den Eispanzer sprengte. Er brüllte auf, trat die umgekippte Säule durch den leeren Raum, doch es genügte nicht. Im nächsten Augenblick fand er sich vor der Wand wieder und drosch mit den Fäusten darauf ein. Splitternd barst das dünne Holz, riss seine Haut in Fetzen. Der Schmerz war ihm willkommen. Er hatte es nicht besser verdient. Wieder und wieder schlug er auf die Bretter ein, bis er irgendwann davor auf dem Boden saß, ohne zu wissen, wie er dort hingekommen war. Seine Hände waren aufgeplatzt und blutig, sie brannten und pochten, doch er nahm es nur wie durch Nebel wahr. Hüllten ihn die Dämpfe Kitheras ein? In den Schwaden sah er Anandra, wie sie am Morgen vor der Schlacht um Ithara zu ihm gekommen war. Sie hatte ihn gewarnt. Sie hatte ihm Berichte darüber vorgelegt, dass die Drachen hinter seinem Rücken die Besiegten auslöschten. Dass sie Menschen töteten, wo der Krieg längst weitergezogen war. Und er war auf diesem Ohr so taub gewesen wie sein Vater. Warum hätte er sich darum kümmern sollen, wenn es dem König gleichgültig war? Warum hätte er die Verbündeten verärgern sollen, die sie so dringend brauchten? Womit hätte er den Drachen denn auch drohen sollen? So hatte er seine Schwester damals abgewimmelt und war in die Schlacht geeilt. Seine Blindheit, seine Gier und Feigheit hatten ihn zu Hadons Werkzeug gemacht. Anandras anklagender Blick wich dem Bild toter Trolle, die am Fuß Uthariels im Gras lagen. Der Dunst löste es auf. Die Umrisse der Toten schrumpften. Dafür lagen nun unzählige Leichen mehr auf einem Schlachtfeld. Die schlanken Leiber gefallener Elfen übersäten die Ufer des Sarmander, niedergemetzelt von den Toten, die *er* zu verantworten hatte. Das Atmen fiel ihm so schwer, als laste das Gewicht der toten Trolle auf seiner Brust. Wozu noch atmen? *Dein bester Hund hat es satt, hörst du?* Er würde einfach aufhören, Luft zu holen. Da, es war ganz einfach. Sein Atem war ohnehin schon so flach. Er durfte nur nicht mehr gegen die Enge ankämpfen. Schlug sein Herz überhaupt noch? Er spürte es nicht mehr. Der Nebel wurde dunkler, hüllte ihn ein, bis selbst die Gedanken zu Schatten verblassten.

Mahalea beugte sich tiefer über den Hals des Greifs und hielt nach den Ruinen der Totenstadt Ausschau. Selbst im Mondlicht reichte ihr Blick bei Nacht nicht weit. Sie durfte nicht zu hoch, aber auch nicht zu niedrig fliegen, sonst würde sie Nekyra in der Dunkelheit übersehen.

Die Erhabene missbilligte diesen Spähflug. Daran hatten Blick und Tonfall keinen Zweifel gelassen. Doch Mahalea glaubte nicht, dass ihre Tante lediglich um ihr Wohlergehen besorgt war. Nach Hunderten einsamer Flüge über Theroia, die sie mit der Zeit absolviert hatte, wäre dies reichlich albern gewesen. Zu Mahaleas Überraschung hatte sie stattdessen Unsicherheit hinter Ivanaras resoluter Fassade gespürt.

*Warum wundert mich das?* Die Trollkriege, in denen ihre Tante gekämpft hatte, waren Jahrhunderte her, und sicher spürte die Erhabene ihr Alter jeden Abend, wenn sie vom Pferd glitt. Ivanara mochte die Rolle der Feldherrin mit der üblichen Entschlossenheit übernommen haben, aber in Wahrheit schien sie erleichtert, die Bürde mit Mahalea teilen zu können.

*Wenn ich sterbe, muss sie sich allein gegen die Untoten und Kavarath behaupten.* Mahalea presste die Lippen aufeinander. Ja, diese Sichtweise passte sehr viel besser zu der Erhabenen, die sie kannte.

Zerklüftete Hügel lenkten ihre Aufmerksamkeit wieder auf die Landschaft unter ihr. Es war lange her, dass sie Abbildungen davon gesehen hatte, doch an die Lage der Stätte erinnerte sie sich gut. Der felsige Hang, in den die Menschen Grabkammer an Grabkammer geschlagen hatten, ähnelte einem Bienenstock, in dem sich Wabe an Wabe drängte. Vögel nisteten in den Höhlen, deren Öffnungen die Steinmetze wie Fenster und Türen geformt hatten. Totenhaus um Totenhaus reihte sich so aneinander und übereinander. Die Verstorbenen lagen im Kreise ihrer Familien,

Tür an Tür mit jenen, die vielleicht schon zu Lebzeiten ihre Nachbarn gewesen waren. Mahalea schüttelte den Kopf. *Welch sinnloser Brauch.* Als ob die Menschen nicht gewusst hätten, dass ihre Seelen von den Seelenfängern ins Schattenreich gezerrt wurden und sich dort in Vergessen auflösten.

Doch war es wirklich so? Woher nahm sie eigentlich ihr Wissen darüber, was mit den Menschen nach deren Tod geschah? Jeder glaubte, die Wahrheit zu kennen, doch war jemals ein Mensch aus dem Nichts zurückgekehrt, um davon zu berichten?

Nun standen die Menschen plötzlich aus ihren Gräbern auf, doch sie hüllten sich in Schweigen, behielten das Geheimnis ihrer Rückkehr für sich. Waren diese Körper nur Marionetten eines fremden Willens? Sklaven finsterer Magie? Oder steckten die Seelen der Verstorbenen selbst dahinter? *Dieser Kampf wäre so viel leichter zu führen, wenn wir mehr wüssten.*

Ihr Blick blieb an einer Felsformation hängen, die auffallend gleichmäßig aussah. »Das könnte es sein«, murmelte sie und lenkte Sturmfeder in einem Bogen tiefer, um den Hügel genauer zu betrachten. Schatten verschoben sich, Konturen traten deutlicher hervor. Unzählige eckige Öffnungen klafften in dem Hang. Von vorne sah es aus, als hätten Riesen aus den Totenhäusern eine verschachtelte Pyramide errichtet, doch von der Seite war der ursprüngliche Hügel noch zu erkennen.

Still lag die Totenstadt im Mondlicht da. Die Tiere hatten diesen Landstrich längst verlassen. Aber zahllose Untote? Mahalea ließ Sturmfeder noch niedriger kreisen. Wenn es tatsächlich so viele waren, hätten dann nicht auch einige deutlich sichtbar im Mondlicht herumlaufen müssen? Entweder hatten die Späher übertrieben oder ...

Doch zu viele Leben standen auf dem Spiel, um vorschnelle Schlüsse zu ziehen. Die Wiedergänger konnten sich in den Grabkammern aufhalten oder in den umliegenden Wäldern nach Feinden suchen. Mahalea lenkte den Greif zu dem Absatz vor dem obersten Totenhaus und bedeutete ihm mit einem Klopfen, dort zu landen. Ein guter Platz, um rasch wieder zu verschwinden, falls sie entdeckt wurde. Schon bevor Sturmfeders Klauen den felsigen Boden berührten, sprang sie von seinem Rücken und federte die Landung mit einem kurzen Aufwallen ihrer Magie ab. Auf alles gefasst zog sie ihr Schwert.

Der Greif ordnete raschelnd sein Gefieder, dann kehrte wieder Stille ein. Mahalea näherte sich einem der Fenster. Das Knirschen kleiner Steine unter ihren Sohlen war das einzige Geräusch. Mit erhobener Klinge beugte sie sich vor und warf einen Blick in die Grabkammer. Durch die Tür fiel genug Licht, um zu erkennen, dass der Raum leer war. Hellere und dunklere Flecken deuteten einstige Wandmalereien an. Ein breiter Sims gegenüber der Tür hatte vielleicht einst einen Leichnam beherbergt.

Mahalea zog sich vom Fenster zurück, bevor sie ihm den Rücken zuwandte. Bei diesem unheimlichen Gegner konnte man nie wissen. Sturmfeder sah sie erwartungsvoll an. Offenbar hatte er nichts Verdächtiges wahrgenommen. Mit einer nachdrücklichen Geste befahl sie ihm zu warten.

Trotz der Gefahr, von unten entdeckt zu werden, trat sie an die Kante dieser obersten Terrasse und blickte auf das Gewirr aus Treppen und Absätzen hinab. Der Mond stand allmählich so tief, dass vieles im Schatten lag. Bewegte sich dort unten etwas? Sie starrte eine Weile auf die Stelle, doch es rührte sich nichts mehr.

Konnten sich die Späher so sehr getäuscht haben? Nahezu lautlos stieg Mahalea die verwitterten Stufen zum nächsten Absatz hinab. Zu beiden Seiten der Treppe ragten Totenhäuser auf und versperrten die Sicht, bis Mahalea zwischen ihnen hervortrat. Rasch sah sie sich um, hielt die Klinge zur Abwehr bereit, doch die schmalen Vorplätze der Häuser waren leer. Mahalea entschied sich für das Linke und sah durch die Tür. Auf dem Boden lagen einige Tonscherben, in der Rückwand malte sich der schwarze Umriss eines Durchgangs ab. Ansonsten bot sich das gleiche Bild wie zuvor.

Wachsam durchquerte Mahalea den Raum. Hinter der zweiten Tür herrschte Finsternis. Mahalea blieb neben dem Durchgang stehen und lauschte, doch außer dem scharfen Geruch von Fledermauskot drang nichts heraus. *Da drin ist niemand. Die Untoten hätten sie längst bemerkt und angegriffen.* Dennoch bewegte sich Mahalea rückwärts, bis sie genug Abstand gewonnen hatte, um sich rechtzeitig wieder umzudrehen, falls sie sich täuschte.

Nebenan erwartete sie fast dasselbe. Ein dunkles Hinterzimmer, auffallend große Tonscherben, eine leere Nische. Der einzige Unterschied bestand in Wurzeln, die ihren Weg durch Ritzen in der Decke gefunden hatten. Mahalea verbot sich, schon wieder am Bericht der Späher zu zweifeln. Die Nekropole war riesig, zog sich um den halben Hügel. Noch konnten die leeren Räume Zufall sein.

Draußen zwang sie sich, auch die nächste Treppe hinabzuschleichen, obwohl sie am liebsten losgestürmt wäre, um endlich Gewissheit zu haben. Da hatte sie ein Heer von ahnungslosen Freiwilligen, und ausgerechnet die Kundschafter der Grenzwache versagten? *Ich zweifle schon wieder.* Mit einem unwilligen Laut sprang sie von der letzten Stufe und blickte hastig nach links und rechts. Soweit sie es im Zwielicht sehen konnte, gab es hier mindestens vier Türen und dazu kleine Treppen, da sich nicht alle Vorplätze auf einer Höhe befanden.

Mahalea glaubte, leises Scharren vom Talgrund zu hören, doch als sie darauf achtete, war es fort. Wenn es dort unten Geräusche und Bewegung gab, konnte die Nekropole doch nicht so verlassen sein, wie es schien. Sammelten sich die Untoten, um sie gemeinsam anzugreifen?

Immer schneller lief Mahalea die Räume ab und spähte in die Hinterzimmer, obwohl dort nichts als Schwärze lauerte. Gerade blickte sie wieder durch eine Tür in die Finsternis, als draußen ein Schrei gellte. Der Schrei eines Adlers. *Sturmfeder!* Mahalea rannte hinaus, sah nach oben. Der Greif war auf diese Entfernung nur eine schwarze Silhouette vor den Sternen. Mit einem neuerlichen Schrei schwang er sich in die Luft, stieg rasch höher. *Was bei allen…* Hastig winkte Mahalea mit der Klinge, deren Aufblitzen im Mondlicht Sturmfeder sehen *musste*. Was hatte ihn aufgescheucht? Warum kam er nicht zu ihr? Mehrfach klopfte sie mit der Linken auf ihr rechtes Handgelenk, um ihn zu sich zu rufen, doch der Greif flog noch höher, legte sich in eine scharfe Kurve – und verschwand außer Sicht.

»Verfluchtes Biest!« So etwas war ihr seit mindestens hundert Jahren nicht mehr passiert. Und weshalb schrie das verdammte Vieh, anstatt einfach zu verschwinden? Hatte es sie warnen wollen? Misstrauisch blickte sie sich um. Dort, wo es hell war, konnte sie nichts entdecken, und was immer sich in den Schatten verbarg, war nicht dumm genug, sich durch Geräusche zu verraten. Mahalea atmete tief ein und ließ die Luft wieder ausströmen. Die Wut auf den Greif durfte nicht ihren Verstand trüben. Sturmfeder war zu gut ausgebildet, um sie grundlos im Stich zu lassen. Irgendetwas ging hier vor. Wenn sie weitersuchte, würde sie früher oder später darauf stoßen.

Grabkammer für Grabkammer stieß sie tiefer in die Nekropole vor, bewegte sich nun wieder langsamer, horchte auf den kleinsten Laut. Mal knackten Tonscherben unter ihren Sohlen, mal fiel in der Finsternis eines Hinterzimmers ein Tropfen zu Boden. Ansonsten blieb es still. Mahalea wandte sich von einem weiteren Durchgang ab. Wenn Sturmfeder nicht zurückkehrte, stand ihr ein langer Weg zum Heer bevor. *Durch Wälder, in denen sich mehr Untote herumtreiben als in diesem…*

Sie erstarrte. Leises Knirschen verriet Schritte. Jemand näherte sich, fast schon hastig, und doch hielt er immer wieder inne, als lauschte er. Sobald er einen Blick hereinwarf, würde er sie sehen. Rasch drückte sich Mahalea an die Wand zwischen Fenster und Tür. Sofort verhielten draußen wieder die Schritte. Hatte er sie gehört? Jetzt bewegte er sich wieder. Ein langer Schatten fiel durchs Fenster. Mahalea spannte sich zum Angriff.

»Kommandantin?«, wisperte der Fremde.

*Ein Elf? Was fiel dem Kerl ein, ihr einen solchen Schrecken einzujagen?* »Wer ist da?«

»Leiser«, flüsterte er. Blitzschnell verschwand der Schatten, als sich sein Besitzer vom Fenster zurückzog. »Bitte bleibt, wo Ihr seid. Wenn mein Begleiter merkt, dass ich mit Euch spreche, wird er wissen, dass ich ihn verrate.«

Ein Verräter, der seinen Komplizen verriet? »Wer bist du?«

»Ein Späher aus Beleam. Ihr habt mich im Rat gesehen.«

Der Stimme nach war es jedoch nicht der Mann, der dort gesprochen hatte.

»Wir haben den Auftrag, Euch zu töten, aber das geht mir zu weit«, fuhr der Späher fort. »Ich will versuchen, meinen Begleiter abzulenken, damit Ihr fliehen könnt.«

Sie würde nirgendwo hingehen, ohne die Wahrheit erfahren zu haben. »Ihr habt also im Rat gelogen?«

»Ja, aber ich bin kein Mörder. Das müsst Ihr mir glauben, bitte, wenn ich Euch jetzt helfe, setzt Euch bei der Erhabenen für mich ein.«

»Die wahre Bedrohung geht also von Theroia aus?«

»Ganz sicher. Ihr müsst das Heer dort hinführen. Die Untot…« Seine Stimme brach jäh zu einem ersterbenden Krächzen ab. Mahalea glaubte, ein Gurgeln und Schnappen nach Luft zu hören, während der Schatten wieder über den Boden der Grabkammer wankte. Ein Pfeil ragte aus dem Hals des Spähers, der mit beiden Händen danach griff.

So präzise, bei Nacht? Der Schuss musste aus nächster Nähe erfolgt sein. Mahalea schloss die Augen, um besser lauschen zu können. *Komm nur her, du verfluchter Dreckskerl.*

Draußen wand sich der Sterbende. Seine Rüstung schabte über Gestein, er röchelte, lag wahrscheinlich bereits am Boden. Sein Todeskampf überdeckte Geräusche einer leisen Annäherung. Mahalea beschwor ihre Magie, tastete damit nach den Strömungen der Luft, die sie umgab. Ein kompliziertes, sich ständig veränderndes Muster entstand vor ihrem geistigen Auge. Ihr Atem bildete ebenso Wirbel darin wie die versiegenden Bewegungen des Spähers. Behutsam weitete sie ihren inneren Blick. Er reichte kaum weiter als zehn Schritte, dann wurde das Gewirr der vielen Strömungen so unübersichtlich, dass es zu wogendem Dunst verschwamm.

*Da!* Vage konnte sie die Umrisse einer Gestalt erkennen, die in das Muster einbrach, so wie ein Schwimmer das Wasser eines Teichs aufwirbelte. Luft floss in seine Lungen und strömte wieder hervor, ballte sich zu Wolken, löste sich wieder auf, während der Verräter näher schlich.

Mahalea konzentrierte sich auf den Fluss seines Atems, schob ihren Willen wie eine unsichtbare Hand hinein und lenkte die Strömung um. Der Kerl war nur noch sechs oder sieben Schritte entfernt. Sie konnte hören, wie er aufkeuchte. Klappernd fiel sein Bogen zu Boden, als er um Luft rang. Das Muster der Wirbel zitterte unter dem Sog der Lungen, doch sie zwang ihm ihren Willen auf.

Plötzlich schien der Kerl zu begreifen. Er machte auf dem Absatz kehrt und rannte davon, verschwand von einem Augenblick auf den nächsten aus ihrer Reichweite. Mahalea riss die Augen auf. Das Geflecht verblasste, behinderte jedoch noch immer ihre Sicht, als sie hinauslief. Durch die Schlieren sah sie den Verräter eine Treppe hinabeilen und jagte ihm nach. Allmählich zerstob der Schleier vor ihren Augen, doch dafür versperrten ihr nun die Totenhäuser zu beiden Seiten der Stufen den Blick. Am Fuß der Treppe erwartete sie einen Hinterhalt, aber ihr Zauber schien den Verräter entmutigt zu haben. Er war im Schutz der Grabkammern abgebogen und verschwand gerade eine weitere Treppe hinab.

Sollte sie ihm folgen oder versuchen, ihm den Weg abzuschneiden? Doch sie kannte sein Ziel nicht. Sie durfte ihn nicht zu lange aus den Augen verlieren, also rannte sie ihm nach.

Er erreichte das Ende der Treppe, als sie die ersten Stufen betrat. Mehrere Untote erwarteten ihn, reckten ihm die Waffen entgegen. Der Grenzwächter fegte die Klingen mit seinem Schwert zur Seite und spaltete die Reihe durch schieren Schwung wie eine Axt. Zwei Wiedergänger liefen ihm nach, der Rest wandte sich Mahalea zu. Vier von ihnen stürmten gleichzeitig auf die Treppe, verstopften den Engpass wie ein Pfropf. Mahalea erkannte, dass sie es niemals unverletzt durch dieses Gedränge schaffen würde. Sie konnte sich nicht einmal den Weg hindurchkämpfen, da die Untoten nicht starben.

Fluchend machte sie kehrt, hastete die Stufen wieder hinauf und rannte an den Totenhäusern entlang zu der anderen Treppe zurück. Hinter sich hörte sie die raschen Schritte mehrerer Verfolger. Über der Treppe angelangt entdeckte sie an deren Fuß weitere Untote, die schon auf sie warteten.

*Wohin jetzt?* Den Verräter würde sie nicht mehr einholen.

Zurück nach oben? Schon drehte sie sich um, obwohl ihr durch den Kopf schoss, dass sie ohne Sturmfeder dort oben in der Falle saß. Doch es war zu spät. Ihre drei Verfolger waren heran. Mahalea wich dem ersten Hieb aus, parierte den zweiten. Dem dritten Gegner fehlte der Platz zum Angriff. Langsam zog sich Mahalea zur Treppe nach oben zurück. Das Gefälle würde ihr einen Vorteil verschaffen. Doch wofür? Nutzlos pflügte ihre Klinge durch den Brustkorb eines Toten, der nicht einmal eine Rüstung trug. Stumm hob er seine eisenbeschlagene Keule, während Mahalea das Schwert eines anderen abwehrte. Instinktiv hob sie schützend den Arm, und der Knüppel fuhr darauf hinab.

Als Athanor die Augen öffnete, gab es keinen Dunst im Raum. Sein Schwert und der Schild lagen, wo er sie fallen gelassen hatte, doch Elanyas Waffen waren verschwunden. Die wie lackiert glänzenden Dielen wiesen keine Blutflecken mehr auf, und Säule und Seidenkissen fehlten. Dafür lagen die Bruchstücke des *Herzens* sorgfältig auf ein Tuch gehäuft neben ihm.

Als er sich auf seine Hände stützte, um sich aufzurichten, rissen verkrustete Wunden auf. Seine Finger waren geschwollen. Der Schnitt in seinem Arm schmerzte, sobald er sich bewegte. Falls Elanya noch einmal zurückgekommen war, hatte sie wohl nur mit Hass und Verachtung auf ihn herabgesehen.

In der Wand prangten die Löcher und Risse, die er hineingeschlagen hatte, aber am Boden lagen keine Splitter verstreut. Vom Dunst gedämpfte Sonnenstrahlen fielen hindurch. *Aus dieser Richtung?* Es musste bereits Nachmittag sein. Kein Wunder, dass seine Zunge ausgetrocknet am Gaumen klebte. Doch in der Eile seines Aufbruchs hatte er nicht an einen Wasserschlauch gedacht.

*Ich lebe immer noch.* Hätte er nicht aufhören können zu atmen, wie er es sich vorgestellt hatte? Was sollte das alles noch? Der verfluchte Dunkle wollte ihn also immer noch nicht haben. Und was nun? Wohin sollte er jetzt noch wandern? Nicht einmal die Elfen würden ihn von dieser Frage erlösen. Nur um Rache zu nehmen, machte sich keiner von ihnen die Finger schmutzig. Sie würden sich angewidert abwenden oder ihn mit Flüchen davonjagen, aber nicht ihre kostbare Reinheit mit seinem Blut besudeln. Höchstens Davaron. Aber der lebte vielleicht schon nicht mehr.

Mit brennenden Augen sah Athanor auf den zerbrochenen Kristall hinab. Der Beweis seines Versagens gehörte ihm, keine Frage. In einem Heiligtum der Elfen hatten die traurigen Reste nichts mehr zu suchen. *Tut mir leid, Orkzahn. Du hast dir den falschen Freund ausgesucht.* Ein bitteres Lachen entrang sich seiner ausgedörrten Kehle. Als er den Troll hatte töten wollen, hatte er ihn gerettet, und nun, da er ihm helfen wollte, hatte er ihn umgebracht. *Ich bin nicht einmal da, um dich mit dem Gesicht gen Sonnenaufgang an einen Baum zu lehnen.* Wäre es ihm überhaupt möglich gewesen, den schweren Troll zu bewegen? Vermutlich nicht. Aber war er es seinem Freund nicht schuldig, es wenigstens zu versuchen? Und ihm das zerbrochene *Herz* in den Schoß zu legen? Eigentlich gehörte es den Trollen, nicht ihm.

*Schluss mit der Feigheit!* Sollten ihn die Elfen doch beschimpfen, wenn er in Uthariel eintraf. Orkzahn hatte es verdient, dass er ihm die letzte Ehre erwies.

Sorgsam knotete er das Tuch um die Kristallsplitter und hängte es an seinen Gürtel. Er würde es Orkzahn in die toten Hände legen, bevor er die Elfenlande für immer hinter sich ließ.

Halb erwartete er, auf dem Weg nach draußen noch einmal Elanya oder dem geheimnisvollen Hüter dieser Stätte zu begegnen, doch Kithera blieb so still und leer, wie es ihn empfangen hatte. Sein Seil war verschwunden, dafür fand er die Strickleiter vor, die Chria erwähnt hatte. Sie war aus einem Material gefertigt, das sogar seinen wunden Händen schmeichelte und ihm trotzdem Halt bot.

Als er wieder festen Boden unter den Füßen hatte, ging er, ohne sich noch einmal umzublicken. Wovor hätte er sich fürchten sollen? Ein Pfeil in den Rücken wäre eine Gnade gewesen. Er hätte ihm diesen schweren Gang erspart. Nein, wenn es sich vermeiden ließ, wollte er diesen Ort nie wiedersehen.

Sein Pferd weidete am Waldrand und kam ihm entgegen, sichtlich erfreut, nicht mehr allein zu sein. Als sich Athanor auf das prächtige Tier schwang, musste er reumütig an Peredin denken. Auch an allen Elfen, die ihm Respekt und Vertrauen geschenkt hatten, war er zum Verräter geworden. Anstatt alle zu retten, hatte er alle ins Unglück gestürzt. Erneut drohte ihn die Schuld zu überwältigen.

*Stell dich nicht so an! Du hast eine Aufgabe zu erfüllen!* Er setzte sein Pferd in Trab, doch dieses Mal ließ er sich auf dem Ritt Zeit. An Bächen rastete er, um zu trinken, und unter einem Pfirsichbaum, der zugleich blühte und Früchte trug, hielt er an, um zu essen. Elfenobst. Sicher schmeckte es köstlich, aber seine Zunge war taub.

Die Schatten wurden länger, die Sonne versank hinter dem Horizont. Als die Sterne am Himmel standen, legte sich Athanor ins alte Laub unter einer Eiche und schlief, bis ihn sein Pferd mit der Nase anstieß. Er war nicht mehr müde, also stand er auf. »Dachtest du, ich sei tot?«

Das Tier antwortete nicht, sah ihn nur erwartungsvoll an. Der Moment rief ihm seine lange Wanderung mit dem Muli ins Gedächtnis. Alles begann wieder von vorne. Bei der Vorstellung zog sich seine Kehle so fest zusammen, dass es ihn würgte. Hastig ritt er weiter, als könnte er vor der Leere fliehen.

Von Norden schoben sich Wolken heran und verdeckten mehr und mehr Sterne. Bald flackerte Wetterleuchten über Theroia, doch das Unwetter erreichte die Elfenlande nicht. Nur ein warmer Regen setzte ein, der bis zum Morgengrauen anhielt.

Athanor ignorierte, dass er völlig durchnässt war und Dampf von der Haut seines Pferds aufstieg. Befand er sich überhaupt noch auf dem richtigen Weg? Ohne Sterne blieb ihm nur das Moos an den Bäumen, um die Richtung zu bestimmen, doch in der Dunkelheit war auch das schwierig, also ließ er einfach das Pferd entscheiden.

Vielleicht wusste es, wo er hinwollte, vielleicht war es auch nur dem Weg gefolgt, den sie gekommen waren. Jedenfalls entdeckte er bei Sonnenaufgang die Felsnadel Uthariels am Horizont. Von Weitem sah sie aus wie immer. Einige Harpyien segelten über der Festung, die sich so flach und unscheinbar auf der Spitze duckte, dass sie von unten nur für Eingeweihte zu erkennen war.

Als er das Quartier der Grenzwächter erreichte, hatte der Regen aufgehört. Weit und breit war kein Elf zu sehen. Wie hatten sie auf den plötzlichen Tod der Trolle reagiert? Saßen sie oben in der Festung zusammen und fragten sich, was sie jetzt tun sollten? Sicher waren sie zu pflichtbewusst, um ihren Posten zu verlassen. Valarin musste eine Nachtpatrouille ausgesandt haben, die nun schlief. Hatte er den Rest zum Heer gesandt, um die schlechte Nachricht zu überbringen und sich dem vergeblichen Kampf anzuschließen?

Athanor ritt aus dem Wald hinaus, am Fuß des Felsens entlang. Rauch hing in der Luft. Er wehte von der anderen Seite Uthariels heran. Der Geruch von gebratenem und verbranntem Fleisch lag darin. Bereiteten dankbare Faune den Trollen ein Totenfeuer? Wenn sie ihnen schon im Leben nicht trauten, erwiesen sie ihnen vielleicht wenigstens im Tod etwas Respekt.

*Aber sie wollen nicht verbrannt werden!* Athanor trieb sein Pferd vorwärts. Er musste diesem Frevel Einhalt gebieten. Im Galopp fegte er um den Felsen und erschrak.

Das Pferd folgte dem Ruck, der durch Athanors Körper ging, und stemmte die Hufe in den Boden. Instinktiv griff Athanor in die Mähne, stützte sich ab, um nicht nach vorn geschleudert zu werden. Doch sein Blick blieb auf die riesigen Gestalten geheftet, die um ihre Lagerfeuer saßen und Wildbret schmausten, als sei nichts geschehen. Mehr denn je war es eine unüberschaubare Menge bärtiger Ungetüme, deren dunkle Stimmen wie leiser Donner grollten.

Ein Troll entdeckte ihn und rief etwas in ihrer rumpelnden Sprache. Alle wandten sich Athanor zu, etliche sprangen auf. Ihre Mienen stellten die *eine* Frage eindringlicher, als ihre Stimmen es vermocht hätten.

Wie war das möglich? Unter der Last ihrer Blicke schob Athanor seine Verwirrung beiseite. Für Fragen würde sich später noch Zeit finden. Er stellte das Tuch mit den Bruchstücken des *Herzens* auf seine Handfläche, damit der Beutel gefüllter aussah. Die Trolle sollten ihn erst einmal als ihren Helden feiern, bevor er ihnen die peinlichen Details enthüllte.

»Ich bin ausgezogen, um euch aus der Knechtschaft der Elfen

zu befreien«, rief er. »Und hier ist es – das *Herz der Trolle!*«
Triumphierend stieß er die Hand mit dem Beutel in die Höhe.

Für einen unendlich langen und doch kaum einen Lidschlag währenden Moment starrten ihn die Trolle nur fassungslos an. Dann brachen sie in einen Jubel aus, dass Athanors Pferd vor Schreck scheute und stieg. Das Gebrüll der Trolle hallte von der Felswand wider, als dröhnten zahllose gewaltige Trommeln durcheinander. Die Erde zitterte unter wilden Freudentänzen.

Athanor sah Orkzahn durch die tobende Meute herbeieilen und trieb sein Pferd zum Eingang der Höhle, in der er schon einmal mit dem Troll Rücksprache gehalten hatte. Dort sprang er ab, woraufhin das Tier mit wehendem Schweif die Flucht ergriff. *Nicht zu ändern.* Nun war er den Launen der Trolle ausgeliefert.

Er bemühte sich, nicht so hastig im Vorzelt zu verschwinden, dass er dem panischen Pferd glich. Der Gestank unter dem Felsvorsprung war atemberaubend wie eh und je. Durch die pathetische Geste war der Schnitt in Athanors Schwertarm wieder aufgerissen, sodass Blut herablief und auf das Tuch mit dem *Herzen* tropfte. Kaum hatten sich seine Augen an das Halbdunkel gewöhnt, stürmte Orkzahn bereits herein.

»Was ist schiefgegangen?«

*Von wegen, Trollen kann man etwas vormachen.* Diesem zumindest nicht. »An eurem Glauben kann etwas nicht stimmen«, sagte Athanor und ließ den Beutel in Orkzahns ausgestreckte Pranke fallen.

Leises Klirren deutete an, was der Troll trotz seiner schwieligen Handfläche spüren musste. Seine gelben Augen weiteten sich. Er versuchte, den Knoten zu öffnen, doch als es seinen dicken Fingern nicht gelang, riss er den Stoff einfach entzwei. Durchsichtige graue Splitter fielen auf den festgetrampelten Boden. »Aber wie ...« Die Stimme versagte ihm. Mehrmals öffnete und schloss sich sein Mund, ohne dass Laute daraus hervordrangen.

»Es tut mir wirklich leid«, beteuerte Athanor. »Es war bewacht, und der Kampf geriet etwas ... außer Kontrolle.«

Orkzahn ließ nicht erkennen, ob er die Worte überhaupt gehört hatte. Er starrte noch immer auf die Splitter. Vorsichtig nahm er das größte Stück Kristall in die Hand. Es war gewölbt und hätte mit ein wenig Bearbeitung eine kostbare kleine Schale auf dem Tisch eines Königs abgegeben. »Das ... kann nicht sein«, brachte der Troll schließlich heraus. »Bist du sicher, dass ...«

»Ich *bin* sicher. Als es noch nicht zerbrochen war, leuchtete es rötlich und pochte wie ein Herz.«

Orkzahn schüttelte den massigen Schädel. »Aber wie kann das sein? Wir leben noch!«

Athanor wand sich innerlich. Wie lange würde es dauern, bis der Troll bereit war zu begreifen? »Ich überbringe nur ungern schlechte Neuigkeiten, aber wie es aussieht, seid ihr die ganzen Jahre völlig umsonst vor den Elfen gekrochen. Dieser Kristall sah wirklich beeindruckend und geheimnisvoll aus, aber er hatte keine Macht über euch.«

Orkzahns Kehle entstieg ein Laut, als rieben zwei Felsblöcke gegeneinander.

»Es hat aber auch eine gute Seite«, stellte Athanor fest. »Denn nun werdet ihr nie wieder um das *Herz* oder seinen Hüter fürchten müssen. Euer Schicksal liegt allein in eurer Hand. Niemand kann euch mehr mit einem dämlichen Stein erpressen.«

Erneut brachte Orkzahn nur ein Geräusch wie aus einer Geröllawine hervor. Es dauerte wohl doch länger, bis eine so gravierende Nachricht ihren Weg durch die Gedanken eines Trolls gefunden hatte.

»Jedenfalls bin ich wirklich froh, dass ich völlig umsonst um euch getrauert habe. Ich hätte mich fast in den Abgrund unter Kithera geworfen.« Erst als er es aussprach, wurde ihm bewusst, dass es stimmte. Diese verfluchte erfundene Geschichte hatte ihn beinahe das Leben gekostet. Nie wieder würde er den Mythen irgendeines anderen Volkes Glauben schenken. Schon gar nicht denen der Trolle!

»Du wolltest sterben, weil du geglaubt hast, dass wir tot sind?«, staunte Orkzahn.

*Jetzt stehe ich auch noch wie ein sentimentaler Trottel da.* »Ja, Menschen haben solche Anfälle, wenn sie glauben, dass sie am

Tod ihrer Freunde schuld sind.« *Jedenfalls, wenn es mit der Zeit ein paar Freunde zu viel werden ...*

Der Troll schlug ihm auf die Schulter, dass Athanor schwankte. »Du bist ein wahrer Freund. Du hast uns heute zwei Mal befreit. Von den Elfen – und von der Angst vor diesem Stein.« Orkzahn wandte sich ab, um hinauszugehen.

»Warte!«, rief Athanor. »Bevor du das alles deinen Männern erklärst ...« *Was vermutlich eine ganze Weile dauern würde.* »Was ist mit den Elfen? Sie wussten, was ich vorhatte. Haben sie gar nichts unternommen?«

Der Troll drehte sich noch einmal um. »Nicht viel. Jemand hat das Horn geblasen. Wir dachten, wir werden angegriffen, aber es ist nichts passiert. Dann kam ein Elf und sagte, dass es ein Irrtum war. Wir sollten uns wieder schlafen legen.«

»Das war alles?«

Orkzahn zuckte mit den breiten Schultern. »Sie waren alle oben. Bis gestern Abend. Da kam die Heilerin zurück und starrte uns an, als hätte sie uns noch nie gesehen.«

»Elanya. Sie wusste, dass das *Herz* zerbrochen war. Auch sie hielt euch für tot.«

»Ja, sie sah überrascht aus. Dann ging sie nach oben, aber niemand kam herunter, um auf Patrouille zu gehen.«

»Wahrscheinlich hatten sie Angst, dass ich auftauche und ihr sie aus Rache niedermacht.«

»Meine Männer sind sehr dafür. Mir würde es auch gefallen. Wir erschlagen sie und machen ein Festmahl aus ihnen.«

»Das verstehe ich, aber es wäre *sehr* dumm«, betonte Athanor. »Denk daran, was ich dir gesagt habe. Nur gemeinsam werdet ihr die Untoten besiegen können.«

»Jetzt sind sie ohnehin weg«, brummte Orkzahn.

»Weg? Wohin? Sie können Uthariel doch nicht unbemannt lassen.«

»Zwei oder drei sind noch da. Oben, meine ich. Aber die Heilerin ist fort, heute Morgen. Du hast sie knapp verpasst. Der Dicke war bei ihr. Und der, der immer schlechte Laune hat. Und ein Greifenreiter ist mit ihnen geflogen. Sie haben uns nicht angesehen. Sie sind einfach in den Wald geritten. Nach Theroia hinein.«

Athanor nickte. »Also wollten sie zum Heer, und wahrscheinlich nahmen sie an, dass ihnen die Trolle aus Rache in den Rücken fallen würden. »Sprich mit deinen Männern. Wir haben genug Zeit verloren. Wir brechen heute noch auf.«

# 26

Während Orkzahn versuchte, den Trollen begreiflich zu machen, dass ihr *Herz* zerstört war und sie trotzdem nicht auf der Stelle tot umfallen mussten, gelang es Athanor, sich unbemerkt davonzustehlen. Bevor er Uthariel – wohl für immer – verließ, wollte er noch einmal mit Chria sprechen. Suchend blickte er an der Steilwand nach oben. Nach allem, was geschehen war, konnte er nicht zur Festung hinaufsteigen und um einen Spaziergang auf der Mauer bitten. Doch er hatte Glück. Oder Chria hatte die Augen eines Adlers, obwohl sie so menschlich aussahen. Wie ein Stein stürzte sie aus dem Himmel herab und breitete die Flügel aus, um mit vorgereckten Klauen zu landen. »Dem Lärm nach zu urteilen, warst du erfolgreich.«

»Es lief nicht ganz so, wie ich es mir vorgestellt hatte, aber am Ende habe ich mein Ziel erreicht«, wich er aus. Der Harpyie musste er nicht auch noch auf die Nase binden, dass er die Trolle um ein Haar vernichtet hätte.

»Erwägst du, Valarin zu besuchen?«, fragte Chria mit schief gelegtem Kopf. »Das würde ich mir gut überlegen. Der neue Kommandant ist nicht gut auf dich zu sprechen. Seine Beule schmerzt noch zu sehr.«

»Dich verdächtigt wohl niemand.«

»Oh, ich glaube, dass Valarin sehr wohl misstrauisch geworden ist, als sein Bote umkehren musste, weil ihn unsere Männer beinahe umgebracht hätten. Dass er noch lebt, hat er nur seinem Greif zu verdanken, der ihn unter den Bäumen in Sicherheit gebracht hat.«

Demnach hatte Valarin ihm tatsächlich einen Greifenreiter auf den Hals gehetzt. »Harpyien*männer* haben ihn angegriffen? Aber ...«

»Hast du etwa geglaubt, es gäbe keine, nur weil du sie hier nicht siehst?«

»Nein. Irgendwie müsst ihr ja auch ... Kinder zeugen.« *Eier legen?* Er wollte sich das alles lieber nicht zu genau vorstellen. »Aber nun wissen die Elfen doch, dass ihr damit zu tun hattet.«

Chria krächzte ein Lachen. »Gar nichts wissen sie. Wir Harpyien waren hier und haben unsere Aufgaben erfüllt. Wie immer. Dass unsere Männer wild und unberechenbar sind und vor allem nachts Greife anfallen, ist nichts Neues. Das geht seit dem Krieg gegen Imeron so. Was glaubst du, warum die Elfenspäher nachts nicht fliegen, sondern das uns überlassen? Wir sind zuverlässig. Unseren Augen entgeht nichts.«
*Unfassbar. Auch ich habe diese Posse geglaubt.* »Wem dient ihr wirklich?«

»Ich würde mir niemals anmaßen, für meine Schwestern zu sprechen, aber *ich* diene einer Macht, die größer ist als du – oder die Elfen, auch wenn sie sich so unsagbar wichtig nehmen.«

»Wirst du mir jemals mehr verraten?«

»Welche Rolle spielt das? Vielleicht wird dein Leben nicht einmal lange genug währen, damit ich meinen Gefallen einlösen kann. Geh und versuche, diese Untoten zu besiegen. Wenn du überlebst, sehen wir uns vielleicht in ein paar Jahren wieder.« Damit stieß sie sich vom Boden ab. Ihre Flügel verursachten so viel Wind, dass Athanor blinzeln musste.

»Wer sagt, dass ich dich wiedersehen *will*?«, rief er ihr nach. *Verfluchtes Federvieh!* Neben ihr wirkte selbst Davaron noch bescheiden.

Sturmfeders Flügelschlägen fehlte die gewohnte Kraft. Als er auf die Untoten herabgestoßen war, um Mahalea zu verteidigen, mussten sie ihn verwundet haben, ohne dass sie es bemerkt hatte. Einen Augenblick lang richtete Mahalea ihre Magie auf die Schwerkraft und brachte sich fast zum Schweben. Das Gefühl war seltsam und verwirrend wie stets. Sie musste sich am Gefieder des Greifs festhalten, um nicht von seinem Rücken geweht zu werden. Doch nur so konnte sie sich gefährlich weit vorbeugen, ohne abzustürzen, während sie an seinem Körper nach einer Verletzung Ausschau hielt.

Jäher Schmerz schoss ihren Arm hinauf, als sie gegen Sturmfeders Schwinge stieß. Ein Keulenhieb hatte Elle oder Speiche, vielleicht sogar beide Knochen gebrochen. Hastig zog sie sich zurück und hob den Zauber auf. Sie hatte genug gesehen. An

Sturmfeders linkem Hinterbein lief Blut herab. Wenn sie nicht landete und die Wunde verband, würde er bald selbst darüber entscheiden. Ein Greif war kein Pferd, das man bis in den Tod weitertreiben konnte.

Mahalea sah sich um. Am Horizont verblassten bereits die Sterne im ersten Morgendämmern, und noch immer befand sie sich weit vom Heer entfernt. Wo konnte sie in diesem mit Untoten verseuchten Landstrich sicher rasten? Ein Fluss war nicht in Sicht, und das Dach des verlassenen Hofs, den sie vor wenigen Augenblicken überflogen hatte, war zu abschüssig. Ihr blieb nichts anderes übrig, als auf ihr Glück zu vertrauen. Die Wiedergänger konnten schließlich nicht überall sein.

Sie ließ den Greif über einer Lichtung kreisen und spähte hinab. Außer einem von Büschen und Steinen gesäumten Bach entdeckte sie nichts. Auch Sturmfeder gab kein warnendes Grollen von sich. Mahalea beschloss, seinen scharfen Augen zu vertrauen, und bedeutete ihm zu landen. Ein leichter Wind rauschte in den Bäumen, ein letzter Ausläufer eines Sturms, dessen Blitze Mahalea weit im Osten gesehen hatte. Das leise Rinnen des Wassers im Bachbett war das einzige andere Geräusch.

Der Greif legte sich ins Gras und begann, mit dem Schnabel sein Gefieder zu glätten. Seine Gelassenheit beruhigte Mahalea. Für eine Weile waren sie hier wohl sicher. Mit den Stoffstreifen, die für diesen Zweck zur Späherausrüstung gehörten, verband sie den tiefen Schnitt in Sturmfeders Bein. »Ich bin dir wirklich dankbar, dass du mich da rausgeholt hast«, sagte sie, obwohl sie nicht glaubte, dass die Chimäre jedes Wort verstand. »Aber wenn du das nächste Mal mit anderen Greifen spielen gehst, frag mich vorher!«

*Hätte ich mir ja gleich denken können, dass es um Beute oder einen anderen Greif gehen muss, wenn du verschwindest.*

Eine neue Schmerzwelle trieb ihr Schwärze vor die Augen, als sie die linke Hand benutzte. Auch das hatte sie nur diesen von allen Alfar und Astaren verfluchten Verrätern zu verdanken. Nur deretwegen war sie völlig umsonst nach Nekyra geflogen. Ungelenk präparierte sie ein paar Pfeile, um notdürftig ihren Arm damit zu schienen. Wenn man die Zähne brauchte, um Knoten zu schnüren, konnte man sie besonders gut zusammenbeißen, sobald der Schmerz kam. Zum Schluss knüpfte sie noch eine Schlinge, um den Arm zu schonen, bis sie beim Heer einen Heiler um Hilfe bitten konnte.

Nach ein paar Schlucken aus dem Bach und einer Handvoll Trockenpflaumen scheuchte sie Sturmfeder wieder auf. Falls der Mörder ins Lager zurückkehrte, hatte er zwar einen uneinholbaren Vorsprung, aber sie wollte ihm keine Gelegenheit zu weiteren Anschlägen geben. Doch warum sollte er sich dort blicken lassen, wenn sie ihn nun enttarnen konnte? Wahrscheinlich war er geflohen. Sollte er nur. Wenn die Untoten erst besiegt waren, würde sie ihn selbst im entlegensten Dorf der Elfenlande aufspüren und vor das Gericht des Hohen Rats zerren.

Während sich ihr Greif wieder in den Morgenhimmel hinaufschwang, fiel ihr jedoch ein Grund ein, weshalb der Verräter doch zum Heer zurückeilen könnte. *Natürlich!* Er würde seinem Auftraggeber berichten und ihn um Schutz anflehen. Und wer konnte dahinterstecken, wenn nicht Kavarath und seine Schlangenbrut. Deshalb hatte der Späher zuerst mit Blicken Feareths Erlaubnis eingeholt, bevor er dem Rat seine Lügen aufgetischt hatte. Nur zu gut erinnerte sie sich an seine stechend gelben Trollaugen. Gab es etwa auch einen Zusammenhang mit dem Mord an Retheon? Wer einen Mord in Auftrag gab, konnte auch für einen zweiten verantwortlich sein. Aber warum hätte Feareth den Kommandanten töten lassen sollen? Retheon war ein Abkömmling Piriths gewesen und sicher geneigt, die Interessen seines Ältesten in der Grenzwache geltend zu machen. *Es sei denn, sie sind nicht redlich.* Etwas, das so unmoralisch war, dass es der integre Retheon niemals unterstützt hätte. Aber was konnte das sein?

Vielleicht ging auch einfach ihre Abneigung gegen Kavaraths ganze Familie mit ihr durch. Wie kam sie dazu, unbescholtenen Ratsmitgliedern solche Niedertracht zu unterstellen? Lag es nicht näher, dass ein alter Feind hinter dem Verrat steckte? Ein fehlgeleiteter Astar wie Imeron, den sie besiegt oder tot glaubten. War womöglich auch Athanor in die Sache verstrickt? Immerhin war er erst aufgetaucht, als diese Vorgänge ihren Anfang genommen hatten. Niemand wusste, wo er vorher tatsächlich gewesen und warum er in die Elfenlande gekommen war.

Aber selbst wenn Feareth und Kavarath doch ihre Finger im Spiel hatten – und ihr Misstrauen saß so tief, dass sie es nicht einfach beiseiteschieben konnte –, durfte sie einen so ungeheuerlichen Vorwurf nicht ohne Zeugen oder Beweise erheben. Niemand würde ihr Glauben schenken, weil so viel Heimtücke und Skrupellosigkeit unter Elfen undenkbar waren. Athanor, ja, wenn sie den Menschen beschuldigte, wären alle schnell auf ihrer Seite. Aber so ... Sie würde nur Zwietracht im Heer säen, ausgerechnet jetzt, da alle zusammenhalten mussten, um dem schrecklichsten Feind seit Jahrtausenden zu begegnen. Zähneknirschend sah sie ein, dass sie schweigen und die Augen offen halten musste. Sie musste Feareth und Kavarath unter Druck setzen, damit sie Fehler machten und ihr Beweise lieferten.

Als sie inmitten der Abkömmlinge Ardas landete, denen die meisten Heilkundigen angehörten, kam sogleich ein junger Mann herbeigelaufen. Sein besorgter und doch missbilligender Blick war auf ihren verwundeten Arm gerichtet.

»Ich weiß, dass das wenig kunstvoll ist«, kam sie seinem Tadel zuvor. »Ihr dürft mir den Knochen später gern zusammenfügen, aber kümmert Euch zuerst um den Greif. Er muss wieder einsatzfähig sein, sobald ich ihn brauche.«

Damit ließ sie den verdutzten Heiler stehen, um unter den Nachfahren Piriths Feareths Zelt aufzusuchen. Aus der Luft hatte sie sämtliche Greife aus Beleam am Rand des Heerlagers gesehen. Der Mörder musste also hier sein. Er hatte sogar die Chimäre seines Opfers wieder hergebracht. Oder der Greif war dem Verräter gefolgt, nachdem er entdeckt hatte, dass sein Reiter tot war. Sicher würde sie den Dreckskerl bei Feareth oder Kavarath finden – *falls* ihr Verdacht berechtigt war.

Vater und Sohn verließen gerade Feareths Zelt, als sie darauf zuging. Kavaraths Gesicht verdüsterte sich, doch sein Sohn setzte ein falsches Lächeln auf. »Ah, Kommandantin, Ihr seid zurück!«, rief er. »Ich bin sicher, Ihr werdet bestätigen, was wir von Anfang an vermuteten. Nekyra ist die falsche Fährte, nicht wahr?«

»In der Tat. Eure Späher haben sich getäuscht«, erwiderte sie. *Glaub nicht, dass du mich ablenken kannst.* »Vermisst Ihr zufällig einen von ihnen?«

Feareths Miene wurde sogleich ernst. »Von Zufall kann keine Rede sein«, ergriff Kavarath das Wort und sah ehrlich erbost aus. »Wir glauben, dass er ermordet wurde. Wie Retheon. Der Frevel scheint wie eine Seuche zu sein. Er breitet sich aus. Bald können wir nicht mehr ruhig schlafen!«

»Ermordet wurde er in der Tat. Ich habe es gesehen. Aber wie kommt *Ihr* darauf?«

»Ihr habt es gesehen?«, staunte Feareth. Ob er ein guter Schauspieler war oder ehrlich überrascht, vermochte sie nicht zu entscheiden.

»Wisst Ihr auch, *wer* die Schandtat vollbracht hat?«, fragte sein Vater. »Wir verdächtigen seinen Begleiter, den Späher, der im Rat aussagte. Ihr erinnert Euch vielleicht.«

»Das tue ich durchaus, aber warum ausgerechnet ihn?«, erkundigte sich Mahalea, als wisse sie nichts. Bildete sie sich Kavaraths kurzes Zögern nur ein?

»Weil er ohne den Vermissten zurückgekommen ist und behauptet hat, *Ihr* hättet ihnen aufgelauert und den Mann getötet. Ihr! Stellt Euch das vor!«

Die Anschuldigung verschlug ihr die Sprache. Nicht, weil sie auch nur einen Lidschlag lang befürchtete, irgendjemand könne diesen Vorwurf ernst nehmen, sondern weil so viel Unverfrorenheit dazu gehörte. War der Kerl wirklich so dreist oder nur Kavarath so durchtrieben, es ihm anzudichten?

»Ja, das ist unfassbar«, befand Feareth. »Wir haben seine Worte natürlich angezweifelt, woraufhin er sich in Widersprüche verstrickte, die seine Aussagen Lügen strafen. Diesem Mann ist nicht zu trauen. Wir haben ihn gefangen genommen, damit sich nach unserer Rückkehr der Hohe Rat mit der Angelegenheit befassen kann.«

»Er befindet sich also in Eurem Gewahrsam?« *Wollen wir doch mal sehen, was er sagt, wenn ich ihn zur Rede stelle.*

»Ja. Und er wird strengstens bewacht«, versicherte Kavarath. »Wer weiß, wozu dieser Kerl noch fähig ist.«

»Dann habt Ihr sicher nichts dagegen, wenn ich ...«, begann Mahalea, als sie hinter sich rasche Schritte hörte.

»Geschätzte Ratsmitglieder«, rief jemand atemlos. »Oh, Kommandantin, gut, dass ich Euch ebenfalls hier treffe.« Mahalea wandte sich um und erkannte eine junge Frau aus Ivanaras Gefolge.

»Ihr alle werdet gebeten, Euch schnellstmöglich bei der Erhabenen einzufinden. Der heldenhafte Davaron ist mit schlechten Neuigkeiten aus Uthariel eingetroffen.«

»Was ist geschehen?«, verlangte Mahalea zu wissen.

»Er sagt, der Mensch hat die Trolle befreit.«

*Siebzig Trolle!* Wenn Athanor sein Heer abritt, konnte er kaum glauben, dass diese Horde Ungeheuer seinem Befehl folgte. Sie kamen ihm wie eine Naturgewalt vor, die niemand aufhalten konnte, wenn sie erst einmal entfesselt war. Mit dieser Streitmacht hätte er sich selbst den Drachen entgegengestellt – obwohl es ein harter Kampf mit ungewissem Ausgang gewesen wäre.

Doch die Verantwortung für dieses Heer brachte auch Sorgen mit sich. Die Trolle verschlangen Unmengen Fleisch, und das Wild war aus den Wäldern um Theroias Hauptstadt verschwunden. An Nachschub aus den Elfenlanden war nicht zu denken, also mussten sie so viel Proviant mitschleppen, wie die Trolle tragen konnten. Zusätzlich stellte Athanor jeden Tag Jäger ab, die für das Abendessen sorgen sollten, solange sich noch Beute fand.

*Damit wird es morgen vorbei sein*, schätzte er, als er am vierten Marschtag mit Orkzahn am Lagerfeuer saß. Später würden sie sich unter die anderen mischen. Die Trolle waren Krieger, die mit ihrem Anführer essen und scherzen wollten. So gewann man ihre Herzen. Aber man musste auch Abstand wahren, damit sie den Respekt nicht vergaßen. Auch Orkzahn schien das zu wissen. Deshalb sonderten sie sich jeden Abend eine Weile ab, blieben für alle sichtbar und doch von dem Nimbus umgeben, über Wichtiges zu sprechen, das nur Anführer etwas anging.

»Trolle unterscheiden sich kaum von Menschen«, stellte Athanor fest. »Natürlich seid ihr größer und stärker, aber deine

Krieger denken genau wie meine ... damals ...« Er brach ab, doch er fragte sich, ob er vor Orkzahn immer noch ein Geheimnis aus seiner Vergangenheit machen musste. Es waren keine Elfen hier, die ihn für seinen Pakt mit den Drachen verurteilen würden.

»Hattest du viele Krieger?«, fragte der Troll.

»Sehr viele. Es gab nur zwei Männer, die mehr Macht hatten als ich.« *Und das auch nur, weil ich zu dumm war, sie ihnen zu nehmen.*

»Waren sie deine Feinde?«

Athanor lachte bitter. »Nein. Es waren mein Vater und mein Onkel.«

Nun lachte auch Orkzahn, und es klang keinen Deut fröhlicher. »Ich kenne meinen Vater nicht. Er kam nie aus den Elfenlanden zurück. Aber du klingst, als hätte ich nichts versäumt.«

»Vielleicht hast du das auch nicht.« Athanor war nicht sicher, ob es ihm ohne seinen Vater besser ergangen wäre. »Die meisten Menschen, die ich kannte, liebten ihre Väter. Ich weiß nicht, was ich für meinen empfinde. Jedenfalls hat er es mir nicht leicht gemacht, ihn zu mögen.«

»War er ungerecht?«

*Ungerecht.* Athanor drehte und wendete das Wort in seinem Kopf wie ein unbekanntes Werkzeug und versuchte, ihm eine Bedeutung zu geben. Ohne es recht zu bemerken, nahm er einen Stock und stocherte damit im Feuer herum. »Wenn es noch Gelehrte gäbe, um unsere Geschichte aufzuschreiben, würden sie meinen Vater in ihren Berichten sicher nicht als gerechten König preisen. Er war ein starker König, er regierte mit harter Hand. Das Volk jubelte ihm zu, weil er ihm ein prächtiges Schauspiel bot. Aber es ging ihm immer nur um sich, um seine Macht, seinen Ruhm. Er wollte das Alte Reich wiedervereinigen, um als neuer Kaysar gefeiert zu werden. Dann hätte er über alle Menschen von hier bis zum Fallenden Fluss geherrscht.«

»Dann mochtest du ihn nicht, weil er ganz anders war als du?«

»Ha! Einen Scheiß war ich!« Athanor rammte den Stock in die Glut und ließ ihn dort. »Ich war ganz genauso wie er. Alles musste sich um mich drehen. Ich konnte ihn nicht leiden, weil er der Einzige war, der mich nicht beachtet hat. Er war immer viel zu sehr mit sich selbst beschäftigt, und ich mit mir. Glaub nicht, dass ich das hier tue, weil ich so ein gerechter, freundlicher Mann bin. Es geht mir nur um mich. Ich will, dass sich die Welt an mich erinnert, und wenn ihr überlebt, werdet ihr das tun. Genau wie die Elfen. Auch wenn sie mich wohl eher als den großen Verräter in Erinnerung behalten werden. Na, was auch sonst. Davaron werden sie als Propheten feiern. Er hat's von Anfang an gewusst. Menschen kann man nicht vertrauen.«

Orkzahn schwieg. Eine Weile war nur das Raunen der dunklen Stimmen an den anderen Feuern und das Knistern der Glut zu hören. »Mir ist egal, warum du uns befreit hast«, sagte er schließlich. »Es war ein großes Wagnis. Du hast es auf dich genommen. Du hättest auch andere Wege gehen können, um Ruhm zu erlangen. Aber du hast uns gewählt.«

*Wenn es dir damit besser geht.* Trolle waren wirklich wie Menschen. Wenn sie einen Helden sehen wollten, bastelten sie ihn sich zurecht. Wahrscheinlich hätte er Orkzahn erschlagen müssen, um ihn eines Besseren zu belehren.

»Wie war es, ein Freund der Drachen zu sein?«

Überrascht sah Athanor Orkzahn an. Wollte er ihn auf den Arm nehmen? Sticheln? Doch der Troll sah nur neugierig aus. »Sie waren nicht mit uns befreundet. Sie haben uns für ihre Zwecke eingespannt und uns glauben lassen, sie würden *unseren* Zielen dienen. Dass wir ihnen das jemals abgenommen haben...« Athanor schüttelte den Kopf. »Wir waren taub und blind in unserer Gier.«

»Sie waren mächtige Verbündete. Es war klug, ihr Angebot anzunehmen. Du konntest nicht wissen, dass sie lügen.«

Gereizt stieß Athanor die Luft aus. »Doch, das hätte ich wissen können – und nicht erst, als mich meine Schwester beschwor, die Augen zu öffnen. Sie waren so mächtige Verbündete, dass wir Angst vor ihnen hatten. Wir wollten es uns nicht eingestehen, aber wenn ich heute darüber nachdenke... Sie konnten tun, was sie wollten. Wir wagten es nicht, ihnen Befehle zu erteilen, die sie zuvor nicht selbst vorgeschlagen hatten. Wir *wollten* daran glauben, dass sie es gut mit Theroia meinen, so wie du glauben willst, dass ich ein Held bin. Von Anfang an hätten mir ihre Schmeicheleien verdächtig vorkommen müssen. Sie hatten überhaupt keinen Grund, sich mit uns zu verbünden. Das bisschen Land, das Gold, das sie für sich forderten, sie hätten es sich jederzeit nehmen können. Soll ich dir sagen, was der wahre Grund für dieses Bündnis war?«

Er ließ Orkzahn keine Zeit zu antworten.»Wären sie einfach so über uns hergefallen, hätten sich die Könige der Menschen vielleicht vereint, um den gemeinsamen Feind zu bekämpfen. Zusammen wären wir vielleicht stark genug gewesen, um einige von ihnen mit in den Tod zu nehmen. Aber durch das Bündnis... Gerissen, nicht wahr? Sie haben uns dazu gebracht, uns mit ihrer Hilfe gegenseitig abzuschlachten, bis nur noch Theroia übrig war. Und dann zeigten sie ihr wahres Gesicht.«

Orkzahn nickte.»Sie sind listig wie Elfen und heimtückisch wie Oger.«

*Ja, die Drachen haben wohl auch gewusst, dass ihnen die Elfen an Hinterlist ebenbürtig sind.*

»Wie bist du entkommen?«, wollte Orkzahn wissen.»Warst du ihnen als Anführer der Menschenkrieger nicht besonders nah?«

»Wenn ich dir das erzähle, wirst du mich für einen feigen Schwächling halten.«

Der Troll grinste.»Ich weiß, dass du feige bist. Du willst die Heilerin, aber du nimmst sie dir nicht.«

»Verdammt«, lachte Athanor.»Das ist selbst dir aufgefallen, ja? Was würdest du an meiner Stelle tun? Ihr die Keule überziehen und sie in deine Höhle schleppen?«

Orkzahn grinste noch breiter.»Das klappt nicht. Unsere Frauen sind zu große Dickschädel. Wir sind auch feige. Wir sitzen vor ihren Höhlen, bis unser Magen so laut knurrt, dass sie Mitleid bekommen.«

»Fast wie bei mir. Ich lasse mich ständig halb umbringen, damit sie mich wieder heilen muss.«

Gemeinsam lachten sie so laut, dass sich die anderen Trolle verwundert nach ihnen umsahen.

»Jetzt glauben sie, dass wir einen todsicheren Plan für die Schlacht haben«, vermutete Athanor.

Orkzahn hob gleichgültig die Schultern. »Der Tod ist doch immer das Einzige, was uns sicher ist.«

»Wohl wahr. Und was mein Überleben angeht ...« Mühsam drängte Athanor die Geräusche und Gerüche jener Nacht zurück, die unter der Oberfläche lauerten, um ihn in das Grauen zurückzuzerren. »Ich hatte Glück. Es war nach unserer Rückkehr aus Ithara. Wir feierten unseren Sieg. Die Stadt zu unseren Füßen war ein Lichtermeer, ein einziges großes Fest. Es wurde gesoffen, gesungen, getanzt, und ich musste den Wein wieder loswerden, den ich in mich hineingeschüttet hatte. Nur deshalb war ich nicht im Saal, als die Drachen den Moment für gekommen hielten. Bis ich begriff, was geschah, stand alles in Flammen. Ich erinnere mich an Rauch und Schreie. Viele Schreie. Ich war völlig verwirrt, wusste nicht, was ich tun sollte. Alle, die ich kannte, waren in diesem brennenden Saal. Über mir kreisten Drachen. Sie setzten die ganze Stadt in Brand. Dort draußen gab es kein Entkommen, also rannte ich in die Katakomben unter dem Palast. Über mir stürzte alles ein. Ich dachte, jeden Augenblick zermalmt mich ein Stein. Außer mir kamen noch andere auf die Idee, nach unten zu fliehen. Einige erkannten mich. Sie riefen nach mir, wollten, dass ich ihnen helfe, sie rette, sie anführe, irgendwas. Und ich habe mich losgerissen. Ich bin einfach weitergerannt, immer weiter. Wenn ich es nicht getan hätte, wäre ich mit ihnen gestorben. Das weiß ich. Aber es war feige. Manchmal sehe ich sie noch. Die Bäuerin, die ich später auf der Flucht traf. Orross waren hinter ihr her, und sie hielt mir ihr neugeborenes Kind unter die Nase. Sie hat mich angefleht, es mitzunehmen, wollte sich opfern, um mir einen Vorsprung zu geben.« In seiner Erinnerung erwachte die verzweifelte Miene der Frau zu solchem Leben, dass er verstummte.

»Du hast es nicht mitgenommen.«

»Nein.«

Mahalea schüttelte die Schläfrigkeit ab, die sie während des Heilzaubers überkommen hatte. Das korrekte Ausrichten der gebrochenen Knochen war schmerzhaft, aber notwendig gewesen. Erst danach hatte der junge Heiler die Stücke wieder zusammenfügen können. Noch immer spürte sie einen leichten Druck und eine unnatürliche Wärme im Arm. Doch dass sie nach drei Tagen ohne Schlaf müde war, hatte der Zauber nur verstärkt.

»Auf in den Kampf«, murmelte sie und verließ ihr Zelt. Nach Davarons und Elanyas Berichten über die Befreiung der Trolle war ein heftiger Streit um die Konsequenzen entbrannt. Rasch hatten sich die Fronten zwischen den Anführern so sehr verhärtet, dass sich das Heer zu spalten drohte. Die Erhabene hatte die Versammlung daraufhin aufgelöst und alle darum gebeten, ihre Standpunkte noch einmal zu überdenken. Ob es helfen würde, blieb abzuwarten. Mahalea hatte die Gelegenheit genutzt, ihren geschwollenen Arm behandeln zu lassen, doch nun wurde es Zeit, zu Ivanara zurückzukehren.

Es war bereits dunkel geworden, und aufziehende Wolken verschluckten die Sterne. Mit jedem Tag, den sie sich weiter von den Elfenlanden entfernt hatten, war das Wetter schlechter geworden. Jede Nacht zog ein Sturm auf, entlud sich mal näher, mal weiter weg, aber immer schien er von Theroias Hauptstadt auszugehen. Spiegelten die Gewitter einen Kampf zwischen den Göttern? Zürnte das Sein über die Untoten, die doch nur dem Nichts, dem Herrn des Schattenreichs und seiner Sphäre, angehören konnten?

Im großen weißen Zelt der Erhabenen waren die Kontrahenten des Streits bereits wieder versammelt. Ivanara saß auf einem kunstvoll geschnitzten Stuhl, der sich für die Reise zusammenklappen ließ. Alle anderen mussten aus Platzmangel stehen, was der Erhabenen sicher nicht unrecht war. Wenn sie ermüdete, konnte sie sich zurücklehnen, während die anderen in ihrer unbequemen Lage verharren mussten, bis es endlich zu einer Einigung kam.

»Ihr kommt gerade rechtzeitig, Kommandantin«, sagte Ivanara, doch der missbilligende Unterton strafte die Worte Lügen. »Seid Ihr zu neuen Erkenntnissen gelangt?«

*Nein, aber zu einem wie neuen Arm.* Mahalea verkniff sich die Bemerkung, denn vor Zuhörern würde die Patzigkeit sie nur als trotzige Nichte entlarven.«»Wenn Ihr damit meint, ob ich mich Eurer Position nun anschließen will, muss ich Euch enttäuschen.«

»Da hört Ihr es«, trumpfte Kavarath auf.»Die Erfahrung der Kommandantin lässt nur den einen Schluss zu, den auch wir gezogen haben.«
Mahalea bemühte sich, ihren Widerwillen nicht zu zeigen. Warum fand sie sich neuerdings ungewollt ständig auf der Seite derer, die sie nun auch noch des Mordes und des Verrats verdächtigte?

»Es geht hier nicht um Kampferfahrung«, wandte Therianad ein, der unter den Abkömmlingen Ameas im Heerzug das höchste Ansehen besaß. Da nur wenige Angehörige seines Volkes dem Aufruf gefolgt waren, sprach er nur für eine Minderheit, aber in ihrer Lage konnten sie auf niemanden verzichten. Verglichen mit den Männern anderer Elfenvölker war er kleiner und kräftiger gebaut, aber sein silbernes Haar und die fast weißen Augen verliehen ihm eine geheimnisvolle Aura. Man munkelte, unter seinen Ahnen sei eine Nymphe gewesen, weshalb er die Wassermagie meisterhaft beherrschte.»Es geht um Prioritäten«, betonte er.»Ihr gebt dem Gelingen Eures Feldzugs den Vorrang vor der Sicherheit unserer Heimat. Für *uns* geht dagegen die Unversehrtheit unserer Familien vor. Wie können wir ihnen den Rücken zuwenden und sie der Rache der Trolle ausliefern?«

»Wir alle befürchten das Schlimmste«, stimmte Elanya ihm zu.»Meine Schwester hatte mir die Aufgabe übertragen, den Menschen davon abzuhalten, Schaden über uns zu bringen. Da ich darin versagt habe, bin ich die Letzte, die anderen Ratschläge erteilen darf. Trotzdem möchte ich daran erinnern, dass meine Schwester keinen Angriff der Trolle voraussah. Von den Wiedergängern wissen wir dagegen, dass sie alles Lebendige töten, dem sie begegnen. Geht von ihnen also nicht eindeutig die größere Gefahr aus?«

»Mit Verlaub«, erwiderte Therianad.»Eure Schwester hat auch Euer Versagen nicht gesehen.«

»Sprichst du für die Söhne und Töchter Ardas, Elanya?«, wollte die Erhabene wissen.»Oder nur für dich?«

»*Ich* spreche für die Abkömmlinge Ardas«, verkündete Merava, Peredins Frau. Peredin war mit dem Ältesten der Abkömmlinge Ameas in Anvalon geblieben, um die Pflichten des Hohen Rats wahrzunehmen. Doch seine Frau, deren Magie Bäume zu Bauwerken formte, führte nun die Freiwilligen ihres Volkes an. »Dass Elanyas Meinung von der meinen abweicht, spiegelt die Zerrissenheit unserer Leute wider. Ich habe mit vielen gesprochen. Etliche wollen umkehren, weil sie um ihre Freunde und Verwandten fürchten. Aber ebenso viele würden den Untoten nur ungern den Rücken zuwenden. Es ist weiser, sich zuerst des gefährlicheren Gegners zu entledigen, solange man noch im Vollbesitz seiner Kräfte ist. Wir wissen nicht, was geschieht, wenn wir es zulassen, dass diese Kreaturen unsere Heimat erreichen.«

»Für mich steht immer noch die Gefahr eines Angriffs in den Rücken im Vordergrund«, ergriff Feareth das Wort. »Die Trolle mögen dumm sein, aber sie sind nicht so dumm, unser Heer anzugreifen, während unsere Dörfer ungeschützt vor ihnen liegen. Die Untoten dagegen breiten sich aus und folgen uns, wenn wir jetzt umdrehen. Wollt Ihr, dass wir am Ende zwischen zwei Feinden zerrieben werden?«

Da er sie angesehen hatte, antwortete ihm die Erhabene. »Werdet nicht unverschämt«, forderte sie kühl. »Ich will das ebenso wenig wie Ihr. Im Gegensatz zu Euch bezweifele ich jedoch, dass es dazu kommen muss. Anstatt sich des gefährlicheren Feinds zuerst zu entledigen, könnte es ebenso weise sein, den schwächeren Gegner zu beseitigen, um sich dann mit ganzem Einsatz dem stärkeren zu widmen. Oder anders gefragt: Warum wollt Ihr die Trolle in unserer Heimat wüten lassen, wenn wir sie auch aufhalten und uns danach den Untoten zuwenden könnten?«

»Das hatten wir im Rat doch schon alles besprochen«, ereiferte sich Kavarath. »Wir müssen jetzt zuschlagen, solange wir das Übel noch an seiner Wurzel ausmerzen können!«

»Damals glaubten wir unsere Heimat aber noch in Sicherheit«, hielt die Erhabene dagegen.

Mahalea entdeckte Müdigkeit in den Augen ihrer Tante. Die Situation war verfahren, das war unbestreitbar. Die Vorstellung marodierender Trolle schürte auch in ihr Wut auf den verräterischen Menschen und Sorge um jene, die in der Nähe Uthariels lebten. Aber noch immer hatte Ivanara die Untoten nicht mit eigenen Augen gesehen, nicht die lähmende Vergeblichkeit des Kampfs gegen sie gespürt.

»Das mag sein«, gab Feareth zu. »Dennoch ändert es nichts daran, welches die beste Strategie gegen die Untoten darstellt. Und da sie ein nahezu unüberwindlicher Gegner sind, sollten wir uns nicht auch noch um die kleine Chance bringen, die wir haben.«

»Zumal uns nun die Trolle als Mitstreiter fehlen werden«, fügte Kavarath hinzu.

Wieder richtete Ivanara ihren erschöpften Blick auf Mahalea, als bitte sie ein letztes Mal um Unterstützung. »Ist das auch Eure Ansicht, Kommandantin?«

Fast bekam sie Mitleid mit ihrer Tante. Wenigstens hatte Kavarath nicht noch einmal darauf hingewiesen, dass die Erhabene Schuld an diesem Desaster trug. Immerhin war sie es gewesen, die Athanor zu den Trollen geschickt hatte. »Mit der enormen Gefahr vor Augen, die von den Untoten ausgeht, *kann* ich nur dringend davon abraten, umzukehren. Wir müssen Theroia so schnell wie möglich erreichen und diesen Kampf gewinnen.«

»Theroia?«, wunderte sich Merava. »Ich dachte, wir ziehen nach Nekyra, der Totenstadt?«

Alle außer Kavarath und seinem Sohn sahen sie erstaunt an. Mahalea zögerte. Sollte sie ausgerechnet jetzt über den Verrat der Kundschafter sprechen? Es würde Fragen nach den Hintermännern aufwerfen und zu neuen gegenseitigen Anschuldigungen führen. *Wir dürfen nicht noch einen Tag durch sinnlosen Streit verlieren.* Sie würde Ivanara in einem ruhigeren Moment davon berichten. Von Intrigen verstand die Erhabene ohnehin mehr als sie. »Unsere Späher haben sich getäuscht.« Aus dem Augenwinkel beobachtete sie Kavaraths Reaktion auf ihre... War es eine Lüge? Darüber wollte sie jetzt nicht nachdenken. »Ich bin heute Vormittag aus der Nekropole zurückgekehrt und kann Euch versichern, dass wir dort unsere Zeit verschwenden würden.«

Feareth und sein Vater beobachteten sie ebenso genau wie umgekehrt. Einen Moment lang waren ihre Mienen ausdruckslos, dann wirkte Kavarath zufrieden, während sich sein Sohn aufplusterte wie ein siegreicher Hahn.

»Wie wir es von Anfang an vermutet haben«, triumphierte Feareth, und Mahalea fühlte sich, als sei sie seine Marionette.

»Mit dem Unterschied, dass *ich* vorausgeflogen bin, um es zu beweisen, während *Ihr* hier herumgesessen und Däumchen gedreht habt!«

»Wir sind nun einmal keine Greifenreiter«, sagte Feareth lahm. Wenigstens sah er beleidigt und Kavarath wieder verärgert aus. So gefiel er Mahalea immer noch am besten. Vor allem, wenn sie der Grund dafür war.

»Erspart mir weitere kleinliche Streitereien«, mahnte die Erhabene. War es der Wind, der die Zeltbahnen bauschte oder ihr Groll? »Außer Kavarath und mir hat niemand von Euch im Trollkrieg gekämpft. Ihr habt nicht vor Augen, was ich sehe, wenn ich mir vorstelle, wie sie in Anvalon wüten, während wir nach Nordosten ziehen.«

»Ja, auch mir haben sich die Verwüstungen durch die Trolle ins Gedächtnis gebrannt«, gab Kavarath zu. »Aber nach Abwägung aller Risiken kann ich nicht zulassen, dass Ihr uns deshalb um unseren einzigen Vorteil bringt. Noch weiß unser Feind nicht, dass wir kommen. Nutzen wir es!«

Ivanara sah aus, als seufze sie insgeheim. »Ihr würdet also lieber das Heer spalten, als mir zu folgen?«

»Die Abkömmlinge Piriths mögen das größte Kontingent stellen«, mischte sich Therianad wieder ein, »aber Ihr dürft Euch nicht von ihnen erpressen lassen!«

»Wenn strategische Erwägungen nicht ausreichen, muss man eben zu anderen Maßnahmen greifen, um zu überzeugen«, verteidigte sich Kavarath.

Mahalea musterte ihn abschätzend. *Und wie weit würdest du dabei gehen? Würdest du deinen Handlanger des Verrats bezichtigen, um deinen eigenen Hals zu retten?*

»Wir haben nun alle genug gehört«, entschied die Erhabene. »Wenn ich keine Mehrheit von meinen Bedenken überzeugen

kann, muss ich mich Mahaleas Einschätzung beugen. Im Gegensatz zu allen anderen hier – außer Elanya und Davaron natürlich – hat sie bereits eine Schlacht gegen die Untoten gefochten und weiß besser, was zu tun ist, als Ihr, Kavarath, oder ich.«
In Kavaraths Augen funkelte Zorn, doch er straffte sich nur und schwieg.

»Damit ist es beschlossen«, verkündete die Erhabene. »Wir ziehen gen Theroia. Wenn Ihr an meiner Stelle Feldherrin dieses Heerzugs wärt, Kommandantin«, wandte sich die Erhabene an Mahalea, »wie würdet Ihr nun vorgehen?«

»Vor allem schnell. Nach meiner Schätzung sind wir etwa vier Tagesmärsche von Theroia entfernt, aber so viel Zeit haben wir nicht.«

»Der Trolle wegen?«, fragte Merava.

»Auch. Noch wichtiger ist jedoch, dass wir uns hier gerade noch außerhalb des Gebiets befinden, in dem sich die Untoten bereits ausgebreitet haben. Deshalb waren wir bislang sicher. Wenn wir uns nun mit der bisherigen Geschwindigkeit auf Theroia zubewegten, müssten wir drei Nächte auf ihrem Territorium verbringen. In der ersten würden uns vermutlich nur ein paar Patrouillen entdecken. Aber wir wissen nicht, ob und wie sie organisiert sind. Immerhin haben sie auch die Faune ausfindig gemacht und angegriffen. Vielleicht würde uns bereits in der zweiten Nacht ein Heer gegenüberstehen, lange bevor wir Theroia erreicht haben. Deshalb müssen wir sie überraschen. Wir dürfen den Pferden – und uns – nur noch die allernötigsten Pausen gönnen, um bei Kräften zu bleiben. Dann könnten wir bereits in der zweiten Nacht an den Ufern des Sarmandara stehen und Theroia im Morgenlicht stürmen.«

»Ah, Ihr wollt die Leichen vernichten, während sie vom Sonnenlicht in die Todesstarre zurückgezwungen werden«, ließ sich Davaron vernehmen.

»Zumindest hoffe ich, dass sie tagsüber tatsächlich wieder wehrlos werden, sodass wir nur ihren ersten Angriff überstehen müssen, um sie dann bei Tag ein für alle Mal vernichten zu können.«

»Ein ausgezeichneter Plan«, lobte Feareth. »*Wenn* wir alles so vorfinden, wie Ihr es annehmt.«

Die Erhabene stand auf. »Solltet Ihr einen besseren haben, dürft Ihr mich gern in ihn einweihen. Bis dahin ordne ich an, die Befehle der Kommandantin zu befolgen. Wir brechen im Morgengrauen auf.«

Obwohl nicht jeder mit dem Beschluss zufrieden war, spürte Mahalea bei allen Erleichterung. Ob sie noch etwas Schlaf finden würde? Um bei Tagesanbruch abmarschbereit zu sein, mussten sie die Zelte bald abbrechen. Erschöpft folgte sie den anderen nach draußen.

»Was geht da vor sich?«, fragte Merava alarmiert.

»Das ist bei *unseren* Leuten!«, rief Feareth seinem Vater zu und eilte davon.

Mahalea spähte über die Köpfe der anderen. Am fernen Ende des Lagers flackerte an einer Stelle Feuerschein in den Baumkronen. Zwischen den Zelten schlugen Flammen in die Höhe, und aufgeregte Rufe ertönten.

»Feuer!«, schrie jemand. »Holt Wasser!«

Mahalea drängelte sich an Davaron und Kavarath vorbei, um hinter Feareth herzurennen. War es nur eine Unachtsamkeit, oder wurden sie angegriffen? Aus allen Richtungen strömten Elfen herbei, um zu helfen. Nur wenige trugen Eimer, manche hielten nichts als ihren Wasserschlauch bereit.

*Wassermagie wäre hilfreich.* Mahalea sah sich nach Therianad um, der nur wenige Schritte hinter ihr war. Vor ihr kam der Brand in Sicht. Ein ganzes Zelt stand in Flammen, die bis ins Laub der Bäume leckten. Funken und glimmende Asche wirbelten umher.

»Was ist passiert?«, rief Feareth, als ihm ein Mann in Rüstung entgegeneilte.

Der Krieger sah zerknirscht und aufgebracht zugleich aus. »Ich weiß es nicht, Ältester. Plötzlich war das Feuer überall. Aber *er* ist noch drin.«

Jemand befand sich im Zelt? Gerade begann es einzustürzen. Mahalea kam ein Verdacht. »Wer?«, herrschte sie den Fremden an. »Wer war da drin?«

»Der Gefangene, Kommandantin. Der Mörder.«

# 27

Athanor schob sein Schwert in die Scheide zurück, ohne einen Hieb geführt zu haben. Über ihm verschwanden die Sterne hinter aufziehenden Wolken, doch der Mond spendete noch genug Licht, um Orkzahns breites Grinsen sehen zu können. Umgeben von siebzig Trollen mussten sie die kleinen Patrouillen der Untoten nicht fürchten. Riesige Hände zerrissen die Mumien, bevor ihnen ein einziger Treffer gelang. Dass die Wiedergänger kurz darauf erneut aufstanden, sich wie von Geisterhand zusammensetzten und nach ihren Waffen suchten, beeindruckte die Trolle nicht. Sie wachten geduldig am Rand des Lagers und zerlegten die Untoten eben aufs Neue.

»Deine Männer sind reichlich unbesorgt«, tadelte Athanor. »Hast du ihnen nicht gesagt, was sie erwartet?«

Orkzahn hob entschuldigend die Schultern, aber seine Miene zeigte kein Bedauern. »Ich zeige meine Narben und erzähle Geschichten. Aber für uns zählt nur, was wir selbst gesehen haben. Meine Männer sehen hier nur leichte Opfer.«

*Wenn sie da mal nicht falschliegen.* Doch vielleicht war es besser, die Trolle in ihrem Irrtum zu belassen. Womöglich wären sie ihm sonst nicht gefolgt, Befreier hin oder her. Es gab angenehmere Dinge, mit denen man nach Jahren der Sklaverei seine Zeit verbringen konnte, als in den Kampf gegen lebende Tote zu ziehen.

»Orkzahn«, schmatzte ein Troll mit vollem Mund, »ich weiß, wie sie nicht wieder aufstehen.« Grinsend hob er einen mumifizierten Arm und biss davon ab, dass die Knochen krachten.

»Das kann doch wohl nicht wahr sein!«, fuhr Athanor auf.

»Doch, doch, schmeckt fast wie Dörrork – nur fader.«

»Das könnte ein Verwandter von mir sein! Die werden nicht gegessen!«

»Es sind Menschen«, stellte Orkzahn fest. »Irgendwie. Wir haben immer Menschen gegessen.«

»Außerdem sind sie lästig«, fügte der andere Troll hinzu. »Sie sehen nicht ein, dass sie tot sind.«

»Ich bin der Kommandant, und ich sage: Wir werden diese Schlacht nicht gewinnen, indem wir den Gegner fressen! So groß sind selbst eure Bäuche nicht!«

»Aber hier sind doch ...«

»Nein!«, brüllte Athanor. »Habe ich mir etwa Löwentod zum Abendessen gebraten? Ein Gegner hat Respekt verdient! Auch wenn er tot ist.«

Trotzig schob der Troll das bärtige Kinn vor. »Wir machen das *immer* mit unseren Feinden. Das kannst du uns nicht verbieten.«

Schon blickten einige andere Ungeheuer mit gerunzelten Brauen in ihre Richtung. Athanor wog seine Chancen ab. Konnte er sich in dieser Frage gegen die sturen Bastarde durchsetzen? Riskierte er, dass sie sich von ihm abwandten? *Schon wieder diese Frage!* Er fürchtete eindeutig zu sehr, es sich mit seinem Heer zu verscherzen. »Du glaubst, nur du hast einen Dickschädel?«, herrschte er den Troll an. »Da liegst du falsch. Ich habe euch befreit. *Ihr* schuldet *mir* etwas. Nicht umgekehrt. Und wenn ich sage, friss gefälligst meinen Verwandten nicht, dann frisst du ihn nicht, sonst setzt es was!«

Missmutig betrachtete der Troll den angebissenen Arm. »Bist du sicher, dass er dein Verwandter ist?«

»Woher denn? Ich habe doch nicht einmal sein Gesicht gesehen. Aber er *könnte* mein Vater sein. *Jeder* von ihnen könnte mein Vater sein.«

»Oder dein Onkel«, warf Orkzahn ein. »Oder ein Bruder oder ...«

»Ja, meine Verwandtschaft war verdammt groß. Also Zähne weg von ihnen!«

Widerstrebend warf der Troll den Arm weg. »Aber nur, solange du bei uns bist«, murrte er und stapfte davon.

»Aber es *hält* sie davon ab, wieder aufzustehen«, gab Orkzahn zu bedenken.

»Soll ich dich nach deinem Tod an einen Baum setzen oder essen?«

Nachdenklich kratzte sich der Troll im schwarzen Bart. »Ich glaube ... ich möchte lieber gegessen werden, als wieder aufzustehen wie diese da.« Er deutete vage in die Dunkelheit, in der sich die Untoten verbargen.

»Gut zu wissen.« *Aus meinem Begräbnis nach Trollart wird wohl doch nichts.*

»Kommandantin?«

Mahalea schlug die Augen auf und blinzelte ins Licht einer Laterne. Der Trosskarren, auf dem sie lag, hatte angehalten. Neben einem der beiden großen Räder stand Elidian. »Ihr wolltet geweckt werden, sobald es dunkel wird.«

»Ja«, schnappte sie. »Glaubst du, ich werde alt und vergesslich?« Kopfschüttelnd setzte sie sich auf und strich sich das wirre Haar aus dem Gesicht.

»Wenn man aus dem Schlaf gerissen wird, ist ...«

Mahalea schnitt ihm mit einer Geste das Wort ab. »Hast du die Greife gefüttert?«

Falls er versuchte, seine Verstimmung zu verbergen, gelang es ihm nicht besonders gut. »Ja.«

»Dann erwarte mich bei ihnen zum Abflug.«

»Ist es, weil ich diesen verräterischen Menschen nicht aufgehalten habe?«, fragte er, anstatt zu gehen. »Diese Harpyienmänner waren in der Überzahl! Was hätte ich denn tun sollen?«

»Tu, was ich dir sage. Das wäre schon einmal ein Anfang.«

Verärgert trollte er sich, und Mahalea sprang vom Wagen.

*Ich bin ungerecht zu ihm*, ging ihr durch den Kopf, während sie ihre Stiefel anzog und die Waffen anlegte. Er konnte nichts dafür, dass es kaum Abkömmlinge Heras zur Grenzwache zog. In einem Kampf abzustürzen! So etwas durfte einfach nicht vorkommen. So ergaben Greifenreiter keinen Sinn. Falls sie noch eine Zukunft hatten – und dessen war sie sich ganz und gar nicht sicher –, würde sie als Kommandantin im Hohen Rat neue Saiten aufziehen.

Über die Jahre war der Anteil der Söhne und Töchter Piriths unter den Grenzwächtern immer weiter gestiegen. Wohin es führte, glaubte sie nun zu wissen. Dass der Verräter in seinem Zelt verbrannt war, bevor sie ihn befragen konnte, war doch kein Zufall. Wenn sie an Feareths geheuchelte Betroffenheit zurückdachte, kam ihr die Galle hoch. *Da ist selbst Kavarath noch ehrlicher,* grollte sie, während sie zu den Greifen am Ende des Heerzugs marschierte. Verächtlich hatte er festgestellt, dass sich der Mann angemessen selbst gerichtet habe. Alle glaubten es! Dass sich der Mörder aus Scham über seine Tat selbst umgebracht hatte.

Wieder nagte Zweifel an ihr. Vielleicht stimmte es. Vielleicht war er daran verzweifelt, dass seine Auftraggeber ihn fallen gelassen hatten. Aber indem er sich das Leben nahm, das dadurch dem Ewigen Licht geraubt wurde und deshalb auch seinem Volk, büßte er nicht, sondern fügte seinem Verbrechen noch ein weiteres hinzu. Lag es nicht viel näher anzunehmen, dass man ihn beseitigt hatte, bevor er seine Hintermänner ausplaudern konnte? Sobald sie von diesem Spähflug zurückkam, musste sie endlich mit der Erhabenen über ihren Verdacht sprechen.

Doch jetzt galt es, Theroia auszukundschaften, um einen Schlachtplan entwerfen zu können, bevor sie die Stadt erreichten.

Wie befohlen wartete Elidian bei den Greifen auf sie. Von allen Abkömmlingen Piriths vertraute sie ihm noch am meisten. Er mochte zu sehr um ihre Anerkennung betteln, aber wenigstens wirkte er dabei ehrlich. *Vielleicht sollte ich freundlicher zu ihm sein, um wenigstens einen Verbündeten in diesem Volk zu haben.* »Es war nicht deine Schuld, dass du gescheitert bist«, sagte sie unvermittelt.

Elidian sah so überrascht aus, dass es schon albern wirkte. Mahalea schmunzelte in sich hinein, während sie Sturmfeder tätschelte. Schon früh hatte sie gelernt, die Greife nur zu berühren, wo sie Fell besaßen. Sie hassten es, wenn Hände ihr Gefieder durcheinanderbrachten. »Es gibt Arbeit, Junge«, warnte sie, und die Chimäre streckte sich wie eine Katze nach dem Schlaf.

Grenzwächter aus Beleam und Nehora, die mit ihren Greifen zum Heer gestoßen waren, beobachteten sie. Mahalea konnte die Gedanken der Männer und Frauen förmlich hören. Sie wunderten sich, dass ihre Kommandantin darauf bestand, schon wieder selbst vorauszufliegen. Noch etwas, das die Verräter auf dem Gewissen hatten – Mahaleas Vertrauen zu den Berichten anderer.

Woher sollte sie wissen, ob sich noch mehr Verschwörer unter diesen Spähern befanden?

»Abflug!«, rief sie Elidian zu und sprang auf Sturmfeders Rücken. Mit einem Satz katapultierte sich der Greif in die Luft und schwang sich mit mächtigen Flügelschlägen über die Baumkronen hinauf. Mahalea lenkte ihn nach Nordosten, gen Theroia, wo keine Sterne zu sehen waren.

»Da braut sich schon wieder ein Sturm zusammen«, rief Elidian schräg hinter ihr.

Mahalea bedeutete ihm wortlos, ihr zu folgen. Da er gerade erst aus Uthariel gekommen war, wusste er noch nicht, dass sich neuerdings jede Nacht Gewitter über der Stadt entluden. Sie konnte nur hoffen, dass es ihnen gelang, trotzdem in der Luft zu bleiben *und* zu sehen, was notwendig war.

Unter ihnen wechselten sich dunkle Wälder mit etwas helleren Wiesen ab. Im Mondlicht war die Landschaft noch gut zu erkennen, doch je näher sie Theroia kamen, desto öfter verschwand die helle Sichel hinter den Wolken. Als sie den gewundenen Lauf des Sarmandara kreuzten, beschloss Mahalea, dem Fluss zu folgen. Es war nicht der schnellste Weg, doch das silbrige Band würde auch in einem Unwetter noch sichtbar bleiben und sie ans Ziel führen.

Mit einem Blick über die Schulter vergewisserte sie sich, dass Elidian ihr noch folgte. Immer bedrohlicher türmten sich die Wolken vor ihnen auf. Unberechenbare Winde zwangen Sturmfeder, mal höher, mal tiefer zu fliegen, um nicht abgetrieben zu werden. Unter ihnen wogten die Bäume wie Wasser im zunehmenden Sturm. Böen zerrten an Mahaleas Mantel und zausten das Gefieder des Greifs. Sie wurden stärker, warfen sich ihnen wie Flutwellen entgegen, nur um im nächsten Moment zu verschwinden, sodass der Greif in ein Loch zu stürzen drohte. Der Mond verbarg sich endgültig hinter der schwarzen Wand. Nur ein paar Sterne am südlichen Horizont spendeten noch Licht.

Als sie einer Flusskehre folgten, trafen sie die Böen wie die Faustschläge eines Gottes von der Seite. Sturmfeder schlug immer wildere Haken, um sich am Himmel zu halten. Mahalea duckte sich tief über seinen Nacken, konzentrierte sich auf ihre

Magie, um nicht zu fallen, sollte sie von seinem Rücken geschleudert werden. Sie fühlte sich wie auf einem bockenden Pferd. Der heftige Wind raubte ihr Atem und Sicht.

Im nächsten Augenblick blendete sie grelles Licht. Kurz darauf übertönte Donner sogar das Heulen des Windes in ihren Ohren. Sie zog den Kopf noch weiter ein, um die Augen zu schützen, und spähte hinter sich. War Elidian noch an ihrer Seite? Im Auflodern des nächsten Blitzes glaubte sie, etwas flattern zu sehen. Wie weit waren sie noch von Theroia entfernt?

Eine neue heftige Böe sprang sie an und warf Sturmfeder beinahe auf den Rücken. Mahalea hielt sich fest, glich die Schwerkraft aus. Der Greif taumelte durch die Luft wie betrunken. Mit seinem ganzen Geschick versuchte er, den Wind zu reiten, doch er wurde nur noch umhergeschleudert. Mahalea gab auf. Sie mussten landen. Sie gab Sturmfeder das Zeichen und hoffte, dass Elidians Greif ihnen folgte.

Die Nacht hindurch hatte Athanor seine wachsende Unruhe auf die Angriffe der versprengten Untoten geschoben. Zu einem ungestörten Schlaf hatten sie seinem Heer nicht gerade verholfen, weshalb er lange vor dem Morgen den Aufbruch befohlen hatte. Doch auch jetzt, da die Sonne längst hoch am Himmel stand, trieb ihn eine Rastlosigkeit an, für die er keine Erklärung fand. Hatte er es etwa eilig, nach Theroia zurückzukommen? Zwei Jahre lang hatte er seine Heimatstadt gemieden, hatte sich stets außer Sichtweite gehalten, um die Überreste seines früheren Lebens nicht sehen zu müssen. Und nun ritt er direkt darauf zu.

Er kannte die Gegend, den Verlauf der breiten, einst viel benutzten Handelsstraße und die niedergebrannten Dörfer zu ihren Seiten. Wie oft war er sie entlanggezogen? Auf die Jagd, zum Vergnügen, in den Krieg. Er erinnerte sich an die Bauern auf den Feldern, an das Vieh auf den Weiden und die Kinder, die zwischen den Häusern gespielt hatten. Jetzt war alles leer und still. Es roch nicht einmal mehr nach Asche.

»Hier stimmt etwas nicht«, brummte Orkzahn, der neben ihm herstapfte.

Athanor schnaubte. »Fällt dir das auch schon auf?«

Der Troll bedachte ihn mit einem skeptischen Blick. »Ich rede nicht von den zerstörten Häusern.«
»Sondern?« »Von den fehlenden Tieren? Der schwülen Hitze, obwohl es Nacht für Nacht Gewitter gab? Dem grauen Dunstschleier vor der Sonne?
»Von den Pflanzen.«
»Seit wann nimmst du Grünzeug überhaupt wahr?«, wunderte sich Athanor. Immerhin lehnten die Trolle es sogar ab, ihr Fleisch mit getrockneten Kräutern zu würzen, weil es den Geschmack verfälschte.
»Ich *esse* es nicht, aber ich *sehe* es.«
Athanor ließ seinen Blick über das Gras und die Büsche am Wegrand schweifen. Blätter und Halme waren zwar grün, doch sie hingen schlaff herab. Er zuckte mit den Schultern. »Welkes Laub. Nicht ungewöhnlich in langen, trockenen Sommern.« *Trocken?* Der Dunkle sollte ihn holen, wenn dieser Sommer nicht der verregnetste seit Jahren war. Lag es an der Hitze? Zu viel Feuchtigkeit? Immerhin war die Straße so schlammig, dass die Trolle tiefe Spuren hinterließen. »Du meinst, zuerst sind die Tiere geflohen, und jetzt sterben die Pflanzen, weil sie nicht weglaufen können?«

»Ich sehe, dass sie krank sind. Warum, weiß ich nicht«, erwiderte Orkzahn nur.

*Hadons Hauch.* Nur wenige Theroier hatten gewagt, den Dunklen beim Namen zu nennen, doch jeder kannte seine Macht, die in der Nähe der Toten und Sterbenden wirkte, um andere mit in sein Schattenreich zu ziehen. König Xanthos' Erweckung war gegen den Willen des Dunklen undenkbar. Diente sie ihm stattdessen als Weg, seine Finger nach dem Diesseits auszustrecken?

Wieder erfasste Unruhe Athanor. Was erwartete ihn dort, wo er zugesehen hatte, wie sein Vater das fatale Bündnis eingegangen war? Er erkannte eine Abzweigung und trieb sein Pferd zum Galopp. »Ich bin bald zurück!«, rief er Orkzahn zu, ohne sich umzublicken.

Der Weg führte in den Wald und nach einer Weile stetig bergauf. Einst war er ganz in der Nähe mit Theleus einem Keiler nachgestellt, der ihm die erste Narbe ins Bein gerissen hatte. Nun eroberte das Unterholz den Hirtenpfad zurück, und Athanors Pferd brach durch das Dickicht wie der wilde Eber. Es trug ihn bis zum Kamm der Anhöhe hinauf, wo er es anhielt, bevor es auf der anderen Seite in den Abgrund stürzen konnte. Vor ihm fiel das Hügelland steil zur daranischen Ebene ab, durch die sich der vom Unwetter aufgewühlte Sarmander wand. Jenseits des Flusses erhob sich eine einsame Anhöhe aus dem flachen Land. Sie war nicht gewaltig, und doch wirkte sie in der Ebene beinahe wie ein Berg.

Als Athanor sie das letzte Mal von dieser Stelle aus erblickt hatte, waren Drachen für ihn noch Fabeltiere gewesen, Ungeheuer, die es nur an den Rändern der Welt gab, um von Helden erlegt zu werden. Die weißen Mauern Theroias hatten in der Sonne geleuchtet. Auf der Spitze des Hügels hatte das goldene Dach des Palasts geglänzt. Wie Ameisen waren die Menschen und Karren durch die Tore hinaus- und hineingeströmt, und darüber hatten die Banner der Adelshäuser und des Königs geweht.

Er spürte einen Stich in der Brust. Nichts war von der einstigen Pracht geblieben. Wie ein grauschwarzer Fels ragte die Anhöhe in den wolkenverhangenen Himmel. Nichts rührte sich zu ihren Füßen. Selbst die Wiesen und Bäume verschwammen in fahlem Braun. Theroia war tot. Bis zum Ufer reichte die trostlose Landschaft, doch auch diesseits des Flusses durchzogen braune Ausläufer das sommerliche Grün. Hadons Hauch strich über das Land, um alles Leben zu verschlingen.

»Was wir gesehen haben, lässt nur einen Schluss zu«, befand Mahalea. »Nicht nur das Heer der Untoten, auch das Nichts selbst breitet sich aus.«

Die Erhabene, neben der sie ritt, nickte ernst. »Vielleicht stimmt es, was der Mensch Davaron erzählt hat. Durch den Schwur dieses toten Königs hat das Nichts Einlass in die Welt gefunden. Es ist gut, dass wir hierhergekommen sind. Wir müssen dieses Unheil um jeden Preis aufhalten.«

»Umso mehr wünschte ich, wir hätten die Lage bei Nacht erkunden können«, bedauerte Mahalea und verfluchte im Stillen noch einmal die ständigen Stürme. Nach ihrer erzwungenen Landung hatten sich Elidian und sie mit den Greifen zu Fuß durch das Unwetter gekämpft, immer am Fluss entlang. Schließlich waren die Böen verebbt, Blitze und Donner gen Westen abgezogen, doch dafür hatte heftiger Regen eingesetzt. Selbst wenn es ihnen möglich gewesen wäre zu fliegen, die Greife hätten sich geweigert, auch nur die Flügel zu spreizen, und sich stattdessen unter einem Baum zusammengerollt.

»Es bleibt uns nichts anderes übrig, als auf die schlimmsten Überraschungen gefasst zu sein«, stellte die Erhabene fest. »Immerhin wissen wir jetzt, wie die zerstörte Stadt beschaffen ist und dass die Toten tagsüber ruhen.«

»Jedenfalls jene, die auf den Straßen lagen«, schränkte Mahalea ein. Sie hatte Theroia mehrmals umkreist und dabei etliche Leichen zwischen den Trümmern gesehen. Hätten sie schon seit zwei Jahren dort gelegen, wäre längst nichts mehr von ihnen übrig gewesen.

»Sobald wir den Sarmandara erreichen, werde ich eine Besprechung einberufen, um zu …« Ivanara verstummte und hob den Blick.

Ein Greifenreiter flog auf sie zu, landete so nah, dass das Pferd der Erhabenen scheute. Mahalea erkannte eine Grenzwächterin aus Nehora. Die Frau sprang von ihrem Greif und eilte auf sie zu. Ivanara hob eine Hand, um den Heerzug hinter ihnen anzuhalten.

»Wartet!«, rief Mahalea nach vorn, um den Anschluss an die Vorhut nicht zu verlieren.

»Ich bitte um Verzeihung, Erhabene.« Die Miene der Späherin verriet ihre Aufregung. »Aber ich wollte Euch so schnell wie möglich berichten. An einer Kreuzung stieß ich auf zahlreiche riesige Fußspuren und bin ihnen gefolgt. Es sind die Trolle, Erhabene! Ich habe sie aus der Luft gesehen. Ein ganzes Heer marschiert auf Theroia zu!«

Einen Augenblick lang konnte Mahalea die Späherin nur sprachlos ansehen. Auch Ivanara schienen die Worte zu fehlen. Mahaleas Gedanken rasten dagegen umso schneller. Um bereits hier zu sein, hatten die Trolle sogleich nach ihrer Befreiung aufbrechen müssen. Waren sie hier, um sich zu rächen, oder hatten auch sie erkannt, dass die Untoten der schlimmere Feind waren, der zuerst beseitigt werden musste?

»Danke, Grenzwächterin«, ergriff die Erhabene das Wort. »Das sind in der Tat bedeutende Neuigkeiten. Sie haben sich also bewaffnet und bewegen sich auf Theroia zu?«

»Sie führen Keulen und Speere mit sich und folgen der Straße, die in die Ebene hinunterführt.«

»Hattest du den Eindruck, dass sie nach uns suchen?«, erkundigte sich Mahalea.

Die Späherin schüttelte den Kopf. »Ich konnte nicht einmal Kundschafter entdecken.«

»War ein Mann bei ihnen?«, erkundigte sich die Erhabene. »Ein Mensch auf einem unserer Pferde?«

»Nein. Ich bin zwar sehr hoch geflogen, damit sie mich nicht sehen, aber einen Reiter hätte ich ganz sicher bemerkt. Auch ein Mann zu Fuß wäre mir sicher aufgefallen. Sie laufen in sehr lockerer Formation.«

*Diese undankbaren Bestien.* »Wahrscheinlich haben sie ihn längst gefressen«, entfuhr es Mahalea. *Geschieht ihm recht.* Was musste er auch den Bann zerstören, der die Bosheit der Ungeheuer im Zaum gehalten hatte. Trolle waren nun einmal keine Pferde, die sich freiwillig dem Willen des Klügeren fügten.

Die Erhabene bedachte sie mit einem tadelnden Blick. »Das ist möglich, beantwortet aber nicht die Frage, warum sie hier sind. Im Gegenteil, dadurch wird es noch unverständlicher. Wir müssen wissen, woran wir mit ihnen sind, sonst können wir Theroia heute Nacht nicht angreifen.«

»Soll ich zurückfliegen und sie im Auge behalten?«, bot die Späherin an.

»Das reicht nicht«, befand Ivanara. »Wir müssen möglichst rasch Klarheit gewinnen.«

»Ihr wollt einen Abgesandten zu ihnen schicken, um mit ihnen zu verhandeln?«, folgerte Mahalea. »Ich fürchte sie nicht. Ich bin dazu bereit.«

»Euer Angebot ehrt Euch, Kommandantin, aber Ihr wisst, wie die Trolle auf Euch zu sprechen sind«, rief ihr die Erhabene ins Gedächtnis. »Euch auszusenden könnte als Provokation aufgefasst werden.«

»Aber es muss jemand sein, den sie kennen und dessen Urteil wir vertrauen können«, gab Mahalea zu bedenken.

»Das ist wahr. Genau deshalb weiß ich auch schon, wem wir diesen Auftrag geben.«

*Ein rennender Troll ist wirklich nicht zu überhören.* Athanor wendete sein Pferd, um dem Ungetüm entgegenzusehen. Die Erde bebte, als stürmte eine Horde Büffel auf ihn zu.

»Was gibt's?«, rief Orkzahn dem jungen Troll entgegen, dessen Bart noch nicht ganz so lang und struppig wie bei den anderen war.

»Da sind zwei Reiter hinter uns. Sehen aus wie Elfen.«

»Sie sind also bereits auf dem Weg hierher. Dann können sie nicht bis zur Nekropole gezogen sein«, stellte Athanor fest.

»Oder es sind Späher«, vermutete Orkzahn.

»Zu Pferd? Nein. In das Gebiet der Untoten würden sie nur Greifenreiter schicken.« *Was bedeutet, dass sie uns längst entdeckt haben, während uns ihre Späher entgangen sind.* »Ein paar Männer sollen ausschwärmen und nachsehen, ob wir eingekreist werden. Es könnte eine Falle sein.«

»Was wirst du tun?«

»Mit ihnen reden. Dann sehen wir weiter.« Athanor trieb sein Pferd die Kolonne der Trolle entlang und bedeutete ihnen, ruhig zu bleiben. »Wartet ab! Wir hören uns an, was sie zu sagen haben. Wenn einer von euch versucht, einen Elf zu fressen, mach ich Greifenfutter aus seinen Eiern!«

Die beiden Reiter warteten in vorsichtigem Abstand auf der von den Trollen zertrampelten Straße. Athanor verlangsamte sein Pferd, um mehr Würde an den Tag zu legen, und näherte sich ihnen schweigend. Ein Grauer und ein Fuchs. Unwillkürlich musste er grinsen. *Wer hätte das gedacht.*

Davaron lenkte sein Pferd vor Elanyas, als ob sie seines Schutzes bedürfte, und kam ein Stück auf ihn zu. Wie weit reichte die verfluchte Zauberei des Elfs? Zwei Pferdelängen mussten reichen. Athanor hielt an und musterte ihn vom grimmigen Gesicht un-

ter dem Helm bis zu den Stiefeln.»Schönes neues Schwert. Ist das Sternenglas am Knauf?«
»Du hast gute Augen, Verräter«, entgegnete Davaron.
»Und dir fällt immer noch nichts Besseres ein, als mich zu beleidigen.«
»Wie würdest *du* deine Tat bezeichnen?«, fragte der Elf.
»Als das Vernünftigste, das mir seit Langem eingefallen ist.«
»Das spricht nicht für deinen Verstand.«
»Ich habe nicht erwartet, dass du genug Verstand besitzt, um es zu begreifen«, erwiderte Athanor.»Aber von Elanya bin ich enttäuscht.«
Sie sah ihn mit undeutbarem Blick an und sagte nichts.
Davaron lächelte herablassend.»Wir sollen dir also glauben, dass du das *Herz der Trolle* stehlen wolltest, um uns zu helfen.«
»Ich habe die Trolle befreit, um den Sieg der Untoten zu verhindern. Wie du das nennst, ist mir gleich.«
Der Elf lächelte noch breiter.
*Das hat bei ihm noch nie etwas Gutes bedeutet.*
»Du behauptest ernsthaft, du hast sie hergeführt, um an unserer Seite zu kämpfen.«
»Ja.«
»Die Trolle, die wir über Jahrhunderte unterdrückt und gedemütigt haben.«
»Ja.« Athanor hörte schwere Schritte hinter sich. Orkzahn wollte wohl hören, was gesprochen wurde. Er roch den Gestank des Trolls, bevor sich Orkzahn mit breiter Brust neben ihm aufbaute.
»Was sagst du dazu, Troll?«, fragte Davaron.»Warum bist du hier?«
»Ich will diese Toten zurück in ihre Löcher jagen, was sonst?«
»Wenn ich also jetzt näher komme ...« Der Elf trieb sein Pferd ein paar Schritte vor.
Athanor spannte sich. Was hatte der Bastard vor?
»... wirst du mich nicht angreifen?«
»Ich habe keine Angst vor dir, Elf«, antwortete Orkzahn.»Deine Zauberei rettet dich nicht vor meinen Männern, wenn du mich tötest.«

»Das war nicht meine Frage«, beharrte Davaron.
»Warum soll ich dich angreifen, wenn ich dich nicht fürchte?«
Der Elf zuckte die Achseln. »Vielleicht aus Rache. Oder weil du Hunger hast.«
»Ein berechtigter Einwand«, befand Athanor, ohne Davaron aus den Augen zu lassen. »Damit hat der ganze Streit schließlich angefangen.«
»Über die Jahre sind genug Trolle für euch gestorben, Elf. Für jeden erlegten Elf einer. Da bin ich sicher.«
Davaron nickte ernst. »Es könnte stimmen. Vielleicht schuldet ihr uns nichts mehr. Aber woher sollen wir wissen, dass ihr nicht wieder über uns herfallt, sobald wir euch den Rücken zuwenden?«
»Viele meiner Männer wollen Rache«, gab Orkzahn zu. »Ich kann nicht für sie sprechen. Manche sind dumm. Vielleicht kehren sie in die Elfenlande zurück und machen Ärger. Aber meine Männer wollen auch nach Hause. Sie wollen einsam durch die Trollhügel streifen, wie es unsere Art ist. Ich werde nach Hause gehen, wenn dieser Kampf vorbei ist. Und viele andere werden es auch.«
Schweigend sah Davaron zum Gesicht des Trolls auf. Suchte er darin nach Falschheit, nach einem Hinweis auf Verrat? Schließlich nickte er erneut. »Ich glaube dir. Ich werde der Erhabenen berichten, was du gesagt hast.« Er richtete seinen Blick auf Athanor und grinste spöttisch. »Ein Verräter, der zu seinem Wort steht. Das ist doch mal etwas Neues. Vielleicht sind wir uns ähnlicher, als ich geglaubt habe. Erwartet uns unten am Fluss!«

»Diese Gänge sehen nicht nach reiner Zwergenarbeit aus«, befand Hauptmann Gunthigis und hob seine Laterne, um Wände und Decke besser auszuleuchten.
»Stimmt«, bestätigte Hrodomar. »Menschen haben nachträglich daran herumgepfuscht. Und diese Schleifspuren hat der Ghulwurm hinterlassen.«
»Ist mir egal, wer diese Stollen gegraben hat«, murrte der alte Horgast. »Sagt mir lieber, wo die Untoten hin verschwunden sind.«

»Glaubt ihr, sie haben sich vor uns zurückgezogen?«, fragte einer der Jüngeren.

»Red keinen Trollmist!«, blaffte Gunthigis und stapfte weiter. »Sie müssten nur mit zwanzig Mann anrücken, dann wären wir geliefert.«

*Und das ist noch zuversichtlich geschätzt*, dachte Hrodomar. Streng genommen hätten sie längst umkehren müssen, denn die Ölvorräte reichten nicht mehr für den Rückweg aus. Doch er hoffte, in den Grabstollen der Menschen nicht nur die Lösung des Rätsels um die Wiedergänger zu finden, sondern auch Öl, Fackeln oder Talglichter.

»Die liegen bestimmt wieder in ihren Sarkophagen, wo sie hingehören«, meinte Vindur.

»Das hast du schon mal gesagt«, erinnerte Horgast. »Ich glaub's erst, wenn ich's gesehen habe.«

Hrodomar hielt inne. War da nicht… »Seid mal still!«

Sofort blieben auch Gunthigis und Vindur stehen, weshalb der ganze Zug ins Stocken kam. Die Zeit schien sich endlos zu dehnen, bis keine Stiefel mehr scharrten, Rüstungen klapperten und Hulratkrallen klickten. Hrodomar lauschte. Zuerst glaubte er, er habe sich getäuscht, doch dann hörte er die leisen Geräusche wieder. Waren es Schritte? Das Knirschen der Untoten, wenn sie ihre morschen Glieder bewegten? Oder doch eher heisere Stimmen? Es klang fern, und der Hall tat sein Übriges, um die Geräusche zu verfälschen.

»Das sind sie«, wisperte Vindur. »Bestimmt.«

Gunthigis nickte nur grimmig.

»Was jetzt?«, wollte Vindur wissen. »Auf sie mit Gebrüll?«

»Ich bin doch nicht verrückt«, zischte Hrodomar. »Wir müssen erst wissen, wie viele es sind.«

»Langsam vorrücken!«, flüsterte Gunthigis. »Horgast, Befehl leise weitergeben! Wir schleichen uns an. Wenn jemand mit der Schulterklappe gegen die Wand scheppert, bekommt er meinen Hammer auf den Helm!«

Der Alte murmelte einen Fluch in seinen Bart, dann hörte Hrodomar, wie der Befehl von Mann zu Mann weitergeraunt wurde.

»Los!« Gunthigis bedeutete ihm, voranzugehen.

Hrodomar zog seine Axt und folgte dem eigenen Schatten, den die Laterne des Hauptmanns voranwabern ließ. *Wie sollen wir sie überraschen, wenn wir sie mit unserem Licht vorwarnen?* Doch ohne Laternen konnten die Untoten plötzlich in der Finsternis über sie herfallen. Offenbar brauchten diese Wesen kein Licht, denn sie trugen nie welches bei sich.

Vor ihm zeichneten sich dunkle Öffnungen in den Wänden ab. Er ging noch zwei Schritte näher, dann war er sicher. »Da vorne sind Abzweigungen. Menschengemacht.«

»Woher weißt du das?«, fragte Vindur leise.

»Sie haben die Höhe einer Tür für Menschen.«

»Oh.«

Gunthigis trat neben ihn. »Sieht alles offen aus. Geh noch näher ran! Kommen die Geräusche aus den Türen?«

Hrodomar schlich weiter. Obwohl er die Füße vorsichtig aufsetzte, knirschte der Fels unter seinen genagelten Sohlen. Noch nie war ihm aufgefallen, was an seiner Rüstung alles schabte und klapperte. Selbst ein Ghulwurm kroch leiser voran. Er war zwar noch keinem lebenden Exemplar begegnet, aber... Über den Gedanken erreichte er die erste Tür, beugte sich noch näher und lauschte. Aus dem Durchgang war nichts zu hören. Lautlos wollte er um die Ecke lugen, doch weder seine Stiefel noch seine Rüstung hielten sich daran.

Hinter der Tür war nur Schwärze. Die Schatten, die er und die Wand warfen, vertieften die Dunkelheit noch. Ohne den Blick abzuwenden, winkte er mit der Axt, um die anderen herbeizurufen. Bei ihrem Klappern und Trappeln krampfte sich sein Magen zusammen. Ging das nicht leiser?

Sein eigener Schatten tanzte vor ihm herum, als sich Gunthigis mit der Laterne näherte. Und doch erhaschte er bereits Blicke auf Knochen. Unwillkürlich packte er die Axt fester. Leere Augenhöhlen starrten ihn aus der Finsternis an. Endlich trat der Hauptmann neben ihn, Licht fiel in eine geräumige Kammer. Bis unter die Decke war sie mit Knochen und Schädeln gefüllt.

# 28

Als Athanor das Ufer des Sarmanders erreichte, war es bereits zu dunkel, um Theroia zu sehen. Zwei Jahre zuvor hatten die Laternen und Herdfeuer der Stadt in der Ferne geleuchtet, doch in den Ruinen gab es kein Licht mehr. Die Trolle entzündeten Lagerfeuer, und Athanor ließ sie gewähren. Er war sicher, dass wer auch immer die Untoten lenkte, die Annäherung des Trollheers längst bemerkt hatte. Ein Überraschungsangriff war nicht möglich, also konnten sie sich Versteckspiele sparen. Stattdessen teilte er Wachen ein, denn auch hier trieben sich wahrscheinlich lästige kleine Patrouillen herum. Danach setzte er sich mit Orkzahn zum Abendessen und wartete auf die Ankunft der Elfen.

Die Nacht schritt fort und blieb verdächtig ruhig. Kein Sturm zog auf, obwohl nahezu alle Sterne hinter Wolken verborgen waren. Nach einer Weile hielt es Athanor nicht mehr am Feuer. Er brauchte Bewegung, ging am Wasser auf und ab, das wie zwergisches Steinöl durch die Dunkelheit floss. Warum brauchten die Elfen so lange? Heckten sie irgendeine Dummheit aus? Wollten sie bis zum Morgen warten, weil sie glaubten, dann nicht auf Gegenwehr zu stoßen?

Ungeduldig sah er zum Hochland zurück, aus dem er mit den Trollen herabgekommen war. War da ein Lichtschein? Mit einem Mal entdeckte er immer mehr davon. Mal leuchtete hier eine schwankende Laterne auf, dann dort. Unter den Trollen wurden Rufe laut. Sie stießen sich gegenseitig an und deuteten auf den Lichterzug durch den nächtlichen Wald. Athanor hatte ihnen befohlen, die Ankunft der Elfen wachsam zu verfolgen, bis feststand, dass kein Verrat drohte. Sie sollten nicht den Eindruck haben, er wolle sie ihren Unterdrückern wieder ausliefern. Jetzt konnte er nur noch hoffen, dass die Elfen nichts taten, das die Rachsüchtigen provozierte.

Er schwang sich aufs Pferd und suchte Orkzahn, der bereits am Rand des Lagers stand, um den Neuankömmlingen entgegenzusehen. »Was schätzt du? Wie viele sind es?«

Der Troll, der bei Nacht die besseren Augen hatte, zeigte die drei verbliebenen Finger seiner verstümmelten Hand. »Dreihundert. Vielleicht ein paar mehr.«

Athanor richtete den Blick auf die Spitze des Zugs, die in einiger Entfernung anhielt. Beim Heiligen Hain der Faune hätten dreihundert Elfen vermutlich genügt, um die Schlacht rasch zu gewinnen. Aber hier? Sie wussten nicht, wie stark ihr Feind war, und konnten nicht einfach einen Spitzel in die Stadt schicken, um es zu erfahren. Die Untoten mochten keine Augen mehr haben, aber auf irgendeine Art merkten sie sofort, wer lebte und wer tot war.

Zwei Greife flogen heran und sausten über Trolle und Fluss hinweg gen Theroia. Sie waren nur dunkle Umrisse vor dem schwarzen Himmel und zu hoch, um Reiter auf ihnen zu erkennen. Zweifellos Kundschafter, doch in dieser Finsternis würden sie die Untoten aus der Luft nicht zählen können.

Das Heer der Elfen breitete sich aus. Nun waren sie nahe genug, um im Licht der Laternen Karren und Reiter zu erkennen.

»Sieht nicht aus, als wollten sie angreifen«, stellte Athanor fest. Elfen sprangen von den Pferden und widmeten sich ihrem Gepäck. Orkzahn brummte zustimmend in seinen Bart.

»Kommst du mit? Ich will unsere Strategie mit ihnen besprechen.«

»Glaubst du, sie heißen mich willkommen?«, fragte der Troll überrascht.

»Ich würde keinen Jubel erwarten, aber du bist der Anführer ihrer Verbündeten in diesem Kampf. Unser Vorgehen ist auch deine Entscheidung.«

Orkzahn gab einen undeutbaren Laut von sich. »Das ist neu für mich.«

»Soll ich dir lieber weiter Befehle erteilen? Hm, vergiss die Frage. Das tue ich sowieso. Gehen wir!«

»Ich sehe keine Befestigungen und kaum Wachen am Fluss«, sagte Davaron anstelle einer Begrüßung, als er Athanor und Orkzahn vor dem Heer der Elfen entgegentrat.

»Die brauchen wir auch nicht«, befand Athanor und sprang

vom Pferd.»Ich wette, die wissen sehr genau, dass wir durch den Fluss kommen werden, aber sie können es nicht.«

»Wenn sie in der Abenddämmerung ausgerückt sind und die intakte Brücke flussaufwärts benutzen, könnten sie vor Morgengrauen hier sein«, wandte Davaron ein.

»Und dann? Springen wir ins Wasser, und sie stehen hier im Sonnenlicht. Ich weiß, dass sie nicht sehr schlau wirken, aber wir wissen nicht, was in ihnen vorgeht und wer sie lenkt. *Ich* glaube, dass sie nicht kommen werden.«

Um Davarons Mundwinkel spielte ein Lächeln.»Manchmal weiß ich nicht, wer von uns beiden arroganter ist. Die Erhabene will dich sehen.«

»Sie wird auch Orkzahn einladen müssen«, erwiderte Athanor.

»Du kannst mitkommen«, gestattete Davaron dem Troll, »aber halt etwas Abstand von unseren Nasen!« Hellte die Aussicht auf eine weitere Schlacht seine Laune so sehr auf?

Andere Elfen hatten mehr Vorbehalte. Sie wichen Orkzahn hastig aus und bildeten eine breite Gasse. Pferde, die noch nie einen Troll gesehen hatten, drängten zur Seite, stießen gegen Karren und rempelten Elfen an. Auch unter den Würdenträgern, die sich um die Erhabene versammelt hatten, starrten einige entsetzt zu Orkzahn auf.

Athanor entdeckte Kavarath und dessen Sohn, in deren Blicken sich Abscheu und Misstrauen vermengten. Wie er erwartet hatte, war auch Mahalea anwesend. Den Rest kannte er nicht – außer Elanya. Er erwiderte ihren ernsten Blick mit einem herausfordernden Lächeln, woraufhin sie rasch die Hand vor den Mund hob. Doch ihre Augen verrieten, dass sie ein Lachen unterdrückte.

»Davaron hat uns deine Worte überbracht«, sagte die Erhabene. Sie trug keine Rüstung, sondern eine der gesteppten Seidenjacken, wie sie auch Mahalea bevorzugte. Elanya hatte behauptet, dass die vielen Lagen Stoff Pfeile besser abhielten als jeder Harnisch.»Dein Erscheinen hier macht deinen Verrat nicht ungeschehen, aber Elanya hat mir von deinen Beweggründen berichtet, und jetzt bist du hier, um mit uns zu kämpfen. Du hast die Trolle hergeführt, wie du es ihr versprochen hast. Das wird nicht ohne Auswirkungen auf mein Urteil bleiben.«

»Wollt Ihr ihm einfach so vergeben?«, empörte sich Kavarath.

»Wir sind nicht hier, um über ihn zu richten, sondern um gemeinsam einen Krieg zu gewinnen«, gab die Erhabene zurück. »Dieses Ziel werde ich nicht durch Anschuldigungen gefährden, über die wir auch später diskutieren können.«

»Er beleidigt Euch, indem er Euch dem Gestank eines Trolls aussetzt!« Feareth rümpfte angewidert die Nase.

»Das reicht jetzt«, sagte Athanor scharf. »Orkzahn ist hier, weil die Trolle weder meine noch eure Sklaven sind und selbst entschieden haben, heute Nacht an diesem Ort zu sein.«

Die Erhabene sah mit erwachender Neugier zu Orkzahn auf. »Ist das wahr?«

Der Troll brachte nur ein knurriges Ja heraus.

»Können wir jetzt aufhören, unsere Zeit zu verschwenden, und zur Sache kommen?«, forderte Athanor. »Wir sollten endlich angreifen.«

Die Erhabene schüttelte den Kopf und bedeutete Mahalea zu sprechen.

»Wir haben beschlossen, erst im Morgengrauen den Fluss zu überqueren und die Untoten zu zerstören, wenn sie wehrlos sind. So müssen nicht unnütz Leben aufs Spiel gesetzt werden.«

*Hab ich's doch geahnt.* »Und wenn ihr euch irrt?«

Mahalea runzelte die Stirn. »Was meinst du damit? Ich habe die Leichen gestern Morgen selbst in den Trümmern liegen sehen.«

»Gestern Morgen schien die Sonne.« Athanor deutete zum bedeckten Nachthimmel. »Das kann heute anders aussehen. Außerdem wissen wir nicht, ob auch jene tagsüber erstarren, die sich in den Katakomben befinden. Dort könnten sie sich verschanzen und ihre Stellungen tagelang verteidigen. Wenn wir sie jetzt angreifen, locken wir sie heraus und können die Stärke der Trolle ausspielen.«

Verunsichert wechselten die Elfen unschlüssige Blicke. Selbst Kavaraths Miene verriet Zweifel.

»Sind seine Einwände berechtigt?«, wollte die Erhabene von Mahalea wissen.

Die Kommandantin musterte Athanor, als könne sie in seinem Gesicht lesen, ob er recht hatte. »Zumindest haben wir es von dieser Seite noch nicht betrachtet. Es könnte der Grund sein, warum sich nahezu immer Wolken über der Stadt ballen. Womöglich schützt das Nichts dadurch tatsächlich seine Kreaturen.«

»Aber wenn er unrecht hat, schicken wir unsere Leute in einen sinnlosen Tod«, wandte ein silberhaariger Elf ein, den Athanor nicht kannte.

»Wie sollen wir das abwägen?«, haderte eine ältere Elfe, die ihm zumindest bekannt vorkam. Hatte er sie bei Peredin gesehen?

»Das ist die Frage, die auch ich mir stelle«, gestand die Erhabene.

*Jetzt geht das Hin und Her wieder los...* »Bei allem Respekt, Erhabene, die Nacht neigt sich dem Ende zu. Die Trolle und ich werden *jetzt* angreifen, solange es noch Sinn hat! Entweder schließt Ihr Euch uns an oder sitzt morgen noch hier.«

Alle Blicke richteten sich auf Ivanara. Selbst Feareth und Kavarath drängten ausnahmsweise zu nichts.

Hinter Athanor rauschte es in der Luft. Er fuhr herum, doch es war nur einer der Greifenreiter, der wenige Schritte entfernt landete. Elidian sprang von seiner Chimäre und eilte herbei.

»Konntet ihr etwas sehen?«, rief Mahalea ihm entgegen.

»Untote! Überall auf den Mauern und in den Straßen.«

»Gibt es Breschen?«, erkundigte sich Athanor.

»Mehrere«, antwortete Mahalea an Elidians Stelle. »Eine ist fast direkt gegenüber von hier.«

Athanor nickte. »Wahrscheinlich dort, wo das Fischertor war. Dort versuchen wir's«, sagte er an Orkzahn gewandt.

Der Troll brummte zustimmend.

»Gibt es sonst noch etwas Wichtiges zu berichten?«, wollte Mahalea von Elidian wissen.

Er schüttelte den Kopf. »Soweit ich es in der Dunkelheit erkennen konnte, hat sich sonst nichts verändert.«

Die Erhabene richtete sich auf. »Wir können diese Schlacht nur gemeinsam gewinnen. Werden uns die Trolle genug Deckung geben, um zu zaubern?«, fragte sie Mahalea.

»Ich hoffe es, aber am Ende wird es auf die Zahl unserer Gegner ankommen.«

»Ohne uns habt ihr gar keine Deckung«, ließ sich Orkzahn vernehmen.

»Das ist wahr.« Ivanara gab sich einen sichtbaren Ruck. »Ruft unsere tapferen Männer und Frauen zum Angriff! Wir überschreiten den Sarmandara, sobald die Trolle das andere Ufer gesichert haben.«

Die Versammlung löste sich so hastig auf, dass Athanor und Orkzahn unvermittelt allein mit Elanya zurückblieben. Auch sie wollte gehen, zögerte jedoch.

»Was hast du gedacht, als du vorhin lachen musstest?«, wollte Athanor wissen.

Sie lächelte verschmitzt. »Ich habe deine Stimme in meinem Kopf gehört.«

»Tatsächlich? Ich wusste gar nicht, dass ich das kann. Was hab ich gesagt?«

»Du sagtest, na, wie war ich?«

Gunthigis betrat die Kammer mit den aufgehäuften Gebeinen und wagte sich einige Schritte hinein. Vor der ersten Begegnung mit den Untoten wäre Hrodomar ihm neugierig gefolgt, doch nun hielt er sich von den Überresten der Menschen lieber fern.

»Was, wenn die sich alle erheben und wieder zusammensetzen?«, raunte Vindur, was Hrodomar nur dachte.

»Das will ich mir lieber nicht vorstellen«, gab er zurück, während im Laternenlicht die Rückwand der Grabkammer sichtbar wurde. Offenbar gab es keinen anderen Ausgang. »Hoffen wir, dass die hier einfach schon zu lange tot sind.«

»Was gibt's denn da zu sehen?« Horgast schob sich neugierig zwischen sie.

»Knochen«, knurrte Gunthigis. »Sonst nichts.«

»Dann haben wir die Grabstollen der Menschen wohl gefun-

den«, stellte Horgast fest. »Von hier also kamen all die Knochenkerle.«
»Aber hier ist keiner«, rief ein Wächter hinter ihm. »Heißt das, wir haben alle besiegt?«
Der Alte wirbelte erstaunlich flink herum und schlug dem Jüngeren gegen den Kopf, sodass der Helm vor die Augen rutschte. »Warum schreist du nicht noch lauter, du Hornochse!«
»Aber ich …«
»Seid still!«, zischte Hrodomar. »Ich habe Geräusche gehört. Irgendetwas muss hier noch sein.«
»Da hörst du's«, fuhr Horgast den jüngeren Wächter an.
»Wenn noch einer von euch den Mund aufmacht, erschlag ich euch alle!«, drohte Gunthigis und verscheuchte sie vom Eingang der Beinkammer, um wieder herauszukommen. Den Gang entlangdeutend schwenkte er die Laterne, dass ihre Schatten über die Wände zuckten. »Los, weiter! Ich will endlich wissen, was hier gespielt wird. Aber leise, verdammt!«

Hrodomar wartete nicht, bis sich die Wächter neu formiert hatten. Wachsam näherte er sich der nächsten Tür, auf der anderen Seite des Gangs, und Vindur blieb ihm dicht auf den Fersen. Kurz vor der Schwelle hielt er abrupt an. Aus der Öffnung drang leises Klappern. Instinktiv hob er Schild und Axt, doch die Geräusche kamen nicht näher. Neben ihm bedeutete Vindur hektisch den anderen, näher zu kommen. Mit der Laterne in der Linken und dem schweren Kriegshammer in der Rechten tauchte Gunthigis an Hrodomars Seite auf und stapfte geradewegs durch die Tür. Hatte er nicht begriffen, dass hier etwas anders war? Eine Warnung lag Hrodomar auf der Zunge, als er dem Hauptmann nacheilte, aber angesichts weiterer aufgehäufter Gebeine vergaß er sie. Der Raum schien sich nicht vom vorherigen zu unterscheiden. Bis zur Decke nichts als Knochen, mal ordentlich gestapelt, dann wieder durcheinander, als hätte man sie achtlos hingeworfen.

Doch da war immer noch das Klappern. Gunthigis sah sich suchend um, Hrodomar folgte ihm lauschend.

»Das kommt aus dem Haufen«, wisperte Vindur hinter ihm. *Kein Zweifel.* In den Tiefen der Beinkammer schlugen Knochen aneinander. Die Toten regten sich, auch hier.

»Sehen wir zu, dass wir weiterkommen«, drängte Gunthigis. »Wenn das Menschenwerk ist, muss es irgendwo einen Ausgang geben.«

Hrodomar glaubte, die Blicke der Totenschädel in seinem Rücken zu spüren, als er hinausging. War das die Art der Menschen, mit ihren Toten umzugehen? Sie auf einen Haufen zu werfen, wo man sie vergaß und nicht mehr wusste, welcher Knochen zu wem gehörte?

»Wenn ich so enden würde, käme ich vor Wut auch aus dem Schoß der Berge zurück«, sagte Vindur, als hätte er erneut die Gedanken seines Freunds gelesen.

Hrodomar nickte. »Aber ich würde mich nur an jenen rächen, die daran schuld sind.«

Gemeinsam eilten sie von Tür zu Tür. Mit jedem Raum drangen mehr Geräusche aus der Dunkelheit. Es schabte und scharrte. Gebeine fielen klappernd zu Boden. Wie viele dieser Kammern gab es denn noch?

Schon wollte Hrodomar mit einem flüchtigen Blick an der nächsten Tür vorbeilaufen, als ihn Vindur an der Schulter zurückhielt.

»Da!« Vindur wandte sich zu Gunthigis um, während sich Hrodomar dem unscheinbaren Durchlass näherte. »Hier führt eine Treppe nach oben!«

Die Stufen waren so ausgetreten, dass sie einst oft benutzt worden sein mussten. Vielleicht sogar von Zwergen, denn sie entsprachen den in Firondil üblichen Maßen, die sich seit den Tagen der Ahnen nicht verändert hatten. *So haben wir es schon immer gehalten.*

Gunthigis hob seine Laterne, doch die Treppe war so hoch, dass ihr Ende nicht in Sicht war. »Na also. Ein Ausgang.«

»Möglich«, gab Hrodomar zu. Doch die Luft, die von oben herabwehte, roch nicht frischer als jene hier unten im breiten Gang. Auch der alte Horgast sog hörbar Luft ein und brummte skeptisch.

»Vielleicht führen die Stufen in eine Menschenbehausung«, warf Vindur ein. »Heißt es nicht, dass sie Vorratskammern unter ihren Bauten haben?«

»Genau«, triumphierte Gunthigis. »Eigentlich wissen sie ja, dass Stollen viel besser sind als das Leben an der Oberfläche. Sie wollen es nur nicht zugeben.

»Trifft jetzt mal einer 'ne Entscheidung, bevor die tausend Toten ihre Einzelteile wiedergefunden haben?«, murrte Brun.

Der Hauptmann warf ihm einen finsteren Blick zu. »Für zwei *hulrat* auf einmal ist die Treppe ohnehin zu eng. Schick eine voraus. Das verschafft uns Zeit, falls uns oben noch mehr Untote erwarten.«

»So bekommt man's gedankt.« Missmutig führte Brun die Tiere zu den Stufen, ließ den Strick einer *hulrat* los und ermunterte sie mit einem Klaps, vor ihm herzugehen. Das Tier schnupperte, dass die Tasthaare zitterten, dann kletterte es zügig nach oben. Es passte zwar keine Handbreit mehr zwischen *hulrat* und Wände, aber Hrodomar war sicher, dass es im Fall einer Gefahr einfach umdrehen und sie niederrennen würde. Die Biester waren so geschickt und beweglich, dass sie sich aus jeder Klemme wanden.

»Ich geh als Nächster«, verkündete er, bevor Gunthigis Brun und das zweite Tier auch noch voranschicken konnte. Vindur folgte ihm wie ein Schatten.

Die *hulrat* trippelte furchtlos vor ihnen in die Dunkelheit. Hinter ihnen reihte sich Gunthigis ein. Die abgewetzten Stufen waren so tückisch, dass Hrodomar darauf achten musste, wohin er seine Füße setzte. Bald bog die Treppe scharf ab, um kurz darauf in einen Gang zu münden, der nach links und rechts führte. Die *hulrat* folgte ihm nach kurzem Zögern in eine Richtung, doch Hrodomars Blick blieb an der gegenüberliegenden Wand hängen. Sie war nur hüfthoch, und zwischen dieser Mauer und der Decke befand sich nichts als Schwärze. Ein Durchbruch in einen größeren Raum, den die niedrige Mauer abtrennte? Seine Schritte hallten hier auch ganz anders.

Neugierig, aber wachsam trat er an die aus dem Fels gemeißelte Mauer. Die Decke endete über ihm. Geräusche vor ihm, nein, unter ihm vermischten sich mit den Schritten seiner Begleiter auf der Treppe.

»Eine Empore?«, staunte Vindur.

»Wie für den König im Tempel des Großen Baumeisters«, bestätigte Hrodomar.

Gunthigis trat neben sie und hob seine Laterne über die Mauer. Ihr Schein verlor sich in einem hohen, aber schmalen Saal, dessen Wände gerade noch zu erahnen waren. Schilde und goldbestickte Banner glänzten matt vom Staub der Jahrhunderte. Hrodomar beugte sich vor und blickte nach unten. Totenbahre an Totenbahre stand dort aufgereiht, so zahlreich, dass sie sich in der Dunkelheit verloren. Auf einigen lagen noch Leichen. Andere erhoben sich gerade, beugten ausgetrocknete Glieder, die barsten und dennoch gehorchten. Viele besaßen nichts als die ausgeblichenen Kleider an ihrem Leib. Doch die Krieger griffen stumm nach ihren Waffen, packten die Schilde, die ihr stolzes Wappen zierte. Keiner von ihnen sah nach oben. Wie von einem stummen Befehl gerufen, zogen sie in die Finsternis jenseits des Lichtscheins.

Athanor ritt an den Trollen vorüber, die sich in zwei Reihen hintereinander aufstellten. Orkzahn schritt hinter ihm her, schuf Ordnung, wo sich seine Männer darum prügelten, wer vorn stehen durfte. Endlich standen sie halbwegs auf Lücke, wie er es ihnen erklärt hatte. Die hintere Reihe sollte jene Untoten abfangen, die die vordere durchbrachen. Athanor hoffte, dass auf diese Art kaum noch Gegner bis zu den zaubernden Elfen vordringen würden. Mehr konnte er zu ihrem Schutz nicht tun.

Er hielt sein Pferd mitten vor den Trollen und zog sein Schwert. Die wenigen sichtbaren Sterne im Süden verrieten, dass sich die Nacht ihrem Ende zuneigte. Es wurde Zeit. »Eure Entschlossenheit und euren Mut zu sehen, erfüllt mich mit Stolz«, rief er und lenkte damit alle Blicke auf sich. »Im Krieg der Menschen habe ich an der Seite vieler tapferer Männer gekämpft. Und ich habe gesehen, wie sie starben. Ich habe beim Heiligen Hain der Faune mit einigen von euch gekämpft. Und auch dort sah ich Einzelne sterben. Aber nie zuvor habe ich eine so starke Streitmacht gesehen wie euch, die ihr jetzt vor mir steht. In euren Augen sehe ich keine Furcht vor dem Tod, und deshalb wird er euch nichts anhaben können!«

Die Trolle brachen in zustimmendes Gebrüll aus und schlugen ihre Speere und Keulen aneinander.

Athanor wartete einen Augenblick, dann hob er das Schwert, bis wieder Ruhe eingekehrt war. »Hinter diesem Fluss wartet ein Gegner, der auf dieser Welt nichts zu suchen hat. *Wir* sind die Lebenden. Diese Welt gehört uns!«

Erneut brandete Jubel auf. Waffen klapperten in bedrohlichem Takt.

»Zeigen wir diesen Toten, dass ihre Zeit vorüber ist. Schicken wir sie in die Schatten, aus denen sie gekrochen sind. Jagt sie in ihre Gräber zurück!« Unter dem Kampfgebrüll der Trolle stieß er seine Klinge in die Höhe und deutete zum Fluss.

Die Trolle setzten sich in Bewegung. Athanor galoppierte voran. Wasser spritzte bis zu ihm hinauf, als sein Pferd in den Sarmander sprang. Mit kraftvollen Sätzen kämpfte es sich vorwärts. Er hatte diese Furt absichtlich gewählt, doch der Regen hatte den Fluss selbst hier so tief gemacht, dass die Fluten dem Pferd bis zur Brust reichten.

Hinter ihm rauschte das Wasser unter dem Ansturm der Trolle, als stürze es einen Berg hinab. Sie waren so groß, dass Schlamm und Fluss sie kaum aufhielten. Fast holten sie ihn ein, bevor sein Pferd wieder festeren Boden fand und das Ufer hinaufsprang.

Er trieb es weiter, auf Theroia zu, das noch immer im Dunkel verborgen war. Kein Untoter wachte hier. Keine Vorhut stellte sich ihnen in den Weg. Doch gerade deshalb war Athanor sicher, dass sie ihn erwarteten. Jemand lenkte sie, vielleicht König Xanthos, und dieser Anführer wusste, was er tat.

Athanor warf einen Blick über die Schulter. Dicht hinter ihm rannte Orkzahn und hob grimmig den Speer. Er erwiderte den Gruß mit der Klinge. Die Trolle stürmten in geschlossenen Reihen hinter ihnen her. Sogar auf seinem Pferd konnte er spüren, wie der Boden unter ihren schweren Schritten bebte.

Wie schnell folgten ihnen die Elfen? Waren sie bereits über den Fluss?

Vor ihm kamen die Mauern Theroias in Sicht. Einst waren sie von Zinnen gekrönt und doppelt so hoch wie ein Troll gewesen.

Türme hatten über den Toren gewacht. Nun waren nur noch Stümpfe übrig. Noch immer ragte die Mauer entmutigend hoch auf, doch die Zinnen lagen in Trümmern, und wo sich das kleine Fischertor zum Fluss geöffnet hatte, klaffte eine breite Bresche wie ein Gebirgspass.

Schon war Athanor so nah, dass er in der Dunkelheit Gestalten erkennen konnte. Einer Sternschnuppe gleich zog ein brennender Pfeil über ihn hinweg und fiel auf die Feinde nieder. Ein Gruß der Elfen, dem ein ganzer Schwarm feuriger Geschosse folgte. Auf Mauer und Bresche loderten Flammen auf. Wie lebende Fackeln tauchten die brennenden Untoten ihr Heer in flackerndes Licht. Dicht an dicht standen die Wiedergänger. An den Seiten und in die Stadt reichten ihre Reihen weiter, als Athanor sehen konnte. *Hol' sie alle der Dunkle in sein verfluchtes Reich zurück!*

Er verlangsamte sein Pferd, ließ Orkzahn aufholen, fügte sich mit ihm in die Linie der heranstürmenden Trolle ein. Ihr Schlachtruf hallte wie Donner von den Mauern wider. Wie ein Erdrutsch stürzten ihnen die Untoten entgegen. Trollspeere pfählten Wiedergänger, lichteten die Reihen, dann prallten die Heere aufeinander.

Athanors Pferd fuhr zwischen die Untoten, warf die vordersten durch schiere Wucht von den Füßen und stampfte panisch auf ihnen herum. Knochen barsten unter den Hufen. Athanor wehrte die Klinge eines toten Kriegers ab, die nach dem Hals des Tiers zielte. Hastig lenkte er es rückwärts, bevor die Niedergerittenen dem Pferd die Beine in Stücke hackten. »Reihe schließen!«, rief er Orkzahn zu, der sofort aufrückte.

»Lasst keinen durch!«, brüllte er, während er sich auch hinter die zweite Reihe der Trolle fallen ließ. In ihrem Rücken war er nützlicher, konnte eingreifen, wenn einer von ihnen von hinten angegriffen wurde.

Endlich gelang ihm ein Blick auf die Elfen. Zu Pferd hatten sie rasch aufgeholt und sich in Schussweite zu weiteren Reihen formiert. Zuvorderst Krieger mit gezogenen Schwertern, unter denen Athanor Davaron entdeckte. Dahinter Schützen, die Pfeil um Pfeil über die Trolle jagten. Das Feuer auf den Mauern beleuchtete ihre entschlossenen Gesichter. Rasch wandte sich Athanor von ihnen ab, als er eine Bewegung hinter einem Troll bemerkte. Ein erster Untoter setzte zum Hieb in die Kniekehle des so viel größeren Gegners an.

*Na warte!* Athanor trieb sein Pferd auf den Wiedergänger zu, holte aus, um ihn von den Beinen zu fegen. Doch kurz bevor er ihn erreichte, schlugen bläuliche Flammen aus den zuvor leeren Augenhöhlen. Wie ein Lebender riss der Tote die Hände vors Gesicht. Rasend schnell breitete sich das Feuer an ihm aus. Er warf sich zu Boden, wälzte sich. Es nützte nichts. Knisternd fraßen sich die Flammen durch den morschen Leib.

Davaron tauchte neben Athanor auf. »Magisches Feuer«, rief er über den Lärm der Trolle. »Das löscht er nicht.«

Weitere Untote drängten sich zwischen den Trollen hindurch. Davaron hob das Schwert mit dem Sternenglas im Knauf, und mehrere Elfenkrieger taten es ihm gleich. Bläuliches Feuer loderte auf.

Davaron neigte sich zu Athanor, um weniger laut brüllen zu müssen. »Du hast Übung darin, mich am Sterben zu hindern. Solange ich zaubere, könnte ich dich brauchen.«

Grinsend hob Athanor die Klinge. »Mit deinem Leben zu spielen steht ausschließlich mir zu.«

Doch als er sah, wie viele Untote noch immer durch die Bresche strömten, war ihm nicht mehr nach Lachen zumute.

Die Feinde brandeten gegen die Trolle an, wie ein reißender Fluss gegen Felsen in seinem Bett. Wo sie ein Ungetüm niedergeworfen hatten, strömten sie darüber, bevor die Trolle ihre Reihe wieder schließen konnten. Und doch stemmten sich die Trolle gegen den Ansturm, schirmten die Elfen vom Schlimmsten ab. *Wenn wir überleben, werden wir ihnen tatsächlich dankbar sein müssen*, dachte Mahalea in einer Mischung aus Unglauben und Groll. Doch ihre Wut galt auch den Untoten, die sich erdreisteten, wieder und wieder aufzustehen und alle Opfer vergebens zu machen.

*Verfluchte Gerippe!* Nicht einmal im Tod konnte man den Menschen trauen. Ruppiger als beabsichtigt lenkte sie Sturmfeder über die Bresche. Am östlichen Horizont glaubte sie, das erste Dämmern des Morgens zu erkennen, aber der Rauch über dem Schlachtfeld trübte ihre Sicht. *Nicht zu tief!*, mahnte sie sich. Auch wenn die meisten Pfeile längst verschossen waren, gab es noch eine Handvoll Schützen, die Feuer in den Reihen des Feindes säten.

Alles an diesem Kampf war eine Beleidigung, ein Schlag ins Gesicht der Tapferen, die sich ihm stellten. Die brennenden Untoten löschten die Flammen und warfen sich wieder in die Schlacht. Sie wurden von den Trollen zerpflückt, ihre Waffen zerbrochen, doch wie von magischer Hand setzten sich die Toten wieder zusammen, und auch eine abgebrochene Klinge richtete noch blutigen Schaden an. Mahalea knirschte mit den Zähnen. Nichts, absolut nichts konnte sie tun, um diese Farce zu beenden. Sinnlos kreiste sie auf ihrem Greif über dem Schlachtfeld, während unter ihr Elfen und Trolle starben. Bei allen Astaren wünschte sie, sie könnte magisches Feuer regnen lassen.

Doch nur die Begabtesten unter den Abkömmlingen Piriths besaßen die Macht, jene bläulichen Flammen zu rufen. Im Schutz der Trolle und von jenen verteidigt, die nicht über diesen Zauber verfügten, setzten sie Gegner um Gegner in Brand. Wieder und wieder loderte das magische Feuer auf, erhellte die Mienen der Magier mit bläulichem Schein. Die besten Schmiede hatten ihnen Schwerter mit Astarionim gefertigt, um ihre Kraft zu verstärken. Noch war nur einer von ihnen gefallen, aber selbst ihre Magie würde versiegen. Bald. Zu viele Untote überwanden die Reihen der Trolle. Immer mehr drängten sich einfach hindurch. Niemand sah es deutlicher als Mahalea.

Erneut überflog sie die Bresche. Noch immer drängten sich Wiedergänger hinter der Mauer, gierten auf ihre Gelegenheit zum Angriff. Nahm diese Flut denn überhaupt kein Ende?

Ihr Blick fiel auf einen Speer der Trolle. Wie kahle, dünne Baumstämme ragten einige der schweren Waffen aus der untoten Menge. Andere waren längst darunter verschwunden. Doch dieser bewegte sich, kippte – wie von selbst. Mahalea lenkte Sturmfeder auf einen engen Bogen, ohne den Speer aus den Augen zu lassen. Im Gedränge daneben stand ein Toter in langem Gewand. Er hielt keine Waffe, keinen Schild, hob nur bedächtig die Hände. *Ein Magier!*

Schon richtete sich der Speer auf einen der Trolle. Mahalea erkannte den Schwarzbart, den Anführer, der Athanor begleitet hatte. Als könne er die mächtige Waffe schleudern, holte der Magier mit dem Arm aus. Die Spitze des Speers hob sich.

*Nein!* Mahalea warf sich nach vorn, Sturmfeder stieß hinab.

Athanor sah, wie ein Greif gleichsam aus dem Himmel stürzte und im dichtesten Kampfgetümmel vor den Trollen verschwand. Er glaubte, Mahalea zu erkennen, doch es ging zu schnell, um sicher zu sein. Warum warf sie sich mitten in die Masse der Feinde?

Aus dem Augenwinkel bemerkte er einen Untoten und vergaß die Frage, während er sein Pferd auf der Hinterhand wendete. Das Tier stieß den Wiedergänger zu Boden, bevor er Davaron erreichte. Athanor sprang ab, landete auf den berstenden Rippen des strampelnden Skeletts. Nicht eine Sehne klebte noch an den Knochen, und doch stach der Bastard mit einem Kurzschwert um sich. Gefangen im zersplitterten Brustkorb strauchelte Athanor beim Versuch, dem Stoß auszuweichen. Der Stich ging nur fehl, weil Athanor stürzte. Er rollte sich ab, sprang auf. Schon kam auch das Skelett wieder auf die Beine, schwang das Schwert, als krachend eine Gestalt auf es herabfiel. In einem Knäuel aus Gliedmaßen gingen beide zu Boden.

»Tötet ihn!«, schrie Mahalea.

Athanor sah überrascht nach oben. Der Greif hielt sich mit wilden Flügelschlägen über ihm.

»Er ist ein Magier!« Damit flog sie davon.

Jetzt erkannte auch Athanor die samtene Robe der Zauberer, die sich selbst am Königshof selten gezeigt hatten. Doch die Untoten erhoben sich bereits, und das Skelett kam erneut auf ihn zu. Athanor parierte den Angriff, traf beinahe sein Pferd, das mit aufgerissenen Augen vor den Untoten scheute.

Endlich sprang eine Flamme aus dem Genick des Skeletts. Knochen zum Brennen zu bringen erforderte sicher besonders viel Kraft. Rasch blickte Athanor zu Davaron, der erschöpft über dem Hals seines Pferds hing. Doch seine Augen waren bereits auf den Magier gerichtet, starrten ihn finster an.

Athanor stieß das Skelett zur Seite, das vergeblich mit den Knochenfingern nach dem brennenden Schädel langte. Der Magier griff mit der mumifizierten Hand ins Nichts und riss sie so schnell wieder zurück, dass Athanors Augen kaum folgen konnten. Im gleichen Moment schrie Davaron auf. Seine Elfenklinge sauste durch die Luft, und der Magier fing sie auf, schien mit seinem lippenlosen Mund noch hämischer zu grinsen als zuvor.

Hass loderte in Davarons Miene auf. Mehr sah Athanor nicht, denn er stürmte auf den toten Magier zu. Der Wiedergänger sah ihm entgegen. Wieder eine knappe Geste. Athanor war, als zerre eine Trollfaust an seinem Schild. Mit einem Ruck wurde sein Arm zur Seite gerissen, bot dem Gegner eine breite Lücke. Doch der Magier war kein Kämpfer, beherrschte die Elfenklinge nicht. Er stieß damit zu, und Athanor fegte die Waffe mit einem eigenen Hieb zur Seite. Mit der Schulter prallte er gegen den Untoten, der nach hinten kippte. Auch Athanor fiel, rollte sich von dem Magier weg und geriet unter die Hufe seines Pferds. Erschreckt sprang es zur Seite, streifte nur seinen Helm. Dennoch dröhnte der Schlag in Athanors Ohr, raubte ihm für einen Moment die Orientierung.

*Auf die Beine! Hoch!*, gellte eine innere Stimme. Athanor gehorchte wie von selbst, noch während sein Blick sich klärte.

Wieder ein Ruck. Die unsichtbare Faust zerrte so heftig an Athanors Schwert, dass er es kaum halten konnte. Mit schmerzenden Fingern umklammerte er das Heft, wurde beinahe wieder von den Füßen gerissen, während sich der Magier gelassen erhob. Wütend versuchte Athanor, seine Waffe dem unsichtbaren Griff zu entwinden, doch der Zauberer hielt umso fester dagegen.

*Du willst sie haben?* »Dann nimm sie!« Athanor warf sich vor, rannte mit vorgestreckter Klinge auf den Magier zu. Es würde den Wiedergänger nicht töten, aber er *musste* den Dreckskerl durchbohren. Schon stach das Schwert durch die fleckige Robe. Athanors Schwung trieb es bis zum Heft in den knochigen Leib. Das ledrige Gesicht war so nah vor seinem, dass er Moder und

Balsamieröl roch. Die Lider waren eingefallen, doch nicht völlig geschlossen. Athanor starrte durch die Schlitze in Schwärze. Doch plötzlich glomm Licht darin auf, weiß, dann bläulich. *Flammen!* Er stieß den Magier so heftig von sich, dass sein Schwert herausglitt und der Untote auf den Rücken fiel. Blaues Feuer loderte aus dem offenen Mund. Die Elfenklinge löste sich aus den Klauenfingern und flog wie ein Pfeil auf Athanor zu. Blitzschnell hob Athanor den Schild. Mit einem Knall bohrte sich Stahl in Holz, drang hindurch. Die Spitze stach in Athanors Handgelenk, doch er nahm den Blick nicht von dem Magier, der sich brennend am Boden wand. Mochte der Dunkle wissen, was diesem Bastard noch einfiel. Rasch erfasste das Feuer die Robe und hüllte den ganzen Leichnam in Flammen.

»Der ist hin«, keuchte Davaron.

Athanor wandte sich ihm zu. Der Elf stützte sich mit der Hand auf dem Widerrist seines Pferds ab und atmete schwer.

»Würdest du dein Schwert wieder an dich nehmen?« Athanor hob ihm den Schild entgegen und unterdrückte zischend einen Schmerzlaut, als die Klinge dabei tiefer in sein Handgelenk stach. Während sich Davaron kraftlos aufrichtete, sah sich Athanor bereits nach neuen Feinden um. Zwischen Rauch, Flammen und Reitern war kaum noch etwas zu erkennen. Wieder schoss Schmerz durch seinen Arm, als Davaron einen Fuß gegen den Schild stemmte und die Klinge aus dem Holz hebelte.

Nein. Es lag nicht an der schlechten Sicht. Um sie herum waren weniger Untote. Kaum noch Gegner quollen zwischen den Trollen hervor. Hatten sie etwa die Oberhand gewonnen? Athanor eilte zu seinem Pferd und sprang auf. Konnte der Sieg bereits in greifbarer Nähe sein?

Er ließ den Blick über die hintere Reihe der Trolle schweifen, sah die Lücken und die Toten, die darin lagen. Noch vor wenigen Augenblicken hatten sich Wiedergänger dort hindurchgedrängt. Nun zogen sie sich zurück. Athanor kam ein Verdacht. Rasch sah er gen Osten. Der Horizont verfärbte sich bereits. *Deshalb also!* Im Galopp trieb er sein Pferd hinter der Linie entlang.

»Vorrücken!«, brüllte er. »Setzt ihnen nach! Sie dürfen nicht in die Stadt zurück!«

Hrodomar blickte über die niedrige Mauer in die riesige Gruft hinab und beobachtete, wie die letzten Wiedergänger in der Dunkelheit verschwanden. Nicht einer hatte zu ihnen hinaufgesehen, obwohl die Laterne die einzige Lichtquelle im Saal war.

»Als ob sie uns plötzlich nicht mehr sehen könnten«, murmelte Gunthigis. »Was ist da los?«

»Sie werden gerufen«, schätzte Hrodomar. »Anders kann ich es mir nicht erklären.«

»Vielleicht ist wieder ein Ghulwurm aufgetaucht, den sie bekämpfen müssen«, vermutete Vindur.

»Dann sollten wir verschwinden, bevor sie sich wieder langweilen«, brummte der alte Horgast. »Ich hab allmählich genug von ihrem Modergestank.«

»Aber wohin?«, fragte einer der Jüngeren.

Hrodomar wechselte einen Blick mit Gunthigis. Auch der Hauptmann schien auf einen Vorschlag zu warten, denn die Empore hatte sich als Sackgasse entpuppt. »Wir folgen den Toten.«

Vindur lachte nervös. »Woher wusste ich, dass du das sagen würdest?«

»Weil du genauso bekloppt bist wie er«, knurrte Horgast. »Ich bin als Wächter nicht so alt geworden, indem ich lebensmüden Helden nachgelaufen bin«, wandte er sich an Gunthigis.

Hrodomar glaubte zu sehen, wie der Hauptmann in Gedanken die Alternativen abwog wie ein Goldhändler auf dem Marktplatz.

»Tut mir leid, Männer, ihr werdet die Drachenspieße wieder nach unten tragen müssen«, sagte Gunthigis schließlich und erntete missmutiges Gemurmel. Die langen Stangen um die enge Kurve zu manövrieren war nicht leicht gewesen.

»Und dann?«, hakte Horgast nach.

Gunthigis baute sich zu voller Größe vor dem Alten auf. »Dann folgen wir den verfluchten Leichen! Irgendwo muss es einen Ausgang geben, verflucht noch mal!«

»Können wir jetzt verflucht noch eins gehen?«, brummte Brun. »Ich steh hier in *hulrat*-Pisse.«

»Abmarsch!«, blaffte Gunthigis.

Da sie zuletzt auf die enge Empore gekommen waren, mussten die Spießträger nun vorangehen. Hrodomar nutzte die Zeit, um einen letzten Blick von oben in die Gruft zu werfen. Nur eine Handvoll Leichen hatte sich nicht erhoben, doch an ihrem Zustand lag es offensichtlich nicht. Würde er jemals erfahren, was diese Toten antrieb? Kehrten Menschen nach ihrem Tod in den Schoß des Gebirges zurück wie Zwerge?

Vindur stieß ihn mit dem Ellbogen an. »Komm schon! Wir sind dran.«

Hrodomar folgte seinem Freund die Treppe hinab. Unten warteten die Wächter und ließen ihnen mit grimmigen Mienen den Vortritt. War es ein Fehler, den wandelnden Leichen zu folgen? Sie brauchten Öl oder Fackeln, und es *musste* einen Ausgang geben. Entschlossen schlug er die Richtung zur Gruft ein. Vindur heftete sich an seine Fersen, und Gunthigis leuchtete ihnen.

Bis zu dem großen Saal war es nicht weit. Als sie ihn betraten, hallten ihre Schritte lauter und vielfältiger. Mit leisem Unbehagen marschierte Hrodomar an den Bahren vorbei, auf denen noch Leichen lagen. Vielleicht waren sie als Wächter zurückgeblieben und erhoben sich nun doch. Unwillkürlich ging er schneller, aber die Toten rührten sich nicht.

Am anderen Ende des Saals stand ein Tor offen. Sollten sie einfach so hindurchlaufen? Hrodomar hatte den Gedanken noch nicht zu Ende gebracht, da blieb Gunthigis bereits stehen und bedeutete seinen Männern, sich aufzuteilen. Sie eilten vor und bezogen zu beiden Seiten des Tors Posten, während Hrodomar, Vindur und der Hauptmann darauf zugingen.

»Als ob die das nicht gehört hätten, wenn sie dort wären«, raunte Vindur im Getrampel der Wächter.

*Auch wieder wahr.* »Wahrscheinlich sind sie längst weg«, gab Hrodomar zu, fasste seine Axt aber dennoch fester, als sie über die Schwelle traten. Dahinter lag eine weitere Halle, getragen von Pfeilern, die eindeutig Zwergenarbeit waren, auch wenn Menschen später die Schmuckornamente verfälscht hatten. Gunthigis gab seinen Leuten einen Wink, ihm zu folgen. Der Saal war rund, und auch hier hingen alte Banner an den Wänden, Menschenwerk, das keinen Bestand über die Zeitalter hatte. Am

Rand des Lichtscheins blieb Hrodomars Blick an einer kantigen Erhebung hängen. Neugierig hielt er darauf zu. War es ein alter Zwergenthron?

»Was ist das?«, fragte Vindur, doch er schien mehr mit sich selbst zu reden, als eine Antwort zu erwarten.

»Da liegt etwas«, stellte Gunthigis fest, als sie näher kamen. Das steinerne Podest befand sich in der Mitte des Saals. Es führten keine Stufen hinauf, aber irgendwie war eine der Leichen dort hinaufgekommen. Sie hatte langes rotes Haar und …

»Firas Flamme! Es ist eine Elfe!«, rief Vindur.

Hrodomar nickte. »Und sie sieht nicht so aus, als wäre sie hier bestattet worden.« Selbst wenn sie ihren zahllosen Wunden an einem anderen Ort erlegen wäre, hätte man sie nicht hergebracht, um sie so verdreht hinzuwerfen. Auf dem Podest waren noch Blutflecken zu erkennen, und die Leiche hatte gerade erst begonnen, auszutrocknen.

»Ob *sie* die Toten geweckt hat?«, rätselte Vindur.

»Dann hat sie ihre verdiente Strafe bekommen!«, befand Gunthigis.

»Vielleicht war sie auch aus demselben Grund hier wie wir«, hielt Hrodomar dagegen. »Und wenn wir uns nicht beeilen, liegen wir womöglich auch bald auf diesem Tisch.«

Gunthigis grunzte zustimmend, während sich Hrodomar bereits umsah. Es gingen so viele Türen und Durchgänge von diesem Saal ab, dass er nicht einmal wusste, wo sie anfangen sollten, nach einem Ausgang zu suchen.

»Männer, legt die Spieße weg!«, rief der Hauptmann so laut, dass Hrodomar zusammenzuckte. »Jeder nimmt sich eine Tür vor. Wer eine Treppe findet, die nach oben führt, melden!«

Sofort verteilten sich die Wächter in der Halle.

»Musste das so laut sein?«, zischte Hrodomar. »Wir sind hier alles andere als sicher.«

Gunthigis winkte ab. »Über die Kerle mache ich mir wieder Gedanken, wenn sie zurückkommen. Ich will endlich aus diesen Grabstollen, bevor uns das Öl ausgeht.«

»Hier ist keine Treppe, aber ein Gang, aus dem frische Luft kommt«, rief jemand.

»Den nehmen wir«, beschloss Gunthigis. »Kommt!« Er marschierte so rasch voran, dass Hrodomar und Vindur beinahe rennen mussten, um nicht abgehängt zu werden. Auch die *hulrat* schnüffelten aufgeregt und drängten dem unscheinbaren Ausgang entgegen.

»Was hast du gefunden?«, fragte Hrodomar Horgast über die Schulter. Auch er wollte nicht von den vielen Untoten überrascht werden, aber es reute ihn doch, diese alten Hallen nicht weiter erforschen zu können.

»Einen Grabstollen«, schnaufte der Alte. »Genau wie der, aus dem wir kamen.«

»Sag jetzt nicht, dass du hierbleiben und den Dingen auf den Grund gehen willst«, mahnte Vindur scherzhaft, doch seine Augen verrieten echte Sorge.

»Nein, nein«, wehrte Hrodomar ab, während er insgeheim seufzte. »Schwing lieber die Keulen, sonst überholt dich der alte Horgast noch!«

»Ich zeig euch gleich, wer hier alt ist«, schimpfte Horgast und hob drohend seine Axt.

Vor ihnen stieß Gunthigis auf eine Treppe und eilte empor. Es folgten weitere Gänge, Stufen, Abzweige, Kreuzungen, doch nichts hielt den Hauptmann länger als ein, zwei Augenblicke auf. »Immer der Nase nach, Männer!«

Es ging stetig bergauf. Von den vielen Stufen wurden Hrodomars Beine schwer.

»Kannst du noch?«, keuchte Vindur, der selbst japste, als ob er gleich zusammenbräche.

»Ich werde ja wohl noch den Alten abhängen«, gab Hrodomar zurück.

Hinter ihnen ertönte nur ein zorniges atemloses Knurren.

»Achtung!« Gunthigis hielt so unvermittelt an, dass Hrodomar gegen seine Schulter prallte.

»Was...« Nach Luft schnappend sah er den Gang entlang. Vor ihnen schimmerte ein helles Rechteck. *Ein Ausgang! Oder ein beleuchteter Raum.* Doch vor dem Licht zeichneten sich dunkle Gestalten ab, die auf sie zukamen.

»Untote!«, rief Gunthigis atemlos.

Hrodomar zählte mindestens sechs oder sieben. »Das sind zu viele für uns.«

»Das werden wir ja sehen«, tönte Vindur. »Die halten uns jetzt nicht mehr auf.«

»Jawohl!«, stimmte Gunthigis ein. »Drachenspieße, Männer! Wir rammen uns den Weg frei!«

# 29

Kämpfend wichen die Untoten zurück, doch immer mehr von ihnen drehten sich einfach um und hasteten über die Bresche. Unter triumphierendem Gebrüll rückten die Trolle nach. Zurück blieben nur die Gefallenen.

Rasch wandte Athanor den Blick nach vorn. Er wollte nicht sehen, wen es erwischt hatte. Nicht jetzt. Die Lebenden brauchten ihn. Mit neuem Mut warfen sich die Trolle auf den Gegner, trampelten Fliehende einfach nieder, obwohl die Zertretenen hinter ihnen wieder aufstanden.

»Konzentriert euch auf die!«, rief Athanor den Elfen zu. »Die fallen uns sonst in den Rücken!«

Feareth, der sich unter den vordersten Kriegern befand, nickte ihm zu und gab den Befehl weiter. Längst waren den Elfen die Pfeile ausgegangen. Wer noch zaubern oder nur kämpfen konnte, lenkte Wiedergänger von den Feuermagiern ab, die blaue Flammen unter den Feinden schürten.

Die Trolle hatten den Fuß der Mauer erreicht und drängten die Bresche hinauf. Dort war es so eng, dass sie sich gegenseitig in die Quere kamen. Erleichtert entdeckte Athanor Orkzahn unter ihnen. Sein Freund brüllte Befehle, ordnete die Reihen neu.

Neben Athanor tauchte Davaron wieder auf. Sein Gesicht wirkte ausgezehrt, doch er hielt sich aufrecht und hatte eine neue Klinge in der Hand.

»Wo ist dein Zauberschwert?«

»Bei einem, der noch zaubern kann.«

Athanor antwortete mit einem Nicken, dann trieb er sein Pferd hinter den letzten Trollen auf die Bresche zu. Der Schutt knirschte, Mauerreste barsten unter dem Gewicht der Ungetüme, die den doppelt mannshohen Trümmerhang erklommen. »Das schaffen die Pferde nicht«, rief Davaron.

*Er hat recht.* Die Tiere würden mit ihren glatten Hufen abrutschen, in Spalten geraten und sich die Beine brechen. Fluchend sprang Athanor ab. Wahrscheinlich nützten ihnen die Pferde in der zerstörten Stadt ohnehin nichts, doch er vermisste schon jetzt den Überblick, den sie gewährten. Steine kippten unter seinen Füßen, als er die Trümmer des eingestürzten Tors hinaufhastete.

Auf dem höchsten Punkt hielt er inne und sah zurück. Noch hatte sich die Sonne nicht über den Horizont erhoben, aber es wurde mit jedem Augenblick heller. Die letzten Untoten vor der Mauer versuchten zu fliehen, doch die Elfen hielten sie auf, verwickelten sie in Kämpfe, bis magisches Feuer sie verzehrte. Es war richtig, und doch führte es dazu, dass die Trolle nun allein die Stadt stürmten.

Endlich löste sich eine Gruppe Reiter aus dem Getümmel und galoppierte gen Bresche, dann eine zweite. Athanor erkannte die Erhabene unter ihnen, deren Helm im ersten Sonnenstrahl aufglänzte.

»Seit wann wartest du auf Verstärkung?«, stichelte Davaron und eilte hinter den Trollen her.

*Vielleicht zögere ich einfach, diese Stadt zu betreten.* Athanor richtete den Blick wieder auf Theroia. Die Szenerie der Verwüstung kam ihm unwirklich vor. Trolle stürmten eine Straße entlang, die nur noch vage an das Bild in seinem Gedächtnis erinnerte. Trolle in Theroia. Das hatten die Drachen aus seiner Heimat gemacht. Lähmend ergriff der Gedanke von ihm Besitz, bis er hinter sich die Elfen nahen hörte. *Später!* Hastig setzte er Davaron nach.

Kein einziger Untoter kämpfte noch. Die Trolle mochten glauben, dass sie den Gegner vor sich hertrieben, doch es war die aufgehende Sonne, vor der die Wiedergänger flohen. Athanor sah, wie sich manche ins erstbeste schattige Loch zwischen den Ruinen verkrochen. Andere hetzten die mit Trümmern übersäte Straße entlang, suchten vielleicht nach dem Eingang der Gruft, aus der sie gekommen waren. Er wusste, dass es solche Türen und Tore über die ganze Stadt verteilt gab. *Dort, ja!* Etliche Untote ignorierten einen Troll, der auf sie eindrosch, während sie durch ein halb eingestürztes Portal drängten.

»Wirf so viele ins Licht, wie du kannst!«, rief Athanor dem Troll zu und deutete auf die langsam zurückweichenden Schatten. Gehetzt wandte er sich Davaron zu. »Erklär den Trollen, was sie tun können, solange noch ein Untoter draußen ist. Ich muss Orkzahn finden.«

Ohne eine Antwort abzuwarten, rannte er weiter, brüllte jedem Troll, den er einholte, seine Befehle zu. Wo steckte Orkzahn? Er musste die Trolle noch einmal dazu bringen, planvoll vorzugehen, bevor die Gelegenheit vertan war.

Vor ihm weitete sich die Straße zu einem Platz, bevor sie dahinter steiler bergan führte. Risse in rußschwarzen Pflastersteinen zeugten von den Flammen, die die Drachen hier auf fliehende Theroier gespuckt hatten. Hitze und Schreie hüllten Athanor plötzlich ein, als hastete er erneut durch die Keller der brennenden Stadt. Er heftete den Blick auf die blutenden Trolle, die vor einem Eingang zu den Katakomben wüteten. *Trolle! Nicht Drachen!* Es gab kein Feuer hier, nur verfluchte Untote, denen selbst jetzt kein Laut über die Lippen kam.

Noch immer keine Spur von Orkzahn. Hatte er ihn übersehen? Athanor überquerte den Platz, rannte weiter bergauf. Ein Troll zerquetschte Untote, indem er sich auf die Trümmer warf, unter denen sie sich versteckten. Zuckende Gliedmaßen ragten unter den Steinblöcken hervor. Ein anderer zerpflückte einen Wiedergänger und schleuderte die Knochen in alle Richtungen.

Endlich entdeckte Athanor Orkzahn. Der Troll jagte hinter Untoten her, die auf ein Gruftportal zueilten. Die Ersten hatten es gerade erreicht und verschwanden darin, während Orkzahn den Langsamsten mit der Keule niederstreckte. Wie eine Trophäe hob er ihn auf und riss ihm den Schwertarm aus.

In diesem Augenblick stürmten gepanzerte Gestalten aus dem Portal. Gemeinsam hielten sie einen langen Spieß, auf dessen Spitze ein zappelnder Leichnam steckte. Athanor traute seinen Augen nicht. *Zwerge?*

Die Zwerge hielten inne, entdeckten den Troll. »*Trull!*«, gellte ihr Warnruf. Ein Befehl ertönte. Sie richteten ihren Spieß auf Orkzahn und rannten auf ihn zu. Der Troll entdeckte sie, brüllte ihnen seinen Schlachtruf entgegen. Athanor lief schneller. Er wollte rufen, doch er brachte nur ein atemloses Keuchen heraus. Unter dem Portal kamen Zwerge mit einem zweiten Spieß in Sicht und griffen an.

Sturmfeder packte einen weiteren Magier und hob ihn mit kräftigen Flügelschlägen aus dem Pulk der fliehenden Wiedergänger. Sobald das Licht der Morgensonne auf den Untoten fiel, erschlaffte er. Mahalea lenkte ihren Greif über die Mauer und befahl ihm, den Zauberer dort fallen zu lassen, wo so bald kein Schatten mehr zu erwarten war. Doch ein Blick zum Horizont dämpfte jäh ihre Zuversicht.

Nur ein schmaler Streifen Himmel spannte sich zwischen den Hügeln und einer grauen Wolkendecke, die sich über Theroia besonders dunkel zusammenballte. Schon bald würde die aufsteigende Sonne dahinter verschwinden. Die schwüle Luft hatte sich über Nacht kaum abgekühlt, alles deutete auf ein neues Unwetter hin. Behielt Athanor recht? Würden die Untoten aus ihren Löchern stürmen und auf ein Heer treffen, das sich auf der Jagd nach ihnen verstreut hatte?

Alarmiert lenkte Mahalea den Greif über die Stadt zurück. Ohne das Bollwerk aus Trollen würden zahllose Elfen sterben. Vielen fehlte schon jetzt die Kraft, zu zaubern. *Wir müssen uns sammeln und neu formieren, bevor es zu spät ist.*

Sturmfeder sauste die Straße hinter der Bresche entlang. Versprengte Elfentrupps kämpften unter Portalen und in Hauseingängen, während die meisten Trolle nur noch ratlos herumstanden, weil ihnen die Gegner abhandengekommen waren. Vergeblich hielt Mahalea nach der Erhabenen Ausschau. Vermutlich war sie in irgendeinem Eingang verschwunden, aber wo? Sie war die Feldherrin, sie musste den Befehl zum Rückzug geben.

Mahalea entdeckte Elidians Greif vor einem eingestürzten Haus. Vielleicht hatte er denselben Gedanken gehabt wie sie und die Erhabene bereits gefunden. Rasch brachte sie Sturmfeder dazu, neben Windschwinge zu landen, und sprang von seinem Rücken. Im Hauseingang schirmten mehrere Elfen Elidian von zwei Untoten ab. Mit dem abwesenden Blick eines Zaubernden hielt er eines der Sternenglasschwerter umfasst. Als Mahalea ihn erreichte, schlugen magische Flammen aus der Brust eines der Wiedergänger.

»Hast du die Erhabene gesehen?«, fragte sie.

Elidian blinzelte, als habe sie ihn aus einem Traum gerissen. Sicher war er kein Meister der Feuermagie. »Nein, ich bin gerade erst ...«
»Sie lief vor uns her«, fiel ihm Merava, Peredins Frau ins Wort. »Aber ich entschied mich, hier zu helfen, und habe sie aus den Augen verloren.«
Mahalea nickte knapp. »Haltet euch nicht länger hier auf! Die Stadt ist eine Falle. Sagt es weiter! Alle sollen sich wieder vor der Mauer sammeln!« Sie ignorierte die Fragen, die ihr nachgerufen wurden, und eilte die Straße entlang bergauf.
»Habt ihr die Erhabene gesehen?«, rief sie zwei Grenzwächtern zu, die einen Untoten zwischen Trümmern hervorzerrten. Einer der beiden deutete die Straße hinauf, während im Licht alles widernatürliche Leben aus dem Leichnam wich. »Ist mit Feareth vor uns hergerannt, Kommandantin.«
Eine dunkle Ahnung ließ sie innehalten. »Nur mit Feareth?«
»Nein, Kavarath war auch dabei. Und einer von uns, aus Beleam.«
Mahalea war, als presse eine Faust ihren Magen zusammen.
»Sollen wir auch die Trolle mit vor die Mauer nehmen?«, ertönte Elidians Stimme hinter ihr. Sie hatte nicht einmal gehört, dass er ihr gefolgt war.
»Nein, komm mit mir! Ihr auch!«, befahl sie und rannte bereits weiter. »Wir müssen die Erhabene finden!«
*Das wagen sie nicht. So sehr sie auch nach der Macht gieren mögen, sie können doch niemals glauben, dass sie damit durchkommen.* Und doch lief sie umso schneller. Eine so günstige Gelegenheit würde sich den verfluchten Dreckskerlen nie wieder bieten.
Ihr Blick blieb an einem niedrigen Portal hängen, das direkt in den Hügel zu führen schien. Ohne nachzudenken, hetzte Mahalea in den Gang. Darin war es dunkel, doch weiter hinten flackerte Licht wie von einer Fackel. Schwerter klirrten. Irgendetwas schepperte. Eine Gestalt, die tatsächlich eine Fackel hielt, kam in Sicht. Schräg dahinter erkannte sie Feareth an seiner mit Gold verzierten Rüstung. Er hielt eines der magischen Schwerter, doch anstatt zu zaubern, holte er gerade zum Hieb aus. Im

gleichen Moment, da Mahalea die Erhabene entdeckte, fuhr die Klinge des Verräters nieder.

Mahaleas Aufschrei hallte von den Wänden wider. Feareth und der Fackelträger wirbelten zu ihr herum. *Kavarath. Wer sonst.* Hinter ihnen sank die Erhabene zu Boden, ein Blutstrom ergoss sich über ihren Mantel.

Mahalea riss ihr Schwert heraus. »Du feiger …«

Kavarath stieß ihr die Fackel entgegen. Fauchend schoss die plötzlich gewaltige Flamme auf sie zu. Mahalea warf sich zur Seite, stieß gegen die Wand. Hitze biss in ihre Wange. Es roch nach heißem Metall und versengtem Haar. Kühlere Luft streifte sie, als Elidian neben sie trat. Mit einer Hand hielt er das Zauberschwert, die andere deutete auf Kavarath.

»Du wirst nicht gegen deinen eigenen Ältes…«, fuhr Kavarath zornig auf, als auch schon Flammen die Hand mit der Fackel umhüllten. Aufbrüllend ließ er sie fallen.

Mehr sah Mahalea nicht, denn ihr Blick zuckte zu Feareth zurück, der mit erhobener Klinge auf sie zusprang.

»Mörder!«, schrie sie und warf sich ihm entgegen. Die Wucht ihres Angriffs drängte Feareth zurück. Hinter ihm sah sie den dritten Verschwörer einen Pfeil auflegen. Wieder schnellte Feareth vor. Hastig trat sie zur Seite, versuchte, ihn zwischen sich und den Schützen zu bringen, doch der Gang war zu eng. Das Geschoss traf ihre Schulter wie der Fausthieb eines Trolls. Sie stolperte rückwärts. Das Schwert entglitt ihrem für einen Augenblick tauben Arm. Schon setzte Feareth nach, seine Klinge sauste auf sie zu.

Ein Pfeil sirrte nah an ihrem Ohr vorbei, bohrte sich in die Brust des dritten Verschwörers. Es lenkte Feareth nur einen Lidschlag lang ab und doch lang genug, dass Mahalea die Balance wiederfand. Sie wich dem Hieb aus und empfing Feareth mit einem Tritt in den Bauch. Keuchend krümmte er sich. Mahalea verpasste ihm einen linken Haken gegen das Kinn. Sie hörte das Knirschen in seinem Nacken, als die Wucht seinen Kopf zur Seite drehte. Benommen taumelte er gegen Kavarath, der gerade zum Hieb gegen Elidian ausholte, und brachte auch ihn ins Wanken. Mahalea langte nach ihrem Schwert. Der Pfeil riss schmerzhaft an ihrem Fleisch. Aus dem Augenwinkel sah sie den roten Fleck, der sich um ihn ausbreitete, spürte das Blut warm auf der Haut.

Blindlings stieß Kavarath seinen Sohn zur Seite, ihrer Klinge entgegen. Feareth hob sein Schwert zu spät. Mahaleas Schneide glitt zwischen Helm und Rüstung in seinen Hals. Er starrte auf den Stahl, von dem sein Blut tropfte, dann in Mahaleas Gesicht. Klirrend landete seine Klinge am Boden. Mit aufgerissenen Augen wandte sich Kavarath zu ihm um.

Mahalea hielt noch immer das blutige Schwert auf Feareths Hals gerichtet. Ihr Körper war so erstarrt wie ihre Gedanken. Sie fühlte weder Genugtuung noch Triumph. Sie sah Feareth an und er sie, und sie beide wussten, dass sie ihn getötet hatte. Einen Elf. Eine Seele, die nun dem Ewigen Licht verloren ging.

Orkzahn warf sich zur Seite, nicht etwa der zweiten Spießmannschaft in den Weg, sondern zur anderen. Der Aufprall ließ die Ruinen zittern und bröckeln. Und doch war der Troll zu langsam, kam nur schwerfällig wieder auf die Füße, während die Zwerge nur ein Stück wenden mussten, um ihn wieder vor der Lanze zu haben.

Athanor schnappte nach Luft. »Nein!«, brachte er endlich laut genug heraus, dass sich einige Zwerge zu ihm umsahen. »Sofort aufhören!«

Ihre eigene Sprache zu hören verwirrte sie offenbar. Eine Spießmannschaft hielt die Waffe auf Orkzahn gerichtet, der drohend seine Keule schwang, aber nicht angriff. Die anderen zielten auf Athanor, blickten ihm jedoch mit fragenden Gesichtern entgegen. Hinter ihnen war ein weiterer Zwerg aufgetaucht, der zwei seltsame Packtiere führte. Die räudigen Riesenratten fauchten Orkzahn an und bleckten spitze Zähne.

»Athanor?«, rief einer der Zwerge, die den Troll im Visier hatten.

»Hrodomar!« Athanor hielt respektvollen Abstand zur Spitze der auf ihn gerichteten Lanze und bewegte sich seitlich. Misstrauisch drehten sich die Zwerge mit ihm. Die Stachelkugeln in ihren Bärten verrieten, dass sie Wächter waren. »Was habt ihr hier zu suchen? Habt *ihr* etwa die Toten geweckt?«

»Wir?«, brauste der Zwerg neben Hrodomar auf. Er trug mit einer Hand Schild *und* einen schweren Kriegshammer, um mit der anderen den Spieß halten zu können. Sein feuerroter Bart reichte bis über den Gürtel. »Wer ist der Kerl?«

»Der Mann, mit dem ich im verfluchten Stollen war.«

»Der die Elfen zu uns gebracht hat?« Der Rotbart starrte Athanor noch zorniger an.

»Ich hatte nie vor, euch zu bestehlen«, rief Athanor ihm ins Gedächtnis. Endlich war er neben Orkzahn angekommen.

»Soll ich die kleinen Kröten zertreten?«, fragte der Troll.

»Sei froh, dass sie dich nicht verstehen, und halt jetzt die Klappe! Wir haben genug Ärger, falls du das vergessen hast.«

»Er macht nicht nur mit Elfen, sondern auch mit Trollen gemeinsame Sache«, stellte der Rotbart fest. »So einem kann man nicht trauen.«

Von einem Moment zum anderen wurde es merklich dunkler. Rasch sah sich Athanor nach der Sonne um. Sie schickte sich an, hinter dichten Wolken zu verschwinden. *Verdammt!* »Hrodomar, hör zu! Das Licht schwindet. Es wird hier gleich wieder von Toten wimmeln. Also wenn ihr auch gegen sie kämpft…« Er deutete auf die Leiche, die nun leblos auf dem Spieß hing. »… dann sollten wir schleunigst abhauen und uns zusammenraufen, bevor sie hier sind.«

»Der Troll kämpft gegen die Wiedergänger?«, staunte der Zwerg hinter Hrodomar. In seinem noch kurzen blonden Bart glänzte Gold.

»Ich habe ein ganzes Heer von ihnen hergebracht, um die Totenplage zu beenden. Auch zahlreiche Elfen sind hier. Wenn ihr euch uns anschließen wollt, kommt mit! Wenn nicht, wünsch ich euch viel Glück.« Athanor steckte sein Schwert ein und wandte sich zum Gehen. »Komm, Orkzahn! Deine Leute müssen…«

»Warte, Mensch!«, blaffte der Rotbart.

Innerlich seufzend blieb Athanor wieder stehen. »Das kann hier noch dauern. Geh vor und trommle deine Männer zusammen! Ihr müsst aus der Stadt. Tragt die Verwundeten zurück über den Fluss, schnell! Von dort aus können wir selbst bestimmen, wann wir wieder angreifen. Hier werden sie uns *ihren* Kampf aufzwingen.«

Orkzahn nickte und warf den Zwergen einen letzten misstrauischen Blick zu. »Lass dich nicht zu lange von ihnen aufhalten.«

Wieder bebte die Straße unter Athanors Sohlen, als der Troll davoneilte.

»Wir werden uns Elfen und Trollen ...« Der Rotbart spuckte das Wort förmlich aus. »... nicht anschließen ohne einen verdammt guten Grund. Was geht hier überhaupt vor?«

»Könnten wir uns vielleicht unterhalten, ohne dass deine Männer diesen Spieß auf mich richten?«

»Können wir sicher sein, dass der Troll nicht gleich mit zehn Kumpanen zurückkommt?«

»Macht, was ihr wollt.« Athanor winkte ab und schickte sich an, Orkzahn zu folgen. Hinter sich hörte er die Zwerge kurz debattieren, dann übertönte die Stimme des Rotbarts wieder alle anderen.

»Packt die Spieße zusammen und folgt mir!«

Zahlreiche genagelte Stiefel klapperten auf dem steinernen Pflaster, als die Zwerge Athanor nacheilten. Unwillkürlich spannte er sich, erwartete eine Waffe in den Rücken, obwohl ein anderer Teil von ihm nicht daran glaubte. Hrodomar und der junge Goldbart tauchten neben ihm auf, ihr Anführer auf seiner anderen Seite.

»Also«, ergriff Letzterer sogleich wieder das Wort. »Was wird hier gespielt?«

»Ich vermute, dass alles auf den Schwur meines ... eines alten Königs zurückgeht. Er drohte, von den Toten zurückzukehren, um alle Feinde Theroias zu vernichten. Deshalb nahm die Sache hier ihren Anfang.«

»Aber wir haben doch nie gegen Theroia gekämpft«, warf der Jüngste ein.

»Baumeisters Bart! Theroia war mit den Drachen im Bunde«, schimpfte Rotbart. »Natürlich sind wir Feinde, du Holzkopf!«

»Und jetzt bedrohen diese Toten Elfen und Trolle – und uns?« Hrodomar schüttelte den Kopf. »Du hast recht, Athanor. Wir müssen sie aufhalten. Sie sind viel zu stark.«

»Allerdings. Die Zauberkräfte der Elfen sind bereits erschöpft, und die Trolle allein sind der Übermacht nicht gewachsen.« Athanor warf einen Blick auf die Sonne. Nur noch ein Viertel der gleißenden Scheibe lugte unter den Wolken hervor.

Unter dem entsetzten Blick seines Vaters sank Feareth zu Boden. Nie hätte Mahalea geglaubt, jemals einen solchen Laut aus Kavaraths Kehle zu vernehmen, doch er schluchzte laut auf und fiel neben seinem Sohn auf die Knie. Auch Elidian starrte mit fassungslosem Gesicht auf die Szene zu seinen Füßen. Kavarath ließ seinen Tränen freien Lauf, sein Körper wurde von Schluchzern geschüttelt.

Mahalea wandte sich ab. Die Erhabene war das Opfer, das solches Klagen verdiente, nicht ihr verfluchter Mörder. Mit der Linken packte Mahalea den Pfeil in ihrer Schulter. Er konnte nicht tief eingedrungen sein, sonst hätte er fester gesessen. Sie riss ihn heraus und warf ihn zur Seite. Dem Schmerz schenkte sie ebenso wenig Beachtung wie dem neuen Schwall Blut. Stattdessen fasste sie den dritten Verschwörer ins Auge. Der Fremde lehnte keuchend mit dem Rücken an der Wand. Aus seiner Brust ragte der Pfeil, den einer der Grenzwächter auf ihn geschossen hatte. Er hatte eine Hand darum gelegt, als könne es den Schmerz lindern, doch die Finger wagten nicht, das Geschoss zu berühren.

*Ihr habt dieses Leid mehr als verdient.* Mahalea merkte, dass sie noch immer das blutige Schwert hielt, und legte es ab, als sie sich neben Ivanara kniete. Die Erhabene hatte die Augen geschlossen. Sie lag auf dem Rücken, was die Wunde vor aller Augen verbarg, doch ihren Mantel tränkte Blut. Ihre Haut war so weiß wie ihr Haar. Lebte sie noch? Mahalea schob ihre Hand in Ivanaras. »Erhabene?«, flüsterte sie. »Ivanara? Tante... Es tut mir leid, dass ich zu spät kam.« Die Finger der Erhabenen schlossen sich, erwiderten für einen kurzen Moment Mahaleas Druck. Dann erschlafften sie, so jäh und endgültig, dass es keinen Zweifel gab.

Mahaleas Sicht verschwamm. Tränen liefen ihr über die Wangen. Seit ihr Vater dem Fluch der Trollschamanin erlegen war, hatte sie nicht mehr geweint. Hunderte Jahre war es her. Sie hatte vergessen, wie es sich anfühlte. Sie war die Kämpferin geworden, die Mahnerin, der Stachel im Fleisch, den alle mieden. Auch für Ivanara hatte sie stets nur Groll und Vorwürfe übrig gehabt.

»Kommandantin!«, rief einer der Grenzwächter hinter ihr. »Sie kommen zurück!«

Hastig wischte sich Mahalea die Tränen aus den Augen. Am äußersten Rand des Lichtscheins bewegte sich etwas und kam näher. Metall blitzte auf. *Verfluchtes Totenpack!* Sie schnappte sich ihr Schwert und sprang auf. »Auf die Beine, Verräter!«, fuhr sie Kavarath an. »Ich werde die Erhabene nicht hierlassen, wo ihr Körper niemals wieder Teil des Seins werden kann. Heb sie auf!«

Kavarath sah sie entgeistert an. »Aber was ist mit meinem ...«

»Du hast gehört, was die Kommandantin gesagt hat.« Elidian hob drohend die Klinge. »Wird's bald!«

Kavaraths Züge verhärteten sich. Endlich sah er wieder aus, wie Mahalea ihn kannte und hasste. »Ich gehe nicht ohne ihn.«

Sie hatte gute Lust, ihn zurückzulassen, doch es waren schon zu viele Seelen dem Ewigen Licht entgangen. »Dann nimm deine abscheuliche Brut und geh! Bewacht ihn!«, fügte sie an die Grenzwächter gerichtet hinzu. »Er soll sich draußen nicht als Märtyrer aufspielen können.«

Kavarath schoss ihr einen feindseligen Blick zu, dann beugte er sich vor, um die Leiche seines Sohns aufzuheben.

»Wenn Ihr erlaubt, werde ich die Erhabene tragen«, bot Elidian an. »Oder soll ich Euch den Rücken decken?«

»*Ich* werde sie aufhalten.« Ein seltsames Pfeifen schwang in der Stimme des Verwundeten mit, der noch immer an der Wand lehnte. »Eine kleine ...« Er rang nach Luft. »... kleine ...«

Mahalea nickte. Die Untoten waren näher gekommen. Noch schienen sie das Licht zu fürchten, doch selbst von hier aus konnte sie erkennen, dass es vor dem Ausgang dunkler geworden war. Als hätten sie dasselbe gedacht, stürmten die Wiedergänger in diesem Augenblick heran.

»Fang!«, rief Elidian und warf dem Verschwörer das Zauberschwert zu, das Feareth entglitten war. Der Mann fing es, stieß sich von der Wand ab und trat den Untoten in den Weg. Schon eilte Kavarath davon, wankend unter dem Gewicht seines Sohns. Rasch hob Elidian die Erhabene auf und folgte ihm. Die Wiedergänger stürzten sich auf den Verwundeten, der seine Klinge in bläuliche Flammen hüllte. Mit einem einzigen Hieb setzte er drei Untote in Brand. Doch zwei drängten sich an ihm vorbei. Mahalea konzentrierte sich, griff mit einer inneren Hand nach den Strömungen der Luft und stieß sie dem Feind entgegen. Wäre sie Ivanara gewesen, hätte ihr Windstoß wie ein Sturm durch den Gang geweht. Aber sie war nur Mahalea, fegte lediglich die beiden Angreifer von den Füßen und rannte hinter Elidian her.

Draußen herrschte Dämmerung. Noch war die Sonne eine blasse Scheibe hinter Wolken, aber auch damit würde es bald vorbei sein. Mahalea sah sich um, während sie die Straße hinabliefen. Die Trolle waren verschwunden. Nur Elfen irrten noch zwischen den Ruinen umher, wussten nicht, was zu tun war.

»Rückzug!«, rief Mahalea ihnen zu. »Zurück zum Tor!«

Andere nahmen den Ruf auf. Wer ihn hörte, eilte herbei. Mehr und mehr Elfen schlossen sich ihr an. Wo war Sturmfeder? Hatte sie ihn nicht an dieser Stelle zurückgelassen? Nun gut, sie musste ohnehin bleiben und die Führung übernehmen, bis ein neuer Feldherr bestimmt war.

»Die Untoten kommen zurück!«, warnte sie. »Wer kann noch zaubern? Nach hinten mit euch! Bildet die Nachhut!«

Wieder wurde es dunkler. Mahalea wandte sich zu den verbliebenen Magiern um, reichte Elidians Zauberschwert weiter, damit es die Kräfte eines anderen verstärken konnte. Weiter oben tauchten zögerliche Gestalten aus den Trümmern auf. Doch das Licht genügte nicht. Sie fielen nicht mehr zu Boden.

»Sie kommen!«, schrie jemand, und alle rannten schneller.

Die Untoten reckten triumphierend die Waffen. Mahalea glaubte, hohles Gelächter zu hören, obwohl die Wiedergänger doch stumm waren. Vor ihr kam die Bresche in Sicht. Sie entdeckte Athanor, der gerade hinter dem Schuttberg verschwand, doch woher kamen die stämmigen Gestalten mit den seltsamen Tieren, die ihm folgten?

Lautes Rumpeln ertönte hinter ihr. Es kam vom Gipfel des

Hügels herab, wo der Königspalast gestanden hatte. »Nicht umsehen, laufen!«, herrschte sie Elidian an und blickte doch selbst über die Schulter. Die Ruine des Palasts bewegte sich. Trümmer wurden emporgedrückt, kippten und wirbelten Aschewolken auf. Etwas Riesiges, Dunkles erhob sich aus der Ruine. Steine fielen herab, als es sich aufrichtete und den langen Hals reckte. Unter verrutschenden Trümmern zerrte es gewaltige Schwingen hervor.

Mahalea hörte Schreie. Einige liefen schneller, andere erstarrten vor Schreck. Nur die Untoten stürmten unbeeindruckt die Straße herab, auf die Nachhut zu.

»Lauft weiter!«, brüllte Mahalea. »Bringt euch in Sicherheit!«

Löcher klafften in den Flügeln des Drachen. Mahalea glaubte, durch große Risse in seiner Schuppenhaut Knochen zu sehen. *Ein Wiedergänger!* Die Erkenntnis schnürte ihr die Kehle zu.

Elidian hatte die Bresche erreicht und schleppte die Leiche der Erhabenen den tückischen Hang hinauf. Mahalea sah, wie er stolperte, wollte ihm zurufen, lieber sein Leben zu retten, aber sie brachte keinen Ton heraus.

Wieder drehte sie sich um. Der Drache stieß sich mit kräftigen Hinterbeinen in die Luft und schlug mit den löchrigen Schwingen. Kein Tier hätte damit fliegen können, doch Drachen flogen seit jeher mithilfe der Magie. Was Mahalea nur im Ansatz beherrschte, hatten sie zur Perfektion gebracht. *Über den Tod hinaus.*

Das Ungeheuer gewann an Höhe, nur um sich herabzustürzen. Knapp über den zerstörten Häusern fing es seinen Fall ab und schoss die Straße zur Bresche entlang. Mahalea fand ihre Stimme wieder, schrie die Umstehenden an, sich zu beeilen. Der Drache riss das Maul mit den dolchlangen Zähnen auf. *Will er etwa...* Nein, das war unmöglich. Ein Toter konnte kein Feuer spucken. Doch er konnte ... *es zaubern!*

Blaue Flammen schossen in einem dünnen Strahl hervor, der sich so rasch ausbreitete, dass dem Drachen selbst nur die Flucht nach oben blieb. Schwerelos schraubte er sich empor, während eine Feuerwolke Untote und Elfenkrieger einhüllte. Die Schreie der Brennenden gellten in Mahaleas Ohren. Wie lebende Fackeln blieben sie zurück, als die Wolke verging. Der Drache zog einen Kreis, setzte zu einem neuen Sturzflug an.

Entsetzt wandte sich Mahalea ab. Hier half nichts mehr, nur noch die Flucht. Mit weiten Sätzen hetzte sie die Bresche hinauf. Von oben sah sie die flüchtenden Trolle in der Ferne, die gerade durch den Fluss wateten. Wo die Gefallenen lagen, hinderten Greifenreiter die panischen Pferde an der Flucht. Auch Sturmfeder umkreiste die Herde mit schrillem Geschrei. Wer die Tiere erreichte, sprang auf und half oder galoppierte davon.

Hinter sich hörte Mahalea das Fauchen von Flammen, während sie den Schutthang hinabhastete. Dann sauste der Drache über sie hinweg. Der Sog riss sie fast von den Beinen. Wie abschätzend glitt er über die Fliehenden und Pferde und flog im Bogen zur Stadt zurück. Doch vielleicht sammelte er sich auch nur für den nächsten Flammenstoß.

Mahalea holte Elidian ein, der noch immer die Leiche der Erhabenen trug. »Lass sie hier!«, rief sie und stieß ihn an, sodass ihm nichts übrig blieb, als die Tote fallen zu lassen, wollte er nicht stürzen. Es tat Mahalea weh, es zu sehen, doch sie rannte weiter. »Über den Fluss!«, brüllte sie. »Sucht unter den Bäumen Schutz!«

Sie wollte auf das erstbeste Pferd springen, viele waren ohnehin nicht mehr da, doch dann zögerte sie, sah sich nach dem Drachen um. Erneut jagte er heran, hielt direkt auf ein paar fliehende Reiter zu. Ein bläulicher Flammenschwall ergoss sich über Elfen und Pferde, erzeugte ein Chaos aus Feuer, Körpern und Schreien. Erneut drohte das Entsetzen, Mahalea zu lähmen. Rasch wandte sie sich ab. Sie musste etwas unternehmen, sonst würde der Drache sie alle verbrennen. Im Wiehern und Stampfen der Pferde ging es beinahe unter, doch Mahaleas geübten Ohren entging das Grollen der Greife nicht. »Runter von den Greifen!«, brüllte sie und klopfte doch auf ihr Handgelenk. »Sturmfeder!«

»Was habt Ihr vor?«, rief Elidian, der ebenso hektisch versuchte, Windschwinge herbeizurufen.

»Jemand muss den Drachen ablenken, bis alle unter den Bäumen in Sicherheit sind.«

Elidian starrte sie an und merkte darüber nicht einmal, dass sein Greif neben ihm gelandet war. Windschwinge grollte und peitschte die Erde mit dem Schwanz. Sein Blick war auf den Drachen gerichtet, jeder Muskel angespannt. Er schien nur widerwillig stillzuhalten. Andere landeten nicht, zwangen ihre Reiter abzuspringen, um Mahaleas Befehl zu befolgen. Auch Sturmfeder zögerte, hielt sich flatternd in der Luft. *Störrisches Mistvieh!*

»Ich werde gehen«, rief Elidian und sprang auf Windschwinges Rücken.

»Nein! Du bist kein Luftmagier. Meine Chancen stehen viel ...«

Elidians ernster Blick ließ sie verstummen. »Ihr müsst bleiben, sonst wird Kavarath mit Lügengeschichten die Macht an sich reißen.«

# 30

Athanor brachte sein Pferd zum Stehen und sah sich nach den Zwergen um. Er hätte längst am Fluss sein können, doch Hrodomar und seine Gefährten kamen auf ihren kurzen Beinen nicht nach. Der Anblick des Drachen traf ihn wie ein Hieb ins Gesicht. Es war, als hätte ihn ein heimtückischer Zauber zwei Jahre zurückversetzt. Das gewaltige Ungeheuer, die Stadt, aus der Rauch aufstieg. Er roch ihn, atmete ihn, spürte die Hitze auf der Haut.

»*Trako!*«, rief einer der Zwerge. »Ein Drache!«

Die fremde Sprache vertrieb Athanors Erinnerung. Er sah die löchrigen Flügel, die Risse im schwarz verbrannten Schuppenkleid. Der verdammte Drache war so tot wie alles andere in Theroia. Und doch flog er – und setzte zu einem neuen Angriff an.

»Lauft weiter!«, brüllte der Rotbart, der sich mittlerweile als Hauptmann Gunthigis vorgestellt hatte. Die Riesenratten überrannten ihren Führer und schleiften ihn mit sich, bis er die Stricke losließ.

Athanor jagte sein Pferd hinter den Tieren her. Vor der Flamme des Drachen würde ihn nur ein Sprung in den Fluss bewahren. Erneut sah er über die Schulter, während das Pferd auf den Sarmander zuraste. Der Drache stieß auf einige fliehende Elfen hinab, die erst die halbe Strecke zum Fluss geschafft hatten. Vor seinem geöffneten Maul loderte magisches Feuer auf.

Ein Stolpern seines Pferds lenkte Athanors Aufmerksamkeit wieder nach vorn, doch durch sein Herz ging ein Stich. Wo war Elanya? *Hoffentlich weit weg.* Vor ihm warfen sich die Riesenratten in den Fluss. Fast sofort drohten sie, unterzugehen. Panisch reckten sie die Nasen gen Himmel.

*Oh, verdammt.* Zwerge konnten nicht schwimmen. Die Erkenntnis kam ihm im gleichen Moment, da sein Pferd ins Wasser sprang. Es war zu tief für sie, um hindurchzuwaten. Wieder hielt er an, sah sich um. Der Drache flog einen Bogen. Hinter den Zwergen kamen die ersten Elfen herangaloppiert.

»Hrodomar, hierher!«, rief Athanor ihm entgegen. »Ich zieh dich zu mir hoch!«

»Und was ist mit uns?«, empörte sich Gunthigis.
Athanor deutete auf die nahenden Elfen. »Lasst euch mitnehmen.«
»Nicht ohne die Drachenspieße.«
*Stur wie die Maulesel!* Knurrend wendete Athanor sein Pferd und lenkte es ans Ufer zurück. Hrodomar kam ihm entgegen, ergriff seine Hand, doch ohne den jungen Goldbart, der von unten nachhalf, hätte er es in seiner schweren Rüstung wohl niemals aufs Pferd geschafft.

Nun waren die Elfen heran. Einige preschten achtlos vorbei, andere verlangsamten ihre Tiere. Elfen und Zwerge wechselten erstaunte und skeptische Blicke. Schon hatte der Drache eine Kurve über der Stadt beschrieben und schlug wieder die Richtung zum Fluss ein.

»Helft den Zwergen, über den Fluss zu kommen!«, rief Athanor. »Sie sind auf unserer Seite.« Er sah nur ein bekanntes Gesicht unter den Elfen, den Mann mit dem silbernen Haar, dessen Augen wie blind aussahen.

Therianad nickte, rief Anweisungen. Hastig wurden strampelnde Zwerge auf Pferde gehievt, wofür zwei Elfen zupacken mussten, als kein Zwerg mehr von unten schieben konnte. Gunthigis reichte Athanor eine Lanze, die für einen Mann allein zu lang und schwer war. Gemeinsam mit Hrodomar klemmte er sie sich unter den Arm. Zu zweit würden sie das Monstrum irgendwie halten können.

Reiter mit schrecklichen Verbrennungen tauchten auf. Athanor sah rohes Fleisch und verkohlte Haut. Mit geweiteten Augen rasten die versengten Pferde vorüber und stürzten sich in den Fluss. Noch immer kamen Flüchtlinge von Theroia her, und der Drache holte auf.

»Schneller!«, feuerte Athanor die Elfen an. Mit einem Druck seiner Schenkel trieb er sein Pferd in den Sarmander zurück. Am anderen Ufer standen jetzt einige Trolle mit Speeren, die dem Drachen in ihrer Donnersprache entgegenbrüllten. Athanor erkannte Orkzahn unter ihnen und verfluchte sich dafür, keine Hand frei zu haben, um ihn auf sich aufmerksam zu machen.

»Verschwindet!«, brüllte er. »Haut ab!«

Viel zu langsam kämpfte sich sein Pferd durch die Fluten. Durch das zusätzliche Gewicht am Springen gehindert pflügte es durch den Fluss, als sei das Wasser zäher Schlamm. Die Trolle tobten nur noch wilder. Jeden Augenblick musste der Drache über ihnen sein.

Windschwinge gewann an Höhe. Die anderen Greife antworteten seinem gellenden Adlerschrei. Einander umkreisend schraubten sie sich in den düsteren Himmel. Elidian war, als könne er die tief hängenden Wolken gleich berühren. Über der Stadt wendete der Drache bereits. Das Ungeheuer war so riesig, dass die Greife Elidian wie ein Schwarm Spatzen neben einem Adler vorkamen.

Er versuchte, nicht an die Macht dieses Ungetüms zu denken, seine magischen Flammen, seine Kraft. Das alles verblasste gegen die Niedertracht, deren Zeuge er geworden war. Der Älteste seines Volkes war ein Mörder. Kaltblütig hatte er die Erhabene von hinten niedergestreckt, und Kavarath hatte es billigend mit angesehen. Niemals hätte Elidian geglaubt, dass ein Elf zu einer solchen Tat fähig war. Wie dort im Gang überkamen ihn Wut und Fassungslosigkeit. Seit dem Mord an Retheon war nur noch Schreckliches geschehen. Und nun sahen sie sich diesem Drachen gegenüber.

Das Untier hielt erneut auf die Fliehenden zu, ignorierte die Greife, deren Grollen Elidian wie das zornige Summen eines Hornissenschwarms umgab.

»Holen wir ihn uns!«, rief er und stieß sein Schwert in die Luft.

Windschwinge stimmte mit einem Schrei ein. Mit raschen Flügelschlägen nahmen die Greife Geschwindigkeit auf, nutzten den freien Fall, um noch schneller zu werden. Der Wind trieb Elidian Tränen in die Augen. Gereizt blinzelte er sie weg und kniff die Lider zusammen. Innerhalb weniger Augenblicke schlossen die Greife zu dem Drachen auf.

Elidians Gedanken rasten so schnell wie der Greif. Seine Zauberkraft war nach dem Duell mit Kavarath dahin. Mit dem Schwert konnte er dem untoten Drachen nichts anhaben. Ihm blieb nur, ihn zu reizen und abzulenken, aber wie? Das Ungeheuer mochte sich durch Magie in der Luft halten, doch es lenkte mit Flügeln und Schwanz.

Sturmfeder sauste an Windschwinge vorbei und warf sich auf den Rücken des Drachen. Mit den Klauen krallte er sich fest, hieb mit dem Schnabel nach dem von dicken Schuppen geschützten Genick. Elidian verbot sich den Blick nach unten, wo er aus dem Augenwinkel Reiter sah. Er lenkte seinen Greif tiefer, jagte unter einer Schwinge des Drachen hindurch und hielt sein Schwert dabei nach oben. Der Wind trug jedes Geräusch davon, doch er spürte, wie die Klinge durch Widerstand schnitt.

Ein Greif attackierte den Kopf des Drachen, hackte mit dem Schnabel nach der Höhle, in der einst ein Auge gesessen hatte. Von der anderen Seite versuchte es ein zweiter. Das Ungeheuer schnappte nach dem neuen Angreifer, während Elidian unter dem Hals hindurchflog, der so dick wie der Körper eines Greifs war.

Geschickt wich die Chimäre den mächtigen Kiefern aus. Von allen Seiten stürzten sich die Greife nun auf den Drachen, rissen an seinen Flügeln oder krallten sich an ihm fest. Elidian wendete Windschwinge, hielt erneut auf einen Flügel des Ungetüms zu. Wie die Untoten schien auch der Drache stumm, doch er riss den vertrockneten Rachen auf, sodass Elidian sein zorniges Gebrüll zu hören glaubte. Wild schlug das Ungeheuer mit den Flügeln, um wieder Höhe zu gewinnen.

»Ja!«, entfuhr es Elidian. Triumphierend schwang er die Klinge, obwohl ihn das Manöver des Drachen zwang, zu tief unter dem Untier hindurchzufliegen, um es treffen zu können. Es ließ von den Reitern ab, nur das zählte. Hastig griff er in Windschwinges Fell, als sich der Greif zur Seite warf, um dem peitschenden Schwanz auszuweichen. Wie Krähen, die einen Adler attackierten, fegten die Greife um den Drachen herum, hackten neue Löcher in die ledrigen Flügel und zerrten mit den Klauen an der morschen Haut. Kaum jagte das Ungeheuer einem von ihnen nach, griffen zwei andere an und lenkten es ab. Einmal krachten die Kiefer des Drachen gefährlich nah neben Elidian aufeinander. Windschwinge ließ sich fallen, Sturmfeder schoss vorüber, packte mit den Klauen in die Nüstern des Drachen und riss an dessen Kopf. Elidian lenkte Windschwinge auf einen Bogen, fort von den beängstigend langen Zähnen. Zornig sperrte das Ungeheuer sein Maul auf. Sturmfeder stieß sich von der Nase des Drachen ab, schlug einen Haken. Zu spät. Von einem Lidschlag auf den anderen hüllte eine blaue Flammenwolke ihn ein. Mit brennenden Flügeln tauchte er daraus auf, flatterte, doch es waren keine Schwungfedern mehr da. Immer schneller fiel er und zog eine Rauchfahne hinter sich her.

Elidian riss sich von dem Anblick los. Dass ihm dasselbe geschehen konnte, verwandelte seinen Magen in einen schmerzhaften Klumpen, aber noch immer hetzten Fliehende durch den Fluss und auf den Wald zu. Windschwinge hatte eigenmächtig einen Bogen geflogen und legte die Flügel an, um auf den Drachen herabzustoßen. Rasch verlagerte Elidian sein Gewicht, lenkte den Greif weiter zur Seite und tiefer, um erneut unter einer Schwinge des Drachen hindurchzujagen. Sie waren so schnell, dass ihm kaum Zeit blieb, die Klinge nach oben zu recken. Doch das Ungeheuer neigte sich plötzlich zur Seite. Der Flügel entschwand außer Reichweite, dafür fühlte sich Elidian von hinten gepackt. Riesige gebogene Krallen legten sich um seine Brust, stachen durch die Rüstung, als sei es Papier. Elidian hörte den Schrei eines Greifen, dann hörte er nichts mehr.

Gelächter und höhnisches Rufen der Trolle folgten dem Drachen, als er abdrehte, um die Greife zu attackieren.

»Seht endlich zu, dass ihr hier wegkommt!«, fuhr Athanor sie an. Wer konnte schon sagen, wie lange sich das Ungeheuer ablenken ließ? Mühsam stemmte sich sein Pferd aus dem schlammigen Flussgrund aufs Ufer. Er sah sich noch einmal um. Auch die letzten Elfen hatten den Sarmander so gut wie erreicht. Unter den Sturmwolken war es so dunkel geworden, dass Theroia von hier aus nur noch wie ein düsterer Felsen aussah. Die Luft kam ihm zäh wie Teig vor.

»Soll ich absteigen?«, wollte Hrodomar hinter ihm wissen.

»Nein. Ich wollte nur ...« Im Grunde wusste er es selbst nicht. Der Drache verwirrte ihn. Warum bekämpfte er sie? Warum hatte er sich überhaupt erhoben? Doch der Zwerg hatte recht. Jetzt war nicht die Zeit, um zu grübeln.

Endlich eilten die Trolle davon, liefen zwischen den Reitern auf den Wald zu. Nur Orkzahn stand noch immer am Ufer und wartete offensichtlich auf ihn. Athanor nickte ihm zu. Sein Freund blutete aus so vielen Wunden, dass es ihn erstaunte, wie sich der Troll noch auf den Beinen hielt. Er trieb sein Pferd weiter, doch so langsam, dass Orkzahn mithalten konnte. Mehr und mehr Elfen überholten sie. Einige hingen mehr tot als lebendig auf ihren Pferden, die blindlings der Herde folgten. Vor dem Waldrand standen die Trosskarren kreuz und quer, zwischen denen sich die Flüchtenden ihren Weg suchen mussten, dann hatten sie die Bäume endlich erreicht.

Athanor war einer der Letzten, der unter die welkenden Laubkronen ritt. Enthielten sie noch genug Feuchtigkeit, um dem Drachenfeuer zu trotzen, oder würde das Untier einen Waldbrand auslösen? Er konnte nur hoffen, dass der viele Regen ihnen dieses Mal nützen würde.

Reiter und Trolle wimmelten unter den Bäumen durcheinander. Elfen riefen verzweifelt nach Freunden und Verwandten. Verletzte Trolle und Elfen lagen im alten Laub, und Heiler beugten sich über sie, um Verbände anzulegen oder Zauber zu wirken. Athanor entdeckte Elanya unter ihnen und spürte, wie ihm eine Last von der Seele fiel. Zwerge eilten ihm entgegen, um Hrodomar und ihm den Drachenspieß abzunehmen. Er nahm kaum wahr, dass er die Lanze losließ. *Wir sind immer noch ein viel zu leichtes Ziel.* »Orkzahn, deine Männer müssen eure Verwundeten tiefer in den Wald tragen! Der Drache wird herkommen und nach uns Ausschau halten. Verteilt euch! Bleibt in Deckung, bis wir einen Plan haben, wie wir ihn vom Himmel holen können.«

Der Troll nickte und stapfte davon. Wie Donner hallten seine Befehle durch den Wald.

»Äh, wie komme ich hier runter?«, fragte Hrodomar. »Irgendwie bist du immer im Weg.«

*Zwerge!* Die geborenen Reiter waren sie wohl nicht. Athanor schwang ein Bein über den Hals des Pferds und sprang ab. Nun hatte auch Hrodomar genug Platz, um sich hinuntergleiten zu lassen, was in freiem Fall und einer wackligen Landung endete.

»Was nun?«, wollte Gunthigis von Athanor wissen.

»Ich muss die Anführerin der Elfen finden und die Lage mit ihr besprechen. Aber wenn ihr mir sagen könnt, wie man einen Drachen zur Strecke bringt, der schon tot ist, dürft ihr's mir auch jetzt schon verraten.« Vage deutete Athanor auf die Drachenspieße, deren Namen einen Grund haben musste.

Der Hauptmann kratzte sich den roten Bart.

»Sie sind eigentlich für den Kampf in Höhlen gedacht, aber wir werden darüber nachdenken«, versicherte Hrodomar.

Zornige Rufe lenkten Athanors Blick auf eine Gruppe Elfen, die offenbar stritten. Er erkannte nur Davaron und Kavarath und wollte sich schon abwenden, als Mahalea und eine Handvoll Grenzwächter auf die Streitenden zueilten. Auf dem Mantel der Kommandantin prangte ein großer Blutfleck unterhalb der Schulter, doch ihre Miene zeigte nur Entschlossenheit.

Kopfschüttelnd ging Athanor hinüber. Welchen Zwist die Elfen auch haben mochten, er würde warten müssen, bis sie die Untoten besiegt hatten. Auch andere hatten Mahalea entdeckt und kamen herbei, Therianad mit dem Silberhaar und Merava, Peredins Frau, die sich auf einen Stab stützen musste. Die angesengte Hose oberhalb des Verbands an ihrem Bein sprach für sich.

»Wo ist die Erhabene?«, rief Athanor. Erst jetzt sah er, dass sich die Runde um Feareths reglosen Körper versammelt hatte.

»Sie ist tot«, antwortete Mahalea, doch ihr Blick blieb fest auf Kavarath gerichtet, der sie ebenso feindselig anstarrte. »Ermordet von diesem Abschaum, der es wagt, hier immer noch Befehle zu erteilen.«

*Was?* Athanor fehlten die Worte. Waren jetzt alle verrückt geworden?

Auch Therianad schnappte nach Luft, und Merava sah ungläubig zwischen Kavarath und Mahalea hin und her. Nur Davaron sah so finster aus wie immer, doch sein Blick war auf Kavarath geheftet.

»*Du* wagst es, mich Abschaum zu nennen?«, fuhr Kavarath auf. »Du hast meinen Sohn getötet!«

Auf den Gesichtern der Elfen breitete sich Entsetzen aus. Wieder mit Ausnahme Davarons, um dessen Mund es spöttisch zuckte.

*Hol's der Dunkle!* Ein Drache würde jeden Moment das Laub über ihren Köpfen anzünden, und die Anführer der Elfen brachten sich gegenseitig um. Wem konnte man in diesem Spiel eigentlich trauen?

»Hätte er das Schwert niedergelegt, von dem noch das Blut der Erhabenen tropfte, hätte ich ihn auch nicht getötet«, zischte Mahalea. »Meine Leute haben es gesehen, also versuche nicht, dich herauszuwinden.«

»Was haben sie gesehen?«, hielt Kavarath dagegen. »Du und dein Schoßhündchen habt ihnen doch im Weg gestanden.«

»Also ich bin mir recht sicher, d...«, hob einer der Grenzwächter an, doch Kavarath fiel ihm sofort ins Wort.

»Recht sicher? Oder hast du es *wirklich* gesehen? Wie kannst du dich so leichtfertig gegen deinen Ältesten stellen?«

Der Zurechtgewiesene schluckte, doch dann schob er trotzig das Kinn vor. »Da war doch gar kein Untoter mehr, der sie hätte töten können.«

»Und auch das hast du im Halbdunkel ganz genau gesehen«, höhnte Kavarath.

»Es reicht!« Mahalea klang so schneidend, dass selbst Athanor zusammenzuckte. Zornig trat sie auf Kavarath zu, deutete mit dem Finger auf ihn. »Du wirst mir jetzt die Wahrheit sagen, die ganze Wahrheit, oder ich schwöre bei allen Astaren, dass ich dich elend ersticken lasse!«

Seine eben noch hasserfüllt zusammengekniffenen Augen weiteten sich. Er wich zurück, griff sich an die Kehle, öffnete den Mund, doch es kam nur ein kaum hörbares Krächzen heraus.

*Was zum...* Athanor ahnte, dass Mahalea Magie anwandte, aber er hatte sie bislang nicht mit Zauberei in Verbindung gebracht.

»Wer hat Retheon ermordet?«, fuhr sie Kavarath an. »Wer hat die Kundschafter bestochen und auf mich gehetzt? Wer hat das Zelt mit dem Verdächtigen darin in Brand gesetzt?«

Kavaraths Augäpfel quollen hervor. Er stolperte, fiel rückwärts und landete im Laub. Einer seiner Männer wollte die Klinge ziehen, doch Davaron unterband es, indem er seine Hand über jene des Mannes legte, die den Schwertgriff bereits umfasste. »Ich will seine Antwort hören.«

Mit einem Mal holte Kavarath so tief Luft, dass es wie ein Schluchzen klang. Sein Atem ging schwer, aber er *konnte* wieder atmen. »Von mir wirst du nichts erfahren«, keuchte er. »Ich werde das Andenken meines Sohns nicht beschmutzen.«

»Ach ja?« Davaron trat vor, ging neben ihm in die Hocke und hielt ihm den Armstumpf vor die Nase. »Und was ist mit dem Ansehen unseres Volkes? Mit den Opfern, die wir hier bringen? Ich will wissen, ob ich das hier wirklich den Untoten zu verdanken habe!« Er schlug ihm mit dem Stumpf ins Gesicht.

»Was ... soll das heißen?«, fragte Mahalea überrascht.

Davaron sprang wieder auf. »Das soll heißen, dass ich bis heute keine Erklärung dafür bekommen habe, warum Feareth nicht in Anvalon war, als der Elf gesichtet wurde, der nachts über die Grenze nach Theroia schlich.«

*Der Elf, den Chria gesehen hat.* Hatte etwa Feareth die Ruhe der toten Theroier gestört? Hatte er sie mit irgendeiner finsteren Magie zu seinen Dienern gemacht, um ihre Leichen von Trollen und Elfen schänden zu lassen? Wenn Feareth nicht bereits tot gewesen wäre, hätte Athanor die Wahrheit aus ihm herausgeprügelt. Stattdessen richtete er den Blick auf Kavarath, der trotzig schwieg. Wütend stürzte er sich auf ihn, rempelte Davaron und Mahalea an, die im Weg standen. »Das ist doch alles dein Werk, du alter Bastard!« Er packte Kavarath am Kragen, zerrte ihn mit einer Hand auf die Füße, während die andere zu einem Kinnhaken ausholte. »Du hast dir das alles ausgedacht und im Hintergrund die Fäden gezogen, und jetzt schiebst du es auf deinen Sohn!«

»Ich schiebe gar nichts auf ihn. Was er getan hat, hat er aus freien Stücken getan.«

»Wie?«, fuhr Athanor ihn an. »Wie hat er meine Ahnen dazu gebracht, aus ihrer Gruft zu steigen, damit sie für ihn töten?«

Kavarath lächelte verächtlich. »Dafür hat es nicht mehr als den Hintern eines Elfs gebraucht.«

Athanor schlug zu. Wieder schnappten einige der Umstehenden nach Luft, doch es galt nicht seiner Faust, nicht dem Blut, das aus Kavaraths aufgeplatzter Lippe rann.

»Das war ein Geständnis!«, rief Mahalea. In ihrer Stimme schwang Entsetzen mit.

Kavarath straffte sich, sah Athanor unvermindert herablassend an. »Ja, es war lächerlich einfach. Davaron hatte uns nach seinen Reisen von Xanthos' Legende erzählt. Wir fragten uns, ob sich tatsächlich nur jemand auf den verwaisten Thron setzen musste, um diesen feigen König aus dem Schattenreich zu holen. Ich erzählte allen, Feareth sei zum Heiligtum unseres Volkes in den Bergen gepilgert, dabei war er hier und hatte Erfolg. Ein bisschen mehr Erfolg als erwartet«, gab er mit spöttischem Lächeln zu. »Aber das zeigte sich ja erst später.«

»Und Retheon musste sterben, weil er euch auf die Schliche gekommen war«, hauchte Mahalea.

Aus dem Augenwinkel sah Athanor, dass Orkzahn hinzugekommen war.

»Ihr habt das Leben unzähliger Elfen riskiert, nur um die Erhabene zögerlich und unfähig aussehen zu lassen?«, rief Therianad aus.

»Die Erhabene *war* zögerlich und unfähig, ein Heer zu führen«, betonte Kavarath. »Es wurde Zeit, ihre Herrschaft zu beenden, bevor sie das Amt einem weiteren überschätzten Abkömmling Heras übergeben konnte.«

»Um Eurer Macht willen habt Ihr dem Ewigen Licht mehr Seelen geraubt als die Trollkriege?«, ließ sich Peredins Frau vernehmen. »Was seid Ihr nur ...« Merava verstummte, als Orkzahn hinter Kavarath trat.

»Dieser Mann hat die Untoten geweckt?«, donnerte er und sah dabei Athanor an.

Kavarath duckte sich, starrte zu dem wütenden Troll auf.

»Er hat es seinen Sohn tun lassen, weil er schon zu alt und bequem war«, antwortete Athanor.

Orkzahns Gesicht verzerrte sich vor Zorn zu einer dämonischen Fratze. Er stieß einen tiefen Laut aus, der bis in Athanors Eingeweide fuhr, packte Kavarath an einem Bein und schleifte ihn mit so großen, schnellen Schritten fort, dass ihm die Elfen einen Moment lang fassungslos nachblickten.

»Das Ungeheuer kann doch nicht einfach ...«, empörte sich Merava, doch mehr hörte Athanor nicht.

»Haltet ihn auf!«, rief Mahalea nah an seinem Ohr. Mehrere Grenzwächter setzten dem Troll nach, und sie wollte ihnen folgen. Athanor konnte sie gerade noch am Arm festhalten.

»Sollen sich jetzt auch noch Trolle und Elfen bekämpfen und noch mehr Leute sterben?«, herrschte er sie an. »Ruf deine Leute sofort zurück!«

Für eine scheinbare Ewigkeit erwiderte Mahalea kalt seinen Blick, dann nickte sie. »Du hast recht. Kavarath ist es nicht wert, dass wir ...«

Ein lautes Fauchen unterbrach sie. Alle wandten sich dem Geräusch zu, das aus den Baumkronen kam. Prasseln und Knistern folgten, als ganze Äste in blauen Flammen aufgingen. Pferde rasten davon. Schreiende Elfen liefen durcheinander. Einige halfen Verwundeten auf, andere trugen Schwerverletzte weg.

»Tiefer in den Wald!«, rief Mahalea. »Verteilt euch! Verteilt euch! Ich werde Kavarath den Trollen überlassen«, versprach sie Athanor und lief hinter ihren Leuten her. Therianad hastete den Heilern zu Hilfe, Merava humpelte an ihrem Stock davon. Schon stand nur noch Davaron neben Athanor. Der Elf sah ihn an, ohne das magische Feuer zu beachten, das einen ganzen Baum erfasst hatte. »Deine Ahnen also ... Ziemlich weit weg von Letho für eine Familiengruft.«

*Verdammt!* Wie hatte ihm das herausrutschen können?

»Ich frage mich nur ... Wenn du Theroier bist, warum greifen dich die Untoten dann an?«

*Tja.* Wenigstens darauf hatte er eine Antwort. »Weil ich ein Verräter war.«

Ein Rauschen in den Baumkronen verriet, dass der Drache erneut über den Wald fegte. Aus einiger Entfernung drang das Fauchen großer Flammen und das Brüllen eines Trolls herüber.

»Ein Verräter?«, wiederholte Davaron mit einem Anflug von Vergnügen. »Wie das?«

»Auf meiner Flucht ...« *Warum erzähle ich das ausgerechnet ihm?* Doch er hatte so lange geschwiegen, dass es gleichgültig war, wer ihm nun zuhörte.»... bin ich anderen begegnet, Familien, Einzelgängern. Ich habe mich niemandem angeschlossen. Ich wusste, dass sie mich nur aufhalten würden. Und dann war da diese Gruppe, ein halbes Dorf. Ich setzte mich von ihnen ab, schlug einen anderen Weg ein, wie immer. Und dann kam diese Rotte Orross.« Er sah die hässlichen Biester wieder vor sich, halb Eber, halb Bär. Von einem Hügel aus hatte er sie entdeckt, doch der Wind trug ihnen seine Witterung zu, und die Hatz begann. »Ich wusste keinen anderen Weg, um sie loszuwerden. Ich habe sie direkt zu ihnen geführt.«

*Schon die Tatsache, dass ich als Einziger überlebt habe, beweist, dass ich ein Verräter bin.* Der Regen hatte das Laubdach über Athanor längst durchtränkt und tropfte auf ihn herab, doch er nahm es nur am Rande wahr. Welche Rolle spielte es, ob er nass oder trocken, ob ihm warm oder kalt war, solange ein untoter Drache am Himmel seine Kreise zog? Orkzahn saß in der Nähe unter einem anderen Baum und brütete ebenso düster vor sich hin. Der Regen spülte das Blut von seinem Leib, aber die Wunden blieben. Irgendwo in der Nähe ertönte das Lärmen der Zwerge, die unter Einsatz ihres Lebens einen der Trosskarren in die Deckung des Walds gezogen hatten, und seitdem unablässig hämmerten, Holz hackten und mit gedämpften Stimmen zankten.

Von den Elfen hörte Athanor nur noch Weinen und Wehklagen. Es war schwer zu ertragen, aber konnte er ihnen einen Vorwurf machen? Fast die Hälfte von ihnen war gefallen oder verwundet. Und als wäre die Lage nicht schlimm genug, machte nun auch noch die Wahrheit über die Gründe für diese vielen Toten die Runde. Er konnte in ihren Mienen lesen, wie sehr es sie erschütterte.

Als Orkzahn wieder aufgetaucht war, hatte kein Elf gewagt, nach Kavaraths Schicksal zu fragen, und Athanor war es gleich. Vielleicht stammte nicht alles Blut an den Händen und Bärten der Trolle von ihnen. Vielleicht würde man irgendwann abgenagte Knochen finden. Auch den Trollen konnte es Athanor nicht verübeln. Auch von ihnen waren zu viele nicht vom Schlachtfeld zurückgekehrt.

Jene Elfen, die dazu in der Lage waren, berieten nun darüber, wer das Heer nach dem Tod der Erhabenen anführen sollte. Er ersparte sich, dabei zuzuhören. Seine Gedanken kreisten um den Drachen. Wie konnten sie das Biest besiegen? Erst hatte der aufkommende Sturm verhindert, es mit Brandpfeilen zu beschießen. Dann hatte der Regen sogar das magische Drachenfeuer gelöscht. Für den Moment war der Sturm auf ihrer Seite. Doch der Drache peitschte die Bäume mit seinem Schwanz, dass riesige Äste brachen und herabfielen. Er packte ganze Trosswagen mit den Klauen, hob sie in die Luft und schleuderte sie auf den Wald.

Wieder fragte sich Athanor, warum das Ungeheuer gegen sie kämpfte. Im Grunde konnte es dafür nur eine Erklärung geben. Der Drache musste auf Theroias Seite gestanden haben. *Nein. Das kann nicht sein.* Es *durfte* nicht wahr sein, sonst würde er in ein noch tieferes Loch stürzen als das, aus dem er sich zwei Jahre lang mühsam befreit hatte.

*Diese Fragen sind müßig*, ermahnte er sich und stand auf. Der Regen ließ bereits nach. Falls die Elfen immer noch darüber stritten, wer sie anführen sollte, wurde es Zeit, ihnen einen fertigen Plan vorzusetzen. »Komm!«, forderte er Orkzahn auf. »Sehen wir uns an, was die Zwerge da eigentlich treiben.«

»Sie mögen mich nicht«, brummte der Troll. »Und ich mag sie nicht.«

»Weil sie auf dich losgegangen sind? Also wenn ich aus einer Gruft voll mit Untoten käme und einem Troll in die Arme liefe...«

»Das verstehst du nicht. Das ist ein Streit unter Brüdern.«

»Brüder?« Eine gewisse Ähnlichkeit war natürlich nicht abzustreiten, aber...

»Der erste Zwerg wurde von einer Trollin geboren. Das war kein guter Tag für unser Volk.«

Athanor verbarg ein Lachen hinter einem Räuspern. Die Zwerge sahen es sicher ein wenig anders. »Mag sein. Aber manchmal muss die Familie eben zusammenstehen.«

Orkzahn brummte missmutig in seinen Bart, stand aber auf und duckte sich unter dem Blätterdach, um den Drachen nicht durch wackelnde Äste auf sich aufmerksam zu machen. Neugierig folgte Athanor den Geräuschen der Zwerge. Dass sie schon so lange verbissen werkelten, obwohl sie mehrfach vor dem Drachenfeuer hatten fliehen müssen, verdiente Respekt.

Mehrere von ihnen stiegen auf dem Trosskarren herum und legten letzte Hand an ein Gestell, das Athanor an ein Katapult erinnerte. Als sie Orkzahn entdeckten, hielten sie inne und sahen sich unschlüssig an. Nur Hrodomar sprang vom Wagen, um ihm entgegenzukommen.

»Was ist das?«, fragte Athanor beeindruckt. Für ein so hastig gezimmertes Kriegsgerät sah es erstaunlich solide aus.

»Eine Art Speerschleuder«, erklärte Hrodomar stolz. »Wir haben den Mechanismus aus unseren Trollfallen ...« Bei dem Wort warf er einen raschen Blick zu Orkzahn hinauf, doch der Troll verstand ihn offenbar nicht. »... ein bisschen abgewandelt, sodass wir den Schusswinkel verändern können, indem wir die Ladefläche des Karrens kippen. Durch die Räder ist das ganz einfach.«

»Ihr könnt also zielen?«

»Nur ein bisschen. Natürlich können wir auch den ganzen Karren ausrichten, aber das wird nicht schnell genug gehen.«

»Und damit wollt ihr eure Spieße auf den Drachen schießen«, folgerte Athanor.

»So ist es.«

Gunthigis trat zu ihnen, verschränkte die Arme vor dem roten Bart und behielt Orkzahn im Auge.

»Hm«, machte Athanor. »Euer handwerkliches Geschick in Ehren, aber ... mit dem Drachen ist es wie mit den Untoten. Ein Lanzentreffer allein wird ihn nicht vom Himmel holen.«

»Das wissen wir selbst«, knurrte der Hauptmann.

»Wir ... mögen die Elfen und ihre Zauberei nicht, wie du weißt«, gab Hrodomar zu, »aber in diesem Fall könnten sie vielleicht nützlich sein. Dieses blaue Feuer, mit dem sie den Drachen in Brand schießen wollten. Es ist doch magisch, nicht wahr?«

»Ihr wollt aus dem Spieß einen riesigen Brandpfeil machen!«

Hrodomar nickte grinsend. »Einen Brandpfeil, wie ihn die Welt noch nicht gesehen hat.«

*Den würde auch der Regen nicht so schnell löschen können.* »Sehr gut! Ich sage sofort Mahalea ...« Athanor wollte schon zu den Elfen eilen, als ihm Hrodomar ins Wort fiel.

»Es gibt da noch ein Problem.«

»Und das wäre?«

Wieder schielte der Zwerg zu Orkzahn auf. »Wir werden wahrscheinlich nur einen einzigen Schuss haben. Drachen sind nicht dumm. Wenn er uns entdeckt, wird er nicht vor dem Geschütz herumfliegen, sondern von hinten angreifen. Dieser erste Schuss darf also nicht danebengehen.«

Athanor hatte den Eindruck, dass ihm gerade etwas entging. »Worauf willst du hinaus? Habt ihr am Waldrand nicht genug Deckung?«

Hrodomar zog ein Gesicht, als müsse er Athanor beibringen, dass ihnen leider die Drachenspieße ausgegangen waren. »Es gibt nur zwei Möglichkeiten. Entweder verstecken wir uns so gut, dass er uns nicht sieht. Dann dürfen wir uns aber nicht bewegen und müssen warten, bis er uns zufällig vors Geschütz gerät. Das kann dauern.«

»Und die zweite?«

»Wir ... ähm ... brauchen einen Köder, der den Drachen anlockt und uns verdeckt.«

Dieses Mal sahen Athanor und der Zwerg gleichzeitig zu Orkzahn auf.

# 31

Unter den Bäumen am Waldrand herrschte gespanntes Schweigen. Noch immer tropfte Wasser aus dem Laub herab, landete auf Hrodomars Helm und besprenkelte Nase und Bart mit feinen Tropfen. Obwohl der Regen nachgelassen hatte, reichte Hrodomars Blick selbst von der Ladefläche des Karrens aus nur bis zum Fluss. Außer rauchenden Wagentrümmern gab es nichts zu sehen. Der Drache hatte alles verwüstet, was sich zerschlagen oder verbrennen ließ. Doch gerade war der dunstverhangene Himmel leer. Verbarg sich das Ungeheuer in den Wolken? Oder war es nach Theroia zurückgekehrt?

Hrodomar ertappte sich dabei, das Heft der Axt in seiner Hand zu kneten. Warum drängte er sich auch immer vor, wenn es darum ging, Verantwortung zu übernehmen? Jetzt hatte er die Aufgabe, den Schuss auszulösen. Im richtigen Moment musste er das Seil, das die Schleuder spannte, mit einem Schlag kappen. Gelang es ihm nicht, ging der Schuss fehl. Oder der Mechanismus barst und flog ihnen um die Ohren.

»Malst du dir schon wieder aus, was alles schiefgehen kann?«, fragte Vindur leise.

Manchmal war ihm sein Freund geradezu unheimlich. »Woher weißt du das?«

»So hast du als Kind schon ausgesehen, wenn wir etwas Verbotenes angestellt haben. Du hattest immer Angst, erwischt zu werden.«

»Du etwa nicht?«

»Ich hab aber nicht ständig daran gedacht.«

»Schnauze!«, zischte Gunthigis, ohne den Himmel aus den Augen zu lassen. Er hatte sich selbst zum Schützen ernannt, der über Ausrichtung und Zeitpunkt ihres einzigen Versuchs entschied. Vier weitere Wächter hielten sich vorn an der Deichsel bereit, um auf seinen Zuruf die Neigung des Karrens zu verändern.

Schuldbewusst presste Hrodomar die Lippen aufeinander und lugte zu den beiden Elfen hinüber, die sich ihnen angeschlossen hatten. Die ganze Zeit über hatten sie kein Wort gesprochen, nur genickt, als Athanor ihnen den Plan übersetzt hatte. Dass sich ausgerechnet Davaron bereit erklärt hatte, den Brandspieß zu entzünden, wunderte Hrodomar. Nicht nur er hatte ihn wiedererkannt. Das Auftauchen des einhändigen Diebs hatte erstauntes Raunen unter den Wächtern ausgelöst, doch der Elf würdigte sie auch jetzt keines seiner düsteren Blicke. Er hielt eine gekrümmte Klinge, in deren Knauf ein Stück Sternenglas eingelassen war, und sah fast gelangweilt aus.

Die Frau, die ihnen Athanor als Befehlshaberin der Elfen vorgestellt hatte, suchte dagegen mit strengem Blick den Himmel ab. Schnitte und Blutflecken prangten auf dem Mantel, den sie anstelle einer Rüstung trug. Warum sie so unzureichend geschützt in den Kampf zog, verstanden wohl nur Elfen. Wenn er Athanor richtig verstanden hatte, konnte sie mit ihrer Zauberei dafür sorgen, dass der Schuss auch dann traf, wenn er nicht ganz korrekt gezielt war. Wie sie das bewerkstelligen wollte, war ihm zwar ein Rätsel, aber was verstand er schon von Magie? So viel wie ein Troll vom Schmieden.

Hrodomar wusste nicht, was ihn unruhiger machte – die Verantwortung, der Drache, die Tatsache, dass er sich unter freiem Himmel befand, oder die sieben Ungetüme, die sich vor ihnen aufgebaut hatten. Was wohl der große Trollschlächter Arnrik dazu gesagt hätte, dass sie sich ausgerechnet hinter Trollen verbargen? Ob man ihnen wirklich trauen konnte, würde sich erst zeigen, wenn sie nach dem Kampf Hunger bekamen.

Auf Befehl des Schwarzbärtigen, den Athanor Orkzahn nannte, hatten sie zwei Reihen gebildet und standen versetzt, sodass der Drache nicht zwischen ihnen hindurchsehen konnte. So viel Schläue hätte Hrodomar ihnen nicht zugetraut. Doch jetzt traten sie immer ungeduldiger von einem Bein aufs andere und murrten mit ihren grollenden Stimmen, die an Gerölllawinen erinnerten. Auch Vindur murmelte in seinen kurzen Bart. Kehrte das Ungeheuer nicht mehr zurück? Hockte es auf dem Hügel Theroias und wartete darauf, dass sie so dumm waren, zu ihm zu kommen?

Hrodomars Unruhe wuchs, als die Trolle begannen, ihre Keulen und Speere gegeneinanderzuschlagen. Ja, sie *sollten* den Drachen anlocken, und doch ... Er schluckte. Mit einem Mal wäre er am liebsten davongelaufen und im nächsten Stollen unter der Erde verschwunden.

Die Trolle stimmten ein Gebrüll an, das seinen Magen zittern ließ. Es klang herausfordernd und hämisch, als ob sie den Drachen für seine Feigheit verhöhnten. Lachend machten sie sich gegenseitig auf den dunklen Fleck in den Wolken aufmerksam, der rasch größer wurde. Hrodomar stockte der Atem, als sich die drei vorderen Trolle mit dem Rücken zu ihrem nahenden Feind drehten. Unter lautem Gejohle der anderen hoben sie ihre Fellschurze und zeigten dem Drachen ihre Hinterteile. Vindur grinste, und trotz aller Furcht hätte auch Hrodomar fast gelacht, doch da gellte auch schon Gunthigis Befehl: »Anheben!«

Mit einem Ruck rissen die vier Wächter die Deichsel in die Höhe. Die eben noch geneigte Ladefläche kam ihm so plötzlich entgegen, dass Hrodomar um sein Gleichgewicht rang. Nun war sie gerade, er fand sicheren Stand, hob die Axt über den Strick. Wie gebannt starrte er auf die Stelle, die sein Beil treffen sollte, verbot sich jeden abschweifenden Blick.

»Zünden!«, rief Gunthigis. Der Elf mochte ihn nicht verstehen, doch er erkannte das verabredete Wort. Einen Augenblick später hörte Hrodomar das Knistern von Flammen. Noch immer brüllten und tobten die Trolle, dass der Karren zitterte.

»Eine Handbreit höher!«

Hrodomar gelang es gerade noch, sich mit einem halben Schritt rückwärts abzustützen, als die Ladefläche kippte. Rasch brachte er die Axt wieder in Position. Die Erde bebte unter dem Trampeln der Trolle, die aus dem Schussfeld rannten.

»Schuss!«

Wie von selbst sauste das Beil nieder, durchschlug mühelos den Strick. Es gab einen Knall, der ganze Karren bockte, sodass Hrodomar endgültig auf die Knie fiel. Hastig versuchte er, auf den nassen Brettern wieder aufzustehen, als die Ladefläche schon wieder kippte – dieses Mal nach vorn. Die Wächter hatten die Deichsel fallen lassen. Aus dem Augenwinkel sah er sie davonrennen, obwohl Gunthigis ein zufriedenes Knurren ausstieß.

»Getroffen!«, jubelte Vindur und reckte seine Axt gen Himmel, obwohl er ebenfalls über die abschüssigen Bretter schlitterte.

»Weg jetzt!«, brüllte Gunthigis.

Hrodomar rappelte sich auf. Er wollte es nicht, und doch suchte sein Blick nach dem Drachen. Das Ungeheuer hatte sich in der Luft aufgebäumt. Aus seiner Brust ragte die brennende Lanze, und die Flammen leckten bis zum Genick empor. Das Maul des Drachen öffnete sich zu einem stummen Brüllen, mit dem er auf seine Peiniger hinabstieß.

Vindur wirbelte bereits herum. »Komm!«, schrie er und sprang von der Ladefläche hinter den Karren, wo er für einen Moment komplett verschwand. Hrodomar eilte ihm nach, glitt auf dem schlüpfrigen Holz aus und stürzte. Mit Kopf und Armen reichte er bereits über den Karren, krabbelte hastig weiter.

Vindur packte ihn bei den Schultern und zog. »Komm!« Sein Freund klang so schrill, dass Hrodomar noch panischer strampelte. Endlich glitt er über die Kante. Doch im gleichen Moment wurde es bläulich grell um ihn. Die Luft war so heiß, dass ihm war, als atme er eine Klinge ein. Glühende Klauen schlugen sich in seine Beine, seinen Leib. Er hörte sich schreien, oder war es ein anderer, der schrie? Dann schlug er auf. Er spürte den Aufprall, seine Kiefer schlugen zusammen, aber plötzlich war alles dumpf und kühl. Unter seiner Wange war Erde, kalt und nass. Hatte er die Augen schon geöffnet, oder waren sie geschlossen? Es musste Nacht sein, denn alles war schwarz, und er war müde, müde bis ins Mark. Warum zerrte jemand an ihm? Er würde jetzt schlafen. Ihm war bereits, als würde er schweben. *Bis später, Vindur. Ich ... komme dann ... nach ...*

Von einem Augenblick zum anderen hüllte eine Feuerwolke den Geschützkarren ein. Eben war Athanor noch jubelnd aufgesprungen, nun starrte er auf das magische Feuer, in dem Hrodomar und Vindur verschwunden waren. Es verging nur ein Lidschlag, dann hatte sich die Wolke aufgelöst, und zurück blieb der Karren, der gänzlich in Flammen stand. Die beiden Zwerge, die sich mit Athanor versteckt hatten – ein graubärtiger Alter und der Griesgram, dem die Riesenratten entlaufen waren –, standen ebenso erstarrt wie er. Über ihnen tobte der Drache, drosch mit Schwanz und Klauen auf die Bäume ein. Äste brachen, Trolle brüllten. Laubfetzen und abgerissene Zweige wirbelten umher. Bersten und Krachen erfüllte die Luft.

Athanor nahm wahr, dass Davaron und Mahalea davoneilten. Er sah, wie tiefer im Wald ein Baum in Flammen aufging. Gunthigis kam auf ihn und die beiden Zwerge zugerannt, gestikulierte zornig. »Weg hier!« Doch Athanors Blick war auf die Stelle gerichtet, wo Vindur versucht hatte, Hrodomar vom Wagen zu ziehen. Das helle Feuer vertiefte den Schatten der Ladefläche, aber hatte dort nicht gerade etwas aufgeglänzt?

»Da bewegt sich was!«, rief der Alte, als Athanor bereits losrannte.

Gunthigis sah ihm erstaunt entgegen, hielt inne und warf einen Blick über die Schulter.

»Sie leben noch!«, rief Athanor ihm im Vorüberlaufen zu. Über ihm fuhr heißer Wind durchs Geäst. Brennendes Laub regnete herab. Hastig hob er seinen Schild über den Kopf, ohne deshalb langsamer zu werden. Vindur stand mit dem Rücken zu ihm, hatte die Hände unter Hrodomars Schultern geschoben und versuchte, den reglosen Freund anzuheben. Athanor eilte an seine Seite. Mit jedem Schritt sah er Hrodomar deutlicher. Ihm war, als packe eine würgende Hand nach seiner Kehle. Von Hrodomars Beinen waren nur zwei verkohlte Stümpfe übrig. Versengtes Leder und geschmolzenes Metall klebten an der geschwärzten Haut. Rauch stieg auf und trug den Gestank verbrannten Fleischs mit sich.

Wortlos legte er Vindur die Hand auf die Schulter. Dessen Rüstung war so heiß, dass Athanor es durch seinen Handschuh spürte.

»Baumeisters Bart!«, entfuhr es Gunthigis, der zu Vindurs anderer Seite auftauchte.

Von dem brennenden Karren schlug Athanor so viel Hitze ins Gesicht, dass seine Haut bereits spannte. Funken sprühten, als Balken und Bretter barsten.

»Worauf wartet i...« Der Graubart verstummte, sobald sein Blick auf Hrodomar fiel.

Dennoch hatte er recht. »Lass mich das machen«, sagte Athanor und sah Vindur an, der sich endlich aufrichtete. Die würgende Hand fasste noch fester zu. Das Gesicht des Zwergs leuchtete rot von Blut und rohem Fleisch. Das Gold aus seinem abgesengten Bart war mit seinem Harnisch verschmolzen.

»Komm, Junge!«, drängte Gunthigis. »Hier kannst du nichts mehr tun als sterben.«

Wie zur Antwort peitschte der Schwanz des Drachen heran, krachte in den Wipfel über ihnen. Gunthigis und der Alte packten Vindur und zerrten ihn weg. Athanor ließ seinen Schild fallen, um Hrodomar aufheben zu können. Er glaubte nicht, dass sein Freund noch lebte. Er war nicht einmal sicher, ob er es sich wünschen sollte. Aber er würde ihn nicht hier liegen lassen wie einen sterbenden Hund, der seinen Zweck erfüllt hatte. Er hatte schon zu viele zurückgelassen. Diese Zeiten waren vorbei.

Wenn ein Zwerg in Rüstung nur nicht so verdammt schwer gewesen wäre. Athanor wankte unter dem Gewicht durch das Unterholz, durch das er eben noch mühelos gerannt war. Die Luft über dem Wald schien von blauem Feuer erfüllt. In den brennenden Bäumen prasselte es so laut, dass Athanor seine Schritte nicht mehr hörte. Lodernde Äste fielen herab. Heißer Wind fuhr durch die Wipfel, als wüte noch immer der Sturm. Athanor lief, so schnell er es mit seiner Last vermochte.

Mit unfassbar lautem Getöse ging plötzlich eine ganze Feuerwand nieder. Unwillkürlich duckte er sich, wandte den Kopf ab. Eine Böe fegte ihm Funken und glimmendes Laub ins Gesicht. Er schüttelte es ab, blinzelte in das glutheiße Inferno vor ihm.

Der Drache war vom Himmel gestürzt und hatte ganze Bäume unter sich begraben. Sein Leib brannte vom Schädel bis zum Schwanz. Nur die Flügel ragten als geschwärztes Gerippe aus den Flammen. Sie zuckten ein letztes Mal, dann lag der Drache reglos zwischen zertrümmerten Ästen, die mit ihm im Feuer vergingen. Athanor wünschte nur, Hrodomar könnte es sehen. *Du hast ganze Arbeit geleistet, mein Freund.*

Dass die Sonne bereits unterging, merkte Athanor erst, als die rotgoldene Scheibe am westlichen Horizont aus den Wolken sank. Ihr Licht verschaffte ihnen eine letzte Atempause, bevor sich Nacht und Tod dunkler denn je über das Land legen würden. Auf der Suche nach Elanya ging Athanor die Reihen der Verwundeten und Heiler ab. Hrodomar war tot. Er hatte gespürt, wie der letzte Lebensfunke aus seinem Freund gewichen war, während er einen Weg um den brennenden Drachen gesucht hatte.

Aber Vindur lebte. Athanor fand Elanya über den Zwerg gebeugt. Behutsam legte sie gerade eine Maske aus feuchtem Tuch über sein Gesicht.

»Wie geht es ihm?«

Elanya stand auf und sah mitleidig auf Vindur hinab. »Niemand von uns hat noch die Kraft zu heilen. Ich habe ihm einen Trank gegeben, der ihn schlafen lässt. Er muss schreckliche Schmerzen haben.«

»Reicht es nicht, wenn er die Nacht überlebt? Dann kannst du ihn morgen heilen.«

Sie wandte sich Athanor zu, doch er fand wenig Trost in ihrem Blick. »Ich werde dafür sorgen können, dass er nicht stirbt. Aber Verbrennungen sind schwierig zu heilen. So viel Haut, die nachwachsen muss. Er wird Narben zurückbehalten. Es hat einen Grund, warum meine Schwester niemals ihre Maske ablegt.«

Sofort sah er eine Elanya mit entstelltem Gesicht vor sich und verscheuchte das Bild mit einem unwilligen Laut. Eine andere Erwiderung fiel ihm nicht ein. Krieg war Krieg, und Worte wurden seinem Grauen niemals gerecht.

»Wurde Mahalea zur neuen Feldherrin bestimmt?«, erkundigte sich Elanya.

»Ja. Es gab keine Gegenstimmen.«

»Was hat sie beschlossen?«

»Wir greifen wieder an.« Athanor merkte, wie endgültig es klang. Wie sollte er Hoffnung verbreiten, wenn es kaum noch Hoffnung gab? »Sobald die Sonne untergegangen ist, kehren wir nach Theroia zurück.«

»Warum?«

Er hatte befürchtet, dass sie es fragen würde. »Weil wir es wenigstens versuchen müssen.«

»Das haben wir doch schon!«, fuhr sie auf. »Unsere Heiler sind erschöpft, unsere besten Feuermagier gefallen, die meisten Zauberschwerter verloren! Und ihr wollt dasselbe Spiel einfach wiederholen?«

Sie hatte recht, und Athanor war zu müde, um zu streiten. »Es muss sein. Aber es wird eine kleine Änderung geben.« Er zögerte. Wenn sie ihn wirklich mochte, würde ihr dieser Teil des Plans noch weniger gefallen.

»Und die wäre?«

Warum hatte er überhaupt davon angefangen? *Weil es die einzige kleine Hoffnung ist, die wir noch haben.* »Elfen und Trolle werden kämpfen wie zuvor, um die Untoten abzulenken. Aber Davaron, Orkzahn und ich werden versuchen, uns einen Weg durch die Untoten zu bahnen. Wenn Xanthos der Schlüssel zu allem ist, muss er irgendwo sein. Vielleicht in der Gruft mei… des Königshauses. Vielleicht im Palast selbst. Wir wollen ihn finden und vernichten.«

»Hat Davaron noch so viel Kraft?«

»Er sagt, für einen letzten Zauber wird es noch reichen.«

Sie sah ihn an, als wolle sie sich vergewissern, ob er selbst daran glaubte. Schließlich nickte sie. »Gut. Dann werde ich euch begleiten.«

*Was?* »Elanya, das ist gut gemeint, aber mir wäre wirklich lieber, du würdest hierbleiben, wo …«

»Komm mir nicht so! Ich bin keine eurer Menschenfrauen, denen ihr nie eine Waffe in die Hand gegeben habt.«

»Ich will ja nicht sagen, dass du nicht kämpfen kannst, aber wie soll ich denn … Ich würde mich ständig nach dir umsehen, ob du noch lebst.«

»Ach ja? Was glaubst du, was ich den ganzen Tag getan habe? Bei jedem Verwundeten, den sie mir brachten, wusste ich nicht, ob ich mir wünschen sollte, dass du es bist, denn dann wäre ich wenigstens sicher gewesen, dass du nicht tot auf dem Schlachtfeld liegst.«

Trotz allem schlich sich ein Grinsen in Athanors Gesicht. »Du hast dir wirklich Sorgen um mich gemacht?«

Elanya sah allerdings kein bisschen amüsiert aus. »Das habe

ich, und ich weiß nicht mal, warum. Du schuldest mir noch genug für den Schrecken, den du mir in Kithera eingejagt hast.«
»Und deshalb soll ich dich jetzt mitnehmen?«
»Du sollst mich nicht *mitnehmen*. Ich bin kein Schild, den du dir über den Arm streifen kannst. Und jetzt verschwinde zu deinem stinkenden Troll! Ich komme nach, wann es mir passt.«

Nach dem Regen war der Sarmander tiefer, die Strömung stärker, doch Athanors Pferd stemmte sich gegen die schwarzen Fluten und hielt stand. Athanor ließ den Blick über die Reihen der Trolle schweifen, die sich schweigend mit ihm den Weg durch das Wasser bahnten. Es schien ein halbes Leben her zu sein, dabei war noch kein Tag vergangen, seit sie mit Gebrüll durch denselben Fluss gestürmt waren, um sich in den Kampf zu werfen. Damals waren sie so zahlreich gewesen, dass sich die Flanken des Heers in der Dunkelheit verloren hatten. Nun konnte Athanor bis zu den Enden der Reihen sehen. Anstelle des Rauschens, mit dem sie durch den Sarmander gepflügt waren, hörte er nur leises Plätschern unter den Hufen der Elfenrösser, die ihnen folgten. Sie waren nur noch Schatten in der Nacht. Und doch waren sie entschlossen, lieber zu kämpfen, als vor einem Gegner zu fliehen, vor dem es kein Entrinnen gab.

Athanor richtete den Blick nach vorn, wo das gegenüberliegende Ufer in Sicht kam. Der aufgehende Mond schimmerte durch die Wolken und tauchte die Ebene zwischen Stadtmauer und Fluss in Zwielicht. Einen Moment lang traute Athanor seinen Augen nicht, dann war er nah genug, um die Wahrheit zu erkennen. In geordneten Reihen stand es vor ihm und wartete: das Heer der Untoten, reglos und stumm.

Sein Pferd stapfte weiter, das Ufer empor. Zu seinen Seiten schritten die Trolle wie Ungetüme alter Legenden aus dem Wasser. Ihre Mienen waren grimmig, aus einigen Kehlen drang Knurren. Gemeinsam rückten sie vor, doch Athanor war, als spürten sie dieselbe Leere wie er. Im Angesicht des Todes waren Worte und Gefühle versiegt.

Nur noch wenige Pferdelängen trennten die Heere voneinander. Athanor hielt an, musterte die vorderste Reihe des Feindes. Totenschädel leuchteten fahl unter Helmen. Entstellte Gesichter starrten ins Nichts. Seine Hand tastete nach dem Schwert, um das Signal zum Angriff zu geben, als eine der zerlumpten Gestalten vortrat. Vier Schritte kam sie Athanor entgegen, dann blieb sie stehen, sah ihn blicklos an. Verblüfft nahm Athanor die Hand wieder vom Schwertgriff.

»Ein Unterhändler«, wunderte sich Elanya hinter ihm.

»Was sollte es für dieses Heer zu verhandeln geben?«, zweifelte Davaron.

»Finden wir es heraus.« Athanor sah zu Orkzahn auf. »Bleib mit deinen Leuten zurück, bis ich euch ein Zeichen gebe!« Wen hatte er vor sich? Xanthos? Er trieb sein Pferd noch ein Stück auf den Untoten zu, dann sprang er ab. Heerführer, die verhandelten, sollten sich auf Augenhöhe begegnen.

Auch Davaron und Elanya hielten ihre Tiere an und folgten ihm zu Fuß wie zwei Leibwächter. Athanor bedeutete ihnen mit einer Geste, zurückzubleiben. Jedes Ungleichgewicht konnte den Gegner provozieren. Der Untote trug keine Rüstung. Aus der Nähe entpuppten sich seine Lumpen als angesengte, einst kostbare Gewänder, in denen Risse und Brandlöcher klafften. Die rechte Schulter und das halbe Gesicht waren verkohlt wie Hrodomars Beine. Je genauer Athanor die Gestalt betrachtete, desto größer wurde die Leere in seinem Innern. Der mit Gold beschlagene Gürtel, die geschwärzten Stickereien, der zerschmolzene Goldreif auf dem Haupt kamen ihm bekannt vor, doch die Züge des Toten waren völlig entstellt. Es fiel ihm schwer, seine Kehle weigerte sich, das Wort hervorzubringen, aber dann kam es doch, als heiseres Flüstern. »Vater?«

Der tote König straffte den ausgemergelten Leib. Vorwurfsvoll deutete er auf das Heer, das sein Sohn gegen ihn, gegen Theroia führte.

*Verräter.* Das Wort stand so deutlich zwischen ihnen, sodass es nicht ausgesprochen werden musste. Athanor war davongerannt, während sein Vater einen grausamen Feuertod gestorben war. Und nun kam er als Feind zurück, kämpfte an der Seite derer, die die Leichen seiner Ahnen zerrissen, obwohl es seine

Aufgabe gewesen wäre, sie zu schützen. Tiefer konnte er in den Augen seines Vaters nicht sinken.

*Ich wollte überleben.* War das so falsch? Immerhin war es ihm gelungen. Konnte man nicht sagen, dass Theroia nicht gänzlich tot war, solange er lebte? »Es tut mir leid, wie du gestorben bist, Vater. Aber es war deine eigene Schuld. *Du* hattest das Bündnis geschlossen, nicht ich.«

Der tote König bewegte erneut den Arm. Ungläubig starrte Athanor ihn an. Die Geste war unmissverständlich. Sein Vater forderte ihn auf, an dessen Seite zu kommen. Er war bereit, ihm zu vergeben, wenn er sich seiner Verpflichtung gegenüber Theroia besann.

Das Schweigen der Elfen wog schwerer als jeder Versuch, sich einzumischen. Sie ließen ihm die Wahl, selbst Mahalea, die zwischen Davaron und Elanya getreten war. Doch vielleicht hatte ihnen auch nur die Wahrheit über seine Herkunft die Sprache geraubt.

Ein Teil von ihm wollte die ausgestreckte Hand ergreifen und Frieden in der Versöhnung finden. Nie wieder hätte er darüber nachdenken müssen, was gewesen wäre, hätte er sein Volk nicht verraten. Und doch …

Der tote König sah ihn nur an.

»Ich bin dein Sohn, dein Thronfolger. In meinen Adern fließt Theroias letztes Blut. Müsstet ihr nicht mich – und meine Verbündeten – beschützen, anstatt mich zu bekämpfen?«

Ein Geräusch ging durch die Menge der Toten. Im ersten Augenblick glaubte Athanor an ein Raunen, doch dann sah er die Gasse, die sie bildeten, und begriff, dass es nur das Knirschen und Knistern ihrer vertrockneten Glieder war, während sie hastig zur Seite wichen. Auch sein Vater trat beiseite und sah sich nach der hochgewachsenen Gestalt um, die auf Athanor zukam. Eine aufwendige Rüstung unterstrich ihre breiten Schultern. An der Hüfte hing ein ungewöhnlich großes Schwert. Auch wenn die goldenen Einlegearbeiten nur matt glänzten und der Umhang fleckig war, hatte Athanor keinen Zweifel, wem er gegenüberstand.

War es Magie oder die Kunst eines besonders fähigen Balsamierers, die König Xanthos' Gesicht so viel besser bewahrt hatte, obwohl sein Tod tausend Jahre zurücklag? Athanor erwartete geradezu, Augen hinter den halb geöffneten Lidern zu entdecken, doch er fand nur Schwärze. Wie konnte der Untote ihn dennoch so bohrend ansehen, dass er sich klein und gedemütigt fühlte?

Xanthos' Miene blieb eine starre Maske. Noch immer lag Stille über dem Ufer des Sarmanders, und doch konnte Athanor eine Stimme hören. Sie klang alt und als käme sie aus weiter Ferne, aber es lag eine zwingende Kraft darin, die es unmöglich machte, sie nicht zu beachten. »Du wagst es, Theroias Treue einzufordern? Ausgerechnet du?«

Die Wut und Verachtung trafen Athanor wie ein Schlag ins Gesicht. Dass er sie verdient hatte, verstärkte noch ihre Wucht.

»Dein Vater mag aus Sehnsucht nach dem Leben zu nachgiebig sein, aber ich bin es nicht!« Xanthos zog sein Schwert, schwang den riesigen Zweihänder, ohne seinem toten Leib Deckung zu geben. Athanor riss seine Klinge heraus, hob dem Hieb den Schild entgegen. Krachend prallte die schwere Waffe auf berstendes Holz. Ein dumpfer Schmerz, dann spürte Athanor nur noch Taubheit im Arm.

»An dir wäre es gewesen, deinen Vater aufzuhalten«, warf Xanthos ihm vor. »Hat dich deine Schwester nicht förmlich darum angefleht? Hat sie dich nicht oft genug gewarnt?«

Die Erinnerung an Anandra lähmte Athanor. Auch sie war seinetwegen gestorben – weil ihm der Mut gefehlt hatte, seinem Vater die Stirn zu bieten. Wieder fuhr Xanthos' Schwert auf ihn nieder. Der Schild splitterte, doch Athanor hörte nur die Stimme in seinem Kopf.

»Es lag in *deiner* Hand, das Verhängnis Theroias zu verhindern, aber *du* hast nur an dich selbst gedacht.«

Die Schuld drohte, ihn zu ersticken. Mit welchem Recht hatte er sein Wohl über das aller anderen Theroier gestellt? Sein Leben mit ihrem erkauft? Halbherzig hob er das Schwert. Xanthos schlug es mit so viel Wucht zur Seite, dass es Athanor beinahe entglitt.

»Oder war es nur Feigheit?«, höhnte der tote König. »Hörst du die Schreie der Sterbenden noch? Siehst du vor dir, wie sie verbrannten? Verfolgen dich ihre Gesichter im Traum?«

Mit jeder Frage fuhr die schwere Waffe auf Athanor nieder, drosch mehr Sprünge in seinen Schild. Er spürte seinen Arm nicht mehr, doch welche Rolle spielte es noch?

»Du hast dein Volk an die Drachen verkauft. Du hast es verraten und immer wieder verraten auf deiner feigen Flucht. Und nun forderst *du* seine Treue ein?« Höhnisches Lachen hallte zwischen den Welten. Athanor war, als starrten ihn Tote wie Lebende angewidert an, und sie hatten recht. Er war Abschaum, zu nichts nütze, als sich einen Vorteil zu verschaffen – selbst wenn andere dafür starben. Er hatte nicht nur geholfen, sein Volk zu vernichten, sondern die ganze Menschheit. Wer hätte Tod und Verachtung mehr verdient als er?

In rascher Folge fuhr Hieb um Hieb auf den Schild nieder. Athanor wehrte sich kaum. Er konnte den toten König ohnehin nicht besiegen. Er war nur ein rückgratloser Wurm, dessen Zeit längst abgelaufen war. Hatte der Dunkle nicht lange genug mit ihm gespielt? Es wurde Zeit, zu dem Schatten zu werden, der er längst war.

Immer tiefer duckte er sich unter den Schlägen. Nur noch der bronzene Rand hielt den Schild zusammen. Athanor sank auf ein Knie. Jemand stieß einen erschrockenen Laut aus.

»Damit sind die Verhandlungen wohl gescheitert«, hörte er Davarons Spott.

Im nächsten Augenblick leckten kleine Flammen aus Xanthos' Mund. Hinter seinen Lidern flackerte bläuliches Licht.

Ein zorniges Aufbrüllen hallte aus den Tiefen der Schattenwelt in Athanors Kopf. Alle Blicke galten Xanthos, der sein riesiges Schwert noch immer mit beiden Händen gepackt hielt. Von einem Moment zum anderen erloschen die Flammen. Davaron entfuhr ein Fluch.

Die alte Stimme lachte. »Ihr seid erbärmlich. Ihr werdet mich niemals aufhalten können. *Ich bin Theroias rechtmäßiger König, und ich werde meine Feinde vom Angesicht dieser Welt fegen, bis mein Land von einem Meer zum anderen reicht!*«

*Ein Toter soll König sein und die Lebenden rechtmäßig vernichten? Orkzahn, Elanya, sie alle sollten sterben, nur weil es einem Toten gefiel?* Die Ungerechtigkeit ließ Athanors Zorn auflodern wie ein Windstoß ein Feuer. Wutentbrannt sprang er auf. »Du bist tot. Sie alle sind tot! Dein Kampf ergibt keinen Sinn. Wenn es überhaupt noch so etwas wie Theroia gibt, dann bin *ich* das! Ich mag Fehler gemacht haben, aber ich leugne sie nicht! Du dagegen, was willst *du* mir über Mut und Standhaftigkeit erzählen? Du, der sich aus Angst vor seinen Feinden in den Tod geflüchtet hat!«

Mit einem Knurren riss Xanthos sein Schwert empor und griff an. Athanor stieß ihm den zerbrochenen Schild entgegen. Er hatte diese Untoten so satt, dass er sich Gunthigis Kriegshammer wünschte, um sie zu zermalmen. Wenn es sein musste, würde er Xanthos mit bloßen Fäusten zu Knochenstaub schlagen. Der Schmerz, der durch seinen Arm schoss, beflügelte nur seine Wut. In weitem Bogen führte er die Klinge. Sie fuhr mit solcher Wucht in Xanthos Hals, dass Athanor kaum Widerstand spürte. Mühelos glitt sie hindurch, kam auf der anderen Seite wieder heraus. Der Schnitt war deutlich zu sehen, und doch saß Xanthos' Kopf noch immer auf den breiten Schultern.

*Fahr zum Dunklen, wo du hingehörst!* Athanor schlug ihm mit der Faust ins Gesicht. Einen winzigen Augenblick lang fürchtete er, alles könnte vergebens sein, obwohl er der rechtmäßige König, der rechtmäßig Lebende und der wahre letzte Theroier war. Doch Xanthos' Schädel gab nicht nur dem Hieb nach, er kippte hintenüber und landete mit einem dumpfen Laut im welken Gras.

Athanor starrte den kopflosen Leib an. Eine Ewigkeit schien zu verstreichen, bis Xanthos' Körper wankte und fiel. Das Geräusch seines Aufpralls ging im triumphierenden Gebrüll der Trolle unter. Athanor musterte die Untoten, aber sie rührten sich nicht, stürmten nicht vor, um ihren König zu rächen. Sollte der Albtraum wirklich vorbei sein?

Sein Blick blieb am entstellten Gesicht seines Vaters hängen. »Ruhe!«, brüllte er und schnitt das Lärmen der Trolle mit einer herrischen Schwertgeste ab. Widerwillig verstummten sie. Athanor wartete, bis wieder Schweigen über den Heeren lag. Erst dann wandte er sich mit erhobener Stimme an die Toten. »Theroier! Selbst aus den Tiefen des Schattenreichs seid ihr dem Ruf eines Königs gefolgt. Nie hat es ein treueres Volk gegeben als euch! Doch auch Könige begehen Fehler. Xanthos hat sich getäuscht. *Ich bin Theroia, und diese Lebenden sind meine Freunde und Verbündeten. Es gibt hier keinen Feind, den ihr bekämpfen müsst. In Demut vor eurer Treue befehle ich euch deshalb: Kehrt zurück in eure Gräber! Kehrt zurück ins Schattenreich!«

Wieder kam es ihm vor, als stehe die Welt für einen langen Augenblick still. Dann nickte sein Vater ihm zu, und das Knirschen und Knistern zahlloser mumifizierter Körper, die sich in Bewegung setzten, vermischte sich zu einem Rauschen wie von einem fernen Sturm. Gebannt und auch ein wenig stolz sah Athanor zu, wie sie davonzogen. Nur sein Vater rührte sich nicht. Erst als Athanor ihn wieder ansah, wich die Spannung aus dem toten Leib, und er fiel neben Xanthos ins Gras. Verwundert blickte Athanor auf ihn hinab, doch dann begriff er. Sein Vater hatte unter den Trümmern des Palasts gelegen, wo er gestorben war. Es hatte keine Bestattung, keine Zeremonie in der Familiengruft für ihn gegeben. *Das holen wir nach*, versprach Athanor stumm. *Wenn über Theroia wieder die Sonne aufgeht, holen wir das nach.*

Als Athanor am nächsten Morgen erwachte, stand die Sonne bereits hoch am Himmel. Letzte Rauchschwaden kräuselten sich über den Bäumen, die im Drachenfeuer verbrannt waren. Ein leichter Wind wirbelte Asche auf, doch durch das verbliebene Laub leuchtete wolkenloses Blau. Außer den Schwerverwundeten schien jeder vor Athanor aufgestanden zu sein. Elfen verteilten Proviant. Heiler widmeten sich wieder ihren Patienten. Handwerker setzten die wenigen halbwegs brauchbar gebliebenen Trosskarren instand. Die größte Unruhe ging jedoch von den Trollen aus. Selbst jene, die verletzt waren, hatten sich erhoben, auch wenn sie humpelten und sich auf ihre Speere stützen mussten. Sie sammelten sich am Rand des Lagers, wo das ausgebrannte Skelett des Drachen lag, und stritten um die prächtigsten Trophäen unter den Knochen. Aufbruch lag in der Luft, obwohl sie kaum Gepäck hatten, das sie hätten schultern können.

Als Orkzahn ihn entdeckte, kam er grinsend auf Athanor zu und schwenkte einen mächtigen Knochen, der wohl zum Oberschenkel des Drachen gehört hatte. »Meine neue Keule. Na, was sagst du?«

Nun musste auch Athanor grinsen. »Beeindruckend. Die Trollfrauen werden dich gar nicht schnell genug in ihre Höhlen zerren können.«

Orkzahn lachte, dass Athanors Eingeweide bebten. »Und ob! Ich habe vor, der Troll mit den meisten Kindern von allen zu werden.«

»Dann kehrt ihr jetzt in eure Heimat zurück?«

Die Miene des Trolls wurde ernst. »Ja. Wir hatten hier ein Bündnis mit den Elfen, aber wir haben nicht vergessen, was davor war.«

Athanor nickte. Wenn die Trolle blieben, würde am Ende ein überheblicher Blick eines Elfs genügen, um den Wunsch nach Rache aufleben zu lassen. »Trotzdem ist es schade. Ich hatte nicht erwartet, dass sich unsere Wege so schnell trennen.«

»Dich könnte ich vor meinen Männern schützen, aber sie ...« Er nickte zu den Elfen hinüber. »Hier gibt es nichts zu beißen. Außer ihnen«, fügte er grinsend hinzu.

Nun lachte Athanor, obwohl die Vorstellung elfenfressender Trolle stets ein wenig beunruhigend war. »Du hast recht. Wir sollten den brüchigen Frieden nicht riskieren. Mach's gut, Orkzahn. Du bist ein guter Freund.«

Der Troll brummte etwas und schlug Athanor auf die Schulter, dass er vor Schmerz ächzte. Xanthos' Hiebe steckten ihm noch in den Knochen. »Du bist ein besserer Freund. Ich werde nie vergessen, was du für uns getan hast. Meine Männer finden, dass wir dir genug gedankt haben. Wir haben auf dich gehört und die Elfen verschont. Aber ich finde, du solltest ihn haben.« Orkzahn drehte sich, um auf die um das Skelett zankenden Trolle zu zeigen.

»Äh, *wen* sollte ich haben?«

»Na, den Kopf. Den Kopf des Drachen.«

»Oh.« Der Schädel war so groß wie der Rumpf eines Pferds. »Äh, danke. Ich fühle mich sehr geehrt.« Athanor zog es vor, den Abschied nicht damit zu verderben, dass diese Trophäe eher den Zwergen zustand.

»Vielleicht sehen wir uns wieder, wenn du genug von den Elfen hast«, murmelte Orkzahn und wandte sich ab.

Athanor sah ihm nach, wie er zu den anderen Trollen ging und den Streitenden mit seiner riesigen Knochenkeule drohte. Orkzahn brüllte auf Trollisch und stapfte davon, ohne darauf zu warten, ob sich ihm jemand anschloss. Seine Männer folgten ihm von selbst. Ein letztes Mal sah er sich um und hob grüßend die Keule, dann verschwand er zwischen den Bäumen. Athanor merkte, dass er die Hand gehoben hatte, und seine Stimmung sank mit ihr.

Als er sich umdrehte, um zum Lager zurückzukehren, entdeckte er Elanya, die ganz in der Nähe stand.

»Du wirst ihn wirklich vermissen, wie es scheint.«

Athanor gab einen gereizten Laut von sich. Er war nicht in der Stimmung, sich für diese Freundschaft zu rechtfertigen.

»Nun, jedenfalls bin ich hier, um dir zu sagen, dass der Zwerg die Nacht überlebt hat. Ich dachte, es könnte dich freuen, das zu hören.«

Es war in der Tat eine gute Nachricht, aber wenn Elanya das Wort *Zwerg* aussprach, glaubte er, dieselbe Geringschätzigkeit darin zu hören wie gegenüber den Trollen. »Kann es sein, dass du alles verachtest, das einen Bart hat?«

Erst als sie schmunzelte, fiel ihm auf, dass er sich seit Tagen nicht rasiert hatte. »Du übertreibst.« Rasch beugte sie sich vor, küsste seine Wange und verzog das Gesicht. »Stachlig wie ein Igel. Du wirst den Bart scheren müssen, sonst wiederhole ich das nicht.«

»Ich glaube, das lässt sich einrichten«, erwiderte er und bemerkte Gunthigis, der von den Verwundeten her auf sie zukam. »Bist du sicher, dass es Vindur gut geht?« *So gut es jemandem mit seinen Verletzungen gehen kann.*

»Ja, warum?« Besorgt sah sich Elanya um. »Ich habe heute Morgen meine ganze Magie auf ihn verwendet.«

Gunthigis, der sie nicht verstand, nickte ihr nur zu. »Herr Athanor, wir müssen über Vindur sprechen.«

»Geht es ihm schlechter?«

»Was? Nein.« Der Blick des Hauptmanns huschte hierhin

und dorthin. Jetzt, da es keinen Feind mehr zu bekämpfen galt, hatte ihn offenbar die seltsame Angst der Zwerge im Freien gepackt. »Es geht darum, dass er hierbleiben muss.«

»Könnt ihr ihn denn nicht auf einer Bahre mitnehmen, wenn er nicht laufen kann? Oder warten, bis er wieder bei Kräften ist?« *Erzähl mir nicht, dass du dafür zu viel Angst vor dem freien Himmel hast.*

»Das würde doch nichts daran ändern.«

»Ich fürchte, das verstehe ich nicht«, gab Athanor zu.

»Es tut mir ja auch leid um den Jungen, aber im Grunde darf ich nicht einmal mehr mit ihm reden. Für uns ist er tot.«

»Aber warum? Er lebt doch noch. Darf ein Zwerg kein Drachenfeuer überleben? Macht ihn das unrein, oder was?«

»Was ist? Was sagt er?«, wollte Elanya wissen.

»Sie wollen Vindur verstoßen.«

Gunthigis richtete sich zu seiner vollen Größe auf, auch wenn sie aus Athanors Sicht nicht gerade beeindruckend war. »Ein Zwerg darf alles überleben, aber nicht seinen Schildbruder.«

»Er hätte mit Hrodomar sterben sollen?«

»So hatten sie es sich gegenseitig geschworen. Wer den Schwur bricht, gilt dennoch als tot. Eidbruch darf nicht belohnt werden«, stellte der Hauptmann streng fest. »So haben wir es schon immer gehalten.«

»Das ist hart.« Mehr gab es dazu wohl nicht zu sagen. Die Zwerge würden ihre Gesetze nicht ändern, nur weil sie ihm nicht gefielen.

Gunthigis Miene wurde wieder etwas weicher. »Ich sage ja, es tut mir leid für ihn. Aber ich kann's nicht ändern. Wenn wir ihn mitnehmen, würde sein Vater ihn wieder fortschicken. Und das weiß Vindur auch.«

*Noch einer, der sein Volk verloren hat.* »Daran gibt es also nichts zu rütteln?«

»Baumeisters Bart! Glaubst du, ich würde ihn bei zauberischen Elfen lassen, wenn ich einen anderen Weg wüsste?«

*Wohl kaum. Aber wo sollte Vindur leben? In einer der Trollhöhlen unter Uthariel? Undenkbar.* »Die Elfen schulden euch etwas«, sagte Athanor schließlich. »Ich werde dafür sorgen,

dass sie sich Vindurs annehmen. Du hast mein Wort darauf.«
Er streckte dem Zwerg die Hand hin, und Gunthigis schlug ein.

»Das Wort eines Königs. Mehr kann man nicht verlangen.«

Athanor fühlte sich nicht wie ein König. Er war nie gekrönt worden, hatte keinen Thron bestiegen, und wie viel Ehre lag schon darin, König eines Haufens Ruinen zu sein? Dennoch schritt er dem Trauerzug so würdevoll voran, als stünden stumme Zuschauer an den Straßenrändern, um von ihrem toten König Abschied zu nehmen. Fast konnte er sie vor sich sehen, die Edlen in ihren vornehmen Gewändern, die einfachen Frauen unter nachtblauen Trauerschleiern, die Bettler in ihren Lumpen.

Hätte es diese trauernde Menge gegeben, wäre sie Zeuge der wohl seltsamsten Bestattungsprozession geworden, die je durch Theroia gezogen war. Athanors Pferd, das ihm ohne einen Strick folgte, zog eine Bahre, auf der Theroias toter König lag. Elanya und Davaron flankierten sie, achteten darauf, dass der Tote auf dem holprigen Weg nicht herunterfiel.

Hinter ihnen marschierten die Zwerge, die sich eine Trage mit Hrodomars Leichnam auf die Schultern geladen hatten. Die Schritte ihrer genagelten Stiefel hallten von den zerstörten Häusern wider. Zu gern hätten sie auch den Drachenschädel mitgeschleppt, um Hrodomar damit ein Denkmal zu setzen, doch sie hatten nicht einmal mehr ihre *hulrat* und mit dem verbliebenen Drachenspieß schwer genug zu tragen.

Wen Athanor besonders hoch achtete, waren jene Elfen, die den Zwergen folgten. Obwohl sie die Leichen ihrer eigenen Gefallenen den Tieren des Waldes überließen, hatten sie sich bereit gefunden, den Toten Theroias Respekt zu erweisen. Zwar war König Xanthos' enthaupteter Leichnam über Nacht verschwunden, doch über ein Dutzend andere hatten noch vor den Mauern gelegen. Sie alle mussten beim Überfall der Drachen gestorben und ihre Körper durch Zufälle erhalten worden sein, sodass sie keine Gruft besaßen, in die sie zurückkehren konnten. Es war Mahalea gewesen, die Athanors Not erkannt und ihr Volk für ihn um Hilfe gebeten hatte. Nun zogen die Freiwilligen hinter ihm her durch die Stadt, begleiteten die Bahren mit den Toten, um sie hinab in die Katakomben zu tragen.

Athanor hielt vor dem Portal an, durch das die Zwerge ins Freie gekommen waren. Hier konnte er sicher sein, dass ihnen keine eingestürzten Gänge den Weg in die Tiefe verwehrten. Er ließ genug Platz, damit ihn Gunthigis und seine Männer überholen und vor ihm hinabsteigen konnten.

Der Hauptmann zündete eine Laterne an. Seine Unruhe war unübersehbar, aber er reichte Athanor noch einmal die Hand. »Dein Eingreifen, als wir hier auf den Troll stießen, hat einigen von uns das Leben gerettet. Dafür danke ich dir.«

»Das habt ihr mehr als wettgemacht, indem ihr den Drachen vom Himmel geholt habt«, befand Athanor. »Es war schließlich nicht nur Hrodomars Verdienst.«

»Nein, aber um seinetwillen wird die Geschichte unvergessen bleiben. Er ist der Held, der aus der verfluchten Mine zurückkam, und nun ist er auch Drachentöter. Ein Platz in der Halle der Ahnen ist ihm sicher.«

»Dann bin ich umso stolzer, sein Freund gewesen zu sein.«

Gunthigis nickte zufrieden. »Dein Name wird bei uns nun wieder einen anderen Klang haben, Herr Athanor. Ich wünsche dir Glück. Und sei auf der Hut vor der Heimtücke der Elfen!«

»Das werde ich, Herr Hauptmann«, versicherte Athanor schmunzelnd. »Möge der Große Baumeister über eure Reise wachen.«

Gunthigis brummte zustimmend in seinen Bart und nahm die Laterne auf. Mit geschultertem Kriegshammer marschierte er durch das Portal, als zöge er in einen neuen Krieg. Seine Männer folgten ihm schweigend, aber einige nickten Athanor zu, der den Abschiedsgruß erwiderte. Erst als der letzte Zwerg im Gang verschwunden war, wandte er sich ab.

»Wenn sie nicht so ungehobelte Beilschwinger wären, könnte man sie fast mögen«, meinte Davaron und betrachtete betont beiläufig seinen Armstumpf.

Athanor verkniff sich die Antwort, dass Elfen liebenswert wären, wenn sie fliehende Menschen aufgenommen hätten. Sie waren hier, um die Vergangenheit zu begraben, nicht um neue

Gräben aufzureißen. Wortlos befreite er das Pferd von der Bahre und hob die Leiche seines Vaters auf, um diese Last allein zu tragen. Nachdem er ihn im Stich gelassen hatte, war er ihm zumindest diesen kleinen Dienst schuldig.

Elanya hatte eine Laterne mitgebracht, die Davaron schneller entzündete, als Athanor blinzeln konnte. Das Zauberschwert verlieh dem Elf offenbar so viel Macht, dass er begann, verschwenderisch damit umzugehen. Ganz wohl war Athanor bei dem Gedanken nicht. Auch wenn er ihm gegenüber freundlicher geworden war, blieb Davaron immer noch Davaron.

Da Elanya den Weg nicht kannte, ging Athanor voran. Die Gänge und Treppen riefen Erinnerungen an die Nacht seiner Flucht wach, doch sie bedrängten ihn nicht mehr so sehr wie noch in den Stollen der Zwerge. Hatte sein Vater nicht viel Schlimmeres erlitten als er? Doch am meisten plagte ihn die Frage, ob er sich geirrt hatte. Der Drache, der auf Seiten Theroias gestorben sein musste – stand er dafür, dass die Lage gar nicht so hoffnungslos gewesen war? Was wäre geschehen, wenn er sich mit dem Drachen verbündet und die Theroier zum Kampf hinter sich vereint hätte? Wäre ein einziger Drache auf seiner Seite genug gewesen, um die Stadt zu retten? Wahrscheinlich nicht, und er würde die Wahrheit niemals erfahren. Es war besser, daran zu glauben, dass es nichts geändert hätte. Aber er kannte sich. In einsamen Nächten würde er sich die Frage wieder stellen.

Als er den runden Saal im Zentrum der sternenförmig angelegten Grabkammern betrat, hallten in der Ferne noch die Schritte der Zwerge. Seltsam, dass er in Theroia aufgewachsen, sogar der Kronprinz gewesen war und nichts von den Gängen geahnt hatte, die sich jenseits der genutzten Bereiche bis zu den Königreichen unter den Bergen erstreckten. Je mehr er in der Welt herumkam, desto bewusster wurde ihm, wie beschränkt sein Horizont gewesen war. Selbst hier, wo er geglaubt hatte, sich auszukennen, verbargen sich Geheimnisse vor ihm.

Zielstrebig durchschritt er den Saal und hielt auf die Gruft der Könige zu, während hinter ihm die Elfen mit den anderen Leichen hereinkamen. »Hinter jedem dieser Tore verbirgt sich eine große Gruft«, rief er. »Ich bin sicher, dass nach der Schlacht dort viele Bahren leer geblieben sind. Bitte legt die Toten einfach respektvoll darauf ab.«

Er wollte noch ein paar Worte des Danks hinzufügen, als sein Blick an dem schwarzen Steintisch in der Mitte der Halle hängen blieb. Lag dort etwa auch eine Leiche? Sicher hatte doch niemand einen Toten auf dem Altar aufgebahrt, auf den durch rätselhafte Schächte zur Wintersonnenwende das Licht Aurades', des lebenspendenden Gottes, fiel.

Verwundert näherte er sich dem reglosen Körper. Elanya hob die Laterne und zuckte vor Schreck zusammen. »Es ist eine Elfe!«

Davaron trat vor, um der rothaarigen Toten ins Gesicht zu blicken. »Kavaraths Nichte, Siryana«, stellte er ungerührt fest. »Beim Heer war sie nicht.«

»Du meinst ...« Elanya schüttelte entsetzt den Kopf. »Wie viele waren denn noch in diese Verschwörung verwickelt? Wie sollen wir je wieder einem Abkömmling Piriths vertrauen können?«

Davaron verzog spöttisch den Mund. »Ich bin auch ein Sohn Piriths. Jedenfalls zur Hälfte«, fügte er missmutiger hinzu.

»Und die Vertrauenswürdigkeit in Person«, befand Athanor.

»Das sagt ausgerechnet der große Trollbefreier.«

Elanya seufzte. »Kaum haben wir gesiegt, streitet ihr schon wieder. Könnten wir das hier vielleicht vorher zu Ende bringen?«

Davaron zuckte gleichmütig mit den Schultern. »Freundschaft ist ein Zustand, an den ich mich nur schwer gewöhne.«

Fast hätte Athanor trotz der Leiche auf seinen Armen gelacht. »Bist du sicher, dass du überhaupt weißt, was das ist?«

»Ihr sollt aufhören!«, zischte Elanya, doch ihr Blick war verschmitzt.

»Gehen wir«, schlug Athanor vor. »Ihr könnt später überlegen, was mit der Verräterin geschehen soll.«

Schweigend folgten sie ihm zum Tor der königlichen Gruft. Das tausendjährige Holz war mit angelaufener Bronze beschlagen und kündete von einstiger Pracht. Davaron öffnete ihnen einen der Torflügel, der noch immer genauso in den Angeln knarrte wie an jenem Tag, als Athanor zum ersten Mal mit seinem Vater hierhergekommen war. Das Geräusch vergegenwärtigte ihm den Mann, der das angekohlte, ausgedörrte Bündel auf seinen Armen einst gewesen war. Ein großer, stattlicher König, der keinen Widerspruch duldete und unbezwinglich schien.

Wie damals schritt Athanor durch die Reihen der aufgebahrten Könige und Königinnen hindurch. Auch unter ihnen hatte nicht jeder das Glück eines herausragenden Balsamierers gehabt. Auch hier gab es im Tod entstellte Gesichter, die bewiesen, dass sie der Prunk ihrer Grabstätte nicht vor dem Schicksal aller Sterblichen bewahrte. Weder Brokat noch Samt, weder goldbestickte Banner noch kunstvoll verzierte Rüstungen konnten daran etwas ändern. Alles Gold und Silber, das man ihnen mitgegeben hatte, um sie von den einfachen Toten zu unterscheiden, war unter Staub verblasst.

Athanor bettete seinen Vater auf die leere Bahre neben seiner Mutter. Gemeinsam mit seinem jüngeren Bruder war sie so früh an einem Fieber gestorben, dass er kaum noch Erinnerungen an sie hatte. Ihr langes dunkles Haar und das schmale Gesicht deuteten auf eine schöne Frau hin. Hätte sie den König vor dem verhängnisvollen Pakt gewarnt, wie Anandra es getan hatte? Wäre es ihr möglich gewesen, ihn davon abzubringen? Das Leben war voller Fragen, auf die er niemals eine Antwort bekommen würde. Er empfand keine Wut mehr auf seinen Vater. Wenn er auf den geschundenen Leichnam hinabsah, regte sich nur Mitleid in ihm. Am Ende hatte Theroias größter und zugleich gierigster König erfahren, wie klein und machtlos er in Wahrheit war. Athanor ahnte, wie schwer die Schuld am Untergang aller Menschenvölker auf der Seele seines Vaters lasten musste. Vielleicht war es den Menschen deshalb bestimmt, ins Schattenreich zu gehen und sich allmählich aufzulösen. Damit sie nicht in Ewigkeit an ihren Fehlern litten.

# Epilog

Die untergehende Sonne spiegelte sich auf dem Teich der Mondsteine in den Gärten Ardareas. Athanor hatte seinen Kopf in Elanyas Schoß gelegt, ihre Finger spielten mit seinem Haar, und er fragte sich, ob die Legenden stimmten, dass der Sommer in den Elfenlanden ewig währte.

»Möchtest du nicht doch lieber eine Maske wie meine tragen?«, fragte Aphaiya, die unweit von ihnen unter den Weiden saß. »Ich höre, wie alle leise nach Luft schnappen, wenn sie dich sehen. Du könntest dir ihre erschreckten, mitleidigen Blicke ersparen.«

»Aber dann sehe *ich* doch auch nichts mehr«, protestierte Vindur. Er lebte in einem eigenen kleinen Haus mit einem richtigen Dach anstelle einer Baumkrone und kleinen Fenstern, die er mit Läden verschließen konnte, wenn ihn die Angst der Zwerge überkam. Die Narben in seinem Gesicht waren noch immer auffällig rot, und sein Bart wuchs spärlicher nach als zuvor, aber für einen, der nur knapp dem Tod entronnen war, hatte er sich erstaunlich schnell erholt.

Aphaiya lachte. »Ach so, du willst mich auf den Arm nehmen. Mach weiter! Seit ich diese Maske trage, traut sich das niemand mehr.«

»Pah, ich meine es ernst. Ich werde gegen den nächsten Baum laufen und dann in den Teich fallen.«

»Bloß nicht!«, rief Athanor. »Dann muss *ich* hinterherspringen und ihn wieder rauszuziehen. Er kann doch nicht schwimmen.«

Elanya und Vindur stimmten ins Gelächter ein. Der Teich der Mondsteine war so flach, dass das Wasser Vindur gerade einmal bis zum Bauch reichte.

»Aber zumindest für festliche Anlässe wie heute Abend wäre eine silberne Maske doch sehr vornehm«, beharrte Aphaiya. »Du könntest sie selbst schmieden – und meinetwegen auch Löcher für deine Augen lassen. Das wird aber überschätzt, glaub mir.«

»Schmieden?«, wiederholte Vindur. »Ich zerstöre den Ruf meines Volks wirklich ungern, aber davon verstehe ich rein gar nichts. Ich bin ein verwöhnter Königssohn, der nur das Kriegshandwerk gelernt hat.«

»Bei ihm weiß man wirklich nie, ob er einen Scherz macht oder es ernst meint«, flüsterte Elanya ins Gelächter ihrer Schwester hinein.

»Ich glaube, er meint alles ernst«, erwiderte Athanor. »Aber niemand kann sich über ihn lustig machen, solange er es selbst tut.«

Sie nickte. »Eine kluge Art, mit seinem Schicksal umzugehen.«

»Pst! Seid mal still!«, bat Aphaiya.

Im einsetzenden Schweigen hörte Athanor ebenfalls kaum wahrnehmbare Schritte näher kommen.

Aphaiya kicherte. »Es ist Davaron. Selbst seine Schritte klingen mürrisch.«

*Das hört sie?* Athanor konnte es nicht glauben, bis die unverkennbar spöttische Stimme ertönte.

»Eine Idylle mit Zwerg im Abendrot. Welche Verschwendung, dass ich nicht Sänger genug bin, um darauf ein Lied zu dichten.«

»Wir sind heute milde gestimmt und heißen dich trotzdem willkommen«, erwiderte Elanya schmunzelnd. »Setz dich zu uns, wenn du so viel Idylle erträgst.«

»Keine Sorge, wenn er sich zu uns setzt, ist es keine mehr«, meinte Athanor.

»Kann ich mir gar nicht erklären«, behauptete Davaron und ließ sich im Gras nieder.

»Was gibt es Neues aus Anvalon?«, wollte Aphaiya wissen.

»Ich kann immer noch nicht glauben, dass der Rat einstimmig Peredin zum Erhabenen gewählt hat.«

»Nun, ich war dabei und kann es bestätigen. Allerdings hat er sicher vergessen zu erwähnen, dass die Söhne und Töchter Heras zunächst versucht haben, ihren neuen Ältesten Astarion zum Ratsvorsitzenden küren zu lassen.«

»Astarion? Aber er lebt doch seit Jahrhunderten in der Abgeschiedenheit Kitheras«, staunte Elanya.

Athanor merkte auf. »Ist das der Priester, der das Heiligtum in der Luft hält?«

»Er ist ihr mächtigster Zauberer. Deshalb haben sie ihn auch zu ihrem Ältesten bestimmt«, erklärte Davaron.

*Dann gibt es ihn also wirklich.* Athanor hatte daran noch einige Zweifel gehabt.

»Selbst Mahalea wäre eine bessere Erhabene gewesen als er«, sagte Elanya belustigt.

»Mahalea sah in den letzten Tagen aus, als könne sie es kaum erwarten, wieder nach Uthariel zu verschwinden. Wenn es nicht darum ginge, Licht in die Geheimnisse von Kavaraths Verschwörung zu bringen, wäre sie wohl schon weg. Die Hinweise verdichten sich, dass es Feareth selbst war, der Retheon getötet hat. Der Mann, der dem Kommandanten die gefälschte Einladung brachte, hat sich zu diesem Botengang bekannt und sagt, dass er den Auftrag von Feareth bekam.«

»Es muss schrecklich für dein Volk sein, jedem Verwandten und Freund Kavaraths mit Misstrauen zu begegnen, bis alles aufgeklärt ist«, bedauerte Aphaiya.

Davaron lächelte sarkastisch. »O ja, sie sind so verzweifelt, dass sie ernsthaft erwogen haben, *mich* zum neuen Ältesten zu wählen – nur weil ich die Astarionim aus Firondil geholt habe. Deshalb bin ich auch hier. Wenn ich noch eine einzige Ratssitzung über mich ergehen lassen muss, fliehe ich zurück zu den Zwergen.«

Vindur lachte. »Mein verehrter Vater hat sicher noch eine Kerkerzelle für dich frei.«

»Ich hoffe, die Abkömmlinge Ardas bieten mir ein gastfreundlicheres Asyl.«

»Dann willst du hierbleiben?«, fragte Elanya.

»Eine Weile. Vielleicht finde ich einen Lehrer, um mich in Erdmagie zu üben.«

»Wunderbar«, spottete Athanor. »Ich sehe für uns alle eine friedvolle, glückliche Zukunft voraus.«

»Ich glaube, da verlasse ich mich lieber auf die echte Seherin.« Davaron blickte zu Aphaiya hinüber. »Was siehst du voraus?«

»Nichts«, erwiderte sie, doch sie sagte es verdächtig schnell. »Heute Abend wollen wir Peredins Ernennung zum Erhabenen feiern.«

»Genau, gehen wir«, beschloss Athanor und stand auf. Er wollte nichts über neues Unheil wissen. Er lebte, allen Bemühungen des Totengottes zum Trotz, und dabei würde es auch bleiben. *Hörst du, Dunkler? Auf mich kannst du noch eine Weile warten.*

# Personenregister

**Menschen**
Athanor, der Letzte Krieger

**Elfen**
*Söhne und Töchter Ardas:*
Elanya, Heilerin bei der Grenzwache
Aphaiya, Elanyas Schwester und Wahrträumerin
Peredin, der »Älteste« der Abkömmlinge Ardas
Merava, Peredins Frau
Deamath, Grenzwächter

*Söhne und Töchter Piriths:*
Davaron, Reisender und neuerdings Grenzwächter
Kavarath, einstiger »Ältester« der Abkömmlinge Piriths
Feareth, Kavaraths Sohn und »Ältester« der Abkömmlinge Piriths
Retheon, Kommandant der Grenzwache
Elidian, Greifenreiter
Siryana, Kavaraths Nichte

*Söhne und Töchter Heras:*
Mahalea, Greifenreiterin und Tochter des Helden Denethar
Ivanara, die Erhabene, Vorsitzende des Hohen Rats
Valarin, Greifenreiter

*Söhne und Töchter Ameas:*
Ameahim, der »Älteste« der Abkömmlinge Ameas
Therianad, Wassermagier

**Zwerge**
Evrald, Händler
Hrodomar, Prospektor
Rathgar, König Firondils
Vindur, Rathgars Sohn
Skorold, Oberster Wächter der Tiefen

Gunthigis, Hauptmann bei den Wächtern der Tiefen
Horgast, alter Wächter der Tiefen
Brun, Höhlenratten-Führer bei den Wächtern der Tiefen

**Trolle**
Orkzahn, Anführer der Trolle
Löwentod, Orkzahns Vorgänger
Steinfaust, Trollkrieger

**Chimären**
Chria, eine Harpyie
Rekker, ein Faun